Et quand il eut ouvert le quatrième sceau, j'entendis la voix du quatrième animal qui disait : « Viens ! »

Et je vis paraître un cheval de couleur pâle. Celui qui le montait se nommait la Mort, et l'Enfer le suivait. On leur donna pouvoir sur la quatrième partie de la terre, pour faire tuer par l'épée, par la famine, par la mortalité et par les bêtes féroces de la terre.

L'Apocalypse VI, 7-8.

Note au lecteur :

Le lecteur pourra, en cours de récit, se référer aux cartes de la ville de New York et du bassin de la Méditerranée à la fin du volume.

PREMIÈRE PARTIE

« Cela va changer le monde »

Le douanier regardait la pluie flageller la vitre en furieuses arabesques. Il frissonna. Ce n'était pas un temps à se trouver en mer. Dans la nuit, ses yeux rougis distinguaient le panorama familier du port de New York, les lumières des docks scintillant dans l'Hudson, la pointe de Governors Island, la lointaine guirlande lumineuse du pont Verrazano.

Un téléscripteur crépita derrière lui. Il consulta sa montre. Déjà minuit. Le premier cargo qui accosterait à New York ce vendredi 4 décembre venait de passer devant le bateau-phare d'Ambrose et de franchir la frontière maritime américaine. L'homme regagna son pupitre de travail. De cet observatoire niché au 6e étage du World Trade Center, presque à la pointe de Manhattan, il devait surveiller l'espace douanier du plus grand port du monde jusqu'à 8 heures du matin. Il ouvrit son registre à la page encore blanche d'une nouvelle journée. Il arracha le message imprimé par le téléscripteur puis, avec l'application d'un scribe du Moyen Age recopiant un psaume, il consigna les quelques informations concernant le 7 422e navire qui pénétrait dans le port depuis le début de l'année.

NOM : *Dionysos*. PAVILLON : panaméen. DESTI-
NATION : quai n° 3 du Brooklyn Ocean Terminal.
AGENT MARITIME : Hellias Stevedore Company.

Cette formalité accomplie, il pianota le nom du
bateau sur le clavier du terminal d'ordinateur installé sur la console voisine. Cet appareil était relié
au C.N.I.C., le Centre national d'information criminelle. En quelques secondes allait apparaître le
casier judiciaire du *Dionysos*. La moindre infraction relevée dans sa carrière, que ce soit la découverte d'un sachet d'héroïne sous un faux plancher
de la cale ou une bagarre d'un marin ivre, apparaî-
trait automatiquement sur l'écran. Le douanier
guetta la danse des petits bâtonnets verts qui
composèrent finalement trois mots : « Rien à
signaler ». Satisfait, il écrivit « R.A.S. » dans la case
correspondante de son registre, confirmant ainsi
que les douanes américaines n'avaient pas à
s'inquiéter de l'arrivée du vieux rafiot qui se présentait à l'entrée du chenal d'Ambrose.

★

Le *Dionysos* était l'un des derniers liberty ships
de la Seconde Guerre mondiale, ces camions des
océans, à naviguer encore. Pendant près de quarante ans, depuis le débarquement de Normandie
jusqu'à cette nuit de décembre, il avait transporté
de par le monde marchandises et contrebande
sous une demi-douzaine de pavillons différents.
La compagnie qui l'affrétait à présent, la Transo-
cean Shippers, avait été constituée six mois plus
tôt par un acte enregistré sous le numéro 5671
auprès du ministère du Commerce de la ville de
Panama. L'adresse indiquée sur le certificat
d'enregistrement était celle d'un obscur cabinet

d'avocats installé *calle* Mercado, à Panama. Comme souvent dans les affaires de transport maritime, qu'il s'agisse de tankers géants ou d'insignifiantes embarcations de pêche, toute trace des véritables propriétaires du *Dionysos* s'évanouissait dans l'anonymat d'une boîte postale de la ville de Lucerne, en Suisse, adresse du siège de la compagnie.

Quittant la houle de l'Atlantique, le bateau remontait la voie royale vers le cœur de New York. Il franchit les Narrows sous la dentelle métallique du pont Verrazano. Soudain, dans l'aube qui se levait, apparut devant sa proue usée le prodigieux spectacle qui avait enfiévré de joie et d'espérance tant de millions d'hommes, la silhouette drapée de vert de la statue de la Liberté, puis les tours illuminées de Manhattan perçant la brume, troncs incandescents d'une forêt de verre et d'acier dressée à l'assaut du ciel.

Indifférent à la pluie, l'unique passager du cargo contemplait le panorama du haut de la passerelle supérieure. Sec et musclé, de taille moyenne, le Palestinien Kamal Dajani paraissait âgé d'une trentaine d'années. Il portait un jean moulant et un blouson de cuir au col relevé. Une casquette à carreaux lui descendait jusqu'aux yeux. Il avait embarqué à l'escale du Pirée.

Prétextant un mal de mer incoercible, il avait passé les seize jours de la traversée enfermé dans sa cabine avec un stock de romans policiers. Chaque matin à l'aube, il s'était pourtant glissé en survêtement sur le pont supérieur. Pendant vingt minutes et quel que fût l'état de la mer, il y avait simulé des assauts de judo et frappé la rambarde de coups de karaté, exercices destinés à entretenir sa maîtrise des arts martiaux.

Une sirène déchira l'air humide. S'écartant des gratte-ciel de Manhattan, le *Dionysos* vira sur tribord en direction de la ligne basse des *piers* de Brooklyn. Il longea les entrepôts où les caïds de la Mafia avaient édifié l'un de leurs fabuleux empires, le quai abandonné de State Street par lequel le gangster Johnny Dio avait introduit en Amérique des montagnes d'héroïne, et arriva devant trois vieux appontements aux pilotis de bois couverts d'algues et de coquillages.

De ces plates-formes vermoulues de l'ancien dépôt militaire de Brooklyn, deux générations de G.I.'s étaient parties vers les tranchées de l'Argonne et les plages de Normandie. Rebaptisées aujourd'hui « Brooklyn Ocean Terminal », elles symbolisaient aussi un autre passé. Elles étaient parmi les rares piers de New York à manutentionner encore des marchandises en vrac : bidons d'huile d'olive grecque, sacs de noix de cajou indiennes, d'épices yéménites, de café colombien ; reliques du temps où les dockers de *Sur les quais* se rassemblaient devant les hommes de la Mafia pour implorer une journée d'embauche. Sur le toit subsistait le vestige de la grande croisade qui avait commencé et pris fin ici : les mots de bienvenue adressés aux millions de soldats revenant d'Europe. Peints alors d'un bleu lumineux comme le bonheur du retour, ils étaient à présent d'un gris aussi sale et triste que la ligne des docks de Brooklyn.

« Welcome Home » put lire le passager solitaire tandis que le *Dionysos* pivotait vers son poste d'amarrage.

★

Un inspecteur des douanes américaines et un

officier du Service de l'immigration se présentèrent bientôt à la coupée du bateau. Le commandant, un Grec bedonnant, les conduisit au carré de l'équipage pour leur soumettre l'indispensable sésame de tout commerce maritime : le manifeste couvrant la marchandise transportée.

En raison de la mention « Rien à signaler » enregistrée la nuit précédente, l'inspection douanière se limita à la lecture de ce document.

De son côté, le quartier-maître avait rassemblé l'équipage. Chaque marin présenta son livret de bord à l'officier d'immigration et reçut un permis du modèle I-95 l'autorisant à débarquer et à circuler librement pendant la durée de l'escale. Avant de lui faire signer le rôle d'équipage, l'officier posa au commandant la question rituelle :

— Pas de passagers ?

Le Grec éclata de rire et montra les pin-up poussiéreuses qui bariolaient son minable carré sentant l'huile rance.

— Holà ! Vous prenez ma coque de noix pour le *Queen Elizabeth* ?

★

Derrière le hublot de sa cabine, Kamal Dajani guettait le départ des deux fonctionnaires. Quand il les vit descendre à terre, il retira sa ceinture-portefeuille et fit coulisser la fermeture éclair de la pochette intérieure gonflée de plusieurs liasses de billets de cent dollars. Il en préleva cinq et les plaça au milieu d'un numéro de *Playboy* qui traînait par terre. En voyant le prude Benjamin Franklin des billets reposer contre les seins d'une vamp, il fut pris d'un fou rire. Il posa le journal bien en évidence sur sa couchette, déverrouilla la

15

porte de sa cabine et s'enferma dans le cabinet de toilette.

Quelques instants plus tard, on frappait à la porte.

— Qui est là ? cria-t-il en anglais.

— Je vous apporte une enveloppe de la part de Leila, répondit une voix.

— Mettez-la dans le *Playboy* sur la couchette. Il y a quelque chose pour vous à l'intérieur. Prenez-le et tirez-vous.

Un grand garçon barbu d'une vingtaine d'années, marqué d'une cicatrice sur la tempe gauche, ouvrit le magazine, prit l'argent, déposa son enveloppe et disparut.

Kamal Dajani attendit plusieurs minutes avant de sortir de la douche pour s'emparer de l'enveloppe. Il y trouva un permis de descente à terre du modèle I-95 ainsi qu'une feuille mentionnant une adresse et un numéro de téléphone. Au-dessous, il lut « Welcome ». Il sourit : cette fois, ce mot prenait tout son sens.

★

Le soir, le passager du *Dionysos* quitta les docks avec les marins partant en bordée. Personne ne contrôlait leur identité. Kamal Dajani s'enfonça dans la nuit de Brooklyn.

★

Neuf jours plus tard, un glacial dimanche de décembre touchait à sa fin. Conséquence de la tempête de neige qui avait frappé l'est des États-Unis le jeudi précédent, des congères obstruaient les rues de Washington. La température polaire avait retenu chez eux la plupart des 726 000 habitants de la capitale américaine. Comme tant d'autres, la famille qui occupait la célèbre résidence du 1 600 Pennsylvania Avenue s'apprêtait à dîner dans l'intimité. Les accents solennels de *Finlandia*, le poème symphonique de Sibelius, emplissaient les appartements privés de la Maison-Blanche, concert qui rappelait le goût du président des États-Unis pour la musique classique. La flambée des bûches de bouleau dans la cheminée apportait un air de confort chaleureux à la salle à manger. Elle élevait également de quelques degrés une température que le thermostat présidentiel, donnant l'exemple des économies d'énergie, avait limitée à 17 ° C.

A 7 heures précises, le Président et son épouse prirent place autour de la table d'acajou verni. Leur fils cadet et sa femme dînaient avec eux, ainsi que le dernier de leurs trois enfants, une petite fille blonde de douze ans. Ils composaient le parfait symbole de la famille américaine. Le Président était en blue-jean et chemise de laine à carreaux ; sa femme en pantalon de velours et chandail.

Comme chaque dimanche, la première dame des États-Unis avait donné congé aux serviteurs et préparé elle-même le sobre repas dominical qu'affectionnait son mari : une soupe de haricots rouges, quelques tranches braisées de jambon de Virginie, et une crème au caramel. Seule boisson, du lait. Avant de s'asseoir, le Président invita sa belle-fille à réciter les grâces, et les cinq convives se tinrent par la main en appelant la bénédiction du Seigneur sur leur nourriture. Cette oraison était l'une des nombreuses prières que prononçait chaque jour l'homme pieux qui gouvernait les

États-Unis. Seul le service religieux de la première église baptiste de Washington l'avait fait sortir de chez lui en cette journée frileuse. Vêtu du surplis des diacres, il avait lu aux 1 400 fidèles de sa paroisse les psaumes du troisième dimanche de l'Avent et commenté avec ferveur le message d'amour et de réconciliation qu'apportait aux hommes la venue prochaine du Messie.

Le Président sourit à son épouse et entama le potage. Depuis qu'il habitait cette résidence, des rides étaient apparues au coin de ses yeux bleus, ses cheveux blonds et bouclés avaient blanchi, son allure juvénile avait, peu à peu, disparu. Après quatre années au pouvoir, cet homme de cinquante-quatre ans demeurait une énigme pour la plupart de ses compatriotes, l'un des chefs d'État les moins aimés et les moins compris du siècle. Si le destin avait voulu que sa présidence fût marquée par quelques-unes de ces grandes crises qui rassemblent temporairement une nation autour de son chef, c'était surtout par une avalanche de problèmes moroses qu'elle s'était illustrée : l'inflation, la baisse du dollar, la chute du prestige américain à l'étranger.

Faute d'avoir pu galvaniser le patriotisme de ses concitoyens pour la conquête de quelque nouvelle frontière ou quelque *new deal*, il avait dû se résigner à leur offrir les amères réalités des réductions budgétaires, des économies d'énergie et celles d'un monde qui ne marchait plus à la cadence des tambours américains. Ses croisades confuses en faveur des droits de l'homme, de la restriction des dépenses de l'État, des réformes fiscales et sociales, ses joutes malheureuses avec le Congrès, les hésitations, les maladresses et les revirements de sa politique extérieure avaient donné à l'Amérique et au monde l'image d'un leader qui tâtonnait plus qu'il ne gouvernait, davantage dominé par les événements qu'il ne les infléchissait.

La nation qu'il dirigeait n'en demeurait pas moins la plus puissante, la plus riche, la plus gaspilleuse, la plus enviée et la plus imitée de la planète. Son produit national brut était trois fois plus élevé que celui de l'Union soviétique, et supérieur à celui de la France, de l'Allemagne de l'Ouest, de la Grande-Bretagne et du Japon réunis. Elle était le premier producteur mondial de charbon, d'acier, d'uranium et de gaz naturel. Son agriculture restait une merveille de productivité capable de nourrir à la fois sa population et celle de l'U.R.S.S. Les neuf dixièmes des ordinateurs du monde, presque tous les microprocesseurs, les trois quarts des avions civils, le tiers des automobiles sortaient de ses usines.

Cette capacité industrielle s'accompagnait d'une puissance militaire représentant — malgré les accords Salt de désarmement — un pouvoir de destruction unique dans l'histoire de l'humanité. Pendant trente ans, les États-Unis avaient dépensé une moyenne annuelle de cent trente milliards de dollars pour édifier cette force et se doter d'un arsenal thermonucléaire d'une efficacité si terrifiante que le Président, en sa qualité de chef suprême des armées, pouvait anéantir une centaine de fois l'Union soviétique et faire disparaître toute trace de vie de la planète, tandis que l'intégrité du territoire américain était garantie par le système de veille électronique et d'alerte par satellites le plus sophistiqué que pût produire la technologie moderne. Sept réseaux de détection surveillaient son environnement spatial avec une précision capable de déceler à des centaines de milles des côtes le simple passage d'un canard migrateur.

Ainsi protégés par la valeur dissuasive de leur potentiel nucléaire, les Américains pouvaient se considérer comme une caste privilégiée. De tous les habitants de la terre, ils étaient ceux qui risquaient le moins d'être victimes d'une extermination atomique.

Le chef de l'État venait de terminer le potage quand la sonnerie du téléphone retentit dans le salon voisin. Cette sonnerie résonnait rarement dans les appartements privés de la Maison-Blanche. A l'inverse de ses prédécesseurs, le Président préférait la lecture d'un rapport aux entretiens par téléphone, et ses collaborateurs avaient ordre de limiter l'usage de sa ligne aux seuls messages de première urgence. Son épouse alla répondre et revint soucieuse.

— C'est Jack Eastman. Il désire te voir tout de suite.

Jack Eastman était le conseiller du Président pour les affaires de sécurité nationale. Ce général d'aviation de cinquante-six ans, aux cheveux grisonnants coupés en brosse, venait de remplacer Zbigniew Brzezinski dans le bureau d'angle de l'aile ouest de la Maison-Blanche rendu célèbre par Henry Kissinger.

Le Président s'excusa et sortit. Deux minutes plus tard, il pénétrait dans le bureau de ses appartements privés. Au premier coup d'œil à son collaborateur, il comprit la gravité de sa visite. Aussi économe de mots que de gestes, Eastman lui tendit aussitôt une chemise cartonnée.

— Monsieur le Président, je crois que vous devriez prendre connaissance de ce dossier. C'est la traduction d'une cassette enregistrée en arabe qui a été déposée à votre intention en début d'après-midi au poste de garde principal.

Le Président ouvrit la chemise et en lut les deux feuillets dactylographiés :

Conseil national de sécurité.

Réf. : 412471 — 136281
ULTRA-SECRET
Description : Remise, ce dimanche 13 décembre à 15 h 31, par une femme non identifiée, d'une enveloppe cachetée à l'officier de garde à la porte Madison de la Maison-Blanche. Cette enveloppe contenait :

1. Un schéma coté à l'échelle industrielle d'un engin de nature inconnue.
2. Un dossier comprenant quatre pages de calculs mathématiques et physiques.
3. Une cassette de trente minutes : l'enregistrement d'une voix d'homme parlant en arabe.

Traduction de la cassette, réalisée par E.F. Sheehan, du Département d'État :

« Sixième jour du mois de Jumad al Awal de la 1401e année de l'Hégire.

« Je te salue, ô Président de la République des États-Unis d'Amérique. Que ce message te trouve jouissant, par la grâce d'Allah, des bénédictions d'une heureuse santé.

« Je m'adresse à toi parce que tu es un homme de miséricorde, sensible aux souffrances des peuples innocents et martyrs.

« Tu affirmes que tu veux rétablir la paix au Proche-Orient et je prie Dieu de te bénir pour ces efforts, car moi aussi je suis un homme de paix. Mais il ne peut y avoir de paix sans justice, et il n'y aura pas de justice pour mes frères arabes de Palestine tant que les Sionistes, avec la bénédiction de ton pays, continueront de voler la terre de mes frères pour y installer leurs colonies illégales.

« Il n'y aura pas de justice pour mes frères arabes de Palestine tant que les Sionistes leur refuseront, avec la bénédiction de ton pays, le droit de revenir dans la patrie de leurs pères.

« Il n'y aura pas de justice pour mes frères de Palestine tant que les Sionistes occuperont le site de notre mosquée sacrée de Jérusalem.

« Par la grâce de Dieu, je suis aujourd'hui en possession de l'arme de destruction absolue. Avec ce message, je t'envoie la preuve scientifique de cette affirmation. C'est d'un cœur lourd, mais avec la claire conscience de mes responsabilités envers mes frères de Palestine et tous les peuples arabes, que j'ai dû décider de faire transporter cette arme à l'intérieur de ton île de New York où elle se trouve actuellement. Je serai dans l'obligation de la faire exploser dans un délai de trente-six heures à partir de ce soir minuit — soit à 12 heures après-demain, mardi 15 décembre, heure de New York — si, dans l'intervalle, tu n'as pas contraint ton allié sioniste à :

1. Evacuer ses colonies illégalement installées sur les territoires volés à la nation arabe au cours de sa guerre d'agression de 1967.
2. Evacuer ses ressortissants habitant la zone Est de Jérusalem et le secteur de notre sainte mosquée.
3. Annoncer au monde son intention de permettre à tous mes frères palestiniens qui le désireront de revenir immédiatement dans leur patrie et d'y jouir de tous leurs droits de peuple souverain.

« Je dois, en outre, t'avertir qu'au cas où tu rendrais publique cette communication ou commencerais, de quelque façon que ce soit, à faire évacuer New York, je serais dans l'obligation de procéder à l'explosion immédiate de l'engin d'anéantissement placé dans la ville.

« Je demande à Dieu de répandre sur toi, en cette heure si grave, sa miséricorde et sa sagesse.

« Muammar Kadhafi
« *Président de la Jamahiriya Arabe Libyenne Populaire Socialiste* »

Stupéfait, le Président interrogea son collaborateur :

— Jack, c'est une plaisanterie ?

— Espérons-le. Nous n'avons pas encore pu vérifier si ce message vient bien de Kadhafi, ou s'il est l'œuvre de sinistres plaisantins. Ce qui nous préoccupe cependant, c'est que le Service d'urgence nucléaire du département de l'Energie indique que le schéma joint à la cassette est un document extrêmement élaboré. Il a été envoyé au laboratoire de Los Alamos pour une expertise approfondie. Nous attendons le résultat. A toutes fins utiles, j'ai convoqué le Comité de Crise pour 20 heures. Je voulais vous en informer.

Le Président hocha la tête, l'air consterné. Il était le premier chef d'État d'un grand pays de l'âge atomique qui possédât une solide connaissance des mystères de la physique nucléaire. Et aucune région du monde ne lui avait inspiré autant de soucis, autant de compassion, que le Proche-Orient. La paix au Proche-Orient avait été son obsession quasi permanente depuis le jour où il s'était installé à la Maison-Blanche. C'est que, d'une étrange façon, en quelque sorte symbolique, il connaissait, il aimait les djebels et les plaines rocailleuses de cette contrée presque autant que les collines crayeuses de sa Géorgie natale. Chaque jour, il s'y transportait en imagination par la lecture de la Bible.

— Jack, cela me paraît impensable qu'une telle menace vienne de Kadhafi, dit-il en pressant de l'index la fossette de son menton. Il s'agit d'un acte beaucoup trop irrationnel. Aucun chef d'une nation souveraine n'oserait nous faire ce chantage à la bombe atomique dans New York. Même s'il réussissait à tuer trente mille personnes, il ne peut ignorer que nous n'hésiterions pas, en représailles, à l'anéantir, lui et la population entière de son

23

pays. Il faudrait qu'il fût devenu fou pour entreprendre une machination aussi démentielle.

— C'est aussi mon avis. Je serais personnellement tenté de penser qu'il s'agit d'un vulgaire canular ou, au pire, d'une mascarade organisée par un groupe terroriste s'abritant derrière Kadhafi.

Eastman apercevait les lumières du sapin de Noël planté sur la pelouse de la Maison-Blanche, bouquet d'étoiles multicolores scintillant dans la sombre nuit de décembre. La sonnerie du téléphone l'arracha à ce spectacle.

— Ce doit être pour moi, s'excusa-t-il, j'ai prévenu le standard que j'étais avec vous.

Tandis que son conseiller allait décrocher, le Président s'approcha de la fenêtre et regarda avec mélancolie les phares des rares voitures qui remontaient Pennsylvania Avenue. Il n'était pas le premier président des États-Unis à faire face à un chantage terroriste nucléaire dans une ville américaine. Gerald Ford avait eu ce triste privilège en 1974, et déjà à propos du conflit du Proche-Orient. Des Palestiniens l'avaient menacé de faire exploser une bombe atomique en plein cœur de la ville de Boston si onze de leurs camarades n'étaient pas libérés des prisons israéliennes. De même que la plupart des quelque cinquante affaires similaires qui avaient suivi, elle s'était avérée une mystification. Mais, pendant plusieurs heures, Gerald Ford avait dû envisager l'évacuation de la capitale du Massachusetts. Les habitants de Boston n'en surent jamais rien.

— Monsieur le Président ? — Le chef de l'Exécutif se retourna et vit que son conseiller était devenu tout pâle. — Le laboratoire de Los Alamos vient d'appeler. D'après une première analyse, le schéma représenterait bien un engin nucléaire !

Une élégante jeune femme vêtue d'un manteau de loup pénétrait à cet instant dans une cabine des toilettes de la gare centrale de Washington. Elle retira la perruque blonde qu'elle avait mise pour aller déposer l'enveloppe du colonel Kadhafi à la Maison-Blanche, et recoiffa soigneusement ses cheveux noirs relevés en chignon. Elle enfouit la perruque au fond de son sac et sortit en hâte dans l'immense rotonde ceinturée d'alcôves copiées sur celles des bains romains de Dioclétien.

Leila Dajani était la sœur du passager du *Dionysos*. Elle obliqua à gauche et se dirigea vers une galerie où elle trouva ce qu'elle cherchait, les casiers métalliques de la consigne automatique. Elle en ouvrit un au hasard, y déposa une enveloppe, introduisit dans la fente deux pièces de vingt-cinq cents et retira la clef. Elle retraversa le hall, pénétra dans une cabine téléphonique et composa un numéro. Quand son correspondant décrocha, elle murmura seulement les références de la clef qu'elle tenait à la main : « K-602 ».

Trois minutes plus tard, elle arrivait en courant sur le quai n° 6 et montait à bord du dernier train Metroliner pour New York.

★

L'appel de la jeune Palestinienne avait retenti dans une cabine téléphonique au coin de Broadway et de la 42e Rue, à New York. Après avoir noté la référence de la clef, l'occupant de la cabine mit quatre pièces de vingt-cinq cents dans l'appareil et composa l'indicatif 202 puis le 456.14.14. C'était le numéro de la Maison-Blanche. Il parla

25

quelques instants à la standardiste, raccrocha, ajusta son bonnet d'astrakan et sortit pour se perdre dans le flot des noctambules de Times Square.

La quarantaine corpulente, un air sérieux d'intellectuel dans un visage poupin, une fine moustache noire et des lunettes à grosse monture, Whalid Dajani était le troisième membre de ce trio familial palestinien que les circonstances avaient placé au service de Kadhafi pour l'accomplissement de sa menace contre New York.

Dajani savoura avec émerveillement le spectacle de Broadway. Pas de crise de l'énergie sur « the great white way », la glorieuse traînée de lumières, songea-t-il en contemplant les vitrines éblouissantes, les tapisseries colorées des publicités électriques géantes montant à l'assaut des murs de la nuit. Le spectacle des trottoirs le surprit davantage encore. Au coin de la 43ᵉ Rue, des choristes de l'Armée du Salut grelottant dans leurs uniformes bleu marine chantaient résolument « Venez à moi, enfants de Dieu », à quelques mètres d'un essaim de prostituées exhibant leurs charmes dans d'aguichantes culottes à paillettes. On trouvait un extraordinaire échantillonnage d'humanité dans cette foule. Touristes en goguette, noctambules distingués en smoking et robe du soir allant au théâtre ou au cabaret, souteneurs en manteau de cuir et bottes à hauts talons, jeunes garçons des bidonvilles du haut de la ville venus rêver dans l'orgie des lumières, clochards la casquette tendue, policiers bedonnants patrouillant la matraque à la main, pickpockets et voleurs à la tire cherchant leurs proies, soldats et marins chantant à tue-tête. A l'angle de la 46ᵉ Rue, un homme en redingote noire haranguait les passants

26

en menaçant : « Le feu de l'enfer et la damnation vous attendent, habitants de Sodome et Gomorrhe ! » Un peu plus haut sur Broadway, un père Noël, si maigre que le rembourrage ne parvenait pas à lui donner le physique de l'emploi, agitait sa clochette devant un chaudron où pleuvaient les aumônes. Derrière lui, deux travestis perruqués de blond oxygéné racolaient leurs clients dans l'embrasure d'une porte, leurs voix de fausset ne laissant aucun doute sur leur sexe. Humanité grouillante, attachante, multiple, coulant dans un canyon de lumières, mosaïque breughelienne dont le Palestinien percevait à chaque pas la vibrante démesure. En traversant l'avenue, Whalid Dajani ressentit soudain comme un coup de poignard au creux de l'estomac. Son ulcère ! Il se précipita dans le premier milk-bar pour commander un verre de lait. Il l'ingurgita avec autant d'avidité qu'un alcoolique son premier whisky de la journée. Puis il reprit sa marche le long de Broadway.

Bientôt, l'écho de la voix de Frank Sinatra chantant un de ses vieux tubes lui indiqua l'emplacement de la boutique qu'il cherchait. Il entra dans un magasin de radios et de disques violemment éclairé, passa devant les étalages d'albums et de cassettes et s'arrêta devant le présentoir des cassettes vierges. Il fouilla dans les casiers jusqu'à ce qu'il trouve une cassette de trente minutes de marque B.A.S.F.

— Dites donc, ami, lui indiqua le vendeur, nous avons une promotion sur les Sony. Trois cassettes pour quatre dollars quatre-vingt-dix-neuf cents.

— Merci bien, mais je préfère les B.A.S.F., répondit Whalid Dajani.

En sortant, son regard fut attiré par la pendule dans le panneau géant du fumeur de cigarettes Winston lançant ses ronds de fumée. Il avait plus de deux heures à tuer avant son rendez-vous. Il poursuivit sa promenade sur l'avenue légendaire, aujourd'hui envahie d'une profusion de sex-shops, de salons de massage et de salles de cinéma pornographique. Il choisit un film dont le titre prometteur, *Les Anges de Satan*, le fit sourire.

★

A quelques blocs de buildings de Times Square, les Filles de la Charité, de l'ordre de Saint-Vincent-de-Paul, du centre Kennedy pour l'enfance inadaptée se préparaient à présenter un spectacle d'un genre bien différent. Avec douceur et tendresse, elles guidaient un groupe d'enfants vers l'arbre de Noël dressé au milieu de leur salle des fêtes comme un flambeau d'espérance.

Leur démarche saccadée, leurs regards obliques, leurs bouches déformées trahissaient la malédiction qui les avait frappés. Ils étaient mongoliens.

La mère supérieure fit asseoir ses protégés en demi-cercle autour du sapin. A la vue des guirlandes d'ampoules qui l'illuminaient, la joie des enfants émerveillés éclata dans un babillage pathétique et discordant. La supérieure s'adressa alors à l'assistance des parents.

— C'est Maria Rocchia qui va ouvrir notre fête en chantant « Il est né le divin enfant ».

Elle alla prendre par la main une fillette d'une dizaine d'années aux longues nattes brunes nouées de rubans roses. Paralysée par la peur, l'enfant restait figée. Elle émit enfin un son qui n'était qu'une plainte rauque. Prise d'un violent tremblement, elle se mit à taper des pieds. Tout son petit corps était secoué comme sous l'effet de chocs électriques.

Assis au premier rang, un homme d'une cinquantaine d'années vêtu d'un strict costume gris, s'épongeait le front. Chaque convulsion de la petite fille, chaque son incohérent s'échappant de ses lèvres le frappait douloureusement. Elle était son unique enfant. Depuis que sa mère était morte d'une leucémie trois ans plus tôt, elle vivait chez les sœurs.

Angelo Rocchia fixait sa fille avec un amour passionné. La tempête secouant la frêle silhouette finit par s'apaiser. Un premier mot hésitant, puis un autre et encore un autre se firent enfin entendre. La voix était toujours rauque, mais l'air de la mélodie était bien dans le ton.

Il est né le divin enfant,
Chantons tous son avènement.

Angelo essuya ses tempes grisonnantes et déboutonna sa veste en soupirant de soulagement. L'un des attributs de sa profession apparut alors sur sa hanche droite. C'était un Smith & Wesson de service, calibre 38. Le père de la petite fille qui se battait avec les strophes de son cantique de Noël était inspecteur principal à la brigade criminelle de la police new-yorkaise.

★

Dans un P.C. souterrain des environs de Germantown, Maryland, à quarante kilomètres de la Maison-Blanche, un homme décrochait son téléphone. Jim Davis était, ce dimanche soir, officier de garde au poste de commandement des Urgences nucléaires du département de l'Énergie, l'un des nombreux blockhaus secrets d'où l'Amérique serait gouvernée en cas de guerre nucléaire.

Sur l'ordre que Jack Eastman, l'assistant du président des États-Unis pour la Sécurité nationale, avait donné, quelques minutes après l'arrivée du rapport préliminaire du laboratoire atomique de Los Alamos sur la nature de la bombe de Kadhafi, Davis allait mettre en mouvement le processus le plus efficace inventé par le gouvernement américain pour faire face à une menace nucléaire terroriste. Son téléphone lui donnait un accès direct au système protégé de communications militaires « Autodin-Autovon », un réseau dont les numéros à cinq chiffres étaient répertoriés dans un volume vert de soixante-quatorze pages qui constituait probablement l'annuaire le plus confidentiel du monde.

— Centre de commandement militaire national, commandant Evans, annonça une voix qui répondait d'un autre P.C. souterrain, enfoui celui-là sous le Pentagone.

— Ici le Centre des opérations d'urgence du département de l'Énergie, dit Davis. Nous avons une urgence nucléaire. Priorité « Flèche brisée ».

Il réprima un frisson à ce nom de code qui signifiait la plus haute priorité attribuée par le gouvernement américain à une crise nucléaire en temps de paix.

— Site de l'urgence, enchaîna-t-il : la ville de New York. Nous réclamons les moyens de transport aérien nécessaires à l'acheminement de la totalité de notre personnel spécialisé et de son matériel.

Cette requête allait jeter dans la bataille l'une des organisations les plus secrètes de l'État américain, un aréopage de savants et de techniciens tenus en alerte jour et nuit au siège du département de l'Énergie ainsi que dans plusieurs laboratoires atomiques à travers les États-Unis. Elle était officiellement connue par ses initiales N.E.S.T. pour Nuclear Explosives Search Teams, brigades de recherche d'explosifs nucléaires. Avec leurs détecteurs de neutrons et de rayons gamma ultrasensibles, et leurs techniques de recherche hautement élaborées, ces équipes Nest offraient la seule possibilité scientifique de faire échec à la menace adressée dans l'après-midi au président des États-Unis.

Dans son P.C. du Pentagone, le commandant Evans composa immédiatement une série de formules codées sur le clavier d'un terminal d'ordinateur. En une seconde apparut sur l'écran la liste des opérations qu'il devait accomplir pour traiter la mission qui venait de lui être confiée. Il devait assurer l'acheminement par air de deux cents hommes avec leur équipement à partir des bases de Kirkland (Nouveau-Mexique) et de Travis (Californie). Pour cela, le commandement du transport aérien de la base de Scott (Illinois) tenait quatre Starlifter C-141 en alerte permanente. L'ordinateur précisait enfin que tous les personnels et leur matériel devraient être débarqués en secret sur la base de McGuire, dans le New Jersey. C'était la base la plus proche de New York capable d'accueillir les avions cargos Starlifter. Elle n'était qu'à une heure de voiture de Manhattan.

Evans pianota encore sur son clavier et de nouvelles indications apparurent sur l'écran.

— Votre premier appareil se posera à Kirkland à 18 h 30, heure locale, put-il préciser une seconde plus tard à l'officier du département de l'Énergie qui l'avait appelé.

Dans le ciel du Kansas, un Starlifter qui transportait des moteurs de rechange à destination d'une base du Texas, avait brusquement changé de cap pour filer, plein sud-ouest, chercher au Nouveau-Mexique les premiers éléments des brigades Nest. Penché sur ses cartes dans la pénombre du cockpit, son navigateur était déjà en train de préparer son plan de vol vers New York.

★

A 20 heures précises, le président des États-Unis fit son entrée dans la salle de conférences du Conseil national de sécurité, située dans le sous-sol de l'aile ouest de la Maison-Blanche. Chacun se leva. L'apparition familière suscitait toujours une vive curiosité. Même pour ses ministres les plus blasés, une sorte d'aura enveloppait la personne du chef de l'État. Le poids de ses responsabilités, l'étendue de ses pouvoirs, la puissance qu'il incarnait en faisaient un être à part, plus tout à fait homme. Comme lors de chaque crise, ce soir s'ajoutaient à ce sentiment coutumier le poids de l'angoisse et l'élan d'une sourde espérance qui ne pouvait se porter ailleurs que vers lui.

— Je vous remercie d'être là, messieurs, et je vous demande de prier avec moi pour que l'affaire qui nous réunit ne soit qu'un détestable canular.

Avec sa banale table ovale et ses sièges tapissés de skaï rouge, la salle du Conseil national de sécurité des États-Unis ressemblait à la salle de réunion d'une petite banque de province. C'était pourtant entre ces murs vert pâle que John Kennedy avait envisagé le déclenchement de la troisième guerre mondiale pendant la crise des missiles de Cuba ; que Johnson avait ordonné l'envoi d'un demi-million d'Américains au Viêt-nam ; que Nixon avait projeté la chute de Salvator Allende et la reconnaissance de la Chine. Le Président lui-même avait, en cette salle, débattu les conséquences du renversement du chah d'Iran et la réponse de l'Amérique aux défis dramatiques lancés par son successeur.

L'apparente banalité de la pièce était trompeuse. Une série de boutons commandaient le déroulement d'écrans géants de projection et de cartes du monde. Devant chaque chaise, un tiroir renfermait un téléphone muni d'un système de brouillage automatique. Et surtout, parce qu'elle jouxtait le Centre des télécommunications de la présidence des États-Unis, la pièce était reliée, par des rangées de pupitres de transmission équipés d'écrans vidéo, à tous les organes de commandement de l'État : le Pentagone, la C.I.A., le Département d'État, l'Agence nationale de sécurité, le commandement des forces aériennes stratégiques. Les instructions émanant de cette salle pouvaient ainsi être transmises à toutes les installations américaines à travers le monde, aussi bien à l'officier de tir du porte-avions *Kitty Hawk* posté devant le détroit d'Ormuz, en face des installations pétrolières iraniennes, qu'à toutes les unités de l'U.S. Air Force en vol dans tous les cieux du globe. Dans un coin, se trouvait le fameux « téléphone rouge » reliant la Maison-Blanche au Kremlin, qui n'est d'ailleurs pas un téléphone mais un téléscripteur.

Le chef de l'État fit signe à ses collaborateurs de s'asseoir. Curieusement, ils évoquaient davantage une équipe de golfeurs au retour d'une compétition que l'état-major de crise du gouvernement des États-Unis. Les secrétaires à la Défense et à l'Énergie, les directeurs de l'Agence centrale de renseignement (C.I.A.) et du Bureau fédéral d'investigation (F.B.I.), la Sûreté fédérale américaine ; le président du Comité des chefs d'état-major, le secrétaire d'État adjoint portaient la tenue décontractée du dimanche dans laquelle les avait surpris l'appel du général Eastman : des jeans, des chemises de cowboy, des vestes de sport et même des survêtements de gymnastique.

Le regard bleu acier du Président parcourut l'assistance et s'arrêta sur Eastman.

— Jack, pourquoi James n'est-il pas là ?

Dans les moments graves, tout homme aspire à sentir à ses côtés un être, homme ou femme, assez proche pour se mettre vraiment à sa place et le conseiller en ami à l'heure critique des décisions. Bien qu'il se sût entouré des meilleurs cerveaux de la nation, le Président n'échappait pas à ce besoin. C'est pourquoi, il avait amené de sa Géorgie natale une petite bande de fidèles, de complices, ses « boys », qu'il avait installés à la Maison-Blanche. James Mills, trente-quatre ans, un ancien étudiant en sciences politiques, était l'un d'eux.

Chaque fois qu'il était confronté à un problème, le Président commençait par en analyser les principaux éléments. Cette façon de procéder, un peu lente mais méthodique, lui venait de sa formation militaire. Il pria le général Eastman de lire la lettre reçue de Kadhafi dans l'après-midi puis intervint aussitôt.

— Je crois, messieurs, qu'avant de songer à entreprendre quoi que ce soit, il nous faut d'abord répondre à une première question : cette menace est-elle vraiment sérieuse ?

Un chuchotement approbateur accueillait sa suggestion quand une voix jaillit de l'ampliphone encastré au centre de la table de conférence.

La communication venait du Nouveau-Mexique. Harold Wood, le directeur du laboratoire atomique de Los Alamos, était au bout du fil.

Avec ses épais cheveux blonds striés de blanc et sa carrure athlétique, l'homme qui se préparait à parler au président de son pays ressemblait plus à un bûcheron suédois qu'à un chercheur de laboratoire. Harold Wood était pourtant l'un des derniers survivants de la prestigieuse équipe de savants qui, un soir de l'hiver 1942, avait fait entrer le monde dans l'âge atomique. Ses compagnons — Eistein, Oppenheimer, Bohr, Fermi... — avaient disparu, mais leurs portraits étaient là, sur les murs de son bureau, hommage fidèle à la mémoire des pionniers de l'épopée nucléaire. Le centre de Los Alamos qu'il dirigeait était le temple de la science atomique américaine. C'était là, en plein cœur du grand désert pierreux du Nouveau-Mexique, au pied des vertigineux escarpements du plateau du Pajarito, que Wood et ses camarades avaient, en 1945, construit la première bombe atomique.

Trente-six ans plus tard, au même endroit, il venait de prendre conscience que ses travaux menés pour le bien de l'Amérique risquaient de se retourner contre elle. Entouré de son équipe au complet, il avait, pendant tout l'après-midi, passé au crible les documents techniques joints à la cassette de Kadhafi, vérifiant les colonnes de formules mathématiques, les densités neutroniques, les facteurs caloriques, les courbures des lentilles. A mesure que les ordinateurs avaient craché leurs résultats la réalité était apparue, inexorable. A présent, la gorge serrée par l'angoisse, Harold Wood allait communiquer le bilan de son étude à l'instance suprême de son pays. De son bureau, il apercevait les lumières de Los Alamos, ses jolies villas de style mexicain, son église à campanile, ses écoles fleuries, la coquette cité dont la seule raison d'exister était la fabrication des armes de la mort nucléaire.

A peine déformée par la distance, la voix du physicien emplissait la salle de conférences de la Maison-Blanche. Les visages étaient graves, attentifs. Comme dans tous les moments solennels, le Président avait croisé les mains sur la table. Il écoutait, concentré, tendu.

— Monsieur le Président, le schéma et les indications figurant sur les documents qui nous ont été envoyés ne correspondent pas à une bombe atomique... — Un « Ouf ! » général de soulagement couvrit brièvement sa voix. — Ce schéma est en fait celui d'une bombe à hydrogène... — Le savant se racla la gorge. — Une bombe H de trois mégatonnes. Cent cinquante fois la bombe d'Hiroshima.

★

Kamal Dajani, le passager du *Dionysos* débarqué clandestinement à New York trois jours plus tôt, scrutait soigneusement les immeubles alentour. Pas une fenêtre n'était éclairée. Rassuré, il s'accroupit et s'avança à quatre pattes sur le toit gelé. Il traînait un sac de golf contenant les éléments d'une antenne de télévision et d'une antenne de radio d'une sensibilité particulière en raison de l'alliage de bronze phosphoreux qui la composait. Quand il atteignit la cheminée désaffectée repérée dans l'après-midi, il y fixa les deux antennes avec un azimut de 180° S.-S-.-E. La personne qui avait choisi ce vieil entrepôt du bas de Manhattan avait parfaitement suivi ses instructions. Aucun obstacle ne risquait de contrarier la réception d'un signal.

Le Palestinien contrôla avec soin l'agencement de son installation. Un bref éclair de sa torche le tranquillisa. Tout était en ordre.

Toujours à quatre pattes, il prit le chemin du retour en déroulant derrière lui le câble qu'il venait de brancher à la base de l'antenne. Des rires jaillirent soudain de la rue en contrebas. Un groupe de noctambules sortait d'un bar voisin. Kamal retint son souffle. Aplati sur le bord du toit, il resta immobile jusqu'à ce que le dernier rire se fût évanoui au fond de la nuit d'hiver.

★

Quelques rues plus loin, le rédacteur en chef du *New York Times* contemplait l'épais paquet de morasses sur son bureau. Bien que l'actualité de ce dimanche eût été plutôt creuse, le *New York Times* resterait fidèle à sa devise. Le numéro du lendemain présenterait dans ses 124 pages « toutes les nouvelles qui méritent d'être imprimées », c'est-à-dire plus d'informations qu'aucun autre journal du monde, plus de commentaires, d'interviews, de reportages, de résultats, de statistiques, de conseils, plus de dépêches de plus d'endroits de l'univers, de la Maison-Blanche à la frontière russo-chinoise, des couloirs de Wall Street aux palais des émirs du pétrole, des vestiaires du Yankee Stadium aux antichambres du Kremlin. Le quotidien qui naissait chaque soir dans les quatorze étages du vénérable building à l'angle de Broadway et de la 43e Rue était une institution unique. C'était la conscience de l'Amérique, un miroir de l'histoire des hommes tellement universel que « si un événement ne figure pas dans les pages du *New York Times*, c'est, disait-on, qu'il ne s'est pas produit ».

Ancien rédacteur sportif, Myron Pick en dirigeait la rédaction new-yorkaise, une équipe de quelque sept cents journalistes installés dans une salle aussi vaste qu'une nef de cathédrale. Sa haute silhouette filiforme régnait sur eux du haut d'une dunette, surplombant une multitude de bureaux métalliques encombrés de machines à écrire, de téléphones, de téléscripteurs. L'atmosphère était à l'image de New York : confuse, bruyante, surpeuplée. Des cloisons de verre divisaient la salle en une mosaïque de féodalités baptisées « Informations Générales », « Économie », « Social », « Sciences », « Sports », « Arts et Spectacles », « Immobilier », « Loisirs », « Nécrologie »... Pick avait mis des années à en identifier les occupants — reporters sportifs aux fugitives apparitions, critiques de théâtre aux horaires d'oiseaux de nuit, chroniqueurs d'échecs cérémonieux comme des notaires, vieux habitués des chiens écrasés, rédacteurs des pages nécrologiques, sténos de presse travaillant au noir pour la C.I.A., jeunes loups affamés de scoops, *columnists*, échotiers, enquêteurs, courriéristes, *rewriters*, certains embusqués derrière les piliers ou placés si loin que les prédécesseurs de Pick les surveillaient autrefois à la jumelle. Un monde disparate, lui aussi à l'image de New York, avec son mélange de génies, d'artistes, de farfelus et de cloches.

Comme toujours, une vive agitation précédait le bouclage. Les allées et venues des journalistes, les sonneries des téléphones, le crépitement des machines à écrire se multipliaient. Pick et ses assistants parcouraient les travées pour presser les retardataires et contrôler la photocomposition des derniers articles. Dans quelques minutes, les rotatives commenceraient à imprimer le journal. Cette fébrilité ne cesserait pas de la nuit car les éditions se succéderaient jusqu'à l'aube, dans un déroulement sans fin de papier qui dévorait chaque année plus de cinq millions d'arbres.

« Grace Knowland chez monsieur Pick ! »

Le haut-parleur qui avait fait trembler des générations de journalistes fonctionnait encore. Une grande fille en pantalon et veste de tweed répondit à l'appel. Grace Knowland, trente-cinq ans, était depuis six ans reporter aux pages new-yorkaises du *Times*. Elle avait gravi un à un les échelons de la sévère hiérarchie qui obligeait les nouvelles recrues à s'asseoir d'abord tout au fond pour recevoir quelques miettes de l'actualité, la rupture d'une canalisation à Brooklyn, la naissance d'un panda au zoo du Bronx ou la fête nationale ukrainienne. Un an aux « chiens écrasés » du commissariat de Manhattan-Sud devait ensuite compléter son expérience et la faire avancer de quelques travées. L'assassinat d'une jeune femme sur le trottoir d'un paisible quartier de l'East Side lui avait donné sa chance. Au cours de son enquête, elle avait découvert que trente-huit personnes avaient entendu les appels au secours de la victime. Pas une n'avait bougé. Son article avait bouleversé les lecteurs du *Times* et propulsé Grace au troisième rang. Cette grande fille fouineuse, sérieuse, efficace, était exactement le genre de reporters dont Myron Pick avait besoin pour réaliser les idées dont fourmillait son esprit inventif. Il aimait l'envoyer explorer les réalités new-yorkaises : la pollution, les transports, les hôpitaux, le système d'éducation publique, les conflits raciaux, les bookmakers, la corruption municipale. Son article de l'avant-veille dénonçant l'incapacité de la municipalité à faire dégager les rues de New York après la dernière tempête de neige avait provoqué une avalanche de courrier et d'appels approuvant ses critiques.

Myron Pick avait une façon presque hypnotique

de communiquer avec ses journalistes. Il passa son bras autour du cou de la jeune femme et l'entraîna dans le couloir pour lui parler à l'oreille. Ce ton de confidence donnait toujours un relief particulier à ce qu'il avait à dire.

— Il paraît que c'est la panique à l'Hôtel de Ville à cause de ton papier. Le maire vient de faire savoir qu'il donnerait une conférence de presse demain matin à 9 heures pour laver les services de la voirie de tes accusations. Il faut que tu nous couvres ça, ma douce. — Il se fit de plus en plus confidentiel. — Car tu sais, ces histoires-là, ça passionne les gens.

★

A la Maison-Blanche, un silence angoissé s'était abattu sur les membres du Comité de Crise. Ils étaient tous sous le choc des conclusions du laboratoire nucléaire de Los Alamos. La bombe à hydrogène représentait le raffinement suprême découvert par l'homme dans sa course inlassable vers sa destruction. Contrairement à une bombe atomique ordinaire qui résulte de l'application pratique d'une théorie scientifique universellement connue, la construction d'une bombe H dépend d'un secret, le secret le plus colossal jamais percé par l'homme depuis que les troglodytes de la préhistoire ont domestiqué le feu. Le secret sans doute le plus férocement gardé de la planète. Des dizaines de milliers de physiciens qualifiés connaissent le principe de la bombe atomique. Trois cents seulement, peut-être moins, possèdent la formule magique de la bombe à hydrogène.

La voix métallique d'Harold Wood emplissait à nouveau la salle.

— Il s'agit d'un engin semblable à « Mike », notre première bombe H expérimentée sur l'atoll d'Eniwetok en 1952. Il est conçu pour être placé dans un cylindre de la taille d'un baril de pétrole. Nous estimons qu'il doit peser environ une tonne. Une prise de courant femelle fixée sur la partie supérieure de l'engin permet de le relier à un dispositif de mise à feu. Ce dispositif, indépendant, fonctionne vraisemblablement sous l'action d'une impulsion radio-électrique.

Une surprise de plus en plus vive apparaissait dans la plupart des regards autour de la table. Seul le Président restait impavide. Profitant d'une pause, il demanda :

— Monsieur Wood, pouvez-vous nous indiquer quel type de bombe atomique doit faire exploser cette bombe H ?

La question dénotait l'expérience du Président en matière d'armement nucléaire.

— Une bombe au plutonium 239, monsieur le Président. Tout à fait simple et classique. Deux hémisphères de plutonium d'un poids de 2,4736 kilogrammes. Bien assez pour créer une jolie masse critique !

— Et l'explosif pour faire détoner la bombe A ?

— Du Tserdlov 6. Un excellent produit russe.

— Et les lentilles ?

Le Président faisait référence aux minuscules systèmes d'optique destinés à convertir les nombreuses ondes de choc provoquées par l'explosion du Tserdlov en une série de faisceaux parfaitement symétriques capables d'écraser d'un seul impact le plutonium dans le cœur de la bombe A.

— Elles sont une variante des vieilles lentilles Greenglass. Rudimentaires, mais efficaces.

Chaque réponse suscitait une furtive grimace

sur le visage du Président. Fixant l'ampliphone avec une intensité douloureuse, il interrogea encore :

— Et les matériaux pour la bombe H, monsieur Wood ? Est-il imaginable que le colonel Kadhafi ait pu se les procurer ?

— Le plus facilement du monde ! Il a dû commencer par utiliser du chlorure de lithium. C'est un produit chimique que l'on trouve dans le commerce. On s'en sert dans certains accumulateurs électriques. Il coûte moins d'un dollar la livre. Il lui a fallu aussi un peu d'eau lourde. N'importe quelle couverture scientifique ou médicale permet d'en acheter.

Le ton du physicien devint grave, presque solennel.

— Le drame, monsieur le Président, c'est qu'une fois que l'on connaît la formule, il n'est pas très difficile de construire une bombe à hydrogène. Il suffit de posséder une bombe atomique et quelques produits chimiques très courants.

Ces mots flottèrent un long moment dans l'air saturé de la salle de conférences. Faisant un effort pour paraître calme et détaché, le chef de l'État posa alors la question capitale qui hantait tout le monde :

— Dans l'hypothèse où l'engin que vous nous avez décrit existe réellement, dans l'hypothèse où il se trouve réellement caché dans New York, dans l'hypothèse enfin où il explose, quel serait son effet ?

L'ampliphone resta silencieux pendant quelques secondes interminables. Puis, comme si elle venait d'une autre planète, la voix soudain désincarnée d'Harold Wood emplit à nouveau la pièce :

— New York serait rayée de la carte.

★

L'inspecteur Rocchia observait avec fierté le lent mouvement des têtes : les hommes se retournaient toujours sur le passage de cette grande fille en pantalon et veste de tweed, cheveux blonds et écharpe de mohair flottant sur les épaules, qui se faufilait, allure féline, air décidé, entre les tables du bistrot. Deux yeux rieurs, un teint éclatant et un petit nez mutin comme dans les portraits de Reynolds faisaient définitivement oublier que la journaliste Grace Knowland avait trente-cinq ans, un fils de douze ans et un passé quelque peu mouvementé !

— Salut, mon ange ! dit-elle en déposant un baiser furtif sur le front de l'inspecteur qui se levait.

Elle se glissa à côté de lui sur la banquette de velours, juste sous la peinture de la baie de Naples et du Vésuve qu'il affectionnait. Tandis qu'elle allumait une cigarette, Angelo appela le garçon.

Même le dimanche soir, le restaurant Forlini était plein de monde. Comme disait le policier, c'était le genre d'endroit « où les choses transpirent ». Sa proximité du palais de justice en avait fait le rendez-vous favori des huiles de la police, des magistrats, des avocats, des journalistes et d'un certain nombre de petits mafiosi.

Angelo tendit à Grace un campari-soda et leva vers elle son verre de Chivas sec. Il buvait peu, mais appréciait le vieux whisky et le chianti gouleyant de Toscane.

— Cheers ! dit-il.

— Cheers ! Comment va Maria ? J'espère que cela n'a pas été trop pénible.

— C'est chaque fois la même chose, tu sais. On

croit qu'on est blindé, et... — Il décortiqua une cacahuète et détourna son regard. — Le plus dur, c'est d'admettre qu'il n'y a pas d'espoir.

— Commandons, dit Grace en se forçant à sourire, je suis morte d'inanition !

— Bonsoir, inspecteur. Je vous conseille les Piccate au marsala. Absolument délicieuses !

Angelo leva les yeux. Il avait reconnu la voix d'un de ses informateurs attitrés, un gros Sicilien vêtu d'un costume bleu pétrole et d'une cravate de soie blanche. Il le dévisagea avec condescendance :

— Comment vont les affaires, Salvatore ? Tu te tiens un peu tranquille ces jours-ci ?

La sécheresse du ton surprit la jeune femme. Elle s'étonnait toujours qu'il pût reprendre aussi vite ses réflexes de policier. C'étaient pourtant des motifs professionnels qui les avaient conduits à se rencontrer. Une enquête sur la grande criminalité l'avait un jour fait entrer dans un bureau de l'Homicide Squad de Manhattan. Avec son profil d'empereur romain, ses cheveux grisonnants ondulés, sa moustache à la Vittorio De Sica, sa tendance à rouler les *r* comme les ténors du Metropolitan Opera, l'inspecteur qui l'avait reçue lui avait fait penser davantage à un seigneur de la Mafia qu'à un policier. Elle avait remarqué le bouton noir de deuil qui ornait le revers de son veston et la façon nerveuse dont il grignotait des cacahuètes. Pour ne pas fumer, avait-il expliqué.

Il l'avait invitée à déjeuner. Des contacts amicaux avec un policier haut placé n'étant jamais inutiles pour un journaliste, elle avait accepté. Des circonstances particulières n'avaient pas tardé à donner un tour plus personnel à leurs relations. Rocchia venait de perdre sa femme, elle de divorcer. Ils s'étaient vus de plus en plus souvent. Puis, un soir torride d'août, ils étaient allés dîner dans un restaurant de crustacés de Shipshead Bay. Grace portait une robe de coton imprimé largement décolletée. L'éclat de son teint la dispensait de tout maquillage. Juste une ombre turquoise sur les paupières et du rouge pour souligner la courbe de ses lèvres.

Angelo l'avait contemplée ce soir-là avec une tendresse nouvelle. La brise marine, la douce euphorie d'un Lacanina bien frais, le bien-être de cette nuit d'été avaient cristallisé leurs sentiments. Grace avait pris son bras et s'était blottie contre lui. C'étaient les vacances, son fils était chez sa grand-mère, elle se sentait libre pour la première fois depuis son divorce. Ils étaient rentrés lentement en voiture par le bord de mer. Angelo habitait tout près, à la pointe de Coney Island, face à l'océan, dans un grand immeuble d'Atlantic Avenue. Ils avaient écouté quelques disques classiques, bu un ou deux whiskies puis, tout naturellement, ils avaient terminé la nuit ensemble.

La félicité de cette première nuit n'avait pas pour autant allumé une passion dévorante entre ces deux êtres aux blessures encore trop récentes. Mais le bonheur tranquille et comblé qu'ils éprouvaient chaque fois qu'ils se retrouvaient était leur façon de s'aimer.

Grace poussa un cri de joie à la vue des Piccate qu'apportait le garçon. Sa manière exubérante de manifester son plaisir enchantait Angelo. Elle huma le parfum du marsala.

— Voilà qui va me donner des forces pour affronter ce satrape de maire ! Car tu sais quoi ? Il a convoqué la presse demain matin à 9 heures. Pour répondre à la campagne de critiques contre

les services de la voirie municipale. Quatre jours
après la tempête de neige de jeudi, il y a encore
des rues qui ne sont pas dégagées et des gens qui
ne peuvent pas sortir de leur garage. Au moindre
incident, cette ville devient un gigantesque piège !

Un même amour de leur ville les animait. Ils
savaient prendre son pouls, respirer ses odeurs,
guetter ses bruits, épier son âme. New York coulait dans leurs veines un peu comme le Gange
sacré coule dans celles des sadhous de Bénarès.

Le garçon avait servi le café. Il était tard. Ils
avaient beaucoup parlé. Elle avait un peu trop bu
de Soave Bolla et se sentait prise d'un léger ver-
tige. Elle écrasa sa cigarette dans le cendrier.

— Je ne pourrai pas déjeuner avec toi mardi,
annonça-t-elle.

— Un reportage ?

Elle le regardait avec tendresse, le visage calé
entre ses mains, ses longs cils ombrant ses joues.

— Non, dit-elle, je dois subir une petite intervention. Rien de grave.

Elle paraissait gênée. L'air inquiet d'Angelo la
surprit et la réchauffa.

— A mon âge, c'est stupide. Cela ne devrait pas
arriver. — Elle resta un instant silencieuse. — Je
suis enceinte.

★

Le Président leva la main pour faire taire ses
collaborateurs revenus de leur stupeur. Toute discussion ne pouvait, jugeait-il, qu'embrouiller la
situation. Maîtrisant son émotion, il déclara :

— Messieurs, nous devons passer tout de suite
à la deuxième question : ce chantage à la bombe H
dans New York émane-t-il vraiment du colonel
Kadhafi ?

La réponse était du ressort de trois organisations aux moyens quasi illimités qui faisaient de l'Amérique la nation en théorie la mieux renseignée du monde. Le Président se tourna vers son condisciple de l'École navale qu'il avait nommé à la tête de la Central Intelligence Agency. Depuis la révolution iranienne, les déficiences de la C.I.A. avaient été l'une de ses constantes préoccupations. L'amiral Tap Bennington, cinquante-sept ans, se montra très embarrassé :

— Nous n'avons pas pu déterminer avec certitude si la voix de la cassette est bien celle de Kadhafi, avoua-t-il. Les enregistrements que nous possédons de lui ont été effectués dans des conditions trop différentes pour qu'un test comparatif soit probant.

— Il doit pourtant bien se trouver à Washington un diplomate libyen capable de l'authentifier, de nous dire s'il s'agit ou non de Kadhafi, s'impatienta le Président.

L'ancien procureur qui dirigeait le F.B.I. intervint avec son accent chantant de Louisiane :

— J'ai le regret de vous informer, monsieur le Président, que nous n'avons pas réussi à mettre la main sur un seul d'entre eux, déclara Joseph Holborn, l'air penaud. Ni ici ni à New York. Ils semblent s'être tous évaporés.

Le Président grommela un juron perceptible seulement par ses voisins immédiats.

— Nous avons cependant des raisons de penser que les documents qui vous ont été adressés n'ont pas été préparés aux États-Unis. Notre laboratoire vient d'établir que la machine à écrire utilisée pour la rédaction des calculs mathématiques est suisse. Une Olympic. Un modèle fabriqué entre 1965 et 1970 qui n'a jamais été vendu aux États-Unis, d'après ce que nous avons pu savoir. Le papier qui a servi pour le plan est d'origine française. Il est paraît-il, en vente uniquement en France. La cassette est de marque ouest-allemande B.A.S.F. Un modèle très courant. Disponible en Amérique dans la plupart des magasins de matériel radiophonique. L'absence de bruits de fond et de parasites indiquerait que l'enregistrement a été réalisé en studio. Nous n'avons malheureusement pu relever la moindre empreinte digitale.

— C'est tout ?

— Pour l'instant, oui.

Le Président saisit un crayon sur la table et fit signe au représentant du Département d'État.

— Et que disent nos gens à Tripoli ?

L'éclairage au néon accentuait la morosité habituelle du visage du secrétaire d'État adjoint, Larry Middleburger, qui remplaçait son ministre en voyage officiel en Amérique du Sud. De ses vingt-cinq ans de carrière au Proche-Orient, ce diplomate avait rapporté un ulcère et une méfiance tenace à l'égard des Arabes.

— J'ai naturellement alerté notre chargé d'affaires dès que j'ai été prévenu. Il a aussitôt appelé le ministère libyen des Affaires étrangères et le secrétariat à la Présidence, mais il n'a pu joindre aucun responsable. C'est le milieu de la nuit à Tripoli, et personne ne semblait au courant de rien. Il s'est même rendu à la caserne de Bab Azziza où résident habituellement le colonel Kadhafi et la plupart de ses ministres. Les gardes ont refusé de le laisser entrer. On l'a prié de revenir demain. En tout cas, il est formel : Tripoli est parfaitement calme cette nuit, tout y paraît normal.

— Quand a-t-on vu Kadhafi pour la dernière fois en public ?

— Jeudi dernier sur la grande esplanade du Castel à Tripoli, à l'occasion d'une manifestation en faveur du développement rural. Il était, paraît-il, en excellente forme.

— Pas de signe de nervosité, de tension ?

— Bien au contraire. D'après notre chargé d'affaires, il avait l'air exceptionnellement détendu et de bonne humeur.

— Avez-vous une confirmation quelconque qu'il se trouve toujours à Tripoli ?

— Pas encore, monsieur le Président.

★

L'imprévisible chef d'État libyen avait habitué le monde à ses fugues. Elles duraient quelques jours, parfois plus. Un tel voile de mystère entourait ses déplacements que personne n'en connaissait généralement ni les motifs ni la destination. Le président des États-Unis et ses conseillers auraient sans doute été fort surpris d'apprendre que le jeune colonel se trouvait cette nuit du 13 décembre à quatre cents kilomètres au sud-est de Tripoli, sous le simple abri d'une tente en poils de chèvre plantée dans les sables du désert de la Grande Syrte.

Bien qu'il fût le chef d'un pays pétrolier dont les revenus se comptaient en milliards de dollars, aucun accessoire de la technologie du XXe siècle n'encombrait son campement spartiate. Point de télex crépitant, de pupitres à écran cathodique, d'émetteurs-récepteurs de radio, de téléphones. Pas même un simple poste à transistors. Rien qui pût troubler le silence du désert ne reliait, cette nuit, Muammar Kadhafi à sa capitale, pas plus qu'au reste du monde.

Une longue tache grisâtre était en train de dissoudre les ténèbres sur l'horizon. L'aube allait poindre sur l'immensité vide du désert. Cet instant qui précède l'apparition du disque solaire, les disciples du Prophète l'appellent « El Fedji », la première aurore. Il ne dure que quelques brèves minutes, le temps de réciter la première des cinq sourates, les prières quotidiennes prescrites par le Coran.

Le colonel libyen sortit de sa tente. Il portait la cape des bergers en grosse laine à bandes brunes et blanches et un keffieh blanc retenu autour du front par une cordelette noire. Il fit quelques pas et déroula sur le sable un tapis de prière. Se tournant vers le soleil levant, il invoqua le nom d'Allah, « maître du monde, tout miséricordieux et tout compatissant, souverain suprême du jugement dernier ».

« C'est Toi que nous adorons, c'est de Toi que nous implorons le secours, psalmodiait-il, conduis-nous sur le chemin de la vérité. » Le colonel s'agenouilla et se prosterna trois fois, effleurant chaque fois le sol de son front, en glorifiant le nom de Dieu et de son prophète. Sa prière terminée, il s'accroupit sur le tapis et regarda le soleil embraser la voûte céleste au-dessus de son désert. Ce spectacle lui permettait de reprendre contact avec les vraies valeurs de l'existence. Dans l'austérité de cet infini dénudé il se retrouvait face à face avec lui-même. Il était un fils du désert.

Il était venu au monde, quarante-deux ans plus tôt, dans une tente en peau de chèvre comme celle sous laquelle il venait de passer la nuit. Sa naissance avait été saluée par le fracas du duel d'artillerie que se livraient ce soir-là les canonniers de l'Afrika Korps de Rommel et ceux de VIIIe armée

50

de Montgomery. Il avait passé son enfance à errer dans ce désert avec sa tribu, grandissant au rythme des rafales brûlantes du guebli, des pluies bienfaisantes de l'hiver, du renouveau des pâturages. Du rivage des Syrtes aux palmeraies du Fezzan, pas un buisson d'épineux, pas une touffe d'herbe, pas une flaque dans un oued n'avaient échappé à son regard de prédateur en quête d'une pâture pour son troupeau. Son corps anguleux et sec avait été nourri de lait de chamelle et de dattes ; son esprit, des légendes héroïques de sa tribu et d'une haine viscérale pour les étrangers qui avaient, pendant trois millénaires, souillé la pureté de son désert avec le vacarme de leurs armes.

Cette rude existence de Bédouin avait donné à cet Arabe le *sabr*, une ténacité indomptable pour triompher d'une nature hostile, une volonté farouche de survie sous un ciel et dans un milieu où tout, hormis les hommes de sa race, s'étiole et meurt. Mais surtout, c'était ici, dans l'inhumaine solitude du désert, qu'il avait trouvé Dieu.

Méditant les enseignements du Coran dans cet univers où l'homme s'estompe devant l'infini, il avait cru entendre la voix d'Allah. Comme les marabouts avaient autrefois parcouru le désert du golfe Persique à l'océan Atlantique pour appeler les musulmans à vivre la réalité de leur religion, il voulait partir en croisade pour régénérer l'Islam décadent, relever de la boue le drapeau du Prophète, ressusciter l'unité de ses frères arabes, les restaurer dans leur dignité et leurs droits. Le jeune Bédouin, devenu un chef tout-puissant, voulait ravir au vieil ayatollah de Qom le sabre des templiers d'Allah. Mettant les fabuleuses ressources de son pays au service de son ambition de visionnaire, il avait contraint les nations d'Occident à lui fournir leurs armes les plus modernes et leur technologie la plus secrète en échange de son précieux pétrole sans lequel elles ne pouvaient survivre.

Il se releva et scruta intensément l'horizon qui commençait à rougeoyer. Ce geste instinctif hérité de son enfance était celui de tous les nomades guettant le signe précurseur de l'arrivée de l'éternel ennemi des Bédouins, le guebli, le vent desséchant venu des entrailles du Sahara. Quand souffle le guebli, les ailes de la mort s'étendent sur le désert, hommes et bêtes se serrent les uns contre les autres pour se protéger des tornades de sable qui peuvent engloutir des tribus entières. Mais le ciel de cette aube du 14 décembre était d'un bleu incandescent.

Rassuré, il promena son regard sur l'immensité plate jusqu'à l'infini. Combien de fois, pendant ses séjours de jeune officier en Angleterre, s'était-il étonné que les Européens pussent avoir des idées claires avec tant de nuages au-dessus de leur tête et des arbres et des collines leur cachant la vue des horizons lointains.

Son regard perçant de faucon se tourna en direction du sud, vers la mer de sable où ruisselait la brise. Là-bas, derrière l'horizon, à quatre cents ou cinq cents kilomètres de distance, se trouvait peut-être son puits, la source inépuisable vers laquelle il avait inlassablement marché depuis qu'Allah l'avait chargé de briser les chaînes de ses frères opprimés.

Un serviteur, attentif à ne pas troubler la méditation de son maître, vint déposer près de lui un plateau sur lequel il y avait un bol de cuivre plein de leben crémeux, le yaourt de lait de chèvre, et une coupe de dattes brunes, petit déjeuner traditionnel des Bédouins. Mais le jeune colonel n'y toucha pas.

Fixant l'immensité, Muammar Kadhafi attendait.

★

— Supposons que le colonel Kadhafi soit vraiment l'auteur de ce chantage, déclara le président des États-Unis, cela ne prouve pas qu'il soit capable de mettre sa menace à exécution, n'est-ce pas ? La dernière question que nous devons nous poser est alors celle-ci : avons-nous la moindre preuve que le colonel Kadhafi soit en possession de l'arme atomique ?

C'était la question clef, celle dont dépendait en fait tout le reste.

— Nous ne possédons pas de certitude formelle, répondit l'amiral Bennington, chef de la C.I.A. Nous savons seulement que le colonel Kadhafi cherche depuis longtemps à entrer dans le club des puissances nucléaires. Voici d'ailleurs un document qui vous éclairera sur ce point, monsieur le Président.

Il tendit au chef de l'État un mémorandum de quatre pages. Le Président chaussa ses lunettes, se cala dans son fauteuil, et lut.

Agence centrale de renseignement.

Classification : SECRET.

Objet : Synthèse des efforts entrepris par le président de la République arabe libyenne pour doter la Libye d'une industrie nucléaire.

Été 1972. — Négociations avec Westinghouse pour l'achat d'un réacteur à eau légère de 600 mégawatts. Veto du gouvernement américain.

Début 1973. — Tentative d'achat d'un réacteur expérimental Triga à la Gulf General Atomic de San Diego. Veto du Département d'État.

Fin 1973. — Début des travaux de construction d'une Cité des Sciences au sud de Tripoli. Débauchage d'un ingénieur tunisien travaillant au laboratoire atomique de Saclay, France, pour diriger le programme nucléaire libyen baptisé « Seif al Islam » — le Sabre de l'Islam.

1974. — Annexion d'un territoire aux confins du Tchad recelant des gisements d'uranium. Permis de recherche accordé à des prospecteurs argentins. Construction d'une usine de raffinement du minerai d'uranium.

1975. — Accord secret avec le Pakistan en vue de lui acheter du plutonium.

1976 (février). — Achat à la France d'un réacteur à eau légère de 600 mégawatts.

1976 (avril). — Tentative d'engager cinq physiciens nucléaires européens de qualification internationale.

1976 (décembre). — Acquisition de 10 % du capital de Fiat.

1978. — Négociations avec l'U.R.S.S. pour l'achat d'un réacteur de 400 mégawatts.

1979 (janvier). — Entrée en fonctionnement du réacteur français sous le contrôle de l'A.I.E.A.[1].

Les sept hommes autour de la table avaient les yeux rivés sur le chef de l'État absorbé dans sa lecture. Il arrivait à la conclusion du mémorandum. Il la lut une première fois. Puis une deuxième, et enfin une troisième fois. Cette conclusion disait :

En dépit des efforts obstinés du colonel Kadhafi pour

---

1. L'Agence internationale de l'énergie atomique (A.I.E.A.) est un organisme de l'O.N.U. siégeant à Vienne et chargé de l'inspection et du contrôle des installations nucléaires dans les pays ayant signé le Traité de non-prolifération des armes nucléaires afin de s'assurer que ces pays ne détournent pas des matières fissiles à des fins militaires.

implanter une industrie nucléaire en Libye, rien ne permet actuellement d'affirmer la présence dans ce pays de matières fissiles à des fins militaires.

En conséquence, la Central Intelligence Agency estime que le colonel Kadhafi ne pourra pas disposer de l'arme nucléaire avant un délai de trois à cinq ans.

Le Président reposa le rapport sur son sous-main, enleva ses lunettes et considéra les visages autour de lui. Sa lecture avait avivé le bleu intense de ses yeux. Il se mordilla les lèvres. Il paraissait soulagé.

— Espérons, mon cher Tap, que vos conclusions sont exactes.

Brusquement, son visage se durcit. Il remit ses lunettes pour examiner à nouveau le texte.

— Les mieux renseignés sur l'état actuel du programme nucléaire libyen devraient être les Français, n'est-ce pas ? Ce sont bien eux qui ont vendu à Kadhafi son premier réacteur ? Ils ont sûrement des gens qui travaillent encore là-bas.

Il se tourna vers le chef de la C.I.A.

— Tap, avez-vous contacté Paris ?

★

Avec ses cheveux trop longs, son T-shirt bariolé, ses jeans en accordéon et ses baskets à moitié lacées, le personnage qui pénétrait dans la salle du conseil de la Maison-Blanche ressemblait plus à un étudiant contestataire qu'à un haut fonctionnaire de l'état-major personnel d'un chef d'État. L'arrogance du secrétaire général de la Maison-Blanche, son mépris pour l'establishment washingtonien, sa vulgarité et sa désinvolture avaient fait nombre d'ennemis au Géorgien de trente-quatre ans James Mills. Sous cet anticonformiste agressif se cachait pourtant un travailleur acharné, méticuleux, fanatiquement dévoué à son maître, une sorte de Mazarin omniprésent et omnipotent.

En entrant dans la salle, Mills sentit une atmosphère de crise flotter comme un mauvais parfum. Les paroles du physicien de Los Alamos avaient paralysé de stupeur les hommes qui entouraient le Président. Les visages étaient tendus, inquiets. Les règles du jeu venaient de changer. La paix du monde se fondait jusqu'à présent sur l'équilibre de la terreur entre les deux grands, l'Amérique et la Russie. «Je te tue, tu me tues», le principe de la vieille comédie russe où tout le monde meurt, empêchait que l'on ne s'affrontât.

La crise déclenchée en novembre 79 par les appels à la guerre sainte de Khomeini n'était qu'une plaisanterie à côté de cette menace de Kadhafi qui bouleversait tragiquement cette stratégie de l'équilibre. Elle signait le fiasco de la politique de non-prolifération si ardemment défendue par le Président et la plupart des chefs d'État responsables. Elle érigeait au niveau des États le recours au terrorisme en tant qu'arme de conquête, couronnant la violence politique d'une suprême auréole. Si cette bombe existe vraiment, songeait amèrement le Président, un pays qui, voici moins d'une génération, vivait encore sous la tente des nomades, aura le pouvoir de faire disparaître la plus grande ville des États-Unis, la zone urbaine la plus dense du monde, et de massacrer trois fois plus d'habitants qu'il n'en compte lui-même. Le plus formidable acte de terrorisme de l'histoire : le kidnapping de dix millions de personnes. Avec pour rançon les exigences extravagantes d'un fanatique. Il se tourna vers le général Eastman.

— Jack, quel plan avons-nous pour faire face à ce type de situation ?

Eastman s'attendait à cette question. Une chambre blindée dans l'aile ouest de la Maison-Blanche contenait une pile de classeurs en similicuir avec de grosses lettres dorées sur la couverture. Ils renfermaient les plans d'action élaborés par le gouvernement américain en prévision de tous les scénarios de crises imaginables, depuis l'éclatement d'une guerre entre la Russie et la Chine jusqu'à une prise d'otages dans une ambassade américaine en pays arabe. Jack Eastman hocha la tête :

— Nous n'avons aucun plan pour traiter une crise semblable, avoua-t-il avec regret.

Un concert de soupirs accompagna cette constatation. Les yeux bleus du Président virèrent au gris. On vit alors James Mills se dresser brusquement sur ses baskets.

— Monsieur le Président, s'écria-t-il, cette bombe n'existe pas ! C'est du bluff. Un énorme bluff. — Il prit l'assistance à témoin. — Voyons, messieurs, comment voulez-vous qu'un Arabe comme Kadhafi possède la technologie, les cerveaux, le simple savoir-faire scientifique pour concevoir et construire un engin pareil ?

— Et que faites-vous des documents qu'il nous a envoyés ? objecta Herbert Green, le solide New-Yorkais de cinquante-quatre ans qui occupait le poste de secrétaire à la Défense. Green était lui-même docteur en physique nucléaire.

— Vous devriez savoir, professeur Green, qu'entre la théorie et l'application il y a un abîme, répliqua brutalement Mills. Combien a-t-il fallu d'années aux Russes, aux Anglais, aux Français... aux Chinois, pour faire exploser leur première bombe H ? Et vous avouerez que sur le plan industriel, l'U.R.S.S. ou l'Angleterre, c'est tout de même autre chose que la Libye, non ?

Il se tourna à nouveau vers le chef de l'État. Sa voix devint incisive, vibrante.

— Il s'agit sûrement d'une menace plus raffinée, plus élaborée que les précédentes. Ses auteurs ont vraisemblablement bénéficié de concours scientifiques qualifiés, voire de complicités, mais, croyez-moi, monsieur le Président, jamais un Arabe du niveau de Kadhafi ne pourrait construire une bombe H. Cette affaire est, sans nul doute possible, un nouveau canular.

★

A trois cents mètres de la Maison-Blanche, au coin de Pennsylvania Avenue et de la 10e Rue, le building forteresse du F.B.I. ruisselait de lumières. Au 6e étage, fonctionnait jour et nuit un département d'urgence nucléaire, créé en 1974 quand le F.B.I. attribua au chantage atomique une priorité absolue que partageaient seuls quelques événements vitaux, tel l'assassinat du Président. Ce service avait déjà traité plus de cinquante affaires de cette nature.

La plupart s'étaient révélées n'être que des élucubrations de fous ou d'idéologues détraqués, du genre « si vous touchez à la toundra de l'Alaska, nous mettrons une bombe A dans Chicago ». Mais, comme dans le cas de Boston, on avait dû prendre certaines menaces au sérieux, en particulier celles qui étaient accompagnées de dessins d'engins nucléaires jugés aptes à exploser par les ingénieurs de Los Alamos. Le F.B.I. avait alors envoyé sur place plusieurs centaines d'agents et de techniciens. Aucune de ces interventions n'avait jamais été connue de la population.

Dès sa mise en alerte, le F.B.I. avait dépêché

plusieurs agents et techniciens aux Carriage House Apartments, un immeuble résidentiel de quatre étages, au coin de la Rue L et de Hampshire Avenue, jouxtant le bâtiment de l'ambassade de Libye à Washington. Deux familles furent invitées à s'installer au Hilton aux frais de l'État, le temps de truffer de micros les murs de leurs appartements mitoyens de l'ambassade. La même opération eut lieu à New York auprès de la délégation libyenne à l'O.N.U. Les lignes téléphoniques de tous les diplomates libyens accrédités auprès des États-Unis et de l'O.N.U. furent placées sur table d'écoute.

A 20 h 30, dès que le physicien Harold Wood de Los Alamos eut confirmé que les plans joints au message de Kadhafi correspondaient bien à une bombe H, le centre de transmissions du F.B.I. avait mis tous ses bureaux en alerte générale. Toutes les équipes du territoire américain et d'outre-mer reçurent l'ordre de se tenir prêtes à « une action d'urgence exigeant priorité absolue et mobilisation de tout le personnel disponible ». Des hommes qui pêchaient l'espadon sur la côte du Pacifique, assistaient à un rodéo à la frontière mexicaine ou à un match de football à Denver, entraient avec leurs enfants dans un cinéma de Chicago, faisaient la vaisselle du dîner familial dans leur maison de La Nouvelle-Orléans, reçurent ainsi l'ordre de partir immédiatement pour New York, avec l'injonction formelle d'entourer leur départ « de la plus extrême discrétion ».

Les agents de liaison du F.B.I. auprès du Mossad israélien, de la D.S.T. française, du M-15 britannique et des services de renseignements ouest-allemands furent priés d'écrémer tous leurs fichiers et de transmettre l'identité, le signalement et, éventuellement, les empreintes digitales et les photographies de tous les terroristes arabes répertoriés dans le monde.

Un géant aux cheveux gris soigneusement peignés, vêtu d'un costume strict bleu marine, venait d'arriver dans son bureau du 7e étage pour prendre le commandement des opérations. A cinquante-six ans, Quentin Dewing était directeur adjoint des recherches du F.B.I. Il décida de concentrer son action dans trois directions. Il fit dépister et surveiller tous les Palestiniens connus pour leurs idées extrémistes, ou soupçonnés d'en avoir, ainsi que tous les membres d'organisations révolutionnaires, telles que le Front de libération portoricain, suspect de sympathie pour l'O.L.P. A New York et dans plusieurs villes de la côte Est, des agents du F.B.I. se répandirent dans les ghettos noirs et les quartiers à haute criminalité pour inciter leurs indicateurs — souteneurs, trafiquants, truands, receleurs — à récolter toute information intéressant des Arabes : des Arabes cherchant des armes, une cachette, des papiers, n'importe quoi, pourvu qu'il s'agisse d'Arabes.

Dewing déclencha en même temps une gigantesque chasse à la bombe et à ceux qui l'avaient introduite dans le pays. Une vingtaine de Feds, comme on appelle communément les agents du F.B.I., interrogeaient déjà les ordinateurs des services d'immigration et de naturalisation, fouillant méthodiquement toutes les fiches modèle I-94 impliquant des Arabes entrés aux États-Unis au cours des six derniers mois. Ils télexaient aussitôt l'adresse relevée sur la fiche au bureau le plus proche. D'autres agents dépouillaient les archives de la Maritime Association du port de New York, à l'affût des bateaux qui avaient fait escale, au cours de la même période, à Tripoli, Benghazi, Lattaquié, Beyrouth, Bassora ou Aden, et qui avaient, ensuite, débarqué des marchandises sur la côte atlantique. Les mêmes recherches étaient en cours aux services de fret de tous les aérodromes internationaux situés dans un rayon de mille kilomètres autour de New York.

Enfin, Dewing ordonna que tous les Américains détenant, ou ayant détenu, une autorisation « Cosmic top secret » donnant accès aux installations de construction des bombes H soient systématiquement interrogés. Peu avant 21 heures, une voiture remplie de Feds s'arrêtait ainsi devant le 1822 Old Santa Fe Trail, une ancienne piste de la conquête de l'Ouest devenue une banlieue résidentielle de la capitale du Nouveau-Mexique. La boîte aux lettres couleur argent et le casier à journaux peint en jaune faisaient de la petite maison crépie au milieu de son jardinet le symbole même de l'Amérique moyenne. Son occupant n'était pourtant pas un citoyen ordinaire.

D'origine polonaise, le mathématicien Stanley Ulham était le cerveau qui avait percé le secret de la bombe H. L'ironie voulait que le matin même où il avait fait sa découverte fatale, il fût précisément en train de démontrer sur son tableau noir l'impossibilité de réaliser une telle bombe. Il achevait presque sa démonstration quand il eut une fulgurante intuition. Il aurait pu tout effacer d'un coup de chiffon, mais il n'aurait pas alors été le savant qu'il était. Grillant à la chaîne tout un paquet de Pall Mall, dansant fiévreusement devant son tableau noir avec ses morceaux de craie, il avait en moins d'une heure de frénétiques calculs mis définitivement à nu le terrible secret.

61

Les agents du F.B.I. mirent beaucoup moins de temps pour absoudre le père de la bombe H de toute complicité dans le drame qui menaçait New York. Regardant du seuil de sa maison s'éloigner les Feds, Ulham ne pouvait s'empêcher de penser à ce qu'il avait dit à sa femme le matin de sa découverte : « Cela va changer le monde. »

★

Un jeune marin contemplait d'un air béat la beauté brune descendant du train qui venait d'entrer en gare de New York. Leila Dajani avait l'habitude des regards masculins. Avec ses grands yeux sombres et sa bouche de vamp orientale, elle les attirait depuis qu'elle était enfant. Elle sourit gentiment à son admirateur et pressa le pas. Derrière elle, glissée sous la banquette du compartiment, elle avait laissé la perruque blonde dont elle s'était affublée pour aller déposer l'enveloppe du colonel Kadhafi à la Maison-Blanche. Elle prit l'escalier mécanique, traversa le hall de la gare en se retournant discrètement pour s'assurer que personne ne la suivait et sortit. La Cadillac de location qu'elle utilisait régulièrement depuis son arrivée à New York l'attendait, garée le long du trottoir. Au volant, se tenait un plantureux Noir coiffé d'une casquette bleu marine.

— Vous avez fait bon voyage, Ma'am ?

— Excellent, merci.

Le chauffeur ouvrit la portière et Leila se glissa sur la banquette moelleuse qui sentait encore le neuf. La voiture descendit la rampe vers l'avenue. La jeune femme sortit un miroir de son sac et fit mine de se recoiffer en vérifiant qu'elle n'était l'objet d'aucune filature. Cette luxueuse limousine et son chauffeur stylé résultaient d'une des règles d'or enseignées par le célèbre terroriste vénézuélien Carlos : un terroriste intelligent ne voyage qu'en première classe. La façon la plus sûre de naviguer à travers le monde sans se faire remarquer, affirmait-il, est d'adopter les habitudes de la bourgeoisie aisée que l'on veut précisément détruire.

La couverture choisie pour les deux séjours que Leila avait faits aux États-Unis afin d'y préparer la mission de ses frères répondait exactement à ce critère. Elle se trouvait à New York en voyage d'achat pour le compte de « La Rive Gauche », une luxueuse boutique de mode de la rue Hamra, à Beyrouth, qui avait survécu, comme quelques autres commerces de ce genre, aux convulsions de la guerre civile libanaise. Obtenir un faux passeport avait été un jeu d'enfant : à Beyrouth, il était aussi facile de se procurer un passeport volé que d'acheter un timbre-poste. Leila n'avait pas eu davantage de difficulté à obtenir l'un des deux cent mille visas américains accordés chaque année à des citoyens du Proche-Orient. Surmené, le consul n'avait même pas pris la peine de faire vérifier son identité. La lettre de recommandation à l'en-tête de « La Rive Gauche » lui avait suffi.

Ainsi, sous le nom de Linda Nahar, une Libanaise chrétienne de la haute société beyrouthine, Leila Dajani était devenue une figure familière des salons de couture de Bill Blass, Calvin Klein et Oscar de la Renta. Sa beauté et son charme lui avaient très vite valu de devenir l'une des coqueluches du jet-set new-yorkais. Elle passait ses week-ends à Long Island, déjeunait à la Caravelle, allait danser jusqu'à l'aube dans l'extravagante splendeur disco du Studio 54.

63

La Cadillac glissa doucement le long de Central Park South et s'immobilisa devant la marquise de Hampshire House. Le portier en dolman rouge à boutons dorés s'avança pour ouvrir la portière. Leila le salua, souhaita bonne nuit au chauffeur, prit sa clef et trois messages au comptoir de la réception et s'engouffra dans l'ascenseur. Deux minutes plus tard, elle pénétrait dans l'aimable désordre de la suite qu'elle avait louée au 32e étage. La moquette était jonchée des accessoires de sa prétendue occupation : échantillons de tissus, numéros de *Vogue*, de *Harper's Bazaar*, de *Glamour*, de *Woman's Wear Daily*. Sa photographie en robe chinoise parue dans *Woman's Wear* lors d'un défilé de mode donné au profit du Metropolitan Opera l'avait un instant inquiétée. Heureusement pour elle, ce journal n'était pas de ceux qu'épluchent les spécialistes des affaires palestiniennes de la C.I.A.

Elle jeta son manteau sur un fauteuil, se versa un whisky et fit quelques pas jusqu'à la baie vitrée qui donnait sur Central Park. Le parc dormait sous son manteau de neige fraîche, enserré comme dans un écrin de diamants par la ligne scintillante des buildings illuminés. Subjuguée, comme happée par la beauté du spectacle, elle frissonna, incapable d'en détacher son regard. Elle but quelques gorgées de whisky et songea à Carlos. Il avait bien raison. Un vrai terroriste ne devrait jamais se soucier des conséquences de ses actes. Elle vida son verre d'un trait, déroula brusquement le rideau devant la vitre et fila vers la salle de bains. Elle répandit quelques gouttes d'huile Roger & Gallet au fond de la baignoire et ouvrit à fond les robinets dans un grand jet d'écume chaude qui projeta une odeur suave.

Avant d'entrer dans l'eau, Leila se contempla d'un air satisfait dans le miroir. Malgré la vie de noctambule à laquelle New York l'avait astreinte, ses lignes n'avaient rien perdu de leur fraîcheur. Elle palpa de ses longs doigts le galbe parfait de ses cuisses, de ses fesses, de son ventre, et caressa délicatement la peau douce et ferme de ses seins. Puis elle s'étendit dans l'eau mousseuse et se laissa délicieusement envahir par la chaleur. Attrapant à pleines mains l'écume parfumée, elle se frotta doucement le cou, les oreilles, les épaules, et de nouveau les seins jusqu'à durcir leur pointe. Elle leva langoureusement une jambe hors de la mousse. La vue du vernis écarlate qui ornait ses ongles de pieds la fit sourire : avait-on jamais vu une terroriste se peindre les orteils ? Elle se renversa en arrière, ferma les yeux et s'étira comme un chat, jouissant de la douce tiédeur qui la pénétrait au plus intime de son être. La sonnerie cristalline du téléphone mural au-dessus de sa tête la tira de son nirvana. Elle perçut un brouhaha lointain et reconnut la voix de Michael.

— Où es-tu ? s'écria-t-elle presque sèchement.

— Nous finissons de dîner chez Elaine. Nous allons ensuite prendre un verre au Studio 54. Pourquoi ne nous retrouves-tu pas là-bas ?

— Tu me donnes une heure ?

— Une heure ? Darling, je te donne toute la vie si tu veux !

★

En dépit du puissant système d'aération, un épais nuage de fumée de cigarettes flottait dans la salle de conférences de la Maison-Blanche. Des gobelets et des assiettes en carton contenant des restes de soupe aux haricots rouges et des reliefs de sandwiches traînaient sur la table et les sièges inoccupés.

Trois officiers de l'U.S. Air Force achevaient d'exposer, sur l'un des murs, une collection de tableaux et de cartes. Un jeune colonel aux cheveux roux prit alors la parole. Il avait été chargé par le Pentagone de présenter au Président un rapport sur les moyens techniques que le chef de la Libye ou un groupe de terroristes pouvaient utiliser pour faire exploser, à distance, un engin nucléaire caché dans la ville de New York. Il devait également indiquer les ressources disponibles pour contrer une action de ce type.

— Monsieur le Président, messieurs, d'après le schéma qui nous a été communiqué, l'engin en question est conçu pour être connecté à un appareil pouvant, sur commande, fournir une décharge électrique de cinq volts qui déclenchera la mise à feu. Il existe, grosso modo, trois façons de provoquer cette impulsion. Sans qu'elle soit d'un grand intérêt dans le cas présent, il ne faut pas, a priori, écarter la première. Il s'agirait de l'action d'un kamikaze qui ferait du baby-sitting auprès de la bombe jusqu'à l'heure H et appuierait lui-même sur la commande de mise à feu. Un système infaillible si l'homme est vraiment prêt à périr.

Le chef de la C.I.A. secoua bruyamment sa pipe dans un cendrier.

— Colonel, objecta-t-il, si Kadhafi est bien l'auteur du chantage auquel nous avons affaire, ce moyen est certainement le dernier qu'il choisira. Car il voudra rester jusqu'au bout le seul maître de son entreprise, être seul à pouvoir déclencher l'explosion ou, au contraire, à l'annuler.

Le colonel exprima son accord d'un déférent signe de tête et se hâta de poursuivre :

— Il ne reste alors que deux moyens : le téléphone ou la radio. Relier le mécanisme de mise à feu de la bombe à une ligne téléphonique ordinaire est d'une simplicité enfantine. En branchant deux fils, comme pour un simple répondeur automatique, il est possible de transmettre un message codé qui déclenche l'explosion. Si ce message est conforme à la programmation du système de mise à feu, l'explosion a lieu instantanément. Une fausse combinaison ne pourrait la provoquer. C'est la garantie absolue de cette méthode. Autrement dit, pour faire sauter sa bombe, Kadhafi n'aurait qu'une chose à faire : téléphoner de n'importe quel endroit du monde et expédier son signal.

— Ce serait aussi facile que cela ? demanda le Président, visiblement troublé.

— Oui, monsieur le Président, je le crains.

— De quel type de télécommunications dispose la Libye ? interrogea le secrétaire à la Défense.

— Comme les autres pays, la Libye utilise le satellite *Intelsat*. Elle possède des stations terrestres ici — la baguette du colonel montra un lieu sur le planisphère derrière lui — et ici. Construites par les Japonais.

— Un raid aérien les anéantirait en moins de dix secondes, fit remarquer le président du Comité des chefs d'état-major. La Libye serait alors coupée du reste du monde, n'est-ce pas ?

— Téléphoniquement parlant, oui.

— Serait-il envisageable d'isoler plutôt New York, de stopper l'arrivée de toute communication extérieure ? s'enquit le chef de l'État.

— Non, monsieur le Président, c'est techniquement impossible, répondit le colonel, catégorique.

Puis il reprit :

— Nous estimons de toute façon que, dans une telle situation, le président libyen ou tout autre groupe terroriste préféreraient recourir à la radio. Ce moyen présente une souplesse supérieure et offre l'avantage d'être indépendant de tous les réseaux de communication existants.

« Si l'ordre de mise à feu doit parcourir une grande distance, le signal sera émis sur ondes longues, lesquelles rebondissent sur la couche supérieure de l'atmosphère avant de retomber sur la terre. Cela veut dire en basses fréquences.

— De quel nombre de fréquences disposerait Kadhafi pour une émission de ce genre ? questionna le Président.

— De Tripoli à New York, un mégahertz. Un million de cycles.

— Un million ! — Le Président se frotta le menton. — Pourrait-on les brouiller tous ?

— Si vous le faisiez, vous couperiez du même coup toutes nos communications : la police, le F.B.I., l'armée, les services d'incendie, toutes les liaisons indispensables en cas d'urgence seraient paralysées.

— Supposons tout de même que je donne cet ordre. Serait-ce réalisable ?

— Non, monsieur le Président.

— Pourquoi ?

— Simplement parce que nous n'avons pas les moyens de brouillage adéquats.

— Et toutes nos installations en Europe ?

— Elles seraient inutiles dans ce cas. Trop éloignées.

Le chef de la C.I.A. intervint :

— Pour que son message soit capté à New York, ne faut-il pas que Kadhafi ait pu mettre en place un équipement approprié, au moins une antenne directionnelle ?

— Bien sûr. Mais il suffit qu'elle soit fixée à une antenne de télévision ordinaire avec un amplificateur.

— Ne serait-il pas possible de balayer toutes les fréquences susceptibles d'être utilisées par Kadhafi en lançant une armada d'hélicoptères au-dessus de New York ? demanda le Président. D'interroger son circuit radio et de repérer son emplacement à partir de ses réponses ? Par triangulation ? radiogoniométrie ?

— Nous avons effectivement les moyens de tenter une telle opération. Mais elle ne sera efficace que si le dispositif radio libyen est également conçu pour émettre. S'il n'est que récepteur, nous n'obtiendrons aucune réponse.

— Nous avons une autre façon de résoudre le problème, glapit alors le Texan Delbert Crandell, secrétaire à l'Energie. Envoyons une bonne douzaine de missiles exploser dans l'atmosphère au-dessus de la Libye. Je vous garantis que ça enveloppera tout le pays dans une couverture électromagnétique qui coupera toutes les communications là-bas pendant un sacré bout de temps !

Le ministre, se rengorgeant, tapa du poing sur la table. James Mills ouvrit un œil, se redressa sur son siège.

— Monsieur le Président, je persiste à penser que la menace ne vient pas de Kadhafi. Pourtant, dans le cas très improbable où elle émanerait de lui, nous devons envisager un certain nombre d'hypothèses. — Il prit un temps, puis il poursuivit, méthodiquement. — La première c'est que, s'il avait eu les moyens de réaliser un coup pareil, il aurait aussi eu l'imagination de bien le monter. Il n'irait pas s'exposer à des représailles aussi aisées. Il aurait certainement trouvé un système infaillible, par exemple un bateau quelconque en plein Atlantique d'où il pourrait, lui ou quelqu'un agissant pour son compte, déclencher l'explosion de sa bombe dans New York, au cas où nous exécuterions une attaque préventive sur son pays...

Mills parlait encore lorsqu'un voyant rouge s'alluma sur le téléphone de Jack Eastman. C'était le sous-officier responsable du standard de la Maison-Blanche. Le visage d'Eastman blêmit.

— Monsieur le Président, annonça-t-il, la voix blanche, un correspondant anonyme vient d'appeler. Il a raccroché avant qu'il ne soit possible d'identifier le lieu d'où il téléphonait. Il a déclaré qu'un deuxième message à votre intention a été déposé dans le casier n° K-602 de la consigne automatique de la gare centrale de Washington.

★

Un cordon de policiers maintenait à distance quelques dizaines de voyageurs attardés. Casqués et vêtus de combinaisons ignifugées, des agents de la brigade des explosifs du F.B.I. avançaient derrière des boucliers vers la consigne automatique. Ils scrutèrent prudemment la longue paroi de métal avec des compteurs Geiger. N'ayant décelé aucune trace de radioactivité, ils amenèrent trois chiens policiers dressés à flairer les explosifs. Finalement, avec la précaution de chirurgiens ouvrant un cœur, deux artificiers munis d'un matériel de cambrioleurs démontèrent la porte du casier K-602.

A leur grand soulagement, ils ne découvrirent qu'une enveloppe déposée sur la paroi du fond. L'identité du destinataire y était tapée à la machine : « A l'intention du président des États-Unis d'Amérique. »

Le message était bref. Il informait qu'à minuit, heure de Washington — 7 heures du matin, heure de Tripoli —, en un lieu situé à 249 kilomètres à l'est de l'intersection du 25e parallèle et du 10e degré de latitude, à l'extrémité sud de la mer de sable d'Awbari, au sud-ouest de la Libye, Muammar Kadhafi fournirait la preuve irréfutable de sa capacité de mettre à exécution la menace énoncée dans sa communication précédente.

Pour faciliter l'observation de sa démonstration, le chef de la Libye proposait un couloir aérien soigneusement délimité, allant de la mer Méditerranée jusqu'au site indiqué, que les avions de reconnaissance américains pourraient emprunter sans être inquiétés.

★

Le portier en dolman rouge de Hampshire House arrêta le premier taxi qui passait sur Central Park South.

— Studio 54, indiqua-t-il au chauffeur en ouvrant la portière.

Vêtue d'un fastueux ensemble de lamé noir et or d'Yves Saint Laurent, avec une jupe étroite fendue très haut et une étole frangée de plumes, Leila Dajani s'engouffra dans la voiture. Le chauffeur jeta un coup d'œil dans le rétroviseur.

— Vous, alors, vous devez avoir du succès! lâcha-t-il admiratif.

La jeune femme remercia d'un sourire.

Alors que le taxi approchait de la fameuse discothèque new-yorkaise, Leila se pencha en avant :

— J'ai changé d'avis. Déposez-moi plutôt au coin de Park Avenue et de la 32e Rue.

Quelques instants plus tard, le taxi s'arrêtait au

carrefour indiqué. Elle paya la course et souhaita bonne nuit au chauffeur. Quand les feux arrière de la voiture eurent disparu, elle héla un taxi en maraude sur Park Avenue et pria son conducteur de la conduire à sa véritable destination.

★

Les deux frères Dajani et leur sœur Leila s'étaient retrouvés. La faible lueur jaunâtre qui tombait de l'unique ampoule noircie de chiures de mouches laissait dans l'ombre la plus grande partie du garage. Au bout du bâtiment, une plate-forme en ciment communiquait avec un entrepôt abandonné d'où venait un bruit bizarre. Leila tendit l'oreille.

— Des rats ! hurla-t-elle terrorisée.

Son frère Kamal, le passager clandestin du *Diony-sos*, était assis sur un lit de camp près d'un chariot élévateur, au milieu de la plate-forme. Autour de lui s'étalaient plusieurs cartons remplis de reliefs de pizzas, de bouteilles vides de Coca-Cola et de bière, de cornets encore pleins de frites froides, de restes de hamburgers. Il tenait à la main un pistolet à air comprimé et dans l'autre une torche électrique. Contre le mur gisaient ses dernières victimes, deux rats presque aussi gros que des chats.

Courbé en deux, l'air de souffrir, l'aîné des Dajani arpentait la plate-forme en se tenant le ventre. Des gouttes de sueur perlaient à son front.

— Whalid, prends donc un des cachets que je t'ai apportés, conseilla sa sœur.

— J'en ai déjà pris cinq, gémit-il. C'est la dose à ne pas dépasser.

Whalid s'immobilisa. L'énorme baril de 1,60 m de hauteur sur 80 cm de diamètre se dressait devant lui, noir et menaçant, attaché à la palette

72

sur laquelle on l'avait transporté. Le nom et l'adresse de la firme qui l'avait importé dessinaient un collier de lettres blanches à mi-hauteur. Contemplant cette masse, le Palestinien se demanda comment tant d'horreur et de dévastation, la mort potentielle de millions de gens, pouvaient se trouver enfouies dans ces parois de métal. Il s'épongea le front avec son mouchoir. A Tripoli, on l'avait pourtant durement formé à cette idée : « Ne pense à rien. A rien d'autre qu'à ta mission. » Mais comment ne pas penser ? Comment chasser de ses yeux les visages de New York croisés depuis deux jours, une mer de visages, jeunes et vieux, beaux et laids, pauvres et riches, des visages tristes, indifférents, heureux, des visages d'amour et de solitude. Le visage de ces petites filles glissant en traîneau sur la neige de Central Park, de ce policier noir faisant traverser une vieille dame au coin de la 5ᵉ Avenue, de ce gros vendeur de journaux de Times Square criant « *Good morning !* » avec son cigare au coin de la bouche. Comment pouvait-il les oublier ? Comment ne pas revoir au contraire, comme dans un film au ralenti, les foules pressées, les colonnes de voitures, les vitrines illuminées, les buildings montant jusqu'au ciel, toutes ces images qui représentaient tant de vies ?

Whalid entendit grincer le lit de camp.

— J'ai soif, déclara Kamal en se levant.

Il chercha au fond d'un des cartons et en sortit une bouteille à moitié vide de whisky Ballantine's qu'il tendit à son frère.

— C'est peut-être de ce médicament-là que tu as besoin ! Tu en faisais de sacrées cures autrefois !

— Fini depuis ce maudit ulcère ! grogna Whalid.

Leila s'impatientait. Les paillettes de son ensemble disco brillaient dans la pénombre comme des lucioles. Elle aussi le baril la fascinait, mais à la différence de son frère aîné, elle n'imaginait pas avec précision l'enfer qu'il était prêt à déchaîner.

— Combien de temps nous reste-t-il ? demanda-t-elle.

— Trente minutes, répondit Kamal en se penchant pour prendre une boîte en carton contenant un morceau de pizza.

Leila remarqua sur l'emballage le cachet d'un restaurant.

— Tu es sûr que personne ne risque de t'identifier quand tu vas chercher ces provisions ? s'inquiéta-t-elle.

Kamal lui décocha un regard agacé : toujours la même, il fallait qu'elle mette son grain de sel partout ! Il observa son frère un moment. Il a l'air nerveux, se dit-il. C'est normal. Après tout, c'est son engin. Et s'il foire, il n'aura plus qu'une chose à faire : se flinguer.

Le jeune Palestinien consulta sa montre.

— Allez, Whalid, allume l'appareil. Tripoli envoie le signal dans vingt minutes.

Le signal en question était l'impulsion codée destinée à provoquer l'explosion de la bombe. Pour être sûr qu'elle parviendrait correctement à l'instant où il déciderait de mettre sa menace à exécution, Kadhafi avait organisé une répétition avec ses trois envoyés à New York.

Whalid Dajani se dirigea vers une mallette métallique grise de la taille d'un gros attaché-case, couverte d'étiquettes : T.W.A., Lufthansa, grands palaces européens. Rien ne pouvait paraître plus anodin, plus innocent que ce bagage.

A son arrivée, le jeudi précédent, à l'aéroport

Kennedy, Whalid avait présenté un passeport libanais au nom d'Ibrahim Khalid, ingénieur électronicien. Avisant la mallette, le douanier l'avait prié de l'ouvrir.

— C'est un contrôleur de microprocesseurs, avait expliqué le Palestinien. Un appareil pour détecter les pannes des ordinateurs.

— Trop compliqué pour moi ! avait plaisanté le douanier admiratif en le laissant passer.

Ce douanier n'aurait jamais pu imaginer à quel point le dispositif qu'il venait d'apercevoir était complexe en effet. A l'origine, la mallette était bien un simple contrôleur de microprocesseurs, un Testline Adit 1 000 de fabrication américaine. Sept mois plus tôt, un haut fonctionnaire du ministère libyen des Télécommunications avait convoqué dans son bureau de Tripoli l'ingénieur Hidé Kamaguchi, représentant de la firme japonaise Oriental Electric qui avait installé le nouveau réseau téléphonique hertzien de la Libye. Il lui avait expliqué que son gouvernement désirait acheter un appareil qui permettrait de déclencher à distance une impulsion électrique par radio. Le système devait être à la fois infaillible et absolument inviolable. Six semaines plus tard, Kamaguchi avait apporté au Libyen la mallette et une facture de cent soixante-cinq mille dollars.

Seul le génie des Japonais pour la miniaturisation pouvait concevoir l'arsenal des systèmes qui mettaient cet appareil à l'abri de toute tentative de neutralisation. Un écran intérieur protégeait ses mécanismes des rayons ultraviolets afin que personne ne puisse griller les informations programmées dans son mini-ordinateur. Si l'on essayait de détruire sa mémoire à l'aide d'aimants, un détecteur de champ magnétique activerait automatiquement

75

le circuit de mise à feu. Des filtres antiparasites avaient pour fonction d'interdire tout brouillage du récepteur radio. Enfin, trois petits tubes hypersensibles aux variations de pression rendaient impossible la destruction de la mallette par projectiles ou explosifs. Une fois les circuits branchés, le seul changement de pression causé par la chute d'une boîte d'allumettes sur l'appareil suffirait à provoquer l'impulsion fatale.

Whalid manœuvra une serrure à triple combinaison et déverrouilla le couvercle. Un panneau bleu pâle apparut avec, sur le côté, un petit écran cathodique et un clavier de seize touches portant des chiffres, des lettres et les symboles des différentes opérations : DÉPART, DONNÉES, AUTO, FIN, CONTRÔLE. Au centre du panneau se trouvait un lecteur de cassettes que pouvait seul ouvrir un ordre codé frappé sur le clavier à touches. A l'intérieur, était placée une cassette B.A.S.F. de trente minutes contenant les instructions programmées à Tripoli à l'intention du mini-ordinateur. Deux câbles électriques étaient enroulés dans le creux du couvercle. L'un était destiné à être raccordé à la bombe, l'autre au fil de l'antenne que Kamal avait fixée sur le toit. Tout essai de les débrancher après leur mise en place activerait automatiquement le système de mise à feu. Caché dans le cœur de la mallette se trouvaient enfin un récepteur radio, un microprocesseur, le mini-ordinateur et une série de puissantes piles longue durée au lithium.

Whalid tira de la doublure de son veston une feuille de papier délicatement pliée, la check-list comportant les seize opérations codées qu'il devait accomplir pour contrôler le bon fonctionnement de la mallette et mettre en marche le système de mise à feu en prévision de l'ordre final que donnerait

Kadhafi. Il pressa la touche DÉPART et le mot « Identification » s'alluma sur l'écran cathodique. Les doigts humides d'émotion, le Palestinien composa ensuite sur le clavier le code O1C2. Le mot « Correct » s'inscrivit sur l'écran. Si Whalid avait composé un code inexact, le mot « Incorrect » serait apparu et le Palestinien n'aurait eu que trente secondes pour rectifier son erreur, faute de quoi la mallette se serait autodétruite.

L'indication « Stockage données » vint alors se dessiner sur l'écran. Whalid consulta sa check-list et pianota F19A sur le clavier. Par la fenêtre du lecteur de cassette, il vit défiler la bande magnétique. Elle se déroula pendant juste une minute, le temps de transmettre à la mémoire du mini-ordinateur son programme enregistré. Les mots « Stockage données : O.K. » annoncèrent que l'opération était conforme.

Cet ordinateur était le cerveau électronique de la mallette. Maintenant qu'il était programmé, il allait contrôler les circuits, les dispositifs de protection, la charge des piles, et commander l'autodestruction de l'appareil en cas de nécessité. Mais surtout, il allait « lire » le message radio attendu de Tripoli, l'authentifier, et décider, à l'heure H, lorsque la mallette serait effectivement reliée à la bombe, de déclencher l'explosion.

— Okay ! annonça Whalid en s'épongeant nerveusement le front. Tout fonctionne correctement. Il ne reste qu'à vérifier la mise à feu manuelle.

Car, si l'appareil avait été conçu pour faire exploser une bombe en réponse à un signal radio, il comportait aussi un système de secours que les Dajani pouvaient utiliser en cas d'incident.

Whalid frappa soigneusement les quatre chiffres 0636 sur le clavier. Ce nombre avait été choisi comme code de mise à feu manuelle parce que aucun des trois Palestiniens ne pourrait jamais l'oublier. C'était la date de la bataille de Yarmouk où les guerriers d'Omar, le successeur du Prophète, avaient défait les Byzantins près du lac de Tibériade et établi la domination arabe sur leur patrie aujourd'hui perdue. Alors que le doigt de Whalid appuyait sur le dernier chiffre, la lumière verte disparut et le fond de l'écran se colora d'une lueur rouge pendant deux secondes. Puis l'indication « Mise à feu manuelle : O.K. » s'alluma.

— Ça marche ! — Whalid regarda sa montre. — Il nous reste dix-sept minutes avant l'appel de Tripoli.

Quelque part dans l'infinité de l'espace, une boule de métal tournoie sous la voûte céleste. *Oscar* est un oiseau abandonné, un pauvre petit satellite perdu au milieu de la galaxie de ses grands frères des télécommunications, de la météorologie, de la surveillance militaire, de la navigation, de l'observation en tous genres qui saturent l'orbite terrestre. Il a été lancé par la N.A.S.A. en 1961 pour le compte d'un groupe de radioamateurs. N'étant pas soumis au moindre contrôle international, il a été rapidement oublié. Il est en fait si bien oublié que son nom ne figure même pas dans l'inventaire ultra-secret des satellites que le gouvernement américain tient constamment à jour.

Pour anéantir New York, Kadhafi n'aurait qu'à transmettre son signal à ce satellite oublié qui l'acheminerait à travers l'espace jusqu'à l'antenne fixée sur le toit du garage. C'était aussi simple que cela.

Le grattement des rats troublait seul le silence. Accroupis sur la plate-forme de ciment humide, les trois Dajani attendaient sans parler, chacun perdu dans ses pensées. Suis-je en train de vivre un rêve ou un cauchemar ? se demandait Leila.

Whalid surveillait la mallette tandis que la trotteuse de sa montre courait vers 22 h 15. A voix basse, presque inaudible, il compta les dernières secondes. « Trois... deux... une... » Il n'avait pas eu le temps de dire « zéro » qu'un signal sonore en morse se faisait entendre tandis que la lueur verdâtre de l'écran de contrôle s'éteignait, instantanément remplacée par une autre lueur en réponse au signal arrivé de l'autre bout du monde. C'était une lumière rouge identique à celle qui était apparue un quart d'heure plus tôt.

Leila regardait, la respiration coupée. Whalid se pencha vers l'appareil, à la fois soulagé et horrifié. Seul Kamal demeurait impassible.

La lueur rouge s'éteignit et les mots « Contrôle global radio : O.K. » s'allumèrent. Ils disparurent à leur tour pour faire place au mot « Branchement ». On aurait dit que, tous les tests ayant été effectués avec succès, la mallette grise prenait en charge la direction des opérations, éliminant désormais le recours incertain à toute intervention humaine.

Whalid brancha alors la prise à cinquante-quatre broches du câble électrique partant de la mallette dans la prise femelle autoverrouillable placée sur la paroi de la bombe. La prochaine fois que l'écran s'illuminerait de cette même lueur rouge, une décharge électrique produite par les piles au lithium jaillirait à travers ces broches pour faire exploser l'engin thermonucléaire placé sur la plate-forme.

Whalid contemplait l'impressionnante masse noire. Il songea aux milliers d'heures qu'il avait passées à la concevoir, la dessiner, l'assembler. Il en était le père. Elle était à lui. A lui seul. Et non à Kadhafi, à son frère, à sa sœur, à ses camarades physiciens de la Cité des Sciences de Tripoli. Si une impulsion électrique venait jamais à la frapper, ce serait lui, et lui seul, qui serait responsable de toute l'horreur qu'elle provoquerait. Dieu, ô Dieu, pourquoi m'as-Tu donné un tel pouvoir ?

— Qu'est-ce que tu as ? grogna Kamal.

Whalid sursauta comme un élève surpris en train de rêver par son professeur. Il tenait encore sa montre à la main.

— La lumière rouge n'est pas restée allumée pendant deux secondes complètes, balbutia-t-il. Es-tu bien sûr d'avoir correctement branché l'antenne sur le toit ?

— Naturellement !

— Je crois qu'on devrait tout de même vérifier. — Whalid alluma sa lampe-torche. — Je vais monter avec toi et je t'éclairerai pendant que tu contrôleras le branchement.

Les deux hommes se dirigèrent vers l'escalier. Soudain, Whalid porta les mains à son ventre en gémissant de douleur.

— Maudit ulcère ! Monte à ma place, Leila, dit-il en tendant la lampe à sa sœur.

Quand Kamal et Leila redescendirent du toit, ils constatèrent que la crise de Whalid était déjà passée. Leur frère paraissait subitement apaisé.

— Tout est parfait là-haut, annonça Kamal.

Whalid put alors appuyer sur la touche FIN du clavier de la mallette. Le système était à présent verrouillé.

— Whalid, tu ferais mieux de passer la nuit ici avec moi, suggéra Kamal. Ce serait plus prudent.

— Non, non, je me sens bien maintenant.

— Et toi, Leila ?

— Ne t'inquiète pas pour moi ! Personne n'aura l'idée de me chercher là où je vais.

★

Afin d'entourer leur déplacement du secret le plus absolu, c'est par le tunnel reliant la Maison-Blanche au département des Finances que le Président et ses collaborateurs gagnèrent les deux Ford banalisées qui allaient les conduire au Pentagone. Fait rarissime, le service de protection du Président avait été volontairement réduit à deux agents seulement.

Il était 23 h 30 quand les voitures obliquèrent le long du Potomac et pénétrèrent dans l'enceinte du Pentagone. Les visiteurs passèrent sous le porche du Comité des chefs d'état-major et se présentèrent devant une simple porte blanche portant le numéro 2 B 890. Deux sentinelles armées et une batterie de caméras automatiques contrôlèrent leur identité et la porte s'ouvrit. Le chef de l'État et ses collaborateurs s'engouffrèrent alors dans un ascenseur qui plongea à cinquante mètres sous terre.

Le Centre national militaire de commandement est l'un des deux P.C. opérationnels du président des États-Unis en cas d'alerte majeure. Véritable cave d'Ali Baba de l'âge électronique, il renferme une collection ultra-secrète de systèmes de communications qui permet au Président de voir et d'écouter le monde entier depuis son fauteuil, de suivre en direct n'importe quel événement grâce au réseau des satellites KH-11, de donner ses ordres à toutes les instances de la puissance américaine dispersée aux quatre coins de l'univers. Les images transmises par les satellites aux six écrans de cinéma qui tapissent la pièce sont d'une telle fidélité que le Président peut littéralement distinguer une vache de Jersey d'une vache de Guernesey dans une prairie du Sussex, déterminer la couleur et la marque d'une automobile franchissant les portes du Kremlin, suivre la trajectoire d'un missile tiré par le pilote d'un F-15 volant au-dessus du Bosphore. Grâce aux

81

systèmes d'écoute de la C.I.A., il peut entendre le dialogue entre un pilote russe de Mig 23 et son contrôleur aérien de Sébastopol ; le bruit des pas des dirigeants communistes dans les couloirs de leurs ministères de Moscou, Berlin-Est ou Prague ; leurs conversations les plus intimes, le choc de leurs verres de vodka. Enfin, de son fauteuil, le Président pourrait à la fois être spectateur et acteur de la tragédie finale. Il pourrait ordonner le tir d'une fusée Minuteman d'un silo du Dakota du Sud et, comme un quelconque spectateur d'une salle de cinéma, contempler ensuite le spectacle de l'horreur thermonucléaire dévastant les populations, les rues, les maisons de n'importe quelle cité soviétique.

A l'extrémité de la table de conférence se trouvaient trois pupitres occupés par des officiers de transmissions. Derrière un quatrième, un peu surélevé, se tenait le commandant du centre, un contre-amiral en tenue blanche aussi impeccable que s'il allait à une soirée de gala.

Les lumières de la pièce s'éteignirent et l'amiral envoya sur les six écrans une série de projections traçant le dispositif des forces soviétiques telles qu'elles étaient déployées à cet instant précis : les sous-marins nucléaires en mission, chacun d'eux représenté par le clignotement d'une lumière rouge sur un planisphère ; les sites des fusées intercontinentales filmés avec une précision telle que l'on put apercevoir les sentinelles patrouillant autour de leurs enceintes ; les parcs de blindés, les bombardiers atomiques Backfire dans leurs alvéoles sur les bases d'Allemagne de l'Est et de la mer Noire, les batteries de missiles nucléaires Sam le long de l'Oder.

Les images disparurent et les lumières se rallumèrent.

— Il n'existe, monsieur le Président, aucun signe

qui permette de déduire que les forces armées soviétiques soient en état d'alerte, indiqua l'amiral.

Il se pencha sur son pupitre pour actionner une nouvelle série de manettes. Les lumières s'éteignirent à nouveau. Une bande de désert rougeâtre dans le soleil levant apparut sur l'un des écrans. Au centre, à peine visible, s'élevait une sorte de tour métallique.

— Voici le site indiqué dans le message déposé à la gare de Washington.

Un deuxième écran montra une vue grossie de la tour métallique. Elle ressemblait à un vieux derrick de forage pétrolier. Au sommet, on pouvait remarquer les contours d'un large récipient cylindrique qui rappelait l'espèce de baril de pétrole figurant sur le schéma joint à la cassette du colonel Kadhafi.

L'amiral expliqua qu'aucun satellite n'était en position au-dessus de la Libye à l'heure où l'enveloppe était parvenue à la Maison-Blanche. Leur orbite étant fixée une fois par mois par le Conseil national de sécurité, ils étaient presque tous utilisés à la surveillance de l'Union soviétique et de l'Europe de l'Est. Depuis la première alerte, l'orbite de trois satellites KH-11 avait été modifiée et dirigée au-dessus de la Libye. Les images d'un deuxième satellite arrivèrent à cet instant sur un autre écran. Elles montraient un groupe de bâtiments à la périphérie de Tripoli, la caserne de Bab Azziza dans laquelle le chargé d'affaires américain n'avait pu pénétrer quelques heures plus tôt. Devant le portail d'entrée, le Président et ses collaborateurs distinguèrent des silhouettes qui allaient et venaient, sans doute les sentinelles qui avaient intercepté le diplomate. L'ensemble du camp apparut alors, puis l'image grossit pour ne plus montrer qu'une série de petites constructions un peu à l'écart. L'amiral fit bouger un cercle blanc sur l'enchevêtrement des toits et l'arrêta sur un rectangle.

— Voici la résidence du colonel Kadhafi. Nous n'y avons décelé aucune activité particulière ni même un signe montrant qu'elle est actuellement habitée.

— Qu'est-ce qui vous permet de croire qu'il s'agit bien de la résidence du colonel ? s'enquit le Président.

L'amiral déplaça légèrement l'image. Devant la maison apparut alors une petite cour intérieure au centre de laquelle était plantée une tente de nomade. A côté, se détachait la silhouette d'un dromadaire.

— D'après nos renseignements, cette tente servirait de salon privé au colonel, et cet animal lui fournirait le lait dont il est friand.

L'image de la côte libyenne se découpa alors sur un troisième écran. Une petite lumière rouge clignotait au milieu du golfe de Bidra, entre Tripoli et Benghazi. L'amiral indiqua qu'il s'agissait du destroyer U.S. *Allan*, un bâtiment de surveillance électronique semblable à celui que les Israéliens avaient torpillé en 1967 au large de Gaza parce qu'il espionnait leurs communications radio. Il était équipé d'un appareillage ultrasophistiqué capable d'intercepter, de décoder et traiter toutes les émissions radio libyennes, ainsi que d'écouter les conversations de n'importe quel abonné relié au téléphone du réseau hertzien des télécommunications libyennes. Le Pentagone avait déjà transmis au destroyer les spécimens de la voix de Kadhafi et des cinq principaux responsables libyens. Des milliers de communications interceptées seraient confrontées par ordinateur à ces spécimens et tous les appels des dirigeants libyens instantanément isolés.

La côte méditerranéenne disparut pour être remplacée par une vue générale du territoire libyen. Sur la portion sud-ouest de l'image couraient les deux lignes rouges parallèles du couloir aérien proposé par Kadhafi dans son deuxième message. Une lumière rouge se déplaçait vers le sud dans l'axe de ce corridor.

— Nous avons demandé à un Blackbird d'Adana de nous fournir un complément d'informations, commenta l'amiral.

Les Blackbird SR-71 sont une version moderne du vieil avion espion U-2. Ils volent à trente mille mètres d'altitude et à plus de trois fois la vitesse du son. Ils sont équipés d'instruments de détection de radiations et de température ultrasensibles destinés à la surveillance des expériences nucléaires françaises et chinoises, ainsi que de caméras multidimensionnelles capables de procéder au découpage photographique complet d'un territoire.

Le Président reporta son attention sur les deux écrans montrant le site supposé de l'expérience. Autour du derrick, on apercevait à présent clairement de nombreuses traces de roues dans le sable.

— Qu'en dites-vous, Green ?

— Cela ressemble au vieux site « Trinity ». Simple et efficace, indiqua le secrétaire à la Défense.

« Trinity » est le nom de code de la première expérience atomique réalisée dans le désert du Nouveau-Mexique en juillet 1945.

Le secrétaire à la Défense examinait l'écran, les sourcils froncés comme un professeur cherchant une erreur dans le schéma d'un élève.

— Nous devrions apercevoir quelque part la trace d'un poste de commandement quelconque, s'inquiéta-t-il.

— Nous avons balayé toute la zone, mais nous n'avons rien trouvé, intervint l'amiral.

— Naturellement ! explosa James Mills. Parce qu'il n'y a rien à trouver ! Je vous répète que tout ceci n'est qu'un vaste bluff !

— Que Dieu vous entende, James, murmura le Président avec une pointe d'agacement, mais si vous vous trompez, le monde entier risque de l'apprendre avec nous.

— Pas obligatoirement, objecta Green. Ce désert est vraiment au bout du monde. La première agglomération doit être à plusieurs centaines de kilomètres...

— A trois cent quatorze kilomètres exactement, précisa l'amiral. Le village de Sidi Walfi.

Le président hocha la tête.

— A part quelques nomades, l'explosion, si elle a lieu, n'aura, espérons-le, pas beaucoup de témoins. Mais les retombées ?

Une carte de l'Afrique du Nord-Est et de la péninsule arabique apparut alors sur l'un des écrans. En surimpression, un arc en forme de saucisse partait du sud de la Libye, effleurait le désert tchadien et s'infléchissait vers l'est en direction du Soudan et de la pointe de l'Arabie saoudite.

— Voici l'axe probable des retombées selon les vents dominants soufflant ce matin en altitude au-dessus du site, indiqua l'amiral.

Le secrétaire à la Défense esquissa un sourire.

— Parfait ! Il n'existe pas d'appareils de mesures de radiations dans cette zone. Les sismographes en Europe et au Proche-Orient enregistreront une secousse — quatre ou cinq degrés sur l'échelle de Richter. Une forte secousse, mais pas de quoi alerter l'univers.

Il était minuit moins quatre. Il n'y avait plus qu'à attendre. Les chiffres lumineux des secondes cliquetaient sur les six pendules au fond de la pièce. Le regard du Président revint sur l'image de la résidence de Kadhafi cerclée de blanc, avec sa cour, sa tente de nomade, ses palmiers, son dromadaire. Est-il possible qu'un homme vivant dans une maison si simple, un homme profondément croyant, un père de famille, puisse envisager un crime aussi abominable ? songeait-il. Est-ce la haine, l'appétit de puissance, le désir de venger des malheurs dont ni lui ni son peuple n'ont pourtant souffert qui peuvent le pousser à vouloir accomplir un acte aussi irresponsable ? S'il a vraiment fait placer cette bombe dans New York, comment sera-t-il possible de discuter avec un tel fanatique ?

23 h 59. La course inexorable des pendules rythmait le sourd ronronnement des appareils de climatisation. Aucun autre bruit ne troublait le silence oppressé. Derrière leur pupitre, les militaires eux-mêmes, pourtant habitués aux crises, retenaient leur souffle. Personne ne vit les quatre zéros s'aligner à minuit sur les cadrans. Tous les regards étaient tendus vers la tour métallique plantée dans le sable du désert, tel le vestige pétrifié de quelque forêt engloutie.

Cinq secondes, dix secondes. Rien. Minuit et trente secondes : toujours rien. Le premier grincement d'un fauteuil vint détendre l'atmosphère. Minuit et quarante-cinq secondes : la tour métallique était toujours là, timide flambeau de l'espoir renaissant.

Minuit et une minute. On entendit des toussotements, des soupirs, des bruits de pieds. Une sorte de soulagement physique ranimait peu à peu l'assistance. L'accent traînant de James Mills exprima une fois encore ce que beaucoup pensaient. Le Géorgien était cramoisi. Il exultait :

— Je vous l'avais bien dit ! Ce bâtard de Libyen

n'est qu'un minable bluffeur. Tout ce qu'il mérite, c'est...

— Une sévère leçon, trancha le chef de la C.I.A. Je suggère, monsieur le Président, que nous étudions d'urgence les modalités d'une action militaire contre la Libye.

— Hé là, pas si vite ! coupa Middleburger, le secrétaire d'État adjoint. Nous n'avons aucune confirmation que Kadhafi soit réellement derrière tout ça.

Au comble de la fureur, Mills éclata :

— On ne va pas laisser ce chien s'en tirer parce qu'il n'a pas été fichu de faire exploser...

Il ne finit pas sa phrase. Une muraille de lumière blanche jaillit des écrans de la pièce 2 B 890. L'éclair était d'une telle intensité, le reflet si aveuglant, que chacun dut se protéger les yeux de ses mains. A cent cinquante kilomètres de distance, les caméras du satellite aspirèrent la boule de feu qui rugissait au-dessus de la mer de sable libyenne et la projetèrent sur les écrans du Pentagone, champignon de gaz en fusion tournoyant dans un cyclone multicolore de lumière et de feu.

La vision de cauchemar des cavaliers de saint Jean semant l'apocalypse passa alors devant les yeux horrifiés du Président. Un cinquième cavalier galopait cette fois à leur tête, Muammar Kadhafi, jailli des entrailles de l'enfer pour terrasser le monde.

Frappés de stupeur, le chef de l'État et ses compagnons contemplèrent pendant de longues secondes l'incroyable spectacle. Le premier bruit qui vint troubler le silence total provenait du Blackbird SR-71 volant à trente-deux mille mètres au-dessus du site de l'explosion. Indifférent au nuage de mort qui s'étalait sous ses ailes, le pilote transmettait les indications de ses instruments de bord, le nombre de rayons gamma et de particules bêta frappant ses détecteurs, l'intensité des neutrons, l'effet thermique des rayons X. Ces informations n'avaient plus guère d'importance pour les spectateurs de la pièce 2 B 890. Seule comptait la vision d'horreur, sur l'écran : cette boule de feu qui montait des sables.

Le Président était très pâle. Ses doigts agrippèrent la manche de son ministre de la Défense.

— Seigneur ! s'exclama-t-il, comment a-t-il fait pour fabriquer cette bombe ?

Il fit un effort pour se lever. Chacun remarqua son visage défait. Il parla d'une voix blanche :

— J'aimerais que ceux qui en ressentent le besoin se joignent à moi pour implorer le Seigneur de nous apporter son aide et ses lumières dans cette crise qui s'abat sur nous.

A ces mots, le président des États-Unis d'Amérique tomba à genoux et commença à prier.

DEUXIÈME PARTIE

« Nous allons enfin permettre à la justice de triompher »

La réponse à l'angoissante interrogation que le président des États-Unis avait posée à son ministre était un roman d'aventures qui avait commencé un matin de janvier, presque trois ans plus tôt, sur l'une des passerelles futuristes de l'aéroport Charles-de-Gaulle, près de Paris. Kamal Dajani, le passager clandestin du *Dionysos*, débarquait ce jour-là du vol 783 de la compagnie Air France en provenance de Vienne. Son teint mat d'Oriental pouvait passer pour le fruit d'un long séjour sur les pistes de ski du Tyrol.

Il présenta au C.R.S. du contrôle un passeport autrichien au nom d'un certain Fredi Mueller, représentant en machines agricoles originaire de Linz, traversa tranquillement le couloir d'arrivée et se dirigea vers les toilettes les plus proches. Il hésita un instant avant d'entrer dans la dernière cabine, verrouilla la porte et posa son sac sur le sol. Presque aussitôt, une main attira le sac dans le cabinet voisin et lui repassa un sac identique. Kamal l'ouvrit et en vérifia le contenu : un pistolet automatique Walther P 38, trois chargeurs, deux grenades U.S. à fragmentation, un couteau à cran d'arrêt, un plan de Paris, et enfin un autre jeu de

93

papiers d'identité lui donnant la nationalité algé-
rienne et l'identifiant comme un étudiant à l'université de Paris X. Le sac contenait encore deux
mille francs français en billets et pièces diverses.

Quarante minutes plus tard, il descendait d'un
taxi devant un immeuble de la rue d'Assas, dans le
VIe arrondissement, et frappait à la porte de
l'appartement du premier étage.

— C'est moi, Kamal, murmura-t-il en arabe.

La porte s'ouvrit et une jeune femme brune
apparut. Étouffant un cri de joie, Leila se jeta dans
les bras de son frère. Hôtesse de l'air à la compagnie d'aviation libanaise Middle East Airlines,
Leila Dajani habitait Paris depuis trois ans où elle
servait de contact et de boîte aux lettres aux agents
de la résistance palestinienne à travers l'Europe.

— Deux ans ! s'exclama-t-elle. Pourquoi si
longtemps ?

— Je n'ai pas pu faire autrement, répondit-il.

Elle le fit entrer. Avant de refermer la porte, elle
jeta un coup d'œil dans l'escalier pour s'assurer
que son frère n'avait pas été suivi, puis elle la
verrouilla à double tour.

— Montre-moi ce qu'ils t'ont fait, lui demanda-
t-elle en l'entraînant dans le salon.

Kamal enleva son blouson et son chandail. Une
cicatrice descendait le long de son cou jusqu'à
l'épaule, hideux sillon de chair meurtrie, semblable au coup de griffe d'un tigre.

Elle était au courant de la dangereuse carrière
que son frère cadet avait entreprise au lendemain
de la guerre des Six Jours en rampant sous les tirs
des mitrailleuses d'un camp de commandos palestiniens du Front du Refus sur un plateau désolé
au-dessus de Damas.

— On m'avait même dit que tu étais mort, dit-
elle avec émotion.

— C'est ce que les copains croyaient en m'abandonnant sur le terrain.

Kamal Dajani avait conduit six fois son commando à l'intérieur d'Israël, attaquant à la roquette les kibboutzim de Galilée, minant des routes, tendant des embuscades. La septième fois, lors d'une tentative infructueuse de bombardement des raffineries pétrolières de Haïfa, à coups de fusées Katiushka, son groupe avait été intercepté par une patrouille. Un tir de grenades bien ajusté l'avait grièvement blessé et avait dispersé ses hommes.

— Tu as eu de la chance que les Juifs ne t'aient pas achevé quand ils t'ont trouvé, soupira Leila.

— La chance n'a rien à voir là-dedans. Ils ne m'ont pas achevé parce que tu ne peux pas interroger un fedayin mort.

Trois mois plus tard, ayant réussi à fausser compagnie aux chirurgiens juifs qui l'avaient sauvé, il s'évadait sous un chargement d'oranges de Jaffa à destination d'Amman, et rejoignait les rangs des fedayins.

— Puis-je avoir un peu de thé ? demanda Kamal.

Trop émue pour parler, Leila se retourna vers l'alcôve-cuisine et alluma le gaz.

— Je suis venu te voir parce que j'ai besoin de ton aide, annonça-t-il.

La jeune femme pivota brusquement, l'allumette brûlant encore au bout de ses doigts. Elle avait retrouvé sa voix.

— J'ai toujours été au service de la cause, dit-elle fièrement.

— Je sais. Mais cette fois, il s'agit d'une mission capitale. Et probablement difficile. — Kamal fit une pause. — Je suis venu te voir pour te demander de persuader Whalid de nous aider à réaliser une opération décisive.

— Whalid ? s'étonna-t-elle. Pourquoi moi ? Pourquoi ne vas-tu pas le lui demander toi-même ? C'est aussi bien ton frère que le mien, n'est-ce pas ?

— Tu sais bien que Whalid et moi nous ne pouvons pas nous parler : nous ne pouvons que nous disputer. Or, ce qui m'intéresse aujourd'hui, c'est d'obtenir son aide et non d'avoir raison dans une discussion.

Kamal se leva et alla vers la fenêtre. En le suivant du regard, Leila remarqua sa démarche de félin. En toutes ces années, mon frère est-il devenu cela : un animal de la jungle ? se demanda-t-elle.

Après son évasion d'Israël, il avait disparu pendant six mois. Puis, un jour, elle avait entendu dire qu'il était à Tripoli où il travaillait avec un petit noyau de Palestiniens rassemblés par le terroriste vénézuélien Carlos. Après quoi elle n'avait plus rien su.

— Whalid serait incapable de comprendre ce que je fais. — Kamal regardait par la fenêtre, mélancolique. — Pour moi, tu sais bien que la fin justifie les moyens. Pas pour lui. Sauf dans ses damnés laboratoires où tout n'est qu'abstraction. Mais jamais là où les choses comptent, ajouta-t-il en désignant du doigt les gens et la rue. Il me traiterait d'assassin. Moi, je le traiterais de lâche. Au bout de cinq minutes, nous n'aurions plus rien à nous dire.

— Vous n'avez jamais eu grand-chose à vous dire, fit observer Leila. Bien longtemps avant qu'il prenne le chemin de ses laboratoires et que tu deviennes un...

96

Elle s'arrêta pour chercher un mot. Kamal le lui fournit :

— ... un terroriste. Ou un patriote. La nuance entre les deux est quelquefois incertaine.

Ses yeux s'étaient assombris. Ils étaient si bleus qu'on avait toujours plaisanté dans la famille qu'ils devaient être l'héritage des fredaines d'un chevalier croisé avec une ancêtre du clan Dajani.

— Tu devais faire du thé, rappela-t-il à sa sœur.

Kamal n'avait pas la volubilité habituelle des Arabes. Il revint aussitôt à son point de départ :

— Il faut que quelqu'un le persuade de nous aider. Toi, tu es la mieux placée pour y parvenir. Moi pas.

Leila posa la bouilloire sur le gaz et revint s'asseoir en face de lui.

— Il a changé, tu sais. Il est devenu plus français que les Français. La Palestine... l'exil... nos parents... Tout cela semble s'être dissous dans sa mémoire. Comme s'il s'agissait d'une vie qu'il n'aurait pas vécue. Il est comme tout le monde. Son travail, sa femme, ses enfants, sa voiture, sa maison... Un homme heureux, tu vois ?

— Nous ne lui demandons pas de renoncer à tout cela. — La voix de Kamal était tranquille, presque sereine. — Mais il n'est pas comme tout le monde. En tout cas, pas pour nous.

Leila regarda son frère avec inquiétude. Ces mots confirmaient ce qu'elle soupçonnait depuis l'instant où il avait parlé de leur frère aîné.

— C'est à son travail que vous vous intéressez ?

Kamal opina de la tête.

— Il a accès à certaines choses qui sont de première importance pour nous. Il faut qu'il nous donne certains renseignements. Et il n'y a personne d'autre en qui nous ayons confiance et qui en soit capable.

La bouilloire sifflait. Leila se leva. Absorbée dans ses pensées, elle se dirigea lentement vers l'alcôve. C'est donc cela, songeait-elle. Après toutes ces années, toutes ces discussions, toutes ces promesses, les Arabes allaient enfin passer vraiment à l'action.

Elle disposa les tasses sur le guéridon près du fauteuil de son frère. Un rayon de soleil hivernal faisait briller sa chevelure noire ramassée en chignon sur la nuque. Submergée par l'énormité de la tâche qui l'attendait, elle ne put réprimer un frisson.

— Seigneur ! Comment vais-je convaincre Whalid ?

★

Après avoir adressé un télégramme à son frère aîné, Leila Dajani débarquait le lendemain matin à l'aérodrome de Marseille-Marignane. Apercevant la silhouette familière qui fendait la foule, elle se précipita. Whalid avait toujours sa bonne vieille démarche chaloupée. Depuis six mois qu'elle ne l'avait vu, il avait bien dû prendre plusieurs kilos.

— Tu vas bientôt ressembler à Farouk ! s'écria-t-elle en l'embrassant.

— Ça se pourrait bien, dit-il en l'entraînant vers sa Renault 16 garée dans le parking réservé de l'aéroport, en face du hall d'arrivée.

Il devait ce privilège au papillon jaune et vert collé dans le coin gauche de son pare-brise. Il s'agissait du laissez-passer donnant accès au Centre d'études nucléaires de Cadarache, l'un des principaux temples des travaux atomiques français. Whalid Dajani était en effet un physicien atomiste. Sa spécialité concernait l'un des éléments les plus précieux et les plus dangereux existant sur la terre, le plutonium. Docteur en génie nucléaire de l'université de Berkeley, en Californie, il avait été désigné comme l'un des jeunes physiciens les plus brillants de sa génération. Une communication faite lors d'un forum à Paris en novembre 1973 avait incité le Commissariat à l'énergie atomique français à lui offrir d'importantes fonctions dans le développement du programme des surrégénérateurs Super-Phénix. Le physicien palestinien avait accepté. Depuis, il travaillait à Cadarache.

Whalid Dajani prit l'autoroute d'Aix-en-Provence et bifurqua au bout de quelques kilomètres sur la route de Meyrargues. Après la joie des retrouvailles, un silence embarrassé s'était installé entre le frère et la sœur.

— Ton télégramme disait que tu voulais me parler de quelque chose d'urgent, finit-il par dire.

Une automobile en train de rouler n'est pas un endroit propice pour une conversation sérieuse, pensait Leila. Il fallait qu'elle puisse lui parler en le regardant en face, dans les yeux.

— Quelle jolie place ! s'extasia-t-elle alors qu'ils traversaient un village. Si nous nous arrêtions pour boire quelque chose ?

Whalid gara la voiture et ils s'attablèrent à la terrasse d'un café. Whalid commanda un pastis. Leila hésita.

— Une citronnelle, dit-elle en cherchant dans son sac son paquet de Winston.

Elle alluma une cigarette.

— Alors ? demanda Whalid en portant son verre à ses lèvres. Est-ce à propos de Kamal que tu veux me parler ? Tu sais pourtant que lui et moi, nous n'avons plus...

99

— Non, coupa-t-elle, ce n'est pas pour te parler de Kamal que je suis venue. Mais de toi, Whalid.

— De moi ?

— De toi. Les Frères ont besoin de ton aide.

L'estomac soudain noué, Whalid resta un instant avant de répondre.

— Les Frères ? — Il balaya l'air de la main. — Leila, tout cela, c'est du passé. — Il parlait avec douceur, sans animosité. — J'ai fait ma vie ici, tu sais. Ça n'a pas été facile, mais aujourd'hui, j'ai une famille, une femme, des enfants, des amis. Un pays, quoi. Je fais un travail intéressant. Je ne vais pas tout sacrifier. Ni pour les Frères, ni pour personne.

Leila buvait lentement sa tisane. Elle regardait les vieux qui se chauffaient au soleil sur les bancs de bois de la place.

— Quels que soient tes efforts pour te créer une nouvelle vie, une nouvelle famille, tu ne pourras jamais échapper à ton passé, Whalid. Ton vrai pays, c'est la Palestine ; ta vraie maison, Jérusalem.

Whalid ne répondit pas. Le frère et la sœur restèrent assis côte à côte pendant un moment, unis en silence par le lien des souffrances qu'ils avaient autrefois partagées. Ni l'un ni l'autre n'avaient connu l'horreur des camps de réfugiés, mais l'épreuve de l'exil n'en avait pas été moins cruelle. Ils incarnaient un aspect du drame palestinien qu'un monde uniquement sensibilisé aux misères des camps avait rarement l'occasion d'entrevoir : drame de cette Palestine qui avait jadis produit l'élite du monde arabe, une élite d'érudits, de médecins, de savants, de négociants. Enracinés depuis quarante-cinq générations sur les collines de Jérusalem, les Dajani avaient donné

100

une succession ininterrompue de chefs et de penseurs à la sainte cité. Mais deux fois, en 1947 puis en 1968, ils avaient été chassés de leur maison. En 1968, les bulldozers juifs avaient réduit leur demeure ancestrale à un tas de décombres pour faire place à un immeuble habité par des Israéliens.

Whalid prit la main de sa sœur et la caressa doucement.

— Mon cœur saigne toujours à la pensée de tout ce qui nous est arrivé, tu sais, autant que le tien. Mais si la Palestine est la seule cause qui compte à présent pour Kamal et pour toi, ce n'est plus le cas pour moi.

Leila garda le silence, méditant ce que venait de dire son frère.

— Whalid, demanda-t-elle après avoir bu une nouvelle gorgée de citronnelle, te souviens-tu du dernier jour où nous étions tous réunis à Beyrouth ?

Whalid inclina la tête.

— Tu as dit quelque chose ce soir-là que je n'ai jamais oublié. Kamal partait pour Damas rejoindre les Frères, se battre et venger notre peuple. Il voulait que tu ailles avec lui et tu as refusé. Si les Israéliens sont si forts, as-tu expliqué, c'est parce qu'ils comprennent l'importance de l'instruction. Tu venais d'être reçu au concours d'entrée de l'université de Californie. Tu nous as dit que Berkeley allait être ton Damas, qu'obtenir la meilleure formation scientifique au monde allait être ta façon à toi d'aider notre peuple et notre cause.

— Je m'en souviens. Et alors ?

Leila désigna la place, les joueurs de boules, les femmes en noir bavardant devant Prisunic, leur sac à provisions à la main.

— Où est la cause, où est ton peuple dans tout cela ?

— Ici, répliqua vivement Whalid en se frappant la poitrine, dans mon cœur, là où ils ont toujours été.

— Je t'en supplie, ne te fâche pas, plaida-t-elle tendrement. Je voulais seulement dire que tu avais raison ce soir-là. Chacun de nous doit servir la cause à sa façon. Peut-être que de jouer les boîtes aux lettres ou de faire passer des messages entre Beyrouth et Paris dans mon soutien-gorge n'est qu'une faible contribution. C'est du moins ce que je peux faire. Kamal se bat. C'est sa façon à lui. Toi, tu es à part, Whalid. Il y a des milliers, des centaines de milliers de nos gens qui peuvent porter une mitraillette Kalashnikov. Mais il n'y a peut-être qu'un seul Palestinien au monde qui puisse faire pour son peuple ce que tu peux faire, toi.

Whalid frémit imperceptiblement. Depuis l'instant où il avait reçu le télégramme, il soupçonnait le motif de cette visite si urgente. Il vida d'un trait son verre de pastis et posa sur sa sœur un regard glacial.

— Et quelle est cette chose si particulière que les Frères attendent de moi ?

— Que tu les aides à se procurer du plutonium. Pour le compte du Grand Frère de Tripoli.

Whalid reposa son verre sur la table. Bien que Leila eût parlé en arabe, il regarda autour d'eux pour s'assurer qu'aucune oreille n'avait pu surprendre ses paroles. Les nombreuses rumeurs qui circulaient au sein de la communauté scientifique l'avaient mis au courant des efforts nucléaires de Kadhafi. Il se passa la main sur le front.

— Je suppose que les Frères s'imaginent que je

peux tout simplement aller chercher quelques kilos de plutonium un dimanche après-midi et les empiler sur la banquette de ma voiture ? dit-il, sarcastique.

Leila eut un sourire crispé.

— Whalid chéri, les Frères ne sont pas fous. Ils ont déjà pensé et étudié toute l'opération dans ses moindres détails. Tout ce que les Frères veulent de toi, ce sont des renseignements. Par exemple, l'endroit où le plutonium de Cadarache est stocké. La manière dont il est protégé... Le nombre de personnes chargées de sa surveillance... Comment il leur serait possible de le sortir du Centre...

Whalid tapota nerveusement son verre.

— Qu'est-ce que va en faire Kadhafi ? Ce n'est pas une bombe atomique qui va faire triompher la cause arabe !

— L'explosion d'une seule bombe arabe dans le désert montrera à notre peuple qu'il existe une alternative aux marchandages de Sadate et des Américains, à la mise en esclavage de notre peuple par les Israéliens. Elle leur prouvera qu'il existe un chef arabe capable de se battre pour que triomphe enfin la justice.

Elle ouvrit son sac et prit une épaisse enveloppe blanche.

— Tout ce que les Frères ont besoin de savoir se trouve énuméré là-dedans. Et je suis autorisée à te promettre une chose : jamais personne ne connaîtra la provenance de tes informations.

— Et si je refuse ?

— Tu ne refuseras pas !

Par leur ton péremptoire, agressif, ces quatre mots mirent Whalid hors de lui.

— Je ne refuserai pas ? se récria-t-il. Eh bien si, justement ! Et tout de suite ! Et je vais te dire

103

pourquoi. — Il attrapa le paquet de cigarettes sur la table. — Je crois à ce que je fais, Leila. J'y crois aussi passionnément que j'ai cru en la Palestine. — Il s'arrêta, aspirant lentement une bouffée de sa cigarette. Son ton était grave, mesuré. — Florence Nightingale[1] a dit : « La première chose qu'un hôpital ne doit PAS faire, c'est de répandre les microbes. » Eh bien, la première chose qu'un physicien nucléaire ne doit PAS faire, c'est de répandre le terrifiant savoir qu'il possède, de crainte que les hommes ne l'utilisent pour s'entre-tuer au lieu de s'en servir pour bâtir un monde meilleur.

Cette fois, ce fut au tour de sa sœur d'exploser :

— Un monde meilleur ! ricana-t-elle. Pourquoi crois-tu que Kadhafi veut la bombe ? Parce que les Israéliens l'ont. Tu sais très bien qu'ils l'ont. Et crois-tu qu'ils l'ont faite pour construire un monde meilleur, eux ? Jamais de la vie ! Ils l'ont faite pour nous la lancer dessus quand l'envie leur en prendra !

Son frère était resté impassible.

— Je sais qu'ils l'ont.

— Tu sais que les Juifs possèdent la bombe, et tu restes là, sur cette chaise, à me dire que tu refuses d'aider ton propre peuple à l'obtenir, un peuple qui a été piétiné comme jamais aucun peuple ne l'a été ?

— Parfaitement. Parce que je me sens lié aujourd'hui à quelque chose de supérieur à la Palestine... Ou à la cause.

— Supérieur à ta propre chair, à ton propre sang ? A tes morts ? A tous ceux des tiens que les Juifs essayent de liquider ? Whalid ! Kadhafi ne sera pas obligé de se servir de sa bombe. Mais

---

1. Fondatrice anglaise du corps des infirmières militaires.

nous sommes faibles. Et il n'y a pas de justice pour les faibles. C'est un luxe pour les puissants. Sans la bombe, aucun leader arabe ne sera jamais assez fort pour tenir tête aux Israéliens. Et nous continuerons à être ce que nous avons été depuis soixante ans, les victimes, les éternelles victimes des bourreaux.

Le frère et la sœur restèrent silencieux pendant un moment.

— Ma réponse reste non, Leila.

Un sentiment de désespoir s'empara de la jeune femme. Une fulgurante nausée lui nouait la gorge. Ô mon Dieu, faites-moi trouver les mots justes ! Il faut que je le persuade. Il le faut !

Elle posa sa main sur le poignet gauche de Whalid.

— Et ça ? demanda-t-elle en montrant le serpent et le cœur percé d'un poignard qui y étaient tatoués.

Il se dégagea avec colère. Ce tatouage représentait l'un des moments les plus douloureux de sa vie, la mort de son père après leur exil de Jérusalem, en 1968. Le jour des obsèques, Kamal et lui étaient allés dans les souks de Beyrouth. Un tatoueur saoudien avait gravé dans la chair des deux frères un cœur percé pour le père disparu, un serpent pour la haine vouée à ceux qu'ils rendaient responsables de son décès, un poignard pour la vengeance qu'ils juraient d'obtenir. Ils avaient tous deux fait le serment d'accomplir le commandement du IVe chapitre du Coran et de consacrer leur existence à venger la mort de leur père sous peine de perdre leur propre vie s'ils manquaient à cet engagement.

Leila vit les traits de Whalid se durcir. Au moins, songea-t-elle, j'ai donné un visage à notre peuple, à la cause que je suis venue plaider.

105

— Tu t'en es sorti, Whalid, dit-elle. — Son ton était tendre, il n'y passait pas le soupçon d'un reproche. — Toi, tu as pu oublier ici, grâce à ta nouvelle vie, à ta nouvelle famille. Mais ceux qui n'ont pas pu oublier ? Vont-ils demeurer à jamais un peuple sans patrie ? Sans adresse ? Notre père ne pourra-t-il jamais reposer en paix dans sa terre ?

— Que veux-tu faire de moi, Leila ? — La voix de Whalid était un cri exaspéré. — Faut-il que j'aille contre ma raison, contre toutes les choses auxquelles je crois, simplement parce que je suis né, il y a trente-huit ans, dans un endroit qui s'appelle la Palestine ?

Leila resta pensive un long moment.

— Oui, Whalid. Tu le dois. Je le dois. Nous le devons tous.

★

Après le déjeuner, le frère et la sœur regagnèrent, en silence, l'aéroport. Leila se rendit au comptoir d'enregistrement pour confirmer son vol de retour vers Paris. Elle traversa ensuite le hall jusqu'au kiosque à journaux où Whalid l'attendait en parcourant les titres des quotidiens du soir. Ses yeux sombres paraissaient lointains et mélancoliques, comme braqués sur la vision de quelque monde intérieur. Il a compris, pensa Leila. Il est torturé, mais il sait qu'il n'a pas le choix. Elle lui prit tendrement le bras.

— Je leur dirai que tout va bien, que tu vas faire ce qu'ils te demandent.

Whalid feuilleta nerveusement les pages d'un magazine à l'étalage du kiosque, retardant ainsi de quelques secondes la réponse qu'il devait à sa sœur.

— Non, Leila, lâcha-t-il enfin. Dis-leur que c'est non.

La jeune femme sentit ses jambes trembler. Elle crut qu'elle allait s'évanouir.

— Whalid, implora-t-elle, il faut que tu le fasses. Il le faut !

Whalid secouait la tête. Le son de sa propre voix disant « non » avait fortifié sa volonté.

— J'ai dit NON, Leila. C'est sans appel.

Elle avait pâli. Il n'a pas compris, songea-t-elle douloureusement. Ou, s'il a compris, c'est qu'il s'en fiche vraiment. Inutile d'insister. J'ai échoué.

Elle ouvrit alors son sac et en sortit une deuxième enveloppe, beaucoup plus petite que la première.

— Ils m'ont priée de te remettre ceci au cas où tu refuserais.

Elle tendit l'enveloppe à son frère. Whalid voulut l'ouvrir aussitôt, mais sa sœur l'en empêcha.

— Attends que je sois partie.

Elle déposa un baiser sur sa joue. *Ma salameh*, murmura-t-elle. Et elle se perdit dans la foule.

Du haut de la terrasse de l'aéroport, Whalid regardait sa sœur marcher vers l'avion. Elle ne se retourna pas. Quand elle eut disparu à l'intérieur du Bœing 727, il décacheta l'enveloppe.

A la vue du court message, il sursauta comme frappé par un coup invisible. Il avait instantanément reconnu l'écriture et le verset du IV⁰ chapitre du Coran. Il lut :

« Et s'ils se détournent de leur serment, emparez-vous d'eux et tuez-les, partout où vous les trouverez. »

★

Quatre semaines plus tard, le dimanche 3 mars

1977, Whalid Dajani expliquait à sa femme qu'il devait se rendre à Paris pour raisons professionnelles et prenait le Mistral. Au fond de son porte-documents, entre son pyjama et sa trousse de toilette, se trouvait une enveloppe contenant une série de photographies et un rapport de douze pages.

Les informations rassemblées par le physicien palestinien répondaient à toutes les questions posées par les Frères. Ce qu'elles révélaient mettait gravement en cause les responsables de la protection des installations atomiques françaises. Outre les bâtiments de recherche et de construction des réacteurs, ainsi que l'usine de fabrication des moteurs des sous-marins atomiques de la force de frappe nationale, le centre nucléaire de Cadarache abritait le plus grand dépôt de plutonium d'Europe, sans doute l'un des plus importants du monde. Or, l'emplacement de ce stock était ostensiblement indiqué par un panneau et une flèche. Aucune sentinelle n'en gardait l'accès. Le concours de deux techniciens seulement était suffisant pour obtenir l'ouverture télécommandée de la porte blindée de l'abri où était entreposé le plutonium. L'un de ces techniciens, père de six enfants, était à un an de la retraite. Une fois l'ouverture de la porte obtenue, et les deux caméras électroniques de surveillance neutralisées, le déménagement des quelque deux cents containers de plutonium stockés dans l'abri était une simple opération de manutention. Il y avait dans ces récipients assez de plutonium pour raser de la carte toutes les villes américaines de plus de cent mille habitants.

Le rapport du Palestinien montrait qu'entrer et sortir de Cadarache était presque un jeu d'enfant.

Chaque jour, des dizaines de camions d'entreprises privées pénétraient dans le centre et en ressortaient sans être véritablement fouillés. Certains véhicules basés sur le site, comme les semi-remorques du laboratoire de protection des radiations, ne s'arrêtaient même pas au poste de contrôle de l'entrée principale. Il suffisait d'utiliser un camion identique pour venir chercher le plutonium et l'on était assuré de quitter les lieux sans être inquiété. Au-delà, de nombreux chemins dans la campagne déserte permettaient un transbordement sans témoins de la marchandise à bord de camionnettes rapides. En moins de trois heures, le plutonium pouvait être en sûreté en Italie. Par une chance supplémentaire, l'alerte ne serait vraisemblablement transmise qu'avec retard : l'unique ligne téléphonique de la gendarmerie de Peyrolles (sept gendarmes), chargée d'assurer la protection du centre nucléaire de Cadarache passait dans le bâtiment par un vasistas du rez-de-chaussée. Un enfant de cinq ans pouvait la couper sans même l'aide d'un escabeau.

★

Un peu avait minuit, ce dimanche 3 mars 1977, Françoise Dajani, l'épouse de Whalid, était arrêtée dans leur appartement de Meyrargues, près d'Aix-en-Provence. Une heure plus tard, elle était introduite dans le bureau du directeur régional de la D.S.T. situé au 10e étage d'un building moderne dominant le vieux port de Marseille. La jeune femme paraissait dans un état de choc nerveux. Elle avait toujours été fragile, au point d'avoir été obligée de faire, jeune fille, plusieurs séjours dans une maison de santé. Mais son mariage avec Whalid semblait l'avoir guérie. Il y avait des années que Françoise Dajani n'avait eu de dépression.

— De quel droit osez-vous arracher ainsi les gens de leur lit au milieu de la nuit ! s'indignait-elle.

Elle avait encore devant les yeux l'odieux spectacle de son appartement fouillé par les policiers, les papiers de son mari jetés sur le sol, les tiroirs vidés de leur contenu.

Absorbé par la lecture des messages télex qui s'étaient empilés sur sa table, le directeur ne prêtait aucune attention à ses protestations. Quand il eut terminé, il leva la tête, enleva ses lunettes et leva la main pour l'interrompre.

— Je vous en prie, madame, calmez-vous ! Nous avons arrêté votre mari ce soir. Ainsi que son frère et sa sœur.

Françoise eut un sursaut.

— Arrêté mon mari ? Mais pourquoi ?

— Il se préparait à voler le plutonium stocké dans les installations nucléaires de Cadarache, pour le compte de l'Organisation de libération de la Palestine.

Le joli visage de Françoise Dajani se crispa. Elle luttait pour ne pas éclater en sanglots.

— C'est impossible !

— Que vous le croyiez ou non n'a guère d'importance. Le fait est que le frère de votre mari a été reconnu ce matin par un agent israélien à l'aérodrome Charles-de-Gaulle et pris en filature jusqu'à l'appartement de votre belle-sœur. C'est là que votre mari avait rendez-vous. Ils ont tous trois avoué. Les documents que nous avons trouvés ne laissent aucun doute sur le but de l'opération qu'ils préparaient. Ma seule préoccupation est de savoir si vous êtes ou non mêlée à cette entreprise. Autrement dit, si vous êtes leur complice.

Il n'y avait ni agressivité ni sympathie dans les paroles du policier, seulement une volonté froide, professionnelle, de surprendre un battement de cils, un changement de voix susceptibles de confondre la jeune femme.

— Où détenez-vous mon mari ?

Le directeur jeta un coup d'œil à sa montre.

— Nous ne détenons pas votre mari. Il va atterrir à Beyrouth dans deux heures. Il ne reviendra pas en France — jamais. Il a été déclaré *persona non grata* par les autorités françaises. Étant donné les circonstances, il a vraiment de la chance. Cette décision a été prise en haut lieu.

Le directeur de la D.S.T. marseillaise aurait été stupéfait d'apprendre à quel niveau. Le développement des surrégénérateurs de Cadarache en vue de leur vente à l'étranger était un des piliers du programme des exportations françaises pour la décennie 1980. La révélation publique d'un plan préparé par un groupe de Palestiniens pour voler le plutonium de Cadarache pouvait brutalement réduire à néant ces ambitions dans une Europe hypersensibilisée par les campagnes antinucléaires. Plutôt que de courir un tel risque, le ministre de l'Intérieur, agissant sur instruction du président de la République, avait ordonné le secret et l'expulsion des trois Dajani.

Le policier prit une feuille de papier sur son bureau.

Françoise s'était recroquevillée sur son siège. Instinctivement, ses doigts s'étaient portés sur le médaillon doré qui pendait à son cou. C'était une réplique du poisson qui symbolisait, sur les murs des catacombes de l'ancienne Rome, la présence des premiers chrétiens. Elle était née sous le signe des Poissons, et son père lui avait offert ce bijou la

111

veille de son mariage. Elle adorait son père. Le drame qui venait de se produire allait forcément s'étaler au grand jour. Les collègues de Whalid, les voisins, leurs amis poseraient des questions. Des bruits allaient courir dans la petite ville de Meyrargues dont son père était justement le maire. Des adversaires politiques, des médisants répandraient d'affreuses calomnies. Un scandale éclaterait bientôt, scandale honteux qui souillerait sa famille et tuerait son père aussi sûrement, aussi cruellement qu'un cancer. Ses doigts cherchèrent fébrilement dans son sac le tube de Valium, le tranquillisant qu'elle prenait dans ses moments d'anxiété.

— Je vous prie de m'excuser, gémit-elle, mais je ne me sens pas très bien. Pourrais-je avoir un verre d'eau ?

Le policier acquiesça avec un air d'ennui, se leva et sortit.

Par la baie vitrée, Françoise embrassa du regard le clignotement des lumières sur les eaux noires du vieux port. Elle écouta la plainte du mistral, musique familière de son enfance, et se revit petite fille, tenant son père par la main, regardant les barques de pêche qui rentraient avec leur chargement de poissons.

Elle se leva brusquement. Ses yeux inondés de larmes parcoururent la pièce, les casiers métalliques, la table couverte de documents, le portrait du président de la République. Elle se sentit mal. Accablée de honte et de désespoir, elle avança en hoquetant vers la fenêtre.

★

Les coudes posés sur la balustrade du balcon, la

tête appuyée dans ses paumes, le regard de Kamal Dajani errait sur la mer et le boulevard qui la longeait, de l'aéroport d'Al Maza jusqu'à Beyrouth. Le jeune Palestinien supportait mal l'échec, et l'échec de Cadarache n'aurait pu être plus complet. Il avait au moins une consolation : Whalid, Leila et lui-même avaient réussi à dissimuler aux Français leurs connexions libyennes. La D.S.T. s'était empressée d'accepter l'idée qu'ils travaillaient pour l'O.L.P. Il ne lui restait plus qu'à essayer de sauver du désastre ce qui pouvait l'être. S'il n'avait pu livrer de plutonium à Muammar Kadhafi, peut-être pourrait-il lui procurer quelque chose qui s'avérerait, au bout du compte, plus précieux encore : le génie scientifique de son frère.

— A table !

Kamal se retourna vivement et obéit aussitôt à l'appel de sa mère.

Sulafa Dajani était une personnalité imposante, l'antithèse même du portrait stéréotypé de la femme arabe. Nul voile n'avait jamais dissimulé son visage. Sa svelte silhouette était moulée dans un tailleur noir de Givenchy. Un rang de perles rehaussait le teint pâle de son cou, fin et gracieux, et de son menton légèrement hautain. Elle avait de longs cheveux noirs bouclés éclairés de quelques mèches grises et relevés en chignon. L'expulsion hors de France de ses enfants était pour elle une occasion de se réjouir. Elle n'avait pas besoin de savoir quel était leur crime. Il avait été commis pour la Cause, et cela suffisait.

Déployé sur la table du salon, il y avait un *mezzé* arabe, une tapisserie de hors-d'œuvre. Elle versa à chacun de ses enfants un verre d'arak, liqueur d'anis aussi claire que le cristal, et leva son verre pour un toast.

— A la mémoire de votre père, à la liberté de notre peuple, à la libération de notre pays, déclara-t-elle avant d'avaler d'un trait l'alcool brûlant.

Les commandements de l'Islam n'étaient pas tous du goût de Sulafa Dajani. Tandis que Kamal et Leila prenaient place à table, elle tendit à Whalid un *samboussac*, beignet fourré de viande.

— Tu dois manger, insista-t-elle.

Whalid n'avait pas faim. Il était complètement désemparé par les événements qui venaient de bouleverser sa vie.

— Quels sont tes projets maintenant ? s'inquiéta sa mère.

Il haussa les épaules.

— Je ne sais pas. Cela dépendra des intentions de Françoise quand elle arrivera... Si elle vient... Si elle peut me pardonner ce que j'ai fait.

— Elle viendra ! déclara sa mère, catégorique. C'est son devoir.

— Whalid ! cria alors Kamal du bout de la table, pourquoi ne viendrais-tu pas t'installer avec moi en Libye ?

— Aller gâcher ma vie dans ce désert ?

— Ce « désert » risque de te surprendre. Il s'y passe plus de choses que tu n'imagines. Ou que n'imaginent la plupart des gens. — Kamal fixa son frère avec sévérité. — Whalid, un savant comme toi ne devrait pas avoir d'idées toutes faites. Viens faire un tour en Libye. Tu verras bien. Et tu décideras après.

La sonnerie du téléphone retentit dans la pièce voisine. Sulafa Dajani se leva pour aller répondre. Aucun de ses enfants ne remarqua l'éclat qui faisait briller ses pupilles quand elle revint s'asseoir auprès de son fils aîné. Elle lui prit doucement la main et la pressa contre ses lèvres.

— Mon fils, c'était l'ambassade de France. C'est atroce : Françoise est morte.

— Morte ? haleta Whalid.

Sulafa Dajani caressa son visage devenu livide.

— Elle s'est jetée par la fenêtre du bureau où la police était en train de l'interroger.

Whalid s'écroula dans les bras de sa mère.

— Françoise ! Françoise, répéta-t-il en sanglotant.

Kamal se leva et alluma une cigarette. Il regardait son frère avec dureté. « C'est ma faute, gémissait Whalid, c'est moi qui l'ai tuée. » Kamal fit le tour du fauteuil où était assis son frère et l'empoigna par les épaules. S'il y avait la moindre pitié dans son geste, c'était moins pour le chagrin de son frère que pour sa stupidité. Il tenait le moyen de l'amener à ses fins.

— Whalid, ce n'est pas toi qui l'as tuée. Ce sont eux.

Whalid leva un regard stupéfait.

— Tu ne crois tout de même pas qu'elle a sauté de cette fenêtre, non ?

Une expression d'horreur traversa le visage de l'aîné des Dajani.

— La police française n'oserait jamais... balbutia-t-il.

— Pauvre imbécile ! ce sont eux qui l'ont jetée par la fenêtre ! Ces Français que tu aimes tant. Envers lesquels tu voulais être si loyal. Qu'est-ce que tu crois qu'il est arrivé ? — Kamal lâchait ses mots en courtes rafales. — Et Dieu sait ce qu'ils lui auront fait subir avant !

Whalid se tourna vers sa mère pour chercher un peu de réconfort, une assurance que les paroles de son frère étaient un horrible mensonge. Sulafa haussa les épaules.

— C'est ainsi qu'agissent tous nos ennemis. — Elle baisa le front de son fils aîné. — Va en Libye avec ton frère. Ta place est là-bas maintenant. *B'ish Allah*. C'est la volonté de Dieu.

★

Treize mois après le départ de Whalid Dajani pour Tripoli, le 14 avril 1978, à 2 heures de l'après-midi, le physicien français Alain Prévost, cinquante-deux ans, chef du département de fusion nucléaire du Commissariat à l'énergie atomique, sortit de son coffre-fort un épais document d'informatique qu'il posa sur la table de son bureau du fort de Châtillon. La couverture rouge portait le cachet officiel « Ultra-Secret ». A l'intérieur, exprimée en nombres mesurant des densités neutroniques, des durées de milliardièmes de secondes, des puissances de kilojoules, se trouvait la découverte que tous les savants des pays industrialisés poursuivaient depuis un quart de siècle, aboutissement d'un rêve impossible qui allait permettre à l'humanité de domestiquer une nouvelle énergie fantastique : l'énergie née de la fusion nucléaire.

L'expérience décisive qui avait permis cet exploit s'était produite dix jours plus tôt dans un hall bâti sur le plateau de Fontenay-aux-Roses dans la banlieue sud-ouest de Paris. Aussi vaste qu'un terrain de football, cette construction abritait l'une des installations de tir au laser les plus colossales existant au monde. Baptisée « la Folie », elle avait coûté à la France deux milliards de francs nouveaux. Là, pendant un milliardième de seconde, une onde électrique d'une énergie cinquante fois supérieure à la puissance de toutes les centrales électriques françaises réunies, avait été introduite dans un canon laser au dioxyde de carbone. Avec une vitesse qui aurait pu lui permettre d'atteindre la planète Mars en quelques secondes, le jet de lumière avait alors parcouru toute une machinerie de tuyauteries haute de cinq étages et bombardé avec une précision infaillible une bulle de gaz de la section d'un cheveu. Cette expérience avait livré la clef de l'énigme que les hommes s'efforçaient de résoudre depuis des années.

Cet après-midi d'avril, le physicien Prévost était invité au palais de l'Élysée pour présenter au président de la République le document qui résumait cette découverte et lui en exposer la portée.

Il sortit de son bureau, portant dans son attaché-case la plus grande richesse que les hommes de science pouvaient rêver de posséder : le secret qui permettait de convertir l'eau des océans en combustible et de résoudre pour l'éternité les besoins de l'humanité en énergie.

★

Ponctuel comme à l'accoutumée, le président Valéry Giscard d'Estaing entra à 16 heures précises dans la salle des conseils restreints au rez-de-chaussée du palais de l'Élysée. Il fit le tour de la pièce tendue de soie bleue pour serrer la main des quelques ministres et hauts fonctionnaires conviés à cette réunion secrète. Quand il arriva à Pierre Foucault, haut-commissaire à l'énergie atomique, un sourire amical s'esquissa sur ses lèvres.

— Bravo, glissa-t-il à son camarade de promotion de l'École polytechnique.

Le Président fit signe à la petite assemblée de s'asseoir. Un léger frémissement de narines trahit

117

son irritation à la vue d'une chaise restée vide : le physicien Alain Prévost était en retard.

— Nous allons commencer comme prévu, déclara-t-il sèchement.

Puis, parlant de cette manière lente et quelque peu professorale qu'il réservait aux occasions solennelles, il annonça :

— Messieurs, je vous ai priés de venir aujourd'hui pour vous faire part d'un événement qui va influencer d'une manière certainement décisive le destin de notre pays. Une équipe de nos savants travaillant à Fontenay-aux-Roses a réussi, au cours de la semaine écoulée, à résoudre l'un des plus grands défis scientifiques de l'histoire de l'humanité. Le fruit de leurs travaux va permettre à la France, en fait au monde entier, de trouver une solution prochaine au problème le plus grave auquel nous ayons tous à faire face, la crise mondiale de l'énergie.

Le Président lança un coup d'œil agacé en direction de la porte.

— Le responsable de ce succès, le physicien Alain Prévost, devrait arriver d'un instant à l'autre. Mais en attendant — il se tourna vers son ancien condisciple Pierre Foucault — pouvez-vous, monsieur le Haut-Commissaire, nous indiquer la portée de cette découverte ?

Foucault prit le verre d'eau posé devant lui sur la table et le leva comme s'il voulait porter un toast.

— Monsieur le Président, messieurs, cette découverte signifie que la seule quantité d'eau contenue dans ce verre pourra fournir assez d'énergie pour satisfaire, pendant deux jours, les besoins en électricité de toute une ville comme Paris.

Une expression de surprise apparut sur tous les visages.

— L'eau contient en effet l'un des atomes les plus simples et abondants de la matière, le deutérium ou hydrogène lourd. Or, en cognant deux atomes de deutérium l'un contre l'autre avec assez de force pour qu'ils fondent — un procédé que nous appelons « fusion » —, on obtient un dégagement d'énergie comparable à celui des étoiles et du soleil, et inépuisable, puisque l'eau est inépuisable. En somme, notre découverte démontre pour la première fois la possibilité scientifique de maîtriser le principe de la fusion. Mais attention ! — Foucault avait levé le doigt pour mettre en garde l'assistance. — L'application pratique d'une telle découverte va requérir des années d'efforts. Les bénéfices industriels que notre avance nous laisse espérer sont incalculables. A une condition ! — Il s'arrêta pour ménager un effet. — A la condition expresse que nous gardions le secret le plus absolu sur cet exploit.

Ces révélations avaient tellement saisi son auditoire que personne n'avait remarqué un huissier qui venait d'apporter un pli au ministre de l'Intérieur.

— Monsieur le Président, déclara celui-ci après en avoir pris connaissance, la brigade criminelle m'informe qu'un corps vient d'être découvert à l'intérieur d'une Peugeot 504 abandonnée allée de Longchamp, dans le bois de Boulogne. La victime a été provisoirement identifiée grâce à un laissez-passer établi pour la présente réunion. Il s'agirait de ce physicien que nous attendions... — il jeta un coup d'œil sur le papier — M. Alain Prévost.

★

Trois estafettes de police bleues, leur gyrophare lançant des éclairs, balisaient la scène. Un cordon d'agents retenait un groupe de promeneurs et quelques prostituées qui s'étaient agglutinés autour de la Peugeot et du corps qui gisait dans l'herbe recouvert d'une couverture.

Indifférent au salut des agents, le ministre de l'Intérieur, suivi du haut-commissaire à l'énergie atomique, s'ouvrit un chemin à travers le cordon policier et se précipita vers Maurice Lemuel, le chef de la brigade criminelle.

— Alors ? aboya-t-il.

Lemuel montra un carré de plastique étalé sur l'herbe. Deux objets y avaient été déposés, un porte-billets et une règle à calculer jaunie par l'usage et le temps.

— C'est tout ? s'impatienta le ministre. Pas trace des documents ?

— C'est tout, monsieur le Ministre, répondit Lemuel. Ceci et le laissez-passer grâce auquel nous avons identifié la victime.

Le ministre se tourna vers Pierre Foucault.

— C'est inadmissible ! s'écria-t-il, maîtrisant avec peine sa colère. Vous laissez des personnalités scientifiques de la plus haute importance se balader à travers Paris avec des documents secrets comme s'ils allaient porter leur linge chez le blanchisseur !

— Monsieur le Ministre, ces hommes sont des savants. Ils ne songent guère aux questions de sécurité.

— Si eux n'y pensent pas, c'est à vous de le faire à leur place ! Vous êtes personnellement responsable de la sécurité de votre organisation. Dans le cas présent, elle s'est révélée tragiquement défaillante.

Il revint vers Lemuel.

— Quelles sont vos premières constatations ?

— Pas grand-chose. Seule l'autopsie pourra déterminer les causes exactes du décès. D'après l'expression du visage, je dirais que la victime a été étranglée — ou frappée sur la trachée d'un violent coup de karaté, par exemple.

★

Le vol des documents de l'ingénieur Prévost provoqua stupeur et inquiétude à l'Élysée et dans les hautes sphères gouvernementales françaises. Certes, ce crime ne privait pas la France de sa prodigieuse découverte. Mais les revenus colossaux que, pendant des années, elle escomptait tirer de son avance technique risquaient de s'évanouir si ces papiers n'étaient pas immédiatement retrouvés. Il s'agissait en fait du plus important vol de secret industriel jamais commis. Dès son retour place Beauvau, le ministre de l'Intérieur réunit, en présence de Foucault, les principaux responsables de la police et des services secrets. Le ministre brossa un rapide tableau de la situation et s'adressa à Foucault :

— Monsieur le Haut-Commissaire, quels sont les pays qui avaient intérêt à voler ces documents ? demanda-t-il nerveusement.

— L'Angleterre, l'Allemagne, la Chine, peut-être le Japon, sûrement l'U.R.S.S. et naturellement — Foucault leva une main désabusée en direction de l'avenue Gabriel — nos amis de l'ambassade des États-Unis.

— Qu'en pensez-vous, Villeprieux ?

En sa qualité de chef de la D.S.T., le préfet Paul Robert de Villeprieux était responsable de la sécurité intérieure du territoire français et des opérations de contre-espionnage.

— Éliminons tout de suite les Chinois, déclarat-il, et les Japonais : ils ne sont pas opérationnels chez nous pour des coups pareils. Restent les Anglais, les Allemands, les Russes et les Américains. — Il se frottait le menton tout en réfléchissant. — Pour ma part, je dirais que c'est un coup du K.G.B. ou de la C.I.A.

Parmi les quelque dix mille noms d'espions, ou de personnes supposées telles, contenus dans le fichier électronique de la D.S.T. se trouvaient ceux de treize diplomates de l'ambassade soviétique et d'une centaine de Français agents du K.G.B. Quant à la C.I.A., elle comptait environ deux cents représentants sur le territoire français, dont un tiers appartenait au personnel diplomatique de l'ambassade ou à des organisations officielles américaines représentées en France. Les autres étaient dispersés à travers la France sous des couvertures diverses.

— Mettez immédiatement le maximum de vos effectifs sur les Russes et les Américains, ordonna le ministre, et prions pour que ce soient eux qui aient fait le coup.

Quelques minutes plus tard, une flotte d'automobiles banalisées remplies d'inspecteurs de la D.S.T. sortaient du garage de la rue des Saussaies. Venant d'un dépôt plus discret, au bout de la rue, plusieurs camionnettes de livraison allaient également se mêler à la circulation. Peints aux enseignes de boucheries, de fleuristes, de plombiers imaginaires, ou de sociétés bien réelles comme Darty ou Locatel, ces véhicules étaient des laboratoires électroniques roulants capables de capter des conversations se déroulant à l'intérieur d'un bâtiment, jusqu'à plus de cent mètres de distance.

Une seule personne était restée impavide au milieu du remue-ménage qui agitait le bureau du ministre de l'Intérieur. Les yeux mi-clos tel un bonze en méditation, une Gitane maïs parfaitement immobile au coin des lèvres, le général Henri Bertrand, cinquante-six ans, directeur du S.D.E.C.E.[1], le service de renseignements français, n'était pas encore intervenu. La longueur de la cendre au bout de sa cigarette attestait sa totale impassibilité. Ses premiers mots la firent tomber sur son veston.

— Monsieur le Ministre, permettez-moi de vous faire respectueusement remarquer que ces filatures ont peu de chance de porter des fruits. — Il leva un regard désabusé vers la pendule dorée sur la cheminée. — Il y a plus de deux heures que ce malheureux physicien a été assassiné, et vous pouvez être certain que si les Russes ou les Américains ont fait le coup, les documents sont déjà loin. — Il s'arrêta pour rallumer le mégot de sa Gitane. — De toute façon, si désagréables que puissent être parfois les manières de nos amis de la C.I.A., je ne vois pas leur signature dans cette histoire. Ce n'est pas non plus le genre de travail du K.G.B. Avec l'un ou l'autre, je vous assure que vous n'auriez jamais retrouvé un laissez-passer officiel sur le corps de la victime, ni son portefeuille.

— Alors, qui voyez-vous ? s'impatienta le ministre.

Le général épousseta méthodiquement les cendres de son veston.

— Si les documents de M. Prévost ont autant de valeur que le déclare M. le Haut-Commissaire à l'énergie atomique, pourquoi exclure l'hypothèse qu'ils aient été simplement volés pour être vendus ou échangés contre une rançon importante ?

Le ministre parut sceptique.

1. Service de documentation et de contre-espionnage.

— Qui pourrait monter un coup pareil ?

— Qu'ont fait les Russes lorsqu'ils ont décidé d'obtenir les plans du Concorde ? Ils sont allés à Marseille frapper à la bonne porte du Milieu, n'est-ce pas ? Sans doute cette expérience a-t-elle enseigné à nos amis corses et autres la valeur de certains secrets industriels.

Le ministre se montra encore plus dubitatif.

— Il faudrait pour cela qu'ils possèdent un niveau scientifique élevé. Et une idée précise des travaux que poursuivait M. Prévost. Vous connaissez beaucoup de truands qui répondent à ces critères ?

Le général Bertrand admirait les pieds en bronze gracieusement ciselés du bureau du ministre, cadeau personnel de Napoléon 1er à l'un de ses lointains prédécesseurs. Sans lever les yeux, il reconnut :

— Non, pas beaucoup, je l'admets. C'est pourquoi j'estime qu'il ne s'agit probablement pas d'une opération du Milieu.

— Qui d'autre alors ?

Bertrand sentait que tous les regards s'étaient posés sur lui.

— Deux possibilités. Il existe des réseaux spécialisés dans le vol des secrets industriels. L'un d'eux pourrait avoir fait le coup. Mais il n'y a pas que le Milieu qui ait besoin d'argent. Je crois que nous ne devons pas exclure une autre éventualité.

— Laquelle ? pressa le ministre.

— Une organisation terroriste.

★

Le lendemain un peu avant 4 h 30 du matin, la sonnerie du téléphone réveillait le ministre de l'Intérieur dans son appartement de la place Beauvau. Il reconnut la voix du haut-commissaire à l'énergie atomique.

— Les assassins de Prévost viennent d'appeler, annonça Foucault. Ils proposent de restituer son attaché-case et les documents contre une rançon d'un million de francs.

— Quelle preuve aurons-nous qu'ils n'en ont pas gardé des photocopies ?

— Hélas ! aucune, admit Foucault.

Immédiatement consulté, l'Élysée donna le feu vert et ordonna que la police s'abstienne de toute opération contre les ravisseurs afin que rien ne puisse empêcher la récupération des documents. Le soir même, observant rigoureusement les directives communiquées à partir de cabines téléphoniques situées en divers points du territoire, un commissaire de la D.S.T. déposait la rançon en billets de cent francs usagés dans une poubelle de la rue des Belles-Écuries dans le quartier du Panier, à Marseille. Quelques instants plus tard, l'attaché-case et les documents étaient retrouvés comme convenu au pied du comptoir d'un bar de la rue du Panier.

A l'Élysée, comme dans les hautes sphères de la police française, cette nouvelle fut accueillie avec un vif soulagement. Les modalités de la restitution semblaient prouver qu'il s'agissait bien d'une affaire d'extorsion de fonds montée par le Milieu.

Le directeur du S.D.E.C.E. restait cependant perplexe. Une question l'obsédait en particulier : si ces documents avaient une telle valeur, pourquoi les voleurs n'avaient-ils pas exigé une plus forte rançon ? Avec le temps, ses inquiétudes devaient toutefois finir par s'estomper.

Commencé comme une affaire d'État, l'assassinat du physicien Alain Prévost n'était plus qu'un triste fait divers.

★

Deux jours après ces événements, les phares d'une Volkswagen bleue apparurent tout à coup sur l'horizon du désert de la Grande Syrte, à quatre cents kilomètres au sud-est de Tripoli. A genoux devant sa tente sur un tapis de prière, Muammar Kadhafi suivit du regard les deux lumières qui perçaient l'aube naissante et se prosterna pour réciter la première sourate du Coran.

La voiture arriva devant un petit campement militaire installé à un demi-kilomètre de la tente du chef d'État libyen. Les trois sentinelles à béret rouge firent signe au conducteur de stopper, examinèrent attentivement ses papiers, et le prièrent de descendre pour le soumettre au contrôle d'un détecteur d'objets métalliques. Ces vérifications terminées, un soldat l'escorta vers la tente du colonel.

— *Salam Alaikum !* s'écria Kadhafi quand le visiteur ne fut plus qu'à une dizaine de mètres.

— *Alaikum Salam !* répondit Whalid Dajani en épongeant la transpiration que cette marche dans le sable avait fait perler sur son front.

Kadhafi s'avança de quelques pas, le pressa sur son cœur et l'embrassa sur les deux joues.

— Sois le bienvenu, mon frère, annonça-t-il en découvrant dans un large sourire ses dents de loup.

— J'ai..., balbutia Dajani, rouge d'excitation.

Kadhafi leva la main pour l'interrompre :

— Mon frère, buvons d'abord le café. Après quoi, Inch'Allah, nous parlerons.

Il prit Dajani par le bras et l'entraîna dans sa tente. Saisissant une aiguière en cuivre qui chauffait sur un brasier, il versa l'épais café bédouin dans deux petites tasses sans anse ressemblant à deux gros dés à coudre et en offrit une à son invité. Ils burent. Puis, Kadhafi s'accroupit sur le tapis d'Orient qui recouvrait le sol de sa tente. Un soupçon de sourire passa sur son beau visage.

126

— Maintenant, mon frère, donne-moi toutes les nouvelles.

— Kamal a rapporté le paquet de Paris hier soir.

Dajani inspira profondément puis exhala le parfum des pastilles de menthe qu'il avait sucées afin de dissiper le relent du whisky qu'il avait absorbé pendant la nuit. L'alcool était totalement banni au pays de Kadhafi.

— Je n'arrive pas encore à y croire, avoua-t-il. Tout y est. J'ai vérifié.

Il hocha la tête. Il revoyait toutes ces colonnes de chiffres traduisant une réalité sur laquelle peu de regards avaient encore pu se poser. Mais son émotion n'était pas suscitée par la vision des nouvelles et inépuisables sources d'énergie qui avait enfiévré la semaine précédente le cerveau du savant français Alain Prévost. Ce que l'Arabe avait déchiffré dans ces calculs était une réalité bien différente, la terrible face cachée du rêve de la fusion, les termes d'un pacte faustien conclu par Prévost et ses collègues avec les dieux fantasques de la science pour aboutir à leur découverte. Car, en offrant à l'homme pour l'éternité la perspective d'une énergie sans limite, ils avaient également mis en évidence les secrets d'une force qui pouvait anéantir toute vie sur terre. Inscrit dans les résultats des expériences de Fontenay-aux-Roses, se trouvait ce que cherchait en fait Whalid Dajani : le secret de la bombe H.

— Carlos et Kamal ont rudement bien travaillé, observa Kadhafi. Tu es sûr qu'il n'y a aucun risque que l'on remonte jusqu'ici ? Il est capital que nous conservions de bonnes relations avec les Français.

Dajani le rassura d'un signe de tête affirmatif.

— Ils ont immédiatement photocopié les papiers et les ont remis dans l'attaché-case. Puis ils ont restitué le tout contre rançon à la police comme s'ils n'étaient qu'une bande de gangsters.

— Et les Français ont marché ?

— Apparemment.

Kadhafi se leva et secoua les braises qui brillaient dans le brasero.

— Mon frère, dit-il, lorsque nous avons mis sur pied cette opération, tu nous as déclaré que les Français travaillaient à la découverte d'une nouvelle source d'énergie. — Whalid acquiesça de la tête. — Comment peux-tu obtenir le secret de la bombe à hydrogène à partir de ces travaux ?

— Ce qu'ils ont cherché à réaliser à Paris, expliqua Dajani, est la mini-explosion en laboratoire d'une bombe H. Une explosion contrôlée afin de pouvoir utiliser l'énergie qu'elle dégage. Les savants du monde entier essayent depuis vingt-cinq ans d'y parvenir, depuis que les Américains ont fait exploser la première bombe à hydrogène.

Il fit une pause puis leva la main vers le sommet de son crâne pour arracher un cheveu. Il le brandit devant les yeux intrigués de Kadhafi.

— Ce qu'ils cherchaient, c'était à faire exploser une bulle pas plus grosse que la section de ce cheveu. Pour y arriver, ils ont dû la comprimer à mille fois sa densité avec un rayon laser pendant une durée si courte que l'esprit n'arrive même pas à la concevoir. — Il parcourut la tente du regard jusqu'à ce que ses yeux s'arrêtent sur l'aiguière qui chauffait sur les braises. — Un temps si court que la puissance dégagée par le rayon n'augmenterait que de un degré la chaleur du café dans ce récipient.

Kadhafi ouvrait des yeux étonnés.

— Mais comment cette expérience a-t-elle pu te donner le secret de la bombe H ? insista-t-il.

— Parce que les Français ont finalement réussi à provoquer l'explosion *contrôlée* d'une bombe H. Pendant un infime moment, le millionième de seconde

128

qui a immédiatement précédé l'explosion de leur bulle, la configuration d'une bombe H s'est en effet trouvée réalisée. Les documents que nous avons récupérés dans l'attaché-case du savant français sont le compte rendu d'informatique de cette expérience. *Ils révèlent la relation exacte qu'il a fallu établir entre chaque composant pour obtenir l'explosion.* Ce secret est le secret de la bombe H.

Kadhafi s'avança en silence jusqu'à l'entrée de la tente. Il resta immobile à scruter l'horizon que rougissait à présent le soleil levant. Il chercha un signe annonciateur du terrible guebli, mais le bleu violent du ciel le rassura. Contemplant l'immensité des sables, il songeait que ce monde est un monde cruel et impitoyable. Mais aussi un monde simple où les choix et leurs conséquences sont clairs. Un monde où l'on marche droit vers le puits. On trouve le puits et on survit. On le manque et on meurt.

Avec la nouvelle qu'apportait son visiteur, peut-être avait-il atteint son puits, celui qu'il recherchait depuis tant d'années. Il s'accroupit un instant dans la lumière du petit matin et se rappela l'histoire de la *kettate*, la diseuse de bonne aventure entièrement tatouée qui était apparue dans le campement tandis que sa mère était en proie aux premières douleurs de son enfantement. Elle s'était rendue dans la tente où les hommes de la tribu buvaient le thé en attendant la naissance, et avait déballé sur un tapis les instruments rituels de son commerce, une vieille pièce de monnaie, un tesson de verre, un noyau de datte et un fragment du sabot d'un chameau. Elle avait alors prédit la venue d'un garçon. Il serait béni de Dieu, avait-elle annoncé, un homme destiné à se distinguer de tous les autres, à accomplir la volonté divine au service de son peuple. Elle avait à peine terminé que la première partie de sa prophétie s'était réalisée. Le cri de la sage-femme avait jailli de la

129

tente des femmes, prononçant la phrase rituelle qui saluait l'arrivée d'un nouveau-né mâle : « Allah Akbar ! » — Dieu est grand.

Kadhafi se releva et revint dans la tente. Il prit dans une jarre de cuivre un bol de leben, l'épais yaourt de lait de chèvre, et une branche de dattes. Il les disposa sur le tapis et invita son hôte à se servir.

Trempant ses dattes dans le yaourt, Kadhafi songea à la prophétie de la vieille Bédouine et combien Allah l'avait en vérité favorisé. Allah lui avait donné une mission, celle de ramener Ses peuples dans le chemin de Dieu, de réveiller la nation arabe, de la conduire à son vrai destin, de redresser les torts infligés à ses frères. La visite de Whalid Dajani lui apportait l'espoir de disposer bientôt du moyen décisif de réaliser sa vision, la perspective du pouvoir absolu sur terre.

— Donc, mon frère, dit-il à Whalid, nous allons vraiment pouvoir construire une bombe à hydrogène à partir des documents qu'on t'a apportés hier soir.

— Ce n'est pas sûr. Ce sera une route longue et difficile semée de beaucoup, beaucoup d'embûches. Il faut d'abord que nous achevions notre programme atomique en cours. Ensuite, je me demande comment nous allons pouvoir fabriquer une telle bombe sans procéder à des essais. Or, à la première expérience, les Israéliens nous attaqueraient certainement avec leurs propres bombes.

Kadhafi hocha la tête, pensif, le regard tourné vers l'horizon.

— Mon frère, il n'y a jamais de grandeur sans danger. Il n'y a jamais eu de grandes victoires sans grands périls. Il faut que nous ayons un plan parfait. Nous autres Arabes, voici trente ans que nous sommes dans notre droit, mais ni la guerre ni l'action politique ne nous ont jamais permis d'atteindre nos objectifs. Aujourd'hui, grâce à toi, nous allons enfin permettre à la justice de triompher.

Il se leva, indiquant par là que l'audience était terminée.

— Tu as fait du bon travail, mon frère, depuis qu'Allah t'a envoyé ici pour nous aider, conclut-il d'une voix chaude de reconnaissance.

Cette fois, Kadhafi raccompagna son visiteur sur la piste de sable jusqu'à sa voiture. Chemin faisant, il prit amicalement le bras du Palestinien. Un petit sourire ironique éclairait son visage.

— Mon frère, murmura-t-il, peut-être que tu ne devrais pas sucer tant de pastilles de menthe. De telles sucreries sont mauvaises pour la bonne santé que Dieu t'a donnée.

★

Le vol des documents français contenant le secret de la bombe H était le dernier acte d'une entreprise que le dictateur libyen poursuivait avec acharnement depuis sa prise du pouvoir : équiper la Libye d'un armement nucléaire. La puissance était une notion qu'il comprenait d'instinct. Or, comment parvenir plus sûrement à s'imposer à la tête du mouvement de résurrection de la nation arabe qu'en devenant le premier chef arabe à doter son peuple de l'arme absolue ?

A la différence d'Israël, de l'Inde et de l'Afrique du Sud qui avaient mené leur programme d'armement nucléaire dans un secret total, Kadhafi n'avait jamais cherché à dissimuler ses efforts. Combien de fois, au cours de ces dix dernières années, n'avait-il pas réaffirmé publiquement sa détermination d'équiper la Libye d'armes atomiques ? Proclamations qu'avait régulièrement brocardées un monde trop désireux de présenter leur auteur comme un aventurier don quichottesque incapable de réunir les moyens d'une telle ambition.

131

Le premier pas sur la longue route qui avait conduit à l'assassinat du physicien Alain Prévost, Muammar Kadhafi l'avait accompli au lendemain de sa révolution en envoyant son Premier ministre Abdul Salim Jalloud à Pékin pour négocier l'achat de bombes atomiques chinoises. Éconduit, Kadhafi s'était alors tourné vers l'Occident.

En 1972, il tentait d'acheter une centrale électronucléaire de 600 mégawatts à la société américaine Westinghouse, le plus grand constructeur mondial de centrales atomiques civiles. Elle devait être implantée sur la côte à l'est du pays, dans une zone aride sans population ni industries pour consommer le courant électrique qu'elle produirait. Officiellement donc, cette centrale devait servir au dessalement de l'eau de mer et permettre l'irrigation des déserts de la région. Mais personne n'ayant encore trouvé une méthode rentable pour dessaler l'eau de mer par l'atome, il fallait bien que les Libyens eussent en vue une autre utilisation de leur réacteur. De toute façon, le veto brutal du gouvernement américain sur toute vente d'installation atomique à la Libye mit fin aux espoirs de Kadhafi et le décida à édifier chez lui les bases d'une véritable industrie nucléaire. Il choisit le nom de code du programme qui devait doter son pays de la bombe atomique : « Seif al Islam » — le Sabre de l'Islam. L'opération fut placée sous le contrôle direct du Premier ministre Jalloud. Plusieurs principes déterminèrent son orientation. La construction de la bombe devait se dérouler sous le couvert d'un programme nucléaire pacifique. Kadhafi exigea d'autre part que tout fût mis en œuvre pour réserver un maximum de postes à des ingénieurs arabes, soit des spécialistes débauchés dans les laboratoires étrangers, soit des jeunes gens envoyés aux frais de la Libye dans les meilleures universités du monde. A partir de 1972,

132

des dizaines d'étudiants arabes commencèrent à envahir les départements d'études nucléaires des universités françaises, allemandes, britanniques et surtout américaines. En 1977, un cinquième de tous les étudiants arabes inscrits dans les universités américaines préparaient un concours d'ingénieur nucléaire.

Le dictateur libyen ordonna la construction, à quarante-cinq kilomètres au sud de Tripoli, de la Cité des Sciences qu'il fit progressivement équiper des laboratoires et des équipements les plus modernes achetés à l'étranger par des sociétés fantômes ou de complaisance. Il s'occupa personnellement de négocier l'achat en Europe d'installations susceptibles de fournir à ses ingénieurs l'infrastructure technologique nécessaire.

En 1973, à l'occasion d'une visite officielle à Paris, il pressa le gouvernement français de lui vendre certains matériels stratégiques indispensables à la réalisation de son programme. La requête venait trop tôt. La réponse de la France fut « non ». La vertigineuse augmentation des prix du pétrole prédite par Kadhafi n'avait pas encore jeté au chômage un million et demi de Français. Quelques mois plus tard, l'infatigable colonel revendiquait une bande de territoire tchadien le long de sa frontière. Cette zone recélait de vastes réserves d'uranium qu'il fit prospecter par des techniciens argentins.

Le coup de tonnerre de l'explosion atomique indienne dans le désert du Rajasthan le 18 mai 1975 devait apporter un concours inattendu aux projets libyens. Le Premier ministre du Pakistan, Zulficar Ali Bhutto, assura son peuple qu'il aurait, comme les Indiens, sa bombe atomique, dût-il pour cela « manger de l'herbe ». La réussite de cette entreprise dépendait d'un fabuleux contrat d'un milliard de dollars passé avec la France pour la fourniture d'une usine de retraitement du plutonium et de plusieurs réacteurs nucléaires.

133

Pendant l'hiver 1976, un émissaire pakistanais arriva secrètement à Tripoli. Bhutto et Kadhafi s'étaient rencontrés à Lahore en février 1974 à l'occasion de la Conférence islamique et ils avaient sympathisé. L'émissaire apportait aujourd'hui une alléchante proposition du Premier ministre pakistanais : si la Libye acceptait de payer la majeure partie de la facture du contrat avec la France, le Pakistan lui fournirait le plutonium ainsi que l'aide technique dont elle avait besoin. L'accord de Kadhafi permit aux Pakistanais de signer leur contrat avec Paris.

Mais les projets nucléaires pakistanais s'inscrivaient dans une perspective trop lointaine, et ils dépendaient de trop de problèmes politiques pour satisfaire les appétits atomiques très pressants du maître de Tripoli. En mai 1975, en échange d'un achat en U.R.S.S. d'un milliard de dollars d'armement et de l'octroi de facilités navales dans les ports de Benghazi et d'El-Beïda, Kadhafi réussit à arracher aux Russes la fourniture d'un réacteur expérimental de dix mégawatts, marchandage qui lui permettait d'entrevoir dans un proche avenir la possibilité de réaliser la première réaction en chaîne sur une terre arabe.

Soudain, en février 1976, le pays qui avait, trois ans plus tôt, refusé à Kadhafi le concours de sa science nucléaire accepta de lui livrer ce qu'il cherchait à acquérir depuis des années. Au cours d'une visite officielle en Libye, le Premier ministre français Jacques Chirac promit de vendre à Kadhafi le fameux réacteur de 600 mégawatts qu'il prétendait utiliser au dessalement de l'eau de mer.

La plus dramatique confrontation qui avait illustré la longue suite d'efforts du chef d'État libyen pour doter son pays de la bombe atomique avait eu le décor le plus éloigné qui soit d'une tente en peau de chèvre : un salon lambrissé d'or du palais des tsars, le

Kremlin. L'interlocuteur du colonel Kadhafi, ce jour de décembre 1976, n'était pas Leonid Brejnev mais l'un des plus dynamiques capitaines d'industrie, issu du pays qui avait autrefois colonisé le sien. Qui pouvait mieux symboliser l'univers confortable et raffiné aujourd'hui menacé par l'austère visionnaire du désert, que le brillant aristocrate Gianni Agnelli, l'héritier de Fiat, l'un des empires industriels les plus puissants du monde ?

Aujourd'hui, le demandeur était l'Italien. Il était venu secrètement à Moscou en voyageant incognito avec le passeport d'un de ses collaborateurs. Agnelli avait besoin d'argent. Kadhafi possédait déjà dix pour cent du capital de Fiat, payés quelques mois plus tôt 415 millions de dollars, plus du triple de la valeur en Bourse des actions. A la stupéfaction de l'industriel, Kadhafi proposa d'augmenter sa participation et de lui consentir de larges crédits si Agnelli acceptait de transformer, avec l'aide soviétique, une partie de son empire en une industrie ultramoderne d'armement, dotée d'une branche importante consacrée à la recherche et à la construction d'armes nucléaires.

L'Italien demanda à réfléchir. Mais le chef d'État libyen savait que le temps, à présent, travaillait pour lui.

En octobre 1973, au lendemain de la guerre de Kippour, n'avait-il pas prédit qu'un jour viendrait où l'Occident serait prêt à tout vendre — même son âme ?

TROISIÈME PARTIE

« Général Dorit, anéantissez la Libye ! »

— Amen ! prononça avec ferveur le président des États-Unis, achevant sa prière.

Hanté par la vision du champignon atomique jaillissant du désert de Libye, il se releva pour reprendre place à la table de conférence. Un long moment, il demeura immobile, le regard fixe, le visage apaisé, l'esprit concentré sur le dilemme le plus terrifiant auquel un chef d'État américain ait jamais eu à faire face. Tout comme le Libyen qui se dressait aujourd'hui contre lui, il était un solitaire. Bien qu'il prît toujours soin de recueillir l'avis de ses collaborateurs, c'était lui, lui seul qui décidait.

— La première chose que je voudrais dire, déclara-t-il enfin, c'est que nous NE DEVONS PAS céder à ce chantage. En l'acceptant, nous détruirions les fondements mêmes de l'ordre international !

Chacun nota avec soulagement la fermeté de ces propos, rompant avec le climat d'incertitude qui avait précédé l'expérience atomique libyenne. On avait souvent critiqué le Président pour son irrésolution en cas de crise. Cette fois, les choses se présentaient tout autrement : il prenait ferme la barre !

— Nous devons considérer qu'une bombe H se

139

trouve bien dans New York, poursuivit-il avec gravité. Et nous devons, en outre, prendre Kadhafi au sérieux quand il menace de la faire sauter si nous prévenons la population. Mais c'est probablement un service providentiel qu'il nous rend là. Car si les Américains apprenaient que les habitants de New York sont menacés de mort à cause de quelques milliers de colons israéliens, l'opinion publique se déchaînerait. Et nous n'aurions d'autre issue que de contraindre Israël à accepter les exigences de Kadhafi. — En parlant, son expression s'était durcie. Il promena un regard solennel autour de la table puis vers les pupitres où se tenaient les militaires. — Je ne crois donc pas nécessaire de rappeler les obligations morales infrangibles que cette situation crée pour tous ceux qui se trouvent ici. Certains d'entre vous ont sans doute des êtres chers que ce drame concerne directement. Nous devons tous, pourtant, nous souvenir que la vie de plusieurs millions de nos compatriotes dépend de la sauvegarde de ce secret. J'ai, pour ma part, l'intention de m'entretenir de cette tragédie avec ma femme. Comme vous le savez, j'ai la plus haute estime pour son jugement. Je laisse libres ceux d'entre vous qui partagent ce sentiment envers leur épouse. Mais rappelez-vous qu'elle doit être tenue au même impératif de secret absolu.

Le Président se tourna vers son assistant :

— Jack, avez-vous des recommandations de sécurité particulières ?

— Il va sans dire que seuls les téléphones de sécurité devront être utilisés. — On savait à Washington que les Russes interceptaient les communications téléphoniques de la Maison-Blanche, de même que les Américains écoutaient celles du Kremlin. — Et pas de secrétaires ! ajouta Eastman. Si vous avez quelque chose à noter, écrivez-le vous-même à la main. Sans brouillon ni carbone.

James Mills, le secrétaire général de la Maison-Blanche, intervint avec son accent traînant du Sud :

— Que fait-on pour empêcher la presse de fourrer son nez là-dedans ?

C'était une question vitale. Dans ce pays qui a érigé en principe sacré le droit à l'information, rien ne peut échapper à la curiosité de la presse la plus puissante et la mieux organisée du monde. Deux mille journalistes sont accrédités auprès de la Maison-Blanche. Quarante ou cinquante correspondants montent la garde sur place presque jour et nuit. La plupart se lèvent chaque matin persuadés que le gouvernement va leur mentir au moins une fois avant que s'achève la journée. La récolte des fuites est un sport favori à Washington où les « secrets » gouvernementaux fournissent les principaux sujets de conversation dans les cocktails, les dîners diplomatiques ou les recoins du restaurant français à la dernière mode qui s'appelle justement « Maison-Blanche ».

— Il faut tout de suite alerter John, insista Mills.

John Gould occupait l'un des postes les plus délicats de l'entourage présidentiel. Il était le porte-parole de la Maison-Blanche. Deux fois par jour, à 11 heures et à 16 heures, il descendait dans l'arène de la salle de presse pour informer les correspondants, répondre à leurs questions et recevoir leurs banderilles.

— Il faudra qu'il bâtisse un rempart de mensonges susceptible de résister à tous les assauts recommanda Eastman.

— Et qu'il nous signale aussitôt les journalistes qui auraient l'air de soupçonner quelque chose, ajouta le directeur du F.B.I.

— Ne vous faites pas de bile, mon cher, lança Mills avec agacement, si quelqu'un flaire quelque chose, on en entendra parler dans la minute qui suit.

— Ne devrions-nous pas tout de même avertir les présidents du *Washington Post* et du *New York Times* et réclamer leur coopération ? demanda le Président.

— Je ne le pense pas, répliqua Eastman. Moins il y aura de gens dans le coup, mieux cela vaudra. La meilleure façon de protéger ce secret est d'agir comme le président Kennedy pendant la crise de Cuba : ne rien modifier à vos habitudes. Je conseille que vous ne changiez pas un iota à votre programme de la semaine. Rien ne pourra plus efficacement désarmer la méfiance des journalistes que de vous voir faire tranquillement votre footing quotidien et inaugurer l'arbre de Noël du personnel de la Maison-Blanche.

Le Président acquiesça. Se tournant alors vers l'amiral qui dirigeait le Centre de commandement, il retrouva ses vieux réflexes d'officier et le pria de présenter un examen stratégique de la situation et d'énumérer les options qui s'offraient aux forces armées américaines.

L'amiral monta sur l'estrade au pied des écrans. Eastman ne put réprimer un sourire à la vue de ce militaire droit comme un I qui parlait comme un guide d'agence de voyages en promenant sa baguette lumineuse sur les images du déploiement des forces soviétiques dans le monde. Ces vues ayant montré que rien n'avait bougé depuis l'explosion en Libye, Herbert Green, le secrétaire à la Défense, intervint :

— Je suggère, monsieur le Président, que nous alertions immédiatement les Russes. Si insignifiants que soient leurs rapports politiques avec Kadhafi, son expérience nucléaire constitue une menace pour eux aussi. Nous devrions solliciter leur concours. Il serait en outre opportun de les informer qu'aucune des mesures que nous serions amenés à prendre ne sera dirigée contre eux.

Le Président exprima son accord en donnant un ordre à Eastman :

— Jack, prévenez Moscou que j'aimerais parler au Premier Secrétaire.

Le visage triste de Middleburger, le représentant du Département d'État, s'anima alors :

— Il me paraît également tout à fait souhaitable, monsieur le Président, que nous prévenions nos alliés au plus haut niveau afin de coordonner avec eux toute action dont nous pourrions avoir à décider. Je sollicite l'autorisation d'adresser de votre part un message strictement confidentiel à Mme Thatcher, au chancelier Helmut Schmidt, et surtout au président Giscard d'Estaing. N'oublions pas que c'est probablement le réacteur vendu par la France qui a fourni à Kadhafi son plutonium. Comme vous l'avez vous-même souligné tout à l'heure, monsieur le Président, les Français devraient pouvoir nous donner des informations capitales pour l'enquête du F.B.I. sur les gens qui travaillent à Tripoli pour Kadhafi.

Le Président approuva de la tête et fit signe à l'amiral de reprendre son exposé. Cette fois, des lumières rouges sur un écran très sombre indiquaient la position de tous les bâtiments de la VIe flotte. La plupart d'entre eux se trouvaient au large de la Crète, engagés dans un exercice de lutte anti-sous-marine. La baguette désigna les principales unités : deux super-porte-avions, trois sous-marins nucléaires, un porte-missiles. Cette force navale américaine était la plus proche de Tripoli et pouvait immédiatement faire route vers les côtes libyennes.

L'amiral Harry Fuller, président du Comité des chefs d'état-major, intervint dans le débat :

143

— Monsieur le Président, permettez-moi de clarifier sans tarder un point essentiel : il n'existe PAS de solution militaire satisfaisante à cette crise. Bien évidemment, nous pouvons détruire la Libye. Sur-le-champ. Mais cela ne nous...

— Pas de solution militaire ? coupa avec indignation le Texan Delbert Crandell, secrétaire à l'Énergie. Vous plaisantez, amiral ? La Libye, c'est deux villes : Tripoli et Benghazi. Les trois quarts de la population s'y trouvent concentrés. Deux ou trois bombinettes là-dessus et pouf ! la Libye n'existe plus !

— Nous pouvons évidemment détruire la Libye, concéda l'amiral. Instantanément. Mais quelle garantie cela nous apporterait-il que cette fichue bombe H, si elle existe vraiment, cachée quelque part dans New York, n'explosera pas quand même ?

— Monsieur Middleburger, demanda le chef de l'État, quelle est la population exacte de la Libye ?

— Deux millions, monsieur le Président. A deux cents ou deux mille habitants près. Les recensements ne sont pas très précis là-bas.

Le chef de l'État se tourna vers le président du Comité des chefs d'états-major :

— Harry, combien de victimes ferait l'explosion d'une bombe de trois mégatonnes dans une ville comme New York ?

L'amiral se frotta le menton.

— Difficile à dire...

— Un simple ordre de grandeur ?

— A vue de nez, je dirais... hum, de quatre à cinq millions.

Le Président fixa avec gravité le secrétaire à l'Énergie.

— Voilà, hélas, la réponse. Il n'y a pas de solution militaire à ce chantage, monsieur le Ministre.

A l'adresse de l'amiral, il ajouta :

— Harry, que proposez-vous à la place ?

— De lancer une spectaculaire opération d'intimidation ! répondit Fuller avec vigueur. Nous devons montrer au colonel Kadhafi les risques que lui fait courir son odieux chantage ! Il faut qu'à chaque heure, chaque minute, chaque seconde, nous lui rappelions que nous pouvons le « thermonucléariser » en l'espace d'un éclair. Qu'il vive, mange, respire en sachant cela, et on verra bien ses réactions !

L'amiral leva le bras en direction des lumières rouges clignotant sur l'écran.

— Je suggère que la VIe flotte mette le cap sur la Libye à grande vitesse. Une fois en vue des côtes, que les bâtiments se déploient largement pour saturer les radars libyens. Que les porte-avions lancent leurs appareils par vagues au-dessus de la côte et qu'on dise aux pilotes de parler en clair afin que Kadhafi comprenne bien qu'ils transportent assez de missiles pour transformer son maudit pays en une mer de verre. — Un sourire glacial passa sur le visage de l'amiral. — Cette manifestation de force devrait modifier la façon dont l'ennemi perçoit les conséquences de son geste. Peut-être y parviendrons-nous.

Pendant que le Président approuvait cette proposition, une lumière s'allumait sur le téléphone placé devant le directeur de la C.I.A. Celui-ci décrocha, écouta un instant et reposa l'appareil.

— Monsieur le Président, il semble que nous ayons un nouveau problème sur les bras, annonça Tap Bennington. Le Mossad vient de contacter nos gens à Tel-Aviv. Les Israéliens ont enregistré l'explosion sur leurs sismographes. Ils soupçonnent qu'il s'agit d'un tir nucléaire. Ils demandent ce que nous savons de notre côté.

Le visage du Président s'assombrit. Que les Israéliens décèlent l'onde de choc, c'était à prévoir. Mais aussi longtemps qu'ils ne pourraient repérer de retombées radioactives, ils n'auraient aucune certitude. Et par chance, la météo ne prévoyait pas de courants atmosphériques dans leur direction. Ce qu'il fallait avant tout, c'était gagner du temps, assez de temps pour être prêts à agir.

— Dites-leur que nous ne savons rien pour l'instant mais que nous allons vérifier.

La série d'horloges digitales au-dessus des écrans indiquait qu'il était 0 h 30 — soit 7 heures et demie à Jérusalem et à Tripoli. Il restait trente-cinq heures et trente minutes avant l'expiration de l'ultimatum de Kadhafi.

Le Président considéra l'assistance :

— Je souhaite que nous définissions par ordre d'importance les problèmes auxquels nous devons faire face. D'abord, il y a New York et les New-Yorkais. Ensuite, la bombe : comment la trouver et empêcher son explosion ? Troisièmement, Kadhafi : comment négocier avec lui ? Il reste enfin une dernière question : les Israéliens. Comment faire si une épreuve de force avec eux devenait inévitable ?

Il fit pivoter son fauteuil pour s'adresser directement au secrétaire à la Défense. La protection civile était placée sous le parapluie tentaculaire de son département.

— Docteur Green, existe-t-il un plan pour évacuer d'urgence la population de New York ?

— Monsieur le Président, répondit le ministre, le président Kennedy a posé cette question à propos de Miami le deuxième jour de la crise des missiles de Cuba. Il fallut alors deux heures pour obtenir une réponse. C'était « non ». Je peux vous répondre cette fois en deux secondes. C'est hélas toujours « non ».

146

— Rappelez-vous, intervint Eastman, que Kadhafi nous a prévenus : il fera sauter sa bombe si nous entreprenons l'évacuation. C'est sans doute la raison pour laquelle il exige que l'affaire reste secrète. Il considère les New-Yorkais comme ses otages. Or, si ceux-ci apprenaient le risque qu'ils courent, ils prendraient la fuite.

— Vous y croyez, vous, à ce chantage supplémentaire ? grogna James Mills.

— Je crains qu'il faille y croire aussi, soupira le Président.

— Même si cela met en danger de mort cinq millions de personnes ?

— Ces cinq millions de personnes seraient encore plus en danger si nous croyions à tort à un bluff !

Le Président leva un regard de détresse vers l'écran qui montrait toujours, dans un cercle blanc, le modeste bungalow de son ennemi invisible. Pouvait-il laisser le fanatique qui vivait là lui dicter les règles de son épouvantable défi, l'empêcher de chercher à protéger ses compatriotes ?

Sa voix n'était qu'un murmure quand il reprit :

— Quels que soient les drames qui nous attendent, nous n'avons pas le droit d'oublier que notre première responsabilité concerne les habitants de New York. Avant toute autre considération. — Il se tourna vers le secrétaire à la Défense. — Docteur Green, mobilisez tous vos spécialistes et faites préparer le meilleur plan d'évacuation possible. S'il le faut, nous viderons New York.

★

Nul bruit de radio, de téléscripteur ou de téléphone ne troublait la tranquillité parfaite du désert de

Muammar Kadhafi. Seule lui parvenait la plainte triste et lointaine du vent. C'est ici, au milieu de ses sables, qu'il avait choisi de venir attendre le résultat de son expérience nucléaire, dans la solitude des espaces où s'était forgée sa foi, où étaient nés ses rêves. A un poste de commandement, il avait préféré sa tente de Bédouin, symbole de cette race menacée à laquelle il voulait redonner la plénitude de son destin. Aucune manifestation de cette technologie qu'il avait décidé de maîtriser n'apparaissait dans ce lieu monacal. Pas d'écrans de télévision pour faire défiler le monde devant ses yeux ; pas de collaborateurs en uniforme pour lui énumérer les options possibles ; pas de panneaux clignotants pour lui rappeler le déploiement de ses forces. Kadhafi était seul avec l'harmonie du désert et la paix de son âme.

Il savait qu'ici il n'y avait ni place ni temps pour l'inutile et le compliqué. Comme la lumière naissante chassait les illusions de la nuit, le vide de ces lieux réduisait la vie à ses exigences essentielles. Ici, tout était subordonné à l'inexorable combat pour survivre.

Depuis des temps immémoriaux, la vertigineuse solitude des horizons illimités avait fait du désert l'incubateur par excellence d'une spiritualité qui exaltait l'homme vers l'Absolu. Moïse dans le Sinaï, Jésus sur le mont de la Quarantaine, Mahomet dans son *Hegira*, avaient offert à l'humanité les visions engendrées par leurs retraites dans le désert. Toute une succession de mystiques et d'illuminés, de fanatiques et de visionnaires avaient eux aussi surgi de ces immensités pour faire obstacle aux habitudes de plaisir et de laisser-aller de leurs contemporains.

Dans la familiarité rassurante de son désert, ce nouveau champion solitaire de l'absolutisme attendait avec calme le résultat de son expérience nucléaire. Sa réussite risquait, il le savait, de déchaîner une réaction immédiate de l'Amérique. Si telle était la volonté de Dieu, il était prêt à périr dans ce décor qui avait trempé sa volonté. Si, au contraire, elle échouait, il n'aurait qu'à sauver la face en condamnant « le complot » fomenté sur son territoire. Il ferait arrêter quelques Palestiniens et organiserait une mascarade de procès pour apaiser l'indignation de l'Amérique et du monde.

Son ouïe perçante décela le crépitement d'un hélicoptère. Il le regarda poindre d'un coin du ciel et tournoyer à deux cents mètres de sa tente, puis se poser. Un homme sauta à terre.

— *Ya Sidi*, s'écria-t-il, ça a marché !

Kadhafi déroula un tapis de prière devant lui. Tout comme le président des États-Unis, sa première réaction fut de se jeter à genoux. Mais sa prière à lui était une action de grâces pour le pouvoir que la réussite de l'expérience plaçait entre ses mains. Tissée dans la trame multicolore du tapis qu'il touchait du front se dessinait la silhouette du sanctuaire islamique qu'il avait maintenant le moyen de récupérer, au nom de sa foi et de son peuple : la mosquée d'Omar de Jérusalem !

★

L'hélicoptère ramenant Muammar Kadhafi du désert de la Grande Syrte se posa à 7 h 35 sur une plate-forme camouflée dans une forêt de pins maritimes à trente kilomètres au sud-est de Tripoli. Le chef d'État libyen sauta au volant d'une Volkswagen bleu ciel et démarra en trombe. Quatre minutes plus tard, il franchissait une double rangée de barbelés électrifiés et s'engageait dans une longue allée de cyprès, suivi par une jeep bourrée de gardes du corps à béret rouge. L'allée menait à un lieu rigoureusement secret protégé par deux bataillons de forces de sécurité. Aucun diplomate étranger, aucun visiteur de marque, aucun chef d'un État arabe frère n'avaient jamais gravi le perron de l'élégante maison qui se dressait au bout de l'allée, blottie dans un bois d'eucalyptus au bord de la Méditerranée.

Avec ses balustres finement ouvragés et son portique aux colonnes doriques, la villa Pietri évoquait une belle demeure de la noblesse italienne édifiée par erreur aux portes du continent africain. La villa avait bien été construite par un Romain appartenant à l'aristocratie du commerce des étoffes qui lui avait donné son nom. Après sa mort, elle avait servi de palais au gouverneur général fasciste de la Libye mussolinienne, de résidence au frère du roi Idris de Libye et, plus tard aux commandants de la base aérienne américaine de Wheelus, proche de Tripoli. La villa Pietri abritait désormais le quartier général des opérations spéciales du colonel Kadhafi.

C'est là qu'avaient été organisés le sanglant attentat contre les athlètes israéliens lors des jeux olympiques de Munich, ainsi que l'opération de l'aéroport de Rome, en décembre 1973, destinée à assassiner Kissinger ; le kidnapping des ministres du pétrole de l'O.P.E.P. ; l'attaque à la roquette d'un avion d'El Al sur les pistes d'Orly ; le détournement de l'Airbus d'Entebbe. Les eucalyptus du parc cachaient les antennes qui relayaient les ordres de Kadhafi aux insurgés de l'I.R.A. irlandaise, aux terroristes allemands de la bande à Baader, à ceux des Brigades rouges italiennes, aux kamikazes de l'Armée rouge japonaise, et même aux fanatiques musulmans infiltrés jusqu'à Tachkent et dans le Turkestan soviétique. Ses caves qui avaient autrefois

150

conservés les plus fins chiantis des collines de Toscane avaient été transformées en un centre de transmission ultramoderne, relié en particulier aux installations des radars libyens. Des maquettes de postes de pilotage de Bœing 747 et d'Airbus avaient été construites dans un salon pour apprendre aux auteurs de détournements d'avions à déjouer les tentatives des pilotes pour contrer leurs ravisseurs. Sur les murs, des cartes du monde indiquaient en traits rouges les itinéraires suivis par la plupart des compagnies aériennes, tandis que des piles de classeurs répertoriaient toutes les informations importantes sur chaque vol. Et c'est le chef d'État libyen lui-même qui avait fourni leur devise aux hôtes de la villa Pietri : « Tout ce qui enfonce une épine venimeuse dans le pied de nos ennemis est bon. »

Avant de quitter son désert, Kadhafi avait troqué sa gandoura de Bédouin contre un uniforme de toile kaki impeccablement repassé, avec ses seuls insignes de colonel cousus sur les épaulettes. Des cernes sous les yeux trahissaient le surmenage et la tension nerveuse des derniers jours, mais son visage éclatait de bonheur.

— Personne ne m'obligera jamais plus à rester les bras croisés pendant que mes frères palestiniens se font dépouiller de leur patrie !

C'est avec cette triomphante exubérance qu'il avait interpellé les quelques collaborateurs venus l'accueillir : son Premier ministre Abdul Salim Jalloud, un des rares compagnons de son coup d'État qui fût encore à ses côtés ; le responsable de son service de renseignements ; les commandants de l'armée de terre et de l'aviation. Leur chef les avait habitués à ses humeurs imprévisibles. Il lui arrivait d'exploser en de terribles colères, ou de se lancer dans d'interminables monologues que personne n'osait interrompre. Ce qui semblait le cas ce matin.

— Le monde entier a laissé ces criminels israéliens voler les territoires de nos frères et y planter leurs damnées colonies sans lever le petit doigt, vociférait-il. La paix de Sadate ? Une belle imposture ! Une paix pour quoi faire ? Pour permettre aux Juifs de continuer à piller nos frères palestiniens ? Ils parlent d'autonomie... — Kadhafi ricana. — Autonomie, oui, pour laisser l'étranger emporter notre maison ! Ah Sadate ! Il est le chef de quarante millions d'hommes. Allah lui a donné le grand cheval blanc du Calife et qu'a-t-il fait ? Il s'est couché au milieu du chemin et il s'est endormi. Et moi, qu'ai-je pour monture ? Le petit âne libyen avec ses sabots dorés ! Je rêvais de conduire un peuple qui ne perdrait pas son temps à dormir ; un peuple qui passerait ses jours dans les djebels à préparer la reconquête des terres de ses frères palestiniens ; qui respecterait la loi sacrée de Dieu et obéirait au Coran parce qu'il voulait servir d'exemple aux autres...

« Et quel peuple ai-je à conduire ? Un peuple qui dort ! Un peuple qui ne s'intéresse pas à ce qui arrive à ses frères de Palestine ! Des gens qui ne rêvent que de s'acheter une Mercedes et trois postes de télévision... Nous avons entraîné l'élite de nos jeunes à piloter les Mirage au cœur de la bataille et qu'ont-ils fait ? Ils sont allés ouvrir une boutique dans les souks pour vendre des climatiseurs japonais !

La violence qui animait le visage du dictateur hypnotisait son entourage. Il éclata d'un rire vengeur.

— Mais maintenant, quelle importance ? Grâce à ma bombe, je n'ai plus besoin d'avoir des millions d'hommes derrière moi, seulement la petite poignée qui est prête à payer le prix que je demande ! Est-ce

152

que le Calife a conquis le monde avec des millions d'hommes ? Non ! Quelques compagnons ont suffi, parce qu'ils étaient forts et croyants.

Kadhafi battit l'air avec le stick à pommeau d'argent qu'il portait depuis qu'il avait suivi des cours d'officier en Angleterre. Sa voix était devenue douce, presque plaintive.

— D'ailleurs, je ne demande pas l'impossible aux Américains. Je ne demande pas la destruction d'Israël. Ils ne pourraient pas nous donner cela. Je ne réclame que ce qui est juste. Qu'ils nous rendent la Cisjordanie. Et Jérusalem. La terre entière nous accordera son soutien pour ce double objectif.

Salim Jalloud, le Premier ministre, tapotait nerveusement la couture de son pantalon. Il était l'unique collaborateur de Kadhafi à s'être montré hostile à ses plans.

— Je persiste à dire, Sidi, que les Américains vont nous anéantir. Ils complotent déjà avec les Israéliens pour nous leurrer en nous faisant croire qu'ils vont accepter vos exigences ; et ils frapperont quand nous aurons baissé notre garde.

— Nous ne baisserons jamais notre garde, coupa Kadhafi en montrant une petite boîte noire sur la table de son poste de commandement. Voilà notre sauvegarde désormais !

L'appareil, une autre production des ingénieurs japonais de l'Oriental Electric, ressemblait au boîtier de télécommande d'un téléviseur. D'un seul doigt, Kadhafi pouvait envoyer une impulsion électronique jusqu'au blockhaus aménagé sous la villa. Surveillé en permanence par trois soldats de sa garde à béret rouge, s'y trouvait le terminal d'ordinateur qui, répondant à cette impulsion, enverrait au satellite *Oscar* l'ordre codé qui ferait exploser la bombe cachée dans New York.

— Les Américains ne sont pas fou, poursuivit le dictateur libyen. Croyez-vous que cinq millions d'Américains vont mourir pour une poignée de Sionistes ? Pour ces colonies contre lesquelles ils se sont toujours élevés ? Jamais ! Ils vont forcer Israël à nous donner ce que nous voulons. De toute façon, nous n'avons plus de raison d'avoir peur des Américains. Jusqu'à présent, ils ont pu nous ignorer et aider les Israéliens à piétiner l'espoir de nos frères palestiniens d'obtenir une patrie. Ils étaient une superpuissance. Et ils étaient à l'abri. — Un sourire plissa les coins de sa bouche. — Eh bien, mes frères, ils sont encore une superpuissance. Mais ils ne sont plus à l'abri !

★

Le président des États-Unis avait quitté la salle de commandement du Pentagone pour aller conférer avec le chef du Kremlin. En son absence, ses collaborateurs s'étaient dispersés par petits groupes, tandis que des marins en tenue blanche apportaient de grands pots de café fumant. Seul Jack Eastman était resté à sa place. Devant lui, s'entassaient divers documents presque tous marqués ULTRA-SECRET. Il lui fallait une volonté peu commune pour chasser de son esprit le terrifiant spectacle auquel il venait d'assister et se concentrer sur sa tâche. Il devait déterminer l'ampleur exacte de la crise, et présenter au Président, avec toute la concision et la clarté souhaitables, les solutions possibles pour y faire face, même si elles ne semblaient être qu'une série de mesures apocalyptiques.

Il ouvrit le premier des quatre volumes intitulés « Réponse fédérale aux urgences nucléaires en temps de paix. » Des millions de dollars de contribuables, des milliers d'heures d'efforts avaient été engloutis dans la préparation de ce plan. Après un rapide examen, Eastman le repoussa d'un air écœuré. New York serait réduite en cendres bien avant que quiconque ait pu déchiffrer ce jargon bureaucratique ! Sur la pile voisine se trouvait un mémorandum ultra-secret, préparé en septembre 1975 par le conseiller scientifique du président Ford, « Destruction de masse et terrorisme nucléaire ». Eastman ne put s'empêcher de souligner d'un grognement le cynisme et l'ironie d'une des recommandations du document : « Exercez-vous à l'avance à simuler sur ordinateur toutes les crises imaginables. Ainsi, quand la véritable crise surviendra, l'ordinateur vous montrera la voie à suivre. »

— Messieurs, le Président ! annonça l'amiral responsable du Centre de commandement.

Le chef de l'État regagna d'un pas rapide la table de conférence.

— J'ai pu m'entretenir avec le Premier Secrétaire, déclara-t-il avant que chacun ait eu le temps de s'asseoir. Il m'a assuré que l'Union soviétique condamnait sans réserve le chantage de Kadhafi et m'a offert sa coopération totale. Il va charger son ambassadeur à Tripoli de remettre un message personnel au colonel, visant à flétrir son geste et à le mettre en garde contre ses conséquences.

Le visage triste du représentant du Département d'État s'anima une nouvelle fois :

— Monsieur le Président, puis-je me permettre de recommander comme corollaire à cette intervention une action diplomatique mondiale ayant pour but de démontrer à Kadhafi qu'il est totalement seul ?

— Je n'y vois aucune objection, bien que je sois sceptique quant au résultat d'une telle pression sur un homme de ce genre.

— Je crois qu'il y a également lieu de demander au secrétaire à la Justice de se joindre à nous, suggéra Eastman. Car une enquête pareille va nécessiter sans délai certaines autorisations exceptionnelles.

— Et que faisons-nous avec le Congrès ? s'inquiéta de son côté James Mills.

Le Président prit un air éploré. Ses relations avec les barons de Capitol Hill n'avaient jamais brillé par leur cordialité. L'affaire était trop grave cependant pour qu'il ne se sentît pas tenu d'en informer au moins les principaux leaders.

— James, tâchez de savoir quels sont les représentants que John Kennedy avait prévenus au début de la crise de Cuba.

— Il faut également envisager l'aspect constitutionnel, rappela Eastman. Monsieur le Président, vous devez avertir le gouverneur de l'État de New York et, surtout parce qu'il est sur la ligne de feu, le maire de la ville.

— Le maire ? répéta le Président, pensif. En voilà un qui risque de poser des problèmes.

Le maire de New York était en effet un personnage ombrageux et susceptible qu'il fallait traiter avec précaution.

— Mais vous avez raison. Il faut le prier de venir ici et lui dire carrément la vérité.

Chacun manifesta son approbation. Puis Eastman se redressa et de cette voix tranquille avec laquelle il avait coutume de résumer les affaires les plus tragiques, il fit le point de la situation :

— Il me semble, monsieur le Président, que nous n'avons que deux lignes d'action possibles. La première, c'est bien entendu de trouver la bombe et de la neutraliser. Tous les ordres en ce sens ont été donnés au F.B.I. et à la C.I.A. qui ont déjà commencé les recherches. La deuxième est d'entrer

156

en contact avec Kadhafi et de le convaincre que, quels que soient ses griefs envers Israël, sa menace sur New York est un procédé tout à fait irresponsable pour vouloir en obtenir réparation.

« Comme vous l'avez dit vous-même ce soir, il s'agit au sens propre d'une affaire de chantage terroriste avec prise d'otages. Nous nous trouvons en présence d'un exalté qui tient un revolver braqué sur la tempe de cinq millions de personnes. Nous devons le persuader de lâcher son arme et d'accepter de négocier, de la même façon que nous chercherions à discuter avec n'importe quel terroriste en possession d'otages. Nous disposons ici-même de nombreux experts connaissant les moyens d'y parvenir. Je propose de les convoquer pour qu'ils nous conseillent.

— Tout à fait d'accord, Jack. Organisez une réunion immédiate à la Maison-Blanche.

Le chef d'état-major de l'armée de terre intervint alors :

— Monsieur le Président, je crains que nous ne soyons en train de perdre de vue un point essentiel, déclara-t-il avec fermeté. Je suis de l'avis de l'amiral Fuller et reconnais qu'aussi longtemps qu'existe le risque de l'explosion de cette bombe H en plein New York, nous n'avons aucune option militaire contre la Libye. Cela ne signifie pas pour autant que nous ne devions pas nous préparer à agir militairement. Pas contre la Libye... Contre Israël.

Les sourcils du Président se redressèrent.

— Israël ?

— Israël, monsieur le Président. Car si cette bombe est vraiment dans New York, cela veut dire que, d'un côté de la balance, vous avez la vie de cinq millions d'Américains, et de l'autre l'expulsion de quelques milliers d'Israéliens qui n'avaient, de toute

157

façon, aucun droit de s'installer là où ils sont. Quelques milliers de colons fanatiques, ou la ville de New York ?

Le général s'arrêta un instant, ménageant son effet, puis conclut :

— Je préconise que nous mettions en alerte la 82e division aéroportée, les divisions d'Allemagne, et que nous gardions en Méditerranée orientale les transports de troupes de la VIe flotte plutôt que de les envoyer vers la Libye avec les porte-avions. Et je suggère que le Département d'État prenne un contact discret avec les Syriens. — Un sourire malicieux adoucit son visage. — Je crois qu'ils seront tout à fait disposés à nous accorder des facilités d'atterrissage à Damas en cas de nécessité.

Le général guetta des signes d'assentiment dans l'assistance. James Mills fit chorus avec lui :

— Le général a raison. Le fait est que ces colonies implantées en territoires occupés sont absolument illégales. Nous nous y sommes toujours opposés. Vous-même les avez désapprouvées, monsieur le Président. Si l'on en vient à devoir choisir entre elles et New York et si les Israéliens refusent d'expulser leurs colons, il faut être prêt à aller les mettre dehors nous-mêmes.

— Quelle que soit notre opinion sur ces colonies de Cisjordanie, corrigea le Président d'un ton très sec, et vous connaissez tous la mienne, il ne peut être question de forcer les Israéliens à les évacuer maintenant. Ce serait céder au chantage de Kadhafi. Cela prouverait au monde que ce genre d'action est payant.

— Monsieur le Président, ce point de vue est certes éminemment respectable, reprit James Mills sèchement, mais j'ai peur qu'il ne soit d'aucun secours pour les habitants de New York !

Jack Eastman avait suivi l'affrontement sans y participer. Brusquement, il prit la parole :

— En tout cas, une chose est sûre : c'est que cette affaire est vitale pour Israël. Nous ferions mieux d'avertir M. Begin sans plus tarder.

A la seule mention du nom du Premier ministre israélien, une imperceptible grimace assombrit le visage du Président. Aucun leader politique au monde ne l'avait fait autant souffrir que cet Israélien dont il avait, pendant des jours et des jours, subi les interminables discours sur l'histoire du peuple juif, les sempiternelles références à une Bible qu'il connaissait mieux que lui, avec cette habitude exaspérante qu'il avait de discutailler sans fin des détails les plus insignifiants. Il songea avec lassitude au pénible souvenir que lui avait laissé le marathon de Camp David et aux trésors de patience qu'il avait dû déployer pour réduire l'intransigeance du Premier ministre israélien. En outre, il ne lui avait pas pardonné de l'avoir défié avec ses nouvelles implantations en territoires occupés ni d'avoir profité de ses propres difficultés politiques intérieures pour s'adresser, par-dessus sa tête, à la communauté juive américaine.

Pourtant, en dépit de ses sentiments personnels, il n'avait pas le choix.

— Vous avez raison, soupira-t-il. Appelez-moi M. Begin.

★

Le galop d'un cheval résonnait dans l'allée cavalière du bois de Boulogne encore désert. Le jour se levait tard à Paris en décembre et le cavalier émergeait des ténèbres tel le fantôme de quelque légende. Rien ne pouvait mieux convenir à la personnalité du chef du S.D.E.C.E., le service de renseignements français, que l'obscurité enveloppant sa chevauchée matinale.

À une époque où des panneaux sur les autoroutes américaines indiquaient la direction du siège de la C.I.A., où les noms des agents de l'Intelligence Service britannique étaient jetés en pâture dans les débats des Communes, l'organisation que dirigeait le général Henri Bertrand continuait d'être obsédée par la manie du secret. C'était comme si le S.D.E.C.E. voulait prétendre qu'il n'existait pas. Aucun annuaire du téléphone, aucun guide des rues, aucun *Bottin* ne mentionnaient le nom et l'adresse de son quartier général. Aucun *Who's Who*, aucun recueil ministériel ne citaient Bertrand ni aucun de ses subordonnés. Bertrand n'était même pas le véritable patronyme de ce massif et impénétrable quinquagénaire. C'était un nom de guerre, choisi lorsque, jeune capitaine de cavalerie en Indochine, il avait rejoint, en 1954, les rangs des services secrets.

Bertrand ralentit son allure et regagna au pas l'écurie du Polo de Bagatelle. Depuis quinze ans qu'il appartenait à ce club élégant, son identité n'était jamais apparue dans le répertoire à reliure verte publié chaque année. À l'approche du portail, il fut surpris de reconnaître la silhouette qui l'attendait dans l'ombre. Seule une affaire d'une extrême urgence pouvait amener ici à une heure pareille Palmer Whitehead, le chef de l'antenne de la C.I.A. à Paris.

— Salut, mon cher ! lança Bertrand en sautant de cheval.

Avant que Whitehead ait eu le temps de répondre, il l'entraîna vers la pelouse : « Venez avec moi, je vais le sécher. »

160

Pendant quelques minutes, les deux hommes marchèrent à côté du cheval sur l'herbe où, l'été, les poneys du baron de Rothschild et des gauchos argentins jouaient au polo. Le représentant de la C.I.A. ne révéla pas à son collègue français la menace qui pesait sur New York. Il se contenta de lui indiquer que le gouvernement américain avait reçu la preuve irréfutable que Kadhafi avait fabriqué une bombe H, probablement à partir du plutonium fourni par le réacteur français, et qu'il se préparait à l'utiliser à des fins terroristes. Washington avait un besoin des plus urgents de connaître l'identité de toute personne ayant pu participer au programme atomique libyen.

— Vous savez, répondit Bertrand, étant donné que cette affaire a des implications nucléaires, il me faut obtenir l'accord de mes supérieurs avant de pouvoir y mettre mon nez. Toutefois, d'après ce que vous venez de me dire, je suis certain qu'il n'y aura pas de problème.

L'Américain hocha la tête avec gravité.

— Je crois savoir qu'un message personnel de notre président est en route pour l'Elysée.

Les deux hommes se serrèrent la main. En remontant dans sa voiture l'Américain se retourna :

— Et surtout Henri, soyez très, très discret.

Deux minutes plus tard une Peugeot 604 grise conduite par un chauffeur quittait le Bois et se mêlait à la circulation matinale du boulevard périphérique. Transpirant encore de sa chevauchée, confortablement installé entre les accoudoirs de la banquette arrière la nuque calée contre l'appui-tête, Bertrand avait les yeux fermés. Il sommeillait. Mais auparavant, il avait donné par radio-téléphone les ordres qu'exigeait la situation. A présent — comme son modèle, Napoléon — il saisissait l'occasion de

161

quelques instants de repos pour se mettre en forme en vue de l'épreuve qui l'attendait.

★

Les premiers rayons du soleil éclairaient les pierres blondes d'une maison au n° 3 de la rue Balfour, à Jérusalem. La brise agitait les pins d'Alep qui dissimulaient aux curieux la résidence du Premier ministre d'Israël. Il était presque 8 heures du matin en ce lundi 14 décembre.

A la fenêtre du bureau au fond du rez-de-chaussée, se tenait un homme immobile. L'air morose il contemplait la rangée de rosiers qui bordait le mur du jardin. Au-delà, à cent mètres à peine, il pouvait voir la masse de l'hôtel du Roi-David se découper sur le bleu du ciel. A la vue de ce bâtiment, un flot de souvenirs jaillissait chaque fois à la mémoire de Menahem Begin. En juillet 1947, à la tête d'un commando de l'Irgoun, il avait fait sauter une aile de cet hôtel, provoquant la mort de quatre-vingt-dix militaires anglais et la destruction de tout un Q.G. britannique. Cet exploit lui avait valu une place dans l'histoire de sa patrie qui, à l'époque, n'était même pas encore née. Derrière lui sur l'une des étagères pleines d'encyclopédies une photographie de ces temps héroïques le montrait avec le chapeau rond, la redingote noire et la barbe des rabbins. Alors que sa tête était mise à prix, ce déguisement lui avait souvent permis de se glisser dans les rues de Tel-Aviv sous le nez des soldats anglais. Ironie du sort, il occupait maintenant l'ancienne demeure de celui qui avait été son adversaire le plus implacable, le général Barker, commandant de l'armée britannique, tristement célèbre pour avoir conseillé à ses compatriotes de « frapper les Juifs là où ça leur fait le plus mal, dans leur porte-monnaie ».

Begin quitta l'embrasure de la fenêtre. Comme toujours, il était vêtu d'un costume gris au pli impeccable, d'une chemise blanche et d'une cravate foncée. Son élégance le singularisait dans ce pays où le port de la cravate est un anachronisme et le pli du pantalon une curiosité.

Il regagna sa table de travail. Il venait d'y recevoir la communication du président des États-Unis. Il relut encore une fois les notes prises pendant la conversation, ponctuant sa lecture de quelques gorgées de thé tiède adouci de Sucaryl, le seul petit déjeuner qu'il s'autorisait depuis sa crise cardiaque cinq ans auparavant. Comme le président américain une heure plus tôt, il adressa lui aussi une prière à son Dieu, le Dieu d'Israël. Il n'existait aucun doute dans son esprit sur la portée de la nouvelle qu'il venait d'apprendre. Elle représentait le bouleversement le plus radical qui se soit produit au cours de son existence dans le rapport des forces au Proche-Orient. Naturellement, l'Amérique en retiendrait, en priorité, l'horrible menace qu'elle faisait peser sur la population de New York. Mais son devoir à lui était de l'évaluer en fonction du danger couru par son peuple et son pays. Or, c'était une menace de mort.

Dans cette épreuve, Begin avait une certitude : il ne pouvait pas compter sur l'amitié du président des États-Unis. S'il lui demeurait reconnaissant pour ses efforts méritoires en vue de la paix au Proche-Orient, il ne lui accordait, comme à tout goy, qu'une confiance relative. En fait, il se méfiait même de nombreux Juifs. Ses opposants politiques lui reprochaient une mentalité de ghetto, une façon mesquine et bornée d'envisager la situation, indigne d'un leader international, une impuissance à saisir un problème autrement que dans sa seule dimension juive. C'était là l'héritage naturel de son passé :

l'enfance dans les ghettos de Pologne, l'adolescence chez les partisans, ses premières années de chef clandestin luttant pour chasser les Anglais de Palestine. L'ultimatum de Kadhafi n'était à ses yeux que le dernier acte, le dénouement fatal d'un demi-siècle de conflits entre Juifs et Arabes. Une vision l'avait toujours guidé, celle de son maître Vladimir Jabotinski dont les écrits occupaient la place d'honneur dans sa bibliothèque. C'était la vision d'Eretz Israel, la terre d'Israël. Pas celle du petit État mutilé, miette tombée de la table des nations qu'avait acceptée son adversaire Ben Gourion en 1947, mais la terre biblique du Grand Israël.

Assurer la colonisation de cette terre reconquise, apporter la paix à son peuple, tels étaient les deux objectifs par essence inconciliables qu'avait poursuivis Begin depuis son élection à la tête du pays. Ils semblaient l'un et l'autre bien chimériques en ce matin de décembre. Le traité signé avec l'Égypte s'était révélé n'être qu'une illusion. Ne tenant pas compte du problème palestinien, il avait laissé une plaie purulente au cœur du Proche-Orient. Au lieu de jouir d'une paix tant désirée, l'État d'Israël vivait à présent les heures les plus difficiles de son histoire. L'inflation et les impôts les plus lourds du monde paralysaient son activité. Le flot régulier des immigrants s'était presque tari, réduit aujourd'hui à quelques réfugiés pour la plupart âgés ou improductifs. Et chaque année, davantage de Juifs quittaient le pays. La Terre promise paraissait n'avoir plus guère de promesses à offrir.

Mais surtout, décidés à ruiner un accord de paix considéré comme une supercherie, les ennemis d'Israël se serreraient à nouveau les coudes. L'Iraq et la Syrie faisaient bloc ; les Palestiniens redoublaient d'activité. Derrière eux, fanatique et militante, se

164

dressait la nouvelle république islamique d'Iran, avec son puissant armement ultramoderne américain abandonné par le Chah. La Turquie, où Israël avait compté beaucoup d'amis influents, était à présent ouvertement hostile. Les États pétroliers du golfe Persique, eux-même menacés par la marée révolutionnaire venant du nord, n'osaient plus conseiller la prudence à leurs frères arabes extrémistes.

La pétarade d'une motocyclette tira Menahem Begin de ses pensées. Quelques secondes plus tard, son épouse Aliza lui apportait, comme tous les matins, une enveloppe marquée du sceau « Sodi Beyoter » — Ultra-confidentiel. Elle venait du Centre de recherche et de planification, installé dans le baraquement n° 28 du ministère des Affaires étrangères à la lisière ouest de la ville. C'était la synthèse quotidienne des renseignements récoltés par les services secrets israéliens.

Le Premier ministre en entreprit aussitôt la lecture : « Les sismographes de l'institut Weizmann ont enregistré, à 7 h 01, une secousse de force 5,7 sur l'échelle de Richter. L'origine de cette secousse a été localisée dans la mer de sable d'Awbari, dans le sud du désert libyen occidental, une région où ne se sont encore jamais produits de séismes. » Begin comprit qu'il était question de l'explosion dont le président des États-Unis et ses conseillers avaient été témoins. Le paragraphe suivant le fit sursauter : « A 7 h 31, l'agent du Mossad à Washington a pu s'entretenir personnellement avec le chef de la C.I.A. Ce dernier lui a donné l'assurance formelle qu'il s'agissait d'une secousse sismique et non d'une explosion nucléaire. »

Même aux heures les plus froides des relations entre Washington et Jérusalem, les liens les plus

165

étroits, les plus confiants avaient toujours uni la C.I.A. et les services secrets israéliens. Ils s'étaient toujours transmis toutes leurs informations. Or, voici que sur une question vitale pour son existence, les Américains venaient de mentir à Israël.

Aliza Begin était restée dans le bureau. Elle ignorait tout du drame qui se jouait, mais elle remarqua que son mari était devenu livide.

— Que se passe-t-il, Menahem ? s'inquiéta-t-elle.

— Cette fois, nous sommes seuls, complètement seuls.

★

Le quartier général du S.D.E.C.E., le service de renseignements français, est installé dans une ancienne caserne du boulevard Mortier, dans le XXe arrondissement de Paris, près du cimetière du Père-Lachaise. L'ensemble des vieux bâtiments aux toitures de zinc et aux fenêtres à petits carreaux, qu'entrecoupent plusieurs constructions modernes et une forêt de pylones métalliques, est ceinturé d'un haut mur gris hérissé de pieux acérés. Tous les cinquante mètres, des écriteaux annoncent « Zone militaire — Défense de photographier et de filmer ». A côté du portail d'entrée, se dresse une guérite vide. Pas la moindre plaque. Pas même un numéro. Le S.D.E.C.E. n'a pas de domicile légal. Il n'a qu'un surnom hérité du voisinage d'un vieux stade de sports nautiques. On l'appelle « la Piscine ».

Il était 8 heures du matin, heure de Paris, le lundi 14 décembre quand la Peugeot 604 du directeur arriva devant le portail blindé du boulevard Mortier. Il y avait deux heures exactement que s'était produite l'explosion libyenne. Deux gardes en uniforme militaire ouvrirent les battants, inspectèrent le chauffeur et son passager, et leur firent signe de passer. La voiture pénétra dans la cour, contourna la stèle qui honore le souvenir des anciens des services secrets morts pour la France et stoppa devant un vieux bâtiment de trois étages tout en longueur.

Le général Bertrand s'engouffra dans un couloir aux murs crasseux, traversa plusieurs pièces à l'ameublement vieillot où flottait une tenace odeur de tabac noir et de cigare, monta par un antique ascenseur jusqu'à un vaste bureau meublé de fauteuils en cuir marron. Au mur, derrière la table encombrée de papiers, s'étalait une immense carte de la planète. La décrépitude du décor s'arrêtait à la porte de ce bureau. Dans un bâtiment voisin, des rangées d'ordinateurs, de machines à décoder et décrypter, des laboratoires de radiogoniométrie, des fichiers et des salles de lecture avec procédés accélérés électromécaniques mettaient toute la sorcellerie de l'âge électronique à la disposition d'un service plus connu pour l'audace solitaire de ses agents que pour son infrastructure technique. Tandis qu'outre-Atlantique de violentes campagnes de presse et une cascade d'enquêtes parlementaires avaient tenté d'assainir les méthodes de la C.I.A., l'organisation du général Bertrand pouvait encore, elle, recruter des mercenaires pour renverser un dictateur africain, louer les services de trafiquants de drogue, installer son bureau de Kuala-Lumpur dans un bordel. De tels lieux étaient après tout traditionnellement propices à la quête de renseignements, et les Français étaient trop sensibles aux faiblesses de la chair pour les abandonner au profit de systèmes d'information aussi aseptiques que des photographies prises par des satellites.

Le document d'informatique qui attendait le général sur son bureau offrait néanmoins un exemple des dimensions modernes de son organisation. Il contenait tout ce que le S.D.E.C.E. savait sur la vente par la France à la Libye du réacteur que les Américains soupçonnaient d'avoir produit le plutonium utilisé par Kadhafi. Bertrand connaissait l'essentiel du dossier. La sécurité en matière de transactions nucléaires faisait l'objet d'une attention particulière à Paris depuis ce jour d'avril 1979 où un commando israélien avait fait sauter, près de Toulon, la cuve d'un réacteur expérimental, quelques semaines seulement avant sa livraison à l'Iraq. La centrale atomique que la France avait vendue à la Libye portait une étiquette d'un milliard de dollars, ce qui avait incité le S.D.E.C.E. et la D.S.T. à prendre des précautions extraordinaires pour éviter une opération de sabotage analogue avant la livraison des installations à leurs acheteurs libyens.

Le réacteur était l'une des deux centrales à eau légère de 900 mégawatts commandées par le chah d'Iran en septembre 1977. A la suite de la brutale annulation de la transaction par l'ayatollah Khomeini, les Français s'étaient retrouvés avec, sur les bras, la cuve d'acier d'un réacteur pratiquement terminée, et non payée, dans l'usine Framatome du Creusot. Cette cuve, véritable cœur du réacteur, était un chef-d'œuvre de la métallurgie moderne. Haute de douze mètres, épaisse de vingt centimètres, elle pesait deux cent vingt tonnes. Son assemblage avait nécessité l'intervention d'appareils spéciaux pour contrôler toutes les soudures aux ultra-sons et aux rayons gamma.

Bertrand se souvenait très bien des mesures exceptionnelles de secret et de sécurité qui avaient entouré son transfert de nuit du Creusot jusqu'à une barge à Chalon-sur-Saône. Il avait fait mobiliser cinq cents gendarmes pour protéger l'engin qui reposait sur un semi-remorque de quatre-vingt-seize roues, tiré et poussé par cinq tracteurs Berliet de 300 CV. La barge avait ensuite descendu le Rhône jusqu'à Fos-sur-Mer où la cuve avait été transbordée à bord d'un cargo libyen dont les structures avaient été spécialement renforcées en raison de l'extrême compacité et du poids du chargement. Les dossiers de construction de cette centrale atomique livrée par la France à la Libye comportaient cent mille plans et documents, un total de quatre millions de pages, toutes, Bertrand le savait, rigoureusement secrètes. La centrale elle-même comptait soixante-dix mille kilomètres de tuyauteries, un million de kilomètres de câbles électriques, douze mille cinq cents valves et robinets, mille sept cents compteurs de température, jauges, témoins de pression, verrines, caméras automatiques de télévision et appareils d'enregistrement destinés à piloter et surveiller l'installation pendant les trente années de son existence prévue.

A l'achèvement du montage de l'installation en Libye, Kadhafi en personne avait fait son entrée dans la salle de contrôle du réacteur, une sorte de cabine spatiale aux parois tapissées d'écrans de télévision, d'indicateurs clignotants, de tableaux, de leviers, de boutons et d'ordinateurs. Visiblement ému, il avait posé sa main sur un levier à tête noire identique au levier de vitesse d'une voiture. Après l'avoir déverrouillé en tirant sur les deux ergots placés le long du manche, il l'avait poussé délicatement en avant. Il avait alors pu voir sur le tableau de contrôle s'allumer une série de lumières rouges. Pour la première fois dans l'Histoire, une main arabe venait de déclencher une réaction atomique.

Neuf jours plus tard, le réacteur avait atteint sa vitesse de croisière, sa puissance thermique nominale de 900 mégawatts. Comment, se demandait le directeur du S.D.E.C.E., était-il possible de subtiliser du plutonium dans une installation aussi sophistiquée ?

Bertrand avait à peine commencé d'étudier le dossier qu'une voix dans l'interphone lui annonçait l'arrivée de Patrick Cornedeau, le jeune polytechnicien athlétique au doux regard qui occupait le poste de conseiller scientifique du S.D.E.C.E.

— Asseyez-vous, Patrick, dit le général en désignant l'un des vieux fauteuils de cuir devant lui. — Il alluma une Gitane maïs et rejeta un filet bleuâtre par le nez. — Cette fois, il semble que les Américains ne se soient pas trompés. Depuis le temps qu'ils nous serinent que Kadhafi est un illuminé dangereux. — Il soupira. — Souvenez-vous : d'après eux, même nos poseurs de pétards corses et bretons font leurs classes chez lui.

— Les Américains ont toujours voulu nous brouiller avec Kadhafi et nos amis arabes, répondit Patrick Cornedeau.

— Quoi qu'il en soit, reprit Bertrand, ce brave Kadhafi aurait la bombe atomique. Et il serait prêt à s'en servir. Oui, mon cher !

Une expression de stupeur apparut sur le visage du jeune ingénieur. Bertrand lui raconta la visite du représentant de la C.I.A. Cornedeau sortit une pipe de sa poche.

— Si Kadhafi avait vraiment besoin de plutonium, il ne pouvait pas trouver un moyen plus compliqué pour s'en procurer.

— C'était peut-être le seul moyen à sa disposition.

Cornedeau haussa les épaules. Un chef d'État comme Kadhafi pouvait choisir une bonne dizaine de voies différentes pour obtenir sa bombe. Par exemple en tentant une nouvelle opération pour voler du plutonium dans un centre étranger. Ou en faisant comme les Indiens, qui ont acheté un réacteur canadien fonctionnant à l'uranium naturel et qui en ont secrètement construit un second, copié sur le premier jusqu'à la dernière soudure. Mais subtiliser le plutonium d'un réacteur comme celui que la France lui avait vendu était la plus difficile de toutes les entreprises.

Cornedeau se leva et épingla sur le mur une feuille de papier à dessin. Pendant une minute, faisant sauter dans sa main un gros crayon feutre, il se concentra tel un maître d'école sur le point de commencer son cours.

— Mon général, si vous voulez extraire le plutonium fabriqué par un réacteur nucléaire, c'est à son uranium lui servant de combustible qu'il faut vous attaquer. Quand cet uranium se met à brûler dans le cœur du réacteur — je vous rappelle qu'il s'agit de charges faiblement enrichies à 3 % —, il se produit une réaction en chaîne, c'est-à-dire une myriade de petites bombes atomiques. Cette réaction produit un intense dégagement de chaleur, laquelle est transformée en vapeur pour actionner les turbines qui fabriqueront de l'électricité. Vous me suivez ?

« Or, en brûlant, plus exactement en se fissionnant, cet uranium émet des quantités de neutrons qui vont se balader un peu partout. Certains d'entre eux vont — Cornedeau tapa avec son crayon feutre sur la feuille de papier — bombarder la portion d'uranium non enrichi et transformer une partie de cet uranium en plutonium.

« Il y a certains réacteurs comme les Candu canadiens, où les charges d'uranium servant de combustible se présentent sous la forme de boîtes que l'on change presque tous les jours. Il est assez facile,

avec ce genre de réacteur, d'avoir accès au plutonium. Mais, dans le cas du réacteur français, conti-
nuait-il en faisant un dessin, l'uranium est enfermé
dans d'énormes containers qui ressemblent à ceci.
Vous ne les changez qu'une fois par an. Pour les
enlever, il faut d'abord éteindre le réacteur. Il faut
ensuite attendre deux semaines qu'il refroidisse,
puis il faut faire intervenir un tas de monde et tout
un matériel lourd. N'oubliez pas que nous avons
une vingtaine de techniciens affectés à cette installation. Il serait absolument impossible aux Libyens de
sortir l'uranium et de le faire disparaître sans que
personne s'en aperçoive.

Bertrand alluma une troisième Gitane.

— Et que se passe-t-il quand on sort cet uranium ?

— D'abord, il est tellement actif, je veux dire
radioactif, qu'il vous transformerait en un cancer
vivant si vous vous en approchiez. Il est enfermé
dans des containers de plomb et entreposé au fond
d'un bassin plein d'eau afin d'être refroidi.

— Pendant combien de temps ?

— Des années. Peut-être toujours. C'est le centre
de notre bagarre avec les Américains à propos des
problèmes de retraitement de ce combustible irradié. Notre politique à nous est de rapatrier chez
nous tout l'uranium des centrales que nous vendons
et d'en extraire nous-mêmes le plutonium pour les
surrégénérateurs de nos futures installations électronucléaires. De cette façon, personne ne peut subtiliser le plutonium pour s'en servir à des fins militaires. Les Américains prétendent qu'avec notre
système, on arrivera à trimballer du plutonium à
travers le monde comme du charbon ou des cacahuètes.

— Donc, une fois qu'ils auront brûlé dans leur

réacteur, les barreaux de l'uranium libyen resteront au fond de leur bassin. Mais qu'est-ce qui empêche Kadhafi de les sortir alors de l'eau et d'extraire lui-même le plutonium qu'ils contiennent ?

— L'Agence atomique internationale de Vienne a des inspecteurs qui sont précisément chargés de veiller à ce que personne ne s'approprie ce plutonium. Ils font au moins deux vérifications par an. Et dans l'intervalle, ils ont des caméras plombées qui prennent des clichés au fond du bassin toutes les quinze minutes environ.

— Ce qui, en principe, ne laisserait pas à Kadhafi le temps de retirer les barreaux d'uranium ?

— Seigneur, non ! Il faudrait que vous les placiez d'abord dans d'énormes containers en plomb pour éviter de vous faire irradier. Puis il faudrait faire intervenir des grues spéciales pour les sortir. Cela prendrait au moins deux ou trois heures.

— Est-ce que les inspecteurs pourraient truquer la pellicule ?

— Non. Ils ne la développent pas eux-mêmes. Ce travail est fait à Vienne. De toute façon, chaque fois qu'ils font une inspection, ils immergent également au fond du bassin des détecteurs de rayons gamma afin de vérifier que les barreaux sont bien radioactifs. Ils peuvent ainsi s'assurer qu'aucune substitution n'a eu lieu.

Bertrand se renversa en arrière, la tête appuyée sur le dossier de son fauteuil pivotant, les yeux mi-clos fixés sur les écailles de peinture du plafond.

— En somme, si je résume vos explications, il est tout à fait improbable que les Libyens aient pu se procurer du plutonium à partir de notre réacteur.

— C'est en effet invraisemblable, mon général.

— A moins qu'ils n'aient eu des complicités à certains stades de leurs opérations.

— Mais où ? Comment ?

— Personnellement, je n'ai jamais nourri une confiance illimitée pour les organismes de contrôle de l'O.N.U.

Cornedeau fit le tour de la pièce et se laissa choir dans un fauteuil. Son patron était un gaulliste de la vieille école, et tout le monde savait qu'il partageait le mépris du Général pour l'organisation qu'il avait un jour surnommée « le Machin ».

— D'accord, mon général, concéda Cornedeau en dépliant ses longues jambes, j'admets que l'agence de Vienne ait ses limites. Mais le vrai problème, ce n'est pas elle. C'est que personne ne veut de contrôle efficace. Les sociétés qui vendent les réacteurs, comme la Westinghouse américaine et nos amis de Framatome, font publiquement un tas de laïus pour dire qu'elles sont pour, mais en privé, elles s'opposent aux contrôles comme au diable. Aucun gouvernement du tiers monde ne veut voir des inspecteurs se promener sur son territoire. Et nous-mêmes, en France, en dépit de tout ce que nous affirmons, nous n'avons jamais été très chauds pour renforcer les contrôles. Nous avons trop d'intérêts en jeu.

— Hélas ! constata le général derrière un voile de fumée, ce qui compte aujourd'hui, c'est d'abord une bonne balance des paiements. Il faudrait que vous vous procuriez immédiatement les rapports d'inspections de l'agence de Vienne. Demandez aussi à notre représentant là-bas s'il aurait entendu quelque rumeur, quelque ragot, à propos d'inspecteurs ayant reçu des « cadeaux », ou trouvé des filles dans leur lit, ou je ne sais quoi... enfin, ce qui se fait là-bas.

Un éclair brilla dans les petits yeux du général à la pensée de son dernier séjour dans la capitale viennoise, il y avait une dizaine d'années. « De superbes créatures, ces Viennoises », murmura-t-il. Puis il revint à son sujet.

— Et nos propres gens en Libye ? Qu'avons-nous comme renseignements sur eux ?

— La D.S.T. a établi un dossier de sécurité pour chacun d'eux. Et naturellement, elle a régulièrement enregistré toutes leurs communications téléphoniques entre la Libye et la France.

— Allez donc voir Villeprieux de ma part et faites-vous donner les dossiers de chacun de ces types, ainsi que la transcription de leurs communications téléphoniques pour l'année écoulée. Faites vite, mon cher. A Washington, ils ont l'air d'être sur des charbons ardents. A propos, qui est le patron sur place de ces techniciens français ?

— Un ingénieur du génie nucléaire. Un certain de Serre. Il est rentré depuis deux mois environ et attend sa prochaine affectation.

Bertrand regarda la pendulette en onyx sur son bureau. Il était 8 h 20.

— Avons-nous ses coordonnées actuelles ?

— Je crois que oui. Il me semble qu'il habite Paris.

— Parfait. Trouvez-moi son adresse. Je vais voir si je peux avoir une petite conversation avec ce M. de Serre.

★

La demie de 9 heures tintait au clocher byzantin du monastère de la Croix quand déboucha la Dodge noire hérissée d'antennes de Menahem Begin. Deux heures et trente minutes des trente-six heures de l'ultimatum de Kadhafi s'étaient écoulées. Contournant la Knesset, le parlement d'Israël, elle vint se ranger devant la porte du triste bâtiment de style

175

H.L.M. qui abrite la présidence du Conseil. Quatre jeunes hommes en jean et blouson sautèrent de la voiture. Ils portaient un attaché-case de plastique noir. Plus élégamment vêtus, ils auraient pu passer pour une joyeuse bande de représentants de commerce partant en tournée. Mais au lieu de carnets de commande, leurs outils de travail étaient une mitraillette Uzi, un colt, trois chargeurs de rechange et un talkie-walkie.

Escorté de ses gorilles, Menahem Begin pénétra dans le vestibule envahi par une foule de vieux paysans arabes en gandoura noire et keffieh blanc. Les sous-sols de la présidence du Conseil contenaient en effet les registres d'état civil d'une Palestine depuis longtemps évanouie, la Palestine ottomane de leur enfance. Begin se faufila parmi eux en les saluant aimablement et se dirigea vers la porte blindée qui isolait les services administratifs du reste du bâtiment. Il dut encore franchir une série de grilles manœuvrées électriquement avant d'atteindre le premier étage où l'attendait le Cabinet réuni en séance extraordinaire.

Begin n'avait révélé à aucun de ses ministres le motif de cette convocation d'urgence. Pendant un long moment, il promena son regard de myope sur l'assistance. Puis, croisant les mains sur le tapis vert, l'air grave, la voix encore plus sourde que d'habitude, choisissant ses mots avec soin, il décrivit la situation. Doué d'une mémoire infaillible, il répéta tous les détails de sa conversation avec le président des États-Unis, c'est-à-dire la nouvelle alarmante que Kadhafi possédait l'arme thermonucléaire ; sa prise de New York en otage avec une bombe H ; le fait qu'Israël était condamné à payer la rançon !

Nulle révélation, nulle menace ne pouvaient causer autant de stupeur. Depuis quinze ans, la survie

176

d'Israël reposait sur deux piliers stratégiques, le soutien des États-Unis et la certitude, en cas de crise au suprême degré, qu'Israël était seul au Proche-Orient à posséder l'arme atomique.

Quelques phrases venaient d'ébranler cet édifice.

— New York aujourd'hui ! Tel-Aviv demain ! Nous ne pouvons vivre à la merci d'un fou armé de bombes H ! Nous n'avons pas le choix !

Ces mots, prononcés d'une voix de stentor, avaient éclaté comme un coup de tonnerre au milieu des auditeurs atterrés. L'homme avait ponctué sa déclaration d'un coup de poing sur la table. Sa chemise ouverte laissait paraître un torse puissant. Son visage hâlé soulignait la blancheur de son abondante chevelure. Benny Ranan était l'un des cinq authentiques héros d'Israël membres du cabinet. Général de parachutistes pendant la guerre de Kippour, il avait sauté à la tête de ses troupes lors de la spectaculaire opération de la traversée du canal de Suez qui devait aboutir à l'encerclement de la IIIᵉ armée égyptienne. Ministre de la Construction — ou plus exactement « ministre des bulldozers » ainsi qu'il aimait qu'on l'appelât —, il était l'un des supporters les plus ardents du programme de colonisation juive dans les territoires arabes conquis en 1967. Il fit le tour de la table de ce pas déhanché que ses parachutistes se plaisaient à imiter. Il s'arrêta devant la photographie prise par Walter Schirra de la cabine spatiale d'*Apollo 7*. Elle couvrait tout un mur de la salle du Conseil. Rien ne pouvait mieux illustrer la terrible vulnérabilité d'Israël que ce panorama embrassant dans une seule vision toute une zone du globe allant de la mer Noire à la mer Rouge, de la Méditerranée au golfe Persique. Dans cette immensité, Israël n'était qu'un îlot minuscule, un fragment de terre précairement amarré à l'Asie.

177

Ranan fixa la photographie d'un air tragique.

— Les conditions de notre existence se trouvent complètement bouleversées. Pour nous exterminer, il suffit que Kadhafi jette une bombe ici... — Son index potelé s'écrasa dans la région de Tel-Aviv. — Et ici... et là. Trois bombes et le pays n'existera plus.

Il se retourna vers ses collègues. Sa voix puissante si célèbre sur le champ de bataille chuta de plusieurs registres.

— Quelle valeur aura notre vie, dit-il gravement, si nous savons qu'à tout moment un fanatique qui réclame notre sang depuis des années peut nous désintégrer ? Je ne pourrais pas vivre, moi, avec cette épée de Damoclès sur la tête. Et vous ? — Il fit une pause, conscient de l'impact de ses paroles. — Quarante siècles de persécution nous ont donné au moins une bonne leçon, reprit-il. Les Juifs doivent résister contre toute menace d'extermination. Mes amis, nous devons liquider ce dément. Sans perdre une minute ! Avant que le soleil ne soit haut dans le ciel.

Ranan appuya ses mains de lutteur sur la table et se pencha en avant :

— Et nous préviendrons les Américains après coup.

Le silence tomba à nouveau. L'air songeur, Jacob Shamir, le vice-Premier ministre, alluma sa pipe. La moustache et la calvitie de cet archéologue fin et distingué étaient aussi légendaires que la silhouette de Ranan. Shamir avait été l'artisan de la victoire d'Israël dans la première guerre contre ses voisins arabes en 1948.

— Pour l'instant, Benny, fit-il remarquer, ceux qui sont menacés par Kadhafi ne sont pas ici. Ils sont à New York.

— Cela n'a pas d'importance. Ce qui compte,

c'est d'anéantir Kadhafi avant qu'il ait le temps de réagir. Les Américains nous remercieront.

— Et si la bombe sautait quand même ? Quelle sorte de remerciements crois-tu que cela inspirerait aux Américains ?

Ranan soupira :

— Ce serait une tragédie. Une épouvantable tragédie. Mais c'est un risque que nous devons courir. — Il se tourna vers le Premier ministre. — Quelle serait la plus grande tragédie ? La destruction de New York ou celle de notre pays ?

— Il y a trois millions de Juifs à New York, plus qu'il n'y en a ici, fit observer le gros rabbin Yehuda Orent, chef du parti religieux qui appartenait à la coalition au pouvoir.

— Mais c'est ici qu'est leur terre, insista Ranan avec ardeur. C'est un enjeu bien plus important. Ici, sur cette terre, nous représentons l'expression de la vocation éternelle du peuple juif. Si nous disparaissons, le peuple juif disparaîtra en tant que peuple. Nous condamnerons notre descendance à deux nouveaux millénaires d'errance dans le désert, les ghettos, la dispersion, la haine.

— Peut-être, rétorqua le rabbin, mais les Américains nous ont adjuré de ne rien entreprendre contre Kadhafi.

— Les Américains ? ricana Ranan qui s'attendait à cette objection, les Américains, ils vont nous larguer. — Il montra du bras la rangée d'appareils au fond de la pièce. — Ils sont déjà au téléphone, à discuter avec Kadhafi. En train de brader NOTRE terre, NOTRE peuple, derrière NOTRE dos.

— Il y a peut-être une autre solution.

Ces mots rassurants firent tourner toutes les têtes vers un géant à cheveux roux, au visage couvert de taches de rousseur. Le général Yaacov Dorit, quarante-huit ans, était le commandant en chef des forces de défense israélienne.

— On pourrait tenter de kidnapper Kadhafi. Une opération éclair sur la caserne de Bab Azziza. On l'emmène en hélicoptère sur une plage déserte et on le transfère à bord d'une vedette.

— Serait-ce possible ?

— A condition d'agir par surprise et très vite, affirma Yaacov Dorit confiant.

— Yaacov !

Dorit se tourna vers le petit homme qui l'appelait du bout de la table. Le colonel Yuri Avidar dirigeait le Shin-Beth, le service de renseignements de l'armée.

— Kadhafi n'est pas à Bab Azziza. Notre contact à Tripoli nous a fait savoir hier soir qu'il a disparu depuis quarante-huit heures. Nous ne saurions pas où le cueillir.

— Donc, c'est cuit, soupira Ranan. On n'a pas le temps d'attendre qu'il refasse surface.

— Supposons que nous acceptions de négocier l'évacuation des colonies, suggéra encore Yuri Avidar. Leur abandon ne signifie tout de même pas la fin d'Israël ! Et de toute manière la plupart des gens ici sont opposés à leur existence.

Ces mots, dans la bouche de l'ex-commandant de la brigade blindée qui avait écrasé la Légion arabe en 1967 et conquis la rive occidentale du Jourdain, montraient le désarroi dans lequel le chantage de Kadhafi avait plongé les esprits.

— Ce qui est en jeu, ce ne sont pas ces colonies, répliqua Ranan avec calme. Ni New York. Mais notre pays peut-il vivre à côté d'un Muammar Kadhafi armé de bombes H ? Moi, je dis que non !

— Vous êtes tous fous ! s'écria Avidar. Une fois de plus, le complexe de Massada est en train de nous conduire au suicide.

Ranan était resté impavide.

— Chaque minute que nous perdons à discutailler nous rapproche de notre destruction, plaida-t-il. Nous devons agir immédiatement, avant qu'on nous en empêche. Si nous attendons les bras croisés, nous pouvons dire adieu à la Judée et à la Samarie, adieu à Jérusalem. Enchaînés les mains dans le dos par les Américains, nous n'aurons plus qu'à attendre le coup de grâce du boucher de Tripoli.

Voulant entendre toutes les opinions, Menahem Begin avait suivi la discussion sans intervenir. Il se tourna vers un jeune ministre ,à l'allure sportive. Ex-pilote de chasse, le ministre de la Défense Ariyeh Salamon était le père des forces aériennes d'Israël et l'un des principaux artisans de la victoire de 1967.

— Ariyeh, existe-t-il une solution militaire autre qu'une action nucléaire préventive qui puisse arrêter Kadhafi ?

— Malheureusement non. Nous n'avons pas les moyens de monter un débarquement conventionnel à mille kilomètres de nos côtes.

Begin réfléchissait. Tous les regards étaient tournés vers cet homme fragile qui tenait entre ses mains le destin du peuple juif.

— J'ai vécu un holocauste, confia-t-il sobrement. Je ne veux pas vivre sous la menace d'un second. Je crois que nous n'avons pas le choix : que Dieu épargne les habitants de New York !

— Seigneur, sursauta le colonel Avidar, il ne nous restera plus un seul ami au monde !

— Nous n'avons pas d'amis aujourd'hui. Nous n'en avons jamais eu. Des Pharaons à Hitler, notre peuple a toujours été condamné par Dieu et l'Histoire à vivre seul.

Le visage de Begin était tragique. Il demanda un

vote. Comptant les mains qui se levaient, il songea à cet après-midi de mai, trente-trois ans plus tôt, quand les chefs du peuple juif avaient, à la majorité d'une seule main, voté la création de l'État d'Israël. C'était cette même marge misérable qui l'emportait aujourd'hui. Les dents serrées, il s'adressa au commandant en chef :

— Général Dorit, anéantissez la Libye !

★

Aucun peuple au monde n'est plus entraîné ni mieux équipé que les Israéliens pour réagir comme l'éclair en cas de crise. La vitesse de réaction est un réflexe de vie ou de mort pour cette petite nation dont la principale agglomération ne pourrait compter que sur deux minutes de préavis en cas d'attaque aérienne venant du nord, et sur cinq si elle venait du sud. Les Israéliens se sont donc dotés du système d'alerte sans doute le plus perfectionné du monde, comme le prouva la rapidité fulgurante avec laquelle le haut commandement mit en route les opérations ce lundi 14 décembre.

Dès l'ordre de Begin, le général Dorit alla décrocher un téléphone spécial dans la pièce voisine. Cet appareil le reliait directement au « Trou », le centre de commandement militaire d'Israël, installé à cinquante mètres sous son « pentagone » d'Hakyria, entre les rues Léonard-de-Vinci et Kaplan à Tel-Aviv.

— « Les murs de Jéricho », annonça Dorit à l'officier de garde du « Trou ». Ce nom de code déclencha le processus qui reliait jour et nuit les vingt-sept officiers supérieurs des forces de défense à leur G.Q.G. Qu'ils soient sur les courts de tennis de l'hôtel Hilton de Tel-Aviv, en inspection dans les sables du Néguev, ou dans les bras d'une petite amie, chacun de ces vingt-sept hommes était obligé d'avoir à tout moment à sa portée immédiate un téléphone ou un *beeper* pouvant émettre et recevoir sur ondes courtes. Tous portaient un nom de code, lequel était renouvelé le quatrième jour de chaque mois par un ordinateur, parmi une liste de noms de fleurs, de fruits ou d'animaux. Chacun devait connaître par cœur les codes de ses collègues.

Le général Dorit sortit alors du bâtiment de la présidence du Conseil pour gagner l'un des deux camions-radio rigoureusement identiques qui accompagnaient toujours sa Plymouth grise. A peine était-il assis à son pupitre de commandement qu'une série de lumières clignotèrent sur le tableau devant lui. Ses vingt-six subordonnés étaient en ligne, attendant ses ordres. Trois minutes exactement s'étaient écoulées depuis que Menahem Begin lui avait donné l'ordre d'anéantir la Libye.

Dans le « Trou », une jeune soldate en minijupe kaki ouvrit le coffre-fort placé à droite de l'officier de garde. A l'intérieur, se trouvaient plusieurs piles d'enveloppes de couleurs différentes. Chaque pile correspondait à un ennemi potentiel d'Israël. Les Israéliens savaient trop bien qu'en cas de crise ils n'auraient pas le temps de préparer les plans d'une riposte. Ces enveloppes contenaient donc les plans d'une attaque nucléaire contre tout pays susceptible de menacer l'existence d'Israël. La couleur des enveloppes correspondait aux deux options choisies. L'option A concentrait le bombardement atomique sur les agglomérations civiles ; l'option B, sur les objectifs militaires.

La jeune soldate prit les enveloppes portant le code « Ambre », pour la Libye, et les déposa sur le pupitre de l'officier de garde. Celui-ci discuta rapidement leur contenu par radio avec Dorit. Tout ce que le commandant en chef avait besoin de savoir était consigné dans ces enveloppes : les fréquences des radars, le temps du raid calculé à la seconde près, une description détaillée des défenses anti-aériennes libyennes, les meilleurs itinéraires pour chaque objectif, les toutes dernières photographies de reconnaissance aérienne. Des doubles de ces enveloppes étaient conservés sur les bases aériennes où veillaient jour et nuit les pilotes qui avaient la charge d'exécuter ces plans.

Conformément aux instructions de Menahem Begin, Dorit fit préparer l'option B. Cela risquait de poser de spectaculaires problèmes. Pour augmenter l'effet de surprise, le commandant en chef voulait en effet que tous les objectifs soient attaqués simultané-ment. Mais en raison de la longueur de la côte libyenne, les avions frappant la région de Tripoli auraient deux mille kilomètres à parcourir, deux fois plus que ceux qui bombarderaient les objectifs de Cyrénaïque. La Libye étant hors de portée des mis-siles israéliens Jéricho B, conçus pour transporter des têtes nucléaires à mille kilomètres, l'attaque devrait être exécutée par la flotte des Phantom. Une précaution capitale consistait à soustraire les esca-drilles aux écrans des radars ennemis jusqu'à ce que les Phantom soient arrivés au-dessus de leurs cibles. Les radars libyens ne posaient pas de problèmes sérieux. Par contre, ceux des navires de la VIᵉ flotte fonçant à l'ouest de la Crête risquaient de créer de graves complications. Dorit ordonna à l'aéroport Ben-Gourion de préparer « Hassida » pour un décollage immédiat.

« Hassida » — la cigogne — est le nom de code d'un Bœing 707 peint aux couleurs de la ligne aérienne israélienne El Al. Cette ressemblance avec un avion commercial s'arrête à la porte de la cabine. L'intérieur est bourré d'équipements électroniques. Israël a été le premier pays à mettre au point les techniques permettant d'empêcher les radars ennemis de suivre le vol d'un avion, et cela grâce aux instruments que transporte ce Bœing. C'est ainsi qu'ont pu se poser sur l'aérodrome de Nicosie, sans être détectés par les radars cypriotes, les appareils transportant le commando venu libérer un groupe d'otages détenus par des terroristes palestiniens. Ce 707 émet en effet une série de « tunnels » électroniques à l'abri desquels les Phantom peuvent foncer sur leurs objectifs sans être repérés.

Quand le camion-radio du général Dorit eut atteint la plaine du Soreq, à mi-chemin de Tel-Aviv, tout était prêt. En moins de vingt minutes, filant entre les pentes couvertes d'oliviers des collines de Judée, il avait préparé la première attaque nucléaire préventive de l'histoire.

Il ne restait qu'une dernière tâche : choisir un nom de code pour le bombardement. L'officier du « Trou » en proposa un. Dorit l'accepta aussitôt. C'était « Opération Maspha », en hommage au site biblique d'Israël où le tonnerre de Yahwé avait provoqué la déroute des Philistins.

★

L'immensité grise des sables s'étendait à l'infini. Par endroits, la tache sombre d'un troupeau de chèvres, la pierre blanche d'une tombe de nomade, la tente d'une famille de Bédouins rompaient la monotonie du paysage. Les caravanes de l'Antiquité étaient passées par ici, de même que les douloureuses cohortes des tribus d'Israël revenant de leur exil en Égypte. C'est là, dans trois longs tunnels creusés sous le désert du Néguev, que les enfants de l'Israël moderne entreposent depuis plus de dix ans des engins terrifiants, les armes de leur dernière chance, une panoplie de bombes atomiques.

Quelques instants après que le « Trou » eut été mis en alerte, des lumières rouges commencèrent à clignoter sur l'écran de contrôle de chaque tunnel, déclenchant automatiquement un concert d'avertisseurs sonores. Cet appel entraîna un branle-bas général. Abandonnant leur partie d'échecs, la rédaction de leur courrier, la lecture des journaux, des dizaines d'hommes se précipitèrent dans les tunnels. Dans des alvéoles étaient rangés des containers hermétiquement clos qui renfermaient chacun une petite boule argentée, à peine plus grosse que les pamplemousses poussant dans les vergers des kibboutzim de la région. C'étaient les noyaux de plutonium de la dernière génération des armes nucléaires israéliennes. Une première équipe les sortait des containers tandis qu'une seconde roulait sur des chariots les grosses ogives métalliques destinées à leur servir d'enveloppes. Cette séparation originelle était un subterfuge. Une bombe atomique ne pouvant exister que si ses deux éléments sont réunis, les Israéliens ont toujours pu soutenir publiquement qu'ils n'avaient pas introduit d'armes nucléaires au Proche-Orient. Les porte-avions américains de la VIIe flotte se servaient d'un artifice semblable lorsqu'ils faisaient escale dans les ports japonais.

L'assemblage des bombes   ·it une manœuvre délicate. Les techniciens répé   it chaque semaine les mêmes gestes jusqu'à ce qu'ils puissent les accomplir les yeux bandés. A ce jour, ces bombes n'avaient été assemblées que pour des exercices, à une seule exception près, avant l'aube du 9 octobre 1973, soixante-douze heures après le début de la guerre de Kippour. Cette nuit-là, les Syriens avaient percé le front israélien du nord. Tout le cœur d'Israël — les riches plaines de Galilée — s'était alors trouvé sans défense à leur portée. Dans un état d'agitation extrême, Moshe Dayan avait averti Golda Meir que le pays était menacé d'une catastrophe comparable à la destruction du second Temple de Jérusalem par les légions romaines déchaînées.

Consternée mais résolue, Golda Meir avait donné l'ordre qu'elle avait espéré ne jamais avoir à donner, celui de préparer un bombardement nucléaire contre les ennemis d'Israël. Heureusement, l'offensive syrienne s'étant miraculeusement arrêtée, l'opération avait pu être annulée.

A présent, dans leurs tunnels violemment éclairés, les techniciens étaient à nouveau en train d'assembler ces bombes atomiques. Dans la salle de contrôle de chaque tunnel, un ordinateur calculait les réglages de leurs détonateurs afin que certaines explosent au sol, et d'autres à des altitudes diverses pour augmenter leur pouvoir de destruction. Une fois assemblé, chaque engin fut placé sur un wagonnet qui pouvait en transporter quatre à la fois.

Huit minutes et quarante-trois secondes s'étaient écoulées entre l'appel de l'avertisseur sonore et l'instant où le premier chargement pénétrait dans l'ascenseur conduisant aux Phantom.

★

Ces bombes représentaient la toute dernière étape d'un programme nucléaire qui avait presque l'âge de l'État d'Israël. A l'origine de ces efforts se trouvait le premier président de l'État d'Israël, Chaïm Weizmann, un brillant savant sioniste. Écoutant ses conseils malgré de nombreuses oppositions au sein de son gouvernement, David Ben Gourion, l'indomptable fondateur de l'État juif, avait engagé Israël sur la voie de l'atome dès le début des années 50.

Son premier soutien dans ce domaine avait été la France qui, défiant ses alliés anglo-américains, s'était elle-même embarquée dans un programme d'armement nucléaire indépendant. N'ayant plus accès à la technologie des ordinateurs américains, les Français firent appel, pour certains calculs, aux cerveaux de l'institut Weizmann de Rehovot, dans la banlieue de Tel-Aviv. Les Israéliens leur communiquèrent également un procédé de fabrication d'eau lourde. En échange, la France leur permit de participer à l'essai de sa première bombe atomique dans le Sahara, faveur qui épargna à Israël d'avoir à se livrer à ses propres expériences. Enfin, en 1957, les Français acceptèrent de lui vendre un réacteur expérimental fonctionnant à l'uranium naturel, un réacteur dont les savants des deux pays savaient qu'il pourrait un jour produire du plutonium de qualité militaire.

Ce fut Ben Gourion lui-même qui choisit le site des installations atomiques de l'État juif, un morceau de désert du Néguev facile à isoler et à protéger, à trente kilomètres au sud de son kibboutz de Sde Boker. L'endroit s'appelait Dimona, en souvenir de la ville qui s'était élevée là au temps des Nabatéens. Quand les ingénieurs s'installèrent sur les lieux pour construire le centre nucléaire, le gouvernement décida de camoufler son objet véritable en le faisant passer pour une usine textile. La coupole argentée émergeant des sables avait été surnommée « la fabrique de pantalons Ben Gourion ».

Le retour de Charles de Gaulle au pouvoir en

188

France au mois de mai 1958 mit un terme brutal à la coopération nucléaire franco-israélienne. Pour un nationaliste comme de Gaulle, le programme nucléaire de la France ne regardait que la France. Israël se retrouvait avec les connaissances théoriques nécessaires à la construction d'une bombe atomique, mais sans l'uranium enrichi ou le plutonium indispensables. Il en trouva dans l'endroit le plus inattendu, une usine d'aspect minable de la banlieue d'Apollo, petite ville de Pennsylvanie à cinquante kilomètres de Pittsburgh. La Nuclear Materials and Equipment Corporation (N.U.M.E.C.)[1], fondée en 1957 par un ardent sioniste du nom de Salman Shapiro, fabriquait du combustible nucléaire et récupérait de l'uranium hautement enrichi en retraitant des déchets provenant des sous-marins nucléaires américains. De 1960 à 1967, un total inimaginable de 250 kilos d'uranium de qualité militaire avait disparu de la N.U.M.E.C. La C.I.A. devait par la suite découvrir que plus de la moitié de cet uranium, assez pour fabriquer tout un arsenal, avait abouti dans le Néguev[2]. C'est ainsi que, fort de sa première génération d'armes atomiques, l'État juif avait pu déclencher son attaque préventive en juin 1967. La deuxième génération vit le jour grâce au plutonium extrait du combustible brûlé dans le réacteur de Dimona par une installation de retraitement construite dès cette même année 1967[3]. A la

1. Société de matières et d'équipements nucléaires.
2. Ce détournement se serait déroulé avec la bénédiction du président Johnson, et peut-être même avec son soutien actif. Toutes les enquêtes menées pour essayer de découvrir les conditions de la disparition de cet uranium se sont soldées par un échec. Lorsque le directeur de la C.I.A. apporta au président Johnson la preuve qu'une partie de l'uranium manquant se trouvait en Israël, il fut prié de stopper toutes ses recherches et de ne révéler sa découverte à personne.
3. C'est pour se procurer du minerai d'uranium afin d'alimenter le réacteur de Dimona que les services secrets israéliens organisèrent en

189

fin des années 1970, ces efforts avaient fait d'Israël la sixième puissance nucléaire du monde.

En fait, les bombes qui sortaient de leur cachette au fond du désert faisaient partie d'une force de frappe nucléaire d'une crédibilité au moins égale à celle de l'Angleterre et sans doute supérieure à celle de la Chine.

★

— Arrête-toi là, j'ai besoin de cigarettes.

Yuri Avidar, le chef du service de renseignements de l'armée israélienne avait fait signe à son chauffeur de stopper sur l'avenue de Jaffa, à Jérusalem. Il sauta de voiture et courut acheter un paquet d'Europa au bureau de tabac du coin de la rue.

Au lieu de rejoindre aussitôt la voiture, il marcha dans la direction opposée vers la cabine de téléphone qui se trouvait à une trentaine de mètres.

Avidar connaissait par cœur le numéro de son correspondant. Avant de le composer, il alluma une cigarette. Sa main tremblait. Il sentit des gouttes de sueur perler à son front. Il voulut engager une pièce dans le taxiphone. Sa main s'arrêta à mi-course. « Nom de Dieu, je ne vais pas y arriver ! » Il entrouvrit la porte pour respirer une grande bouffée d'air frais. Une envie irrésistible de partir le saisit alors. Pour se calmer, il fuma sa cigarette en de très longues aspirations. Puis, résolument, il introduisit sa pièce dans la fente de l'appareil, et composa le numéro de l'ambassade des États-Unis à Tel-Aviv.

★

décembre 1968 la « disparition » de 299 tonnes de poudre d'uranium à bord du navire *Sheersberg* naviguant entre Anvers et Gênes.

La sirène fit bondir de leurs confortables fauteuils clubs les jeunes pilotes des forces aériennes israéliennes qui regardaient la télévision. Trois coups : une mission air-sol. Deux coups auraient signifié une alerte air-air. Ils saisirent leur casque et leur gilet de sauvetage jaune, coururent à travers la cour et déferlèrent dans le baraquement de commandement de leur escadrille. Au même instant, les premiers wagonnets transportant les bombes atomiques sortaient des ascenseurs dans les abris où les Phantom attendaient au bout d'une piste souterraine qui débouchait dans le désert. Le briefing ne dura que quelques minutes, le temps de communiquer aux pilotes les fréquences radio à utiliser en cas d'urgence et les instructions de vol à respecter pour que l'attaque soit parfaitement synchronisée.

Au lieutenant-colonel Giora Laskov, le chef de l'escadrille, un des plus anciens pilotes d'Israël, échut pour objectif la base aérienne géante d'Uba ben Nafi, l'ancienne installation américaine Wheelus dans la banlieue de Tripoli. Ses coéquipiers se virent attribuer comme cible les autres bases libyennes de Benghazi, Tobrouk, Al-Adm et Al-Awai.

Comme les trois quarts des pilotes israéliens, Laskov, trente-cinq ans, était un kibboutznik. Pendant ses quinze années de service avec l'élite des forces armées israéliennes, il avait pris part à deux guerres et accumulé plus de trois mille heures de vol, d'abord sur les Mirage, puis sur les Phantom. Son entraînement était si affiné, sa préparation à toute espèce d'urgence si parfaite, que pas un muscle de son visage ne tressaillit à l'annonce qu'il ne s'agissait plus d'un exercice mais bien d'aller lâcher des bombes atomiques de vingt kilotonnes sur de véritables objectifs ennemis.

191

Ayant la plus longue distance à parcourir, Laskov devait décoller le premier. Il s'élançait déjà vers son appareil quand il se sentit soudain frappé par l'énormité de sa mission. Il se retourna vers les jeunes pilotes de son escadrille. Leurs visages semblaient refléter l'effroi qui l'avait brusquement submergé. Pétrifié, il chercha quelque chose à leur dire. Mais il comprit qu'aucun mot ne pouvait convenir en une circonstance aussi dramatique. Il se contenta de lever son casque avec un sourire triste, comme pour souhaiter bonne chance à tous. Puis, d'un pas ferme, il disparut dans l'ascenseur. Il était 10 h 22. Il y avait seulement cinquante-quatre minutes que le général Dorit était sorti de la salle du conseil des ministres pour appeler le « Trou ».

★

Menahem Begin retira ses lunettes, appuya son front dans sa main et se massa doucement les sourcils. C'était là un signe de la profonde détresse dans laquelle était plongé le Premier ministre d'Israël.

Comment l'ont-ils appris ? ne cessait-il de se répéter avec accablement. Nul autre pays n'avait pourtant pris autant de précautions pour protéger sa force de frappe nucléaire d'une telle carapace de secret ! Depuis la guerre de Kippour, toutes les procédures concernant son utilisation éventuelle avaient été analysées, contrôlées, passées au crible des ordinateurs afin de vérifier qu'aucun signe révélateur ne pût être décelé par satellite, qu'aucune conversation compromettante ne pût être interceptée par la surveillance électronique. Malgré cela, une heure à peine après qu'il eut donné l'ordre d'attaquer la Libye, Menahem Begin avait reçu un coup de téléphone de l'ambassadeur de France. La voix étranglée d'émotion, le diplomate français lui avait transmis un ultimatum du Kremlin menaçant Israël de représailles nucléaires immédiates s'il n'annulait pas sur-le-champ son agression contre la Libye.

Comment les Russes avaient-ils pu réagir de manière aussi foudroyante ? s'étonnait Begin. Il connaissait leur inertie traditionnelle au début de toute crise internationale. Il savait même par ses services secrets que les dirigeants du Kremlin s'alarmaient depuis longtemps du danger qu'impliquait leur lenteur de décision en cas d'urgence. Curieusement, cette dictature rigide devenait en effet une sorte de démocratie en période de tension mondiale. A l'inverse des États-Unis et de la France, où un homme pouvait décider seul de déclencher un holocauste nucléaire, neuf au moins des vingt-quatre membres du Comité central du parti communiste soviétique devaient approuver *par écrit* toute intervention militaire. La menace d'anéantir Israël avait certainement nécessité ce genre de consentement. Comment avaient-ils pu l'obtenir si vite ? A moins d'avoir été informés dès le début de la crise ?

Et si les Russes bluffaient ? S'ils ferraillaient avec leurs missiles comme Khrouchtchev à Suez ? Mais avait-il le droit, lui, de jouer l'existence de son pays sur une telle présomption ?

Menahem Begin consulta sa montre. Dans douze minutes, les premiers Phantom auraient atteint leur objectif. Il était trop tard pour réunir un nouveau conseil des ministres : il lui fallait décider seul.

Il marcha jusqu'à la fenêtre. Les épaules encore plus tassées, son cœur fatigué battant la chamade, le « gentleman polonais », comme on l'appelait souvent, contemplait le moutonnement des collines de Judée, les monuments de l'Israël moderne, le bâtiment en forme de pagode de la Knesset, ceux de l'Université hébraïque, la coupole blanche du musée de Jérusalem étincelante au soleil.

Sur une hauteur juste au-delà de son champ de vision, se dressait le mémorial qui lui tenait le plus à cœur, la « Tente du souvenir » où brûlait une flamme éternelle en mémoire des victimes de la persécution nazie — parmi lesquelles se trouvaient la plupart des membres de sa famille. Begin avait juré sur l'autel de ces six millions de morts que son peuple ne connaîtrait jamais de nouvel holocauste. Devait-il risquer de trahir aujourd'hui ce serment en maintenant son ordre d'attaque préventive de la Libye ? L'exigence soviétique était tragiquement simple et directe. Et cependant Ranan avait raison : comment Israël pourrait-il vivre sous la menace constante d'être anéanti par un fanatique comme Kadhafi ?

Frapper comme l'éclair et s'expliquer après. Voilà ce qu'il avait tenté de faire. Dans cette terrifiante partie d'échecs, il savait que seuls les Américains pouvaient avancer l'unique pion qui pût arrêter les Russes : en les menaçant à leur tour d'un holocauste atomique. Mais les Américains voudraient-ils prendre un tel risque quand ils apprendraient que Begin s'était lancé dans cette aventure en dépit de leurs adjurations, n'hésitant pas à mettre en danger la vie de dix millions de New-Yorkais pour sauvegarder préventivement son pays !

Soudain, tout devint clair à ses yeux. Les Russes n'avaient bien sûr rien découvert. Ni personne. Les Américains s'étaient seulement méfiés des Israéliens. Le président des États-Unis avait compris que rien ne pourrait les retenir. Il avait décroché le téléphone rouge et prévenu les Russes.

Brusquement vieilli, la mort dans l'âme, Menahem Begin décrocha lui aussi son téléphone.

Sous l'aile de son Phantom filant à cinquante mille pieds d'altitude dans la splendeur bleuâtre de l'éther, le lieutenant-colonel Laskov distinguait l'immensité scintillante de la Méditerranée. Il ne percevait que le souffle régulier de son masque à oxygène. Les mains posées sur les commandes, il surveillait les instruments de bord qui le conduisaient à deux fois la vitesse du son vers son objectif. Sur l'écran de son radar commençaient à se dessiner les contours de la côte libyenne à moins de trois cents kilomètres. Dans neuf minutes, il serait au-dessus de Tripoli.

Un signal grésilla dans ses écouteurs. « Shadrock... Shadrock... Shadrock », répétait une voix. Laskov aspira une grande bouffée d'oxygène, empoigna le manche et lança son Phantom dans une glissade sur l'aile à 180°. La terre d'Afrique disparut de son radar. L'opération « Maspha » avait été annulée.

QUATRIÈME PARTIE

*« Il est aussi rusé qu'un renard
du désert »*

Il était 3 h 05 du matin à Washington, ce lundi 14 décembre. Trois heures et cinq minutes s'étaient écoulées depuis l'explosion libyenne dans la mer de sable d'Awbari. La capitale des États-Unis dormait sous son manteau de neige glacée. Aucun signe ne permettait de soupçonner qu'une crise venait d'éclater. Cette quiétude de surface cachait en réalité une agitation intense. Depuis minuit, les principales ressources technologiques de l'État américain étaient en action. Du siège du F.B.I. et du Q.G. de la C.I.A. de l'autre côté du Potomac, partaient chaque seconde des messages ordonnant aux agents et espions travaillant pour les États-Unis à travers le monde de mettre tout en œuvre pour découvrir par qui Kadhafi avait appris le secret de la bombe H, comment il avait pu la construire, et qui l'avait introduite dans New York.

A Olney, dans le Maryland, les veilleurs du Centre national d'alerte n'avaient qu'à composer le numéro 33 sur leur téléphone à touches pour déclencher une alerte atomique générale d'un bout à l'autre du pays. A quelques kilomètres de là, les techniciens de l'Agence nationale de sécurité interceptaient, enregistraient, mettaient sur ordinateur et exploitaient, à l'aide d'un extraordinaire système de clefs, toutes les communications téléphoniques et les émissions radio traversant l'espace. Cette nuit, ils guettaient l'éther dans l'espoir d'y découvrir un mot, une phrase, un message susceptible de mettre les enquêteurs sur la trace des terroristes de Kadhafi. Non loin de là, le Q.G. souterrain des équipes Nest de recherches d'explosifs atomiques était en pleine effervescence. Six fois déjà ces équipes s'étaient précipitées pour une chasse à la bombe dans les rues d'une ville américaine. Personne n'en avait jamais rien su. Dans quelques heures, les deux cents agents transportés par les Starlifter C-141 mobilisés au début de la soirée seraient en train de rôder dans les artères de Manhattan avec tout leur matériel de détection, à bord de fourgonnettes anonymes, louées chez Hertz ou Avis. Une fois encore, personne ne saurait qui ils étaient, ni ce qu'ils cherchaient. Secret et vitesse étaient la règle d'or des opérations Nest. Secret pour éviter que les terroristes, se sentant repérés, ne fissent exploser leur engin ; secret encore pour prévenir toute panique dans la population. Vitesse, parce que chaque minute se comptait en milliers de vies humaines.

Précurseurs des gros Starlifter, deux appareils, un biréacteur Beechcraft King-Air 100 et un hélicoptère H-500 portant de discrètes immatriculations civiles, s'étaient déjà posés sur la base aérienne McGuire, dans le New Jersey. Ils transportaient un premier groupe d'une vingtaine de techniciens, une installation autonome de radio pour deux cents postes, et une dizaine de détecteurs de neutrons au trifluoride.

L'homme à qui allait échoir la responsabilité terrifiante de diriger cette chasse à la bombe roulait déjà à bord d'une voiture banalisée sur l'autoroute conduisant de McGuire à New York. Avec ses deux mètres de haut, son visage basané, ses bottes et son chapeau de cow-boy, sa chemise à carreaux et son gri-gri navajo autour du cou, le physicien atomiste Bill Booth, cinquante-deux ans, semblait sortir d'une publicité pour les cigarettes Marlboro. L'appel urgent l'avait saisi là où il ne pouvait manquer de se trouver pendant un week-end d'hiver, sur les pistes de ski de Cooper Mountain dans le Colorado. A présent, fonçant vers New York, il se sentait envahi par une vague nausée à la pensée de ce qui l'attendait. Ce malaise, il l'éprouvait chaque fois que son beeper l'envoyait à la tête de ses équipes dans les rues d'une agglomération américaine. Ces équipes étaient pourtant sa création. Des années avant qu'un romancier n'imagine le premier *thriller* racontant un chantage atomique, Booth avait senti venir la menace du terrorisme nucléaire. Sa première vision apocalyptique de cette possibilité, il l'avait eue dans l'un des endroits les moins prédestinés à ce genre de spectacle, parmi les oliveraies et les cultures en terrasse d'un petit village de pêcheurs espagnols nommé Palomares. Il avait été envoyé là-bas en 1964 avec une équipe de physiciens et de spécialistes de l'armement nucléaire pour essayer de récupérer les bombes atomiques d'un bombardier B-29 qui s'était écrasé dans la région. Son équipe disposait des appareils de détection et des techniques de recherche les plus modernes. Pendant des jours, des semaines, ils cherchèrent inlassablement. Ils ne trouvèrent que quelques traces d'engrais et une poignée de cailloux faiblement radioactifs. S'il n'avait pu repérer un chapelet de bombes en rase campagne, Booth n'avait pas besoin de beaucoup d'imagination pour deviner qu'il serait encore plus ardu de retrouver un engin nucléaire caché par un groupe de terroristes dans une cave ou un grenier en plein cœur d'une ville.

Dès son retour à Los Alamos, où il était l'un des responsables de l'élaboration des armements nucléaires, il s'était battu pour préparer l'Amérique à faire face à la crise qui ne manquerait pas, il en était sûr, de frapper un jour une ville américaine. Et pourtant, malgré tous ses efforts, Booth savait que ses équipes, si perfectionné que fût leur matériel, étaient inaptes à accomplir la tâche qui leur incombait : dans une ville où une forêt de gratte-ciel d'acier et de verre offre tant d'obstacles naturels, espérer détecter une émission de radiations et se diriger vers la bombe comme un chien de chasse piste le gibier était une utopie !

Sombre et mélancolique, Booth laissa errer son regard sur les flammes des torchères des raffineries du New Jersey qui flamboyaient dans la nuit. Puis, soudain, il aperçut, compact et splendide, le promontoire de Manhattan illuminant les ténèbres d'un ruissellement d'étoiles. Il songea alors à une phrase de Scott Fitzgerald qu'il avait apprise au lycée. Découvrir New York comme cela, de loin, c'était saisir « une folle image du mystère et de la beauté du monde ». Il frissonna. Les gratte-ciel de Manhattan n'offraient cette nuit aucune promesse de beauté à ses yeux. Il savait que c'était au contraire l'enfer qui l'attendait là-bas, le défi le plus terrifiant que ses hommes et lui-même aient jamais eu à affronter.

★

A Washington, plusieurs étages de l'aile ouest de la Maison-Blanche étaient éclairés. Enfermé dans son étroit bureau encombré de papiers, Dick Kallsen, trente-deux ans, rédacteur attitré des discours présidentiels, avait commencé à rédiger l'allocution radio-télévisée que le chef de l'État devrait prononcer au cas où une fuite aurait révélé la menace de Kadhafi à la population.

« Il ne faut pas mentir, lui avait spécifié Eastman, mais tâchez de noyer suffisamment le poisson pour que personne ne pense que cette bombe pourrait tuer dix millions de New-Yorkais. il faut un discours qui rassure les gens, les réconforte, les apaise. »

Les yeux rougis de fatigue, Kallsen releva la tête, fit tourner le rouleau de sa machine à écrire et commença à relire le résultat de ses premiers efforts :

« Mes chers compatriotes,

« Nous n'avons aucune raison de croire que cette bombe fait peser une menace immédiate sur la vie et la sécurité des habitants de New York. En accord avec nos alliés du monde libre, avec l'Union soviétique, avec la République populaire de Chine, nous... »

Un étage au-dessus, Jack Eastman regardait d'un air las le hamburger peu appétissant qu'il était allé chercher au distributeur automatique du sous-sol pour remplacer son dîner dominical. Son bureau était couvert de photographies et de souvenirs illustrant sa carrière, autant d'étapes sur la route qui avait conduit ce militaire à devenir l'assistant du Président pour la sécurité nationale. On le voyait jeune pilote de F-86 en Corée, puis lors de la remise de son diplôme en management de la Harvard Business School. Quatre assiettes en porcelaine de Delft achetées à Bruxelles rappelaient son affectation au Q.G. de l'O.T.A.N. Dans un cadre d'argent placé sur sa table, il y avait aussi une photographie de sa femme Sally et une autre de leur fille Cathy, âgée de dix-neuf ans, prise deux ans auparavant à l'occasion de la cérémonie de fin d'études de la Cathedral School de Washington. Eastman avait toujours discerné un sourire malicieux dans ce portrait. Ce sourire, il le regardait, incapable de s'en détacher, incapable de détourner sa pensée de cette fière jeune fille en robe blanche. Une crampe lui tordit tout à coup l'estomac. Fermant les yeux sur cette image bien-aimée, il appuya sa tête sur ses paumes, luttant pour contrôler son émotion et retrouver les vertus de discipline qui avaient inspiré toute sa vie. L'unique enfant de Jack Eastman était étudiante de deuxième année à l'université Columbia de New York.

★

Le taxi jaune fit un slalom au milieu de l'essaim des Rolls et des Cadillac qui bloquaient comme chaque nuit les abords du Studio 54. Un portier galonné se précipita pour accueillir la jeune femme qui en descendit et l'escorta à travers la foule des curieux agglutinés sur le trottoir, désireux d'apercevoir quelques-unes des célébrités qui fréquentaient la discothèque la plus en vogue de New York. Encore toute vibrante des moments intenses qu'elle venait de vivre avec ses deux frères dans l'entrepôt de la bombe, Leila Dajani hésita avant de plonger dans la bacchanale. Douze projecteurs embrasaient dans un torrent de lumière psychédélique une forêt de modules lumineux qui tournoyaient au plafond comme des toupies incandescentes. Éclatant au rythme effréné des haut-parleurs, des colonnes de stroboscopes lançaient des gerbes d'éclairs vers les tentures écarlates qui recouvraient les murs. Leila fit quelques pas vers la piste de danse phosphorescente où les gloires du jet set new-yorkais et international se contorsionnaient dans un déchaînement d'acrobaties rythmiques. Elle lança un baiser furtif à la sombre Bianca Jaeger, ex-égérie des Rolling Stones, se trémoussant dans un minishort en satin qui ne laissait plus rien à imaginer, puis à Margaret Trudeau, l'infatigable ex-première dame du Canada, moulée dans un bustier à paillettes et un pantalon de corsaire retombant sur des *boots* blanches brodées. Lascivement étendue sur un canapé de velours rouge au milieu d'un groupe de jeunes admirateurs en smoking, la belle actrice Marisa Berenson semblait tenir sa cour comme dans une scène de son film *Barry Lyndon*. Plus loin, toujours aussi éclatante, Jackie Onassis, vêtue d'un fourreau or pâle et d'une blouse-casaque en crêpe gris sur lesquels cascadaient des rangs de perles d'or et d'argent, dansait avec le célèbre agent littéraire californien Swifty Lazar. Dans un coin, une sorte de bouddha noir en pantalon et gilet de cuir, les mains attachées par une chaînette d'argent à une ceinture qui lui comprimait les fesses, le visage béat sous l'effet de quelque extase intérieure, se dandinait dans une danse solitaire.

Il fallut plus de dix minutes à Leila pour se frayer un passage parmi les mains et les regards qui tentaient de l'entraîner vers les sofas, les fauteuils, les poufs moelleux bordant la piste. Quand elle aperçut enfin le groupe qu'elle cherchait, elle se précipita et vint se blottir contre un grand garçon dont l'épaisse chevelure blonde flottait sur le col d'une chemise de soie grande ouverte.

— Michael, my love, murmura-t-elle, je te demande pardon d'arriver si tard.

Michael Laylord la serra dans ses bras. Il avait un visage d'archange, des yeux bleus, des traits d'une régularité presque trop parfaite, entourant une bouche d'une délicate sensualité.

— Darling, tu sais bien que je te pardonnerais même ma mort !

Il l'attira doucement sur les coussins du canapé. Une cigarette de marijuana circulait autour d'eux. Michael s'en empara pour la déposer entre les lèvres de Leila. La jeune femme aspira une profonde bouffée, retenant la fumée jusqu'à en perdre le souffle avant d'expirer lentement par les narines. Michael allait passer la cigarette à quelqu'un d'autre quand Leila la lui prit des mains pour inhaler une nouvelle bouffée. Puis elle se renversa en arrière, les yeux clos, laissant la douce euphorie de la drogue l'envahir. Quand elle rouvrit les yeux, elle vit au-dessus d'elle le visage de Michael qui la regardait avec douceur.

— On danse ?

Sur la piste, elle se jeta dans le déferlement des vagues sonores, fermant les yeux pour jouir complètement de son rêve sur les nuages d'un voyage hors du temps et de l'espace.

— Sale nègre !

Le hurlement dissipa sa rêverie. Le bouddha noir qu'elle avait remarqué en entrant venait de s'écrouler sur la piste, le visage ensanglanté, la bouche grimaçante de douleur. Son agresseur, un garçon en smoking de satin blanc pailleté, les yeux injectés d'alcool, eut le temps de lui expédier un dernier coup de pied dans le ventre avant que deux serveurs en short de soie ne s'interposent.

Leila frémit. « Quelle horreur ! » gémit-elle en se précipitant vers le malheureux autour duquel continuait à tourbillonner la foule indifférente des danseurs. Michael la tira doucement par la main pour la reconduire à leur table. La jeune femme titubait de dégoût et de révolte.

— Dans quel monde hideux vivons-nous, Michael ? murmura-t-elle.

Ses yeux brillaient. Elle avait un air lointain, hostile. La nouvelle herbe colombienne était-elle trop forte ? se demanda Michael. Il épongea la sueur de son front et lui sourit. Mais il sentit qu'elle était absente.

— Ce n'est vraiment pas un monde pour les pauvres et les faibles, n'est-ce pas, Michael ? Eux n'ont vraiment rien à attendre. La justice, la considération, l'égalité ? Bof ! Des coups de pied, oui ! A moins qu'ils ne tentent de les obtenir eux-mêmes. Et pour ça, il n'y a qu'une manière : la violence.

Elle avait prononcé ces mots avec une véhémence qui stupéfia Michael.

— Il n'y a pas que la violence, Linda. — Il ne la connaissait que sous sa fausse identité. — Il y a d'autres voies.

— Pas pour les faibles, pas pour les opprimés ! — Elle leva le bras vers les danseurs sur la piste. — Eux, ils n'entendent jamais que lorsqu'il est trop tard. Ils ne s'intéressent qu'à leur corps, leurs plaisirs, leur argent. Les pauvres, les sans-patrie, les spoliés — ça ne les concerne pas. Tant que la violence n'éclate pas, le monde reste sourd !

— Tu ne penses pas vraiment ce que tu dis, Linda ?

— Bien sûr que si ! — Sa voix s'apaisa pour devenir un chuchotement. — Il y a un dicton dans notre Coran, un dicton terrible, mais qui dit bien ce qu'il veut dire : « Si Dieu devait punir les hommes selon leurs fautes, il ne laisserait sur la terre pas même une bête. »

— Ton Coran ? Je croyais que tu étais chrétienne, Linda ?

Leila se raidit.

207

— Tu sais bien ce que je veux dire, balbutia-
t-elle. Le Coran est arabe, n'est-ce pas ?

Quelqu'un alluma un nouveau joint et le tendit à
Michael. Il le repoussa.

— Rentrons ! dit-il.

Leila prit dans ses mains le visage de son amant et
lui caressa les tempes. Elle resta ainsi un long
moment à le contempler.

— Oui, Michael, rentrons.

Alors qu'ils se frayaient un chemin vers la sortie,
un petit homme vêtu d'un survêtement de velours
mauve les aborda.

— Linda, chérie ! Tu es absolument divîîîne.

Leila reconnut le visage bouffi, un peu chur-
chillien de l'écrivain Truman Capote.

— Viens que je te présente à tous mes charmants
amis. — Capote attira la jeune femme vers l'aréopage de duchesses italiennes vautrées autour de lui.
— La Principessa donne après-demain un déjeuner
en mon honneur, annonça-t-il avec ravissement en
montrant une créature dans un poncho en dentelle
noire dont le visage avait dû subir plusieurs fois les
prouesses des chirurgiens esthétiques des deux
Amériques. Il faut absolument que tu viennes. — Il
posa un regard brillant sur Michael. — Et n'oublie
surtout pas d'amener ce ravissant jeune homme !

Capote se pencha vers Leila.

— Tout le monde sera là. Gianni[1] vient spécialement de Turin pour moi. — Sa voix devint un
murmure conspirateur. — Même Teddy[2] montera
de Washington. N'est-ce pas merveilleux ?

Distribuant baisers et promesses, Leila réussit à
s'éclipser. Par-dessus le bruit assourdissant de la

1. Gianni Agnelli, président de Fiat.
2. Teddy Kennedy.

208

musique, elle distingua la voix de l'écrivain qui lui criait :

— N'oubliez pas, mes chéris ! Déjeuner mercredi. Tout le monde sera là !

★

Vingt minutes après que le Président eut réclamé leur assistance, les trois premiers experts en matière de psychologie antiterroriste arrivaient à la Maison-Blanche. Le Dr John Turner, un géant maigre et triste d'un mètre quatre-vingt-dix dirigeait la division des affaires psychiatriques de la C.I.A. Quant au Dr Bernie Tamarkin, quarante-huit ans, dont les yeux gonflés de sommeil et l'air de chérubin fatigué ne répondaient guère à l'image que l'on se fait d'un maître de la médecine, il était, lui, l'un des grands psychiatres de Washington et un spécialiste éminent de la psychologie terroriste. Lisa Dyson était, elle, une jeune femme brune à laquelle un maquillage assez relevé, un jean moulant et de hauts talons donnaient une allure disco un peu incongrue en ces lieux. Responsable du desk libyen à la direction de la C.I.A., elle avait passé trois ans en Libye au début des années 70 comme deuxième conseiller à l'ambassade américaine. De tous les fonctionnaires gouvernementaux que cette crise était en train de mobiliser, elle était la seule qui avait personnellement rencontré Kadhafi. Le colonel libyen l'avait remarquée un jour dans une réception. Faisant assaut d'un charme auquel la jeune Américaine n'avait pas été insensible, il l'avait invitée à boire une coupe de jus d'orange avant de lui consacrer toute une demi-heure d'aparté.

Le général Eastman fit entrer les visiteurs dans son bureau où se trouvaient déjà l'expert antiterroriste du Département d'État, son collègue de la C.I.A. et quelques autres responsables. Il les mit succinctement au courant de la situation, situation dont l'horreur effaça aussitôt toute trace de sommeil sur le visage du Dr Tamarkin. Dès la fin de l'exposé, Lisa Dyson sortit de son attaché-case une plaquette de dix-huit pages à couverture blanche marquée du sceau bleu pâle de la C.I.A. et du cachet CONFIDENTIEL, intitulée : « Étude de la personnalité et du comportement politique — Muammar Kadhafi. »

Cette étude faisait partie d'un programme secret, entrepris par la C.I.A. depuis la fin des années 50. Il avait pour objet d'appliquer les techniques de la psychiatrie à l'étude, dans les détails les plus intimes, de la personnalité et du caractère d'un certain nombre de leaders internationaux. Le but était de prévoir avec quelque certitude leurs réactions en cas de crise. Castro, Nasser, Charles de Gaulle, Khrouchtchev, Brejnev, Mao Tsé-Tung, le Chah, Khomeini, tous étaient passés sous les microscopes des dissecteurs de la C.I.A. Certains éléments des profils de Castro et de Khrouchtchev avaient notamment apporté une aide décisive à John Kennedy pour conduire les négociations avec les deux hommes pendant la crise des missiles de Cuba. Chaque profil était le fruit d'un effort financier et technique prodigieux. Tout ce qui concernait le sujet avait été examiné : ce qui avait influencé sa vie, quels avaient été les chocs majeurs qu'il avait ressentis, comment il y avait fait face, et s'il avait utilisé certains mécanismes de défense caractéristiques. Des agents pouvaient parcourir le monde entier pour déterminer un seul fait précis, explorer une seule facette du caractère d'un homme. On partait à la chasse de vieux camarades de régiment pour savoir si tel ou tel se masturbait, s'il buvait, s'il poivrait ses aliments, s'il allait à l'église, comment il réagissait en période de stress. Souffrait-il d'un complexe d'Œdipe ? Est-ce qu'il aimait les garçons ? les filles ? les deux ? Essayer de suivre son évolution sexuelle. De connaître la taille de sa verge. S'il avait des tendances sadiques, masochistes... Un agent de la C.I.A. avait un jour été envoyé clandestinement à Cuba à seule fin d'interroger une prostituée avec laquelle Castro avait eu des rapports lorsqu'il était étudiant.

Eastman contempla sur la couverture de la plaquette le portrait de l'homme qui menaçait de massacrer sa fille et dix millions d'Américains. Un visage maigre, tendu, fiévreux. Il frissonna. Il n'avait pas besoin de ces experts pour savoir que cet homme était un fanatique. Ces cheveux d'un noir de jais, ces dents de carnivore, prêtes à mordre, ce regard inquiétant qui le fixait lui avaient suffi. Eastman ferma les yeux une fraction de seconde. Puis il se ressaisit.

— Okay, miss Dyson, dit-il d'un ton paternel, nous vous écoutons. Mais peut-être pourriez-vous commencer en nous résumant d'une phrase le contenu de votre rapport.

Lisa Dyson réfléchit un instant, à la recherche d'une pensée qui pût embrasser ces dix-huit pages qu'elle connaissait par cœur.

— Ce que démontre mon étude, dit-elle, c'est que Kadhafi est aussi rusé qu'un renard du désert, et deux fois plus dangereux.

★

Les lumières des gratte-ciel de New York ressemblaient à autant d'yeux brillants veillant sur une ville fantôme. Noyé dans une brume laiteuse, Times Square était désert. Embusquées sous l'auvent d'un magasin et tremblant de froid, deux prostituées, les cuisses au vent, racolaient au coin de Broadway et de la 43e Rue les rares passants attardés. A trois blocs de là, leur souteneur se pavanait dans la tiédeur des draps de satin doré de sa bonbonnière aux lumières tamisées. C'était un grand Noir d'une quarantaine d'années au bouc soigneusement taillé. Il portait une toque de castor blanc enfoncée sur le crâne, et malgré le faible éclairage de la pièce, de grosses lunettes noires. Drapé dans une djellaba de soie blanche, il rythmait de son long corps musclé les incantations de Donna Summer jaillissant des baffles de sa chaîne stéréo.

Enrico Diaz se tourna vers la fille allongée contre lui. C'était la troisième et plus récente recrue de son écurie. Il saisit le pendentif suspendu à son cou par une chaîne en or. Ce bijou qui représentait l'organe sexuel mâle lui servait à cacher quelques grammes de sa meilleure came colombienne. Il était sur le point d'offrir ce nectar à sa dulcinée, en prime à ses étreintes et à sa promesse d'en faire sa légitime, quand le téléphone sonna. L'agacement qui se peignit sur son visage devint franche irritation quand il entendit une voix lui annoncer : « Ici Eddie. J'ai besoin de te voir tout de suite. »

Quinze minutes plus tard, la Lincoln rose du Noir, véritable ice-cream à roulettes, stoppait au coin de Broadway et de la 46e Rue, le temps d'embarquer l'individu qui avait téléphoné. Le Noir jeta un coup d'œil dédaigneux en direction du passager qui avait relevé le col de son pardessus pour dissimuler son visage. Des dizaines d'hommes et de femmes étaient, comme lui, abordés au même instant dans des bars, des restaurants, aux coins des rues, dans des appartements à travers New York. Enrico Diaz était un des indicateurs du F.B.I. Il devait cette distinction à la malchance d'avoir été arrêté, un beau soir, avec une douzaine de sachets d'héroïne dans sa voiture. Ce n'était pas qu'Enrico Diaz touchât à la poudre. Il était un gentleman. La drogue était destinée à l'une de ses femmes. L'affaire s'était soldée par un marchandage : en échange de huit à quinze années de villégiature au pénitencier d'Atlanta, Enrico avait accepté de « bavarder » de temps à autre avec le F.B.I. Outre ses occupations de souteneur, ce fils d'une Noire et d'un Portoricain était aussi un des principaux membres du Mouvement clandestin de libération de Porto-Rico, organisation à laquelle le F.B.I. portait un vif intérêt.

— Il s'agit d'un gros truc, Rico, expliqua l'homme qui venait de s'asseoir à côté de lui.

— Avec vous, c'est toujours des gros trucs ! grommela Rico en manœuvrant sa voiture.

— On cherche des Arabes, Rico.

— Y a pas d'Arabes qui baisent mes filles. Sont trop riches pour ça.

— Pas ce genre d'Arabes-là, Rico. Mais le genre qui fait sauter les gens. Comme tes copains du F.A.L.N.

Rico jeta un coup d'œil circonspect vers le policier. Ce dernier reprit :

— Il faut que tu me dises tout ce que tu peux savoir sur les Arabes, Rico : des Arabes qui cherchent des armes, des papiers, une planque, n'importe quoi.

Rico secoua la tête en grimaçant.

— J'ai rien entendu, mec.

— Il faudrait que tu te renseignes, Rico.

Le Noir grogna doucement. Tout l'inconfort de

sa double vie s'exprimait dans ses borborygmes. Mais la vie est un négoce : tu veux, tu donnes ; tu donnes, tu reçois. Le mec voulait quelque chose, le mec devrait donner.

— Dis donc, flic, dit-il de la voix câline qu'il réservait pour les grandes occasions, une de mes filles est dans le trou, au 18e commissariat.

— Qu'a-t-elle fait ?

— Oh, un type qui ne voulait pas payer, alors elle...

— Et elle va prendre cinq ans pour tentative d'homicide, c'est ça ?

La bouche de Rico s'ouvrit sur une énorme grimace.

— Ouais, mec.

— Arrête-toi là, ordonna le Fed en désignant le bord du trottoir. C'est un gros truc, Rico. Vraiment gros. Tu me trouves ce que je cherche sur les Arabes, et moi je te récupère ta gagneuse.

Rico regarda le policier disparaître le long de Broadway. Il ne pouvait s'empêcher de penser à la fille qui l'attendait sur le sofa de satin doré, à ses longues jambes musclées, ses lèvres si douces, cette langue adroite auxquelles il était en train d'enseigner les raffinements de sa nouvelle vocation.

Il poussa un soupir et démarra. Ce n'était pourtant pas vers le sofa moelleux de la 43e Rue qu'il dirigeait sa Lincoln, mais vers les quartiers chauds du bas de Manhattan.

★

Depuis un quart d'heure, les hommes réunis dans le bureau de Jack Eastman découvraient avec une attention passionnée le portrait du chef d'État qui menaçait d'anéantir New York. Lisa Dyson ne faisait grâce d'aucun détail : son rapport embrassait toutes les facettes de la vie de Kadhafi ; son enfance solitaire et austère dans le désert à conduire les troupeaux de son père ; le traumatisme brutal que lui avait causé son rejet de la tente familiale pour être envoyé à l'école ; comment il avait été méprisé par ses camarades, lui le Bédouin ignorant, et humilié parce qu'il était si pauvre qu'il devait dormir par terre dans une mosquée et parcourir vingt kilomètres à pied chaque vendredi pour rentrer au campement de ses parents.

La C.I.A. avait retrouvé ses compagnons de chambrée à l'école militaire où ses ambitions politiques avaient commencé à germer. La description qu'ils avaient faite de Kadhafi adolescent n'avait rien à voir avec l'image traditionnelle du jeune mâle oriental, volontiers viveur. C'était, au contraire, le portrait d'un puritain farouche qui avait fait vœu de chasteté jusqu'au jour où il aurait réussi à renverser le roi Idris de Libye ; qui rejetait l'alcool et le tabac et adjurait ses camarades de suivre son exemple. Même aujourd'hui, il entrait dans de terribles colères quand il apprenait que son Premier ministre avait une aventure avec l'une des hôtesses libanaises de la compagnie aérienne libyenne, ou avec quelque entraîneuse de la dolce vita romaine.

Le rapport décrivait le coup d'État soigneusement préparé qui l'avait placé, le 1er septembre 1969, à l'âge de vingt-sept ans, à la tête d'un pays encaissant deux milliards de dollars par an de revenus pétroliers, et rappelait quel nom de code symbolique il avait déjà choisi pour son putsch : « El Kuds » — Jérusalem. Il soulignait la conception extrémiste, xénophobe, de l'Islam qu'il avait imposée à son peuple des années avant l'entrée en scène de l'ayatollah de Téhéran : le retour à la *sharia*, la loi coranique, qui coupe la main des voleurs, lapide à mort les femmes adultères, condamne les ivrognes au fouet ; sa transformation des églises de Libye en mosquées, ses décrets interdisant l'enseignement de l'anglais et ordonnant que toutes les enseignes et tous les documents officiels soient rédigés en arabe ; comment il avait mis hors la loi les maisons closes et l'alcool, et conduit, revolver au poing, les expéditions policières qui avaient fermé les boîtes de nuit de Tripoli, sommant lui-même les danseuses nues de se rhabiller et tirant joyeusement dans les bouteilles comme un flic de la prohibition. Il y avait eu sa révolution culturelle qui avait jeté dans les rues les foules illettrées pour y brûler les œuvres sacrilèges des auteurs occidentaux — Sartre, Baudelaire, Graham Green, Henry James et tant d'autres ; les descentes dans les maisons particulières à la recherche de whisky ; les commandos dans les baraquements des ouvriers des chantiers pétroliers pour arracher des murs les posters de femmes nues découpés dans *Playboy*. C'est vrai, Khomeini, à côté de lui, faisait presque figure de libéral.

Le rapport analysait les méandres bizarres de ses habitudes, ses retraites solitaires dans le désert, ses subites explosions de fureur, ses courses de village en village, galopant sur un étalon arabe, djellaba blanche flottant au vent. Les passages les plus inquiétants du document concernaient la longue histoire des actes terroristes dont on le soupçonnait d'être, directement ou indirectement, responsable : les massacres de Lod, Munich et Rome ; l'assassinat de l'ambassadeur américain à Khartoum ; la tentative de torpillage du *Queen Elizabeth II* transportant cinq cent quatre-vingt-dix passagers juifs vers Israël ; ses efforts répétés pour liquider Sadate et soulever les tribus saoudiennes contre le régime de

Riyad ; comment il avait introduit des millions de dollars au Liban pour entretenir la guerre civile, et dilapidé d'autres millions pour aider l'ayatollah Khomeini à renverser le Chah.

— Muammar Kadhafi est essentiellement un homme solitaire, un homme sans amis ni conseillers, révélait Lisa Dyson. Dans toutes les occasions, sa réaction aux situations nouvelles a été de se retrancher derrière les principes d'une foi militante. Il a trop souvent découvert que l'intransigeance paye, et se montrera donc fatalement intransigeant en cas d'épreuve de force.

Elle s'éclaircit la voix et chassa une mèche de son front.

— Mais par-dessus tout, l'agence (la C.I.A.) est convaincue qu'en cas de crise majeure il serait parfaitement prêt à jouer le rôle d'un martyr, à se laisser ensevelir dans les ruines de sa maison si on l'empêchait d'être le maître du jeu. Il aime paraître imprévisible, et sa tactique favorite semble être de vouloir frapper là où l'ennemi est le plus faible.

— Bonté divine ! grogna Eastman, avec New York, il ne s'est pas trompé.

Lisa Dyson conclut en refermant sa plaquette :

— Tel est donc Muammar Kadhafi.

L'expert antiterroriste du Département d'État ne put se contenir :

— En somme, il s'agit d'un Adolf Hitler sous un voile arabe ! Un illuminé encore plus inquiétant que Khomeini !

— Il veut nous ramener mille ans en arrière ! renchérit son collègue de la C.I.A.

— En tout cas, tel est le personnage auquel nous avons affaire, coupa Eastman, et votre rôle à vous tous est de conseiller le Président sur la manière de traiter avec lui.

Le Dr Tamarkin s'était levé et arpentait le bureau en se frottant nerveusement le menton. Chacun attendait avec intérêt le diagnostic du célèbre psychiatre.

— Nous sommes en face d'un homme extrêmement dangereux, confia-t-il gravement, un homme assoiffé de vengeance. Vengeance pour lui-même, pour son peuple, pour tous les Arabes. Cette histoire de condamner sa famille à vivre sous la tente jusqu'à ce que tous les Libyens aient une maison ? Une plaisanterie ! De cette façon, il punit son père pour l'avoir chassé de la tribu et l'avoir mis dans cette école où il s'est senti humilié.

— Je crois que l'impact du désert nous fournit une explication décisive, intervint fermement le Dr Turner, le géant maigre qui dirigeait la division psychiatrique de la C.I.A. La solitude du désert a toujours engendré des exaltés parce que, dans les sables, il n'y a personne, aucun être humain à qui se confier. Le seul dialogue possible dans le désert est avec Dieu. Notre clef pour atteindre cet homme est peut-être là : Dieu et le Coran.

— Peut-être, fit Tamarkin en continuant son va-et-vient.

Son prestige de négociateur venait en grande partie de l'habileté avec laquelle il s'était servi, naguère, d'un spécialiste du Coran pour convaincre des Musulmans noirs de Washington d'abandonner leurs otages.

— Oui peut-être, mais j'en doute. Cet homme se prend pour Dieu. Tenez, cette histoire où il se déguise en mendiant et va à l'hôpital demander à un médecin de venir secourir son père mourant ! Quand le médecin lui dit de donner de l'aspirine à son père, il jette son déguisement et l'expulse du pays. C'est l'OMNIPOTENCE. Il se croit Dieu. Ou le sabre vengeur de Dieu, ce qui est encore pis.

— Je persiste cependant à penser que la religion est notre meilleure arme pour négocier avec lui, insista le psychiatre de la C.I.A.

Le Dr Tamarkin stoppa son va-et-vient.

— Je ne crois pas. On ne négocie pas avec Dieu. Il est douteux qu'il se laisse manipuler par le biais de la religion. Il nous verra venir avec nos gros sabots et se sentira offensé.

Une question n'avait pas cessé d'obséder Eastman depuis le début de la crise. Face à l'horreur de la menace, se la poser était un peu une façon de chercher à se rassurer. Eastman considéra le psychiatre rondouillard dont l'opinion faisait figure d'oracle parmi les spécialistes du terrorisme. Il formula sa question avec précaution.

— Serait-il fou d'envisager que tout cela ne soit que du bluff ?

— De la pure folie !

Eastman fut frappé par la virulence avec laquelle le médecin avait répondu.

— Ne doutez pas une seconde que ce fanatique soit prêt à mettre sa menace à exécution ; qu'il soit prêt à appuyer sur la détente. Parce que, précisément, il appuiera sur la détente uniquement pour vous démontrer qu'il en est capable.

— Revenons une minute au désert, proposa le psychiatre de la C.I.A. La nudité, l'austérité de la vie dans le désert ont toujours conditionné les gens de la même manière : la vie se ramène à quelques éléments simples, fondamentaux. Kadhafi va aller directement vers son objectif comme un Bédouin marchant vers son puits. Nous croyons que les Bédouins sont roublards, rusés. Erreur ! Ils sont directs et il faut jouer cartes sur table en traitant avec eux.

— Il y a quelque chose d'autre à propos de

219

l'influence du désert, ajouta le Dr Tamarkin, et cela me terrifie. Il ne faut pas espérer fléchir cet homme en essayant de susciter sa sympathie pour New York, ou pour ses habitants. — Eastman sentit un frisson. — Il hait New York. Il se moque pas mal des colonies israéliennes de Cisjordanie. C'est New York qu'il veut anéantir. Sodome et Gomorrhe. L'argent. La puissance. La richesse. La corruption. Le matérialisme. New York est tout ce qu'il vomit. C'est le symbole du cauchemar qu'il redoute de voir s'abattre un jour sur l'austère et rude civilisation en laquelle il croit. Au tréfonds de son âme, c'est contre ce que New York représente qu'il est parti en guerre. C'est New York qu'il veut détruire !

★

Le rugissement d'une sonnerie d'alarme retentit tout à coup dans la salle des transmissions du sous-sol de la Maison-Blanche. Les écrans de contrôle s'éteignirent une fraction de seconde avant d'envoyer un signal lumineux annonçant une nouvelle urgente. Le responsable du centre enclencha trois boutons rouges sur son pupitre tandis que Jack Eastman se précipitait dans la salle.

— Mon général, le destroyer *Allan* a retrouvé Kadhafi !

Eastman attrapa le téléphone secret qui reliait la salle au Centre national de commandement du Pentagone.

— Où est-il ?

— Dans une villa au bord de la mer, aux environs de Tripoli, répondit triomphalement l'amiral qui commandait le centre du Pentagone. Notre bâtiment a identifié sa voix en interceptant une communication téléphonique il y a une demi-heure. Il a pu localiser l'endroit d'où il avait parlé. La C.I.A. vient de confirmer qu'il s'agirait d'un de ses Q.G. terroristes.

— Bravo !

— Je viens juste d'avoir par radio l'amiral Moore de la VIᵉ flotte, poursuivait l'amiral avec excitation. Ils peuvent envoyer un missile de trois kilotonnes sur la villa dans trente secondes.

Eastman n'avait pas la réputation de faire des écarts de langage, mais cette fois il explosa :

— Dites-leur de ne pas faire de conneries ! hurlat-il déchaîné. Le Président a formellement interdit toute action militaire pour l'instant. Démerdez-vous pour avertir toute la flotte en vitesse !

L'assistant pour la sécurité nationale parut soudain perplexe. Devait-il réveiller le Président ? A sa pressante demande, il était allé se reposer quelques heures. Non, se dit-il, il faut le laisser dormir. Il aura besoin de toutes ses forces demain.

— Dites à la base d'Andrews d'envoyer immédiatement un avion *Catastrophe* au-dessus de la Libye ! — Les avions *Catastrophe* sont trois Bœing 747 bourrés de matériel électronique de transmission ultraperfectionné. Ils peuvent tenir l'air pendant soixante-douze heures et sont destinés à fournir au Président un poste de commandement aérien en cas de guerre nucléaire.

— Je veux qu'on mette d'urgence en place une liaison téléphonique spéciale avec Tripoli.

Eastman fit une pause. Il transpirait. Il se tourna vers le responsable qui se tenait à ses côtés :

— Dites au Département d'État d'ordonner à notre chargé d'affaires de se rendre immédiatement à cette villa. Qu'on lui dise de... — Eastman réfléchit, choisissant soigneusement ses mots. — Qu'on lui dise d'informer le colonel Kadhafi que le Pré-

221

sident des États-Unis sollicite le privilège d'avoir une conversation avec lui.

★

Le bruit sec de la porte d'entrée qui se refermait tira l'épouse du général Eastman de son sommeil. Ce même bruit claquant dans la nuit avait ponctué les vingt-sept années de vie conjugale de Sally Eastman. Elle l'avait entendu sur les bases aériennes du Colorado, de France, d'Allemagne et d'Okinawa, dès qu'une urgence appelait son mari ; à Bruxelles lors de son affectation à l'O.T.A.N. ; et ici à Washington, lors des passages de son mari au Pentagone, et maintenant à la Maison-Blanche.

Elle écouta dans l'obscurité les pas qui suivaient leur itinéraire habituel — vers la cuisine pour un verre de lait, puis leur lente ascension dans l'escalier de bois de leur gracieuse maison de la banlieue de Washington. Elle n'alluma la lumière qu'à l'instant où la porte de la chambre s'ouvrit. Les années avaient donné à Sally Eastman la capacité infaillible de déchiffrer sur les traits de son époux la gravité des crises qui le retenaient des nuits entières. En le voyant entrer, titubant de fatigue, elle se redressa, inquiète.

— Quelle heure est-il ?

— Quatre heures.

Eastman s'effondra sur le lit. Il avait répondu en pensant qu'il ne lui restait même pas deux heures de sommeil.

— Que se passe-t-il ? Tu as l'air bouleversé.

Elle avait parlé avec tendresse, sans le moindre reproche. Eastman se frotta les yeux et secoua plusieurs fois la tête, comme pour dissiper la fatigue qui engourdissait son cerveau. Il aperçut sur la table de nuit la photographie qui le montrait aux côtés de son épouse portant fièrement leur fille Cathy qui venait de naître.

— C'est terrible, Sal, dit-il faiblement.

Il pensait aux instructions formelles du Président. Combien de fois, lors de combien de crises, Jack Eastman n'avait-il pas porté le poids écrasant des secrets de l'État ? Et, cette fois encore, même brisé de désespoir à l'idée du sort de son enfant, il n'eût pas manqué au principe fondamental de toute une vie de discipline. Mais aujourd'hui le Président avait modifié les règles du jeu. Il n'avait pas exigé une discrétion absolue de ses collaborateurs. Il les avait accablés d'un fardeau encore plus lourd en les autorisant à partager le secret avec leur épouse.

— Je vais t'expliquer, Sal. J'en ai le droit. Mais ni toi ni moi ne pouvons répéter à qui que ce soit ce que je vais te dire.

Il commença à raconter. La lettre, Kadhafi, l'ultimatum, le terrifiant chantage. Tout. Puis il prit la main de sa femme, la serra de toutes ses forces en fermant les yeux. Quand il les rouvrit, il vit une expression de terreur déformer son visage. Il la vit porter ses mains à ses tempes et l'entendit pousser un cri.

— Cathy !

Sally Eastman s'était redressée pour bondir vers le téléphone sur la commode.

— Sal, tu ne peux pas !

Il l'avait arrêtée dans son élan, la tenant fermement par les épaules.

— Laisse-moi t'expliquer, dit-il en la prenant dans ses bras. — Il ne voyait plus son visage. Il parlait dans le vide, sa joue dans sa chevelure, le regard tourné vers le cadre d'argent sur la table de nuit. — Sal, nous n'avons pas le droit de prévenir

223

Cathy. Ce serait trahir ! Les conséquences de cette trahison pourraient être incalculables. New York tout entier pourrait être anéanti !

Elle se dégagea.

— Tu es devenu fou ou quoi ? lança-t-elle, les yeux étincelants de colère. Il s'agit de notre enfant. Notre unique et précieux enfant que tu condamnes à mort au nom de je ne sais quelle obligation de secret ! — Elle s'agrippa aux revers de son veston et le secoua avec violence. — Jack, ce serait un crime !

Elle regardait le visage douloureux qui lui faisait face et, soudain prise de pitié, tenta un argument qui pût l'ébranler :

— Écoute, dit-elle, crois-tu vraiment que si sa rouquine de gamine avait été à New York, ton Président ne l'aurait pas fait revenir immédiatement ?

Jack Eastman songea à la petite fille perpétuellement pendue aux basques de son père. Il hocha la tête et chercha des mots simples pour essayer de la raisonner :

— Calme-toi, Sal chérie. Tu sais bien que c'est atroce pour moi, que c'est un déchirement. Cathy et toi, vous êtes toute ma vie. Mais les circonstances sont si désespérées que la moindre indiscrétion peut déclencher une inimaginable catastrophe. Kadhafi a écrit en clair qu'au premier signe d'évacuation de New York, il ferait exploser la bombe.

Elle haussa les épaules.

— Voyons, Jack, ce n'est pas le départ d'une enfant qui va déclencher l'évacuation de toute une ville. Cathy est la discrétion même ! Tu n'as qu'à lui expliquer toi-même la situation. Je te jure qu'elle se ferait couper en morceaux plutôt que de répéter une seule de tes paroles.

Eastman se sentit désarmé par sa conviction.

— Sal chérie, comment peux-tu croire cela ?
Cathy avertira forcément — sous le sceau du secret
bien sûr — son boy-friend. Ou sa meilleure amie.
Ou les deux. Chaque enfant de chaque famille en
fera autant. C'est forcé. Et de fil en aiguille, il y aura
des milliers d'habitants qui se mettront à fuir. En fin
de compte, pour sauver une vie, nous aurons
entraîné la mort de dix millions de personnes.

— J'ai une idée, Jack. Inventons un prétexte quelconque, et demandons-lui de venir passer quarante-
huit heures ici avec nous. Aussi simple que ça.

Eastman se retourna brusquement. Elle ne
comprend pas. Son amour de mère l'aveugle. Comment pourrais-je accepter... Ce qu'il voulait exprimer était difficile à formuler. Cela venait du fond de
sa conscience, quelque chose d'un peu abstrait, mais
qu'il sentait profondément.

— Sally, finit-il par dire, il me serait impossible
de... — il hésitait —... de vivre en sachant que Cathy
a été sauvée... et que les autres sont morts.

Elle resta un long moment silencieuse, les yeux
pleins de larmes, à contempler son mari.

— Jack, quelle sorte de monstre es-tu donc ? Tu
condamnes notre enfant au nom de TES principes,
de TA carrière, de TON président, de TA conscience.
Moi, ma conscience de mère ne me dicte qu'une
chose : sauver ma fille.

★

De l'autre côté de l'océan Atlantique, il était un
peu plus de dix heures du matin ce lundi
14 décembre quand une Peugeot 304 noire vint se
garer sur un emplacement réservé devant l'une des
maisons de brique toutes semblables de la rue Van
Speyk de La Haye, la capitale des Pays-Bas. Quel-

ques instants plus tard, le conducteur, un petit homme râblé de soixante ans auquel des joues roses donnaient la mine d'un bourgmestre de Frans Hals, s'installait dans son bureau. Le Dr Henrick Jagerman commença par sortir de son porte-documents une thermos de café brûlant et une pomme avec lesquels il entamait toujours sa journée de travail.

Jagerman était le fils d'un ancien ouvrier devenu inspecteur des prisons d'Amsterdam. Tout jeune, il avait accompagné son père dans ses visites aux détenus et ressenti une fascination particulière pour la mentalité criminelle. Guidant des touristes le long des canaux et dans les musées de sa ville natale pour payer ses études de médecine, il était devenu psychiatre spécialiste en criminologie. Ce Hollandais modeste et obscur était en fait la plus grande autorité mondiale en matière de psychologie terroriste, une sorte de « Docteur Terrorisme » unanimement reconnu par les polices internationales. C'est lui qui avait résolu, par ses méthodes originales et non violentes, quelques-unes des plus retentissantes affaires de prises d'otages ayant frappé la Hollande au milieu des années 70, notamment la capture de l'ambassadeur de France à La Haye par des Palestiniens, la prise en otage d'une chorale venue chanter l'office de Noël dans une prison, l'attaque de deux trains de voyageurs par des terroristes moluquois. Ce palmarès prestigieux avait poussé le chef d'État américain à lancer, sur le conseil de ses experts, une invitation immédiate au psychiatre hollandais.

Ce dernier venait à peine de terminer sa pomme quand sa secrétaire fit irruption dans son bureau. Avec étonnement, il reconnut dans son sillage l'ambassadeur des États-Unis. Le diplomate paraissait très pressé. Sans prendre la peine de s'asseoir, il mit le Dr Jagerman au courant des événements et lui

226

transmit la requête du Président. Il l'informa qu'un appareil à réaction de l'escadrille personnelle de la reine des Pays-Bas l'attendait déjà à Schiphol pour le conduire à l'aéroport Charles-de-Gaulle, à Paris, où il aurait juste le temps d'attraper le Concorde d'Air France pour Washington.

— Avec un peu de chance, indiqua l'ambassadeur en jetant un coup d'œil à sa montre, vous serez à la Maison-Blanche dans moins de quatre heures.

★

Sally Eastman écoutait la respiration régulière sur l'oreiller à côté d'elle. Doué de cette faculté de récupération qu'il s'était forgée tout au long de sa carrière militaire, son mari dormait profondément. Elle se glissa hors du lit, sortit de la chambre sur la pointe des pieds et descendit dans le vestibule. Elle décrocha sans bruit le téléphone. Les trois premiers chiffres qu'elle composa formaient le 212, l'indicatif de la circonscription téléphonique de la ville de New York.

★

Leila Dajani ouvrit les yeux. Le pâle rayon d'une lampe restée allumée dans la pièce voisine dessinait des ombres sur les murs de la chambre de Michael, où flottait une odeur d'encens, de marijuana, et de sexe. Elle tourna son regard vers les aiguilles lumineuses d'un réveil qui brillaient sur la table de nuit. Il était 6 h 15 du matin.

Il faut que je parte, songea-t-elle dans son engourdissement. Elle sentit alors sur sa poitrine le bras de Michael endormi qui la retenait prisonnière et pensa avec délice aux heures de passion qu'elle venait de vivre dans ce lit dont il lui fallait déjà s'arracher. Pourquoi rien ne pouvait-il être tout à fait normal ? Elle se souvint d'une pensée de Sartre : « L'homme ne peut rien accomplir s'il n'a d'abord compris qu'il ne doit compter que sur lui-même. » Elle était seule dans ces ténèbres, sans personne pour la forcer à repousser ce bras, à écarter les draps, à se lever, à s'engager sur le chemin qu'elle avait choisi.

Elle prit la main de Michael et l'embrassa tendrement. L'effleurement de ses lèvres éveilla le garçon. Il se blottit contre elle et l'étreignit de nouveau.

— Darling, il faut dormir, murmura-t-il dans un demi-sommeil.

— Je dois partir, Michael.

Elle se pencha sur son visage, lui baisant délicatement les paupières, le nez, les oreilles et la bouche.

— Pourquoi dois-tu déjà t'en aller ? gémit-il en ramenant sa cuisse sur la sienne.

— Il le faut.

Il chercha le commutateur de la lampe. Le jet de lumière les éblouit. L'auréole de ses cheveux blonds et ses joues bouffies de sommeil lui donnaient un air d'angelot. Elle le regarda en silence, les yeux embués de chagrin. Le visage de Michael lui paraissait encore plus lumineux. Elle avait envie de se jeter sur lui, de l'enlacer, de se fondre en lui. Je l'aime, pensait-elle. Une cascade d'images assombrit bientôt le bonheur de cette découverte... Son père, Kamal, le garage, la bombe, la justice. Elle était prisonnière.

— J'ai un rendez-vous de travail, dit-elle enfin.

Elle avait fait un effort pour parler presque gaiement, pour se donner du courage.

— Je viens avec toi !

Elle bondit du lit.

228

— Pas question !

Il essaya de la retenir mais elle lui échappa et commença à s'habiller.

— Bon, dit-il résigné, mais au moins déjeunons ensemble. J'aurai fini mes photos à midi.

— Pas aujourd'hui, chéri. Je déjeune avec les gens de Saint Laurent.

— Alors, allons mercredi au déjeuner de Truman Capote.

Leila hésita avant de trouver la force de dire d'un ton détaché :

— C'est ça, Michael, nous irons chez Truman Capote mercredi.

Elle acheva de s'habiller, mit ses boucles d'oreilles, coiffa ses longs cheveux noirs en chignon et s'approcha doucement de son amant pour l'embrasser une dernière fois. Elle se serra contre lui, enfonçant dans sa poitrine la constellation de paillettes noires et or de son corsage.

— Ne bouge pas, darling.

Elle se releva et se dirigea vers la porte. A mi-chemin, elle se retourna. Appuyé sur son coude au milieu du lit, sa crinière en désordre, Michael la contemplait. Il porta un doigt à ses lèvres et lui souffla un baiser.

— Adieu, Michael.

Il y eut un claquement de porte. Elle était partie.

★

La plainte hurlante d'une sirène d'ambulance déchira le petit matin de cette sinistre musique qui compose ordinairement le fond sonore des rues de New York. Leila Dajani vit le véhicule disparaître dans le halo orangé de Columbus Circle et pressa le pas vers son hôtel. Quelques sportifs matinaux trottinaient déjà dans la neige crissante de Central Park. Des boueux jetaient les sacs à ordures dans les bennes grinçantes. Des passants aux visages lourds de sommeil se hâtaient vers les bouches du métro de la 8e Avenue. Un portier bedonnant promenait les caniches nains enrubannés d'une locataire de son immeuble. L'avenue s'animait. Quelques voitures cahotaient entre les bouches de vapeur qui jetaient des petits nuages sur l'asphalte. Il était 7 heures du matin ce lundi 14 décembre dans la ville que Muammar Kadhafi voulait détruire.

Des tristes cités dortoirs de Queens aux gratte-ciel résidentiels dominant Central Park, des coquettes villas de bois de Staten Island aux sordides ghettos noirs et portoricains de Harlem, des bidonvilles du Bronx aux ruelles verdoyantes de Brooklyn Heights et de Greenwich Village, les dix millions d'otages des cinq *boroughs* de New York se préparaient à vivre une nouvelle journée.

Ultime expression de l'éternelle vocation de l'homme à se rassembler en communautés, la folle et fabuleuse métropole à laquelle ils appartenaient était unique. New York ne ressemblait à aucune autre ville de la planète. C'était la ville par excellence, l'exemple même de tout ce que la civilisation urbaine a pu produire de meilleur et de pire. La cité que Leila et ses frères se préparaient à rayer de la carte était un prodigieux microcosme, une tour de Babel où toutes les races, tous les peuples, toutes les religions du monde avaient leurs représentants. New York comptait trois fois plus de Noirs que le Gabon, presque autant de Juifs que tout Israël, plus de Portoricains que San Juan, d'Italiens que Palerme, d'Irlandais que Cork. Presque tout ce que l'univers avait engendré y avait laissé quelque trace : odeurs de Shanghai, cris de Naples, effluves de bière munichoise, tam-tams africains, cornemuses écossaises, piles de journaux en yiddish, arabe, croate et vingt-deux autres langues, jardins japonais avec leurs cerisiers en fleurs... Tibétains, Khmers, Basques, Galiciens, Circassiens, Kurdes, des groupes de toutes les communautés opprimées de la terre y avaient élu domicile pour clamer leur malheur. Ses quartiers surpeuplés abritaient 3 600 lieux de prière, dont 1 250 synagogues et 442 églises catholiques, ainsi que 1 810 temples divers, un pour chaque culte, secte et religion inventés par l'homme dans son éternelle recherche de son créateur.

Éblouissante, crasseuse, imprévisible, c'était une ville de contrastes et de contradictions, de promesses et d'espérances déçues : New York était le cœur de la société capitaliste, un symbole de richesse insurpassée ; et pourtant ses finances étaient si misérables qu'elle ne parvenait même pas à payer les intérêts de ses emprunts. New York comptait les équipements médicaux les plus modernes du monde, mais ses pauvres qui n'avaient pas les moyens d'en profiter mouraient chaque jour par manque de soins et la mortalité infantile dans le South Bronx était plus élevée que dans les *bustees* de Calcutta. New York possédait une université gratuite dont le nombre d'étudiants dépassait la population de bien des grandes villes, et cependant un million de New-Yorkais ne parlaient même pas l'anglais.

De même que les pharaons d'Égypte, les Grecs de l'Antiquité, les Parisiens du Second Empire avaient inventé le style architectural de leur époque, les New-Yorkais de l'âge de l'acier poli et du verre teinté avaient marqué du sceau de leur génie bâtisseur le panorama urbain du monde. Mais autour des somptueux gratte-ciel du bas et du milieu de

Manhattan s'étendaient de hideuses jungles urbaines où huit cent mille habitations étaient en infraction avec tous les règlements de salubrité et de sécurité. New York était incapable d'offrir un toit à tous ses habitants, mais trente mille logements étaient abandonnés chaque année, dévastés et incendiés par leurs occupants avec l'accord des propriétaires plus certains de toucher leurs assurances que leurs loyers. C'est ainsi que des centaines d'hectares d'immeubles, presque autant que les bombes d'Hitler en avaient détruit à Londres pendant le Blitz, avaient disparu.

Aucune métropole au monde n'offrait à ses habitants autant d'occasions de s'enrichir ni un plus large éventail de bienfaits culturels. Ses musées, le Metropolitan, le Modern, le Whintney, le Guggenheim, abritaient plus d'impressionnistes que le Louvre, plus de Botticelli que Florence, plus de Rembrandt qu'Amsterdam. New York était le banquier, le couturier, le cinéaste, le mannequin, le photographe de l'Amérique ; son éditeur, son publicitaire, son romancier, son musicien, son peintre. Ses théâtres, ses salles de concerts, de ballets, d'opéras, d'opérettes, de comédies musicales, d'opéras rocks, de sex-musicals, ses clubs de jazz, ses spectacles d'essai étaient autant d'incubateurs où se nourrissaient le goût et la pensée de tout un continent.

Toutes les cuisines du monde, de l'arménienne à la coréenne, se dégustaient dans les vingt mille restaurants de la ville : poulets *tandoori* du Panjab, *chich kebab* du Liban, gâteaux de soja du Viêt-nam, escargots de Bourgogne, *enchiladas* du Mexique, *sukiyaki* du Japon, *bacalaitos* de Porto-Rico. Ses soixante-dix mille magasins et boutiques proposaient tout ce que l'insatiable appétit de l'homme pouvait rêver d'acquérir : une bible de Gutenberg valant deux millions de dollars chez un libraire de la 46e Rue, les plus belles pierres chez les diamantaires hassidiques en redingote noire de la 47e Rue, des Goya et des Renoir dans les galeries de la 57e Rue, les robes du soir de Jackie Onassis et les chaussures de Joan Crawford, des appareils à ultra-sons pour éloigner les souris, des melons arrivant droit de Cavaillon, des essaims d'abeilles vivantes, des steaks d'ours de l'Himalaya...

Parmi tant de richesses subsistaient pourtant d'inimaginables îlots de misère et de violence. Un million de chômeurs new-yorkais dépendaient de la charité municipale. Des centaines de milliers de Noirs et de Portoricains s'entassaient dans d'hallucinants ghettos sans eau ni électricité, rongés par la décrépitude, le feu, le désespoir, où ils n'avaient pas une chance sur vingt de mourir de mort naturelle. Pour ces oubliés de la grande société l'apocalypse était déjà là, avec ses tableaux surréalistes de chômeurs jouant aux dominos dans des magasins sans porte ni fenêtres, et d'enfants noirs dormant dans des carcasses de voitures éventrées. Les rues chaudes de New York hébergeaient la moitié des drogués d'Amérique. Ses commissariats de police enregistraient une urgence toutes les secondes, un vol toutes les trois minutes, un hold-up chaque quart d'heure, deux viols et un meurtre toutes les cinq heures, un suicide et une mort par overdose de drogue toutes les sept heures.

Vingt mille prostituées, plus que n'en comptaient Paris, Londres, Rome et Tokyo réunies, faisaient de New York la capitale mondiale de la débauche et du vice. Ses gratte-ciel lupanars comme les neuf étages des Bains de Louxor, ses myriades d'hôtels de passe, de salons de massage, de boîtes à sexe, de salles de spectacles obscènes et de tortures offraient une gamme complète de services, depuis la simple exhibition jusqu'aux orgies sado-masochistes les plus extravagantes.

L'immense métropole condamnée à mort par Kadhafi avait en réalité plusieurs visages : les oasis du bas et du milieu de Manhattan, splendides et vertigineux temples du capitalisme et de la réussite, monde étincelant de richesses et de plaisirs, de discothèques excentriques, de somptueux duplex penthouses dominant Central Park, de dîners aux chandelles sur les cimes de verre des gratte-ciel candélabres de Park Avenue, de monstrueuses limousines noires avec téléphone et télévision. Mais il y avait aussi les tristes quartiers des classes laborieuses de Queens, du Bronx, de Brooklyn, inexorablement minés par le cancer des bidonvilles noirs et portoricains voisins. Et il y avait encore les nécropoles du South Bronx, de Brownsville, du nord de Harlem, quartiers fantômes éventrés, bombardés, calcinés, pillés.

Et puis il y avait un quatrième New York, une ville nomade de trois millions et demi de personnes qui venaient quotidiennement s'entasser dans les quinze kilomètres carrés des gratte-ciel au sud de Central Park. Ce lundi matin, d'interminables colonnes de lucioles lumineuses brillaient déjà sur le réseau d'autoroutes et de voies express convergeant vers Manhattan. Tout autour, jusqu'à des dizaines de kilomètres, les gares de centaines de petites cités et de villages de Long Island, du New Jersey, du Connecticut, de Pennsylvanie fourmillaient d'une cohue de cols blancs allant travailler à Manhattan. Financiers, banquiers, agents de change, assureurs, directeurs de stations de radio et de télévision, publicitaires, avocats, ils étaient, dans leurs cages de verre et d'acier, les administrateurs de l'empire de la Rome américaine. Sans doute Wall Street représentait-elle encore Satan pour les marxistes du monde entier ; sans doute le dieu dollar avait-il perdu sa glorieuse suprématie d'hier. L'étroit canyon n'en restait pas moins le centre financier de la planète. Les occupants de ses bureaux allaient discuter, ce lundi de décembre, de l'octroi de prêts aux Chemins de Fer français, à la Compagnie des Eaux de Vienne, aux transports en commun d'Oslo, aux gouvernements de l'Équateur, de la Malaisie et du Kenya. Le sort de mines de cuivre au Zaïre, d'étain en Bolivie ou de phosphates en Jordanie, celui d'élevages de mouton néo-zélandais, de plantations de riz thaïlandaises, d'hôtels à Bali et de chantiers navals grecs allaient également dépendre des décisions qui seraient prises tout à l'heure dans les officines de deux des trois plus grandes banques du monde, la First National et la Chase Manhattan. Dès dix heures, les palpitations du Stock Exchange et des Bourses de commerce allaient influer sur l'économie et, dans bien des cas, sur la politique des États du monde entier.

Du haut de leurs tours de Mid-Manhattan, les trois grandes chaînes de télévision nationales concevaient les programmes qui déterminaient les valeurs, influençaient les comportements, modifiaient les hiérarchies sociales dans les coins les plus reculés de la terre. Symboles de l'impact du nouvel impérialisme culturel qui sortait de ces usines de pellicules, les *muchachos* de Buenos Aires et les *yaouleds* de Marrakech se plantaient leurs sucettes dans la bouche à la manière de Kojak ; des écolières japonaises se suicidaient de désespoir parce qu'elles ne pouvaient pas ressembler aux héroïnes des Charly's Angels. Non loin de là, se trouvaient les citadelles

235

des prophètes de la société de consommation, les agences de publicité de Madison Avenue. Elles répandaient dans le monde entier les bienfaits matériels et les angoisses spirituelles qui caractérisent l'*American Age*.

New York était enfin la capitale des nations du monde. Sur les bords de l'East River se dressait le magnifique parallélépipède de verre, uni et lisse comme un miroir, où les Nations unies avaient élu domicile. Cinq mille fonctionnaires permanents et quinze mille délégués venus de partout allaient ce lundi continuer à débattre des problèmes mondiaux, travailler à l'élaboration du nouvel ordre économique international qu'attendaient leurs peuples.

Les dix millions de New-Yorkais représentaient la collectivité la plus nantie, la plus capable, la plus influente de la planète. Des otages de rêve pour un austère et fanatique Bédouin qui brûlait de purifier le monde par les moyens de la technologie dont ils avaient été les orgueilleux inventeurs et restaient toujours les maîtres.

★

Le personnage qui avait l'écrasante responsabilité d'administrer cette population était assis tout au fond de la Chrysler noire qui l'amenait à l'Hôtel de Ville dans le flot du trafic matinal de l'East River Drive. Cette précaution était compréhensible : aucun maire de New York ne souhaitait être reconnu par ses concitoyens quatre jours après qu'une tempête de neige avait paralysé les services publics de la gigantesque métropole.

Abe Stern était un petit bonhomme d'à peine un mètre soixante, au crâne lisse comme une boule de billard. Des yeux pétillant de vivacité derrière d'énormes lunettes à monture design, un visage auquel d'habiles chirurgiens esthétiques avaient restitué une fraîcheur quasi juvénile, un entrain et une pétulance qui épuisaient son entourage, faisaient oublier qu'il allait fêter le lendemain son soixante-douzième anniversaire. Reniflant soudain une odeur de cigare bon marché, il se redressa vivement pour donner un coup de poing sur la nuque de son garde du corps, un colosse de cent vingt kilos qui fumait à côté du chauffeur, la tête enfouie dans les pages sportives du *Daily News*.

— Ricky, grogna le maire, je vais demander au préfet de police de t'augmenter et tu seras prié de t'acheter des cigares qui ne puent pas !

— Oh ! excusez-moi, monsieur le Maire, la fumée vous dérange ?

Stern lâcha un juron et se tourna vers son officier de presse assis à côté de lui.

— Alors, combien de bennes a-t-on pu mettre finalement dans les rues ?

— 3 162, répondit Victor Ferrari.

— Les misérables ! explosa le maire.

Dans moins d'une heure, Stern allait donner une conférence de presse et devoir expliquer à une meute de journalistes prêts à le déchiqueter les causes de l'incroyable lenteur avec laquelle les services municipaux avaient nettoyé la ville après la tempête de neige de jeudi. Il y songeait avec l'enthousiasme d'un homme allant chez son dentiste se faire extraire une dent de sagesse.

— Cette ville possède plus de six mille bennes et la Voirie n'arrive même pas à en mettre la moitié dans les rues ! s'indigna-t-il.

C'était le genre de statistiques sur lesquelles les journalistes allaient bondir. Il entendait déjà les sarcasmes des speakers des actualités dénonçant une fois de plus l'inefficacité de son administration.

— Vous savez, monsieur le Maire, presque tous ces camions a vingt ans d'âge ! bafouilla Ferrari, cherchant une excuse.

— Ont, Victor, ONT. Seigneur ! grogna Stern, j'ai un garde du corps qui veut m'asphyxier, un directeur de la Voirie incapable, et un officier de presse qui ne sait même pas parler correctement.

Ferrari prit un air penaud.

— Il y a autre chose, monsieur le Maire.

— Je ne veux pas le savoir !

— Friedkin, le type du syndicat de la Voirie, exige des heures triples pour hier.

Stern fixa avec rage les eaux noires de l'East River et essaya d'imaginer comment il allait profiter de sa conférence de presse pour river son clou à cet insatiable chef syndicaliste. Mais en dépit de ses protestations, au fond de lui-même, il raffolait de ces empoignades qu'étaient les conférences de presse. « Bagarreur » était le qualificatif le plus communément employé pour décrire Abe Stern et le mot était bien choisi. Il était né dans un galetas misérable du Lower East Side de Manhattan, fils d'un immigrant juif polonais repasseur de pantalons chez un tailleur, et d'une mère d'origine russe qui cousait des blouses dans un des ateliers-bagnes du quartier de la confection. Le jeune Abe avait connu de dures années d'enfance dans ce quartier sans pitié à prédominance juive entouré d'îlots d'immigrants italiens et irlandais, un quartier où la place d'un enfant dépendait de son habileté à se servir de ses poings. Merveilleux système ! Le jeune Stern adorait justement se battre. Il rêvait de devenir boxeur professionnel, comme son idole, le champion des poids moyens Battling Levinsky. Il se souvenait encore des étouffants soirs d'été où il sombrait dans le sommeil, bercé par le bruit des conversations des grandes personnes sur les paliers des échelles d'incendie, imaginant les triomphes qu'il obtiendrait un jour sur le ring.

Un soudain handicap physique avait mis fin aux espérances d'Abe Stern. A quinze ans, il avait cessé de grandir. Mais si Dieu ne lui avait pas donné le corps apte à réaliser ses rêves d'enfant, il l'avait cependant gratifié d'un avantage infiniment plus précieux : une tête bien faite. Abe l'avait d'abord mise à l'épreuve au collège municipal, puis à l'université de New York où il avait étudié le droit. L'année où il avait conquis son diplôme d'avocat, il avait trouvé une nouvelle idole, un bagarreur bien différent du boxeur qu'il avait idéalisé dans son enfance : Franklin Roosevelt, l'infirme de la Maison-Blanche dont l'accent patricien offrait l'espoir à une nation engloutie dans la dépression. Abe était devenu un politicien.

Il avait commencé sa carrière comme agent électoral dans la campagne des élections au Congrès de 1934. Responsable d'un secteur de Brooklyn, il avait été de porte en porte conquérir des voix pour son candidat, nouant sur son parcours les premières amitiés politiques qui allaient un jour le conduire à l'Hôtel de Ville. Personne ne connaissait l'alchimie de New York mieux que le petit homme recroquevillé au fond de sa limousine officielle. Abe Stern en avait pénétré chacun des mystères au cours de sa longue ascension. Il avait fait le siège des synagogues et des comptoirs de cafés, visité les boutiques, assisté aux soirées de bingo, aux fêtes irlandaises, aux festivals italiens, aux bals de charité. Il avait participé à des banquets en l'honneur de plus de saints que n'en peut offrir le calendrier. Son estomac avait subi les assauts d'assez de plats incendiaires — pizza, goulasch, kebab, chop suey — pour démolir à jamais le système digestif de tout un bataillon de mortels ordinaires. Sa voix éraillée de ténor avait chanté la Hatikvah à Sheepshead Bay, des ballades irlandaises à Queens, des canzonettes siciliennes à Little Italy, des lieder à Yorkville, des blues à Harlem. Tout cela avait fait d'Abe Stern l'une des personnalités les plus rusées, dynamiques, courageuses et souvent exaspérantes de New York. En fait, consciemment ou non, de nombreux électeurs lui avaient donné leur voix parce qu'ils voyaient dans cet indomptable petit homme le reflet de ce qu'ils se croyaient eux-mêmes. Pour beaucoup, Abe Stern ÉTAIT New York.

A l'exception de la présidence des États-Unis, la charge qu'il avait fini par conquérir était la plus importante et la plus complexe qu'un homme pût occuper. Général en chef d'une armée de 300 000 fonctionnaires dont 32 000 policiers, Abe Stern était responsable de la sécurité et du bien-être de 10 millions d'Américains, du fonctionnement des 959 écoles publiques et de l'université que fréquentaient 1 250 000 de leurs enfants ; de l'entretien et la surveillance des 9 000 kilomètres de leurs rues et des 7 000 wagons roulant sur les 380 kilomètres de leur métro ; de la marche de leurs 16 hôpitaux municipaux. Il devait subvenir aux besoins de 1 million de sans-emploi, évacuer chaque jour 20 000 tonnes d'ordures ménagères, y compris 500 000 livres de crottes laissées par les 1 100 000 citoyens à quatre pattes de la cité. Une tâche herculéenne qui avait épuisé la longue lignée de ses prédécesseurs et englouti cette année la bagatelle de quatorze milliards de dollars, un sixième du budget de la France de Valéry Giscard d'Estaing.

Le téléphone sonna tout à coup dans la voiture. Victor Ferrari, l'officier de presse, avança le bras pour décrocher mais la main potelée de Stern fut plus rapide.

— Ici le maire ! aboya-t-il.

Il poussa plusieurs grognements, dit : « Merci, chérie », et raccrocha. Un sourire de béatitude illumina brusquement son visage.

— Qu'est-ce qui se passe ? s'étonna Ferrari.

— Peux-tu imaginer ça ? Le Président a demandé à me voir immédiatement. Il a même fait préparer un avion pour moi au Marine Air Terminal.

Abe Stern se pencha vers son officier de presse. D'une voix de conspirateur, il chuchota :

— Je parie que c'est à propos du projet de reconstruction du South Bronx. J'ai comme l'intuition que le baptiste de la Maison-Blanche va enfin nous les donner, nos deux milliards de dollars !

★

Affamée par sa nuit d'amour, Leila Dajani plongea une mouillette de toast beurré dans le jaune de son œuf coque et la croqua avec délice. Une agréable odeur de thé de Chine fumé flottait dans la suite qu'elle occupait au Hampshire House.

« Il est 7 heures et demie et le thermomètre marque -5° à Mid-Manhattan », annonça le transistor posé sur la table roulante, « M. Météo nous promet une journée froide mais ensoleillée. Et n'oubliez pas qu'il ne vous reste que dix jours pour faire vos achats de Noël... »

D'un coup sec, Leila ferma le poste de radio et prit son carnet d'adresses Hermès. Elle l'ouvrit à la lettre C et chercha le numéro inscrit devant le mot « Colombe ». Elle décrocha le téléphone et composa le numéro en prenant bien soin d'ajouter deux unités à chacun des sept chiffres.

Le téléphone sonna très longtemps. Leila entendit finalement un déclic à l'autre bout du fil.

— *Seif*, dit-elle en arabe.

— *Al Islam*, répondit une voix.

— Vous pouvez commencer votre opération, ordonna-t-elle toujours en arabe.

Et elle raccrocha.

« Seif al Islam » — « le Sabre de l'Islam » était le nom de code du programme atomique de Muammar Kadhafi.

★

L'homme au visage marqué par la petite vérole qui avait répondu à l'appel de Leila Dajani pénétra dans l'arrière-boutique d'une boulangerie syrienne derrière Atlantic Avenue, à Brooklyn. Deux acolytes l'y attendaient. Ils étaient tous trois palestiniens et tous trois volontaires. Ils avaient été choisis un an plus tôt par Kamal Dajani parmi une douzaine de militants d'un camp du F.P.L.P. de la banlieue d'Alep en Syrie. Ils avaient tous les trois offert leur vie à la cause. Aucun d'eux ne savait qui avait téléphoné, ni d'où provenait l'appel. On les avait seulement prévenus d'attendre chaque matin à 7 h 30 auprès du téléphone l'ordre qu'ils venaient de recevoir.

L'homme au visage grêlé ouvrit le four d'une vieille cuisinière en fonte, en sortit un container en plomb de la taille d'une mallette, coupa méthodiquement les attaches qui le fermaient et l'ouvrit. L'intérieur en était divisé en deux parties. Dans l'une se trouvait une collection de bagues de la taille d'un anneau de mariage. L'autre contenait plusieurs rangées de capsules brunes de la dimension d'un comprimé d'aspirine effervescent. Les trois hommes

242

entreprirent de fixer avec soin une capsule à chaque
bague. Puis ils ouvrirent le premier des trois paniers
identiques empilés dans un coin de la pièce et en
sortirent un pigeon. Pas un pigeon voyageur, mais
un volatile gris tout à fait ordinaire comme il s'en
trouve partout à New York. Ils attachèrent une
bague à la patte de l'oiseau, le replacèrent dans sa
cage et renouvelèrent l'opération avec chacun des
pigeons des trois paniers.

Dès que toutes les bagues furent en place à la
patte des pigeons, le Palestinien au visage vérolé
serra ses deux compagnons dans ses bras. Emu et
fier, il annonça :

— Avec ça, on va faire courir les flics dans toute
la ville ! *Ma Salameh !* A bientôt à Tripoli. Inch
Allah !

Il prit l'un des trois paniers et se dirigea vers une
voiture garée dans la rue. Ses deux complices en
firent autant, chacun à quinze minutes d'intervalle.

★

De l'autre côté de l'East River, dans le bas de l'île
de Manhattan, le préfet de police de la ville de New
York jouissait à cet instant d'un rare moment de
tranquillité. De la fenêtre de son bureau au dernier
étage de l'ultra-moderne Q.G. de la police, l'Irlandais Michael Bannion regardait les premières lueurs
du jour monter au-dessus des toits de la ville confiée
à sa surveillance. Devant lui, se détachait la silhouette familière du pont de Brooklyn dont toutes
les voies vers Manhattan étaient déjà embouteillées.
Sur la gauche, loin derrière les colonnades néo-
classiques du tribunal fédéral, Bannion devinait le
toit du H.L.M. de huit étages où il était né, cinquante-huit ans plus tôt. Il pourrait bien vivre le

243

reste de sa vie dans l'atmosphère aseptisée d'un bureau comme le sien, c'était l'odeur des choux de son enfance bouillant dans les cuisines, la puanteur des W.-C. à chaque palier, le parfum de cire sur la rampe de bois qu'il sentirait jusqu'à son dernier jour. Bannion avait fui cette misère en choisissant l'issue bien connue des fils d'immigrants irlandais : la police. Avec acharnement, il avait gravi tous les échelons, jusqu'au sommet de ce majestueux building tout neuf à moins de deux kilomètres de l'endroit où il était né.

Une sonnerie de téléphone rappela le préfet vers l'imposante table d'acajou qui symbolisait sa fonction, le bureau que son prédécesseur Theodore Roosevelt avait utilisé avant de devenir président des États-Unis. C'était sa ligne privée qui sonnait. Il reconnut immédiatement la voix d'Harvey Hudson, le directeur du bureau new-yorkais du F.B.I.

— Michael, annonçait Hudson, il arrive quelque chose d'urgent qui nous concerne tous les deux. Je déteste vous arracher à votre bureau, mais pour un tas de raisons que je ne peux dire au téléphone, je crois que nous ferions mieux d'en discuter chez moi. Nous allons avoir besoin de tous vos inspecteurs.

Bannion considéra la fiche des nombreux rendez-vous que son secrétaire avait placée sur son bureau.

— Est-ce vraiment urgent, Harv ?

— Oh oui, Michael ! — Bannion remarqua une bizarre intonation dans sa voix. — Très très urgent ! Venez vite avec le chef de vos inspecteurs !

★

Il devait bien y avoir cinq cent mille appartements à New York où se déroulait en ce matin de décembre à peu près la même scène. Des millions de New-Yorkais regardaient les actualités matinales sur le téléviseur familial tourné vers la table du petit déjeuner. Tommy Knowland, douze ans, vidait comme un automate son assiette de corn-flakes et de bananes coupées en rondelles, l'attention captivée par l'émission « Good Morning America ».

Assise à ses côtés, Grace, sa mère, buvait son café en l'observant avec tendresse. Même à cette heure matinale, sans le moindre maquillage, à peine réveillée par un peu d'eau froide, les cheveux tout juste démêlés par quelques coups de brosse, elle avait un charme irrésistible.

— Waw ! Maman, tu as vu ce smash ?

Tout excité, le jeune Tommy avait cogné sa cuiller sur le bord de son assiette.

— Non, mon chéri, mais crois-tu qu'on pourrait envoyer à Jimmy Connors la facture de ton assiette cassée ?

L'enfant fit une grimace et braqua de nouveau son regard sur le téléviseur.

— Tommy, est-ce que tu as jamais ?... — Grace buvait son café à petites gorgées, l'air pensif. — Je veux dire, quand ton père et moi nous nous sommes séparés, est-ce que tu as souffert de rester seul, de ne pas avoir eu de frère ou de sœur... ?

Pendant un instant, il lui sembla que son fils n'avait pas entendu la question. Il continuait à fixer l'écran, fasciné par le match de tennis.

— Non, maman. Pas vraiment. — Il consulta sa montre. — Il faut que je file.

Il attrapa son cartable et déposa un baiser sur la joue de sa mère.

— N'oublie pas mon match ce soir. Tu viens, n'est-ce pas ?

— Bien sûr, mon chéri.

— Je vais gagner, tu sais. Je suis le meilleur !

— Un match de tennis se gagne sur un court, pas à la table du petit déjeuner.

— Merci, madame l'entraîneur.

La porte claqua. Grace écouta les pas de son fils détalant dans le vestibule. Dans deux, trois ans, songea-t-elle, il s'en ira... vers un monde à lui, vers sa vie... Elle tâta son ventre. Première manifestation de cette autre vie qu'elle portait en elle ? Oh non ! pas déjà ! Elle prit une cigarette, gratta une allumette et regarda un long moment la flamme qui vacillait au bout de ses doigts. Je ferais mieux de cesser de fumer, murmura-t-elle en écrasant la cigarette dans le cendrier.

★

Avec ses joues mal rasées, ses yeux cernés et ses jeans en tire-bouchon, James Mills avait l'air d'avoir passé toute une nuit de beuverie dans quelque bar d'étudiants. En vérité, le secrétaire général de la Maison-Blanche n'avait pas quitté son bureau de la nuit. Deux fois, le Président l'avait appelé pour conférer avec lui au sujet des mesures qu'il convenait de prendre pour que cette crise restât un secret d'État. Rude entreprise ! Aucun chef d'État au monde ne menait une existence aussi publique que le Président des États-Unis. Brejnev pouvait disparaître pendant deux semaines sans qu'une seule dépêche fît mention de l'événement. Le président de la République française pouvait s'éclipser, incognito, au volant de sa voiture. Le chef de l'État américain, lui, ne pouvait pas faire un pas sans être suivi par l'armada des journalistes accrédités à la Présidence. En dehors des déplacements officiels et des conférences de presse quotidiennes, ils campaient dans la salle qui leur était réservée à la Maison-Blanche, leurs antennes ultrasensibles toujours en alerte, prêtes à capter toute rumeur, tout signe insolite.

— Premièrement, annonça Mills à ses collaborateurs, je ne veux voir traîner aucun reporter aux abords de nos bureaux. Si quelqu'un de chez nous a rendez-vous avec un journaliste, qu'il emmène le zèbre boire un café à la cafétéria.

Il prit sur son bureau la feuille des rendez-vous présidentiels de la journée. Comme toujours l'agenda était divisé en deux parties. Il y avait les activités publiques dont la liste était publiée quotidiennement par le *Washington Post*, et l'agenda privé dont le cabinet seul avait connaissance. La liste officielle de ce lundi 14 décembre prévoyait :

09 h 00 — Réunion du Conseil national de sécurité.

10 h 00 — Commission du budget.

11 h 00 — Célébration de l'anniversaire de l'adoption de la Déclaration universelle des droits de l'homme.

17 h 25 — Illumination de l'arbre de Noël dans le parc de la Maison-Blanche.

— Pour le premier rendez-vous, pas de problème. Pour le deuxième il n'y a qu'à demander à Charlie Katz de remplacer le Président suggéra Mills. — Katz était le président du Comité des conseillers économiques. — Dites-lui que le chef de l'État aimerait avoir son impression sur les effets des réductions budgétaires sur l'économie.

— Faut-il le mettre au courant ? demanda quelqu'un.

— Surtout pas !

— Qu'est-ce qu'on fait pour les droits de l'homme et l'arbre de Noël ? s'inquiéta John Gould, le porte-parole de la Maison-Blanche.

— Pourquoi ne pas les annuler tout simplement ?

— Dans ce cas il faudra trouver des explications en béton ! Toute la salle de presse va me tomber dessus comme une nuée de sauterelles, s'écria Gould.

— Supposons qu'on prétexte un refroidissement ? suggéra Mills.

— Les journalistes vont tout de suite vouloir parler au docteur McIntyre[1]. Est-ce qu'on lui a donné des médicaments ? Quelle température a-t-il ? Doit-il garder le lit ? Tu sais bien qu'il n'est pas possible de faire valser l'agenda public du Président sans fournir des alibis indiscutables. Et tu sais aussi mieux que personne que ces alibis-là ne sont pas faciles à faire avaler dans cette ville !

— La commémoration des droits de l'homme ne présente pas de difficultés, estima Mills. Si ça se mettait tout à coup à barder pendant qu'il fait son allocution, on pourrait toujours le sortir de son bureau en vitesse sans que personne le remarque vraiment. Mais nom de Dieu ! John s'il se passait quelque chose pendant qu'il est à l'arbre de Noël, on l'aurait vraiment dans le cul ! On ne pourrait pas le faire filer sans que le monde entier sache qu'il y a un os quelque part.

— James, si tu veux que tout ce bordel reste secret, il va falloir prendre des risques et le forcer à faire ce qui est prévu.

Gould se renversa sur son siège et posa ses pieds sur le coin du bureau de Mills.

— Eastman a raison : la meilleure façon de protéger un secret, c'est de faire comme si de rien n'était. C'est comme ça que Kennedy a joué le coup pendant la crise des missiles de Cuba. Lui-même et tout son entourage allaient dîner en ville, partaient en

1. Le médecin personnel du Président.

248

week-end, vivaient comme d'habitude... Pour donner le change. Il faut qu'on fasse la même chose ! — Un éclair traversa l'œil de Gould. — Toi, tu devrais aller ce soir chez Gatsby. Et t'envoyer une bonne pinte au comptoir. Et une deuxième. En faisant en sorte que tout le monde te voie en train de te cuiter tranquillement !

Mills éclata de rire, puis, presque aussitôt, demeura bouche bée : dehors, dans l'allée couverte de neige, il venait d'apercevoir une silhouette. Chaque chef d'État a sa technique particulière pour se maintenir en forme dans les moments de crise. Le Président américain avait la sienne : en survêtement bleu marine, exhalant une buée légère au rythme de sa respiration, ses mèches poivre et sel retenues par un bandeau, il était en train de *jogger* autour de la Maison-Blanche.

★

A la vue de tous ces visages inconnus autour d'Harvey Hudson, directeur du F.B.I. de New York, le préfet de police Michael Bannion comprit qu'il se passait quelque chose de très grave dans sa ville. Et cette impression fut renforcée lorsqu'il entendit les mots « laboratoire atomique de Los Alamos ».

Hudson était un petit homme vif et laid avec un crâne dégarni, des oreilles aux lobes démesurés, d'épais sourcils et un goût prononcé pour les nœuds papillon et les cigares cubains qu'il se procurait en violant sans vergogne l'embargo américain contre Castro. Le préfet de police n'eut pas le temps de lui poser la question qui lui brûlait les lèvres.

— Oui, Michael, annonça Hudson, « la chose » s'est finalement produite.

Bannion s'effondra sur son siège.

— Quand ça ?

— Hier soir.

Normalement, ces deux petits mots auraient dû suffire à provoquer chez Bannion une explosion de fureur celtique. Car l'attitude du F.B.I. lui paraissait insupportable. Même dans une affaire qui concernait la vie et la mort de centaines de milliers d'habitants de sa ville, la sûreté fédérale n'avait pas jugé bon d'avertir aussitôt la police new-yorkaise. Mais il refréna sa colère pour écouter avec une horreur croissante les explications d'Hudson.

— Nous avons jusqu'à demain midi pour découvrir un engin atomique. Et il faut que nous y arrivions sans que personne se rende compte que nous cherchons quelque chose. Ordre absolu du Président : la chose doit rester ignorée du public.

Tous les regards se tournèrent alors vers l'homme aux allures de cow-boy qui représentait l'organisation secrète des équipes de recherches d'explosifs nucléaires. Bill Booth tripotait nerveusement le médaillon navajo qu'il portait comme un gri-gri autour du cou.

— Mes hommes sont déjà au travail, déclara-t-il après avoir aspiré une longue bouffée de sa Marlboro dont il était une publicité vivante. Nous avons équipé une centaine de camionnettes Hertz et Avis et avons commencé à ratisser Manhattan.

— N'y a-t-il pas des gens qui vont repérer vos véhicules ? s'inquiéta Bannion.

— Très improbable. Seule la minuscule antenne de détection fixée au châssis pourrait attirer leur attention. Il faudrait vraiment la chercher.

— Et vos hélicoptères ? interrogea Hudson.

Booth regarda sa montre.

— Ils devraient décoller d'un moment à l'autre.

250

Nous avons loué trois appareils supplémentaires aux New York Airways et nous les équipons de matériel de détection. Ils seront prêts dans une heure environ. — Booth tira encore des bouffées de sa cigarette. — Voici comment je suggère que nous procédions. Nous allons commencer par les quais. C'est là où les hélicoptères ont les meilleures chances d'être efficaces. Ils peuvent peigner très vite les appontements et déceler sans difficulté la moindre radiation à travers les fines toitures des entrepôts. — Il fit une grimace. — Mais si la bombe est cachée dans un bateau, alors il faudra aller à pied la découvrir. Les plates-formes métalliques des ponts arrêteraient les rayons que nous cherchons.

Le préfet de police eut un geste d'impatience. Booth écrasa sa cigarette dans le cendrier.

— Écoutez, monsieur le Préfet, dit-il avec agacement, n'attendez pas de miracles de nous parce qu'il n'y a pas de miracles à attendre. Nous avons sur place la crème de la technologie, mais elle est totalement inapte à cette tâche dans une ville comme New York. — Le physicien vit l'iris bleu marine du préfet se dilater d'étonnement et un spasme agiter sa pomme d'Adam. — Tous les avantages tactiques sont du côté de nos adversaires. Mes camions ne peuvent rien déceler au-dessus du 4e étage. Mes hélicoptères ne peuvent rien détecter deux étages au-dessous des toits. Entre les deux, c'est le vide. Inutile de rêver. Il n'y a aucune chance au monde pour que nous puissions trouver en quelques heures un engin thermonucléaire caché dans cette ville ! A moins, messieurs, que vous me fournissiez des renseignements me permettant de concentrer mes forces sur une zone précise.

★

Trois étages au-dessous de la salle de conférences, un téléphone sonna dans un des bureaux de la branche « Renseignements » du F.B.I. Un agent prit l'appareil.

— Salut mec, c'est Rico.

L'agent bondit sur ses pieds et mit en marche le système d'enregistrement.

— Quelle nouvelle p'tit père ?

— Pas grand-chose, mec. J'ai passé toute la nuit à chercher, mais tout ce que j'ai trouvé, c'est un raton à qui on a demandé des médicaments pour une gonzesse arabe.

— De la drogue ou des médicaments, Rico ?

— Non, mec, de l'officiel. Quelque chose pour son bide. Elle ne voulait pas d'ordonnance, et voulait pas se faire chier avec un toubib.

— A quoi ressemblait-elle ?

— Le raton ne l'a pas vue. Il a juste porté la marchandise à son hôtel.

— Quel hôtel, Rico ?

— Le Hampshire House.

★

Le chef des inspecteurs de la police new-yorkaise, l'inspecteur-chef Al Feldman, cinquante-trois ans, un grand rouquin à la voix sonore, considérait le physicien de Los Alamos d'un regard soupçonneux. Des phrases tout ça ! C'est bien toujours pareil avec les scientifiques ! Ils attendent que quelqu'un vienne ramasser derrière eux la merde qu'ils ont semée ! Feldman se racla la gorge.

— Ça ressemble à quoi ce que nous cherchons ? demanda-t-il.

Bill Booth fit circuler des copies du schéma et des descriptions de l'engin que le laboratoire de Los

Alamos avait préparés d'après l'épure envoyée par Kadhafi.

— Est-ce que nous avons une idée de la date à laquelle cet engin a pu être introduit aux États-Unis ? demanda Bannion.

— Non, répondit Harvey Hudson, le chef du F.B.I. de New York, mais nous supposons que c'est tout récemment. La C.I.A. considère que l'engin peut venir de cinq endroits : la Libye, le Liban, l'Iraq, la Syrie et Aden. Il a pu être introduit clandestinement par la frontière canadienne. Ça n'est pas difficile. Ou bien tout bonnement par un port américain sous un camouflage quelconque.

L'homme assis en face d'Hudson mordilla le bout de son crayon. Quentin Dewing, cinquante-six ans, était le supérieur direct d'Hudson. Directeur adjoint des recherches au F.B.I., il était arrivé de Washington la nuit précédente pour prendre la direction de l'enquête. Il portait un strict costume bleu marine orné d'une pochette blanche qui affleurait exactement d'un centimètre. « Un vrai directeur de compagnie d'assurances », avait pensé avec dédain l'inspecteur-chef Al Feldman lors des présentations. Dewing se leva à demi de son fauteuil pour dominer ses collègues.

— Cela signifie qu'il va falloir éplucher tous les connaissements et tous les manifestes de toutes les marchandises en provenance de ces pays dans les derniers mois. On va commencer par les dernières arrivées et on remontera dans le temps.

— Avant midi demain ? s'écria Bannion stupéfait.

Dewing fusilla le préfet de police du regard.

— Avant midi demain !

Absorbé par l'examen des documents que Booth avait distribués, Al Feldman n'avait pas remarqué la grimace de son patron.

— Dites donc, demanda-t-il au physicien, serait-il possible que cette bombe ait été introduite ici en pièces détachées et remontée ensuite ?

Booth exhala un petit rond de fumée bleue.

— Je dirais que, techniquement, c'est presque impossible.

— Voilà enfin une bonne nouvelle ! s'exclama Feldman, s'adressant cette fois à l'ensemble de l'assistance. Puisque cet engin pèse au moins sept cent cinquante kilos, ça va éliminer pas mal de marchandises. Ça va aussi éliminer les étages supérieurs dans les immeubles sans ascenseur. — Il étala les documents sur la table. — Et les types qui ont pu introduire ce truc ? Est-ce qu'on a le moindre indice sur eux ?

— Rien de précis pour l'instant, reconnut Hudson tout en désignant du doigt un Fed d'une trentaine d'années aux cheveux blond filasse assis en face de Feldman. Farell est notre spécialiste palestinien. Frank, fais-nous un bref résumé de ce que nous savons.

Soigneusement rangées sur la table devant l'agent se trouvaient les fiches d'ordinateur résumant toutes les enquêtes du F.B.I. ayant un rapport avec le Proche-Orient. Elles concernaient des affaires variées : trafic de prostituées entre Miami et le golfe Persique, exportation clandestine de quatre mille fusils M-30 automatiques aux phalanges chrétiennes libanaises, tentatives du régime révolutionnaire iranien d'infiltrer aux États-Unis des équipes de tueurs chargés d'assassiner de hautes personnalités américaines. Farell saisit un document qui concernait plus précisément les recherches en cours.

— Nous possédons une liste de vingt et un Américains — dix-sept hommes, quatre femmes — ayant séjourné dans des camps libyens d'entraînement de terroristes. Tous sont d'origine arabe.

L'inspecteur-chef Feldman roulait des yeux effarés.

— Est-ce que vous les avez attrapés ? Qu'est-ce que vous avez découvert ? s'exclama-t-il.

Le jeune Fed toussota.

— Ils ont, pour la plupart, séjourné en Libye entre 1975 et 1977. On les a fait surveiller à leur retour, mais aucun n'a jamais rien fait de répréhensible. Ils n'ont même pas volé un paquet de chewing-gum dans un drugstore ! La justice a donc refusé de nous renouveler les mandats de surveillance.

— Et vous avez cessé de les filer ?

Le Fed émit un grognement affirmatif.

— Nom de Dieu ! s'écria Feldman en bondissant comme un diable, vous êtes en train de nous raconter que Kadhafi a installé dans ce pays vingt et un agents américains spécialement entraînés par lui et que le F.B.I. n'en a pas gardé un seul dans le collimateur ?

— C'est la loi, monsieur l'Inspecteur-chef, intervint sèchement Hudson. Mais on est sur leurs traces depuis hier soir. On en a déjà retrouvé quatre.

Al Feldman était cramoisi comme une tomate.

— Ce n'est pas la loi, monsieur Hudson ! C'est un contrat de suicide !

Le préfet de police fit signe à son inspecteur-chef de se calmer et de se rasseoir. Parlant à mi-voix pour détendre l'atmosphère, il fit observer que la plupart des îlots arabes de New York se trouvaient justement situés à proximité des docks, puis questionna :

— Al, est-ce que nous, au moins, nous avons quelque chose sur les activités de l'O.L.P. dans le coin ?

— Pas grand-chose, déplora Feldman. Juste deux

255

ou trois petites épiceries familiales que nous soup-
çonnons vaguement de servir de couverture à un
petit trafic d'armes — avec peut-être des liens avec
l'O.L.P. Quand Arafat est venu à l'O.N.U., ses
gardes du corps nous ont mis la puce à l'oreille en
rendant visite à certaines de ces boutiques. C'était
peut-être pour boire un café. Ou pour mettre en
place un réseau ! — Feldman haussa les épaules. —
Je vous laisse choisir.

— Est-ce que vous avez pu au moins infiltrer les
milieux qui sympathisent avec l'O.L.P. ? demanda
au préfet Clifford Salisbury, un responsable à barbichette de la C.I.A. spécialisé dans les affaires
palestiniennes.

— La seule activité d'infiltration qui soit
aujourd'hui légalement permise à la police se rap-
porte au crime organisé, répondit Bannion. En
outre, ajouta-t-il avec une pointe d'amertume, j'ai
déjà du mal à mettre un seul flic dans mes voitures
de patrouille et vous voudriez que je fasse infiltrer
l'O.L.P. ?

Ce que le préfet de police ne disait pas, c'est qu'il
n'y avait que quatre policiers parlant l'arabe sur les
trente-deux mille hommes et femmes que comptaient les forces de police new-yorkaises, et
qu'aucun d'eux n'était chargé de surveiller les activités des quelque deux cent mille Arabes vivant à
New York.

Quentin Dewing, le directeur du F.B.I. de Washington qui avait pris la direction de l'enquête, se
leva à demi de son fauteuil et frappa la table du plat
de la main.

— Messieurs, nous ne sommes pas ici pour
régler des comptes entre polices fédérale et municipale. Nous devons d'urgence organiser nos
recherches d'une façon rationnelle et méthodique.

Première question : sommes-nous d'accord — vu les mots « île de New York » utilisés dans la lettre de menace de Kadhafi — pour concentrer les équipes de recherches nucléaires uniquement sur Manhattan ?

Il y eut un murmure approbateur.

— Par souci de secret, l'opération Nest se déroulera d'une façon complètement indépendante. Le F.B.I. fournira seulement des chauffeurs pour les véhicules de recherche.

— Par où commence-t-on ? voulut savoir Bill Booth. Wall Street ou Harlem ? Le nord ou le sud ?

— Je dirais Wall Street, suggéra Bannion. Vous y êtes plus près des quais. Les terroristes auraient eu moins de chemin à parcourir pour transporter leur engin. Et puis c'est connu : tout le monde hait Wall Street.

— Parfait, acquiesça Dewing. Deuxièmement : les hommes. Nous avons battu un rappel général au F.B.I. Nous faisons venir cinq mille agents. J'ai ordonné aux directions du Trésor, des Douanes et des Stupéfiants de mettre à notre disposition toutes leurs forces disponibles. — Il se tourna vers Bannion. — Monsieur le Préfet, est-ce que nous pouvons compter sur toute votre brigade d'inspecteur ?

— Elle est à vous.

Harvey Hudson mordilla le bout d'un nouveau cigare.

— Inspecteur-chef Feldman, quelle est, à votre avis, la meilleure façon de répartir nos forces ?

— Par équipes, comme sur tous les gros coups où l'on travaille ensemble. Un Fed avec un inspecteur de chez nous.

Hudson sortit de sa pochette un cigare qu'il tendit à l'inspecteur new-yorkais avec le geste cérémonieux d'un chef indien présentant le calumet de paix.

— C'est parfait, chef.

Il se leva alors, fit le tour de la table et, suçant son cigare, se planta devant la carte de New York qui tapissait le fond de son bureau.

— Il faut diviser nos forces en plusieurs groupes. — Il pointa son cigare vers les quais de Brooklyn. — En mettre un ici, un autre là. — Il avait montré les aéroports. — Un troisième doit vérifier systématiquement tous les lieux habituels, hôtels, agences de location de voitures ; cuisiner tous les informateurs pour savoir si quelqu'un n'a pas procuré aux terroristes une planque, un itinéraire de fuite, des armes et autres facilités de ce genre.

Feldman réprima un moment d'impatience.

— Mon cher Hudson, à vous entendre, on pourrait croire que nous avons trois semaines pour retrouver cette bombe. Si l'on veut avoir une chance, il faut éviter de nous disperser. Et commencer par braquer tous nos projecteurs sur ceux qui pourraient faire un coup pareil. Vous avez une idée, vous, du genre de types qui pourraient faire ça ?

Hudson fit signe à l'expert du bureau palestinien de répondre.

— D'une façon générale, expliqua le jeune Fed, des terroristes de cette espèce sont fatalement très organisés. Ils ont tout l'argent nécessaire pour passer complètement inaperçus. Je veux dire qu'ils ne sont pas obligés d'aller chercher leurs cachettes dans les taudis du Bronx ou chez les clochards de Bowery. Ils ont appris depuis longtemps que la meilleure façon de se fondre dans la masse est de se donner des allures de bourgeois aisés. Ils ont, en outre, plutôt tendance à rester entre eux. Ils n'ont pas l'air d'avoir beaucoup de confiance dans les autres mouvements révolutionnaires.

— J'ajoute, précisa l'inspecteur-chef, que si vous

vouliez monter un coup pareil, il me semble que vous ne le confierez qu'à des gens qui connaissent déjà le pays, qui ont déjà séjourné ici. Des gars qui débarqueraient pour la première fois risqueraient de laisser trop d'indices derrière eux.

— L'inspecteur Feldman a tout à fait raison, approuva Salisbury, le représentant à barbichette de la C.I.A. Et j'aimerais ajouter deux choses : nous pouvons probablement considérer que nous avons affaire à des gens extrêmement évolués, agissant de sang-froid, conscients que leurs chances de réussir sont minimes et qu'elles exigent une organisation parfaite. Je suis convaincu que nous cherchons un petit groupe cohérent de fanatiques hautement motivés et intelligents. En deuxième lieu, il me semble que la sorte de professionnels à qui Kadhafi confierait une opération pareille devraient avoir déjà laissé une trace dans les fichiers des services de renseignements internationaux. Nous sommes en contact avec tous les services étrangers possédant des renseignements sur des terroristes palestiniens. Nous allons recevoir toutes les photos et les descriptions disponibles. Je propose que nous sélectionnions les terroristes d'un certain niveau ayant séjourné ici, et que nous portions tous nos efforts sur eux.

— Combien de bonhommes croyez-vous que cela fera ? s'inquiéta Feldman.

Salisbury parut réfléchir.

— Il y a environ quatre cents terroristes palestiniens connus et identifiés en circulation dans le monde. J'imagine qu'on en trouvera entre cinquante et soixante-quinze correspondant à nos critères.

L'inspecteur-chef hocha la tête.

— C'est trop. Beaucoup trop. Dans un boulot comme celui-là, il ne faut pas courir après plus de deux ou trois lièvres. Mon vieux, si vous voulez nous aider à sauver cette ville, il faut nous donner un ou deux visages. Pas une galerie de portraits.

★

L'un des deux Feds présenta sa plaque à l'employé de la réception avec tant de discrétion que le jeune homme ne réalisa pas qui étaient ses visiteurs avant d'entendre le mot de F.B.I. Aussitôt, comme la plupart des personnes brutalement confrontées à un représentant de la loi fédérale, il se mit au garde-à-vous.

— Est-ce que je pourrais voir votre registre des clients, s'il vous plaît ?

L'employé s'empressa de présenter le livre à couverture noire du Hampshire House. L'index de l'agent se mit à courir le long des pages et s'arrêta sur une adresse rue Hamra, à Beyrouth, au Liban, devant un nom, Linda Nahar. « Suite 3202 », inscrivit-il sur son carnet en jetant un coup d'œil au panneau des clefs. La clef n'était pas là.

— Est-ce que miss Nahar est dans sa chambre ?

— Oh, répondit l'employé, vous venez de la manquer. Elle a quitté l'hôtel il y a une demi-heure environ. Mais elle a dit qu'elle reviendrait dans une semaine.

— Vous a-t-elle dit où elle allait ?

— A l'aéroport. Elle prenait l'avion pour la Californie.

— A-t-elle laissé une adresse pour faire suivre son courrier ?

— Non.

La voix du premier Fed se fit amicale :

— Pourriez-vous avoir la gentillesse de nous parler un peu de miss Nahar ?

Dix minutes plus tard, les deux agents étaient de retour dans leur voiture. L'employé avait été fort peu coopératif.

— Qu'en penses-tu, Frank ?

— Je crois que nous perdons probablement notre temps.

— Je le crois aussi. Si ce n'est qu'elle a décidé de partir ce matin, n'est-ce pas ?

— Pourquoi ne demanderait-on pas à ton informateur de cuisiner un peu plus son contact ?

— Ce serait peut-être un peu gros. Rico a surtout affaire à des truands. — Le Fed regarda sa montre. — Allons vérifier les listes des passagers pour savoir quel avion elle a pris. On la fera interroger à son arrivée en Californie.

★

— Nous avons tous oublié une chose capitale, déclara le préfet de police avec une autorité qui fit se tourner vers lui tous les regards. Est-ce que nous allons appliquer les consignes de secret de la Maison-Blanche aux hommes qui sont chargés de l'enquête ?

— Non, certainement pas, répondit sèchement Hudson. Comment pourrait-on les motiver, les faire bosser comme jamais dans leur vie, leur faire croire qu'ils ont entre leurs mains la vie de millions de gens, sans leur dire toute la vérité ?

Une expression de stupeur s'était inscrite dans les yeux bleus du préfet.

— Vous voulez dire que vous allez annoncer à mes flics qu'il y a une bombe H cachée sur cette île, qu'elle va exploser dans quelques heures, balayer cette ville de la face de la terre ! Vous n'y pensez pas ! Ce sont des hommes. Ils vont être pris de

261

panique. Savez-vous la première chose qu'ils vont se dire ? « Holà, moi, j'ai des gosses ici. J'appelle ma femme. Va vite chercher les mômes à l'école et file dare-dare chez ta mère dans le Massachusetts. »

— Vous semblez avoir singulièrement peu de confiance dans vos hommes, monsieur le Préfet.

Les yeux de Michael Bannion fusillèrent Quentin Dewing, l'austère directeur du F.B.I. venu de Washington.

— J'ai une confiance totale dans mes hommes, monsieur Dewing. Mais eux ne viennent pas du Montana, du South Dakota ou de l'Oregon comme les vôtres. Ils viennent de Brooklyn, du Bronx, de Queens. Ils ont leur femme, leurs enfants, leur mère, leurs oncles, leurs tantes, leurs copains, leurs petites amies, leurs chiens, leurs chats, leurs canaris, pris au piège dans cette ville. Ce sont des hommes. Pas des supermen comme vos Feds. Il va falloir que vous inventiez une histoire pour leur cacher la vérité. Et je peux vous dire une chose, monsieur Dewing, il va falloir que votre histoire soit rudement bonne, sinon il va y avoir une panique dans cette ville comme jamais vous ni personne ne pourriez l'imaginer.

★

La journaliste Grace Knowland releva son col de fourrure pour se protéger du vent qui la saisit à la sortie de la station de métro de Chambers Street, dans le bas de Manhattan. Traversant en hâte le parc de l'Hôtel de Ville planté de sycomores où George Washington avait fait lire la Déclaration d'Indépendance aux habitants de New York, elle glissa sur la neige glacée et faillit tomber. Dire que le maire n'est même pas capable de faire nettoyer ses propres trottoirs ! s'indigna-t-elle. Devant elle se dressait l'imposante façade de l'Hôtel de Ville, étrange mélange d'architecture Louis XVI et classique américaine. Grace gravit avec précaution les marches verglacées qu'ont empruntées tant de souverains, de princes, de présidents, de militaires, d'astronautes et de savants recevant l'hommage de la cité. Elle sourit au policier de garde et entra dans la salle de presse en même temps que Victor Ferrari, le porte-parole du maire.

— Mesdames et messieurs, annonça aussitôt ce dernier en se frottant les mains, j'ai une fâcheuse nouvelle à vous donner. Son Excellence regrette de ne pouvoir tenir sa conférence de presse avec vous ce matin...

Ferrari attendit que s'apaisât le torrent d'imprécations et de sifflements qu'avaient provoqué ses paroles. Supporter la mauvaise humeur de la presse new-yorkaise était une des moindres épreuves à quoi expose la fonction de porte-parole du maire de New York.

— Le maire a été appelé à Washington par le Président pour discuter de certaines questions budgétaires d'intérêt commun.

La salle explosa. La maladie chronique des finances new-yorkaises nourrissait les colonnes des journaux depuis des années. « Augmentation de l'aide fédérale ? » « Réduction de la contribution gouvernementale ? » « Prêt budgétaire ? » Les questions fusèrent comme une volée de flèches.

— Je regrette, s'excusa Ferrari en levant les bras, mais je suis dans l'incapacité absolue de préciser l'objet exact de cet entretien impromptu.

— Victor, demanda Grace, quand espérez-vous le retour du maire ?

— Dans la journée. Je vous avertirai.

— Par la navette aérienne comme d'habitude ?

— Sûrement.

— Holà, Vic ! cria un reporter de télévision, est-ce que cela pourrait avoir un rapport avec le projet de reconstruction du South Bronx ?

Le visage de Ferrari laissa filtrer une imperceptible approbation, un bref clignement d'yeux pareil à celui d'un joueur de poker se retrouvant avec une quinte flush dans la main. Un seul journaliste le remarqua : Grace Knowland.

— Je vous répète que je ne suis pas au courant de l'objet de cette visite, insista Ferrari.

Grace s'éclipsa discrètement jusqu'à un téléphone et appela le *New York Times*.

— Myron, chuchota-t-elle à son rédacteur en chef, il se passe quelque chose dans l'affaire du South Bronx. Stern est parti pour Washington. Je voudrais le rejoindre et essayer de rentrer avec lui par la navette.

— Accordé !

Avant de partir, elle décida de donner un autre coup de téléphone. Le numéro du bureau de l'inspecteur Rocchia sonna interminablement. Finalement, une voix inconnue répondit :

— Il n'est pas là. Ils sont tous partis à une réunion.

C'est drôle, songea Grace en raccrochant, Angelo m'avait pourtant dit qu'il devait rédiger ses rapports ce matin. Alors qu'elle se glissait vers la sortie, elle entendit une rumeur monter du groupe qui entourait toujours le chargé de presse.

— Tout ça est merveilleux, Vic, cria quelqu'un, mais par simple curiosité, peut-on savoir quand cette municipalité compte finir de débarrasser les rues de cette putain de neige ?

★

— Monsieur le Président, vous avez l'air en super-forme ! Magnifique ! Formidable !

Les adjectifs crépitaient comme une chaîne de pétards explosant une nuit de Nouvel An. Même là, dans l'intimité du bureau privé du président des États-Unis, une petite pièce douillette à côté du bureau ovale officiel, le maire de New York ne pouvait réprimer ses vieux instincts de politicien en campagne. Il traversa la pièce en sautillant comme propulsé par des semelles à ressorts.

— Vraiment, vous tenez la grande forme !

Le Président, blême d'insomnie, fit signe à Abe Stern de s'asseoir sur le canapé abricot et attendit que le maître d'hôtel eût fini de verser le café. En musique de fond, on entendait, atténués, les accords des *Quatre Saisons* de Vivaldi. Le Président préférait l'intimité de cette pièce au décorum du bureau voisin, sanctuaire de son autorité, de ses charges, de ses servitudes. Il l'avait décorée avec quelques souvenirs personnels : un mousquet offert par la milice de Géorgie ; un portrait à l'huile de sa femme et de leur fille exécuté au lendemain de son élection ; une photographie de son idole, l'amiral Rickover, avec, en dédicace, l'interrogation qu'il avait si souvent méditée : « Why not the best ? » — « Pourquoi pas le meilleur ? » A côté de l'encrier, il avait posé la fameuse plaque qui avait autrefois orné le bureau de Harry Truman, et dont le libellé était toujours de circonstance : « The buck stops here. » — « A partir d'ici on ne se renvoie plus la balle. »

— Donc, s'écria Stern radieux dès que le maître d'hôtel eut quitté la pièce, nous allons enfin pouvoir nous entretenir du financement de la reconstruction du South Bronx, n'est-ce pas ?

Le Président reposa sa tasse sur la soucoupe.

— Désolé, Abe, je suis obligé de vous décevoir.

Ce n'est pas la raison pour laquelle je vous ai prié de venir.

Étonné, le maire haussa les sourcils.

— Nous avons une terrible crise sur les bras, Abe, et elle concerne votre ville.

Stern émit un son qui était à la fois un soupir et un grognement.

— Ah, monsieur le Président, ce n'est pas encore la fin du monde ! Les crises vont, viennent. New York leur a toujours survécu !

Un voile embua les yeux du Président tandis qu'il considérait le petit homme devant lui.

— Vous faites erreur, monsieur le Maire, il s'agit cette fois d'une crise à laquelle New York pourrait ne pas survivre.

CINQUIÈME PARTIE

*« Les gratte-ciel s'envoleront
à travers l'espace »*

Rappel au lecteur :

Le lecteur peut se référer aux cartes de la ville de New York et du bassin de la Méditerranée à la fin du volume.

Harvey Hudson, le directeur du F.B.I. de New York, grimpa quatre à quatre les marches de l'auditorium du Q.G. de Federal Plaza. Il était suivi du préfet de police et du chef de la brigade des inspecteurs. Tandis que ces deux derniers s'asseyaient entre la hampe du drapeau de la ville de New York et la bannière bleue et or du F.B.I., Hudson s'avança vers le pupitre au bord de l'estrade, son quatrième cigare de la journée entre les dents. Ils avaient fait vite. Il était à peine 9 heures ce lundi 14 décembre. Hudson embrassa d'un regard satisfait la vaste salle pleine à craquer, prit lentement sa respiration, posa son cigare et se pencha vers le micro.

— Messieurs, nous avons un coup dur sur les bras.

Cette entrée en matière provoqua un frémissement suivi d'un silence attentif.

— Un groupe de terroristes palestiniens a caché un baril de chlore dans New York, presque certainement dans l'île de Manhattan.

Derrière Hudson, le préfet Bannion observait les visages de ses inspecteurs, cherchant à lire leurs réactions.

269

— Je suis sûr, poursuivit Hudson, qu'il est superflu de vous rappeler les propriétés extrêmement toxiques du chlore : vous vous souvenez tous de ce qui s'est passé récemment au Canada lors d'un accident de chemin de fer. En ce moment même, un baril de chlore dissimulé quelque part dans cette ville fait peser une menace de mort sur la population. Vous imaginez la panique si les habitants l'apprenaient ! C'est pourquoi je fais appel à votre sens des responsabilités et vous demande instamment de garder rigoureusement secret ce que je vais vous dire.

Les inspecteurs de la police new-yorkaise étaient des coriaces, mais à l'expression d'effroi qui s'était inscrite sur de très nombreux visages, le préfet Bannion frémit. Seigneur ! que serait-il arrivé si nous leur avions dit la vérité ?

Hudson exposa la suite du scénario qu'il avait imaginé avec Bannion et Feldman : un commando palestinien se trouvait dans New York avec ordre de faire exploser ce baril de gaz mortel si Begin ne libérait pas avant le lendemain à midi, dix de leurs camarades actuellement dans des prisons israéliennes. Un agrandissement du schéma de la bombe H de Kadhafi, dont les organes nucléaires avaient été soigneusement masqués, apparut alors sur l'écran derrière l'orateur.

— Certains d'entre vous vont être chargés de donner la chasse aux terroristes ; d'autres vont procéder à des opérations de recherche, secteur par secteur ; d'autres encore vont passer au peigne fin les aérodromes, les quais et les docks pour essayer de découvrir comment ce gaz est arrivé à New York. Vous allez travailler par équipes, police de New York avec F.B.I., service par service : antigang avec antigang, kidnapping avec kidnapping, explosifs avec explosifs, et ainsi de suite.

270

— Nom de Dieu ! s'écria quelqu'un au fond de l'auditorium, pourquoi est-ce qu'on ne dit pas aux Israéliens de relâcher les fils de putes qu'ils détiennent !

Bannion s'attendait à une réaction de ce genre. Il fit un signe à Hudson, se leva et s'empara du micro.

— C'est le problème des Israéliens, déclara-t-il péremptoire, pas le nôtre ! Et votre problème à vous est de trouver ce foutu baril !

Bannion fit une pause, puis conclut, tonitruant :

— Les gars, je compte sur vous. Vous allez le trouver ce baril ! Et dare-dare !

★

L'inspecteur de garde à l'entrée principale du département des Finances, à Washington, s'approcha des deux hommes qui descendaient de leur Ford noire officielle. Il vérifia d'un coup d'œil leurs papiers de hauts fonctionnaires du département de la Défense, puis leur fit signe de le suivre dans le hall du ministère. Ils les conduisit vers une lourde porte marquée « sortie », les fit descendre deux étages jusqu'au sous-sol du bâtiment puis, par un corridor faiblement éclairé, jusqu'à une seconde porte fermée à clef. Elle donnait accès aux coulisses secrètes de la Maison-Blanche, à ce tunnel qui passe sous l'East Executive Avenue et qu'avait emprunté le Président la veille pour se rendre incognito au Pentagone.

David Hannon, cinquante-quatre ans, cheveux grisonnants, était le responsable de l'Agence de la sécurité civile. Son adjoint, Jim Dixon, était spécialiste des effets des armes nucléaires. Tous deux avaient consacré la majeure partie de leur vie professionnelle à l'étude d'un sujet horrifiant : l'anéantissement des villes, des campagnes et des populations américaines par les armes nucléaires et thermonucléaires. L'inimaginable leur était aussi familier qu'un bilan à un expert comptable. Ils étaient allés à Hiroshima et Nagasaki, avaient suivi les tirs expérimentaux dans les déserts du Nevada, avaient conçu et fait construire les coquettes maisons coloniales, les jolis bungalows, les mannequins grandeur nature sur lesquels les planificateurs militaires des années 50 avaient mesuré les effets des générations successives d'armes nucléaires.

Leur guide les fit passer sous la Maison-Blanche et les entraîna par un escalier dérobé vers l'aile ouest qui abrite les bureaux présidentiels et la salle du Conseil national de sécurité. Et là, ils furent pris en charge par un commandant du corps des Marines.

— La conférence vient juste de commencer, leur dit l'officier en désignant deux chaises pliantes installées près de la porte. On vous appellera dans un instant.

★

Les membres du Comité de crise avaient retrouvé leur place autour de la table de conférence. Le Président avait placé le maire de New York à sa droite. Au mur, l'horloge digitale marquait 09 h 03. Neuf heures s'étaient écoulées depuis l'explosion dans le désert de Libye.

— Nous avons par téléphone mis au courant le gouverneur de l'État de New York, commença le Président. Je viens par ailleurs d'exposer moi-même la situation à M. le Maire et je l'ai prié de se joindre à nous. La menace concernant à la fois sa ville et ses concitoyens, nous lèverons pour lui les procédures habituelles du secret de nos délibérations.

Il fit un signe de tête en direction de l'amiral Tap Bennington. Par tradition, les réunions du Conseil de sécurité débutaient toujours par un exposé du directeur de la C.I.A.

— Dès que notre ambassade à Tel-Aviv a reçu ce coup de téléphone anonyme annonçant l'imminence d'un bombardement israélien sur la Libye, une intervention a été faite auprès des Soviétiques pour leur demander de faire pression sur Israël. Cela a été immédiatement suivi d'effet. Elint[1] de la VIe flotte nous confirme que les Israéliens ont annulé à 3 h 48 ce matin une attaque nucléaire contre la Libye. Je crois que nous pouvons considérer la situation comme satisfaisante de ce côté.

Le directeur de la C.I.A. répondit par un signe de tête au murmure de soulagement qu'avait suscité sa déclaration.

— La C.I.A. s'efforce d'autre part de trouver un indice qui permettrait d'identifier les individus susceptibles d'avoir placé cet engin dans New York pour le compte de Kadhafi. — Il fit une pause. — Malheureusement, jusqu'à maintenant, nous n'avons rien obtenu de concret.

— Le chargé d'affaires à Tripoli a-t-il répondu au message d'Estman lui demandant de faire savoir à Kadhafi que je désirais m'entretenir avec lui ? demanda le Président.

— Pas encore. Notre Bœing *Catastrophe* est toutefois sur les lieux, prêt à établir une liaison dès que nous aurons l'accord de Tripoli.

— Parfait.

Cette réponse laconique donnait à entendre que le Président était persuadé que, une fois en contact

---

1. « Elint » — Électronic Intelligence : système d'écoutes et de repérages électroniques.

avec Kadhafi, il pourrait le raisonner, l'amener à accepter une solution raisonnable en faisant appel à ses sentiments religieux, à sa raison.

— Tap, de quelle liberté de manœuvre dispose, à votre avis, Kadhafi ? Mène-t-il sa barque tout seul ? Est-il seul maître de ses décisions ?

— Absolument. L'armée, le peuple, le pays entier sont à sa dévotion. Rien ni personne ne s'opposent à sa volonté.

Le Président serra les lèvres et pianota sur la table. Il se tourna vers le directeur du F.B.I.

— Monsieur Holborn ?

Tandis que chaque participant rendait compte des activités de son service au cours des dernières heures, le maire Abe Stern restait sous le choc de la terrifiante confidence que venait de lui faire le chef de l'État. Quand l'amiral Fuller, président du Comité des chefs d'état-major, annonça que les porte-avions et les sous-marins nucléaires de la VIe flotte approchaient de leur destination au large des côtes libyennes, il se pencha en avant, ses petites mains potelées croisées sur la table. Il avait l'impression de vivre un cauchemar.

— Messieurs, les Israéliens avaient raison ! — Tous les visages se tournèrent vers le vieil homme. — Il ne fallait pas les contraindre à renoncer à leur riposte. Liquider cet énergumène doit être notre seul objectif !

— Monsieur le Maire, fit calmement observer Eastman, notre souci prioritaire est de sauvegarder la population de votre ville.

Mais rien ne pouvait arrêter Abe Stern. Son visage était devenu cramoisi. L'apocalypse qui menaçait sa cité lui faisait perdre toute mesure.

— Cet Arabe n'est rien d'autre qu'un nouvel Hitler ! Il n'a pas cessé depuis dix ans de violer tous les principes de la morale internationale ! Il a tué, détruit, terrorisé dans tous les coins du globe pour imposer sa volonté. Il a anéanti le Liban avec son argent, inondant Beyrouth de ses millions par l'intermédiaire, soit dit en passant, de nos bonnes banques américaines. Il est derrière Khomeiny. Il cherche à supprimer tous les amis que nous avons au Proche-Orient, de Sadate aux Saoudiens, à nous ruiner en nous coupant le pétrole. Et nous sommes restés le derrière sur nos chaises pendant tout ce temps, le laissant agir comme autant de Chamberlain que nous sommes, à plat ventre devant ce nouveau Führer !

Stern se tourna vers le Président et l'interpella directement :

— Et votre bouffon de frère s'est couvert de ridicule, et vous a aussi couvert de ridicule, monsieur le Président, en allant chanter les louanges de ce monstre à travers le pays... Comme ces crétins du parti germano-américain qui aboyaient « Heil Hitler ! » à Chicago en 1940.

Il fit une courte pause pour reprendre son souffle et repartit de plus belle :

— Maintenant, il a mis une bombe H dans ma ville, au milieu de mes gens, et vous voudriez le supplier à genoux, lui accorder ce qu'il exige, à ce fanatique ! Au lieu de le liquider !

— Le problème, monsieur le Maire, intervint l'amiral Fuller, c'est que liquider la Libye ne sauvera pas New York.

— Balivernes !

— C'est pourtant un fait.

— Pourquoi ?

— Parce que la destruction de la Libye n'empêcherait pas la bombe d'exploser. Bien au contraire.

Le maire frappa la table des deux mains. Il se leva

275

à demi, frémissant de rage, incendiant du regard le placide chef d'état-major au bout de la table.

— Vous êtes là à me dire qu'après les milliards et les milliards de dollars que nous avons engloutis pendant les trente dernières années dans votre satanée machine nucléaire — des milliards dont ma ville avait tant besoin et qu'elle n'a jamais reçus —, après tout ça vous me dites que vos armées sont incapables de sauver mon peuple, incapables de sauver ma ville des ambitions d'un dictateur cent fois pire que Khomeini, à la tête d'un pays qui n'est que du sable et de la crotte de chameau !

— Vous oubliez le pétrole, remarqua quelqu'un.

Le visage osseux de l'amiral prit l'air triste d'un vieux chien de chasse.

— Il n'y a qu'un seul moyen de sauver à coup sûr votre ville, monsieur le Maire, c'est de trouver la bombe et de la désamorcer.

★

— Qui t'ont-ils donné ?

L'inspecteur de première classe Angelo Rocchia se séchait les mains sous le souffleur des toilettes en posant la question à son vieux collègue Henry Ludwig. Ludwig tourna sa grosse tête chevelue vers un grand Noir crépu.

— Lui là-bas. Et toi ?

Angelo indiqua d'un coup d'œil dédaigneux le jeune agent du F.B.I. qui peignait ses mèches blondes à quelques lavabos du sien. Puis il poussa un soupir de lassitude et se pencha vers le miroir pour examiner son visage. Il aperçut quelques traces brillantes de la crème antirides qu'il s'appliquait chaque matin sous les yeux et à la commissure des lèvres depuis sa liaison avec la journaliste du *New*

York Times Grace Knowland. Il épousseta soigneusement son veston, la coquetterie et la gourmandise étant ses deux faiblesses. L'argent d'Angelo Rocchia, plaisantaient ses copains, n'a que deux destinations : son estomac et ses fringues. Il ne jouait ni aux cartes ni sur les canassons, ne courait pas les femmes. Mais il portait des costumes de chez Tripler à trois cent cinquante dollars, comme le bleu marine qu'il arborait aujourd'hui sur une chemise de soie avec chiffre et boutons de manchettes, une cravate de brocart blanc et de rutilants souliers pointus de chez Screenland. Dès ses débuts dans le métier, il avait en effet compris qu'élégance et considération allaient de pair et qu'un flic bien nippé en imposait aux caïds du Milieu.

— Dis donc, Henry, tu veux que je te dise ? marmonna-t-il. Eh bien, il y a quelque chose qui me chiffonne dans ce coup-là. Trop gros ! Le F.B.I. est mouillé dedans jusqu'au cou. Les types des Finances, des Douanes aussi. J'ai même repéré des gars des Stups. Tout ça pour un baril de merde ?

Sans attendre de réponse, il s'approcha du jeune Fed qu'on lui avait donné comme équipier.

— Salut, l'ami ! T'en as une chouette cravate, s'exclama-t-il en jetant un regard de commisération sur l'étroit morceau d'étoffe qui pendait au cou de Jack Rand. Où as-tu acheté cette merveille ?

— Vous la trouvez vraiment chouette ? Elle vient de chez Brown, le grand magasin de Denver.

— Denver ? Ben, t'en as fait des kilomètres pour venir jusqu'ici ! Viens, allons voir où ils veulent nous expédier, dit Angelo en entraînant le Fed.

Une douzaine de bureaux métalliques étaient disposés en carré dans une grande pièce voisine où un agent du F.B.I. et un policier new-yorkais affectaient à chaque équipe sa mission. Plus loin, d'autres policiers distribuaient les tours de service, les codes des liaisons radio, les appareils réglés sur les fréquences secrètes du F.B.I. Une grande confusion régnait autour des tables. Des inspecteurs réclamaient en criant des voitures banalisées, d'autres s'inquiétaient du paiement des heures supplémentaires d'autres encore invectivaient pêle-mêle Juifs et Arabes.

Angelo sentit une main lui effleurer le dos. Il se retourna. L'inspecteur-chef Feldman se pencha à son oreille :

— Tu mets le paquet, Angelo ! A mort ! Et ne te fais pas de souci : récriminations, protestations, menaces... on te couvre pour tout !

Feldman partit aussitôt à la recherche d'une autre oreille où glisser le même message. Le jeune équipier d'Angelo était revenu avec une feuille de papier indiquant leur destination. Le New-Yorkais l'examina, puis, considérant la foule qui se pressait devant la table où l'on distribuait les postes de radio, il se dit qu'ils avaient toutes les chances de passer la journée à faire la queue. Il s'approcha discrètement, se baissa, saisit un appareil le cacha sous son bras et s'éclipsa.

— Holà ! bondit un Fed à lunettes. Où croyez-vous aller avec ça ?

— Où je vais ? s'insurgea Angelo. Sur les quais de Brooklyn, là où l'on m'a dit d'aller. Où voulez-vous que j'aille ? A l'arrivée du sweepstake ?

— Vous ne pouvez pas partir comme ça, beuglait le Fed hors de lui. Vous n'avez pas signé de reçu. Il faut d'abord signer un reçu ! Un reçu avec la date.

Angelo prit un air excédé.

— Tu peux croire ça, fiston ? grogna-t-il en secouant son coéquipier par le bras. Il y a quelque part un baril de gaz prêt à tuer tout un tas de monde et il faut qu'on signe un papelard avant de partir à sa recherche !

Il saisit la feuille que brandissait l'employé furibond.

— Je te le jure, même si le monde était sur le point de sauter, il y aurait toujours un connard de bureaucrate pour brailler : « Holà, minute ! Il faut d'abord que vous signiez un reçu ! »

★

C'était la première fois de sa vie que David Hannon, le responsable de l'Agence de la sécurité civile, se trouvait en face du chef de l'État. Il sortit de sa poche un disque de plastique bleu et rouge de la taille d'une assiette à dessert, et le posa sur la table. C'était l'instrument indispensable à l'accomplissement de la tâche plutôt macabre qui était la sienne, une règle pour calculer les effets des bombes nucléaires. Elle avait réponse à tout : pression au centimètre carré nécessaire pour briser une vitre ou provoquer une hémorragie pulmonaire, degré des brûlures causées par une bombe de cinq mégatonnes explosant à trente-sept kilomètres, ampleur des radiations diffusées par l'explosion de quatre-vingts kilotonnes à trois cent quatre-vingt-quatre kilomètres, temps que mettraient ces radiations à tuer leurs victimes...

— Monsieur Hannon, nous vous écoutons.

Le petit homme inclina la tête en direction du Président et ajusta d'un geste précis sa cravate à rayures.

— La situation de New York est malheureusement unique, commença-t-il sur le ton sentencieux d'un archéologue décrivant les vestiges d'une civilisation disparue. A cause des gratte-ciel... Nos travaux ont davantage porté sur les dégâts que nous pourrions infliger aux Russes, que sur ceux qu'ils pourraient nous infliger à nous. Et comme ils n'ont pas de gratte-ciel, nous nous trouvons aujourd'hui en face d'une situation pour laquelle nous manquons en quelque sorte de... — il chercha le mot — ... données. Mais une chose est sûre : les dommages qu'une bombe de trois mégatonnes pourrait causer à Manhattan défient l'imagination. — Il s'épongea le front et se retourna vers la carte de New York que son adjoint venait d'accrocher au mur. — Cette carte vous donne une estimation approximative des destructions et des pertes en vies humaines.

Quatre cercles concentriques ayant pour axe Times Square, au cœur de Manhattan, englobaient successivement toute la ville et ses banlieues. Hannon désigna la portion de la ville située à l'intérieur de la ligne rouge du premier cercle. Il s'agissait d'une zone de cinq kilomètres de diamètre qui, transposée dans l'agglomération parisienne, eût représenté l'espace compris entre l'Arc de Triomphe, la tour Eiffel, le Louvre et le Sacré-Cœur de Montmartre.

— Rien, à l'intérieur de ce cercle, ne subsistera autrement que sous forme de vestiges calcinés.

— Rien ? prononça le Président atterré, vraiment rien ?

— Rien, monsieur le Président. La dévastation sera totale.

— C'est impensable !... balbutia Eastman.

Il songeait au panorama de l'île de Manhattan qu'il redécouvrait avec tant d'émotion chaque fois qu'il allait passer le week-end à New York avec sa femme et leur fille Cathy. Il revoyait ces remparts étincelants de verre et d'acier qui s'étendaient du Centre de commerce international jusqu'à Wall

Street et au-delà. Et tout cela pourrait être anéanti instantanément ! Allons donc ! Ce n'était que pur cauchemar, que tempête sous le crâne d'un bureaucrate décervelé par ses calculs !

— Voyons, monsieur l'Expert, certains de ces vieux buildings là-bas sont bâtis comme des forteresses !

— L'onde de choc d'une bombe de ce type, répliqua Hannon imperturbable, produira un ouragan comme il n'en a jamais soufflé sur la terre.

— Pas même à Hiroshima et Nagasaki ?

— Ce sont de simples bombes atomiques, et non des bombes H, que nous avons lâchées sur ces deux villes. Des bombes à la vérité rudimentaires. Les vents qu'elles ont déchaînés n'étaient que de légères brises d'été auprès de ceux auxquels il faut nous attendre dans le cas présent.

L'expert à cheveux grisonnants montra à nouveau le cercle rouge qui faisait le tour du cœur de l'île de Manhattan : Wall Street, Greenwich Village, la 5e Avenue, Park Avenue, Central Park, l'East et le West Sides.

— Nous savons, d'après nos enquêtes dans les deux villes japonaises atomisées, que les immeubles modernes en acier et béton ont été tout simplement soufflés, pouf ! comme ça. — Hannon fit claquer ses doigts. — Tandis qu'avec la tempête déclenchée par une bombe H, vous verrez les gratte-ciel s'envoler littéralement à travers l'espace. Emportés comme les tentes de la plage de Coney Island un jour de gros temps. Avant de se désintégrer ensuite en poussière.

L'expert se tourna à nouveau vers ses auditeurs. Il était tellement imprégné de son sujet qu'on aurait dit qu'il faisait un topo à des étudiants.

— Messieurs, si cet engin explose vraiment, tout ce qui restera de l'île de Manhattan sera un monceau de décombres fumants.

Il y eut un lourd silence. La mince silhouette du maire se redressa. Il avait les yeux exorbités, le teint cireux.

— Et les survivants ? demanda-t-il en indiquant ce cercle rouge à l'intérieur duquel se trouveraient pris au piège au moins cinq millions d'habitants.

— Des survivants là-dedans ? — Hannon haussa les épaules. — Il n'y en aura pas un seul.

— Seigneur ! gémit Abe Stern en s'écroulant sur son siège.

— Toute la ville va-t-elle flamber ? interrogea Herbert Green, le secrétaire à la Défense.

— Les incendies qui vont éclater, expliqua complaisamment David Hannon, n'ont pas de précédents dans l'expérience humaine. Cette bombe libérera une onde de chaleur qui enflammera tout sur plusieurs dizaines de kilomètres autour de New York. Dans le New Jersey, Long Island, Staten Island, à Westchester, des dizaines, des centaines de milliers de maisons vont s'embraser comme des allumettes.

Il examina sa carte.

— A l'intérieur du premier cercle, le souffle de l'onde de choc sera probablement si violent qu'il éteindra la plupart des incendies. L'effet thermique sera quelque peu atténué par les écrans vitrés des bâtiments modernes du centre de Manhattan. Mais, à l'intérieur de ces immeubles, qu'y a-t-il ? Des tapis, des rideaux, des bureaux couverts de papiers. Autrement dit, du combustible. Vous aurez donc, instantanément, des milliers de foyers. Ensuite, bien sûr, la déflagration réduira tout ça en ruines fumantes.

— Mon Dieu ! gémit quelqu'un au bout de la table, tous ces malheureux prisonniers dans les buildings...

— D'après nos calculs, indiqua Hannon, les buildings de verre sont probablement moins dangereux qu'on ne l'imagine, à condition bien sûr qu'ils soient assez éloignés de l'épicentre de l'explosion. Cependant, les structures de verre se fragmenteront en des milliers d'éclats microscopiques. Ainsi, l'effet de choc convertira les gens en pelotes d'épingles, sans nécessairement les tuer sur le coup.

Est-ce que ce type plaisante ? se demandait Jack Eastman, abasourdi. Il fixait l'expert, ses doigts crispés sur le rebord de la table, ses lourdes épaules écrasées de fatigue. Se rend-il compte qu'il s'agit d'êtres humains, avec un visage, un nom, une famille ? Pas d'une collection de chiffres crachés par un ordinateur !

— Y aura-t-il des survivants au-delà de votre premier cercle ? interrogea le Président.

— Oui. Nos calculs indiquent qu'à l'intérieur du deuxième cercle, c'est-à-dire entre cinq et dix kilomètres à partir du point zéro, 50 % de la population sera tuée, 40 % blessée, 10 % indemne.

— Seulement 10 % ? murmura le maire.

Il tourna la tête vers la carte mais n'y vit ni les cercles en couleur, ni le quadrillage serré des rues et des avenues. Il vit sa ville, le New York qu'il avait arpenté à pied, aimé, maudit, pendant un demi-siècle de politique et de campagnes électorales. Il vit les quartiers juifs du bas de Brooklyn où, de porte en porte, dans une écœurante odeur de poisson *gefelte*, il avait récolté les voix des électeurs ; les promenades de Coney Island avec les gars qui vendent leurs cornets de frites et des hot-dogs longs comme des matraques de policier ; les *barrios* du Harlem hispanique et les ruelles grouillantes de Chinatown puant le poisson salé, les beignets de porc et les œufs pourris ; les fenêtres de la Petite

Italie toutes décorées de rouge et de vert en l'honneur du saint patron, sa statue naïve trimballée d'épaules en épaules à travers la foule en délire ; l'interminable alignement des tristes logements populaires de Bensonhurst et d'Astoria ; tous les foyers de son peuple, ce peuple de chauffeurs de taxi, de serveurs, de coiffeurs, d'employés, d'électriciens, de pompiers, de policiers, tous ces gens parmi lesquels il avait passé sa vie à lutter pour améliorer leur sort, tous aujourd'hui condamnés à l'intérieur d'un périmètre tracé en bleu sur une carte.

— Vous voulez dire que seul un New-Yorkais sur dix a quelque chance d'en sortir vivant ? insista-t-il. Et que la moitié va périr sur-le-champ ?

— C'est exact, monsieur le Maire.

— Quel sera l'impact sur les autres secteurs ? s'inquiéta le Président.

— La presque totalité du reste de Jersey City, du Bronx et de Brooklyn sera anéantie. Les buildings de verre les plus récents deviendront des squelettes, mais la plupart des carcasses resteront debout parce que le vent n'aura plus aucune prise. A la périphérie du cercle bleu, les immeubles s'écrouleront.

— Peut-on présumer qu'il y aura des survivants à l'intérieur du troisième cercle ? demanda anxieusement Eastman.

Ce cercle englobait le campus de l'université Columbia et toute une série de banlieues particulièrement peuplées.

— Dans cette zone, expliqua Hannon, vitres, cloisons intérieures et toitures seront volatilisées. Quelques maisons s'effondreront. Toute personne qui ne sera pas dans une cave ou un abri risque d'être ensevelie sous les décombres. Nous estimons qu'il y aura 10 % de morts dans cette zone, et de 40 à 50 % de blessés.

— Et les radiations ? s'enquit le Président.

— Que Dieu nous protège ! monsieur le Président, mais si, par malheur, le vent soufflait de la mer au moment de la catastrophe, le nuage radioactif recouvrirait toute l'agglomération new-yorkaise avant d'être poussé vers l'intérieur du pays. Des millions de gens seraient atteints et des dizaines de milliers de kilomètres carrés contaminés. Personne ne pourrait y vivre pendant plusieurs générations.

— Écoutez, monsieur Je-ne-sais-plus-trop-quoi, j'en ai assez de vous entendre prédire l'enfer ! — Le Maire avait retrouvé son punch. — La seule chose qui m'intéresse, moi, c'est que vous me disiez exactement combien de mes concitoyens vont être tués si cette bombe explose.

— Bien volontiers, monsieur le Maire.

Hannon ouvrit un volumineux dossier à couverture de carton noir rigide marqué « Ultra-secret ». Il contenait l'inséparable viatique d'un bureaucrate moderne, un document d'informatique. Il s'agissait, en fait, d'une sorte de Bottin de l'inconcevable, une projection, quartier par quartier, de la mort et de la destruction, jusqu'au nombre exact d'infirmières, de pédiatres, d'ostéopathes, de plombiers, de lits d'hôpitaux, de pompes à incendie, de pistes d'aéroports et, naturellement, d'archives officielles, qui subsisteraient dans chaque coin des zones touchées.

Le gouvernement américain avait dépensé des millions de dollars pour rassembler ces informations et les faire traiter par les ordinateurs géants du Centre d'alerte nationale d'Olney, dans le Maryland. Et voici que le moment était venu de résumer toute l'horreur impliquée dans ces colonnes de chiffres, de statistiques, de pourcentages.

Hannon consulta rapidement son livre noir et déclara posément :

— Le nombre total de morts pour la ville de New York s'élèvera à 6 744 000.

★

L'agent du F.B.I. Jack Rand jeta un coup d'œil nerveux à sa montre. Un grand embouteillage de voitures immobilisait la vieille Chevrolet de son coéquipier, l'inspecteur Angelo Rocchia.

— On devrait prévenir le P.C., suggéra Rand.

— A quoi bon ? répliqua Angelo, agacé. Pour leur dire qu'on est bloqué sur le pont de Brooklyn ?

Ce mec a une radio dans le cul, pensa Angelo. Il attrapa une cacahuète dans le sac en papier au fond de la poche de son veston.

— Tiens, petit ! relax ! Admire le panorama. Le meilleur va venir. Le merdier de Brooklyn.

Lentement, avec précaution, il se faufila le long de la rampe et tourna dans Henry Street, deux rues au-dessus des quais. Le jeune Fed fit une grimace à la vue du spectacle qui lui apparut à travers le pare-brise : une ligne d'immeubles à trois et quatre étages, presque tous éventrés comme par un bombardement. Les murs, du moins ceux qui tenaient encore debout, étaient couverts de graffiti obscènes. L'endroit puait l'urine, la merde, la cendre.

La plupart des boutiques étaient barricadées avec des planches. Rand remarqua, étonné, les rares commerces encore ouverts : le salon de coiffure du Grand Tony, sa façade béante cachée par un rideau jaune et un pot de géraniums ; l'épicerie de l'Ace, avec son étalage de saucissons, de boîtes de bière et de soda, de paquets de cigarettes et de serviettes en papier, entassés derrière un épais grillage.

Au coin des rues, des miséreux pour qui le rêve américain n'était resté qu'un mirage se chauffaient

286

les mains sur des feux d'ordures allumés dans de vieilles poubelles.

— Je parie que tu ne connais pas ce genre de paradis dans ton Colorado ! Tu sais combien un type touche ici pour assassiner quelqu'un ? Dix dollars ! Oui petit, dix dollars pour tuer un citoyen ! — Angelo Rocchia hocha la tête avec nostalgie. — Ç'a pourtant été un chouette quartier, tu sais. Des Italiens. Quelques Irlandais. Aujourd'hui, la plupart des gens d'ici vivent plus mal que les bêtes du zoo du Bronx. Les Arabes nous feraient une fleur...

— Une fleur ?

— ... s'ils le faisaient péter ici leur baril !

Du coin de l'œil, Angelo vit le Fed grimacer. Il montra du doigt la façade décrépite d'une église.

— Là-bas, c'est President Street, dit-il avec fierté. Le vieux territoire du gangster Joey Gallo. Et devant toi, fiston tu as l'un des plus grands champs de bataille américains.

C'était vrai : plus d'hommes sont morts sur les quais de Brooklyn que dans bien des batailles historiques. De tous temps, le crime, la corruption, le meurtre ont infesté ces kilomètres d'entrepôts grisâtres et les quartiers avoisinants. Les rats de quai, les incendiaires de docks, les logeurs marrons, les marchands d'hommes, les marchands de femmes, les ogresses, les shanghaiers, les shipchandlers véreux, les contrebandiers, les tueurs à l'heure et à la course avaient été les sinistres héros de la grande saga de la pègre du waterfront. L'insécurité et le pillage y avaient atteint de tels degrés que les bateaux avaient fini par déserter Brooklyn.

— Est-ce que la Mafia contrôle toujours les quais ? demanda naïvement le Fed.

Angelo ne put retenir un ricanement. Qu'est-ce que c'est que ce mec ! La prochaine fois, il va me demander si le pape est catholique.

287

— Bien sûr ! La famille Profaci. Anthony Scotto...

— Et vous n'avez jamais réussi à les casser ?

— Les casser ! Tu rigoles ? Ils contrôlent toutes les compagnies de manutention qui louent les quais. Si un docker n'a pas un oncle, un frère, un cousin dans le syndicat pour le recommander, il peut aller se faire cuire un œuf : il n'y aura pas de boulot pour lui. Tu sais ce qui se passe quand le gars arrive le premier jour ? Un type s'approche de lui et lui dit : « Hé vieux ! on fait une quête pour Tony Nazziato. Il s'est cassé la patte sur le quai n° 6. » Surpris, ton candidat docker demande : « Tony qui ? » C'est fini : tu peux être sûr que ton gars n'aura jamais de travail. Car le grand Tony, il est là-bas, dans la salle du syndicat, en train de compter les centaines de dollars que lui rapportent les quêtes pour ses fractures imaginaires. C'est la loi de la jungle. Comme partout sur les quais.

Angelo observa que le visage tout rose de son coéquipier avait viré au gris, comme le ciel de Brooklyn.

— Allez, ça va, parlons d'autre chose. C'est curieux qu'ils t'aient expédié de Denver juste pour un foutu baril de chlore, non ?

— Ça a l'air d'une camelote drôlement dangereuse, fit Rand.

— Sûr ! Sais-tu le nombre de Feds qu'ils ont fait venir ? Au moins deux mille !

— Tant que ça ? — Il hésita un instant. — Dis donc, tu ne dois pas être loin de l'âge de la retraite ?

— Si je voulais, j'y serais déjà ! lâcha Angelo en avalant une cacahuète. J'ai l'ancienneté. Mais j'aime ce boulot... Me faire braire quelque part à Long Island à écouter l'herbe pousser ? Tu ne m'as pas regardé !

C'était dans le quartier qu'ils traversaient qu'Angelo Rocchia avait fait, en 1947, ses débuts de flic. Le commissariat de Brooklyn était alors si près de chez lui qu'il pouvait venir entre deux rondes boire un café dans la maison où il était né, embrasser sa mère, tailler une bavette avec son père dans le petit atelier de tailleur que celui-ci avait monté en arrivant de Sicile après la Première Guerre mondiale, et même piquer un roupillon dans l'appentis où il avait lui-même poussé l'aiguille les samedis après-midi en écoutant le vieux fredonner avec la radio les grands airs de *Rigoletto*, du *Trovatore*, de la *Traviata*.

— Il y a longtemps que tu es avec le F.B.I. ? demanda-t-il à Rand.

— Trois ans. Depuis ma sortie de la faculté de droit de Tulane.

— Tu es originaire de La Nouvelle-Orléans ?

— De Thibodaux, dans le bayou de Louisiane. Mon père tient l'agence Ford là-bas.

— Le pays de Ron Guidoy, observa Angelo avec satisfaction. Le meilleur pitcher que les Yankees aient eu depuis l'arrivée de Whitey Ford[1].

— Moi, j'ai fait du foot !

— T'as pas le gabarit !

— C'est ce qu'ont dit les « pros ». Alors j'ai fait mon droit.

Quelques jours avant la remise de son diplôme, un représentant du F.B.I. était venu exposer aux étudiants de Tulane University les avantages d'une carrière dans les rangs de la sûreté fédérale. A la rentrée suivante, Jack Rand avait été admis à la mystérieuse académie nationale du F.B.I., installée dans l'enceinte de la base navale de Quantico, en

1. Célèbres joueurs de base-ball.

Virginie. Il avait suivi pendant onze mois l'instruction intensive des futurs agents de la sécurité américaine : cours de procédure criminelle, école de contre-espionnage, initiation aux idéologies révolutionnaires, leçons de surveillance policière, exercices pratiques sur des scénarios de kidnappings, infiltrations étrangères, terrorisme politique, chantage nucléaire. Tout un entraînement physique digne de James Bond — exercices de défense tactique, de close-combat, de tir réel — avait complété cette formation dont l'ultime examen avait été une épreuve de résistance à la torture.

Mais surtout, Rand avait appris à se soumettre à ces règles qui tendent à fondre dans un même moule les neuf mille agents du F.B.I. Plus de vêtements ni de cravates fantaisie, mais de sobres costumes passe-partout, des gabardines beiges ou grises, des chapeaux de feutre de même couleur. De discrètes lunettes du genre clergyman. Des cheveux ni trop longs ni trop courts. Pas de barbe ni de moustaches. Mêmes exigences pour le comportement. Ainsi, pour la façon de parler : pas de discours volubiles, de conversations à bâtons rompus, mais une stricte économie de langage. Pas non plus d'originalité dans le travail, mais une soumission scrupuleuse aux méthodes en vigueur. Un policier anonyme, prêt à diluer son individualité dans l'organisation, voilà ce que le F.B.I. avait fait du jeune Jack Rand.

★

Angelo Rocchia avait commencé sa carrière au cœur de cet énorme borough de Brooklyn dont le quartier des docks ressemblait aujourd'hui aux villages dévastés de Sicile où il s'était battu pendant l'automne 42. C'était le ghetto italien, alors livré aux vendettas des familles rivales de la Mafia. Il n'avait pas tardé à découvrir l'extraordinaire corruption que favorisait l'uniforme bleu marine, la casquette hexagonale et le calibre 38 des trente-deux mille policiers de New York. Il avait fermé les yeux sur les rackets de son secteur, il avait touché, sans scrupule, la dîme des gangsters. Après un passage dans le Bronx, il avait traversé l'East River pour rejoindre le bureau d'investigation criminelle de Manhattan où il avait abandonné l'uniforme des *cops* pour naviguer en civil dans le milieu interlope des jeux clandestins, des paris illégaux, de l'extorsion commerciale et industrielle.

Une année à la brigade des pickpockets de Manhattan-Sud, puis treize mois à la brigade des mœurs du 18e commissariat de la 54e Rue-Ouest avaient encore enrichi son expérience. Il s'y était révélé excellent comédien. Son art du déguisement avait fait tomber dans ses filets quelques belles de nuit de Times Square, toutes surprises de découvrir que le paisible marchand de bière de Munich ou le représentant aux yeux bridés de sa majesté Honda portait un calibre 38 sous son veston. L'écusson doré des inspecteurs de première classe avait fini par le récompenser, lui ouvrant les portes de l'aristocratie de la force publique new-yorkaise, le corps des trois mille inspecteurs qui représentait un puissant *lobby* courtisé par le pouvoir et par la presse.

— Tu es marié ? demanda Angelo à son coéquipier.

— Oui, j'ai même trois gosses. Et toi ?

Jack Rand décela pour la première fois sur le visage de son compagnon une ombre de tristesse.

— J'ai perdu ma femme il y a quelques années. J'ai un enfant, une fille.

Il avait prononcé ces mots comme une mise au point définitive qui n'autorisait aucun commentaire.

Le policier arrêta sa voiture devant un portail métallique. Il montra sa plaque d'inspecteur au gardien qui lui fit signe de passer. Un peu plus loin, il stoppa devant un vaste bâtiment jaune dont la façade annonçait, en lettres noires : « Passenger terminal » — « Gare maritime ».

— Le dernier arrêt avant le casse-pipe ! plaisanta Angelo.

— Le casse-pipe ?

— Oh merde ! laisse tomber. Tu n'étais même pas né. — Il se jeta une cacahuète dans la bouche. — C'est d'ici que je suis parti pour la guerre en 42.

Une rafale de vent glacé leur envoya en pleine figure le relent des flots sales qui léchaient les docks. Angelo releva son col et se dirigea vers une sorte de cage vitrée au bout du quai.

— Ça, c'est le bureau des douanes U.S. ! Tu pourrais faire passer un troupeau d'éléphants devant ces carreaux sans que le type à l'intérieur s'en aperçoive.

Angelo entra dans le cagibi faiblement éclairé où flottait une odeur de sueur et de tabac froid. Des photographies de vedettes de base-ball, un poster jauni d'une pin-up de *Playboy* décoraient les murs crasseux. Renversé dans son fauteuil, le douanier en bleu marine lisait la page des sports du *Daily News*.

— Ils m'ont annoncé votre visite, grommela-t-il au vu de la plaque d'Angelo. Ils vous attendent à côté, au bureau de l'agent maritime.

Le bureau de l'Hellias Stevedore était à peine plus vaste que celui des douanes. Des liasses de papiers s'empilaient dans des casiers le long du mur. Il s'agissait des manifestes de tous les navires qui avaient déchargé des marchandises sur ce quai au cours de l'année écoulée.

Angelo enleva son manteau et le plia soigneusement sur une chaise. Il prit quelques cacahuètes dans sa poche et en offrit une à Rand.

— Tiens, petit, mange ça et au boulot ! Et souviens-toi : « Chi va piano va sano. »

Le Fed prit un air interloqué.

— Cela veut dire, mon pote, qu'un bon flic est un type qui prend son temps.

★

Le visage livide et ravagé d'émotion, le maire de New York joignit les mains dans un geste d'imploration. Six millions sept cent quarante-quatre mille, ne cessait-il de répéter, six millions sept cent quarante-quatre mille ! Un holocauste pire que la tragédie qui avait expédié ses oncles et tantes dans les chambres à gaz d'Auschwitz. En quelques secondes d'un embrasement fulgurant !

— Monsieur le Président, — sa voix était sourde, presque inaudible — il faut de toute urgence faire quelque chose pour ces gens. Il le faut absolument !

Abe Stern était seul avec le Président dans son bureau. Ankylosé par de longues stations assises, le chef de l'État se leva, et arpenta la pièce.

— Bien sûr, Abe... On va trouver le moyen de s'en sortir... Mais en attendant, il faut garder notre sang-froid, ne pas céder à la panique.

— Ce sont là de belles paroles, monsieur le Président. Pas les actes qui sauveront les six millions d'hommes, de femmes et d'enfants de ma ville ! Qu'allons-nous faire pour les arracher aux griffes de ce fanatique ?

— Pour l'amour du Ciel, Abe, ne croyez-vous pas que s'il y avait quelque chose de plus à faire, je le ferais ?

— Pourquoi ne pas les évacuer ?

— Les évacuer ? Vous avez lu son message ? C'est clair : au premier signe d'évacuation, il fait sauter la bombe. Vous voulez courir ce risque ? Avant même que nous ayons pu lui parler ?

— Moi je refuse d'accepter que ce dément nous dicte ses ordres ! Ne peut-on vider la ville sans qu'il le sache ? De nuit ? En coupant les radios, les télévisions, les téléphones ? Il doit bien y avoir un moyen !

Le Président se détourna de la fenêtre devant laquelle il s'était arrêté. Il ne pouvait plus supporter la beauté du spectacle, le parterre immaculé de neige et l'obélisque de Washington jaillissant dans le ciel bleu, sobre mémorial évoquant des temps heureux.

— Abe, dit-il posément, nous commettrions une très grave erreur de sous-estimer Kadhafi. J'ai au contraire la conviction qu'il a tout prévu, jusqu'aux moindres détails. Toute sa stratégie repose sur ceci, qu'il tient en joue une concentration fantastique de population. Que ses otages parviennent à quitter la ville, et il est fichu. Il le sait. Il a donc certainement des gens à lui munis de puissants émetteurs radio, prêts à l'alerter à la seconde même où le mot évacuation serait prononcé !

— Monsieur le Président, je vous en conjure, laissez-moi lancer un appel à la radio et la télévision.

— Abe, si vous faisiez cela, peut-être réussiriez-vous à sauver un million d'habitants. Mais ce seraient les riches qui possèdent des voitures. Que faites-vous des Noirs de Harlem, des Portoricains de Brooklyn, des petites gens du Bronx ? Eux n'auraient pas le temps de courir au bout de la rue que la bombe les aurait réduits en poussière !

— Au moins, les rescapés pourraient inscrire sur

ma tombe : « Il sauva un million de ses concitoyens. »

Le Président hocha tristement la tête.

— Mais les livres d'histoire diraient, sans doute,
que par votre précipitation vous avez contribué à en
faire périr cinq millions d'autres !

L'atroce dilemme leur imposa un long silence.
Puis le Président reprit :

— Abe, imaginez une seconde le chaos provoqué
par l'annonce de l'évacuation de New York !

— Je sais mieux que personne quelle pagaille cela
ferait. Mais il s'agit de MES gens, et je ne vais pas
rester assis dans mon fauteuil à attendre que vous
les soustrayiez au chantage de cet assassin ! — Le
maire pointa un doigt accusateur vers la ville au-
delà de la fenêtre. — Et tous ces gratte-papier de la
protection civile qui ont dépensé notre argent par
millions de dollars depuis trente ans ? Qu'attendent-
ils pour nous montrer ce qu'ils ont fait avec cet
argent ? Donnez-moi les plus qualifiés. Je vais les
emmener avec moi à New York et je les mettrai au
travail. On va voir s'ils sont capables de trouver une
solution.

— Ils sont à vous, Abe. Je les fais immédiatement
expédier à la base d'Andrews. Ils partiront dans
votre avion. — Le Président posa sa main sur
l'épaule du maire. — Et s'ils découvrent un moyen,
n'importe lequel, qui permette une évacuation sans
risque, d'accord ! — Il serra l'épaule du vieil
homme. — Confiance, Abe, nous n'aurons pas à en
arriver là ! Dès que nous serons en contact avec
Kadhafi, nous arriverons à le persuader de renoncer
à son projet. — Il soupira. — Mais pour le moment,
venez, il faut que nous allions jouer la comédie.

Des journalistes attendaient à l'extérieur. Le Président plaisanta avec les uns et les autres, puis il

donna lecture d'un communiqué anodin : il s'était entretenu avec le maire du montant de l'aide fédérale à la ville de New York dans le prochain budget.

— Monsieur le Maire, lança un des reporters, que diable va devenir New York si vous n'obtenez pas les subventions demandées ?

Abe Stern le cloua du regard.

— Ne vous en faites pas pour New York, jeune homme ! New York saura toujours se débrouiller.

★

Comme chaque matin, Jeremy Oglethorpe entra dans la cuisine de sa petite maison d'Arlington, en Virginie. Depuis trente ans qu'il habitait là, rien n'avait jamais troublé les habitudes de ce fonctionnaire méticuleux dont la journée de travail commençait invariablement par deux œufs pochés et s'achevait, huit heures plus tard, sur la saveur tonique de deux dry martinis. Cinquante-huit ans, l'air débonnaire et les joues couperosées, Oglethorpe faisait partie de cette corporation de bureaucrates à diplômes nés d'une curieuse union entre les pépinières universitaires et les antichambres gouvernementales de Washington. Les organismes qui employaient des hommes tels que lui avaient proliféré comme des champignons sur les bords du Potomac après la fin de la Seconde Guerre mondiale : montant des besoins en piles au cadmium pour l'industrie électronique en 1987, précision d'impact du missile MX selon ses différentes courbes d'approche, évolution des conditions socio-culturelles en Zambie d'ici à l'an 2000. Aucun sujet n'échappait à la compétence des technocrates comme Oglethorpe. Pas même les problèmes de surpeuplement dans les maisons closes d'Amérique du Sud, ainsi que l'avait découvert avec indignation le sénateur William Proxmire !

Jeremy Oglethorpe appartenait, lui, au prestigieux Stanford Research Institute qui dépendait de l'université Stanford de Palo Alto, en Californie. Sa spécialité portait sur les modalités d'évacuation des villes en cas d'attaque thermonucléaire soviétique. Le mot « évacuation » ne figurait pourtant jamais dans ses rapports. La bureaucratie gouvernementale lui trouvant une consonance aussi pessimiste qu'au mot « cancer », on l'avait remplacé par la formule pudique de « redéploiement des populations en cas d'urgence ».

Trente années durant, Oglethorpe s'était consacré à ce problème avec un zèle au moins égal au dévouement de Mère Teresa envers les pauvres de Calcutta. Le couronnement de sa carrière avait été la publication d'une œuvre monumentale de quatre cent vingt-cinq pages intitulée « Conditions du redéploiement des populations urbaines du corridor nord-est des États-Unis. » Ce document avait demandé la collaboration de vingt personnes pendant trois ans et nécessité des crédits dont Oglethorpe lui-même n'aurait osé avouer le montant. Depuis lors, il s'était attaqué à l'aspect le plus ardu de sa tâche, c'est-à-dire la ville de New York. Incontestablement, il était l'expert par excellence des problèmes d'évacuation de la gigantesque métropole en cas d'alerte nucléaire. Pourtant, il n'avait jamais habité cette ville qu'il détestait. Mais sa totale méconnaissance sur le terrain des agglomérations dont il planifiait l'évacuation n'avait jamais troublé sa conscience professionnelle ni celle de ses supérieurs. A l'approche de la retraite, Jeremy Oglethorpe se demandait parfois si tant d'efforts n'avaient pas été déployés en vain.

Toutefois, ce lundi matin 14 décembre, alors qu'il restait à peine plus d'une journée avant l'expiration de l'ultimatum de Kadhafi, il semblait que son heure ait brusquement sonné. Comme il entamait ses œufs pochés, la sonnerie du téléphone retentit dans le salon. Il manqua s'étrangler quand un colonel du Pentagone lui annonça que le secrétaire à la Défense désirait lui parler. Personne d'un grade supérieur à celui de chef de service ne l'avait encore appelé chez lui. Deux minutes plus tard, il s'engouffrait dans une limousine officielle pour aller prendre à son bureau les documents dont il allait avoir besoin et filer rejoindre le maire de New York sur la piste de la base aérienne d'Andrews. Tandis que le chauffeur démarrait, Oglethorpe sentit un frisson le parcourir : trente années de sa vie aboutissaient à cet extraordinaire instant !

★

L'arrivée du psychiatre hollandais Henrick Jagerman provoqua des réactions diverses chez les conseillers exténués qui entouraient Jack Eastman dans son bureau de l'aile ouest de la Maison-Blanche. Pour la blonde Lisa Dyson, chef de la section Libye de la C.I.A., il apportait la promesse d'une bouffée d'air frais dans une réunion qui s'enlisait après une nuit de discussions intenses et parfois orageuses. Le Dr Bernie Tamarkin, spécialiste américain des négociations avec les terroristes, voyait entrer son confrère avec le respect d'un jeune violoncelliste rencontrant Pablo Casals. Le corpulent personnage débarquant d'Amsterdam incarnait pour Jack Eastman le seul espoir de résoudre cette terrifiante crise de façon non violente.

Les présentations faites, le Dr Henrick Jagerman

s'assit à la place que lui indiqua Eastman, en face de lui. De son fauteuil, il apercevait la célèbre rotonde à colonnes de la présidence des États-Unis. Son flegme coutumier avait été mis à rude épreuve. Voici moins d'une demi-heure, il se trouvait encore au-dessus de l'Atlantique, savourant, à deux fois la vitesse du son, le déjeuner gastronomique d'Air France servi par une ravissante hôtesse, tout en étudiant le dossier sur Kadhafi que lui avait remis un agent de la C.I.A. à l'entrée du Concorde. Et voilà qu'il était à présent catapulté au cœur du pouvoir de la nation la plus puissante du monde pour proposer une stratégie susceptible d'empêcher une catastrophe d'une ampleur inimaginable.

— Avez-vous déjà établi le contact avec Kadhafi ? demanda-t-il de son fort accent batave, dès qu'Eastman eut achevé de lui résumer la situation.

— Hélas ! pas encore. Les circuits de transmission sont en place mais Kadhafi reste intouchable.

Jagerman réfléchissait, les yeux levés vers le plafond. Il avait un grain de beauté au milieu du front. C'était sa *tika*, aimait-il dire, la marque ronde que les hindous se peignent à cet endroit pour représenter le troisième œil, celui qui perçoit la vérité au-delà de la réalité.

— De toute façon, il n'y a pas urgence.

— Pas urgence ? s'étonna Eastman. Il nous reste moins de vingt-sept heures pour nous sortir de ce guêpier et vous trouvez qu'il n'y a pas urgence !

— Après le succès de son expérience nucléaire, notre colonel se trouve probablement en état d'érection psychique, c'est-à-dire en plein délire paranoïaque.

· Le psychiatre avait parlé avec l'autorité d'un professeur de médecine exposant un diagnostic à ses élèves.

— Son explosion atomique l'a convaincu qu'il possède désormais ce qu'il s'acharnait à conquérir depuis des années, le pouvoir absolu, total, définitif. En d'autres termes, il est saisi par une psychose de force. Il voit ses objectifs à portée de main : liquider Israël, devenir le leader incontesté des Arabes, faire la loi sur le marché mondial du pétrole. Entamer maintenant avec lui des pourparlers serait sans doute commettre une erreur fatale. Mieux vaut laisser la marmite refroidir avant de soulever le couvercle pour regarder à l'intérieur !

Jagerman se pinça le nez afin de dégager ses oreilles encore bouchées par la descente rapide que le Concorde d'Air France avait effectuée à la demande pressante des autorités américaines.

— Vous savez, reprit-il, dans une situation de ce genre, les premiers moments sont toujours les plus dangereux. Au début, le quotient d'anxiété d'un terroriste est très, très élevé. Il se trouve fréquemment dans un état d'hystérie qui peut le pousser subitement à commettre l'irréparable. Il faut lui donner de l'oxygène, l'aider à reprendre son souffle, le laisser exprimer ses opinions et ses doléances.

Le Hollandais se redressa brusquement.

— A propos de cette liaison avec Kadhafi, j'espère qu'il s'agit bien d'une communication par radio ou par téléphone et que nous pourrons entendre sa voix ?

Eastman eut l'air embarrassé.

— Cela pose un problème de sécurité...

— Il faut absolument que nous entendions sa voix, insista le psychiatre. C'est essentiel.

La voix d'un homme était pour lui une ouverture indispensable sur son psychisme, l'élément qui lui permettait de saisir son caractère, la modulation de ses émotions, éventuellement de prédire son compor-

300

tement. Dans toutes les affaires d'otages, Jagerman enregistrait chaque entretien avec les terroristes, puis écoutait et réécoutait la bande, épiant le plus infime écart dans le timbre, l'élocution, le vocabulaire.

— Qui devra lui parler ? demanda Eastman. Le Président, je suppose...

— Surtout pas ! protesta vivement le psychiatre. Le Président est le seul à pouvoir lui accorder ce qu'il réclame — c'est du moins ce qu'il croit. Il est donc la dernière personne avec qui il doit entrer en contact. — Jagerman avala une gorgée de café. — Notre objectif est de gagner du temps, le temps nécessaire à la police pour découvrir la bombe. Or, comment pourrions-nous faire traîner les choses et obtenir le recul de l'ultimatum si nous laissions le chef de l'État entamer d'entrée de jeu les négociations ? Kadhafi risquerait de l'acculer le dos au mur, d'exiger une réponse immédiate.

Le Hollandais constatait avec satisfaction que l'assistance était suspendue à ses lèvres.

— C'est pourquoi je préconise toujours d'interposer un négociateur entre le terroriste et l'autorité. Si le terroriste formule une exigence pressante, le négociateur peut alors prétexter qu'il doit en référer à ceux qui ont le pouvoir d'accorder ce qu'il demande. Le temps, conclut-il en souriant, le temps travaille toujours en faveur de l'autorité. A mesure que les heures passent, les terroristes se montrent de moins en moins sûrs d'eux, de plus en plus vulnérables. Espérons que ce sera le cas pour Kadhafi !

— Quel genre de personnage doit être ce négociateur ? demanda Eastman.

— Quelqu'un d'un certain âge, placide, qui sache l'écouter, l'arracher à d'éventuels silences. Une sorte de père, en somme, comme Nasser l'était pour lui dans sa jeunesse. Essentiellement quelqu'un qui lui inspire confiance. Sa tactique consistera à lui faire comprendre ceci : « Je sympathise avec vous et avec vos objectifs. Je veux vous aider à les atteindre. »

Le psychiatre hollandais connaissait bien son affaire. Cinq fois déjà, il avait dialogué avec des terroristes de manière à refréner leurs pulsions agressives puis à les amener, peu à peu, à prendre conscience de la réalité, et enfin à accepter le rôle qu'il leur assignait : celui de héros généreux ayant épargné la vie de leurs otages. Quatre fois, la manœuvre avait brillamment réussi. Mieux vaut aujourd'hui, songea-t-il, ne pas penser à l'échec que fut la cinquième !

— Le premier contact sera décisif, enchaîna-t-il. Kadhafi doit d'emblée réaliser que nous le prenons au sérieux. — Son regard vif et clair balaya la pièce. — Considérant l'énormité de son chantage, ce que je recommande peut vous paraître grotesque, mais c'est un élément vital de notre stratégie. Il faut commencer par lui dire qu'il a raison. Que non seulement ses griefs contre Israël sont légitimes, mais que nous sommes prêts à l'aider à trouver une solution raisonnable.

— D'accord, docteur, mais tout ceci suppose que Kadhafi veuille bien parler à ce négociateur ! fit observer Lisa Dyson. Or, il serait bien dans son caractère de nous déclarer — elle adressa au psychiatre un sourire angélique —, pardonnez-moi l'expression : « Allez vous faire foutre ! Pas de palabres ! Tenez-vous-en à mes exigences ! »

Ces Américaines ! se dit Jagerman. Elles sont encore plus grossières qu'un gardien de prison hollandais !

— Ne vous faites pas de souci, chère mademoiselle. Il parlera. Votre excellente étude le démontre clairement. Le pauvre petit Bédouin du désert que ses camarades d'école ridiculisaient autrefois veut devenir le héros de tous les Arabes en imposant sa volonté à l'homme le plus puissant du monde, votre Président. Croyez-moi, il parlera.

— Dieu vous entende !

Eastman avait attentivement écouté Jagerman, partagé qu'il était entre son scepticisme envers les méthodes psychiatriques et l'espoir fou que cet homme puisse apporter la solution tant attendue.

— Mais n'oubliez pas, docteur : nous ne sommes pas ici en face d'un minable petit truand qui braque son revolver sur la tempe d'une vieille dame. Kadhafi a dans les mains le pouvoir de tuer plus de six millions de personnes en un quart de seconde. Et il le sait !

Jagerman hocha la tête.

— C'est exact. Cependant, nous devons tenir compte de données psychologiques précises et de certains principes immuables. Ils s'appliquent à un chef d'État aussi bien qu'à un vulgaire braqueur. La plupart des terroristes se considèrent comme des visionnaires opprimés luttant pour redresser quelque tort. L'homme à qui nous avons affaire est sans nul doute un illuminé, un authentique fanatique religieux. Ce qui complique les choses car, au nom de la religion, un homme est toujours plus radical, plus intransigeant. Rappelez-vous Khomeiny.

Jagerman se tourna vers Lisa Dyson avec une approbation toute paternelle dans le regard.

— Là encore, votre portrait est des plus instructifs, mademoiselle. Il est évident que son désir d'obtenir ce qu'il ressent comme étant la justice pour ses frères arabes est la raison fondamentale de son action. Toutefois, inconsciemment, un autre impératif le pousse à agir ainsi : le mépris dans

303

lequel le tient l'Occident. Il sait que vous autres Américains, comme les Anglais, les Français, et même les Russes, vous le prenez pour un fou. Eh bien, il va vous démontrer que vous avez tort. Lui, le misérable petit Arabe méprisé, va vous obliger à le respecter, à tenir compte de sa volonté, à lui permettre de réaliser son rêve grandiose. Et pour vous prouver qu'il n'est pas aussi fou que vous le croyez, il est prêt à aller jusqu'au bout : à tout anéantir. Vous, lui, et son peuple avec s'il le faut !

★

Angelo Rocchia passait en revue chacun des manifestes de l'agent maritime Hellias Stevedore quand plusieurs malabars entrèrent dans le bureau pour se réchauffer autour du poêle à charbon. C'étaient des chefs de quai. Des Italiens pour la plupart, avec un échantillon de Noirs, concession réticente du gang à la pression de l'antiracisme. Ils composaient une distribution idéale pour un remake de *Sur les quais,* avec leurs salopettes crasseuses, leurs grosses chemises à carreaux, leurs casquettes de cuir. Leur langage se réduisait à une série de grognements gutturaux, un mélange d'argot américain et de jurons siciliens, parlant de sexe, du temps, de fric, de base-ball.

Le policier new-yorkais sentit les regards hostiles qui l'épiaient. Personne, il le savait, n'était aussi indésirable, sur les quais, qu'un flic. Ces types doivent être en train de se presser le citron à se demander ce qu'on est venu faire, songeait-il avec enchantement. De l'immense quai du Brooklyn Ocean Terminal parvenaient, en bruit de fond, le sifflement des chariots élévateurs, le grincement des grues extrayant les palettes de marchandises des cales des quatre cargos amarrés aux appontements. Un drôle de quai que celui-là, l'un des derniers du port de New York qui manutentionnait encore les piles de marchandises en vrac, un anachronisme à l'époque des cargaisons en containers. Angelo se souvenait du temps où tout arrivait ainsi. Les dockers se ruaient sur les marchandises comme des hordes de rats, chapardant à qui mieux mieux. Il se frotta les yeux, croqua une cacahuète, et poursuivit son examen méthodique des manifestes. Soudain, il perçut un gargouillement familier au fond de son estomac et releva la tête.

— Holà, Tony ! cria-t-il à l'employé à face de lune assis derrière une table au fond de la pièce, est-ce que tu sais si le restaurant Salvatore existe toujours ?

Tony Picardi leva les yeux de sa paperasse et ouvrit une bouche constellée de dents en or.

— Non. Le vieux est mort il y a deux ans.

— Dommage ! Il n'y avait personne comme lui pour faire les *manicaretti*.

La remarque agaça Jack Rand qui montrait des signes d'impatience. Ce flic new-yorkais est vraiment dingue ! songeait-il. Depuis qu'on est arrivé dans ce bureau, il a passé son temps à déconner avec ce type en italien. Tout en rouspétant, le Fed examina un nouveau manifeste. Il fit un bond.

— J'en ai un ! s'écria-t-il avec l'excitation d'un pêcheur découvrant un saumon au bout de sa ligne.

Angelo se pencha et suivit le doigt de son coéquipier qui courait le long du document.

« EXPÉDITEUR : Libyan Oil Service, Tripoli. CONSIGNATAIRE : Kansas Drill International, Kansas City, Kansas. IDENTIFICATION : LOS 8477/8484. QUANTITÉ : 5 palettes. DESCRIPTION : Matériel de forage pétrolier. POIDS BRUT : 17 000 livres. »

— Oui, approuva Angelo, ça a l'air d'être bon. Va téléphoner au P.C. et communique-leur ces informations.

Jack Rand sortit aussitôt. Quelques instants plus tard, l'attention d'Angelo Rocchia s'arrêtait à son tour sur le mot « Benghazi » inscrit sur un autre manifeste. Ce nom lui disait quelque chose... L'oncle Giacomo ! C'était là que les Anglais avaient fait prisonnier l'oncle Giacomo en 1942. A Benghazi, en Libye. Il examina la fiche :

« NOM DU BATEAU : *Dionysos*. EXPÉDITEUR : Am El Fasi, Export, Benghazi. CONSIGNATAIRE : Durkee Filter, 194 Jewel Avenue, New York. IDENTIFICATION : 18/37B. QUANTITÉ : 1 palette. DESCRIPTION : 10 barils de diatomées. POIDS BRUT : 5 000 livres. »

Rochia fit un calcul rapide. Dix barils pour cinq mille livres, ça fait cinq cents livres par baril. N'est-ce pas un peu léger pour un baril de chlore ?

— Hé, Tony ! lança-t-il à l'employé, jette donc un coup d'œil là-dessus. — Il plaça le manifeste sous le nez de Picardi. — Qu'est-ce que c'est que ça, des diatomées ?

— Une sorte de poudre... Des coquillages écrasés.

— Ça sert à quoi ?

— Je ne sais pas au juste. Pour filtrer la flotte, je crois, la flotte des piscines.

— Ça te dit quelque chose, ce bateau, le *Dionysos* ?

— Ouais. Un vieux rafiot tout pourri. Il vient toutes les six semaines avec la même merde depuis quatre ou cinq mois.

Angelo reprit la feuille et se mit à réfléchir. Tu aurais l'air d'un vrai con au P.C. si tu les faisais rechercher des barils pesant cinq cents livres alors qu'on court après une camelote qui pèse trois fois plus ! A moins que certains de ces barils ne soient arrivés vides ?...

★

Le proxénète noir Enrico Diaz n'avait pas l'habitude de se trouver à une heure pareille sur la 7e Avenue. Dix heures du matin, c'était à peine l'aurore pour cet oiseau de nuit. Il venait d'embarquer dans sa Lincoln Special le Fed qui l'avait appelé la veille. Le policier était accompagné cette fois d'un collègue. Pied au plancher, Rico fuyait son territoire : inutile d'être repéré par les Frères avec ses passagers, bien qu'ils pussent passer pour deux honorables touristes se rendant à une partie de fesses chez ses nanas.

— Rico, nous avons un petit problème, annonça Frank, son correspondant habituel.

Le Noir fit semblant de ne pas avoir entendu. A travers ses énormes lunettes fumées, il scrutait dans le rétroviseur l'autre Fed assis sur la banquette arrière. Ce type a une vilaine petite gueule, se disait-il, la gueule d'un mec qui doit se faire jouir à écraser des insectes entre ses ongles.

— Cette fille arabe que tu nous a signalée, poursuivit Frank, elle a quitté son hôtel ce matin, pour prendre un avion pour Los Angeles...

Rico leva un bras désabusé en direction des tas de neige sale le long de l'avenue.

— Voilà une souris qui a du bol !

— Sauf qu'elle n'est pas montée dans l'avion, Rico.

Le souteneur sentit un frisson lui parcourir l'échine. Il commençait à regretter de ne pas avoir sniffé sa petite dose-réveil avant de quitter sa bonbonnière.

— Et alors ?

— Alors, on aimerait causer avec ton copain qui a eu affaire à elle.

Le frisson devint une crampe.

— Pas question ! Le mec serait capable d'être une terrible salope !

— Je ne m'attendais pas à ce qu'il soit un enfant de chœur, Rico. Qu'est-ce qu'il fait ?

Le souteneur poussa un grognement.

— Oh, le truc habituel. Un peu de came ici et là.

— Parfait, Rico. On va le convoquer pour causer de came. Aucune chance au monde qu'il remonte jusqu'à toi.

Rico ricana. Un filet de sueur lui coulait le long du dos et ce n'était pas parce qu'il avait trop chaud dans sa pelisse de vison à cinq mille dollars.

— Vous êtes dingues, non ! Vous dites à ce mec : « Une fille arabe, Hampshire House », et il n'y aura qu'un seul nègre à New York à qui il pensera !

— Monsieur Diaz ! — C'était le Fed inconnu qui intervenait. — Il s'agit d'une affaire extrêmement importante. Et très urgente. Nous avons réellement besoin de votre aide.

— Je vous l'ai déjà donnée.

— Je sais. Et nous vous en sommes très reconnaissants. Mais nous devons absolument retrouver cette fille. Il faut donc que nous parlions à votre ami. — Il sortit de sa poche un paquet de Winston, se pencha et offrit une cigarette à Rico. Le Noir la repoussa. — Vous nous êtes très précieux, monsieur Diaz. Nous ne ferions jamais rien qui puisse vous compromettre, croyez-moi. Il n'y aura pas le moindre risque que votre ami ait vent de quoi que ce soit vous concernant. Je vous le promets.

Le Fed alluma une cigarette, en tira une longue bouffée.

— Frank, j'ai cru comprendre que l'une des amies de M. Diaz connaît, en ce moment, quelques difficultés avec la police de New York.

— Si tu considères que cinq ans au trou n'est pas précisément une partie de plaisir, elle a en effet quelques problèmes.

— Est-ce que tu pourrais te débrouiller pour faire retirer la plainte ? En raison de l'importance de la coopération de M. Diaz ?

— Je pense que oui.

— Aujourd'hui ?

— Si c'est vraiment impératif.

— Ça l'est.

Rico observa dans le rétroviseur que le regard du Fed s'était posé sur lui.

— La fille est à vous, monsieur Diaz, si vous faites un petit effort de mémoire. Je vous répète qu'il n'y a pas une chance au monde que votre ami remonte jusqu'à vous. Pas une.

Qu'est-ce qui m'a pris de la laisser partir ce jour-là avec un flingue, pestait Rico. Espèce de conne, je lui avais pourtant dit de ne jamais braquer un client. Même si le mec refuse de payer. Anita était la seule machine de son écurie à cent tunes le coup. Son cul était une mine d'or. Deux, trois mille dollars par semaine, elle rapportait : deux fois plus que ses autres filles. C'était elle la principale pourvoyeuse de sa fastueuse existence, et personne n'avait besoin de lui faire un dessin pour lui apprendre ce qui arriverait s'il ne cédait pas au chantage des deux Feds. S'il continuait à la fermer, ce serait bye-bye baby, cinq ans dans la grande baraque, et la ceinture pour lui ! S'il parlait, ils allaient la lui rendre toute blanchie, sa gagneuse.

Rico donna un coup de poing sur le volant. Il déglutit plusieurs fois nerveusement.

309

— Vraiment aucun danger que ça me revienne sur le citron ? grogna-t-il.

— Tu peux nous faire confiance, assura Frank.

Dans sa petite tête d'ordinateur, Rico pesait encore le pour et le contre, évaluant les risques, compte tenu de l'ascension galopante des prix de la bonne came et la petite fortune nécessaire au seigneur qu'il était pour tenir son standing sur le pavé.

Le Fed à ses côtés dut se pencher vers lui pour recueillir l'imperceptible murmure qu'il finit par lâcher avec répugnance.

— Pedro. Appartement 5-A, 213 West 55e Rue.

★

La fille arabe que recherchait le F.B.I. roulait au volant d'une Ford à cinquante kilomètres au nord de Manhattan, sur la route 187 en direction de Tarryton. Leila Dajani avait loué la voiture quinze jours plus tôt à Buffalo. Par prudence supplémentaire, elle avait remplacé les numéros minéralogiques par des plaques du New Jersey volées six mois auparavant sur l'automobile d'un touriste américain à Baden-Baden, en Allemagne. Assis à côté d'elle, son frère Whalid tripotait les boutons de la radio à la recherche du bulletin d'informations de 10 heures.

— Peut-être va-t-on apprendre que les Israéliens ont déjà commencé à plier bagage, dit-il, exultant.

Leila lui adressa un sourire étonné. Comme il a changé en quelques heures ! songea-t-elle. Il a l'air d'être à nouveau en paix avec lui-même. Cette trouille de l'échec qui le torturait jusqu'à cette nuit semble avoir disparu. Peut-être est-ce le médicament que je lui ai apporté ? En tout cas, il ne s'est pas plaint une seule fois de son ulcère depuis le départ.

310

Leila glissa sur la file de droite pour se laisser doubler par un énorme camion frigorifique. Elle conduisait l'œil sur le compteur, veillant à rester bien en deçà de la vitesse limite de 90 kilomètres à l'heure. Ce n'était pas le moment de se faire arrêter pour excès de vitesse. Si Whalid paraît tellement soulagé, n'est-ce pas au fond parce que sa tâche à lui est terminée ? se demanda-t-elle. Elle le conduisait au refuge qu'elle avait préparé dans le village de Dobbs Ferry, première étape sur le chemin de leur fuite. Elle retournerait aussitôt à Manhattan, et ramènerait ensuite Kamal qui ne devait quitter le garage que deux heures avant l'instant prévu pour l'explosion. Munis de faux passeports, les trois Dajani passeraient alors au Canada et gagneraient le port de Vancouver, sur la côte du Pacifique. Un cargo battant pavillon panaméen, mais appartenant à une société libyenne, viendrait les y chercher le 25 décembre. Les Canadiens, avait calculé Leila, ne surveilleraient probablement pas les quais trop attentivement le jour de Noël.

La jeune femme abandonna la route 187 à la sortie d'Ashford Avenue et se dirigea vers l'ouest, en direction de l'Hudson. Quelques minutes plus tard, elle stoppait devant un supermarché et prit soin de garer la Ford dans un coin éloigné de l'aire de stationnement.

— Whalid, ce serait mieux si c'était toi qui allais acheter les provisions. On te remarquera moins que moi. Ce serait trop bête de prendre des risques inutiles.

Whalid lui adressa un clin d'œil chaleureux et sortit de la voiture. Leila alluma la radio. Son frère avait peut-être retrouvé son calme, mais elle, par contre, se sentait de plus en plus fébrile et angoissée à mesure que les heures passaient. Elle tourna les boutons jusqu'à ce qu'elle trouve une musique dont le vacarme l'aiderait à chasser ses idées noires. Ses mains étreignaient le volant. Ne pense pas. Fais le vide... Mais elle revoyait sans cesse l'image de Michael, d'un Michael désintégré par la boule de feu, le visage dévoré par les rayons mortels, calciné dans un hurlement de souffrance. Elle avait beau se répéter que la bombe n'exploserait pas, qu'au dernier moment les Américains accepteraient l'ultimatum de Kadhafi, que le monstrueux engin serait désamorcé à temps, l'hypothèse inverse du cataclysme déchaîné ne cessait de la torturer.

Elle était tellement absorbée dans ses pensées qu'elle n'entendit pas la portière s'ouvrir. Whalid posa sur la banquette un carton de victuailles d'où pointait une bouteille de whisky Johnny Walker.

— Et ton ulcère ?

— T'inquiète pas pour mon ulcère !

★

Sur les trente-six heures de délai que comportait l'ultimatum de Kadhafi, dix s'étaient déjà écoulées. A Paris, il était 4 heures de l'après-midi ce lundi 14 décembre. Le général Henri Bertrand, directeur du S.D.E.C.E., avait enfin réussi à joindre l'ingénieur français qui avait dirigé la construction du réacteur atomique vendu par la France à la Libye. Les yeux mi-clos et l'air impénétrable du chef des services de renseignements français pouvaient faire croire que sa pensée errait à des milliers de kilomètres. Elle était en fait captivée par le postérieur ondulant de la jeune domestique espagnole qui l'introduisait dans le salon d'un élégant appartement du XVIᵉ arrondissement. Le directeur du S.D.E.C.E. examina les lieux. Une longue baie vitrée donnait

312

sur le bois de Boulogne où il s'était promené à cheval quelques heures plus tôt. Les murs étaient décorés de vitrines tapissées de velours carmin, qui mettait en valeur une collection d'objets d'art oriental et gréco-romain. Né en Indochine, Bertrand appréciait en amateur éclairé les trésors de l'Orient. Certaines pièces d'origine indienne, telle une statuette en grès rose du dieu Civa, qu'il jugea du VIIe ou du VIIIe siècle, étaient certainement de très grand prix. Le joyau de cette collection était une admirable tête romaine, posée sur une table basse au centre du salon. Deux fois plus grand que nature et doucement nimbé par la lumière d'un spot, ce marbre irradiait une beauté comme le directeur du S.D.E.C.E. en avait rarement contemplé.

Il entendit une porte s'ouvrir et vit apparaître un homme de petite taille, trapu, le crâne chauve, drapé dans une robe de chambre de soie rouge boutonnée jusqu'au menton et tombant sur des mules de velours rouge ornées d'une boucle dorée. Un mandarin, pensa Bertrand, ou un cardinal sur le chemin de la chapelle Sixtine pour un conclave.

Paul Henri de Serre était une des plus anciennes figures du Commissariat à l'énergie atomique français. Il avait débuté sa carrière en travaillant sur *Zoé*, la première pile atomique française, un engin si primitif que c'était le moteur d'une machine à coudre qui en manœuvrait les barreaux d'uranium. Par la suite, il s'était spécialisé dans la construction des centrales électronucléaires, ce qui l'avait amené à faire de fréquents séjours dans les pays où la France exportait ses installations atomiques. C'est ainsi qu'il avait été récemment chargé de superviser la mise en place du réacteur vendu à la Libye et d'assurer son fonctionnement pendant la période initiale critique de six mois.

— C'est bien dans la manière de nos amis américains de pointer sur nous un doigt accusateur, soupira l'ingénieur quand Bertrand lui eut expliqué le motif de sa visite. Voici des années qu'ils envient nos succès. L'idée même que les Libyens auraient pu extraire du plutonium à partir de notre réacteur est absurde.

Confortablement installé dans une bergère Louis XVI, le gilet gonflé par un soupçon de bedaine, Bertrand alluma une Gitane.

— Nos experts confirment votre avis, concédat-il. N'empêche que ce serait bigrement embarrassant si ce plutonium avait été subtilisé dans notre installation. Dites-moi, cher monsieur, ne s'est-il jamais rien passé en Libye qui eût pu susciter le moindre soupçon de votre part ? Quelque chose de tout à fait inhabituel ? D'exceptionnel ?

— Absolument rien.

— Il n'y a jamais eu de... je ne sais pas... de défauts dans le fonctionnement du réacteur, d'incidents mécaniques inexplicables ?

— Aucun ! Mais, en tout état de cause, il est bien évident que Kadhafi serait enchanté d'avoir en sa possession un peu de plutonium ! Chaque fois qu'on prononce devant les Arabes le mot « nucléaire », leurs yeux se mettent à flamboyer. Ce que je me borne à dire, c'est qu'il n'a pas pu prendre son plutonium chez nous.

— Avez-vous une idée quelconque sur les possibilités qu'il aurait eues de s'en procurer ?

— Pas la moindre !

— Et vos techniciens ? Pas de sympathisants de la cause arabe parmi eux ? Des types disposés à aider les Libyens ?

— Comme vous le savez, tous nos gens là-bas ont fait l'objet d'une enquête préalable de la D.S.T.

Justement pour éliminer le genre d'individus dont vous parlez. Cela dit, ils sont arrivés en Libye avec, pour la plupart, des sentiments plutôt favorables à la cause arabe. Mais j'ajoute tout de suite que la collaboration avec les Libyens a bientôt attiédi leur zèle.

— Des gens difficiles, les Libyens ?

— Impossibles !

Voilà quelqu'un qui ne les porte pas dans son cœur, songea le général.

Après une heure d'entretien, le chef du S.D.E.C.E. ne se trouvait pas plus avancé qu'avant. La source du plutonium de Kadhafi demeurait mystérieuse. Un vol pur et simple, sans doute, mais où ?

— Eh bien, cher monsieur, je crois que j'ai assez abusé de votre temps, dit-il courtoisement en se levant.

— Au besoin, n'hésitez pas à faire appel à moi, s'empressa l'ingénieur.

Au moment de sortir, Bertrand fut de nouveau saisi par la stupéfiante beauté de la tête romaine, par la sérénité parfaite de ce masque projetant son regard de marbre inaltéré par les siècles.

— Quelle merveille ! s'extasia-t-il. Où l'avez-vous trouvée ?

— Elle provient de Leptis Magna, un site archéologique à une centaine de kilomètres à l'est de Tripoli. — Paul Henri de Serre caressa la chevelure marmoréenne avec une expression de ravissement. — Elle est belle, n'est-ce pas ?

— Magnifique ! — Bertrand désigna les vitrines le long des murs. — Comme toute votre collection !

Il s'approcha de la tête de Civa.

— Cette pièce est elle aussi exceptionnelle. Je dirais qu'elle a au moins douze ou treize cents ans. C'est en Inde que vous l'avez dénichée ?

— Oui. J'étais en poste là-bas au début des années 70 en qualité de conseiller technique.

Le général contemplait la pierre délicatement ouvragée.

— Vous êtes un homme comblé, monsieur de Serre, un homme vraiment comblé.

★

A New York, le Fed Jack Rand achevait l'examen du dernier manifeste de l'Hellias Stevedore. Il le remit soigneusement à sa place, boutonna son col, ajusta sa cravate et se leva. C'est alors qu'il constata avec irritation que son coéquipier avait fini son paquet depuis un bon bout de temps. Les pieds posés sur la table, Angelo Rocchia dévorait tranquillement un morceau de pudding au chocolat qu'il avait pris sur le plateau de sucreries traînant dans un coin du bureau. Il bavardait paisiblement avec l'employé de la compagnie.

— Bon, on en a terminé ici, déclara sèchement le Fed en faisant mine de partir. On devrait se grouiller d'aller voir le quai suivant.

Ignorant cette injonction, Angelo se mit à lécher religieusement les traces de chocolat sur ses doigts. Ce blanc-bec est un vrai chieur, songeait-il. Je n'ai jamais vu quelqu'un qui ait un tel feu au cul. A moins, pensa-t-il soudain, qu'il ne sache quelque chose que personne n'ait jugé bon de me dire à moi ?

Le policier reposa ses pieds par terre et regarda pendant un instant le paquet de manifestes sur la table. D'un geste vif, il attrapa la feuille du dessus, se leva et, sans un mot pour le Fed, alla se planter devant l'employé.

— Dis donc, Tony, tu as d'autres paperasses sur cette cargaison de diatomées ?

Picardi examina le manifeste du *Dionysos* et prit

316

un classeur noir dans un casier. Il en avait un pour chaque bateau qui accostait à son quai. Il y gardait un exemplaire des connaissements pour toutes les marchandises débarquées, l'avis de réception envoyé au transitaire, le document de mise à disposition visé par les douanes, et une feuille de quai. Il sortit la feuille de quai correspondant à la dernière arrivée de barils de diatomées en provenance de Libye. Elle indiquait le nom du camionneur qui avait assuré l'enlèvement, le numéro minéralogique du véhicule, l'heure à laquelle il avait quitté les docks, et la description du chargement.

— Ouais ! Je me souviens de ce coup-là. D'habitude, c'est Murphy qui vient chercher la camelote de ce rafiot. Mais c'est pas lui qui est venu ce jour-là. C'est un type avec un camion de chez Hertz.

Rand tapa du doigt sur le manifeste que tenait Angelo.

— Tu ne vois donc pas que ces barils pèsent seulement cinq cents livres ?

— Sans blague ! s'esclaffa le policier avec un air faussement stupéfait. Puis, s'adressant à Picardi et lui désignant Rand du pouce, il ajouta : Mon môme, il a un cerveau, c'est un vrai ordinateur !

— Alors, pourquoi perdons-nous notre temps ici quand on a encore deux quais à examiner ?

Angelo fit un quart de tour à droite et fixa le Fed avec calme.

— Fiston, tu veux que je te dise quelque chose : tu as raison. Il faut se tailler ailleurs. Mais avant, juste pour nous, il faut faire deux ou trois petites vérifications. Comme ça, cette nuit, dans ton joli motel où tes patrons t'ont installé, tu pourras enfoncer ta tête dans l'oreiller et dormir comme un ange. Tu sauras que tu as tout vérifié. Que tu n'as rien laissé en l'air !

317

Angelo revint vers l'employé.

— Tony, est-ce qu'il n'y a pas des gars de chez toi qui pourraient se rappeler quelque chose ?

Picardi examina le bas de la feuille de quai.

— Peut-être ces deux-là qui ont transbahuté la camelote.

Angelo nota le nom des deux dockers sur un morceau de journal.

— Okay *l'ami*, lâcha-t-il en bombant le torse, qu'est-ce que tu dirais de nous emmener là-bas et de nous présenter à ces messieurs ? — Il claqua ses doigts en direction de Rand. — Viens, fiston ! Tu vas avoir la chance de découvrir à quoi ressemble un quai de Brooklyn.

★

Le Brooklyn Ocean Terminal était un interminable tunnel obscur aussi vaste qu'un terrain de football et où régnait une activité intense. Des montagnes de marchandises s'empilaient partout jusqu'au toit. Des effluves d'épices et de café grillé flottaient dans la poussière et donnaient à cet immense hall une atmosphère de bazar oriental. Pénétrant à intervalles réguliers par les portes d'accès aux appontements, de longs faisceaux de lumière jetaient un pâle éclairage sur le ballet des chariots élévateurs qui tournoyaient comme des araignées d'eau à la surface d'une mare. Au bout du quai, un escalier rouillé montait à la plate-forme supérieure. On pouvait encore lire sur ses flancs : « Embarquement des troupes. » Tout à côté, se trouvait une sorte de cage avec des barreaux de bois : le « coffre », pour abriter les marchandises de valeur, caisses de cognac espagnol, de spumante italien, d'ivoire du Sénégal, d'objets en nacre balinais.

Angelo et Rand passèrent devant des pyramides de boîtes d'olives grecques, de bidons d'huile de tournesol turque, de sacs de noix de cajou des Indes, de balles de coton du Pakistan, de ballots puants de peaux d'Afghanistan.

— C'est un sacré supermarché qu'ils ont là-dedans. Tu n'imagines pas toute la fauche que ces dockers se mettent de côté.

Picardi marchait deux ou trois mètres devant eux, la feuille de quai du *Dionysos* à la main.

— Hé ! Tony, demanda Angelo, est-ce que vous avez souvent des camions de location qui viennent chercher les marchandises ?

— Pas souvent, répondit l'employé sans se retourner. Deux ou trois par semaine. Ça dépend.

Il conduisit les visiteurs vers un groupe de dockers qui déchargeaient des palettes de café et s'approcha d'un malabar qui tenait son crochet à la main. Angelo remarqua que le blanc de ses yeux était tout strié de petits filets roses. Un amateur de vino, songea-t-il. Picardi brandit la feuille de quai.

— Ces messieurs veulent savoir si tu te rappelles quelque chose à propos de cette camelote.

Derrière, le travail avait cessé. Les hommes avaient formé un cercle silencieux, hostile, autour d'Angelo et de Rand. Le docker ne regarda même pas le document.

— Non, grogna-t-il d'une voix rauque. Je me rappelle rien du tout.

L'alcool lui a aussi fait perdre la mémoire, se dit Angelo. Il chercha dans sa poche son paquet de Marlboro. Il ne fumait plus depuis cinq ans mais il avait toujours des cigarettes sur lui, avec ses cacahuètes. Pour en donner. Car, il l'avait appris jeune flic, il n'y a rien de tel pour casser la glace que d'offrir quelque chose.

— Tiens, *Gumbo*, dit-il en italien, prends-toi une sèche.

Tandis que l'homme allumait sa cigarette, Angelo continua :

— Écoute, ce qu'on est venu faire ici n'a absolument rien à voir avec vos petites affaires à vous... tu me comprends !

Le docker lança un regard en coin à Picardi. D'un tressaillement de sourcils, l'employé lui indiqua qu'il pouvait parler.

— A quoi ressemblaient ces barils ? demanda doucement Angelo.

— Ben... A des bidons. A de gros bidons.

— Tu te souviens du type qui est venu les enlever ?

— Non.

— Je veux dire, est-ce que c'était un habitué ? Un mec qui connaissait les lieux, la musique, les usages quoi, tu piges ?

Cette allusion à la coutume qui veut que l'on graisse la patte des hommes qui ont déchargé vos marchandises eut pour effet d'amadouer le docker.

— Ouais ! Je le revois effectivement, ce plouc. — Il fit claquer sa langue entre ses dents. — On a dû lui rappeler les bonnes manières et, quand il a compris, il a tiré de sa poche un billet de cinquante dollars. Oui, bien sûr que je me souviens !

Le sang d'Angelo ne fit qu'un tour. Qui donc était capable de donner cinquante dollars comme ça ? se demanda-t-il. Sûrement pas un Italien ! Encore moins un Irlandais ! En fait, aucun habitué des docks. Ce ne pouvait être qu'un étranger, un gars qui n'avait pas l'habitude des quais.

— Tu te rappelles à quoi il ressemblait ?

— Ben, c'était un mec, quoi. Qu'est-ce que je peux vous dire ? Un mec. C'était un mec !

— Angelo, on perd notre temps ici, s'énerva Jack Rand. Filons au quai suivant.

— D'accord, on y va.

Il montra au docker la feuille de quai que tenait Picardi.

— Et ton collègue qui s'est occupé du chargement avec toi, où est-il ?

— Il est allé jouer aux cartes à la cantine, dit le docker.

— Okay, fiston, je m'arrête là-bas une minute et après on file.

Avant que Rand ait eu le temps d'articuler le début d'une protestation, le policier new-yorkais avait posé sa grosse patte sur son épaule.

— Tu es pressé et moi aussi. — Il arracha la feuille de quai des mains de Picardi et montra le numéro d'immatriculation du camion venu prendre livraison des barils. — Pendant que je vais à la cantine, va donc, toi, téléphoner à Hertz et tâche de savoir à quelle agence a été loué le camion, et à quel nom a été établi le contrat de location.

Angelo revint de la cantine moins de cinq minutes plus tard, sans avoir réussi à tirer ne fût-ce qu'un murmure des joueurs de cartes. Rand lui tendit une feuille de papier avec les renseignements concernant le camion Hertz. Il avait été loué à l'agence de la 4ᵉ Avenue de Brooklyn, juste derrière les docks, vendredi matin à 10 h 30, très peu de temps avant l'heure d'enlèvement marqué sur la feuille de quai. Le client l'avait rendu le soir du même jour et il avait payé avec une carte de crédit de l'American Express. Son permis de conduire de l'État de New York portait le nom de Gerald Putnam, domicilié à l'Interocean Exports, 123 Cadman Plaza West, Brooklyn Heights.

Angelo répéta le nom et l'adresse d'un air satisfait.

— Bravo, fiston ! Faut vérifier. Un petit coup de téléphone, et après on est peinards !

Il trouva dans l'annuaire le numéro de l'Interocean et appela aussitôt. Rand l'entendit décliner ses nom et qualité à la standardiste, puis demander à parler à ce M. Putnam. Durant le silence qui suivit, Angelo s'esclaffa, prenant le Fed et Picardi à témoin :

— Vous en connaissez, vous, des camionneurs qui ont une secrétaire ?

Il reprit tout son sérieux pour parler à ladite secrétaire :

— Oui, mademoiselle, c'est personnel... Allô, monsieur Putnam ? Ici l'inspecteur Angelo Rocchia de la brigade criminelle. Nous avons été informés par l'agence Hertz de la 4e Avenue, à Brooklyn, que vous aviez loué un de leurs camions, vendredi dernier aux alentours de 10 heures du matin et nous aimerions...

A un mètre de là, Rand entendit la voix de Putnam crier dans le téléphone.

— J'ai quoi ? Vous faites erreur, inspecteur ! Vendredi matin, je n'ai pas quitté mon bureau. Je m'en souviens fort bien. C'est le jour où j'ai perdu mon portefeuille. Je croyais que vous appeliez pour m'apprendre que vous l'aviez retrouvé !

★

Le quartier général chargé de coordonner les opérations de recherches, dont l'équipe Rocchia-Rand n'était qu'un infime maillon, devint opérationnel dès le milieu de la matinée de ce lundi 14 décembre. Choisi par Quentin Dewing, le directeur du F.B.I venu de Washington, le lieu offrait les conditions idéales du secret. Enterré à trois étages sous le tribunal de Foley Square, le P.C. « alerte » de la ville de New York avait été si rarement utilisé que presque tout le monde, à commencer par les journalistes accrédités auprès de la mairie, en avait oublié l'existence. C'était une gigantesque caverne divisée en une série de salles où tout était d'un gris sinistre : les murs, les sols, les meubles, et même les visages des policiers qui en assuraient la garde jour et nuit.

Avec ce soin méthodique qui faisait la renommée du F.B.I., Dewing avait, en un temps record, transformé ce P.C. endormi en une ruche bourdonnante. Cinquante Feds occupaient le standard téléphonique avec pour mission de centraliser les renseignements concernant les Arabes arrivés dans la région de New York au cours des six derniers mois. Chaque agent disposait d'une ligne. Certains se tenaient en contact permanent avec le Service de l'immigration à Washington et avec leurs collègues qui épluchaient dans les aéroports les cartes de débarquement modèle I-94. Sur un bureau se trouvait un mini-ordinateur qui servait de banque centrale d'identification : chaque nom et adresse communiqués étaient aussitôt confiés à sa mémoire. Toute personne d'origine arabe qui n'était pas retrouvée et innocentée dans l'heure voyait son nom placé sur une fiche de priorité spéciale.

Al Feldman, le chef des inspecteurs de la police new-yorkaise, écoutait avec admiration ce flot ininterrompu de noms et d'adresses transmis aux voitures du F.B.I. éparpillées dans toute la région de New York.

— Roméo 19 ! Occupez-vous du dénommé Ahmed Attal — j'épelle : Arizona, Tennessee deux fois, Arizona, Louisiana —, demeurant 1904, 4e Avenue, Brooklyn.

L'opération qui se déroulait dans la pièce voisine

était encore plus impressionnante. Elle coordonnait les recherches sur les quais. Des cartes montrant les neuf cent quatre-vingts kilomètres du waterfront de New York et du New Jersey étaient placardées sur les murs. Chacun des deux cents appontements était répertorié sur des tableaux. Les noms des bateaux qui y avaient déchargé des marchandises en provenance de Tripoli, Benghazi, Lattaquié, Aden ou Bassora y étaient inscrits, ainsi que la date de leur arrivée dans le port de New York. Dès qu'une équipe découvrait l'entrée d'une marchandise suspecte, elle téléphonait les références du consignataire. Si la livraison avait eu lieu dans la zone de New York, le P.C. lançait sur ses traces une équipe des Douanes ou du Bureau des stupéfiants. Si elle avait été expédiée hors de New York, un agent du bureau du F.B.I. le plus proche était dépêché sur place.

Traversant la pièce, Feldman s'arrêta et contempla, un sourire ironique au coin des lèvres, le travail de fourmis des Feds.

— Allô, Detroit ! Avons pour vous un envoi de cinq cents caisses de dattes en provenance de Bassora. Le consignataire est Marie's Food Products, 1132-A, Dearborn Avenue.

— Roméo 17 vient de vérifier les douze ballots de peaux provenant de Lattaquié déchargés du S/S *Prudential Eagle*, le 19 novembre au pier 32 de Port Elizabeth. Rien d'anormal.

— Scanner 6 ! — « Scanner » était le nom de code donné aux agents des douanes. — Occupez-vous de deux cent cinquante bidons d'huile d'olive arrivés de Beyrouth pour Paradise Supply, 1476 Decatur, Brooklyn.

Dewing avait installé son bureau dans la pièce destinée au maire en cas d'alerte nucléaire. Dans la

324

salle voisine fonctionnait une batterie de récepteurs multiplex par lesquels arrivait une moisson ininterrompue d'informations provenant des fichiers de la C.I.A. et du F.B.I., ainsi que de leurs contacts à l'étranger.

Clifford Salisbury, l'agent à barbichette de la C.I.A., étudiait méthodiquement le dossier de chaque terroriste et sélectionnait les individus d'un certain niveau intellectuel ayant séjourné pendant quelque temps aux États-Unis. Magnifique ! songea Feldman à la vue de la pile de photographies qui s'élevait sur le bureau. Il y en aura bientôt une centaine... Qui ne serviront strictement à rien... Qu'est-ce qu'on va faire de tous ces portraits ? Les montrer aux cafetiers de Brooklyn ? « Dites donc, vous n'auriez pas vu ce mec par hasard ? Et celui-ci ? Et celui-là ? » Après trois ou quatre photos, les gens auront le tournis. En fait, ils seront tellement dans les vapes qu'ils ne pourraient même plus reconnaître la tronche de leur propre frangin !

Feldman sortit une Camel d'un paquet tout écrasé. Il appréciait pourtant la minutie avec laquelle procédait le F.B.I. La plupart des grandes enquêtes partaient d'une vaste base et convergeaient peu à peu, avec quelque chance, vers un point précis. Un système éprouvé. A condition de disposer de huit, dix jours. Or ce type de la C.I.A. oublie, songeait-il, que nous n'avons même plus trente heures devant nous. Kadhafi aura depuis longtemps passé la ville à la rôtissoire qu'il en sera encore à la phase III de son enquête. Pour que tout ce travail mène à quelque chose, il faudrait qu'il nous fournisse le tuyau décisif, la photo du seul visage à chercher dans la foule. Et en vitesse !

L'entrée de l'officier de la police new-yorkaise chargé de l'espionnage des quartiers arabes de

325

Brooklyn tira Feldman de ses réflexions. C'était un jeune Virginien bâti comme un troisième ligne de rugby. Comme il faisait preuve d'un parfait éclectisme, ses supérieurs lui avaient également confié la surveillance des organisations israélites. Mais ses dossiers ne contenaient rien de bien significatif. Tout juste de vagues potins récoltés chez l'épicier du coin, ou de la bouche d'un indicateur d'occasion, du genre : « La société du Croissant Rouge arabe, 135 Atlantic Avenue, qui a présenté une demande d'exemption fiscale, est soupçonnée de récolter des fonds pour l'O.L.P. », ou encore « Le café de Damas, 204 Atlantic Avenue, est souvent fréquenté par des supporters de Georges Habache. » En fait, depuis qu'une loi sur la liberté de l'information autorisait n'importe quel citoyen à fourrer son nez dans toutes les archives officielles, la police new-yorkaise s'arrangeait pour qu'aucun renseignement important ne figurât jamais dans ses dossiers. La bonne marchandise, elle l'engrangeait dans un dossier secret que les officiers de renseignements gardaient sous le coude à l'abri de tout regard indiscret. Celui du Virginien contenait, ce lundi 14 décembre, une liste de trente-huit suspects de l'O.L.P., pour la plupart de jeunes immigrants palestiniens pauvres vivant dans les quartiers en bordure des bidonvilles noirs de Bedford Stuyvesant.

— Au moins, nous, nos suspects, nous savons où ils sont ! apprécia Feldman en s'adressant au Virginien. Tu me ratisses tout ce beau monde, et tu me les cuisines à mort ! Passe au crible tout ce qu'ils ont fait pendant les dernières soixante-douze heures.

— Sous quel prétexte, chef ?

— N'importe lequel. Vérification d'identité... De toute façon, ils doivent tous être en situation plus ou moins irrégulière.

— Seigneur ! Si on fait ça, on va se coller sur le dos tous les défenseurs des droits civiques de la ville !

Feldman était sur le point de répondre que dans quelques heures il n'y aurait peut-être plus d'habitants, donc plus de droits civiques à défendre, lorsqu'un gardien l'interrompit :

— Téléphone, chef !

C'était Angelo Rocchia. Le chef des inspecteurs ne fut pas étonné que Rocchia l'appelle directement sans passer par la voie hiérarchique. Il connaissait bien les cracks de son écurie, de sacrés fouineurs capables de faire briller son blason à l'étage supérieur, et ceux-là il les avait toujours encouragés à suivre leur instinct, à venir le trouver personnellement quand ils avaient un problème. Il écouta le récit d'Angelo tout en prenant des notes.

— Tu fonces au bureau de ce type à Brooklyn et tu vois si tu peux apprendre quelque chose sur le pickpocket qui lui a fait les poches, lui ordonna-t-il aussitôt. J'envoie une autre équipe vous remplacer sur vos quais.

Tandis qu'il parlait, il avait composé sur un deuxième téléphone le numéro de Tommy Malone, le chef de la brigade des pickpockets.

— Rassemble les photos de tous les *picks* qui travaillent à Brooklyn, lui dit-il, et file au 123 Cadman Plaza West.

— Du nouveau, chef ? interrogea le Virginien.

— Franchement ça m'étonnerait, grommela Feldman, en se levant, l'air perplexe.

Il sortit et fit quelques pas en direction d'un réduit où il avait repéré une cafetière chauffant sur une plaque électrique. Il se versa une tasse de café brûlant et, profitant d'un court instant de répit, il essaya de mettre un peu d'ordre dans ses pensées. Il portait

327

la tasse à ses lèvres quand quelque chose arrêta son regard. Fixée sur le mur derrière la cafetière, il y avait une vieille affiche de la défense passive avec son sigle familier montrant un triangle blanc dans un cercle noir. Il reconnut la marque de l'imprimerie fédérale et lut le titre : « Conseils à respecter en cas d'attaque thermonucléaire. »

Sept recommandations suivaient. « Éloignez-vous des fenêtres », disait la première. Feldman parcourut la liste :

« 5. Desserrez votre cravate, déboutonnez vos manches de chemise ainsi que tout vêtement ajusté.

« 6. Dès que vous aurez aperçu l'éclair incandescent de l'explosion nucléaire, penchez-vous en avant et coincez fermement votre tête entre vos genoux. »

A la dernière ligne de l'affiche, Feldman explosa de rire. Aucune recommandation, songea-t-il, ne peut mieux résumer l'effroyable merdier dans lequel nous sommes ce matin :

« 7. *Kiss your ass goodbye !* — Donnez à votre cul un baiser d'adieu ! »

★

— Je vais te dire comment ça se passe dans cette garce de ville...

Et voilà ! se dit Jack Rand exaspéré, Angelo remet ça avec ses discours.

— A New York, expliquait Angelo Rocchia au jeune Fed de Denver, les pickpockets travaillent presque tous sur commande. Tu as un receleur qui s'amène chez un pick qu'il connaît et il lui dit : « Salut, Charlie, il faut que je paye une TV couleur à ma vieille. J'ai besoin de papiers et de "plastique" tout frais demain. » Le « plastique », ce sont les cartes de crédit. Le receleur insiste : « Faut vraiment que ça soit tout frais, pas plus de deux ou trois heures. » Autrement dit, avant que le volé ait eu le temps de prévenir l'American Express ou le Diners Club qu'on lui a piqué ses cartes de crédit. Le pick exécute la commande. Il garde le fric s'il en trouve dans le portefeuille et reçoit du receleur deux ou trois cents tunes pour les papiers d'identité et les cartes de crédit. Fortiche, pas vrai ?

En quelques pâtés de maisons, le décor avait changé du tout au tout. Il n'y avait pas cinq minutes qu'ils avaient quitté les quais que le désolant spectacle des taudis des docks avait disparu, faisant place aux rues étroites de l'ancien quartier de Brooklyn Heights, avec ses hôtels particuliers en *brownstone*, ornés de gracieux escaliers extérieurs, d'élégantes rampes en ferronnerie, et ses trottoirs plantés d'arbres soigneusement taillés.

— Et tu crois que ça s'est passé comme ça pour le portefeuille du gars qu'on va voir ? insista le Fed.

— Ça se pourrait bien.

— Selon toi, il y a combien de pickpockets à New York ?

Angelo émit un petit sifflement en glissant sa Chevrolet entre deux files de voitures pour démarrer en tête au feu vert.

— Trois, quatre, cinq cents, va-t'en savoir !

Rand colla son poignet sous le nez d'Angelo et tapota du doigt le verre de sa Seiko.

— Il est déjà 11 heures passées, et cette saloperie de baril doit exploser demain à midi ! Tu te figures qu'on va avoir le temps de mettre la main sur cinq cents pickpockets ? Identifier celui qui a — ou qui n'a pas — volé le portefeuille de ce gars, découvrir à qui il a remis les cartes de crédit, retrouver le receleur... Tout ça avant midi demain ? Tu rêves, papa ?

329

— Que veux-tu que je te dise ? soupira Angelo d'un ton détaché. Pour l'instant, c'est ce qu'on a de mieux. En fait, fiston, pour l'instant, nous n'avons QUE ÇA.

Il venait de déboucher dans Fulton Street et apercevait Cadman Plaza, presque à l'entrée de la rampe qui monte vers le pont de Brooklyn.

— Et d'ailleurs, ce n'est ni toi ni moi qui allons l'empêcher de sauter, cette merde de baril. Ni aucun de nous ici. Nous, on n'est là que pour la galerie. Ce sont les gros bras de Washington qui doivent y arriver. Pas des lampistes comme nous !

★

Les « gros bras » de Washington n'avaient pratiquement pas cessé de siéger depuis leur réunion, deux heures plus tôt, avec le maire de New York. Afin de donner aux journalistes l'illusion d'une situation normale, le Président s'employait à respecter les engagements de son calendrier officiel. Il venait de reprendre sa place au milieu des conseillers de son Comité de crise. Aussitôt, il posa la question qui hantait tous les esprits.

— Quelles nouvelles de Tripoli ? Kadhafi est-il enfin prêt à nous parler ?

— Nous venons d'avoir notre ambassade au téléphone, répondit le secrétaire d'État adjoint. Notre chargé d'affaires se trouve toujours à la caserne de Bab Azziza. Personne ne semble être au courant de rien.

Herbert Green, le secrétaire à la Défense, desserra les dents du tuyau de sa pipe. Il paraissait penser à haute voix.

— Le fait que notre destroyer *Allan* ait pu capter une conversation téléphonique de Kadhafi n'est pas

330

une preuve formelle. Personne n'a vu le Libyen depuis le début de cette affaire. Personne ne l'a entendu proférer directement sa menace. Il s'agit d'une escalade si fantastique dans la pratique du chantage que l'on peut se poser des questions. Quelle certitude avons-nous qu'il soit vraiment derrière tout cela ? Est-il impossible qu'il soit prisonnier dans son propre Q.G. d'un groupe d'extrémistes palestiniens ?

L'attention générale se porta vers le directeur de la C.I.A.

— Nous avons envisagé cette éventualité, indiqua l'amiral Bennington, et notre réponse est « non ». Le programme nucléaire libyen a toujours fait partie du domaine réservé du colonel. Quant aux Palestiniens, il les a toujours solidement tenus en laisse. En outre, notre laboratoire vient de confirmer qu'il s'agit bien de sa voix sur la cassette que nous avons reçue.

— Mieux vaut tard que jamais ! grinça le Président.

Bennington eut un sourire gêné.

— D'après l'analyse que nous avons pu faire de la conversation enregistrée par l'*Allan*, reprit-il, il semble qu'il ne fasse l'objet d'aucune contrainte.

— Raison de plus pour essayer de lui parler d'urgence, souligna Eastman.

— Absolument ! renchérit le Président avant d'interpeller le directeur du F.B.I. : Quoi de nouveau à New York ?

Joseph Holborn s'apprêtait à répondre quand une lumière rouge se mit à clignoter sur le téléphone du secrétaire d'État adjoint.

— Monsieur le Président, annonça Middleburger, le Centre des opérations du Département d'État est en train de recevoir un « cherokee nodis » de Tripoli. — Un « cherokee nodis » est un télé-

331

gramme portant la plus haute priorité attribuée par le Département d'État[1]. — Nous l'aurons dans quelques secondes.

A mesure qu'elle arrivait au 7e étage du Département d'État, la dépêche codée était automatiquement avalée par un ordinateur qui la décryptait, et l'expédiait par un téléscripteur spécial au Centre des télécommunications jouxtant la salle du Conseil national de sécurité. Middleburger venait à peine de raccrocher qu'un officier apportait à Eastman le télégramme de Tripoli.

— Monsieur le Président, notre chargé d'affaires vient de s'entretenir avec Kadhafi.

— Alors ?

— Kadhafi déclare que tout ce qu'il a à dire se trouve dans la cassette qu'il vous a envoyée. Il refuse de vous parler.

---

1. L'appellation avait été choisie par le secrétaire d'État Dean Rusk en hommage au Cherokee County, le comté de Géorgie où il était né.

SIXIÈME PARTIE

« Aigle-Un à Aigle-Base !
Fox-Base a coupé le circuit ! »

On a bien tort de calomnier les flics, pensait l'importateur Gerald Putnam. Il n'avait même pas pris la peine de signaler la disparition de son porte-feuille à la police, persuadé, tout comme n'importe quel citoyen dans son cas, que sa plainte ne pouvait raisonnablement déterminer l'intervention d'une police qui avait d'autres chats à fouetter. Et voilà pourtant que se trouvaient réunis dans son bureau un inspecteur d'un grade visiblement élevé, un agent du F.B.I. et le chef de la brigade des pickpoc-kets, tous trois désireux de découvrir ce qui avait pu arriver à son portefeuille.

— C'est parfait, monsieur Putnam, déclara Angelo Rocchia, mais résumons-nous une dernière fois. Vous avez donc passé toute la matinée de vendredi ici dans le bureau. Puis, vers...

— Midi et demi.

Le policier vérifia le morceau de journal qui lui avait servi à prendre des notes.

— C'est bien ça. A midi et demi donc, vous vous êtes rendu jusqu'au marché aux poissons de Fulton Street pour déjeuner chez Luigi. Vers deux heures de l'après-midi, vous avez mis la main à votre poche pour prendre votre portefeuille et payer l'addition avec votre carte de l'American Express. Vous avez alors découvert que votre portefeuille avait disparu. C'est exact ?

— Exact.

— Vous êtes alors rentré ici où vous conservez les numéros de toutes vos cartes de crédit et vous avez demandé à votre secrétaire d'appeler les différentes sociétés pour en signaler la perte.

— Toujours exact, inspecteur.

— Et vous n'avez pas pris la peine de prévenir le commissariat voisin ?

Putnam eut un sourire embarrassé.

— Je regrette, inspecteur, mais je me suis dit qu'avec tout ce que vous avez à faire, un incident aussi minime ne serait...

Angelo dévisagea son interlocuteur avec insistance. C'était un homme d'une quarantaine d'années, de taille moyenne, bâti en force, avec des cheveux noirs frisés et un teint mat méditerranéen.

— Essayons maintenant de reconstituer ce que vous avez fait ce vendredi matin, demanda l'inspecteur new-yorkais. Et d'abord, où placez-vous votre portefeuille habituellement ?

— Là, dit Putnam en tapant sur la poche revolver droite de son pantalon de flanelle grise.

— J'imagine que vous portiez ce jour-là une veste et un pardessus, intervint Tommy Malone, le chef de la brigade des pickpockets.

— Bien sûr. Je peux vous les montrer.

Il ouvrit une penderie et en sortit une veste de tweed gris à chevrons et un pardessus de même couleur avec un col de fourrure. Le policier examina les deux vêtements et passa les doigts dans les fentes du dos.

— C'est évidemment pratique pour la fauche, constata Malone en souriant.

Guidé par Angelo, l'importateur raconta sa matinée du vendredi 11 décembre. Il avait quitté sa maison d'Oyster Bay, dans Long Island, peu avant huit heures. Comme à l'accoutumée, sa femme l'avait conduit à la gare. Il avait acheté le *Wall Street Journal* et attendu sur le quai deux minutes à peine le passage du train de 8 h 07. Il s'était assis à côté de son ami et partenaire de squash, Grant Ottley, un directeur d'I.B.M. Il était descendu au terminus de Flatbush Avenue à Brooklyn, et avait achevé à pied le trajet jusqu'à son bureau. Il ne se souvenait de rien d'anormal, ni d'étrange, pas plus dans le train que dans la gare, que pendant sa promenade à pied. Personne ne l'avait poussé, bousculé, et il ne s'était produit aucun mouvement insolite autour de lui. Bref, rien qui eût pu attirer son attention.

— Il semble que nous ayons affaire à un vrai travail d'artiste, commenta Malone avec admiration.

— Ça m'en a tout l'air, soupira Angelo, perplexe.

Il se leva et se mit à arpenter le bureau.

— Monsieur Putnam, nous allons vous montrer quelques photographies. Prenez tout votre temps. Étudiez-les soigneusement et dites-nous si vous croyez que vous avez déjà vu l'un de ces visages quelque part.

S'il est vrai que les voyages forment la jeunesse, les jeunes gens et jeunes filles dont le chef de la brigade des pickpockets étala un à un les portraits sur le bureau de l'importateur devaient constituer une élite culturelle assez remarquable ! Très peu de globe-trotters pouvaient en effet prétendre posséder une telle connaissance des capitales du monde. Aucun rassemblement international, que ce soient les jeux Olympiques de Montréal, Lake Placid ou Moscou, l'élection du pape au Vatican, le jubilé de la reine Elizabeth à Londres, la coupe du monde de football à Buenos Aires, ne pouvait avoir lieu hors de leur présence. Hormis ces événements spectaculaires, leurs terrains de prédilection étaient les champs de courses, les grands magasins, les gares, les églises et en général tous les lieux particulièrement fréquentés. Tous ces jeunes détestaient en effet la solitude. Ils représentaient la crème de la communauté mondiale des pickpockets.

Presque tous les individus aux cheveux noirs et à la peau mate dont les instantanés passaient entre les mains de Gerald Putnam étaient d'origine colombienne. Comme le pays Basque exporte des bergers et Anvers des tailleurs de diamants, ce pays d'Amérique latine exporte du café, des émeraudes, de la cocaïne — et des pickpockets. Il y avait dans les misérables *calles* de Bogota, capitale de la Colombie, toute une profusion d'écoles de pickpockets. Des enfants de paysans pauvres étaient vendus aux propriétaires de ces écoles pour y faire l'apprentissage de leur métier. Sur la plaza Bolivar ou l'avenida Santander, des spécialistes leur enseignaient tous les trucs de leur art : comment découper une poche au rasoir, ouvrir un sac, détacher une montre d'un poignet. L'épreuve finale consistait à subtiliser plusieurs objets sur un mannequin couvert de clochettes.

Leur entraînement terminé, ils étaient répartis en équipes de deux ou trois — un bon pickpocket ne travaille jamais seul — et expédiés de par le monde nanti des capitalistes dont les poches leur fournissaient plus d'un million de dollars par an.

Ayant examiné une cinquantaine de photographies, Putnam tomba en arrêt devant le portrait d'une belle brune à la poitrine provocante sous un pull-over moulant.

— Cette tête-là me dit quelque chose ! Ma

parole, mais ça m'a tout l'air d'être la fille que j'ai manqué flanquer par terre l'autre jour au pied de l'escalier de la gare !... Oui, oui... c'est bien elle. Maintenant je me souviens : je lisais un prospectus tout en marchant quand je lui suis rentré en plein dedans. C'en était gênant. Elle a dû s'accrocher à moi pour ne pas tomber !

— Monsieur Putnam, trancha Angelo, est-ce que, par chance, ça se serait passé vendredi ?

L'importateur ferma les yeux pour réfléchir.

— Je crois bien que oui.

Angelo reprit la photographie et examina à son tour le joli visage de la fille, sa généreuse poitrine braquée vers le photographe de la police dissimulé dans la foule des voyageurs.

— Ce n'est pas vous qui avez bousculé cette pépée, monsieur Putnam, c'est elle qui vous est rentrée dedans ! Les picks adorent travailler avec des filles à gros nichons. Elles vous les collent dessus pendant qu'un complice vous fait les poches. C'est un truc classique !

Angelo remarqua une légère rougeur aux joues de l'importateur.

— Ne vous faites pas de bile, monsieur Putnam. On perd toujours un peu les pédales quand on tombe sur une nana avec de beaux lolos. Même les gens d'Oyster Bay comme vous.

★

Le maire de New York suivait avec un prodigieux agacement le manège du spécialiste de la protection civile qu'il avait ramené de Washington dans son avion. Jeremy Oglethorpe courait d'un coin à l'autre du bureau du préfet de police pour accrocher ses diagrammes, ses tableaux et ses cartes avec le dynamisme d'un agent de publicité présentant une campagne pour un nouveau dentifrice. Dire qu'il avait même le toupet, s'indignait Stern, de fredonner dans sa barbe la marche triomphale d'*Aïda* !

Tous deux avaient atterri en hélicoptère, peu d'instants auparavant, sur le toit du Q.G. de la police.

— Parfait ! s'exclama Oglethorpe en jetant un coup d'œil satisfait sur son matériel. Je suis prêt pour mon exposé.

— Faites monter Walsh, ordonna le préfet.

Timothy Walsh, d'origine irlandaise, trente-sept ans, un mètre quatre-vingt-six, de petits yeux malicieux dans une trogne de boxeur, était l'officier en charge du service de protection civile de la police new-yorkaise. Actif, ambitieux, il avait été retiré de la branche renseignement pour ressusciter ce service moribond. Et il y avait réussi. Toutes les catastrophes susceptibles de frapper New York relevaient de sa compétence. En particulier celles que les médias aimaient monter en épingle, les raz de marée, les typhons, les tempêtes de neige, les pannes d'électricité géantes, toutes ces calamités qui pouvaient vous valoir une couronne chez le préfet de police, grossir votre budget, gonfler vos équipes. Paradoxalement, les questions d'évacuation et de défense passive en cas d'attaque nucléaire venaient au dernier rang de ses préoccupations. Car, expliquait-il, personne ne veut savoir. Quand on brandit cet épouvantail, les gens vous répondent : « Ne me cassez pas les pieds avec vos bombes russes. J'ai trente centimètres de neige devant la porte de mon garage ! » Sa philosophie sur la question, il la résumait d'un propos qui ne manquait pas de cynisme. « Je ne rate jamais l'occasion d'aller m'agenouiller à Washington sur l'autel de l'horreur nucléaire, mais c'est en réalité afin d'y obtenir de l'argent fédéral pour les causes qui intéressent vraiment les New-Yorkais, comme l'achat de groupes électrogènes en prévision de notre prochain black-out ! »

Walsh entra en sifflotant. A la vue de toutes ces huiles, sa désinvolture disparut d'un coup. Le préfet lui sauta littéralement dessus :

— Walsh, avons-nous un plan d'évacuation de New York ?

L'officier était abasourdi. Pourquoi cette brutale question ? Que se passait-il ?

Un tel plan existait en effet. Il portait même un nom extrêmement ronflant : « Plan opérationnel de survie pour la zone cible de New York. Volume I. Plan de base. » Dressé en 1972, il comportait deux cent deux pages et était généralement considéré comme nul et sans valeur. Walsh lui-même ne l'avait jamais lu. Ni, pour autant qu'il sût, personne de son service.

— Monsieur le Préfet, la dernière fois que nous nous sommes occupés d'un problème d'évacuation, c'était en décembre 1977. La société Consolidated Edison voulait emprunter l'East River pour transporter par bateau un chargement de gaz liquéfié jusqu'à son dépôt de Berrian Island. On nous a demandé si nous étions en mesure de faire évacuer les quartiers de East Side en cas de fuite de gaz ou d'accident.

— Et ?

— Conclusion : c'était absolument impossible !

Le préfet de police se renfrogna :

— Bon, asseyez-vous, Walsh, et écoutez ce que le spécialiste de Washington est venu nous dire.

Bouillonnant de curiosité, l'officier de police replia sa grande carcasse sur le canapé bleu du préfet. Il regarda Oglethorpe prendre place devant

341

ses cartes. Il lui sembla reconnaître vaguement la tête qui s'agitait au-dessus du col à nœud papillon noir et blanc.

Oglethorpe saisit une baguette.

— Heureusement, le problème de l'évacuation de New York est l'un de ceux que nous avons étudiés avec le plus de soin, commença-t-il avec un surprenant optimisme. Je n'ai pas besoin de vous dire qu'il s'agit cependant d'une entreprise colossale. Le délai minimal auquel nous sommes parvenus sur nos simulateurs pour vider la ville est de trois jours.

— Trois jours ! glapit Abe Stern. Mais ce fou d'Arabe ne nous laisse même pas trente heures !

— Situons le problème, poursuivit Oglethorpe. Manhattan étant une île toute en longueur, nous sommes obligés d'envisager également l'évacuation de très nombreuses banlieues qui seront fatalement situées dans la zone de risque.

— En tout, cela concernerait combien d'habitants ? demanda Abe Stern.

— Onze millions !

Le maire émit un grognement de désespoir. Le lieutenant Walsh observait le vieil homme avec sympathie. Quant à sa curiosité à lui, elle venait d'être satisfaite. Seigneur Jésus ! se dit-il, il n'y a que la menace d'une explosion atomique pour justifier qu'on veuille évacuer onze millions de gens !

— La première mesure à prendre, continuait complaisamment l'expert de Washington, sera de fermer toutes les voies d'accès et de les mettre en sens unique vers l'extérieur. L'ennui, c'est que seulement 21 % des habitants de Manhattan possèdent une voiture. — Statistiques, chiffres, données, Oglethorpe se trouvait dans son élément. — Cela veut dire que 79 % de la population devront fuir par d'autres moyens. Il faudra réquisitionner les autobus et mettre la main sur tous les camions. Par chance, nous disposerons du métro. Il faudra bourrer les rames, les lancer sur les voies express, ordonner aux mécaniciens de mettre toute la gomme. Il faudra en envoyer un maximum en direction du Bronx. Que les gens aillent jusqu'au terminus, et qu'ensuite ils continuent à pied.

— Est-ce que vous avez pensé à la kermesse que les pillards vont s'offrir ? coupa le préfet au souvenir des scènes de pillage qui avaient suivi la panne géante d'électricité de décembre 77.

— Bien sûr, ce ne seront pas les voleurs qui manqueront, reconnut Oglethorpe. Mais si des individus sont prêts à courir le risque de se faire désintégrer pour voler un téléviseur couleur comme si Manhattan allait être encore là mercredi matin, qu'importe !

— Où allez-vous évacuer ces millions de gens ? s'inquiéta Abe Stern. Vous ne pouvez pas les jeter à la rue par un froid polaire ?

Aucune question ne pouvait prendre Oglethorpe au dépourvu. Il bomba le torse et ajusta son nœud papillon.

— Monsieur le Maire, l'évacuation des populations en cas d'urgence se fonde sur le concept de zones dites de risque et de zones dites d'accueil. Tout le problème consiste à déménager le plus de personnes possible des zones de risque surpeuplées vers les zones d'accueil sous-peuplées. Étant donné le délai extrêmement court dont nous disposerons, nous demanderons aux zones périphériques d'accueillir les réfugiés.

Merveilleux ! songeait le lieutenant Walsh bouche bée. Vous imaginez un peu la tête du chef de la police de Scarsdale quand on va lui annoncer : « Dites, chef, on vous envoie un demi-million de nos meilleurs Noirs de Harlem pour le week-end. »

— Et les vieillards, les infirmes, tous ceux qui ne peuvent pas se déplacer ? s'inquiéta encore le Maire.

Oglethorpe haussa tristement les épaules.

— Il faudra leur dire de se traîner jusqu'au sous-sol et de prier.

★

Oglethorpe avait tout prévu dans une monumentale étude de 195 pages. Tout y était consciencieusement décrit, analysé, répertorié. On y apprenait qu'il existait 3 800 000 unités d'habitation dans la zone de risque nucléaire, avec une occupation moyenne de trois personnes ; que chaque secteur postal de Manhattan comptait une moyenne de 40 000 habitants, 19 400 logements et 4 300 automobiles ; qu'on pourrait utiliser 310 avions commerciaux de 200 places à partir de huit aérodromes et qu'à raison de 71 vols à l'heure pendant trois jours, il serait possible d'évacuer par voie aérienne 1 022 400 habitants. Wagons, locomotives, mécaniciens, tout ce qui concernait les six réseaux ferrés qui desservent New York avait également été recensé. Toutes les cadences de trafic imaginables avaient été simulées sur ordinateur pour arriver à une rotation des convois permettant une évacuation massive de 80 000 habitants à l'heure. L'inventaire des transports maritimes avait fait l'objet d'un soin analogue. Ferry-boats, remorqueurs, barges, dragues, plates-formes et bateaux-mouches faisaient partie des moyens d'évacuation. Oglethorpe avait enfin passé des semaines à élaborer sur des cartes routières les itinéraires les plus rapides pour permettre à la population d'échapper à l'holocauste. Oui, tout avait été pensé avec une rigueur implacable — y compris le fait que 250 000 habitants risquaient de se révolter s'ils ne pouvaient emmener leurs chiens, chats, canaris et poissons rouges ; et qu'un demi-million de New-Yorkais ne possédaient pas de valise. Mais ce plan était calculé sur trois jours — trois jours d'un départ méthodique, ordonné, et non pas une folle course vers les ponts comme celle que l'urgence imposait aujourd'hui.

Oglethorpe secoua la tête comme pour chasser la vision de cauchemar qui troublait soudain son esprit méticuleux.

— Ce sont bien sûr les routes et le métro qui devront constituer nos principaux modes d'évacuation, reprit-il. Il faudra maintenir coûte que coûte un écoulement régulier du flot des voitures quittant la ville. Il y a plusieurs façons d'y parvenir. Soit en échelonnant les départs par ordre alphabétique en diffusant les instructions correspondantes à la radio et à la télévision. Par exemple, les véhicules appartenant aux habitants dont les noms commencent par la lettre A se mettent en route maintenant. Soit à partir des numéros pairs et impairs des immatriculations. Ou encore, d'après les secteurs postaux. En choisissant d'abord les quartiers les plus menacés du centre de Manhattan.

— Monsieur l'Expert, interrompit le préfet de police, vous oubliez que cette ville est une île. Des voitures vont tomber en panne, bouillir, manquer d'essence, bloquer les routes, les tunnels, les ponts. Vous vous souvenez de ces atroces photos d'exode sur les routes de France en 1940 ?

De plus en plus excédé, Timothy Walsh croisait et décroisait les jambes. Je rêve, se disait-il. Toutes ces cartes, ces tableaux, ces prévisions ! Il regardait avec pitié le maire et le préfet de police. Ils avaient un air si pathétiquement attentifs ! Comme s'ils espéraient, au fond d'eux-mêmes, que ce beau discours pourrait se matérialiser d'une façon ou d'une autre. Il se décida à intervenir :

— Écoutez, monsieur l'Expert, je ne suis pas certain que vous sachiez très bien comment les choses se passent dans cette ville de New York. Vous voulez évacuer par ordre alphabétique ? Dire à M. Abott de monter dans sa voiture et de filer le premier ? Et vous vous figurez que M. Rodriguez à Brooklyn va rester sur son cul à regarder M. Abott se tirer ? Je vais vous dire ce qu'il va faire M. Rodriguez : il va se pointer au carrefour avec son petit flingue du samedi soir et il dira à M. Abott de sortir de sa bagnole et de continuer à pied Et c'est lui qui se tirera à sa place.

Oglethorpe protesta, indigné :

— Mais la police sera là pour empêcher ce genre d'incidents !

— La police ? Vous voulez rire ! Qu'est-ce qui vous permet de croire que les flics vont obéir ? Vous pouvez être sûr que la moitié d'entre eux se précipiteront vers le carrefour le plus proche, leur P 38 à la main. Avec M. Rodriguez. Pour arrêter la première bagnole. Et se tirer eux aussi vers les montagnes. — Walsh secoua ses larges épaules. — Toute votre belle combine serait jouable avec une troupe de soldats entraînés. Mais ici, c'est à une horde de civils terrifiés que vous aurez affaire !

— Du calme, Walsh ! trancha le préfet de police qui savait que son lieutenant avait raison.

— Comment comptez-vous avertir la population ? demanda le maire en s'agitant sur son siège.

Le lieutenant Walsh attrapa la question au vol.

— Moi, je peux déjà vous dire, monsieur le Maire, comment vous ne POURREZ PAS avertir la population. Vous ne pourrez pas l'avertir avec vos sirènes municipales ! Elles ne fonctionnent plus !

Walsh faisait allusion au réseau des sept cents sirènes installées à New York dans les années 50 par le gouverneur Rockefeller, au temps de la guerre froide. La plupart achevaient aujourd'hui de rouiller sur un toit oublié. L'une d'elles avait même failli écrabouiller une promeneuse de Herald Square en tombant dans le vide.

— Nous utiliserons la radio et la télévision, répondit Oglethorpe sans se laisser démonter, afin de maintenir un contact immédiat et permanent avec la population. Tous nos messages devront être aussi concrets que possible. Les gens doivent avoir le sentiment que nous exécutons un plan méthodique, que rien n'a été laissé au hasard, qu'on s'occupera d'eux dès leur arrivée à destination, que tout a été mis en œuvre pour éviter la panique.

Il se tourna vers l'un de ses tableaux. Il n'avait pour titre qu'un seul mot en gros caractères : « EMPORTEZ. »

— Nous pouvons montrer ce tableau à la télévision afin que les gens sachent ce qu'ils doivent prendre avec eux.

Les petits yeux de Walsh regardaient, ronds comme des billes : « Chaussettes de rechange, une thermos d'eau potable, un ouvre-boîtes, des bougies, des allumettes, un poste à transistor, une brosse à dents, un tube dentifrice, une boîte de Tampax, un rouleau de papier hygiénique, un tube d'aspirine, votre carte de Sécurité sociale. » Oglethorpe retourna le tableau. Il y avait une deuxième liste au verso avec le titre : « N'EMPORTEZ PAS. » Elle se bornait à trois articles : des armes à feu, des stupéfiants, de l'alcool.

Cet expert est génial ! s'extasiait Timothy Walsh. Il a réussi à trouver précisément les trois choses sans lesquelles aucun habitant de cette ville ne songerait à décamper en cas de péril !

Oglethorpe bomba à nouveau le torse.

— C'est une question de commandement. L'important est de bien dominer notre affaire. J'aimerais pouvoir procéder tout de suite à une reconnaissance en hélicoptère des voies de dégagement. Puis j'aimerais aller dans le Bronx rendre visite à la direction du métro de Jay Street.

Nom de Dieu ! sursauta Walsh. Jay Street est à Brooklyn. Ce type veut sauver New York et il ne connaît même pas la différence entre Brooklyn et le Bronx !

— Une minute, s'il vous plaît ! rouspéta Abe Stern, il semble que vous ayez tous oublié de tenir compte d'un élément essentiel. Cette ville possède l'un des meilleurs systèmes d'abris antiaériens du monde. Qu'attend-on pour s'en servir ?

Oglethorpe exulta : ce n'était certes pas à un vieux routier de la protection civile comme lui qu'il fallait vanter l'intérêt des abris new-yorkais qui avaient, eux aussi, été aménagés dans les années 50. Le génie de l'U.S. Army et le département municipal des Travaux publics avaient répertorié seize mille caves et locaux souterrains pouvant accueillir six millions et demi d'habitants. Le budget municipal et l'aide fédérale avaient englouti des millions de dollars pour équiper ces refuges en vivres et matériel pour la survie de leurs occupants pendant quatorze jours : bonbons vitaminés et biscuits protéinés, enveloppés dans un emballage spécial à la cire, douze biscuits par personne trois fois par jour fournissant une ration minimale de survie de sept cent cinquante calories ; trousses de secours, pénicilline, eau potable dont les récipients étaient transformables en W.-C. chimiques, papier et serviettes hygiéniques. Et même des compteurs Geiger miniaturisés afin que les survivants puissent, en rampant jusqu'à la surface, mesurer le niveau de radioactivité des ruines au-dessus de leur tête.

— Bien sûr, Votre Honneur, se rengorgea Ogle-thorpe, ces abris constituent un élément capital de mon programme. En particulier pour les personnes qui n'auront pas la possibilité de fuir. Il suffira de leur dire de s'y précipiter. J'aimerais procéder d'urgence à une rapide inspection de quelques-uns de ces locaux en compagnie du lieutenant Walsh afin d'apprécier leur capacité d'accueil.

— Faites donc ! monsieur Oglethorpe, dit le maire, pourvu que vous soyez de retour ici à trois heures et demie avec un plan d'évacuation exé-cutable immédiatement !

Oglethorpe et Walsh sortirent aussitôt. Le préfet Bannion se tourna alors vers le maire. Ils étaient amis depuis vingt ans.

— Que penses-tu de tout cela, Abe ? demanda-t-il.

— Si tu veux vraiment savoir la vérité, Michael, j'ai cessé de penser... J'essaye plutôt de prier. Et je m'aperçois que je ne suis pas très doué pour cela.

★

Il était un peu moins de 17 heures à Paris, ce lundi 14 décembre, quand le général Henri Ber-trand, directeur du S.D.E.C.E., regagna son bureau après sa rencontre avec Paul Henri de Serre, l'ingé-nieur qui avait dirigé la construction du réacteur nucléaire vendu par la France à la Libye. Sur son bureau se trouvaient quatre mallettes envoyées par la D.S.T. Elles contenaient les dossiers concernant tous les Français affectés au projet atomique libyen, ainsi que les transcriptions d'écoutes de toutes les conversations téléphoniques qu'ils avaient eues avec la France.

349

Ces transcriptions ne représentaient qu'une infime partie de la moisson glanée chaque jour par le laboratoire des télécommunications de la D.S.T. Ce dernier était installé tout en haut du quartier général de la rue des Saussaies, derrière le ministère de l'Intérieur. Dans des salles hermétiques à la moindre poussière, des techniciens y manipulaient toute une panoplie d'appareils ultrasensibles capables d'enregistrer les émissions et les communications téléphoniques internationales ayant pour origine ou pour destination le territoire français. Cette moisson était stockée sur ordinateur, puis « écrémée » électroniquement selon un éventail de clefs qui permettaient une exploitation instantanée des renseignements recueillis.

Bertrand venait de commencer à dépouiller ces documents quand son téléphone sonna. C'était son conseiller scientifique, Patrick Cornedeau.

— Patron, annonça celui-ci, les rapports d'inspection sont arrivés de l'agence de Vienne il y a une heure. Je viens de les étudier. Il faudrait que je vous voie tout de suite.

Cornedeau arriva quelques instants plus tard, porteur d'une épaisse liasse de papiers à en-tête des Nations unies. Bertrand manifesta sa surprise :

— Bonté divine ! Vous avez dû ingurgiter tout ça ?

— Pardi, répliqua le jeune ingénieur en se frottant le crâne. Et je suis perplexe.

— Parfait, approuva le général. Dans nos affaires, je préfère la perplexité à la certitude !

Cornedeau posa le dossier sur le bureau et se mit à le feuilleter.

— Le 7 mai dernier, les Libyens ont averti l'Agence d'inspection atomique de Vienne qu'ils avaient décelé des traces de radio-activité dans le système de refroidissement de leur réacteur. Ils ont déclaré qu'ils avaient conclu à un défaut dans la charge d'uranium servant de combustible au réacteur et qu'ils devaient l'arrêter pour pouvoir procéder au remplacement des containers défectueux. L'agence de Vienne a immédiatement envoyé sur place une équipe de trois inspecteurs, un Japonais, un Suédois et un Nigérien. Des gens très bien... Ils ont assisté à l'opération d'extraction des barreaux d'uranium et à leur transbordement dans le bassin de refroidissement. Ils ont eux-mêmes mis en place dans ce bassin les caméras de contrôle dont je vous ai parlé ce matin. Et depuis lors, ils ont procédé à deux inspections.

— Avec quels résultats ?

— Tout est conforme.

— Alors, s'étonna le général, je ne vois pas ce qui vous chiffonne !

— Le problème est que... — Cornedeau se leva et se dirigea vers la feuille de papier qui était toujours épinglée au mur — ... le plutonium, comme la plupart des éléments, existe sous forme de différents isotopes, sortes de variations sur le même thème. Pour construire une bombe, il faut du plutonium 239 très, très pur. Du plutonium de qualité dite « militaire ». Or, le plutonium que l'on obtient à partir de l'uranium brûlé dans un réacteur comme celui des Libyens contient normalement un pourcentage très élevé d'un autre isotope, du plutonium 240. Vous pouvez aussi faire des bombes avec du plutonium 240, mais c'est un travail extrêmement délicat.

— Tout cela est fort intéressant, s'impatienta Bertrand, mais je ne vois toujours pas ce qui vous préoccupe.

— La durée ! mon général. Moins l'uranium séjourne dans un réacteur, plus il produit de plutonium 239.

Le général tripota sa cravate. Son faciès, d'ordinaire florissant, virait au gris.

— Et quelle qualité de plutonium peut produire l'uranium qu'ils ont sorti de leur réacteur ?

— C'est justement ce qui m'inquiète. — Cornedeau revint à son tableau pour vérifier les calculs qu'il avait déjà faits de tête. — Pour obtenir un plutonium idéal, pur à 97 %, de qualité ultramilitaire, avec l'uranium de ce type de réacteur, il faudrait que ce dernier soit resté dans le réacteur pendant seulement vingt-sept jours.

Il se retourna vers Bertrand.

— Patron, il se trouve que c'est précisément le temps exact au bout duquel les Libyens ont sorti l'uranium de leur réacteur !

★

L'initiative de cette réunion dans le P.C. souterrain de New York revenait à Quentin Dewing. Le directeur du F.B.I. avait décidé de faire le point toutes les quatre-vingt-dix minutes avec tous les responsables des recherches. Il donna la parole au Fed chargé de retrouver les Arabes arrivés dans la région de New York au cours des six derniers mois.

— Washington et l'aérodrome Kennedy nous ont fourni tous les noms en leur possession, annonça le Fed. Ils sont déjà en mémoire sur l'ordinateur d'à côté. Il y en a 18 372. — L'énormité de ce chiffre provoqua comme une onde de choc dans l'assistance. — J'ai deux mille gars qui leur courent après. Ils en ont déjà contrôlé 2 102. Ceux que nous n'arrivons pas à retrouver dans la minute mais qui paraissent okay, nous les plaçons en catégorie bleue sur l'ordinateur. Ceux qui semblent suspects vont dans la catégorie verte. Les cas évidents d'infiltration, nous les mettons en catégorie rouge.

— Combien en avez-vous de ces « rouges » ?
demanda Dewing.

— Pour l'instant, deux.

— Et que faites-vous pour eux ?

— Nous avons cinquante agents sur les catégories verte et rouge. A mesure des vérifications, nous mettons d'autres agents sur les cas douteux.

Dewing approuva d'un signe de tête.

— Et vous, Henry ?

La question s'adressait au Fed qui avait été chargé de diriger l'enquête sur les quais.

— Nous avançons un peu plus vite que nous l'espérions, monsieur Dewing. Le service de renseignements des Lloyds à Londres et la Maritime Association de Broad Street nous ont communiqué la liste de tous les navires que nous recherchons, la date de leur arrivée, et les appontements qu'ils ont utilisés. Il y en a 2 116, environ la moitié des navires qui ont touché New York dans les six derniers mois. Nos équipes ont déjà vérifié près de huit cents manifestes et contrôlé la destination des marchandises d'environ la moitié des bateaux.

— Parfait. Et vous, monsieur Booth ? demanda Dewing au directeur des brigades Nest de recherches d'explosifs nucléaires, que nous annoncez-vous ?

Booth quitta son fauteuil et se dirigea vers le plan de Manhattan affiché au mur.

— Nos équipes sont toutes opérationnelles depuis déjà deux heures. J'ai deux cents fourgonnettes et cinq hélicoptères qui quadrillent le bas de Manhattan. — Sa main balaya la pointe de l'île. — De Canal Street jusqu'à Battery Park.

— Elles n'ont encore rien détecté de suspect ? s'impatienta Dewing.

— Si bien sûr. Car l'ennui avec notre matériel,

c'est qu'il ne détecte pas seulement les engins nucléaires. Il détecte TOUTES les radiations. Jusqu'à présent, nous avons trouvé une vieille dame qui collectionne les réveils Big Ben avec les cadrans au radium, le dépôt d'engrais qui approvisionne la moitié des jardins publics de New York, et deux types qui sortaient de l'hôpital avec du baryte dans le ventre à la suite d'une radio de l'estomac. Mais pas de bombe !

Quentin Dewing se tourna alors vers Harvey Hudson, le directeur du F.B.I. new-yorkais.

— J'ai deux tuyaux, Quentin, déclara celui-ci. L'un arrive à l'instant de Boston et semble assez prometteur. Il s'agit de l'un des types qui ont séjourné dans les camps d'entraînement de Kadhafi. Voilà sa fiche et sa photo.

Il fit circuler une feuille ronéotypée :

« SINHO, Mahmoud. Né à Haifa, le 19 juillet 1946. Immigré aux États-Unis en 1962 dans le cadre du quota spécial de la loi sur les réfugiés. Installé chez des parents, 19 Summer Drive, Quincy, Massachusetts. Naturalisé citoyen américain, Ire Cour de district, New York, octobre 1967. Inscrit à l'université de Boston, faculté de gestion administrative, 1966-1970. Fiché par F.B.I. Boston comme militant O.L.P. et collecteur de fonds, 1972. Signalé par C.I.A. entrant en Libye, février 1976. Correspondant local confirme présence SINHO dans camp d'entraînement de fedayins palestiniens de Misratah, Libye, avril 1976. Placé sous surveillance du F.B.I. Boston à son retour aux U.S.A., septembre 1976. Le suspect ayant abandonné toute activité politique propalestinienne, surveillance interrompue le 23 mai 1977 sur réquisition nº 9342-77 de la Chambre des mises en accusation. Casier judiciaire : néant. Pas d'association criminelle connue. Dernière adresse : 49 Horace Road, Belmont, Mass. »

— Ce type a disparu de son domicile hier matin vers 10 heures et on ne l'a pas revu depuis, indiqua Hudson. La compagnie des téléphones vient de procéder à un sondage sur sa ligne. Il aurait reçu un appel en P.C.V. d'une cabine téléphonique d'Atlantic Avenue, à Brooklyn, deux heures avant son départ précipité. Il circule à bord d'une Chevrolet verte avec des plaques minéralogiques du Massachusetts, portant le numéro 792 K 83.

— Voici notre meilleure piste depuis le début de l'enquête ! s'exclama Dewing, ravi. Et l'autre tuyau ?

— Un de nos indicateurs, un maquereau noir lié au Front de libération portoricain, nous a signalé qu'un petit trafiquant de drogue de sa connaissance aurait porté des médicaments samedi à une cliente arabe de Hampshire House. La fille a quitté l'hôtel ce matin après avoir donné une fausse destination. — Hudson consulta son carnet de notes. — Il a fallu sérieusement cuisiner le trafiquant en question pour qu'il consente à parler. Il apparaît que c'est la fille qui l'a appelé. Un échange de services entre Palestiniens et Portoricains. Elle connaissait le mot de passe. Elle lui a réclamé ces médicaments parce qu'elle ne voulait pas demander une ordonnance à un médecin. Le problème, c'est que le type jure ses grands dieux qu'il ne l'a même pas aperçue. Il a laissé les médicaments à la réception. Ce qui vient d'ailleurs d'être confirmé à l'hôtel.

Hudson fit une grimace et remit son carnet dans sa poche. Il poursuivit :

— Nous avons demandé au State Department de nous fournir les renseignements concernant la demande de visa de cette femme, et surtout sa photo.

355

Mais un abruti de consul à Beyrouth a mis la photo sur l'avion de la Pan Am, parce que notre ambassade là-bas ne dispose pas de transmissions belino. Ce crétin n'a même pas eu l'idée de s'adresser à l'Associated Press ou à n'importe quelle autre agence !

— Il n'y a qu'à faire revenir l'avion à Beyrouth, suggéra Dewing.

— Nous le détournons sur Rome. Ce sera plus rapide.

— Quel était le médicament ?

— Du Tagamet. C'est pour les ulcères d'estomac.

— C'est donc notre seul indice jusqu'à l'arrivée de cette maudite photo, conclut Dewing. Nous recherchons un Arabe qui souffre d'un ulcère !

Il se tourna vers Feldman.

— Et vous, chef, quelles nouvelles ?

Le chef des inspecteurs prit un air désabusé.

— Hélas ! pas grand-chose. L'un de nos inspecteurs qui enquêtent sur les quais m'a appelé pour dire qu'il avait trouvé la trace d'un chargement de barils en provenance de Libye qui aurait été enlevé par un type utilisant des papiers volés. Mais le poids de ces barils serait très inférieur aux estimations attribuées à l'objet que nous cherchons. J'ai tout de même envoyé une équipe chez le consignataire de cette marchandise. On ne sait jamais !

— Bien, chef ! répondit Dewing visiblement irrité qu'un simple inspecteur new-yorkais ait eu l'audace de court-circuiter la direction du F.B.I., tenez-nous au courant.

Dewing venait de mettre fin à la réunion quand un opérateur radio fit irruption dans la pièce.

— Monsieur Booth, votre Q.G. vous appelle ! Un de vos hélicoptères vient de capter des radiations !

356

Booth bondit derrière l'opérateur radio jusqu'à la salle des télécommunications.

— Qu'est-ce que tu enregistres ? cria-t-il au technicien à bord de l'appareil.

Il put à peine entendre sa réponse à travers le crépitement des rotors.

— Quatre-vingt-dix millirads !

Booth émit un sifflement de stupéfaction. Il s'agissait d'une émission considérable, d'autant qu'elle avait sans doute dû passer à travers plusieurs étages avant d'atteindre le toit pour être captée par l'hélicoptère.

— D'où viennent ces radiations ?

Booth se précipita sur une carte. Avec l'aide de deux policiers new-yorkais, il réussit à localiser rapidement la zone d'où provenait l'émission. Il s'agissait de quatre immeubles de H.L.M. de la cité Baruch, juste au bord de l'East River, à quelques dizaines de mètres du pont Williamsburg.

— Tire-toi de là en vitesse pour ne pas te faire remarquer ! ordonna Bill Booth au pilote. J'envoie des fourgonnettes !

Puis il dévala l'escalier et courut jusqu'à la voiture banalisée qui l'attendait au coin de Foley Square.

★

A Paris, le général Bertrand arpentait son bureau, ruminant le compte rendu de son conseiller scientifique à propos des rapports d'inspection de l'agence atomique de Vienne sur le réacteur libyen acheté à la France. Il alluma une nouvelle Gitane au mégot de la précédente, revint à sa table de travail et se laissa choir dans son fauteuil.

— Ce qui me trouble, dit-il à Cornedeau, c'est que ce M. de Serre ne m'ait pas dit un traître mot sur cet arrêt du réacteur...

— Il a peut-être estimé qu'il s'agissait d'un accident un peu trop technique pour vous intéresser vraiment.

Bertrand poussa un bref soupir et ouvrit l'une des mallettes envoyées par la D.S.T.

— Il va falloir examiner très sérieusement toute cette paperasse. Vous rendez-vous compte du scandale que nous aurions sur les bras s'il s'avérait que les Libyens ont réellement extrait du plutonium à partir d'un réacteur français ? Et peut-être avec la complicité d'ingénieurs français ?

Les doigts du général fouillèrent la pile des grosses enveloppes marquées du tampon rouge « Ultra-secret » jusqu'à ce qu'il trouve le nom de Serre.

— Je vais, quant à moi, commencer par le dossier de ce collectionneur de pierres !

★

Angelo Rocchia en gloussait encore. « Il est vraiment réconfortant de constater quels efforts déploie la police pour aider un simple citoyen à retrouver son portefeuille », avait dit l'importateur Gerald Putnam en prenant congé des trois policiers sur le pas de sa porte.

Dès qu'ils furent remontés en voiture, Angelo se tourna vers Tommy Malone, le chef de la brigade des pickpockets.

— Okay, Tommy, qu'est-ce que tu as sur cette fille ?

Malone tira une fiche de son attaché-case.

— Yolanda Belindez, alias Amalia Sanchez et Maria Fernandez. Née à Neiva, Colombie, 17 juillet 1959. Cheveux noirs, yeux verts. Signes particuliers : néant. Casier judiciaire : arrestation pour vol durant la cérémonie du jubilé de la reine, Londres, juin 1977. Condamnée à deux années de détention, dont une avec sursis. Arrestation pour même motif à Munich durant la fête d'Octobre, le 3 octobre 1978. Condamnée à deux années de détention, dont une avec sursis. Complices connus : Pablo « Pepe » Torres, alias Miguel Costanza, réf. fichier police New York 3742-51.

Malone chercha aussitôt la fiche de ce Torres et constata que les dates de ses arrestations coïncidaient avec celles de la fille.

— C'est pas grand-chose, soupira Angelo, mais c'est quand même une piste. Où est-ce qu'on peut trouver ces zèbres ?

— Il y a un quartier où ils vont souvent traîner, du côté d'Atlantic Avenue. Allons y faire un tour. Nous rencontrerons peut-être quelqu'un qui a besoin d'un « petit service ».

Angelo venait de mettre le moteur en marche quand le radio-téléphone se mit à grésiller. Il décrocha.

— Romeo 14, téléphonez d'urgence au P.C., lança une voix sans autre explication.

Angelo s'arrêta devant la première cabine publique. Quelques instants plus tard, il en ressortait avec un air d'allégresse qui ne put échapper à ses deux acolytes dans la voiture. Il se jeta au volant de la Chevrolet et se tourna vers Rand :

— Dis donc, jeune loup, tu te souviens de la tronche du type qui s'est fait voler son portefeuille ?

— Bien sûr !

— Tu pourrais me le décrire ?

Le Fed prit un air étonné.

— Teint mat... cheveux frisés... yeux clairs... Pourquoi ?

Angelo lâcha un gros rire satisfait.

— C'est exactement le signalement du portrait-robot que le collègue de l'identité judiciaire, envoyé par Feldman sur notre quai de Brooklyn, a fait du chauffeur du camion qui est venu vendredi chercher les barils !

— Tu veux dire que ce M. Putnam a ?...

— Mais non, crétin ! Pas lui, mais un type qui lui ressemble assez pour se servir de ses papiers... Un vrai travail sur mesure ! Et ce n'est pas tout, mon pote, ajouta triomphalement Angelo, il paraît que les copains expédiés à la recherche des barils les ont trouvés !... Ils viennent d'appeler le P.C. : l'endroit est une espèce de bicoque avec un grand garage derrière. Tous les barils figurant sur le manifeste du *Dionysos* sont bien là-bas... Tous, sauf un !

★

Une pensée vint immédiatement à l'esprit de Bill Booth pendant que le Fed qui le conduisait essayait de se faufiler dans la circulation des rues étroites et encombrées du bas de Manhattan. Les renseignements concernant les immeubles qu'il fallait fouiller, l'épaisseur des murs, des plafonds, des toits, la nature des matériaux utilisés pour leur construction, facilitaient toujours le travail de ses brigades de recherches d'explosifs nucléaires.

— Cette cité H.L.M., ça doit être la municipalité qui l'a construite ?

Avant que le chauffeur ait eu le temps de lui répondre, Booth avait empoigné le micro de la radio et appelé son P.C.

— Envoyez d'urgence un gus chercher à l'Hôtel de Ville les plans d'exécution de la cité Baruch, ordonna-t-il. Qu'il me les apporte au coin de Houston et de Columbia.

Arrivant à Houston Street, Booth aperçut une de ses fourgonnettes peinte aux couleurs rouge et blanche d'Avis. Rien ne la distinguait d'un véhicule de livraison. C'était pourtant l'un des deux cents laboratoires scientifiques roulants qui se promenaient ce lundi matin à travers Manhattan. Quatre minuscules disques métalliques et une courte antenne fixés à la carrosserie étaient reliés à un détecteur au bore et à un scanner au germanium. Ces appareils étaient capables de détecter les rayons gamma et les neutrons émis par la plus infime poussière de plutonium. Ils étaient raccordés à un mini-ordinateur muni d'un oscilloscope et d'un écran de contrôle. Cet ordinateur pouvait non seulement identifier une source de rayons gamma à très grande distance — la distance exacte était tenue secrète —, mais il pouvait déterminer la nature des isotopes et de l'élément dont ils provenaient.

Booth reconnut le grand type bronzé assis à côté du chauffeur de la fourgonnette. Docteur en physique de l'université de Berkeley, le Californien Larry Delaney était un concepteur d'engins nucléaires du laboratoire de Livermore. Il avait acquis son bronzage en allant escalader les pentes de la sierra Morena pendant ses week-end.

— On n'enregistre rien, annonça-t-il d'un air dépité.

Booth leva les yeux vers la masse compacte d'immeubles qui se découpaient sur le ciel avec cette inélégance caractéristique des constructions municipales.

— Pas étonnant ! Ça doit venir de là-haut.

Il poursuivit son examen. Quinze étages. Au moins huit cents appartements et cinq mille locataires. Se balader là-dedans sans se faire remarquer n'allait pas être facile. Une deuxième voiture du

361

F.B.I. se glissa derrière eux. Un agent en descendit et lui tendit un épais rouleau de plans.

Le chef des brigades Nest grimpa dans la fourgonnette où un autre Fed était en train de suspendre au cou du Californien Delaney un micro de la taille d'une médaille grâce auquel il pourrait communiquer, de minute en minute, le récit de sa progression à travers le H.L.M. Le Fed lui plaça ensuite dans le creux de l'oreille un minirécepteur qui lui permettrait de capter à la fois les informations de son appareil de détection et de recevoir des instructions.

Booth déroula les plans de construction des H.L.M. sur ses genoux. De vraies cages à lapins ! songea-t-il. Combien de politiciens et de margoulins ont dû s'en mettre plein les poches avec ça ! Bah ! la minceur des murs, la fragilité des matériaux faciliteront au moins les recherches... Ce ne sont ni les planchers ni les plafonds des immeubles de la cité Baruch qui feront écran aux radiations. S'il y en a !

— Bon, déclara-t-il après son examen, on va fouiller les six étages supérieurs. Même s'il n'y a pratiquement aucune chance de trouver ce que l'hélicoptère a détecté au-dessous des quatre derniers étages... Vous deux, vous vous occupez de l'immeuble A. Si on vous demande quelque chose, vous dites que vous êtes des démarcheurs d'assurances. Okay ?

Le Fed new-yorkais qui devait escorter Delaney fit une grimace.

— Par ici, c'est plutôt pour récupérer le fric des caisses de prêts que travaillent les démarcheurs, rectifia-t-il.

— C'est juste ! acquiesça Booth.

L'approche d'un engin explosif placé par des terroristes était la phase la plus délicate, la plus dangereuse, ces derniers étant souvent prêts à tout pour défendre leur bombe. Les hommes des brigades Nest n'étaient pas armés et leur protection incombait aux agents du F.B.I. qui les suivaient telle leur ombre.

Pour explorer l'immeuble B, Bill Booth avait choisi un de ses ingénieurs noirs, et pour son escorte une Fed, noire elle aussi. Ils se feraient passer pour un jeune ménage en quête d'un appartement.

Larry Delaney sortit de la fourgonnette avec son détecteur de radiations portatif. L'appareil n'était guère plus grand qu'un attaché-case ou qu'une de ces mallettes d'échantillons comme en portent les représentants de commerce. Il n'y avait plus trace de hâle sur le visage du physicien-alpiniste.

— Nerveux ? s'inquiéta Booth.

Delaney fit signe que oui. Booth lui tapa sur l'épaule.

— Va, ne te fais pas de bile, on va enfin la trouver notre première bombe !

— La bombe ? Ce n'est pas à cause de la bombe que j'ai la trouille, protesta Delaney. J'ai peur qu'un mec là-haut — il montra les tristes cubes de béton — me plante un canif entre les omoplates !

Dès que Delaney et le physicien noir s'éloignèrent dans la cité avec leurs gardes du corps, Booth désigna trois autres équipes pour les autres immeubles. Puis, avec l'aide des plans de construction, il suivit par radio leur progression, étage par étage, appartement par appartement, du quinzième au dixième. Delaney fut le dernier à terminer l'exploration de son immeuble. Aucun détecteur n'avait capté la moindre radiation, pas même celles émises par un réveille-matin à cadran lumineux !

— C'est à n'y rien comprendre, pestait le chef des brigades Nest. Après le feu d'artifice enregistré par l'hélicoptère, on ne trouve même plus une étincelle ! Ça ne colle pas ! — Il réfléchit un moment. — Faites revenir l'hélicoptère pendant qu'ils explorent encore le neuvième et le huitième étages.

Quelques minutes plus tard, Booth perçut du fond de sa fourgonnette le bourdonnement de l'appareil. Puis ce fut la voix stupéfaite du technicien qui tournoyait au-dessus des H.L.M. :

— Les radiations ont disparu. Je n'enregistre plus rien. Pas même un millième de millirad !

— Est-ce que tu es sûr que tu es bien au-dessus de l'endroit où tu étais tout à l'heure ?

— Affirmatif !

Dépité, le physicien soupira.

— Continue à chercher ! ordonna-t-il.

L'hélicoptère tourna jusqu'à ce que les équipes au sol aient achevé leur exploration. Mais toujours sans résultat.

— Ton détecteur doit être détraqué, conclut Booth. Fonce à McGuire et fais-le vérifier d'urgence !

Delaney annonça qu'il n'avait rien trouvé au huitième étage non plus.

— Remonte tout en haut, lui commanda alors son chef, et va jeter un coup d'œil sur le toit.

Il y eut un grognement sur les ondes :

— L'ascenseur est cassé !

— Et alors ! T'es bien un fana de l'escalade, non ?

Quelques minutes plus tard, la respiration haletante, le Californien émergeait sur le toit. Il n'y avait devant lui que l'étendue grise des quartiers de Brooklyn. Son détecteur restait muet. Il jeta un coup d'œil dégoûté sur les saletés qui souillaient le goudron du toit.

— Bill, déclara-t-il, il n'y a absolument rien là-haut. Rien que de la merde de pigeon !

★

Le président des États-Unis se tenait devant une fenêtre de la rotonde prolongeant le grand bureau ovale qui symbolisait le siège du pouvoir pour deux cent vingt millions d'Américains. Les mains derrière le dos, le regard errant sur le manteau de neige recouvrant le parc, il réfléchissait. Il avait été élu à la fonction suprême parce que ses compatriotes ressentaient le besoin d'un chef, d'une personnalité énergique capable de remplacer le personnage plein de bonnes intentions mais dénué d'envergure qui l'avait précédé en ces lieux. Et voilà que ses qualités de leader étaient mises à l'épreuve comme jamais celles d'aucun président ne l'avaient été depuis la Seconde Guerre mondiale. Il songea aux hommes qui s'étaient succédé dans cette pièce : Harry Truman, ruminant la décision de lâcher la première bombe atomique sur le Japon ; Lyndon Johnson, s'embourbant dans le guêpier vietnamien ; et bien sûr John Kennedy pendant la grande crise des missiles cubains. Mais eux au moins savaient qu'ils pouvaient recourir à la puissance terrifiante des États-Unis pour appuyer leur action. Alors que son souci de préserver des millions de vies américaines le privait, lui, de cette ressource. Ah ! songea-t-il, les Chinois avaient raison quand ils nous traitaient jadis de « tigre de papier ».

Un bruit de pas tira le chef de l'État de ses amères pensées. C'était l'heure de la première manifestation officielle de ce lundi 14 décembre. Il regagna sa table de travail dont le bois de chêne, cadeau de la reine Victoria au président Hayes, provenait du navire royal *Resolute*. Sous la conduite du chargé de presse, un groupe de journalistes et de reporters de télévision entrèrent dans son bureau. Le Président ne laissa rien paraître de ses soucis, il se montra disert, accueillant chacun comme un vieil ami retrouvé. Tandis que son chargé de presse débitait quelques mots d'introduction, il avait les yeux fixés sur l'écusson présidentiel gravé au plafond. Mon Dieu, qu'allons-nous faire si ce maudit Libyen persiste à refuser le dialogue ?

Puis, toujours impénétrable, il chaussa ses lunettes d'écaille à double foyer et entreprit de lire l'allocution préparée par les services de la Maison-Blanche pour la célébration du 33e anniversaire de l'adoption de la Déclaration universelle des droits de l'homme. Il était parvenu à la moitié du texte quand la silhouette de Jack Eastman, se glissant discrètement au fond de la pièce, attira son attention. Le conseiller présidentiel avait saisi la pointe de sa cravate et mimait le mouvement d'une paire de ciseaux. Le chef de l'État abrégea aussitôt son discours.

— Il est tard, messieurs, vous devez tous mourir de faim. Moi le premier. Au revoir et merci.

Quelques instants après, Eastman le rejoignait dans son bureau privé.

— Grande nouvelle ! Nous venons d'établir un contact avec Kadhafi.

★

C'est par le gratte-ciel du Centre administratif de l'État de New York que l'expert Jeremy Oglethorpe commença son inspection des abris antiaériens de la ville. Il s'agissait d'un choix délibéré. S'il y avait un building qui dût posséder la Rolls-Royce de ce genre d'installations, c'était bien celui-là. Dès son entrée dans l'immense hall du bâtiment grouillant de monde, le visiteur aperçut avec satisfaction le panneau noir et jaune signalant la direction de l'abri.

— Au moins ici les gens sauront où aller en cas d'alerte, fit-il remarquer au lieutenant Walsh qui l'accompagnait.

Les deux visiteurs arrivèrent devant le bureau vitré du concierge occupé par un Noir en uniforme. Walsh lui présenta sa plaque.

— Police municipale, Bureau de la protection civile. Nous sommes chargés de vérifier l'état d'entretien de votre abri antiaérien.

— Abri antiaérien ? balbutia le Noir. Ah oui... l'abri souterrain ! Attendez un instant, il faut que je trouve la clef.

Il se leva et se dirigea vers un énorme tableau garni d'une myriade de clefs de toutes les formes et toutes les tailles. Il se gratta le front et commença à chercher dans cet amoncellement de ferraille. « C'est l'une de ces clefs, marmonnait-il en farfouillant, c'est forcément l'une de ces clefs. » Cinq bonnes minutes s'écoulèrent pendant lesquelles le brave concierge examinait d'une main tremblante une clef après l'autre, la nuque moite d'énervement.

Mon Dieu, se disait Walsh avec effroi, on imagine un peu la panique qui éclaterait dans ce hall pendant que cet abruti n'en finirait pas de chercher sa clef !

Le concierge devait sentir l'impatience croissante de ses visiteurs, car il finit par crier d'une voix exaspérée :

— Pedro ! Où est cette merde de clef de l'abri souterrain ?

A cet appel émergea du fond du bureau une sorte de gnome coiffé d'une casquette de base-ball. Il portait un blouson constellé d'insignes et de badges qui proclamaient que « le Rédempteur arrive », que « Jésus est notre sauveur », que « le chemin du Christ est le meilleur ».

367

— C'est lui le gardien de l'abri, expliqua le concierge.

Pedro se mit à fouiller à son tour dans les grappes de clefs. Il lui fallut encore plusieurs minutes pour trouver la bonne. Puis il montra le chemin aux visiteurs. La porte de l'abri s'ouvrait sur un escalier faiblement éclairé dont la voûte était encombrée d'un tel réseau de canalisations qu'Oglethorpe et Walsh durent se courber en deux pour ne pas se fracasser le crâne. Ils débouchèrent enfin dans une grande salle humide où flottait une odeur de moisi. Sur un panneau accroché au mur pendait une feuille de papier jauni : l'inventaire des lieux dressé par la Protection civile, en date du 3 janvier 1959. Il énumérait la liste des vivres et du matériel entreposés là, soit 6 000 tonnelets d'eau, 275 trousses de premiers secours, 140 compteurs Geiger, 2 500 000 biscuits protéinés. Oglethorpe balaya du faisceau de sa torche les recoins de l'immense caverne.

— Ah, les voilà ! s'écria-t-il en découvrant avec soulagement le long du mur les piles de cartons des fameux biscuits.

Il en frappa un avec sa lampe.

— C'est curieux, s'étonna-t-il, il a l'air d'être vide !

Il renouvela l'expérience sur d'autres emballages et dut se rendre à l'évidence : ils étaient tous vides.

— Walsh ! s'indigna-t-il, comme s'il s'agissait de lingots d'or envolés d'un coffre-fort, où sont les biscuits ?

Le lieutenant regarda l'expert de Washington avec pitié.

— Au Nicaragua !

— Comment cela au Nicaragua ?

— Vous ne vous souvenez pas de ce typhon qui a

tout dévasté là-bas en 75 ? On a envoyé nos biscuits aux sinistrés.

Le policier eut un petit rire sarcastique.

— Foutus cadeaux, n'est-ce pas ? Il paraît qu'ils sont tous tombés malades en les mangeant. Ils étaient pourris.

Oglethorpe en eut le souffle coupé. Tout est décidément démesuré à New York, songea-t-il, jusqu'à l'incurie !

— Et les autres abris ? demanda-t-il enfin, d'une voix éteinte.

Walsh hocha la tête.

— Pas tous aussi vides, monsieur Oglethorpe. Certains sont même habités... et pas seulement par des rats... Par des bandes de gosses qui viennent y piquer la morphine des trousses de secours et se shooter.

Guidés par Pedro, les deux hommes rebroussèrent chemin. Dans l'escalier, la lampe d'Oglethorpe éclaira soudain un des badges qui ornaient le blouson du gardien. Au comble du découragement, l'expert apprécia le message qui y était inscrit comme le plus judicieux conseil qu'il pouvait recevoir en ces heures tragiques.

« Jésus est notre sauveur, proclamait l'insigne, confiez-lui vos problèmes. »

★

A Washington, les membres du Comité de crise attendaient le retour du Président et de Jack Eastman. A l'exception des militaires, ils étaient en manches de chemise, le col ouvert et la cravate dénouée. Tous avaient l'air à bout de forces. Ils se levèrent péniblement à l'entrée du Président qui leur fit signe de se rasseoir. Il n'était pas d'humeur à s'embarrasser de protocole. Lui aussi tomba la veste et remonta ses manches tandis que son conseiller faisait le point de la situation.

— Notre chargé d'affaires à Tripoli vient de recevoir un coup de téléphone de Salim Jalloud, le Premier ministre libyen, annonça Jack Eastman. Kadhafi est disposé à s'entretenir avec vous à 19 heures G.M.T. — il jeta un coup d'œil aux pendules —, c'est-à-dire à midi pour nous ici, soit dans vingt-sept minutes. La liaison se fera par le circuit radio de notre Bœing *Catastrophe*. Kadhafi parle l'anglais, mais il est probable qu'il préférera s'exprimer en arabe, au moins dans un premier temps. Ces messieurs — il désigna les deux fonctionnaires à cheveux gris timidement assis au bout de la table — sont les interprètes du Département d'État. Je vous suggère de procéder de la façon suivante : l'un des deux interprètes nous fera une traduction confidentielle simultanée afin que nous sachions sur-le-champ ce que dit Kadhafi. Chaque fois que Kadhafi fera une pause pour permettre la traduction de ce qu'il a dit, le deuxième interprète prendra le relais. Pendant cette traduction officielle, nous disposerons de quelques instants pour nous concerter et préparer notre réponse. Si nous avons besoin d'un délai supplémentaire, nous demanderons à ce deuxième interprète d'interroger Kadhafi sur le sens précis de tel mot ou telle expression.

Le Président approuva d'un signe de tête. Jack Eastman poursuivit :

— Nous avons naturellement pris des dispositions pour enregistrer à la fois Kadhafi et la traduction. Tout sera pris en sténotypie. Plusieurs secrétaires se relaieront pour dactylographier au fur et à mesure tout ce qui se dira. Et nous avons là-bas — il montra un pupitre noir avec de multiples cadrans —

un analyseur de voix fourni par la C.I.A. qui nous révélera le plus léger signe de tension ou de nervosité chez notre interlocuteur.

Eastman conclut son exposé en présentant au Président et à ses ministres les Dr Jagerman, Tamarkin et Turner assis à l'autre bout de la table. La présence de cet aréopage médical ne causa aucune surprise dans l'assistance. Bien que la chose fût peu connue du public, les hautes sphères gouvernementales américaines avaient en effet l'habitude de faire appel aux conseils des psychiatres.

— S'appuyant sur leur expérience de négociateurs avec des terroristes, ces messieurs recommandent fortement que vous ne parliez pas personnellement à Kadhafi, déclara Eastman.

Le Président réprima un mouvement d'étonnement.

— Messieurs, je tiens à vous remercier, dit-il avec chaleur, car votre aide va nous être précieuse. Vous surtout, docteur Jagerman. — Le Hollandais inclina cérémonieusement la tête. — Mais dites-moi, pourquoi ne voulez-vous pas que je parle à Kadhafi ?

Jagerman répéta les arguments qu'il avait exposés plus tôt dans le bureau d'Eastman.

— Mon confrère a parfaitement raison, monsieur le Président, insista le Dr Tamarkin. En l'obligeant à dialoguer avec quelqu'un d'autre que vous, vous gardez les coudées franches pour préparer tranquillement votre riposte. — Le psychiatre américain avait lui-même employé cette tactique avec succès à Washington lors d'une prise d'otages par une secte de Black Muslims. — Autrement dit, nous le tenons en haleine tout en nous donnant le temps de réfléchir.

— Il me semble que pour l'instant c'est plutôt lui qui nous tient en haleine, remarqua amèrement le

371

Président. Et à qui pensez-vous confier ce rôle de négociateur ?

— Nous espérons que Kadhafi acceptera de s'entretenir avec le général Eastman, répondit Jagerman. Le monde entier sait qu'il est votre collaborateur le plus proche.

Les doigts du Président tapotèrent nerveusement le bord de la table.

— Très bien, messieurs, je me range à votre proposition. Espérons que Kadhafi en fera autant. Je ne doute pas de votre parfaite connaissance de la mentalité des criminels, mais celle d'un chef d'État ne répond pas forcément aux mêmes critères. J'aimerais, à ce propos, que vous m'expliquiez ce qui peut pousser un homme comme Kadhafi à agir de la sorte. Est-il devenu fou ? Y a-t-il une folie du pouvoir ?

Le psychiatre hollandais ferma les yeux une seconde. Comme il aurait préféré se trouver dans son paisible bureau d'Amsterdam !

— L'important n'est pas tellement de savoir s'il est ou non atteint de paranoïa, monsieur le Président. Ce qui compte, c'est de décrypter ses motivations. Personnellement, je partage l'avis de votre C.I.A. : il n'est pas fou du tout.

— Alors, pourquoi a-t-il organisé une machination si démentielle ?

— Ah ! — Les sourcils de Jagerman se dressèrent en accent circonflexe. — Le trait dominant de sa personnalité est le goût de la solitude. Solitaire, il l'était enfant, à l'école et ensuite à l'académie militaire en Angleterre. Chef d'État, il l'est encore. Or, la solitude est redoutable. Plus un homme est replié sur lui-même, plus il risque de devenir dangereux. Les terroristes sont fondamentalement des individus isolés, des marginaux, des exclus, qui se regroupent autour d'un idéal, d'une cause. Étant mal dans leur peau, ils sont poussés à agir. La violence est leur façon d'affirmer leur existence à la face du monde. La solitude dans l'action leur donne alors un complexe de supériorité. Ils se prennent pour des demi-dieux, pour l'incarnation du Droit, tant ils sont persuadés de la justesse de leur position.

Le Président fixait Jagerman avec une telle curiosité que le Hollandais baissa les yeux quelques secondes avant de poursuivre.

— A mesure que Kadhafi a senti grandir son isolement en face des autres nations arabes, qu'il s'est senti de plus en plus coupé de la communauté mondiale, ce besoin d'agir, de prouver au monde qu'il existe, est devenu chez lui de plus en plus obsédant. Il s'est fait le champion des Palestiniens. Il est absolument convaincu du bien-fondé de leur cause. Et maintenant, grâce à sa bombe H, il se croit Dieu le Père, prêt, au-delà de toute notion du Bien et du Mal, à administrer lui-même la justice !

— Si l'homme est à ce point mégalomane, pourquoi perdons-nous notre temps à chercher à lui parler ? objecta le Président.

— Nous n'allons pas essayer de le raisonner, monsieur le Président. Nous allons tenter de le convaincre de la nécessité de nous accorder un délai, de même que nous cherchons toujours à persuader un terroriste de la nécessité de libérer ses otages. Souvent, avec le temps, le monde irréel dans lequel se complaît le terroriste s'écroule autour de lui. La réalité le submerge et ses mécanismes de défense s'effondrent. Cela pourrait très bien se produire avec Kadhafi. La réalité, la découverte des conséquences de son action peuvent subitement le paralyser.

Le psychiatre pointa son index en l'air.

373

— S'il survient, cet instant sera terriblement dangereux. A ce moment-là, un terroriste est prêt à mourir, à se suicider d'une manière spectaculaire. Le risque qu'il fasse périr ses otages avec lui est alors immense. Dans ce cas... — Jagerman laissa la phrase en suspens. Tout le monde avait compris. — En revanche, poursuivit-il, l'occasion bénie de pouvoir prendre le terroriste par la main — façon de parler — et de l'éloigner du danger, peut se présenter à ce même instant. Il faudra alors essayer de le convaincre qu'il est un héros, un héros qui a été contraint de se soumettre honorablement à des forces supérieures.

— Et vous pensez que nous parviendrons à manipuler Kadhafi de cette manière ?

— C'est un espoir. Pas davantage. Mais la situation n'offre guère d'alternative.

— Bien. Comment allons-nous manœuvrer ?

— Il s'agit là de l'objectif final, monsieur le Président. La tactique pour l'atteindre, c'est en lui parlant que nous la mettrons au point. C'est pourquoi il est crucial que nous puissions engager un dialogue avec lui. Car notre stratégie dépendra de ce que nous apprendrons en l'écoutant. Avant tout, l'essentiel est que chacun ici — le psychiatre promena son regard vif sur l'assistance — veuille bien accepter cette situation en se disant qu'à la fin nous gagnerons.

Sauf... songea le médecin hollandais en méditant ses propres paroles, sauf que, en fin de compte, on ne gagne pas toujours...

★

La sonnette au-dessus de la porte tinta. Tous les occupants du sombre café de Brooklyn, les cinq ou six jeunes garçons affalés sur leur tabouret de moleskine déchirée, le cafetier bedonnant et mal rasé, le trio en blousons de cuir qui jouait au billard électrique, se retournèrent pour dévisager les trois policiers qui pénétraient dans leur sanctuaire. Il n'y avait pas un bruit dans la salle hormis le « clic-clac » de la bille de plomb qui rebondissait de ressort en ressort et le « ting » des lumières qui marquaient le score sur le tableau de l'appareil.

— Y a pas, murmura Angelo à Rand, ces mômes ont un sixième sens pour renifler « les visites ».

Tommy Malone, le chef de la brigade des pickpockets, passa lentement le long du comptoir en scrutant chaque visage. C'étaient tous des pickpockets qui faisaient régulièrement la gare de Flatbush, et qui, entre les heures d'affluence, venaient se détendre ici devant une tasse de café colombien et un verre de tequila. Malone s'arrêta à un mètre du billard électrique et fit signe d'approcher à l'un des trois garçons en blouson de cuir.

— Hé ! monsieur Malone, gémit celui-ci en se contorsionnant comme un danseur de disco dans un bal du samedi soir, pourquoi moi ? J'ai rien fait !

— On voudrait avoir une petite conversation avec toi, dit Malone tout doucereux. Dans la bagnole.

Malone et Angelo prirent place sur la banquette avant de la Chevrolet, le pickpocket entre eux deux. Rand voulut monter derrière mais son coéquipier l'arrêta.

— Retourne plutôt au café, petit, suggéra-t-il amicalement, et ouvre l'œil. On ne sait jamais.

Ainsi encadré, le Colombien s'était mis à trembler. Sa tête oscillait comme un essuie-glace un jour de pluie.

— Pourquoi vous m'embarquez, monsieur Malone ? geignait-il faiblement, je vous jure que j'ai rien fait.

— Je ne t'embarque pas, répliqua Malone. Je suis venu te demander un petit service. Un petit service que je te revaudrai à la prochaine connerie.

Il sortit les photographies de Yolanda Belindez et de Torres et les mit sous le nez du pickpocket. Angelo fixait intensément le visage du garçon. Le temps d'un éclair, il vit ce qu'il cherchait, un imperceptible tressaillement : il avait reconnu les portraits.

— Tu connais ces zèbres ? demanda Malone.

Le pickpocket parut réfléchir.

— Non. Connais pas, jamais vus.

Avant que le pick ait eu le temps de comprendre ce qui lui arrivait, Angelo s'était emparé de son bras droit et commençait à le lui tordre.

— Mon pote t'a posé une question !

Des gouttes de sueur perlèrent sur le front du garçon. Son regard allait d'un inspecteur à l'autre.

— Je vous jure que je connais pas !

Angelo vissa le bras d'un cran. Le pickpocket poussa un cri.

— T'as jamais essayé de faucher un portefeuille avec un bras dans le plâtre ? Si tu ne réponds pas à mon pote, je te fais craquer les os comme du petit bois !

— Arrêtez ! Je vais vous dire !

Angelo desserra sa prise.

— Ils sont nouveaux. Je les ai vus qu'une fois.

— Où crèchent-ils ? Vite !

— Sur Hicks Street. De l'autre côté de l'Express Way. Je sais pas quelle maison. Les ai vus qu'une fois, je jure.

Angelo lâcha le bras.

— Gracias, amigo ! dit-il en ouvrant la portière.

★

Le général Bertrand détestait lire les transcriptions des écoutes téléphoniques. Ce n'était pas que le directeur du S.D.E.C.E. eût le moindre scrupule concernant la moralité du procédé. Ses années dans les services secrets lui avaient au contraire appris quel auxiliaire précieux elles pouvaient être. S'il détestait ces dossiers d'écoute, c'est qu'il trouvait leur lecture déprimante. Rien ne révélait plus le vide et la médiocrité de la plupart des existences que les fruits de cette surveillance électronique de l'âme humaine.

Au moins espérait-il découvrir dans les conversations de Paul Henri de Serre pendant son long séjour en Libye la marque d'un brillant esprit. Or, quelle ne fut pas sa déconvenue de constater que Serre n'était qu'un banal fonctionnaire. Un homme sans la moindre faille, sans l'ombre d'une singularité inavouable qui eût permis au général d'avoir barre sur lui. Il n'avait même pas de maîtresses, ou s'il en avait, il ne les appelait jamais au téléphone. En fait, songea Bertrand, amusé, l'apparente fidélité conjugale de ce type est sans doute la seule bizarrerie de son caractère !

Le général se massa les sourcils entre le pouce et l'index. L'épais dossier d'écoutes embrassait une période de plusieurs mois. L'une des transcriptions montrait Serre discutaillant pendant des pages avec le directeur administratif du centre nucléaire de Fontenay-aux-Roses pour obtenir la nomination de trois de ses assistants au grade supérieur, ce qui aurait entraîné son propre avancement et donc une augmentation de son traitement. Bertrand nota, avec intérêt, que l'entretien s'était achevé sur un échange de remarques personnelles.

« L'ADMINISTRATEUR : A propos, cher ami, nous allons bientôt avoir un prix Nobel dans la maison !

— SERRE : Mais non, voyons, vous savez bien que les Suédois ne donneront jamais le Nobel à quelqu'un qui soit associé, même de loin, à notre programme ! Ils sont encore trop soucieux de faire oublier au monde comment leur vénéré M. Nobel a gagné sa fortune, pour récompenser un Français travaillant dans un centre où l'on s'est occupé de la bombe. — L'ADMINISTRATEUR : Eh bien, vous vous trompez, mon cher. Vous souvenez-vous d'Alain Prévost ? — SERRE : Ce petit bonhomme qui a passé quelque temps, il y a des années, sur le réacteur du sous-marin de Cadarache ? — L'ADMINISTRATEUR : Lui-même ! Sous le sceau du plus strict secret, je vous annonce que lui et son équipe du rayon laser de Fontenay-aux-Roses viennent de faire une découverte décisive dans leurs recherches sur la fusion. — SERRE : Ils ont fait sauter la bulle ? — L'ADMINISTRATEUR : Pulvérisée, mon cher ! Prévost est invité mardi après-midi à l'Élysée pour exposer à Giscard et à un petit groupe de ministres triés sur le volet le sens de tout cela. — SERRE : Diable ! Transmettez à Prévost mes félicitations. Entre nous, je n'aurais jamais imaginé que ce garçon eût la capacité de réaliser un tel exploit. Au revoir, mon cher. »

— Alain Prévost !... Quoi ? Alain Prévost ? Sacré nom de nom ! s'écria le général. Alain Prévost, l'ingénieur assassiné dans le bois de Boulogne alors qu'il se rendait à une réunion à l'Élysée !

Le général Bertrand referma d'un coup sec le dossier des écoutes et tira une bouffée de sa Gitane. Il y a deux possibilités, se dit-il. La première, c'est que la D.S.T. n'était pas le seul service de renseignements qui écoutait cette conversation ce jour-là.

Quant à la deuxième... Le moment était venu de procéder à un examen très attentif du passé de l'ingénieur français chargé du projet libyen.

★

Une voix sortit de la boîte en galalithe blanche encastrée au centre de la table de conférence de la salle du Conseil national de sécurité de Washington. Du Bœing 747 *Catastrophe* volant à quinze mille mètres au-dessus des côtes libyennes, le général responsable des transmissions de l'U.S. Air Force en Méditerranée appelait le président des États-Unis.

— Aigle-Un à Aigle-Base. Notre liaison radio protégée avec Fox-Base est maintenant opérationnelle. — « Fox-Base » était le nom de code désignant Tripoli. — Fox-Base annonce que Fox-Un sera en ligne dans soixante secondes.

Le brouhaha des conversations s'interrompit au nom de Fox-Un. Pendant un moment, il n'y eut plus d'autre bruit que le chuintement des appareils de climatisation. Chacun réalisait à sa manière que dans quelques secondes on allait entendre l'homme qui menaçait la vie de six millions de New-Yorkais.

Il y eut un grésillement et soudain la voix de Kadhafi emplit la pièce. Le fait qu'elle empruntait un circuit spécial protégé lui donnait une résonance étrange ; on aurait dit qu'elle provenait de la bande sonore d'un film d'extraterrestres lancés à la conquête de la planète Terre.

— Ici le colonel Muammar Kadhafi, président de la Jamahiriya arabe libyenne populaire socialiste.

Dès que l'interprète officiel eut traduit cette introduction, Jack Eastman se pencha vers le micro.

— Monsieur le Président, ici le général Jack Eastman, conseiller du président des États-Unis d'Amérique pour les affaires de sécurité nationale. Je veux tout de suite vous apporter l'assurance personnelle de mon président que notre liaison radio emprunte un circuit strictement confidentiel. Pour la facilité de notre conversation, j'ai à côté de moi M.E.R. Sheehan, du Département d'État, qui va en assurer la traduction.

Eastman fit un signe à l'interprète.

— Cet arrangement est satisfaisant, déclara Kadhafi à la fin de la traduction. Je suis prêt à m'entretenir avec votre président.

— J'en remercie Votre Excellence, répondit Eastman avec déférence. Le Président m'a prié de vous faire d'abord savoir qu'il porte le plus haut intérêt au contenu de votre lettre. En ce moment même, il confère avec les membres du gouvernement pour étudier la meilleure façon de donner suite à vos propositions. Il m'a chargé de le représenter et de rechercher avec vous les termes d'un accord sur les différentes questions que vous avez soulevées. Il y a un certain nombre de points dans votre lettre sur lesquels nous aimerions vous demander quelques éclaircissements. Avez-vous par exemple envisagé quelles mesures de sécurité il conviendra d'instaurer en Cisjordanie dès le départ des Israéliens ?

Les trois psychiatres échangèrent des sourires satisfaits. Eastman assumait avec autorité son rôle de négociateur, terminant, comme convenu, sa première intervention avec une question qui allait amener Kadhafi à croire qu'il pouvait obtenir ce qu'il réclamait et l'obliger à poursuivre le dialogue.

Il y eut un silence avant que le Libyen revînt en ligne. Même à travers la langue arabe, chacun détecta aussitôt une différence dans le ton.

— Général Eastman, je ne parlerai qu'au Président et à personne d'autre !

L'assistance guettait la suite, mais seul le bourdonnement lointain de l'amplificateur sortait du haut-parleur.

— Essayez de gagner du temps, chuchota le Dr Jagerman à Eastman, répondez-lui que vous avez prévenu le Président. Qu'il va arriver. N'importe quoi pourvu qu'il reste au bout du fil.

A peine Eastman avait-il repris la parole que la voix de Kadhafi se fit entendre. Cette fois, il s'exprimait en anglais.

— Général, vous vous trompez si vous croyez pouvoir me faire tomber aussi facilement dans votre piège ! Si l'objet de ma lettre n'est pas assez important pour que votre président en discute lui-même avec moi, je n'ai rien à ajouter. Ne cherchez pas à me contacter tant que le Président ne sera pas prêt à s'entretenir personnellement avec moi.

A nouveau, on n'entendait plus qu'un ronflement. Puis un appel du 747 *Catastrophe* :

— Aigle-Un à Aigle-Base ! Fox-Base a coupé le circuit.

★

La Chevrolet d'Angelo Rocchia zigzaguait doucement entre les fondrières qui parsemaient Hicks Street. Coincée entre les docks et l'Express Way, la rue offrait un spectacle aussi misérable que celles du quartier des quais. Le jeune Fed de Denver écarquillait des yeux horrifiés. Mêmes graffiti obscènes annonçant que le pouvoir noir allait « enculer le monde », mêmes façades à demi carbonisées, mêmes épaves de voitures « cannibalisées » jusqu'à la carcasse, mêmes monceaux d'ordures sur les trottoirs. A la fenêtre d'une maison, Rand aperçut une vieille femme en guenilles Un fichu autour de la tête, les pans d'une vieille couverture sur les épaules, elle tenait à la main une bouteille de whisky. La détresse de ce visage lui fut insupportable. Il se tourna vers Angelo.

— Qu'est-ce qu'on est venu faire ici ? Du porte à porte ?

Angelo réfléchit avant de répondre.

— Non, dit-il enfin. Si on cherche à retrouver nos zèbres en faisant du porte à porte, on sera marrons. Dès l'instant où le bruit se répandra qu'il y a des flics dans le coin, tu ne trouveras plus personne. Ils se figureront que c'est une descente de l'Immigration. La moitié des gens ici sont en situation irrégulière. Il faut trouver autre chose.

Ils passèrent devant une minuscule épicerie, un trou dans un mur, avec quelques cageots de légumes à moitié pourris empilés contre la vitre. Angelo remarqua le nom du propriétaire peint en blanc sur le panneau de la porte.

— J'ai une idée, dit-il en cherchant une place pour se garer.

Les deux policiers se frayèrent un passage à travers les monceaux de détritus jonchant le trottoir, croisèrent une bande de gamins qui pulvérisaient à coups de fronde les derniers carreaux d'un immeuble en ruine, et arrivèrent enfin devant l'épicerie.

— Tu me laisses faire le baratin, ordonna Angelo en clignant de l'œil.

Le bruit familier d'une sonnette résonna quand la porte s'ouvrit sur une odeur d'ail et de saucisson. On aurait dit une cambuse, avec cet amoncellement de conserves, de bouteilles d'huile, de pots de confiture, les piles de paquets de nouilles et de potages en sachets. Dans leur emballage de raphia tressé, des fiasques de vin italien bon marché pendaient du plafond.

Une vieille mamma toute en noir, les cheveux blancs noués en chignon, apparut derrière un comptoir réfrigéré plein de lait, de beurre et de boîtes de produits congelés. Elle dévisagea les deux visiteurs d'un air soupçonneux.

— Signora Marcello ? demanda Angelo en exagérant l'accent de sa Calabre natale.

La vieille poussa un grognement. Angelo fit un pas vers elle. Il avait une mine si joviale que Rand se demanda s'il n'allait pas lui chanter la *Tosca*. Le New-Yorkais s'était approché de l'épicière, jusqu'à sentir l'odeur de lessive qui émanait de sa robe noire.

— Signora Marcello, chuchota-t-il assez bas pour que le Fed n'entende pas, j'ai un petit problème à résoudre et j'ai besoin de votre aide.

Pas question de lui révéler qu'il était un flic. Des vieilles comme ça, nées là-bas au pays, ne parlaient pas aux policiers. C'était bien connu.

— Une de mes nièces, une bonne petite Italienne de chez nous, s'est fait attaquer dimanche dernier sur la 4ᵉ Avenue en revenant de la messe de dix heures à Saint-Antoine. — Il se pencha vers la vieille femme, comme un prêtre sur le point de recueillir la confession. — C'est le *fidanzato*, murmura-t-il en tournant son pouce vers Rand. — Un soupçon de répulsion traversa son visage. — Il n'est pas italien. Ah ! que peut-on attendre de nos jeunes aujourd'hui ! Il est allemand, mais c'est un bon catholique.

Il se recula d'un pas, sentant qu'un lien de sympathie s'était noué entre l'épicière et lui. Affectant un air accablé, il ajouta :

— Est-ce que vous pourriez jamais imaginer des gens capables de faire ça à une bonne petite, une gamine de chez nous qui venait de recevoir Notre-Seigneur. Là, presque sur les marches de l'église ? La tabasser et lui arracher son sac ?

Il se pencha vers l'oreille de la signora Marcello :

383

— C'étaient des métèques... des Sud-Américains. — Il cracha par terre en signe de dégoût. — Ils venaient de par ici, ajouta-t-il en désignant la rue.

Angelo sortit alors de sa poche les portraits de Torres et de Yolanda Belindez.

— Un copain à moi, un inspecteur italien de Manhattan, m'a donné ces photos. Mais qu'est-ce qu'ils peuvent faire les flics ? — Il tapota les deux clichés de ses doigts velus. — C'est moi l'aîné de la famille. Alors c'est moi qui vais les chercher. Comme au pays. Pour l'honneur de la *famiglia*. Vous les avez déjà vus, ces deux-là ?

— Aïe ! aïe ! aïe ! gémissait la vieille femme. Jésus, Marie, Joseph ! Qu'est-ce qu'il est devenu ce quartier ?

Elle chercha une paire de lunettes sur le comptoir. Son doigt noueux se posa sur la photographie de la fille à la provocante poitrine.

— Celle-là, je la connais. Elle vient tous les jours ici acheter du lait.

— Vous savez où elle habite ?

— Un peu plus bas, à côté du café. Il y a trois immeubles tous pareils. Elle habite là.

★

Seul le Président ne fut pas surpris par la brutalité avec laquelle Kadhafi avait refusé de parler à Jack Eastman et coupé la communication. Il s'y attendait.

— Laissez passer quelques minutes, et dites au 747 de rétablir le contact avec Tripoli, ordonna-t-il.

Puis il se tourna vers les trois psychiatres.

— Messieurs, je vous invite à profiter de ce répit pour me dire comment aborder Kadhafi dans ce nouveau contexte. Docteur Tamarkin ?

Les paupières du médecin américain battirent nerveusement derrière ses lunettes de myope.

— Monsieur le Président, l'expérience m'a appris que les terroristes se livrent à leurs actions spectaculaires parce qu'ils ont quelque chose sur le cœur. Quelque chose à exprimer. Si on les écoute, ils parlent, et ce qu'ils disent fournit en général les clefs de la riposte. Mon conseil est donc, en gros, d'écouter le plus possible.

— C'est bien joli, docteur, mais comment engager un dialogue en écoutant seulement ? Comment dois-je ouvrir la discussion ? Par un appel en faveur de la paix du monde ?

Bien qu'elle ne fût pas assise à la table de conférence, Lisa Dyson estima que c'était à elle de répondre à cette question.

— Monsieur le Président, je crains qu'un appel en faveur de la paix ne soit pas un argument auquel le colonel Kadhafi puisse être sensible, fit-elle observer en revoyant le séduisant officier qui lui avait un jour offert un verre de jus d'orange. La paix n'est pas obligatoirement un état désirable pour un Bédouin. Elle implique une soumission à une autorité, alors que la disposition naturelle du Bédouin est d'être constamment sur le qui-vive, prêt à lancer une razzia contre les campements des tribus voisines. J'interpréterais le perpétuel appétit d'aventures extérieures dont fait montre Kadhafi, son soutien à tous les mouvements révolutionnaires comme un prolongement de cet état d'esprit. Même s'il se disait d'accord avec vous sur la nécessité de sauvegarder la paix, ce serait une erreur d'en tirer une conclusion valable pour la suite.

Le Président remercia d'un bref sourire.

— Et vous, docteur Jagerman ?

Le psychiatre hollandais exhala un soupir, se

385

demandant encore une fois ce qu'il était venu faire dans cette galère.

— Monsieur le Président, vous ne devez vous montrer ni menaçant ni faible. Mais prêt à semer dans son esprit l'idée que ce qu'il réclame n'est pas irréalisable.

— Même si ce n'est pas vrai ?

— Ja, ja. Vous devez l'amener progressivement à croire qu'il peut réussir. Évitez une confrontation directe qui risquerait de renforcer ses attitudes négatives. D'après son premier contact, il semble plutôt sûr de lui, maître de ses émotions. Contrairement à ce que vous pourriez penser, c'est une bonne chose. Ce sont les gens faibles, prompts à s'effrayer, qui sont dangereux. Ceux-là peuvent vous tomber dessus à la moindre provocation. — Jagerman caressait son grain de beauté au milieu du front, son troisième œil, comme s'il y cherchait la lumière de Vérité. — Essayez encore de le persuader d'accepter de discuter avec le général Eastman. Faites-lui valoir que de cette façon, vous serez plus libre de consacrer tout votre temps et toute votre énergie à lui donner satisfaction. Il est vraiment capital que nous le contraignions à un véritable dialogue.

Le Président ferma les yeux, croisa les mains, et resta un moment immobile, s'enfermant en lui-même afin de rassembler ses pensées et se préparer à l'épreuve qui l'attendait. Comme un sportif, il inspira profondément et rejeta l'air d'un coup.

— Okay, Jack, je suis prêt.

Tandis qu'il se rapprochait du micro, une bouffée de colère le saisit. Colère de devoir jouer cette comédie, d'être obligé, lui le chef de la nation la plus puissante du monde, de s'humilier devant un homme prêt à tuer six millions des siens.

— Colonel Kadhafi, c'est le président des États-

Unis qui vous parle de la Maison-Blanche, annonça-t-il dès que la liaison radio fut annoncée. Le message que vous m'avez adressé hier fait l'objet d'une étude sérieuse et approfondie de la part de mon gouvernement et de moi-même. Nous n'avons pas encore terminé. Toutefois, vous ne devez avoir aucun doute : nous condamnons tous l'action que vous avez entreprise. Quels que soient vos sentiments sur les questions qui nous divisent au Proche-Orient, ou au sujet des injustices qui ont été infligées au peuple palestinien, votre tentative de résoudre ce problème en jouant avec la vie de six millions d'Américains innocents est un sacrilège inacceptable !

La brutalité de cette entrée en matière fit pâlir les psychiatres. Tamarkin prit son mouchoir pour essuyer la sueur qui perlait à ses tempes. Jagerman tendait l'oreille comme s'il venait de capter au loin les prémices de l'Apocalypse. Imperturbable, le Président fit signe à l'interprète :

— Traduisez. Et attention : ne changez pas un iota, ni dans le fond ni dans la forme.

A peine la traduction était-elle achevée que le Président reprenait :

— Vous êtes un soldat, colonel Kadhafi, et en tant que tel vous devez savoir que j'ai à portée de main le pouvoir d'anéantir instantanément toute trace de vie sur le territoire de votre pays. Si vous m'y obligez, sachez que je n'hésiterai pas à utiliser ce pouvoir quelles qu'en soient les conséquences.

Eastman souriait, approbateur. Quel homme ! songeait-il, éberlué, il n'a pas tenu compte d'une seule recommandation des psychiatres.

— A ma place, poursuivait le Président, la plupart des chefs d'État auraient réagi de cette façon à la minute même où ils auraient reçu votre menace.

387

Je m'en suis abstenu car j'ai le désir ardent de trouver un règlement pacifique à cette situation, et de le trouver avec vous. Comme vous le savez sûrement, je n'ai jamais cessé, pendant ma campagne électorale et depuis mon élection, de proclamer qu'il ne peut y avoir de solution durable à la question du Proche-Orient sans que soient prises en compte les aspirations légitimes du peuple palestinien. Je suis sincèrement prêt à œuvrer avec vous dans ce but. Mais vous devez comprendre que la satisfaction de vos exigences ne dépend pas de mon seul gouvernement. C'est pourquoi je vous propose que le général Eastman, mon conseiller le plus proche, serve de lien entre nous pendant que j'entamerai les négociations avec Jérusalem.

Le Président se renversa dans son fauteuil et s'épongea la nuque.

— Comment ai-je été ? demanda-t-il à Eastman tandis que l'interprète traduisait.

— Formidable !

La réponse du Libyen ne se fit pas attendre. Contrairement à ce que tout le monde craignait, le ton en était mesuré, presque retenu. Il n'en était pas de même de ses paroles.

— Monsieur le Président, je ne vous ai pas appelé pour discuter le contenu de ma lettre. Ses termes sont suffisamment clairs. Ils ne réclament aucune explication de ma part — seulement une action immédiate de la vôtre.

Kadhafi fit une courte pause pour permettre la traduction. Les psychiatres échangeaient des regards de profonde inquiétude.

— Monsieur le Président, le seul objet de mon appel est de vous avertir que mes radars ont détecté la présence de votre VIe flotte au large des côtes de mon pays. Je vous le dis solennellement : je ne me laisserai pas intimider par cette menace !

— Le monstre ! grommela *sotto voce* le Texan Delbert Crandell, secrétaire à l'Énergie. C'est lui qui a le culot de parler de menace !

— Vos navires croisent à présent à la limite de mes eaux territoriales. J'exige qu'ils soient retirés immédiatement à une distance d'au moins cent milles nautiques. Si ce retrait n'est pas effectif dans les deux heures, j'ai le regret de vous informer que j'avancerai de cinq heures la limite de mon ultimatum.

Tant d'audace stupéfiait le Président. Il considéra le cercle de ses conseillers, espérant découvrir sur un visage une réponse au nouveau dilemme qui se présentait. Il ne vit partout que le reflet de sa propre stupéfaction.

— Colonel Kadhafi, étant donné le danger que vous faites peser sur la ville de New York, je trouve votre nouvelle exigence non seulement extravagante, mais parfaitement incongrue. Toutefois, en raison de mon très sincère désir d'aboutir, avec votre concours, à une solution pacifique, je suis disposé à en discuter avec mon gouvernement et à vous faire part de notre décision dans un délai aussi bref que possible.

Le chef de l'État jeta un regard sévère à ses conseillers.

— Messieurs, aucun de vos beaux scénarios n'avait prévu cette complication, dit-il amer. Qu'allons-nous répondre ? — Il se tourna vers le président du Comité des chefs d'état-major. — Harry, quel est votre avis ?

— Monsieur le Président, je suis absolument contre le retrait de ces navires, indiqua l'amiral Fuller. Notre démonstration navale a pour but de l'obliger à prendre conscience des conséquences que sa menace sur New York peut entraîner pour lui-même. Et nous avons pleinement réussi. Le retrait de ces navires risque de l'inciter, le moment venu, à faire exploser sa bombe !

— En outre, la VIe flotte est une énorme mécanique, ajouta le chef des opérations navales assis à côté de Fuller. On ne peut pas la trimballer comme un pion sur un échiquier. Si vous annulez sa mission, il faudra plusieurs heures avant qu'elle redevienne opérationnelle.

— Herbert ?

— Je partage cette opinion, répondit le secrétaire à la Défense sans desserrer les dents du tuyau de sa pipe.

— Monsieur Middleburger ?

Le secrétaire d'État adjoint fit tourner son crayon à bille entre ses doigts, cherchant à gagner du temps pour récapituler dans sa tête les données du problème.

— Toutes considérations militaires mises à part, mais compte tenu de la personnalité de Kadhafi, je pense que ce serait une erreur fatale d'accorder d'emblée une telle concession. Cela n'aboutirait qu'à le rendre encore plus intransigeant. Monsieur le Président, je dis : Refusez !

— Tap ?

Le chef de la C.I.A. passa ses pouces dans les entournures de son gilet.

— Cet homme semble décidé à engager l'épreuve de force. Si c'est vraiment cela qu'il cherche, ne devrions-nous pas lui montrer tout de suite que nous sommes prêts à l'affronter ?

Le Président considéra le personnage sûr de lui, légèrement arrogant, qui venait de parler. Ah, ces gens des services de renseignements ! songea-t-il, toujours prompts à répondre à une question par une autre question, pour que la postérité ne puisse jamais retenir contre eux une prise de position quelconque. A croire qu'ils ont tous fait leurs études à Harvard du temps de Kissinger !

— Jack ?

Eastman se cala au fond de son fauteuil, quelque peu gêné.

— Je suis obligé de me prononcer contre l'avis général. Le problème auquel nous sommes confrontés est de savoir comment nous allons pouvoir sauver la vie de six millions de New-Yorkais. Nous n'y parviendrons qu'en gagnant ce que Kadhafi essaye de nous ôter : du temps. Nous avons bien plus besoin de ces cinq heures pour trouver la bombe dans New York que de la VIᵉ flotte en face de la Libye.

— Vous conseillez donc de retirer les navires ?

— Oui, monsieur le Président, sans hésiter. — Eastman essaya de chasser de sa pensée la vision de sa fille dans sa robe blanche, afin d'être bien certain de répondre en fonction exclusive d'une froide analyse de la situation. — La réalité de ces quelques heures est infiniment plus importante pour nous que la façon dont Kadhafi perçoit notre force ou notre faiblesse, poursuivit-il. J'ajoute qu'en tout état de cause, nous n'avons pas besoin de la VIᵉ flotte pour détruire la Libye.

— Il y a quelque chose qui m'étonne dans cette nouvelle menace de Kadhafi, observa le chef de l'État. Pourquoi cinq heures ? Pourquoi pas quinze ? Pourquoi pas tout de suite ? Si vraiment nos navires l'inquiètent à ce point, pourquoi n'exige-t-il pas davantage ?

Il resta silencieux plusieurs secondes à chercher lui-même une explication. Puis il s'adressa aux psychiatres :

— Et vous, messieurs, quel est votre avis ?

391

Henrick Jagerman sentit une fois encore un léger frisson lui parcourir l'échine. Le conseil qu'il s'apprêtait à donner serait amèrement ressenti, il en était sûr, par une bonne partie de l'assistance. D'autant qu'il venait d'un étranger.

— Je crois, monsieur le Président, que cette nouvelle exigence du colonel Kadhafi trahit son insécurité fondamentale. Il cherche inconsciemment à vous jauger, dans l'espoir que votre acceptation lui apportera l'assurance que son défi va effectivement payer. Nous observons toujours cette attitude chez les terroristes lors des premiers contacts. Une attitude agressive, exigeante : « Faites ceci tout de suite ou nous exécutons un otage ! » Mon conseil alors est toujours de faire ce que le terroriste demande. Dans le cas présent, je vous conseille donc de faire ce que Kadhafi réclame. Vous lui montrerez de cette façon qu'il peut s'entendre avec vous. Vous implanterez très subtilement dans son esprit cette notion qu'il a une chance de réussir s'il traite avec vous. Mais j'attacherais un prix à cette concession. Je m'en servirais pour l'obliger à discuter le contenu de sa lettre, ce qu'il semble persister à refuser. Pour mettre en route un dialogue.

Le Président avait écouté sans broncher. Il remercia d'un signe de tête et ferma une nouvelle fois les yeux pour se concentrer et prendre une décision dans la solitude de son âme. Puis il se tourna vers l'amiral Fuller :

— Harry, ordonnez à la VIᵉ flotte de se retirer.

Une voix s'éleva aussitôt :

— En cédant à ce maître chanteur, vous risquez de devenir le Chamberlain de l'Amérique, monsieur le Président !

Le chef de l'État fixa le visage rubicond du secrétaire à l'Énergie.

— Monsieur Crandell, je ne cède pas au colonel Kadhafi. — Chaque mot tombait à la cadence fatidique d'un tambour funèbre. — J'essaye seulement de gagner ce que le général Eastman a très justement qualifié d'atout majeur dans cette crise — les yeux bleus consultèrent les horloges —, du temps. Jack ! Qu'on reprenne contact avec Tripoli.

Dès que le 747 *Catastrophe* annonça le retour en ligne de Fox-Un, le Président déclara :

— Colonel Kadhafi, je suis prêt à donner les ordres nécessaires pour que la VIᵉ flotte se retire à cent milles de vos côtes, comme vous l'avez demandé. Mais je tiens à vous faire savoir que j'ai pris cette décision pour une seule et unique raison : pour vous montrer mon désir ardent et sincère de trouver avec vous un moyen de résoudre cette crise à notre satisfaction mutuelle. Toutefois, je ne donnerai ces ordres que si, de votre côté, vous acceptez d'engager une discussion immédiate sur la manière d'y parvenir.

Une attente anormalement longue suivit ses paroles. Que se passe-t-il à Tripoli ? s'inquiéta Eastman. Quand enfin il revint en ligne, Kadhafi s'exprimait de nouveau en anglais.

— Tant que vos bâtiments de guerre seront là, il n'y aura pas de discussion. Quand ils seront partis, nous parlerons. Inch Allah !

Il y eut un délic. La boîte blanche était redevenue muette.

SEPTIÈME PARTIE

« Monsieur le Président, vous m'avez menti ! »

Angelo Rocchia examina les trois immeubles que l'épicière italienne lui avait indiqués à côté du café. Ils présentaient tous le même aspect de décrépitude : façades lépreuses, échelles d'incendie brisées pendant comme des lambeaux de ferraille, fenêtres et portes barricadées de planches. « Chambres à louer. S'adresser au concierge du 305 Hicks Street », annonçait une pancarte sur l'un des bâtiments.

— De vrais taudis, commenta Angelo. Ils appartiennent sans doute à quelque *slum lord* de Manhattan. En attendant qu'ils brûlent, il y entasse des clandestins et leur fait payer le maximum par tête de pipe !

Les deux policiers entrèrent dans le vestibule du 305 Hicks Street. Un amas puant d'ordures, de bouteilles, de boîtes de bière, de papiers gras montait jusqu'au plafond. Le pire, c'était le relent âcre, enveloppant, d'urine qui imprégnait les murs et l'escalier.

— Regarde, petit !

Angelo avait attrapé une bouteille et la lançait contre le monceau de détritus. Sous les yeux horrifiés du Fed, une horde de rats détalèrent dans toutes les directions. Angelo gloussa de joie à la vue du

397

mouvement de recul de son jeune coéquipier et se dirigea vers la porte marquée « concierge ». Il frappa. Il y eut un cliquetis de chaînes. Fermement maintenue de l'intérieur, la porte s'entrebâilla. Un vieux Noir en salopette apparut dans l'interstice. Angelo lui fit passer si vite son écusson de policier devant les yeux que le concierge n'aperçut qu'un éclair doré. Rand faillit s'étouffer en écoutant le New-Yorkais se présenter comme « un inspecteur de la commission d'hygiène ». Il désignait déjà la montagne d'immondices.

— Dis donc, pépère, y a beaucoup d'ordures dans ta baraque. Risque d'épidémie plus risque d'incendie... ça va chercher loin...

L'air accablé de détresse, le Noir commença à déverrouiller une à une les serrures et les chaînes qui barricadaient sa loge.

— Qu'est-ce que j'y peux, moi ? gémit-il. Les gens ici, ils sont comme des bêtes. Ils ouvrent leur porte et balancent leurs poubelles dans l'escalier !

— Il va falloir que je dresse quelques procès-verbaux... — Angelo avait sorti la photographie de la jeune pickpocket. — A moins que... — Il lui montra la photo. — Tu connais cette fille ? Une Colombienne. Des gros nichons qu'on voit à un kilomètre.

Le concierge examina le cliché. Le tressaillement de sa pomme d'Adam indiqua qu'il allait mentir.

— Non, je l'ai jamais vue.

— Dommage ! — Angelo regardait le vieil homme avec commisération. — J'espérais qu'on pourrait mutuellement se rendre service, tu vois ce que je veux dire ?

Le policier soupira et sortit un bout de papier comme s'il se préparait à verbaliser.

— Il y a bien une douzaine d'infractions ici.

398

Il montra des ordures, l'escalier sans éclairage, les échelles d'incendie cassées.

Nom de Dieu ! se disait Jack Rand, effrayé par la comédie de son coéquipier, si jamais le F.B.I. découvre les moyens qu'on est en train d'employer, je peux dire good-bye à ma carrière ! Je suis sûr de me retrouver dans un patelin du South Dakota pour le restant de mes jours !

— Holà, monsieur l'Inspecteur, attendez une minute, implora le concierge. Ne vous énervez pas. Le propriétaire, c'est à moi qu'il les fait payer les P.-V.

— Sans blague ? J'espère que tu as de l'argent à la Caisse d'épargne ! Car cette fois tu vas en avoir pour... disons cinq cents dollars.

Le concierge chancela sous le coup. Mais ses locataires, il le savait, seraient enchantés de lui planter un couteau dans le dos si par malheur il donnait l'un d'eux à la police.

— Écoute, l'ami, lui dit doucement Angelo, en lui posant la main sur l'épaule. Je vais te faire une fleur. Oublions les cinq cents dollars. Mais dis-moi vite dans quelle taule elle crèche, cette nana. Nous savons qu'elle habite ici.

Les yeux du vieil homme se mirent à rouler comme des boules de loto, scrutant les portes du couloir, l'escalier, le trottoir dehors.

— Au 207, murmura-t-il à demi paralysé. Deuxième étage, deuxième porte à droite.

— Elle est là en ce moment ?

Le Noir haussa les épaules.

— Ils vont et viennent sans arrêt. Il y a des fois quinze personnes là-dedans.

Angelo donna une tape amicale sur la joue du concierge et entraîna Rand au-dehors. Les deux hommes se concertèrent un instant.

— Il faut demander du renfort, conseilla le Fed. Ça peut être dangereux.

— Tu as raison, marmonna le New-Yorkais. Quinze mecs, ça demande réflexion. — Angelo pinçait son double menton. — Mais en général, les pickpockets ne sont pas armés. Ça coûte trop cher de se faire piquer avec un flingue quand on fait seulement les poches. — Angelo réfléchissait. — Par ailleurs, faire venir en douce des flics dans ce quartier, c'est chercher à introduire un éléphant dans un magasin de porcelaine. Allez, viens, petit, on y va tout seuls !

En arrivant au pied de l'escalier, Angelo chercha dans sa poche son petit calendrier en plastique de la First National City Bank. Demander une clef au concierge eût été signer l'arrêt de mort du malheureux. Certes ils pouvaient tenter d'enfoncer la porte, mais cela les priverait de l'effet de surprise. Il brandit le calendrier sous le nez de Rand.

— Je vais ouvrir la lourde avec ça. Et on se précipite tous les deux dans la pièce.

Souvent utilisée par les policiers et les serruriers, cette petite plaque de plastique, à la fois rigide et souple, permettait de repousser sans bruit le pêne des serrures ordinaires.

— Angelo ! se révolta le Fed, on ne peut pas faire ça ! On n'a pas de mandat de perquisition.

— Te fais pas de bile, répliqua le policier en arrivant au deuxième étage. On n'est pas dans un monde parfait.

★

— Sublime !

Michael Laylord pirouetta autour du mannequin figé dans une pose excentrique sous les projecteurs

du studio. L'œil posé sur le viseur de son Hassel-
blad, il s'agenouilla, épiant les reflets mauves dansant sur la robe du soir d'Yves Saint Laurent.

— Fantastique ! — Il pressa le déclencheur. —
Fabuleux !

Il prit ainsi une douzaine de clichés.

— Merci, darling, ce sera tout pour aujourd'hui !
dit-il en éteignant les *floods*.

Il découvrit alors, tapie dans un coin du studio,
Leila qui était revenue à New York après avoir
conduit son frère Whalid dans la cachette de Dobbs
Ferry où elle devait le rejoindre le lendemain avec
Kamal avant leur fuite au Canada.

— Linda ! s'écria-t-il, je croyais que tu déjeunais
avec...

Elle l'interrompit d'un baiser.

— Je me suis décommandée. Pour déjeuner avec
toi !

★

— Police ! Personne ne bouge !

Les mots ricochèrent à travers la pièce comme
une balle de squash sur les quatre murs. Angelo et
Jack Rand venaient de surgir par la porte ouverte
grâce au petit calendrier de plastique. On aurait dit
deux Feds du temps de la prohibition faisant irruption dans un *speakeasy* : chapeau sur le coin de l'œil,
revolver braqué à poing tendu, genoux fléchis. Une
telle mise en scène avait de quoi pétrifier les six
occupants du logement.

Le lieu était conforme à ce qu'avait imaginé
Angelo : des paillasses jonchaient le plancher, pas
d'autre éclairage qu'une ampoule nue pendant du
plafond. Et ça puait la sueur et le parfum bon
marché. Sur une corde, séchait une lessive, cale-

401

çons, soutiens-gorge, T-shirts, jeans, dérisoire pavois de ce taudis en perdition. Il n'y avait là qu'un seul meuble, un canapé défoncé dont les ressorts avaient crevé la garniture, et sur le bord duquel était assise la fille à l'opulente poitrine, occupée à touiller un ragoût qui mijotait sur un réchaud posé à même le sol. Angelo l'avait immédiatement reconnue. Il se redressa, remit son revolver dans son étui, enjamba un adolescent terrorisé et se planta devant elle. Il renifla le fumet du ragoût.

— Dommage que tu ne puisses t'en régaler, lâcha-t-il, car ça sent rudement bon ! Prends ton manteau, *muchacha*, tu vas au trou !

— Touchez pas à ma *mujer* ! Qu'est-ce que vous lui voulez ? glapit alors une forme avachie sur un matelas le long du mur.

— La ferme ! lança Jack Rand.

Torres, le Colombien qui travaillait avec la fille, se tut aussitôt. C'était un jeunot malingre, avec des pommettes saillantes, un regard fiévreux, une tignasse noire et bouclée.

— Enlève ça ! commanda Rand en désignant de son revolver le poncho rouge à dessins géométriques qui pouvait cacher une arme.

Le Colombien s'exécuta. A l'exception d'une paire de chaussettes dépareillées et d'un slip à la blancheur plutôt douteuse, il était nu comme un ver. Angelo s'approcha de lui, tira de sa poche la photographie que lui avait donnée le chef de la brigade des pickpockets et le dévisagea en souriant.

— Hé ! amigo, t'es justement le zèbre que nous cherchons. Toi aussi tu vas au trou !

Le pickpocket se mit à protester dans un sabir d'espagnol et d'anglais, mais Angelo lui cloua le bec.

— Le type à qui tu as piqué le portefeuille à la gare vendredi a reconnu ton portrait dans une pile de photos. Je te dis que tu vas au trou ! Mais d'abord, toi et moi, on va avoir une petite conversation.

L'un des trois autres Colombiens vautrés sur les matelas chercha à attirer l'attention du policier. C'était un homme âgé, le visage triste et ridé.

— Monsieur l'Inspecteur, c'est un nouveau, implora-t-il dans un anglais hésitant. Il a encore rien fait de mal ! — Il fouilla sous sa paillasse et en sortit une liasse de billets. — Je peux arranger les choses, dit-il en clignant de l'œil.

Angelo lui décocha un regard méprisant et lui fit signe de sortir, ainsi qu'à ses deux acolytes et à une autre fille recroquevillée dans un coin.

— Allez : tous dehors ! Tout de suite ! Sinon, j'appelle l'Immigration !

A la seule mention du mot « immigration », les quatre Colombiens décampèrent sans demander leur reste. Angelo revint alors vers Torres. Il se fit doucereux :

— Amigo, il faut que tu nous donnes un renseignement : à qui as-tu fourgué les cartes de crédit que tu as piquées vendredi matin à la gare de Flatbush ? Qui t'avait commandé ce boulot ?

Dans son dos, Angelo entendit une voix crépiter une rafale de mots en espagnol. Il n'en comprit que deux : *derechos civicos* — droits civiques. Exaspéré, il se retourna vers la fille aux gros seins, qui braqua sur lui un regard meurtrier. Celle-là, il faut la virer, songea Angelo. Il appela Rand, toujours en faction devant la porte.

— Emmène la môme dans la bagnole ! Je te rejoins dans un moment.

Rand hésita. Il appréhendait les méthodes de son coéquipier. Il obéit cependant.

— Allez, la fille, dehors ! cria-t-il en la poussant sur le palier.

403

La porte claqua et Torres commença à enfiler un jean.

— Laisse ça ! lui intima Angelo en lui arrachant le pantalon des mains. On va d'abord causer. Je répète ma question : à qui as-tu fourgué la carte de l'American Express que tu as trouvée dans le porte-feuille que tu as piqué vendredi ? Pour qui as-tu fait ce boulot ?

— Moi rien voler, *señor* !

Sa voix tremblotait, mais il regardait le policier bien en face dans les yeux.

— Fais attention, *muchacho*. Je te demande pour la troisième fois à qui tu as refilé cette putain de carte. C'est toi qui as fait le coup vendredi dans la gare. Quelqu'un a dû te dire de choisir un client qui ressemblait à celui que tu as volé. Qui est-ce ? C'est tout ce que je veux savoir.

Torres baissa les yeux, recula et trébucha sur un matelas. Il s'appuya contre le mur. A ses pieds, sur le réchaud, le ragoût continuait à mijoter. Angelo s'avança, menaçant.

— Monsieur, implora le Colombien, vous pas le droit. Moi avoir derechos civicos.

— Derechos civicos ? ricana Angelo. T'as pas de droits civiques, espèce de salope ! Tes droits civiques, tu les as laissés à Bogota !

Le policier s'approcha de Torres, qu'il dominait d'une bonne tête. Le gringalet frissonnait de froid, de peur, de ce sentiment d'impuissance que la nudité impose à un prisonnier face à celui qui l'interroge. Avec ses mains, il protégeait ses parties génitales, et ses épaules rentrées lui donnaient l'air encore plus chétif.

Le coup du policier fut si rapide que le Colombien ne le vit pas venir. La main gauche d'Angelo l'avait saisi sous le menton et projeté contre le mur.

Sa tête cogna deux fois. Étourdi, il laissa tomber ses bras. Angelo en profita pour lui empoigner les testicules de sa main droite. Le Colombien poussa un hurlement.

— Okay, fils de salope, maintenant tu vas me le dire à qui tu as fourgué cette carte ou je t'arrache les bonbons et je te les fais bouffer !

— Je parle ! Je parle ! gémit Torres plié en deux.

Angelo relâcha légèrement sa prise.

— Union Street. Benny. Le receleur.

Angelo serra à nouveau.

— Où ça sur Union Street ?

Le Colombien poussa encore un cri. Un voile de sueur inondait son visage.

— Près de la 6e Avenue. De l'autre côté du supermarché. Deuxième étage.

Angelo lâcha le pickpocket qui s'écroula sur le sol en geignant de douleur.

— Allez, mets ton froc, lui ordonna-t-il. On va aller le voir tous les deux ton Benny.

★

— Michael, my love ! Si on oubliait tout pendant quelques heures... pour ne penser qu'à nous deux ? déclara Leila en regardant son amant d'un air langoureux.

Le photographe leva des yeux étonnés. Tout à l'heure, dans le taxi qui les conduisait au restaurant, elle lui avait laissé entendre qu'elle avait quelque chose d'important à lui dire. Pendant le déjeuner, elle était restée silencieuse, touchant à peine aux *tagliatelle verde* et à son verre de bardolino. Le serveur avait débarrassé les assiettes, donné un coup de serviette désinvolte sur la nappe et apporté deux express.

— C'est ça la chose importante que tu voulais me dire ? demanda-t-il en portant sa tasse à ses lèvres.

— On dit que l'amour est comme une plante, Michael. Qu'il faut le nourrir si l'on veut qu'il s'épanouisse. Ce serait merveilleux si, de temps en temps, toi et moi nous faisions quelque chose d'inhabituel, d'un peu fou. Une bouffée d'oxygène dans le train-train...

— ... de notre liaison ?

— Oui, si tu veux.

— Qu'aimerais-tu faire ?

— N'importe quoi... Par exemple, sortons de ce restaurant, prenons un taxi pour l'aéroport Kennedy et partons quelque part. Pendant deux, trois jours. Sans bagages. Sans rien. Tiens, il faut que je fasse un saut à Montréal demain. Pour voir une collection d'été. Demain soir, on pourrait se retrouver à Québec. Tu connais Québec, Michael ? Tu connais le Château Frontenac ? Un immense vieil hôtel français au bord du Saint-Laurent. Avec des restaurants, des magasins, des boîtes comme à Paris. Et tout autour, des ruelles et des places avec des bancs. Nous ferons des promenades en calèche et nous mangerons plein de croissants.

Elle lui prit la main. Ses yeux brillaient d'une impatience enfantine. Michael avala une gorgée de café.

— Linda chérie, demain j'ai deux séances de photos que je ne peux pas décommander. Et puis rappelle-toi, nous avons le déjeuner avec Truman Capote mercredi... Si tu as vraiment envie d'une escapade, allons plutôt passer le week-end à Puerto Vallarta, au Mexique, finit-il par suggérer, conciliant. Brr... le Canada, c'est glacial l'hiver. On part vendredi après-midi et le soir on dîne sous les palmiers au bord du Pacifique.

Leila fit claquer ses doigts d'enthousiasme.

— Merveilleuse idée ! Je laisse tout tomber. Au lieu du Canada, on part demain après-midi pour le Mexique. Tu es un génie, mon amour.

— Pas demain, darling, vendredi, rectifia Michael en réglant l'addition. A *Vogue*, on me pendrait si je ne faisais pas les photos de demain. Mais vendredi...

Leila avait soudain retrouvé un air songeur. Jusqu'où puis-je aller sans risquer de..., se demandait-elle.

Dehors, le ciel bas et gris de décembre annonçait de nouvelles chutes de neige.

— As-tu encore du travail aujourd'hui ?

— Non, fit-il en l'aidant à enfiler son manteau de fourrure.

— Alors, allons chez toi. J'ai besoin de tendresse.

★

Situé à l'étage « noble », le troisième, le bureau du secrétaire général du ministère français des Affaires étrangères donne sur la splendeur polluée de la Seine. D'une de ses fenêtres, le baron Geoffroy de Fraguier, actuel maître des lieux, suivait le lent cheminement d'une péniche luttant contre le courant jaunâtre du fleuve en se demandant quel pouvait bien être le motif de la visite urgente qu'il était sur le point de recevoir du directeur du S.D.E.C.E.

Fraguier ne prisait ni l'homme ni son organisation. Dans son opiniâtreté à copier son modèle américain, le S.D.E.C.E. avait réussi à empiéter sur le domaine réservé du Quai d'Orsay, implantant ses représentants dans les ambassades de France du monde entier, sous couleur de consuls ou d'attachés politiques. Fraguier en voulait au gouvernement

407

d'avoir toléré cette dégradation du corps diplomatique de Vergennes et de Talleyrand.

Il était revenu à sa table quand un huissier introduisit le général Bertrand. Il le salua du plus imperceptible signe de tête compatible avec les règles de la courtoisie.

— Qu'est-ce qui me vaut le plaisir de votre visite ? demanda-t-il d'une voix faussement cordiale.

Bertrand cherchait un cendrier. Du doigt, le baron lui désigna un guéridon à l'autre bout de la pièce.

— Le 15 avril 1973, expliqua le général, le cendrier sur les genoux, votre ministère a établi au nom d'un M. Paul Henri de Serre, ingénieur au Commissariat à l'énergie atomique, un contrat de trois ans, le chargeant de mission auprès du Commissariat à l'énergie atomique indien, en qualité de conseiller technique. Il est rentré en France en novembre 1975, soit six mois avant la fin de son contrat. Le dossier que mes collègues de la D.S.T. m'ont fourni sur M. de Serre n'indique pas les motifs de ce retour anticipé. Peut-être pourriez-vous m'éclairer ?

Le baron s'accouda sur son bureau, la tête entre les mains.

— Puis-je connaître les raisons de votre curiosité ?

— Je crains que non, s'excusa Bertrand, qui jubilait intérieurement. Je précise toutefois que ma requête a reçu l'aval des plus hautes autorités.

Les braconniers ! songea avec indignation le diplomate. Voilà qu'ils viennent encore chasser sur nos terres en invoquant la bénédiction du châtelain. Quelle époque !

Fraguier se fit apporter le dossier de Serre par un de ses collaborateurs. Il l'ouvrit sur son bureau de

408

telle manière que Bertrand ne pût rien lire de son fauteuil. Une note était attachée au document qui avait mis fin aux fonctions de Paul Henri de Serre en Inde. Elle renvoyait à une enveloppe cachetée contenant une lettre de l'ambassadeur de France à New Delhi au prédécesseur du secrétaire général. Celui-ci l'ouvrit et la lut, prenant son temps, histoire de narguer le général dont l'impatience était manifeste. Quand il eut terminé, il replia la lettre, l'inséra dans son enveloppe, remit celle-ci à sa place et rendit le dossier à son collaborateur.

— Comme on pouvait s'y attendre, dit-il enfin, il s'agit d'une affaire sans importance.

— Hum ! fit le général, sceptique.

— Votre ami, M. de Serre, a utilisé la valise diplomatique pour sortir en fraude des antiquités. Des objets d'assez grande valeur. Pour éviter tout litige avec nos amis indiens, il a été rappelé et réintégré dans ses fonctions au Commissariat à l'énergie atomique.

— Extrêmement intéressant, constata Bertrand en écrasant minutieusement son mégot dans le cendrier.

Il l'avait donc trouvée cette faille qui allait lui permettre d'explorer les zones d'ombre d'un individu apparemment au-dessus de tout soupçon ! Les aiguilles de la pendule Louis XVI, sur la cheminée derrière le baron, marquaient 18 h 30. S'il voulait exploiter ces renseignements avant la nuit, il devrait agir vite. Il était perplexe : n'était-il pas plus sage de prendre le temps de la réflexion et d'attendre le lendemain ? D'un autre côté, son collègue de la C.I.A. avait l'air tellement pressé...

— Je vous prie de m'excuser, monsieur le Secrétaire général, mais je vais devoir vous demander la

409

permission d'utiliser vos facilités de transmission pour adresser un message urgent à notre représentant à Tripoli. Considérant ce que vous venez de m'apprendre, cela ne saurait attendre mon retour à mon bureau.

★

Jeremy Oglethorpe, l'expert de Washington en matière d'évacuation, contemplait le spectacle avec l'émerveillement d'un petit garçon découvrant, le matin de Noël, le train électrique de ses rêves. Sur tout un mur du poste de commandement de la direction générale des transports en commun new-yorkais, s'étalait un plan lumineux du métropolitain, gigantesque toile d'araignée parsemée de quatre cent cinquante stations où serpentaient comme des lucioles les cinq cent six rames qui transportaient chaque jour quatre millions de voyageurs sur les trois cent quatre-vingts kilomètres des trois réseaux.

— C'est encore plus impressionnant que je ne l'imaginais, s'extasia-t-il devant le gros Noir jovial qui occupait les fonctions de directeur du trafic. Monsieur Todd, lui demanda-t-il à brûle-pourpoint, supposons que nous devions évacuer Manhattan en catastrophe, combien de personnes exactement votre métro pourrait-il emmener, disons en quatre heures ?

Le Noir considéra le petit homme à nœud papillon avec étonnement.

— J'avoue que c'est une question que nous ne nous sommes jamais posée.

Oglethorpe sortit un dossier de son attaché-case.

— J'ai pourtant là un document établi par le Stanford Research Institute, qui montre qu'en mobilisant la totalité de vos sept mille wagons, en

410

embarquant deux cent cinquante passagers par wagon, en augmentant la cadence des rames de quatre à une minute, en allongeant la longueur des convois de dix à quatorze wagons, en faisant rouler les trains à la vitesse maximale jusqu'au terminus, on peut déménager trois millions et demi d'habitants en moins de quatre heures. Est-ce correct ?

Le directeur du trafic était de plus en plus interloqué.

— Je crains que vos estimations soient quelque peu optimistes.

— Que voulez-vous dire ?

— Que vos calculs ne tiennent pas compte du fait que 20 % de nos wagons sont en permanence indisponibles pour cause de réparation et d'entretien, que vous aurez des émeutes si vous essayez d'entasser plus de deux cents personnes par wagon, que si vous augmentez la cadence des rames de quatre à une minute, vos trains vont se télescoper, que si vous les faites aller aussi vite qu'ils peuvent rouler, ils vont dérailler, et enfin que si vous mettez quatorze wagons au lieu de dix, il y en a quatre qui resteront coincés dans le tunnel car les stations ne peuvent accueillir que dix wagons !

A mesure que Todd énonçait ses objections, le visage de l'expert blêmissait.

— On pourrait quand même en évacuer au moins la moitié ? implora-t-il. Au moins deux millions en quatre heures ?

Le Noir secouait tristement la tête.

— Votre plan est formidable, monsieur l'Expert. Seulement voilà, il est complètement irréalisable !

— Complètement ? s'offusqua Oglethorpe.

Todd émit un ricanement qui signifiait qu'il n'était pas en train de plaisanter.

— Et puis, qui va les conduire, vos beaux trains ? demanda-t-il.

— Vos chauffeurs habituels, pardi. Qui voulez-vous que ce soit ?

— Et quelle raison allez-vous leur donner pour cette évacuation en catastrophe ?

— Je ne sais pas... hésita Oglethorpe en tripotant son nœud papillon... par exemple que des terroristes ont caché une bombe atomique quelque part dans Manhattan.

Le Noir pouffa de rire.

— Si vous leur dites qu'il y a une bombe atomique à Manhattan, vous pouvez être sûr qu'ils vont les conduire à toute pompe jusqu'au terminus leurs trains ! Ça oui. Mais ils descendront là-bas avec tout le monde. Quant aux aiguilleurs et aux chefs de rames dont vous aurez besoin pour faire revenir vos convois aux points de départ, eux aussi se seront fait la malle ! — Il mima de petits signes d'adieu de la main. — Vous vous figurez que ces types vont rester là, à attendre qu'elle pète sur leur tête votre bombe ! Et qui va s'occuper des gens dans les stations ? Pas les employés du métro, je peux vous le garantir. Ils auront filé eux aussi dans les premiers trains en direction du Bronx ou d'ailleurs. En une demi-heure, vous retrouverez toutes vos rames abandonnées au terminus dans un inextricable embouteillage de wagons vides. Et pendant ce temps, les gens se battront sur les quais.

Oglethorpe écoutait l'énumération de ces calamités, la mâchoire serrée, la main crispée sur ses papiers. Le Noir désigna tous ces documents, l'air navré.

— Ce que vous tenez là, mon pauvre monsieur, c'est du vent !

★

Le flegmatique chef des brigades Nest de

recherches d'explosifs nucléaires avait l'air désemparé d'un homme qui vient d'apprendre que sa femme est en train de mettre au monde des quintuplés. Depuis son retour à son P.C. dans la caserne de Park Avenue, Bill Booth devenait fou. Trois fois au cours de l'heure précédente, ses hélicoptères survolant le bas de l'île de Manhattan avaient signalé d'importantes émissions de radiations. Et chaque fois ces radiations avaient mystérieusement disparu à l'arrivée des équipes terrestres dépêchées sur place pour fouiller les immeubles où elles avaient été détectées. Il savait pourtant que les instruments placés à bord de ses hélicoptères fonctionnaient correctement, comme venaient de le prouver les vérifications effectuées sur le premier appareil renvoyé à la base de McGuire.

Exaspéré, Booth arpentait son P.C. en écoutant les messages radio que débitaient ses postes d'écoute. Il disposait d'un système de transmission ultra-perfectionné, acheminé spécialement de Las Vegas. Entièrement autonome, il permettait à ses équipes au sol ou en l'air de communiquer sur des fréquences secrètes que ne pouvaient capter ni les journaux, ni les stations de radio et de télévision, ni les radioamateurs habitués à espionner les communications de la police. Aux murs étaient déployées d'immenses photographies aériennes des cinq boroughs new-yorkais. La trame de ces clichés était si fine qu'on pouvait identifier la couleur du chapeau d'une promeneuse sur la 5e Avenue. Ces documents provenaient d'une série de clichés couvrant cent soixante-dix villes américaines et disponibles jour et nuit à l'état-major Nest à Washington. Booth entendit tout à coup la voix d'un de ses hommes.

— Ici Plume 3. Je capte quelque chose ! Je suis au-dessus de la 23e Rue, presque au coin de Madison Avenue.

Plume 3 était l'un des trois hélicoptères des brigades Nest. Son pilote rappelait pour confirmer la localisation exacte des radiations quand Booth l'entendit jurer :

— Merde de merde ! Les radiations ont disparu !

Quelques secondes s'écoulèrent, et la voix revint :

— Bill ! Je les ai retrouvées. Elles n'avaient pas disparu mais elles se déplacent. On dirait qu'elles remontent Madison Avenue !

— Je parie que ces salauds ont mis leur bombe dans un camion et qu'ils la trimbalent à travers la ville !

Il donna des ordres pour qu'une dizaine de fourgonnettes cernent immédiatement le secteur, expédia un deuxième hélicoptère en renfort, et alerta le F.B.I. Une armada de voitures banalisées se prépara à prendre en chasse le camion dans le trafic intense de ce début d'après-midi. Suivies en permanence par les hélicoptères, les radiations remontèrent Madison, franchirent la 34e Rue, dépassèrent le Mobil Building et obliquèrent subitement vers l'ouest.

Soudain l'hélicoptère de tête annonça :

— La source de radiations s'est arrêtée.

— Où êtes-vous ? interrogea Booth.

— Au coin de la 42e Rue et de la 5e Avenue.

Le chef des brigades Nest fit converger ses équipes vers ce carrefour. La première fourgonnette parvenue sur les lieux confirma aussitôt :

— Présence de radiations !

— Où te trouves-tu exactement ?

— Juste devant la bibliothèque municipale !

★

A Washington, l'horloge murale de la salle du

414

Conseil national de sécurité indiquait 14 h 28. Depuis que Kadhafi avait coupé la liaison du Bœing 747 *Catastrophe*, deux heures et demie plus tôt, une atmosphère d'impuissance régnait dans la pièce. Sans arrêt, résonnaient les sonneries des téléphones qui le reliaient au centre de commandement du Pentagone, au bureau des urgences nucléaires du F.B.I., au P.C. de la police de New York, au Bureau action de la C.I.A., au centre d'opérations du 7e étage du Département d'État. Des messagers entraient et sortaient. Des tasses de café, des restes de sandwichs, des cendriers débordant de mégots jonchaient la table, à côté de piles de télégrammes secrets. Rien dans ces dépêches qui arrivaient par le réseau ultrasophistiqué des télécommunications de la Maison-Blanche n'avait toutefois apporté au Président et à ses conseillers le moindre réconfort, la plus infime promesse qu'une solution raisonnable pût être trouvée à cette crise. A moins de vingt-quatre heures de l'expiration de l'ultimatum lancé par le dictateur de Tripoli, le Président et son gouvernement restaient désarmés en dépit de la fabuleuse panoplie de ressources militaires à leur disposition. Respirant l'odeur âcre de fumée et de transpiration, Eastman trouvait qu'ils ressemblaient à l'équipage d'un sous-marin en perdition au fond de la mer. Ils suivaient, heure par heure, le déroulement des recherches de la bombe à New York. Peu à peu, une certitude s'imposait : la dimension de l'entreprise était telle qu'il n'y avait guère d'espoir de découvrir l'engin dans le délai imposé par Kadhafi. Quant aux messages émanant des principales capitales du monde, tous, sans exception, pressaient le Président de ne pas céder au chantage. Mais aucun n'indiquait comment y parvenir sans mettre en péril la population de New York.

415

Au cours des dernières heures, le Président s'était entretenu avec Begin à deux reprises : la première pour l'informer de la situation, la deuxième pour lui proposer, à l'instigation de la C.I.A., que les experts israéliens acceptent de « jouer » la crise sur ordinateur avec leurs homologues américains. Comme ces parties de tennis que l'on peut disputer sur un écran de télévision. Peut-être les cerveaux électroniques nous donneront-ils la solution miracle à laquelle nous n'avons pas pensé, avait suggéré le président américain. Personne à Washington n'y croyait, mais le but de l'opération était d'obliger les Israéliens à constater sur leurs propres écrans que seule une concession territoriale majeure de leur part permettrait de sauver New York.

Juste après 14 h 30, un officier de la marine interrompit un rapport de la C.I.A. en provenance de Paris pour annoncer que le dernier bâtiment de la VIe flotte venait de sortir de la zone des cent milles fixée par Kadhafi. Le Président accueillit la nouvelle avec un mélange de soulagement et d'appréhension. Le dialogue allait reprendre mais quelle tournure lui donner ? Comment raisonner, à six mille kilomètres de distance, un fanatique qui, hier encore, n'aurait été que le chef illuminé d'un petit peuple de tribus disséminées sur un océan de sable ; mais qui aujourd'hui, grâce au pétrole, au génie technologique de l'homme du XXe siècle, à la folie de l'Occident dispersant à tous vents ses plus précieuses connaissances, avait les moyens d'imposer au monde sa vision de justicier. L'humanité pouvait s'offrir le luxe d'engendrer des tyrans à l'époque des sabres, pas au siècle de l'atome, songeait-il.

Tandis que le jargon spatial employé par le Bœing 747 *Catastrophe* pour rétablir le contact avec Tripoli résonnait dans le haut-parleur, le chef de l'État jeta un dernier coup d'œil aux notes qu'il avait prises en écoutant les recommandations des psychiatres. « Le flatter. Exalter sa vanité en louant son rôle de leader mondial. C'est un solitaire. S'en faire un ami. Lui montrer que je suis celui qui peut l'aider à sortir avec dignité des retranchements où il s'est enfermé. Lui parler avec douceur. Sans menaces. Ne jamais lui donner l'impression que je ne le prends pas au sérieux. Tâcher d'introduire le doute dans son esprit. L'ébranler progressivement dans ses résolutions. Qu'il ne sache jamais où il en est. » Hum ! De bons conseils pour traiter avec les casseurs d'une petite banque de province ! A quoi pouvaient-ils servir avec un individu de ce calibre ?

L'officier radio du 747 au-dessus de la Libye annonça :

— Fox-Un est en ligne !

Le Président sentit une boule au fond de sa gorge. Il s'essuya le cou. Après s'être assuré que le Libyen avait constaté le retrait de la VIᵉ flotte, il déclara :

— Colonel Kadhafi, je désire me pencher avec vous sur le très grave problème que soulève votre lettre. Je sais avec quelle ardeur vous souhaitez que vos frères de Palestine obtiennent justice. Je veux que vous sachiez que je partage ces sentiments, que je...

Kadhafi l'interrompit. D'emblée, il parla en anglais. Sa voix était aussi courtoise que précédemment, mais ses paroles n'étaient pas plus encourageantes.

— Monsieur le Président, ne perdez pas votre temps ni le mien avec des discours ! Les Israéliens ont-ils, oui ou non, commencé à évacuer les territoires arabes occupés ?

« Aucune trace d'émotion », informa le technicien de la C.I.A. qui manipulait l'analyseur de voix.

— Je comprends votre impatience, répliqua le Président en luttant pour garder son calme. Je la partage. Mais nous devons jeter ensemble les bases d'une paix durable, une paix qui satisfera toutes les parties concernées, et non une paix imposée au monde par votre menace sur New York.

— Des mots, toujours des mots ! coupa encore Kadhafi. Les mêmes mots creux et hypocrites dont vous avez abreuvé mes frères de Palestine pendant trente ans !

— Je vous assure que je parle en toute sincérité, insista le Président.

Kadhafi passa outre.

— Vos alliés israéliens bombardent et mitraillent les camps de réfugiés palestiniens au Liban avec des avions et des canons américains, tuent des femmes et des enfants arabes avec des balles américaines, et qu'offrez-vous en échange ? Des mots ! Alors que vous continuez à vendre de nouvelles armes aux Israéliens pour qu'ils puissent massacrer encore plus de Palestiniens ! Chaque fois que les Israéliens se sont emparés des terres de mes frères pour y installer leurs colonies illégales, qu'avez-vous fait ? Vous nous avez gratifiés de vos pieuses lamentations pendant que vos porte-parole poussaient des clameurs d'indignation à Washington. Mais êtes-vous jamais intervenu pour stopper les Israéliens ? Non ! Jamais ! Eh bien, monsieur le Président, à partir de maintenant, vous et vos représentants vous pouvez les garder vos beaux discours. Le temps des belles paroles est révolu. Les Arabes de Palestine possèdent enfin les moyens d'obtenir la justice qui leur est due depuis si longtemps. Et ils vont l'obtenir parce que, sinon, des millions de vos compatriotes vont payer pour les injustices dont les Arabes sont victimes.

L'impact de ces propos était souligné par le ton froid, monocorde, presque détaché, avec lequel le chef d'État libyen s'était exprimé. Le ton d'un agent de change lisant les cotations de la Bourse à un client, avait pensé Eastman. Pour les Dr Tamarkin et Jagerman, cette voix précise, parfaitement contrôlée, confirmait ce que l'un et l'autre appréhendaient : Kadhafi n'hésiterait pas à mettre sa menace à exécution.

— Je ne peux pas croire, rétorqua le Président, qu'un homme comme vous, colonel Kadhafi, un homme si fier d'avoir accompli sa révolution sans faire couler le sang, un homme de compassion et de charité, soit capable de faire exploser cette bombe, cet instrument de l'enfer, cet engin démoniaque ; qu'il puisse vraiment envisager de faire tuer et mutiler des millions et des millions d'êtres innocents.

— Pourquoi ne le croiriez-vous pas ?

Pour la première fois, le ton avait quelque chose de cinglant. Le Président était abasourdi.

— Parce que ce serait un acte totalement irresponsable, irrationnel... — il hésita —... un acte dément, un...

— Un acte comme celui que vous avez vous-même accompli quand vous avez jeté une bombe de ce genre sur une population civile japonaise. Où étaient-elles votre charité et votre compassion à ce moment-là ? Voudriez-vous dire que cela n'a pas d'importance si l'on tue, brûle, mutile des millions de petits Jaunes asiatiques, d'Arabes, d'Africains, pourvu qu'il ne s'agisse pas de beaux Américains à peau blanche ? Est-ce cela que vous voulez dire ? Qui sont les barbares, monsieur le Président ? Qui a inventé cet engin démoniaque, comme vous l'appelez ? Des Juifs allemands ! Quel est le seul pays qui l'ait utilisé ? L'Amérique chrétienne ! Qui accumule

419

ces engins qui peuvent détruire l'humanité ? Les nations industrielles avancées de votre Occident soi-disant civilisé ! Ces bombes sont les produits de votre civilisation, monsieur le Président, et aujourd'hui, c'est nous qui allons nous en servir pour redresser vos torts à notre égard !

Le chef de l'État examinait désespérément son bloc-notes. Combien dérisoires lui apparaissaient à présent les conseils qu'il y avait consignés !

— Colonel Kadhafi ! — Sa voix avait une résonance pathétique. — Quelle que soit l'ardeur de votre solidarité envers les malheurs des Palestiniens, reconnaissez que ce ne sont pas les habitants de New York qui en portent la responsabilité ; les Noirs de Harlem, les Portoricains du Bronx, les millions de prolétaires gagnant durement leur pain à la sueur de leur front.

— Bien sûr qu'ils sont responsables ! Tous ! Et pour commencer, qui donc est responsable de la création de l'État d'Israël ? Vous autres Américains ! Et avec quel argent survit Israël ? Avec le vôtre !

Le Président chercha un autre argument. Cette fois, il se fit insidieux :

— A supposer que les Israéliens acceptent de quitter les territoires que vous revendiquez, croyez-vous, colonel Kadhafi, qu'ils vous laisseraient vous en tirer à si bon compte ? Quelle garantie de solution durable espérez-vous ?

C'était visiblement une question à laquelle le Libyen fut ravi de répondre.

— Demandez à vos satellites qui survolent en ce moment mon pays d'examiner la bande de désert le long de notre frontière orientale, depuis la mer jusqu'à l'oasis de Koufra. Ils vous révéleront l'existence de certaines installations. Certes, mes missiles ne sont pas aussi puissants que les vôtres, monsieur le Président, ils ne sont pas encore capables de faire le tour de la terre pour aller frapper une tête d'épingle. Mais ils peuvent parcourir mille kilomètres et atteindre la côte d'Israël. C'est tout ce que je leur demande. Ils représentent toutes les garanties dont j'ai besoin.

Seigneur ! réalisa le Président. C'est pire que je ne l'avais imaginé. Il feuilleta fébrilement les pages de son bloc à la recherche d'une formule magique susceptible de toucher la corde sensible qu'il n'avait pas encore pu déceler. Il jeta un coup d'œil en direction des psychiatres mais leurs visages ne reflétaient rien d'autre que leur impuissance.

— Colonel Kadhafi, j'ai suivi avec une vive admiration les conquêtes de votre révolution. Je sais avec quelle volonté vous avez utilisé les richesses pétrolières de votre sous-sol pour offrir le progrès matériel et la prospérité à votre peuple. Quels que soient vos sentiments à l'égard de New York, vous ne voudriez tout de même pas que votre pays et sa population soient détruits par les représailles d'un holocauste thermonucléaire ?

— Mon peuple est prêt à mourir pour la Cause, monsieur le Président, exactement comme moimême.

Le Libyen s'exprimait toujours en anglais pour faciliter le dialogue.

— Mao Tsé-Tung a pu accomplir l'une des plus grandes révolutions de l'histoire pratiquement sans faire couler le sang, reprit le Président. — C'était certes inexact, mais la référence au leader chinois avait été suggérée par Jagerman : « Invoquez Mao. Il doit certainement se prendre pour un Mao arabe. »

— Vous avez la même possibilité, colonel Kadhafi. Soyez raisonnable : retirez votre menace contre New York, et travaillez avec moi à la construction d'une paix juste et solide au Proche-Orient.

421

— Être raisonnable ? s'exclama le Libyen. Être raisonnable, selon vous, c'est accepter que les Arabes de Palestine soient chassés de leur terre, forcés à vivre, génération après génération, dans des camps de réfugiés. Être raisonnable signifie sans doute que les Arabes de Palestine assistent les bras croisés à l'annexion progressive de leur patrie par les colons de votre ami Begin ? Être raisonnable, ce doit encore être de tolérer que vous autres, Américains, et vos alliés israéliens persistiez à priver mes frères palestiniens du droit divin d'avoir un foyer à eux, alors que nous continuons à vous vendre le pétrole qui fait marcher vos voitures et vos usines, et qui chauffe vos maisons ? Pour vous, c'est tout cela être raisonnable ! Mais, quand mes frères et moi nous vous disons : Accordez-nous la justice que vous nous avez refusée depuis si longtemps, sinon nous vous frapperons, cela cesse soudain d'être raisonnable !

Tandis que Kadhafi parlait, Jagerman fit passer un message au Président. « Essayez la tactique de l'objectif supérieur. » Il s'agissait d'une manœuvre que le psychiatre hollandais avait expliquée plus tôt. Elle consistait à persuader Kadhafi de s'associer à la réalisation d'un objectif encore plus grandiose. Sublimer son ambition dans un projet dépassant les limites qu'il s'était définies. Malheureusement, personne n'avait été capable de définir un tel objectif permettant d'appliquer cette théorie.

Une inspiration soudaine fit entrevoir une solution au Président. Elle n'avait aucun précédent, et présentait des difficultés a priori insurmontables. Mais elle était si audacieuse, si dramatique, qu'elle avait des chances de parler à l'imagination de Kadhafi.

— Colonel Kadhafi ! s'écria-t-il sans pouvoir

cacher son excitation. J'ai une proposition à vous faire. Libérez mes compatriotes new-yorkais de votre menace, et je prendrai immédiatement l'avion pour Tripoli. Sans escorte, à bord de l'*Air Force One*. Moi, le président des États-Unis d'Amérique, je vous laisserai me détenir en otage, pendant que nous travaillerons, la main dans la main, à donner à vos frères de Palestine une paix véritable, durable, acceptable par tous. Nous le ferons ensemble et votre gloire sera plus grande que celle de Saladin, car vous l'aurez conquise sans faire couler le sang.

Cette offre absolument inattendue frappa de stupeur les membres du Comité de crise. Jack Eastman était médusé. C'était impensable : le chef de la nation la plus puissante du monde devenant l'otage d'un despote arabe du pétrole, séquestré en plein désert comme un vulgaire marchand kidnappé il y a deux siècles par les pirates de la côte des Barbaresques ? Sur le visage fatigué du président américain perçait pourtant un air de triomphe. Il était convaincu que son initiative pouvait créer le choc salutaire, susceptible de résoudre le problème. Le haut-parleur restait muet. Également stupéfait, le Libyen avait coupé la ligne pour pouvoir préparer sa réponse. Le secrétaire d'État adjoint en profita pour exprimer sa désapprobation :

— Il s'agit, monsieur le Président, d'une proposition extrêmement courageuse, mais je crains qu'elle ne pose une sérieuse difficulté constitutionnelle !

Le chef de l'État braqua son regard bleu foncé sur le diplomate.

— Notre unique vrai problème est de sauvegarder la vie de six millions de New-Yorkais, monsieur Middleburger. Et ce n'est pas la Constitution qui va nous dire comment faire ! N'est-ce pas ?

La voix de Kadhafi emplit à nouveau la pièce.

423

— Monsieur le Président, votre offre suscite mon respect et mon admiration. Mais elle est superflue. La lettre que je vous ai adressée est suffisamment claire. Elle précise les seules revendications que nous formulons. Il n'y a pas lieu de poursuivre davantage nos discussions, ici ou ailleurs...

— Colonel Kadhafi ! — Le Président avait interrompu le Libyen. — Je vous adjure de toutes mes forces d'accepter ma proposition. Au cours des dernières heures, mon gouvernement a pris contact avec les principaux chefs d'État du monde. Y compris ceux de vos pays frères : le président Sadate, le président Assad, le roi Hussein, le roi Khaled. Même Yasser Arafat. Tous, sans exception, condamnent votre action. Vous êtes seul, isolé. Vous ne cesserez de l'être qu'en acceptant mon offre.

— Ce n'est pas en leur nom que je parle, monsieur le Président, mais au nom du PEUPLE arabe. Ce sont les frères de ce peuple qui ont été dépossédés, pas les présidents et les monarques se pavanant dans leurs palais. — Il y eut alors dans la voix de Kadhafi un frémissement d'irritation et d'impatience. — Toute cette discussion est parfaitement inutile, monsieur le Président. Ce qui doit être accompli doit être accompli !

« Apparition de quelques signes de nervosité », indiqua l'agent de la C.I.A. qui manipulait l'analyseur de voix.

— Vous avez eu trente années pour rendre justice à mon peuple et vous n'avez rien fait ! Il vous reste maintenant moins de vingt-quatre heures !

Une bouffée de colère empourpra le visage du président américain.

— Colonel Kadhafi ! — A la consternation des psychiatres, il criait presque. — Nous refusons votre

424

chantage ! Votre menace abominable ne nous forcera pas à céder à vos folles exigences !

Un long silence de mauvais augure suivit cet éclat. Puis la voix de Kadhafi revint, aussi calme et posée qu'auparavant.

— Monsieur le Président, c'est à vous d'être raisonnable, je ne vous demande pas l'impossible. Je n'exige pas la destruction de l'État d'Israël. Je réclame seulement ce qui est juste : que soient rendues leurs terres à mes frères de Palestine et qu'ils retrouvent la patrie que Dieu destine à tous les peuples. Nous, les Arabes, nous sommes dans notre droit depuis plus de trente ans, mais ni la guerre ni l'action politique ne nous ont permis de nous faire entendre parce qu'il nous manquait la force. Nous l'avons aujourd'hui, monsieur le Président. Alors, ou bien vous obligez les Israéliens à nous accorder la justice qui nous est due ou bien, comme le Samson de votre Bible, nous ferons tomber le toit du Temple sur vos têtes et sur celles de tous ceux qui l'habitent !

★

Alors que Muammar Kadhafi renouvelait sa menace, l'un des terroristes sur lesquels il comptait pour faire sauter sa bombe se préparait à faire l'amour dans un appartement new-yorkais.

— Que fais-je ici ? se demanda Leila Dajani avec une soudaine mauvaise conscience.

La porte de la chambre s'ouvrit et Michael apparut, une serviette de bain nouée autour de la taille, une coupe de champagne dans chaque main. Il s'allongea sur le lit. Pendant un moment, ils restèrent silencieux côte à côte.

— Michael ? Allons demain à Québec !

Michael se redressa et vit dans la demi-obscurité les yeux suppliants de Leila.

— Pourquoi insistes-tu, Linda darling, tu sais bien que c'est impossible demain, dit-il avec douceur.

— Je peux te faire une confidence ?

Michael laissa retomber sa tête sur l'oreiller.

— Bien sûr, chérie, je t'écoute.

— Je connais un vieux diseur de bonne aventure qui habite Brooklyn, raconta Leila. Un endroit incroyable. Quand tu pénètres chez lui, tu te crois sur les bords du Nil. Sa femme est tout habillée en noir comme une Bédouine. Elle a la figure couverte de tatouages. Elle t'apporte une tasse de *masbout*, le café arabe. Lui se tient dans une petite pièce sombre où il passe la journée à prier. Je t'assure que quand tu le vois, tu sais que tu es en présence d'un saint homme. Il a le visage le plus pur, le plus ascétique que tu puisses imaginer. Il rayonne. Il prend ta tasse de café et la serre entre ses mains. Il te demande ton nom, le nom de ta mère, la date de ta naissance. Il entre dans une sorte de transe et se met à prier. Il ne te permet pas de fumer ni de croiser les jambes ou les bras. Cela couperait le courant entre lui et toi. De temps en temps, il s'arrête de prier et il te parle. Michael, me croiras-tu si je te dis certaines des choses que m'a prédites cet homme ?

— Un rendez-vous secret à Québec ?

Elle sourit.

— Je suis allée le voir ce matin. A la fin de notre rencontre, alors que j'allais partir, son visage s'est brusquement tendu comme si quelque chose l'avait frappé. Il a dit : « Je vois quelqu'un très proche de vous. Un homme. Un jeune homme blond. C'est un *messawarati*, a-t-il précisé en arabe. » Tu sais ce que c'est qu'un messawarati ?

La tête blonde roula plusieurs fois sur l'oreiller.

— Un infidèle débauché ?

— Chéri, s'il te plaît, sois sérieux. Un messawarati, c'est un photographe. Comment pouvait-il savoir cela ?

Elle fit une pause. Puis elle reprit :

— Il a ajouté : « Il est en très grand danger ici. Il faut qu'il quitte New York avant demain. »

Elle prit la main de Michael et la serra dans la sienne.

— Michael, je t'en supplie, viens me retrouver à Québec demain.

Il se redressa et, s'appuyant sur un coude, lui fit face. Il regarda son visage implorant et les larmes qui coulaient le long de ses joues. Comme les femmes peuvent être superstitieuses ! Tendrement, il lui sécha ses larmes du bout des lèvres.

— Tu es un amour, mais ne sois pas inquiète, ma chérie. Tu sais... les prédictions d'un sorcier arabe...

Leila se retourna et vint se couler contre lui. Déçue et résignée, elle contempla longuement le visage aimé qu'elle avait pris entre ses mains. J'aurai tout essayé, songea-t-elle. De toutes mes forces.

— Quel dommage, Michael, murmura-t-elle simplement.

★

Le Président était blême. L'allusion de Kadhafi à Samson détruisant le Temple l'avait ébranlé autant que la boule de feu qu'il avait vue jaillir à minuit sur les écrans du Pentagone.

— Jack, ordonna-t-il à mi-voix, demandez au 747 *Catastrophe* de provoquer une panne de transmission pendant quelques minutes. J'ai besoin de réfléchir.

Le Président considéra tous les visages défaits autour de lui.

— Messieurs, qu'en pensez-vous ?

Au bout de la table, le président du Comité des chefs d'état-major, l'amiral Fuller, rentra sa tête dans le col de sa chemise comme une vieille tortue de mer dans sa carapace.

— Je crains, monsieur le Président, qu'il ne nous laisse plus d'autre choix qu'une action militaire...

— Je ne suis pas de cet avis !

Middleburger, le secrétaire d'État adjoint, était intervenu avant que l'amiral eût terminé.

— Au lieu de chercher à faire entendre raison à cet exalté, nous devrions utiliser le délai qui nous reste à arracher aux Israéliens quelques concessions susceptibles de le satisfaire et de sauver New York.

— Voilà une initiative qui aurait au moins le mérite de demander très peu de temps, fit observer sarcastiquement le directeur de la C.I.A. Seulement l'unique seconde que mettra Begin à dire non. Cela fait cinq ans qu'à la C.I.A. nous clamons que ces colonies « sauvages » sont une menace pour la paix et qu'elles vont un jour nous mettre dans un sale pétrin ! Malheureusement, personne n'a daigné tenir compte de nos mises en garde.

Une envie subite de cogner sur ces hommes saisit le Président. Aucune crise n'était donc assez terrible pour balayer la rhétorique stéréotypée des rouages supérieurs du gouvernement américain ! Le Pentagone qui nous conjure d'aller anéantir ce fanatique ; le Département d'État qui nous conseille de battre en retraite ; la C.I.A. qui ne songe qu'à se défiler comme elle n'a cessé de le faire depuis sa déconfiture iranienne...

— Jack ? interrogea-t-il avec lassitude.

— Monsieur le Président, je ne peux que répéter

428

ce que j'ai dit tout à l'heure, répondit Eastman. Mon seul mot d'ordre reste : gagner du temps ! Middleburger a raison : il faut à tout prix obtenir une concession quelconque des Israéliens, et nous en servir pour obliger Kadhafi à retirer sa menace. Ou au moins à retarder l'expiration de son ultimatum de quelques heures pour que nous ayons une meilleure chance de trouver sa bombe.

— Et vous, messieurs les psychiatres, quelles lumières nous apportez-vous ?

Tamarkin jeta un coup d'œil consterné sur les notes insignifiantes qu'il avait griffonnées en écoutant Kadhafi.

— Il est clair que nous avons affaire à une personnalité souffrant d'une psychose de puissance, déclara-t-il, quelqu'un atteint d'une paranoïa légère, nullement invalidante. Ce genre de sujet a en général du mal à maîtriser les situations compliquées. Il faut éviter de lui offrir un moyen de cristalliser ses actions. Il s'attend vraisemblablement à deux sortes d'attitudes de votre part. Ou bien que vous capituliez, ou bien que vous menaciez de le détruire. En d'autres termes, que vous preniez ses décisions à sa place. Si, au contraire, nous le confrontons avec toute une variété de problèmes annexes, il est possible qu'il se sente déconcerté.

— Ja, ja, approuva Jagerman, je suis tout à fait d'accord avec mon confrère. Si vous me permettez, monsieur le Président, j'aimerais vous suggérer qu'il n'y a pas grand-chose à gagner, à mon avis, à le pousser davantage à expliquer le *pourquoi* de son action. Il est tout à fait convaincu qu'il a raison, et vous risquez de le rendre plus intraitable en le chatouillant sur ce point. Je crois que vous devriez aborder en revanche le *comment* de la question, et essayer de détourner son attention en le bombardant d'une foule de questions d'ordre technique et de peu d'importance concernant la manière de mettre en pratique ses exigences. Vous vous souvenez de cette théorie du « poulet ou hamburger » que je vous ai exposée tout à l'heure ?

Le Président fit signe que oui. L'intitulé de la théorie en question pouvait paraître grotesque dans la situation présente. Il s'agissait en fait d'une technique mise au point par le psychiatre hollandais pour résoudre les affaires de prise d'otages. Elle figurait aujourd'hui dans tous les manuels de police du monde. Il faut détourner l'esprit des terroristes, prônait Jagerman, les obliger à répondre à un flot ininterrompu de questions et de problèmes n'ayant pas de rapport avec le fond du débat en cours. L'exemple qu'il donnait invariablement était la façon de répondre à un terroriste qui réclame de la nourriture. « Que veut-il ? Du poulet ou un hamburger ? L'aile ou la cuisse ? Bien cuite ou saignante ? Moutarde ou ketchup ? Avec ou sans pain ? Nature ou grillée ? Avec quels condiments ? Des cornichons ? La veut-il avec des oignons ? Nature ou frits ?[1] » Détourner un terroriste de ses obsessions par un tel assaut de questions permettait souvent de le calmer, de le remettre en contact avec la réalité, et de le rendre au bout du compte plus malléable.

— Si vous réussissez à adapter cette technique à la situation actuelle, conseilla Jagerman, peut-être parviendrez-vous à lui faire accepter de poursuivre

1. Le médecin hollandais avait ajouté de nombreux raffinements à sa technique. Il s'assurait par exemple que la nourriture était toujours envoyée dans de véritables assiettes, avec de vrais couverts et des verres. Cette précaution, affirmait-il, introduisait subtilement un élément de civilité dans les relations de la police avec les terroristes. En outre, chaque fois que possible, il demandait aux terroristes de laver la vaisselle avant de la renvoyer. Cela les amenait peu à peu à exécuter des ordres.

la discussion avec M. Eastman, pendant que vous-même vous vous adresserez aux Israéliens.

— On peut toujours essayer, répondit le Président avec fatalisme. Jack, faites rétablir le contact avec Tripoli !

Il songea à ce lointain soir d'été, il y avait une trentaine d'années quand, seul sur son voilier, il s'était perdu dans le brouillard et l'obscurité au large des côtes du Maine. Toute la nuit, prisonnier de ce mortel cocon, impuissant, il avait été ballotté par les flots, guettant désespérément le tintement de la bouée qui lui indiquerait la direction du port, confronté pour la première fois avec l'éventualité de la mort. Il s'était affolé, avait perdu espoir, avait prié. Et il avait enfin entendu la cloche de la bouée. Seigneur ! priait-il à présent, quand vais-je entendre la bouée dans ces ténèbres qui m'entourent ?

— Colonel Kadhafi, commença-t-il, vous savez qu'il existe actuellement une trentaine de points de peuplement israélien dans les territoires arabes occupés. Cela fait, avec Jérusalem-Est, environ cent mille personnes. Les problèmes de logistique que poserait leur évacuation dans le délai très limité que vous avez fixé sont pratiquement insurmontables.

— Monsieur le Président. — Pondérée, courtoise, la voix du Libyen n'avait pas changé. — Ces gens ont installé leurs colonies illégales en quelques heures. Vous le savez bien. Ils ont profité de la nuit pour s'implanter et annoncer, à l'aube, leur fait accompli au monde. S'ils ont pu s'installer en une nuit, ils peuvent bien déguerpir en vingt-quatre heures !

— Mais, colonel Kadhafi, s'entêtait le Président, ces familles ont aujourd'hui leurs maisons, leurs fermes, leurs ateliers, leurs cultures, leurs écoles, leurs synagogues. Vous ne pouvez pas vous attendre à ce qu'ils s'en aillent en abandonnant tout.

— C'est exactement ce que j'attends. Leurs biens seront placés sous la protection du peuple arabe. Dès que l'État arabe palestinien aura pris possession des lieux, les Juifs seront autorisés à revenir récupérer ce qui leur appartient.

— Comment pouvons-nous être sûrs qu'il ne se produira ni chaos ni désordres à mesure que les Israéliens se retireront ?

— Le peuple, dans sa joie de retrouver sa patrie, veillera à maintenir l'ordre.

— Je crains que cela ne suffise pas. Ne conviendrait-il pas de demander au roi Hussein de nous fournir des troupes ?

— Certainement pas ! Pourquoi faudrait-il que ce valet de l'impérialisme récolte la gloire de cette victoire ?

— Et l'O.L.P. ?

— Nous verrons.

— Quoi qu'il en soit, il va falloir élaborer ces arrangements avec un soin extrême, souligna le Président. Déterminer quelles unités choisir. Savoir quels sont leurs chefs. D'où elles viendront. Comment elles se feront reconnaître. Comment nous allons coordonner leurs mouvements avec ceux des Israéliens. Tout cela va exiger une préparation et une discussion des plus étroites.

Après un long silence, Kadhafi répondit :

— J'y suis tout disposé.

— Et la bombe à New York ? Je présume que lorsque nous aurons pris toutes les dispositions nécessaires, vous nous communiquerez son emplacement et donnerez à vos représentants sur place l'ordre de la désamorcer sur-le-champ ? Sommes-nous bien d'accord ?

Il y eut encore un long silence.

— La bombe est réglée pour exploser automatiquement à l'expiration de mon ultimatum. Le seul signal que son récepteur de radio est habilité à recevoir est un signal négatif provoquant l'annulation de l'explosion. Ce signal est connu de moi seul.

Eastman émit un discret sifflement admiratif.

— Fortiche ! C'est la garantie qu'on ne lui balancera pas de missiles au dernier moment. Pour sauver New York, il faut que nous le gardions en vie !

— A moins qu'il ne soit très habile ? hasarda le directeur de la C.I.A., et qu'il ne bluffe. Comme il ment peut-être également pour ses missiles braqués sur Israël...

Il se tourna brusquement vers le chef de l'État.

— Monsieur le Président, cela peut modifier toute notre attitude de savoir s'il ment ou non. Notre laboratoire a mis au point un détecteur de mensonges qui pourrait nous apporter une aide incalculable. Il suffit de faire admettre à Kadhafi de poursuivre le dialogue devant une caméra de télévision.

— De quoi s'agit-il ?

— D'une machine qui utilise des faisceaux laser et qui permet une analyse ultrasensible des mouvements des globes oculaires d'un individu en train de parler. Elle décèle notamment certaines modifications caractéristiques de ces mouvements lorsque la personne ment.

Le Président adressa un sourire admiratif au directeur de la C.I.A.

— Vous avez raison, cela vaut la peine d'essayer.

Il se concentra quelques secondes et fit reprendre le contact avec Tripoli.

— Colonel Kadhafi, dans les discussions très complexes que nous allons avoir pour organiser la situation en Cisjordanie, il serait bénéfique que nous puissions élaborer nos arrangements sur des cartes

433

et des photographies aériennes, ce qui limiterait les risques d'erreur. Pour cela, un contact visuel en même temps que sonore me paraît indispensable. Seriez-vous d'accord pour que nous établissions une liaison télévisuelle entre nous ? Nous pouvons immédiatement vous envoyer un avion avec le matériel nécessaire.

Il y eut à nouveau un long silence de Tripoli. Le directeur de la C.I.A. ramonait distraitement le tuyau de sa Dunhill tout en priant intérieurement pour que Kadhafi dise oui. A son ébahissement, le Libyen accepta, apparemment très satisfait de la proposition. Il fit même savoir qu'il disposait déjà de l'équipement adéquat dans son propre poste de commandement. Pauvre crétin, jubilait le directeur de la C.I.A. après avoir détecté un soupçon d'arrogance dans l'acceptation de Kadhafi, il est tellement fasciné par les gadgets de la technologie moderne qu'il est prêt à tomber dans n'importe quel piège !

Tandis que le technicien du 747 *Catastrophe* mettait en place des circuits qui devaient acheminer les images de Tripoli et de Washington par l'intermédiaire du satellite *Comstat*, deux ingénieurs de la C.I.A. plaçaient leur scanner devant un écran de la salle de conférences du Conseil national de sécurité. Tout le monde suivit avec un intérêt passionné l'installation de ce dernier instrument de l'arsenal inventé par la C.I.A. pour forcer les barrières les plus lointaines de l'inconscient et contraindre les hommes à se trahir malgré eux. Ce scanner ressemblait vaguement à un appareil portatif de radioscopie. Deux tubes de la taille d'une paire de jumelles étaient fixés sur la partie supérieure. En émanaient deux taches lumineuses qui dansaient déjà sur l'écran de télévision où devait apparaître le visage du dictateur libyen. C'étaient les deux rayons laser qui allaient être dirigés sur ses pupilles afin d'en enregistrer les plus minimes variations et de transmettre leurs informations au mini-ordinateur installé dans le cœur du scanner. Les résultats seraient immédiatement comparés aux données stockées dans la mémoire de l'ordinateur et reproduites sur le mini-écran fixé au sommet de l'appareil.

Pendant quelques secondes, l'image en provenance de Tripoli fit penser à une colonie d'amibes grouillant sous la lentille d'un microscope. Puis, soudain, le visage du leader libyen apparut. Curieusement, cette apparition était presque rassurante. Kadhafi avait un air si jeune, si sérieux, si réservé, qu'il semblait inconcevable qu'il pût envisager de tuer six millions de New-Yorkais. Dans son blouson kaki sans autre ornement que ses épaulettes de colonel, il évoquait davantage un instructeur de tactique militaire qu'un visionnaire se prétendant le sabre vengeur de Dieu.

Eastman ne détecta pas l'ombre d'émotion ou de tension sur son visage. A peine pouvait-on déceler un soupçon d'ironie au coin des lèvres. De son siège au fond de la pièce, Lisa Dyson ressentit un léger trouble en revoyant cet homme qui l'avait autrefois honorée de son attention.

Les deux points lumineux en provenance du scanner glissèrent sur le front de Kadhafi et vinrent se poser sur chacune de ses pupilles comme des lentilles de contact.

— Enregistrement commencé, annonça l'un des techniciens.

— Cette fois, on te tient ! gronda le directeur de la C.I.A. avant de tirer une longue bouffée de sa pipe.

En face du Président, une lampe rouge s'alluma

sur la caméra de télévision qui transmettait son image à Tripoli.

— Tout est en place, chuchota Eastman.

Les deux chefs d'État apparurent alors côte à côte sur les écrans de la salle de conférences, l'Américain faisant un effort pour sourire, le Libyen aussi impénétrable qu'un buste de sénateur romain sur une colonne de Leptis Magna.

— Colonel Kadhafi, commença le Président, je crois que nous allons tous deux trouver ce contact visuel très utile pour venir à bout des problèmes délicats que nous avons à régler. Tout à l'heure, lors de notre dernier échange, vous nous avez indiqué que l'explosion de l'engin que vous avez placé dans New York était réglée par un mécanisme automatique, et que seul un signal radio envoyé par vous-même pouvait annuler le déclenchement de l'explosion. Est-ce bien exact ?

Autour du Président, tous les regards se concentrèrent sur l'image du Libyen avec les deux points étincelants rivés sur ses pupilles. Avant de répondre, Kadhafi porta sa main droite à la poche de son blouson. Il la déboutonna avec une lenteur calculée et en sortit une paire de lunettes noires qu'il plaça avec ostentation devant ses yeux.

— L'enfant de putain ! jura l'un des techniciens de la C.I.A. au milieu d'un Oh ! général de stupeur.

Le soupçon d'ironie qui affleurait aux lèvres du colonel Kadhafi éclata alors en un large sourire.

— Oui, monsieur le Président, c'est bien exact.

★

Comparé à la salle du Conseil national de sécurité de la Maison-Blanche, le P.C. libyen de la villa Pietri d'où Muammar Kadhafi s'adressait au président des États-Unis montrait un dépouillement spartiate. On n'y trouvait ni cartes du globe, ni horloges digitales, ni téléphones clignotants. Kadhafi était assis sur une chaise de bois blanc en face de la caméra de télévision qui envoyait son image à Washington.

A ses côtés se tenait sa dernière recrue, un grand blond aux cheveux longs et sales qui lui donnaient l'air d'un beatnik des années 60. Le *doktor* allemand Otto Falk enseignait la psychologie appliquée à l'université libre de Berlin-Ouest. Déniché par le fameux terroriste vénézuélien Carlos dans les milieux gauchistes de l'ex-capitale allemande, il jouait auprès du maître de Tripoli le même rôle que les psychiatres de Washington auprès du président américain. Falk avait fait à son employeur un tableau précis — et exact — de la manière dont la Maison-Blanche allait réagir et des pièges que ses homologues essaieraient de lui tendre. Bien que le Libyen n'eût pas observé son conseil numéro un — refuser catégoriquement tout dialogue —, son aide s'était révélée extrêmement efficace comme Washington venait d'en faire l'amère constatation.

Le chef d'État libyen fixa la caméra derrière ses lunettes noires.

— Monsieur le Président, la question n'est pas de savoir COMMENT cette bombe va exploser, mais SI elle va exploser. Or, qu'avez-vous fait jusqu'à présent pour satisfaire mes requêtes ? Quelles concessions avez-vous arrachées à vos amis israéliens ?

— Soyez assuré, colonel, que je suis en liaison permanente avec Jérusalem.

L'image du Président parvenait au P.C. libyen par le canal d'un téléviseur grand écran de la marque française Radiola. A travers ses lunettes de soleil, Kadhafi distinguait deux minuscules points lumineux sur les pupilles de son interlocuteur. La C.I.A. aurait été fort surprise de l'apprendre, mais le chef d'État libyen possédait lui aussi son scanner d'exploration des consciences. Le Dr Falk en avait découvert l'existence après que la police ouest-allemande l'eut utilisé pour interroger les assassins présumés du financier Dietrich Waldner. En acheter un exemplaire à son fabricant, la Standarten Optika de Stuttgart, par l'intermédiaire d'un laboratoire de complaisance, avait été un jeu d'enfant. Il avait suffi d'en payer le prix : l'équivalent de deux cent quarante millions de nos centimes.

— Et je peux vous annoncer, colonel Kadhafi, poursuivit le Président, que la première réaction de M. Begin à vos demandes est hautement favorable. C'est pourquoi il est capital que vous consentiez à vous entretenir avec mon conseiller Jack Eastman pour me permettre de poursuivre mes négociations avec Israël.

L'un des deux techniciens arabes qui manipulaient le scanner libyen sursauta. La ligne verte qui courait à travers l'oscilloscope s'était brisée en une série de dents de scie à mesure que l'ordinateur avait enregistré les paroles du Président. Le technicien poussa un bouton rouge qui le mit en contact avec Kadhafi.

— *Ya sidi !* Il ment !

Le Libyen ne laissa pas frémir un seul muscle de son visage. Il retira ses lunettes noires et se rapprocha de la caméra.

— Monsieur le Président, je vous croyais un homme honnête et sincère. Je me suis trompé. Vous m'avez menti ! Toute conversation est désormais inutile.

Il y eut un déclic. L'image et le son émis par Tripoli étaient coupés.

De sa fourgonnette Avis rouge, le technicien des brigades de recherches nucléaires parvenu le premier au coin de la 42ᵉ Rue et de la 5ᵉ Avenue observait l'escalier monumental de la bibliothèque municipale de New York. L'oscilloscope de son détecteur enregistrait une émission constante de trente-quatre millirads. A son grand étonnement, aucun camion, aucune voiture n'étaient arrêtés devant l'édifice. Entre les capteurs de son véhicule et les deux énormes lions de granit qui flanquaient l'escalier, il n'y avait que la foule de midi, des étudiants piqueniquant d'un hot-dog sur les marches, des vendeuses et des employés des immeubles voisins déambulant sous un soleil timide, quelques habitants du quartier promenant leurs chiens.

Le technicien se grattait le crâne, au comble de la perplexité.

— Bonté divine ! D'où peuvent-elles venir ces radiations ? se demandait-il.

Bill Booth fit alors irruption dans une autre fourgonnette. Le chef des équipes Nest examina l'écran de l'oscilloscope puis regarda l'esplanade. Il paraissait aussi déconcerté que son technicien. L'hélicoptère confirma, de nouveau, l'existence d'une source de radiations à cet endroit. Tout le secteur était maintenant truffé de voitures banalisées de la police et du F.B.I. Deux fourgonnettes Nest supplémentaires débouchèrent encore en renfort. Chacune corrobora aussitôt les premières observations.

Booth alluma une cigarette et scruta méticuleusement les lieux. Un engin pesant une tonne et demi aurait-il pu être introduit dans ce bâtiment avant l'arrivée de la première fourgonnette ? Non, c'est impossible, se dit-il, les hélicoptères n'auraient

439

jamais pu capter les radiations à travers une masse pareille ! Sa constatation le dépita cruellement. Sans doute avons-nous suivi un type qui venait de se faire faire une radio de l'estomac et qui est descendu à l'arrêt d'autobus...

Il ordonna tout de même à quatre de ses techniciens de l'accompagner pour explorer les abords de la bibliothèque avec leurs détecteurs portatifs. Ils se frayèrent un chemin à travers une horde de jeunes sur des planches à roulettes, écouteurs aux oreilles pour ne pas perdre une note du disco qui rythmait leurs acrobaties. Ils dépassèrent deux grands Noirs à la chevelure afro, un camelot qui proposait des ustensiles de cuisine et un marchand de sodas ambulant. Ils avançaient en arc de cercle afin de ratisser l'ensemble du parvis. Soudain, quelqu'un annonça :

— Ça vient de là-haut !

Le technicien que suivait Booth désigna Prudence, l'un des deux lions de pierre flanquant l'escalier. Une dizaine de personnes étaient assises sur les marches au pied de l'animal.

Alors qu'ils se rapprochaient, l'émission de radiations se déplaça tout à coup. Une vieille femme voûtée, portant un manteau noir rapiécé, venait de se lever et s'éloignait à petits pas.

Booth fit signe à ses hommes de s'écarter. Précédé d'un seul Fed, il s'approcha de la vieille femme. Deux grandes taches de rouge coloraient ses joues décharnées, maquillage maladroit de quelque beauté passée. A la vue du géant planté devant elle, une plaque de police à la main, ses doigts se crispèrent sur la poignée de son sac en plastique. Effrayée, tremblotante, elle balbutia :

— Je vous demande pardon, monsieur l'officier, je ne savais pas que c'était défendu. Je suis sans ressources. — Elle leva une main noueuse vers son front pour replacer une mèche sous son fichu de coton. Son regard était plein de détresse. — Les temps sont si durs et je... je ne pensais pas faire quelque chose de mal en le ramassant pour l'emporter à la maison. Je ne savais pas qu'ils appartenaient à l'État. Je vous le jure : je ne savais pas.

Booth écarta le Fed et se pencha gentiment vers la pauvre femme.

— Excusez-moi, madame, mais qu'avez-vous ramassé ?

Elle ouvrit timidement son sac. Booth y distingua quelque chose de gris. Il plongea la main et en sortit le corps encore chaud d'un pigeon mort. Une bague contenant une capsule était attachée à l'une de ses pattes.

— Seigneur Jésus ! s'écria-t-il, quand avez-vous ramassé ce pigeon ?

— Il y a cinq minutes, juste avant votre arrivée.

Bill Booth eut une illumination. Tout s'expliquait : les radiations qui apparaissaient et s'éclipsaient, allaient de rues en toits... des pigeons porteurs de pastilles radioactives ! Il tendit le volatile à l'un de ses techniciens.

— Fourre-moi ça dans un container en plomb. Nom de Dieu ! Nous avons affaire à des gens diaboliques !

★

Pour la troisième fois en quatre heures, l'état-major chargé des recherches de la bombe était réuni autour de son chef dans le P.C. souterrain de Foley Square.

— Harvey, demanda Quentin Dewing au directeur du F.B.I. new-yorkais, avez-vous réussi à

441

mettre la main sur ce type de Boston qui a séjourné chez Kadhafi ?

Hudson secoua la tête.

— Non. Nous avons cinquante gars sur le coup. Mais une chose est sûre : les dockers qui ont chargé les barils de diatomées sur le quai de Brooklyn n'ont pas reconnu sa photo.

— Il faut agrandir le cercle des recherches ! tempêta Dewing. Passer au crible tous les cabarets et restaurants arabes de Boston à Philadelphie. J'ai la conviction que ce type est notre meilleure piste.

Il y eut quelques toussotements à l'autre bout de la table de conférence.

— Vous souhaitez dire quelque chose, chef ? lança Dewing à Al Feldman.

Le chef des inspecteurs se frotta le nez.

— Si ces zèbres sont aussi malins que vous l'affirmez, un restaurant arabe est bien le dernier endroit où ils se pointeraient. Ils choisiraient plutôt une pizzeria, ou une boîte à hamburgers.

— Il ne faut rien négliger, chef. A propos, vos experts ont-ils trouvé quelque chose d'intéressant dans l'entrepôt de Queens où ont été déposés les barils ?

Dewing avait ordonné aux techniciens du laboratoire de la police municipale d'examiner l'entrepôt de Queens. Quant à la fourgonnette Hertz qui avait été louée avec les papiers volés, elle avait été confiée à une équipe spécialisée du laboratoire national de criminologie arrivée par avion de Washington.

Feldman sortit son carnet et le posa sur la table.

— L'entrepôt de Queens appartient à un agent de change de Long Island, retiré des affaires. Il l'a hérité de sa sœur. Une femme le lui a loué depuis août dernier. Comme elle lui a remis un an de loyer en espèces, il n'a pas cherché à lui poser trop de questions. Nous lui avons présenté le portrait-robot de cette jeune femme arabe qui a quitté Hampshire House ce matin, réalisé sur les indications du portier et de la femme de chambre. Il pense qu'il s'agit bien de cette personne.

Dewing manifesta sa satisfaction.

— Il faut distribuer ce portrait-robot à tous vos gars enquêtant à Brooklyn, ordonna-t-il à Hudson. Pour ce qui est de l'entrepôt lui-même, qu'avez-vous récolté d'intéressant ?

— D'après les voisins, les gens qui l'ont loué n'y sont pas venus souvent. Nous avons cependant trouvé quelqu'un qui affirme avoir vu un camion Hertz y entrer la semaine dernière.

— Par quel type d'égouts ce quartier est-il desservi ? demanda le chef des équipes Nest.

Feldman réprima une envie de rire : qu'est-ce que les égouts avaient à voir là-dedans ?

— Par les égouts de la ville, pardi !

— Je vais charger une équipe de les sonder, annonça Bill Booth. En effet, les urines et les matières fécales des personnes qui sont en contact physique avec un engin nucléaire recèlent presque toujours des traces de radioactivité. C'est peu de chose, mais si peu que nous en trouvions, au moins aurions-nous une confirmation supplémentaire qu'il s'agit bien du baril que nous recherchons.

— Et la fourgonnette, Harvey ?

— Nos hommes viennent de l'attaquer. Tout ce que nous savons pour l'instant, c'est qu'elle avait 410 kilomètres au compteur quand elle a été rapportée le soir même. Ce qui indique que la bombe peut se trouver n'importe où dans un rayon de 205 kilomètres. Mais cela ne veut rien dire car il est classique chez les malfaiteurs de tourner en rond pour mener la police en bateau.

— Voilà qui ne nous avance guère, déplora Dewing. Et l'enquête sur les papiers volés ? demanda-t-il en se tournant vers Feldman.

— On a retrouvé le pickpocket et on s'occupe maintenant du receleur pour lequel il a fait le coup.

Dewing ne put cacher son impatience :

— N'y a-t-il pas moyen d'accélérer un peu les choses de ce côté-là ?

— Monsieur Dewing, il faut être prudent, répliqua Feldman. Il y a des gars qui se referment comme une huître si vous ne les attaquez pas avec des pincettes. Et vous vous retrouvez alors vraiment en pleine merde.

★

— C'est là-haut.

Pablo Torres, le pickpocket colombien, montrait de la tête le deuxième étage du bâtiment de brique, de l'autre côté de la rue. Il était assis sur la banquette arrière de la Chevrolet d'Angelo Rocchia, les mains, liées par des menottes, posées dans un geste protecteur sur son bas-ventre douloureux. Amalia, sa complice, avait déjà été bouclée au 81e commissariat.

Angelo examina le bâtiment. La saleté des fenêtres et une échelle d'incendie empêchaient de voir à l'intérieur.

— A quoi ça ressemble là-dedans ?

Le pickpocket secoua les épaules.

— Une boutique. Une fille. Et Benny, le patron.

— Typique ! constata Angelo. A New York, les receleurs se donnent des airs de magasin de gros. Avec une secrétaire dans une cage vitrée et tout le cinéma. Ils achètent n'importe quoi. Appareils de photos, téléviseurs, outils électriques, tapis, pièces détachées de voitures... Il y en a même qui font la location de flingues. Ils ont comme ça en stock soixante ou quatre-vingts pétoires du samedi soir. Ils les louent pour vingt tunes la soirée et un pourcentage sur les prises.

Il obliqua sur la 6e Avenue et chercha une place de stationnement à l'abri du champ de vision du receleur.

— Toi, petit, tu te pointes avec le Colombien une minute après que je serai entré chez le receleur. Passe-lui ton manteau sur les épaules pour que ses bracelets ne provoquent pas un attroupement.

Le magasin du receleur était signalé par un écriteau — Brooklyn Trading — et le nom du propriétaire — Benjamin Moscowitz — sur la porte. Comme l'avait prédit Angelo, une accorte secrétaire, qui se limait consciencieusement les ongles, était installée à l'entrée. Elle leva ses faux cils vers le policier. A son air, Angelo comprit qu'elle ne devait pas avoir l'habitude de recevoir des visiteurs aussi élégamment nippés.

— Qu'y a-t-il pour votre service ? s'empressa-t-elle d'une voix aigrelette.

Le receleur était dans la pièce voisine, de l'autre côté d'une paroi vitrée. C'était un petit homme rondouillard, d'une soixantaine d'années, qui portait une chemise à rayures, le col ouvert, la cravate desserrée, et un gilet de velours vert. Des lunettes étaient relevées sur son crâne chauve. Il fumait un cigare.

— C'est lui que je veux voir, indiqua Angelo.

Avant que la fille ait eu le temps de faire un geste, le policier était entré dans le bureau du receleur.

— Qui êtes-vous ? glapit Benny Moscowitz en brandissant son cigare comme une matraque.

Angelo sortit sa plaque de police. Le visage du receleur ne trahit pas l'ombre d'une inquiétude.

445

— Que me voulez-vous ? grogna-t-il. Je suis un commerçant honnête. J'ai rien à faire avec la police !

Angelo dévisagea lentement le petit homme, le dominant de sa carrure et de cet air méprisant qu'il appelait « l'air du Parrain ».

— Il y a un ami à toi qui aimerait te dire bonjour, annonça-t-il avec condescendance.

Il se tourna vers la porte et, comme il l'espérait, vit Rand et Torres. Il leur fit signe d'entrer.

— Qui est cette putain de lope ? rugit Benny en pointant son cigare vers le pickpocket. Je ne l'ai jamais vu de ma vie.

Le « Parrain » prit le ton d'un juge d'instruction.

— Pablo Torres, reconnaissez-vous monsieur Benjamin Moscowitz ici présent, et l'identifiez-vous comme la personne qui vous a demandé de voler le portefeuille d'un voyageur de la gare de Flatbush, vendredi matin, et à qui vous avez apporté une carte de crédit et des papiers d'identité ?

Ce jargon juridique n'avait aucune valeur légale mais Angelo s'était aperçu qu'il ébranlait souvent des individus comme Moscowitz.

Le pickpocket dansait d'un pied sur l'autre.

— Ouais, c'est lui.

— Cette merde d'Hispanique ne sait pas ce qu'il dit, vociféra Benny.

Il s'était levé et recrachait en gesticulant la fumée nauséabonde de son cigare.

— Qu'est-ce que c'est que cette histoire ? Du chantage ?

— Assieds-toi, Benny, conseilla calmement Angelo. J'aimerais juste bavarder avec toi quelques instants.

Bredouillant de colère, le receleur s'installa dans son fauteuil. Angelo s'assit sur un coin du bureau.

— Écoute, Benny, je sais par le Colombien que

tu fais régulièrement cinquante cartes de crédit par semaine. Mais ces cartes-là, je m'en fous. Il n'y en a qu'une qui m'intéresse, celle que tu as fait piquer vendredi dernier. Je veux savoir pour qui tu as commandé ce boulot.

Le receleur prit l'air éberlué.

— Je ne vois vraiment pas ce que vous voulez dire.

Angelo considéra Moscowitz d'un regard placide mais pas dupe.

— Torres a fait la poche du type à l'arrivée du train de 9 heures. Il a apporté les papiers ici à 9 h 30. A 10 heures, un gars s'en servait pour louer un camion à l'agence Hertz de la 4e Avenue.

— Vous ne manquez pas de culot ! s'indigna le receleur en suçant rageusement son cigare. Puisque je vous dis que c'est un commerce régulier ici. J'ai des registres. Toutes sortes de registres. Je paye mes impôts. Vous voulez consulter mes registres ?

— Benny, je m'en balance de tes registres. Je veux seulement savoir à qui tu as revendu cette carte. C'est très important pour moi, Benny. Très, très important.

Bien qu'une nuance de menace perçât sous le ton d'Angelo, le receleur ne se démonta pas.

— Je ne fais rien d'illégal. Je vends des articles d'occasion, c'est tout. Toute ma marchandise est parfaitement régulière.

Il montra les étagères remplies de caméras, de rasoirs électriques, de téléviseurs, de montres.

— Je me fous pas mal de tout ce que tu as là ! — Il n'y avait plus rien d'amical dans la voix d'Angelo. — Je te repose ma question, Benny : Torres t'a apporté vendredi matin une carte de l'American Express, okay ? Et la carte est repartie d'ici aussitôt. Où est-elle allée, Benny ? Où ?

447

— J'ai rien à faire avec les flics, moi, s'obstina le receleur.

Angelo le fusilla d'un regard furibond et lui arracha son cigare d'un coup sec.

— Espèce de maquereau ! lâcha le policier en désignant la pancarte « Absent pour le déjeuner » pendue derrière la porte d'entrée. Si tu refuses de coopérer, on va te la faire fermer, ta boutique ! Et tu risques de l'accrocher pour longtemps, ta pancarte !

L'homme se recroquevilla sur son fauteuil mais resta inébranlable.

— On va te la boucler, ta cambuse, Benny, répétait Angelo, et j'espère que tu as une bonne police d'assurance contre l'incendie ! — Lentement, méthodiquement, le policier tapota sur le cigare pour en faire tomber les cendres incandescentes dans la corbeille à papier. — C'est un vrai piège à feu que tu as ici. Le proprio s'absente, le feu éclate. Tu vois ce que je veux dire ?

Benny était devenu tout pâle.

— Bande de salauds, vous ne feriez pas ça...

— Feriez quoi ? aboya Angelo en faisant tomber d'autres braises sur les papiers qui commençaient à sentir le roussi. Elle ferait un vrai feu de Bengale cette foutue boutique, ça oui !

Le receleur se leva d'un bond.

— Je vais porter plainte, explosa-t-il. Plainte pour chantage et menaces d'incendier mon magasin.

Angelo éclata de rire. Il se souvenait de la promesse que son chef Al Feldman lui avait glissée à l'oreille quelques heures plus tôt : « On te couvre pour tout, Angelo. »

— Sais-tu ce que tu peux en faire de ta plainte, Benny ? Te la mettre au cul !

Le receleur cligna des yeux. Il était de plus en plus intrigué. Il avait déjà été arrêté six fois, mais on

448

l'avait chaque fois relâché rapidement. Aujourd'hui ce n'était pas pareil, il se sentait coincé, comme jamais.

— Okay, fit-il avec résignation. Je ne garde pas beaucoup de liquide chez moi, mais on peut se mettre d'accord.

Angelo écrasa rageusement le cigare sur le bureau de Moscowitz. Son visage était pourpre.

— C'est pas de ce genre d'accord que je parle, Benny ! dit-il d'une voix glaciale. Je me fous pas mal de tes combines. Je me fous de savoir combien tu revends de cartes de crédit volées. Pour la énième fois, Benny, il y a une seule et unique chose que je veux savoir : à qui as-tu refilé cette carte de l'American Express ?

Moscowitz tira un autre cigare de la poche de sa chemise et l'alluma. Le goût du tabac raviva ses forces. Il décrocha le téléphone. La main d'Angelo s'abattit sur la sienne.

— J'ai le droit d'appeler mon avocat ! s'insurgea le receleur.

— Bien sûr, reconnut Angelo en retirant sa main. Mais oui, appelle donc ton avocat ! — Désignant le cigare et la corbeille à papier qui fumait déjà, il ajouta : J'espère que ton avocat est aussi pompier...

Angelo examina sa proie. Il y a dans chaque interrogatoire un moment critique où un homme commence à craquer sous l'effet d'un dernier coup habilement porté. Ou bien, au contraire, soudain terrifié par les conséquences d'une trahison, il se rétracte brusquement, préférant la prison au risque de représailles. L'inspecteur se pencha vers Moscowitz, avec une expression de sympathie si chaleureuse que Rand crut qu'il allait le serrer dans ses bras. Sa voix s'était faite cajoleuse.

— Benny, comprends-moi bien, tout ce que j'ai

besoin de savoir, c'est à qui tu as vendu cette carte. Tu me réponds, et on s'en va, et tu ne nous revois jamais.

Le receleur téta nerveusement son cigare. Il tint la tête baissée un long moment, puis la releva brusquement et fixa l'inspecteur.

— Et puis merde ! lâcha-t-il, envoyez-moi au trou ! Je n'ai rien à vous dire.

La voix posée de Jack Rand se fit alors entendre.

— Peut-être que tu pourrais me laisser avoir un court entretien avec ce monsieur avant qu'on ne l'embarque, suggéra-t-il à Angelo.

Le policier new-yorkais se tourna avec irritation vers le jeune Fed. Un sentiment d'impuissance, d'humiliation, de rage d'avoir échoué en sa présence le submergeait.

— Bien sûr, petit, fit-il sans chercher à cacher son amertume. Parle à ce maquereau, parle-lui tant que tu voudras !

Il se leva, ses genoux craquèrent, et il marcha pesamment vers l'antichambre où se trouvait la secrétaire.

— Tant que tu y es, tâche de lui vendre une police d'assurance incendie supplémentaire, ajouta-t-il.

— Monsieur Moscowitz, déclara le Fed dès que la porte fut refermée derrière son coéquipier, je suppose que vous êtes de religion israélite ?

Il fixait l'étoile de David en or qui pendait au cou du receleur. Moscowitz le dévisagea, complètement ahuri. Qui est ce mec ? se demanda-t-il intrigué, un prédicateur, un prof, un dingue ou quoi ? Il pointa son menton vers Rand.

— Oui, je suis juif. Et alors ?

— Et vous êtes, j'imagine, concerné par la sécurité et le bien-être de l'État d'Israël ?

Moscowitz bondit de son fauteuil comme un diable à ressort.

— Qu'est-ce qui t'arrive, poulet ? Tu vends des bons du Trésor pour Israël ?

— Monsieur Moscowitz, répondit calmement Rand en se penchant vers le receleur, ce que je vais vous confier sous le sceau du secret est infiniment plus important pour Israël que la vente de quelques bons du Trésor.

Angelo les observait à travers la paroi vitrée. Moscowitz parut d'abord sceptique, puis perplexe, et finalement prodigieusement intéressé. Brusquement, il écrasa son cigare, se précipita hors du bureau, passa en trombe devant Angelo et s'arrêta devant la fenêtre donnant sur la rue. Appuyant son index sur la vitre, il s'écria :

— C'est un enculé d'Arabe qui a pris la carte. — Il avait prononcé « Arabe » avec dégoût. — Il traîne là-bas, dans le bar au coin de la rue !

★

Tiens, se dit le général Henri Bertrand, notre cardinal s'est métamorphosé en Sacha Guitry allant souper chez Maxim's ! Pour la deuxième fois de la journée, il se retrouvait dans le salon-musée de Paul Henri de Serre, l'ingénieur nucléaire qui avait supervisé la construction et la mise en route du réacteur atomique vendu par la France à la Libye. L'ingénieur portait ce soir une veste de velours grenat avec un nœud papillon noir et des mules de velours noir brodées d'or.

— Je suis vraiment navré de vous avoir fait attendre.

L'accueil de Serre semblait d'autant plus chaleureux que Bertrand interrompait le dîner qu'il offrait

451

à quelques amis. Il ouvrit une luxueuse boîte à cigares en acajou et la présenta à son visiteur.

— Prenez donc un Davidoff, ils sont excellents.

L'ingénieur sortit ensuite d'un cabinet-bar une bouteille de vieille fine Napoléon et en versa dans deux verres ballons. Après en avoir offert un à Bertrand, il se laissa tomber sur le profond coussin d'une bergère.

— Dites-moi, cher monsieur, avez-vous fait quelque progrès dans votre enquête depuis cet après-midi ?

Bertrand huma son cognac. Une merveille ! Ses yeux étaient mi-clos, son visage empreint d'un parfait bien-être.

— Hélas, pratiquement aucun ! Il y a cependant un point de détail dont j'aimerais vous parler. Je viens d'apprendre en effet que les Libyens ont été obligés d'arrêter leur réacteur assez rapidement après sa mise en marche pour en retirer des barreaux d'uranium défectueux.

— Ah oui !... — L'air distrait, Serre suivait du regard les volutes de la fumée de son cigare. — Un banal incident de parcours comme il en arrive dans toutes les installations atomiques... C'était toutefois assez embarrassant étant donné que l'uranium en question était d'origine française. Alors que, vous le savez sans doute, la majorité de l'uranium brûlé dans les centrales nucléaires est de provenance américaine.

— Je m'étonne que vous ne m'ayez pas signalé ce fait tout à l'heure.

— Il s'agit, cher monsieur, de questions techniques si complexes que j'étais à mille lieues de penser qu'elles pussent avoir un quelconque intérêt pour vous, expliqua Serre sans se troubler.

452

— Je vois, dit Bertrand en rejetant une bouffée de son cigare.

L'entretien se poursuivit pendant une quinzaine de minutes, de manière tellement évasive que le directeur du S.D.E.C.E. se borna, en somme, à interroger l'ingénieur sur la fiabilité des techniques d'inspection de l'agence de Vienne. Finalement, il vida son verre et se leva pour prendre congé.

— Je vous prie de m'excuser d'avoir abusé de votre temps, mais ces questions...

La phrase de Bertrand s'acheva dans un bredouillement délibéré. En se dirigeant vers la porte, il s'arrêta devant la tête romaine qu'il avait admirée quelques heures plus tôt.

— Quelle superbe pièce ! s'extasia-t-il à nouveau. Je suis persuadé que le Louvre en possède peu de pareilles !

— Assurément ! — Serre ne dissimulait pas sa fierté. — Je n'y ai jamais rien vu de comparable.

— Vous avez dû avoir un mal fou à obtenir des Libyens un permis d'exportation pour cette merveille !

— En effet, je me suis heurté à des difficultés inimaginables !

— Mais vous avez fini par les convaincre, bravo.

— A force d'opiniâtreté, après des semaines et des semaines de palabres !

— Toutes mes félicitations !

Le général atteignit la porte. La main sur la poignée, il s'arrêta, hésita une seconde, puis pivota sur lui-même.

— Vous êtes un menteur, monsieur de Serre !

L'ingénieur blêmit.

— Les Libyens ne vous ont pas autorisé à sortir cette statue, pour l'excellente raison que, depuis cinq ans, ils ont mis un embargo total sur toutes les antiquités de leur patrimoine national !

Paul Henri de Serre chancela et s'effondra sur un fauteuil. Son visage, d'ordinaire rubicond, était tout à coup livide, ses mains tremblaient.

— C'est absurde ! protesta-t-il, haletant. C'est insensé !

Bertrand le dominait de sa haute stature, tel Torquemada vouant un hérétique au feu éternel.

— J'arrive du Quai. J'ai parlé à nos amis à Tripoli. Et j'ai eu l'occasion d'apprendre vos mésaventures en Inde. Vous n'avez cessé de me mentir depuis l'instant où j'ai franchi votre porte. Vous m'avez menti au sujet du fonctionnement de ce réacteur et sur la manière dont les Libyens ont trompé les contrôles de l'agence de Vienne.

Le général suivait son instinct, frappant à l'aveuglette. Il se pencha et saisit l'ingénieur par le bras.

— Assez de salades ! Maintenant, vous allez me dire tout ce qui s'est passé là-bas ! Pas dans une heure. Tout de suite !

Le général resserra son étreinte, à tel point que l'ingénieur poussa un gémissement.

— Sinon, je vous garantis que vous irez traîner vos mules dorées sur le ciment d'une cellule de Fresnes. Un séjour en prison, ça vous dit quelque chose ?

Le seul mot de « prison » suscita une lueur de panique dans les yeux de l'ingénieur.

— On ne sert ni cigares Davidoff ni fine Napoléon après le dîner à Fresnes, mon cher, et les seules pièces de collection qu'on peut y contempler sont les têtes patibulaires de pauvres bougres comme vous.

Bertrand sentit que le personnage était en train de craquer. Casse-le, lui soufflait la voix de l'expérience, casse-le tout de suite, avant qu'il ait le temps de recouvrer ses esprits. Et cette même voix lui indiquait où atteindre son adversaire effondré, comment l'achever.

— Vous comptiez prendre votre retraite dans quelques mois, je crois ? Et j'imagine que vous vous préoccupez de savoir comment conserver votre brillant train de vie ? Je le sais parce que j'ai passé l'après-midi à éplucher vos comptes bancaires. Y compris celui que vous approvisionnez régulièrement à la banque Cosmos de Genève !

Paul Henri de Serre sursauta.

— Vous allez vous montrer coopératif, monsieur de Serre. Sinon, je serai obligé de mettre mon nez dans vos affaires jusqu'à votre dernier sou.

Il relâcha sa pression. Son ton se radoucit.

— Monsieur de Serre, le motif de ma présence chez vous est si grave que je peux vous faire une promesse. Si vous m'aidez à résoudre mon problème, je m'engage à faire disparaître de votre dossier tout ce qui serait susceptible de porter atteinte à votre honneur, y compris votre petite aventure indienne. Dussé-je pour cela aller intercéder en votre faveur jusqu'auprès du président de la République.

Le visage de Serre avait viré au gris. Nom de Dieu ! songea Bertrand, ce salaud va me faire une crise cardiaque ! De fait, l'ingénieur laissa choir son verre de fine et porta la main à la bouche, vomissant tripes et boyaux sur sa veste de velours et son pantalon de smoking. Recroquevillé sur lui-même, la tête sur les genoux, il éclata en sanglots.

— Je ne voulais pas, geignit-il, ils m'ont forcé !

Bertrand ramassa le verre et alla au cabinet-bar le remplir de Fernet Branca, la liqueur verdâtre qui ressuscite les estomacs nauséeux. Inutile de jouer davantage les grands inquisiteurs : c'était dans la poche... Serre avala une gorgée de Fernet Branca, qui le ranima quelque peu.

455

— Donc, vous avez été forcé, dit Bertrand, de la voix rassurante d'un médecin de famille au chevet d'un ami, cela peut compter à votre décharge. Racontez-moi tout. Commencez par le commencement.

— Je ne voulais pas ! hoqueta encore Serre. J'avais l'habitude d'aller tous les week-ends à Leptis Magna. On pouvait parfois y découvrir quelque chose, en particulier après un orage, à cause des éboulements. J'étais devenu assez ami avec un des gardiens libyens. Pour quelques dinars, il m'indiquait où je pouvais trouver un fragment de statue, un morceau de frise, des pièces de monnaie. Un jour, il m'a invité à prendre le thé dans sa cabane. Il m'a montré cette tête... — L'ingénieur la contempla avec la détresse d'un vieil amoureux que l'élue de son cœur va quitter. — Il me l'a offerte pour dix mille dinars.

— Une somme dérisoire, je présume, pour une telle pièce !

— Certes. Elle vaut des millions. Deux semaines plus tard, je partais passer les fêtes de Pentecôte à Paris. Les Libyens n'avaient jamais ouvert mes bagages. Alors j'ai décidé de l'emporter avec moi.

— Et à l'aéroport, les douaniers se sont jetés sur votre valise !

— Oui.

— Évidemment, ils vous avaient tendu un piège. Ensuite ?

— Ils m'ont mis en prison, un trou noir, sans fenêtre. Je ne pouvais même pas m'y tenir debout. Il n'y avait ni lit, ni chaise, ni seau hygiénique, rien.

Pauvre type, pensait Bertrand. Il connaissait ce genre d'endroit. Pas étonnant qu'il ait failli tourner de l'œil quand j'ai parlé de prison. L'ingénieur s'agrippait au bras du général.

456

— C'était plein de rats. Ils me passaient sur le corps. On me donnait un bol de riz par jour. Je devais me dépêcher de l'avaler avant que les rats ne sautent dedans. — Serre hoquetait de plus en plus. — J'ai attrapé la dysenterie. Pendant trois jours, je suis resté dans mes souillures à hurler au secours. Ils sont finalement venus. Ils m'ont dit que j'avais violé les lois sur la protection des antiquités nationales. Ils ont refusé de me laisser appeler le consul. Ils m'ont dit que j'allais rester dans cette prison pendant un an, à moins que...

— A moins que vous ne les aidiez à détourner le plutonium du réacteur ?

Serre opina d'un signe de tête.

Bertrand se leva pour remplir le verre de Fernet Branca.

— Après tout ce que vous avez enduré, qui pourrait vous en vouloir ? dit-il en lui tendant le verre. Comment avez-vous fait ?

Serre but une gorgée et s'efforça de retrouver son calme.

— Ç'a été relativement facile. La panne la plus fréquente dans un réacteur à eau légère est due à une anomalie dans une charge de combustible. Par exemple, une fissure dans la gaine d'un des barreaux contenant les pastilles d'uranium. Les déchets radioactifs qui s'accumulent dans ces gaines à mesure que l'uranium brûle s'échappent par ces fissures, se répandent dans l'eau de refroidissement du réacteur et la contaminent. Nous avons prétendu que c'est ce qui était arrivé.

— Mais, objecta Bertrand en se remémorant les explications de son conseiller scientifique, ces réacteurs sont des machines si perfectionnées ! Elles sont munies d'une telle quantité de dispositifs de sécurité ! Comment avez-vous pu organiser une mise en scène pareille ?

457

Serre secoua la tête, comme pour dissiper les souvenirs du cauchemar qu'il avait vécu.

— Les réacteurs eux-mêmes sont en effet des chefs-d'œuvre de perfection. Ils sont équipés d'innombrables systèmes de sécurité à coup sûr inviolables. Mais ce sont toutes les petites choses qui se greffent autour qui sont vulnérables.

Serre fit une pause.

— Tenez, j'avais un bon ami qui conduisait des voitures de course. Un jour, je l'ai accompagné au Grand Prix de Monaco. Il courait à l'époque sur Ferrari et le Commendatore lui avait donné un nouveau prototype de douze cylindres, superbe. Il valait des millions. La voiture tomba en panne à son premier passage devant l'Hôtel de Paris. Non pas à cause d'une quelconque déficience du magnifique moteur de M. Ferrari, mais à cause d'un joint en caoutchouc à deux francs qui n'avait pas tenu le coup.

« Dans le cas de notre réacteur, nous nous sommes attaqués à l'instrument qui mesure la radioactivité dans chacun des trois compartiments à combustible. Comme tous les instruments de ce genre, il fonctionne à l'aide d'un rhéostat qui part de zéro. Par une simple modification du réglage de cet appareil, nous avons obtenu qu'il nous indique la présence de radioactivité, alors qu'en réalité il n'y en avait aucune. Nous avons prélevé un échantillon du liquide de refroidissement et nous l'avons envoyé au laboratoire pour analyse. Le laboratoire en question étant dirigé par des Libyens, il nous a donné la réponse que nous souhaitions.

— Et comment avez-vous procédé ensuite avec les inspecteurs de Vienne ?

— Nous avons écrit à l'Agence internationale de l'énergie atomique que nous devions arrêter le réacteur pour retirer une charge d'uranium défectueuse. Par la poste, bien sûr, pour gagner quelques jours. Comme nous l'avions prévu, on nous a envoyé une équipe d'inspecteurs pour surveiller les opérations de remplacement de l'uranium « défectueux ».

— Comment les avez-vous convaincus qu'il y avait réellement quelque chose d'anormal dans les barreaux d'uranium ?

— Nous n'avons pas eu à le faire. Il nous a suffi de produire les documents d'informatique attestant que nos compteurs avaient décelé des traces de radioactivité. Et les résultats bidon des analyses du laboratoire libyen. L'uranium qu'on a sorti était de toute façon tellement radioactif que personne n'aurait osé aller voir de près.

— Et ils vous ont cru ?

— La seule chose qui les a étonnés, c'est que les trois charges d'uranium aient pu se révéler toutes les trois défectueuses en même temps. Mais comme la totalité de cet uranium avait la même provenance, cela pouvait paraître vraisemblable. Disons, à la limite du vraisemblable.

— Et comment avez-vous fait pour subtiliser cet uranium du bassin où vous l'aviez entreposé après sa sortie du réacteur ? Les caméras des inspecteurs de Vienne placées au fond du bassin n'ont-elles pas justement pour mission de contrôler toutes les quinze minutes que l'uranium est bien à sa place ?

— Les Libyens se sont chargés de résoudre ce problème. Les caméras qu'utilise l'agence de Vienne sont des Psychrotonics fabriquées en Autriche. Ils en ont fait acheter une demi-douzaine par l'un de leurs intermédiaires. Chaque appareil possède deux objectifs, un grand angle et un 50 mm normal, qui sont réglés pour se déclencher à intervalles régulier. Dans le bassin, il y a plusieurs points d'ancrage fixes pour ces caméras. Les Libyens avaient fait ausculter celles de l'agence de Vienne à l'aide de stéthoscopes extrêmement sensibles, jusqu'à ce qu'ils connaissent le rythme exact de leurs prises de vue. Avec leurs propres appareils, ils avaient déjà filmé, rigoureusement du même endroit, la scène que prendraient les caméras de l'agence. Ils avaient développé des clichés grandeur nature qu'ils ont placés, dans le bassin, devant les objectifs des caméras de l'agence, si bien qu'en réalité, tout ce que faisaient ces caméras, c'était de filmer une photo. Grâce à ce subterfuge, ils ont alors pu déménager tranquillement leurs barreaux d'uranium.

Bertrand pensa de nouveau aux explications de son conseiller scientifique.

— Mais comment ont-ils fait pour tromper les inspecteurs quand ils sont revenus pour s'assurer que les barreaux d'uranium étaient toujours à leur place dans la piscine ?

— Là aucune difficulté ! Quand les Libyens ont enlevé du bassin les vrais barreaux d'uranium pleins de plutonium, ils les ont remplacés par de faux barreaux traités au cobalt 60. Le cobalt 60 donne le même éclat bleuâtre — l'effet Gzermikon — que donne l'uranium ayant brûlé dans un réacteur. Il fournissait les mêmes indications sur les compteurs de détection mis en place par les inspecteurs de Vienne.

L'astuce de ces techniciens libyens suscita l'admiration du général Bertrand. Pourquoi se dit-il, sommes-nous toujours portés à les dénigrer, à nous convaincre qu'ils sont incapables de nous égaler simplement parce qu'ils sont arabes, noirs, ou n'importe quoi ?

— Et comment ont-ils pu extraire le plutonium contenu dans cet uranium ?

Il n'y avait plus trace d'hostilité dans la voix du général, plutôt un sentiment de compassion envers l'homme brisé qu'il avait devant lui.

— Je n'ai pas eu à m'en occuper personnellement. J'ai seulement vu une fois l'endroit où ils ont fait le travail. C'était dans une station d'agriculture près de la mer, à une vingtaine de kilomètres du réacteur. Ils s'étaient procuré aux États-Unis les plans d'une petite usine d'extraction de plutonium. Une société américaine, la Phillips Petroleum, vendait ce genre de renseignements dans les années 60. Ils comportaient des schémas très détaillés de la chaîne d'opérations chimiques appropriées et les dessins des différents appareils nécessaires pour extraire le plutonium.

— Et ils ont pu mettre la main sur tout le matériel dont ils avaient besoin ?

— Ils se sont débrouillés, répondit Serre en levant les bras au ciel. Ils ont racheté aux Pakistanais l'une des trois cisailles hydrauliques qui servent à découper les barreaux d'uranium irradié que la France avait livrées à Islamabad. C'est un matériel très spécialisé qui n'est fabriqué qu'en Amérique et en France.

Pour la première fois, Bertrand vit un timide sourire éclairer le visage blafard de l'ingénieur.

— N'est-il pas curieux de penser qu'une telle cisaille, qui constitue l'un des principaux secrets de toute la technologie nucléaire, puisse être fabriquée dans une petite serrurerie de la région parisienne ? Bon, revenons aux Libyens ! Je vous disais qu'ils s'étaient débrouillés. En réalité, ils ont pris des raccourcis. Ils ont négligé certaines précautions fondamentales de sécurité. Mais le fait est que tout ce qui est indispensable à la construction d'une telle usine est aujourd'hui disponible sur le marché mondial. Il n'y a rien là-dedans qui soit si rare qu'on ne puisse se le procurer. Surtout quand on a, comme Kadhafi, tous les milliards du pétrole !

— Ne s'agit-il pas d'opérations terriblement dangereuses ?

Bertrand se rappelait la mise en garde de son jeune conseiller le matin même à propos des risques d'irradiation. Serre parut soudain incommodé par l'odeur de ses vêtements.

— Mon Dieu, il faut que j'aille me changer, grommela-t-il... Écoutez, ils étaient volontaires, tous. Des Palestiniens. Je n'aimerais pas avoir à établir une police d'assurance sur leur vie. Dans cinq, dix ans... dit-il en haussant les épaules. Mais ils ont eu leur plutonium.

— Combien de bombes sont-ils à même de fabriquer ?

— Ils m'ont dit qu'ils arrivaient à extraire deux kilogrammes de plutonium par jour. Assez pour faire deux bombes par semaine. C'était en juin dernier. Au total, compte tenu d'une marge d'erreur, je dirais qu'ils ont pu en extraire assez pour fabriquer une quarantaine de bombes.

Bertrand émit un petit sifflement qui fit tomber la cendre de son cigare sur son veston.

— Pourriez-vous reconnaître quelques-uns de ces chimistes sur des photographies ?

— Peut-être. L'homme avec qui j'étais en contact était un Palestinien, pas un Libyen. Un type assez fort avec une moustache. Il parlait le français à la perfection. Il ne m'a jamais dit son nom.

— Bien, allez vous changer, monsieur de Serre, je vous emmène.

L'ingénieur lança au directeur du S.D.E.C.E. un regard éperdu.

— Est-ce que cela signifie que je suis en état d'...

— Pour le moment, je vous avoue que votre sort personnel est le cadet de mes soucis. Nous avons un problème à résoudre, et je compte sur vous pour nous y aider !

L'ingénieur se leva et se dirigea vers la porte.

— Je vais me préparer.

Bertrand lui emboîta le pas.

— Étant donné les circonstances, vous ne vous formaliserez pas si je vous accompagne !

★

Un moment vient, dans une crise internationale, où l'homme investi du destin d'un pays éprouve le besoin de quitter son entourage officiel pour s'isoler avec un intime, un confident. Dans les heures sombres qui suivirent Pearl Harbor, Franklin Roosevelt s'était tourné vers la frêle silhouette de Harry Hopkins. La voix que Jack Kennedy avait écoutée pendant la crise des missiles de Cuba avait été celle de son frère Robert. Après l'échec de son dernier entretien avec Kadhafi, le Président venait de s'isoler avec Jack Eastman. Il arpentait lentement la galerie à colonnade reliant l'aile ouest de la Maison-Blanche à sa résidence. Le soleil de l'après-midi était tiède et la neige fondait au bord de la corniche en une dentelle de gouttelettes. Au bout de la galerie, un agent du service de protection, les bras croisés, montait une garde discrète. Le Président était silencieux.

— Jack, dit-il enfin, j'ai l'impression d'être à la fois atteint d'un virus mystérieux et réfractaire à toutes ces drogues miracles que recommandent les médecins.

Il se tourna vers le fond du parc et regarda l'immense sapin de Noël qu'il devait inaugurer officiellement deux heures plus tard, démonstration traditionnelle d'espoir et de réconfort, affirmation de la permanence de certaines valeurs qu'il incarnait aux yeux de ses compatriotes dans les jours heureux comme dans les jours difficiles. Mais l'espoir, songea-t-il, risquait cette fois de ne plus être au rendez-vous. Il posa sa main sur l'épaule d'Eastman.

— Et maintenant, Jack, quelle route prenons-nous ?

Eastman s'attendait à la question.

— Sûrement pas celle qui mène à Kadhafi. Vous seriez obligé de ramper à ses pieds. En dépit de ce qu'affirment les psychiatres, je ne crois plus qu'on pourrait le convaincre de renoncer. Je ne me fais plus d'illusions depuis que je l'ai entendu.

— Moi non plus.

Le Président se frotta pensivement la tête.

— Il nous reste Begin.

— Begin, ou bien que les flics la trouvent, cette maudite bombe !

Les deux hommes reprirent leur marche.

— Il faut offrir à Begin un pacte en béton lui garantissant les frontières israéliennes de 67 en échange de son retrait de Cisjordanie. Et mettre les Russes dans le traité. Cela me paraît la seule solution raisonnable pour sortir de ce bourbier !

Le Président guetta la réaction de son conseiller.

— Peut-être. — Eastman hochait la tête. — Mais dans l'état actuel des choses, il me paraît improbable que Begin accepte. A moins que vous ne soyez prêt à lui mettre carrément le couteau sur la gorge. Souvenez-vous de ce qu'a dit un de nos généraux hier soir. Êtes-vous décidé à leur rentrer dedans, à déménager les colons de force s'il le faut ? Ou, du moins, à menacer de le faire ?

Le Président parut perplexe. Une telle éventualité n'était guère plaisante. Mais la perspective de voir New York disparaître dans une explosion thermonucléaire l'était encore bien moins.

— Je n'ai pas le choix, Jack. Il faut que je m'accroche à Begin. Allons, rentrons !

Joseph Holborn, le directeur du F.B.I., guettait le retour des deux hommes.

— Je viens d'avoir New York au téléphone, annonça-t-il, la bombe est bien là-bas. On a trouvé des traces de radioactivité dans un entrepôt de Queens où l'on suppose qu'elle aurait été cachée pendant quelques heures vendredi dernier.

★

Un autre personnage s'était éclipsé de la salle du Conseil national de sécurité. Le secrétaire à l'Énergie Delbert Crandell courait dans un couloir du sous-sol de l'aile ouest de la Maison-Blanche à la recherche d'une cabine téléphonique. Dès qu'il en trouva une, il composa fébrilement un numéro. Son appel sonna longuement avant qu'une femme finisse par répondre.

— Que t'est-il arrivé ? gémit Cindy Garett d'une voix pâteuse. Je t'ai attendu jusqu'à cinq heures du matin et j'ai fini par avaler deux somnifères.

— Je t'expliquerai plus tard, lâcha Crandell pressé. J'ai quelque chose de très urgent à te demander.

Cindy avait ramené les draps brodés sur ses seins, allumé une cigarette, et calé l'écouteur contre l'oreiller. Cette blonde de vingt-trois ans au nez retroussé était originaire d'une petite ville de l'Alabama qu'elle avait quittée après avoir attendu un enfant de l'adjoint du shérif local. Venue à Washington, elle avait trouvé un emploi de réceptionniste au secrétariat du député de son État. Sa conquête de la capitale avait failli tourner court quand le député en question l'avait découverte, posant nue dans un numéro de *Playboy*. Renvoyée, Cindy n'avait dû son salut qu'à sa rencontre providentielle avec le riche Texan Delbert Crandell qui l'avait installée dans une luxueuse bonbonnière de Washington, à quelques rues de chez lui. Ils allaient passer tous les week-ends à New York où Crandell possédait un superbe appartement.

— Qu'est-ce que tu veux ? demanda-t-elle avec son accent traînant du Sud.

— Que tu prennes la voiture et que tu files tout de suite à New York. Va à l'appartement et...

— Je ne peux pas aller à New York maintenant, grogna-t-elle. J'ai rendez-vous dans une heure pour une épilation.

— Au diable ton épilation ! tonna Crandell. Tu vas faire ce que je te dis ! Et sans perdre une minute ! Tu vois le tableau au-dessus de la cheminée ?

— Le tout-luisant-comme-si-on-avait-pissé-dessus ?

— C'est ça.

Le « tout-luisant » était un Jackson Pollock que les assureurs avaient estimé à trois cent cinquante mille dollars.

— Et celui à gauche de la télévision ?

— Avec l'œil au milieu de la figure ?

— Oui. — Il s'agissait d'un Picasso. — Tu les décroches tous les deux, ainsi que la bonne femme dans la chambre en face du lit — Crandell ne jugea pas nécessaire d'identifier davantage son Modigliani — et tu les rapportes ici. Aussi vite que tu peux !

Crandell entendit un concert de protestations au bout du fil.

— Ferme-la et pars immédiatement !

Il raccrocha aussitôt pour composer un deuxième numéro. Il voulait parler cette fois à son agent immobilier chez Douglas Ellman à New York.

Quelques minutes plus tard, soulagé, il reprenait sa place au milieu de ses collègues du Conseil national de sécurité.

★

L'exiguïté du bureau du maire de New York faisait un bien curieux contraste avec l'immensité de la ville qu'il administrait. Bien des secrétaires dans les silos de verre de Manhattan disposaient de plus d'espace. Assis à sa table en bois de rose, Abe Stern contemplait le portrait de son illustre prédécesseur Fiorello La Guardia, essayant d'étouffer la rage qui bouillonnait en lui. Tout comme le Président, il s'efforçait de s'acquitter des devoirs de sa charge comme en temps normal. Son dernier effort en ce sens avait consisté à recevoir l'essaim bourdonnant des journalistes accrédités à l'Hôtel de Ville et à tenter de leur expliquer la logistique du déblaiement de la neige dans les rues de New York. A peine le dernier reporter sorti, il avait fait entrer le visiteur qui l'attendait. C'était le directeur du budget municipal.

— Que voulez-vous ? avait-il aboyé à l'adresse du timide fonctionnaire.

— Le préfet de police désire mobiliser la totalité des forces de police pour je ne sais quelle affaire urgente, Votre Honneur.

— Eh bien ! Qu'il les mobilise !

— Cela signifie, protesta le directeur du budget, qu'on va être obligé de payer des heures supplémentaires.

— Et alors ? Qu'on les paye !

Stern était au comble de l'exaspération.

— Seigneur Jésus ! Est-ce que Votre Honneur réalise le coup que cela va porter à nos finances ?

— Je m'en fous ! Pour l'amour du ciel, donnez au préfet ce qu'il demande !

— Parfait, parfait, balbutia le comptable en ouvrant son porte-documents, mais dans ce cas, il faut que vous me signiez l'autorisation.

Stern arracha la feuille de papier des mains du fonctionnaire et griffonna son paraphe, tout en secouant la tête d'un air consterné. Le dernier homme sur la terre, le tout dernier sera sûrement un bureaucrate ! songea-t-il.

Dix minutes plus tard, le vieil édile montait en hélicoptère avec l'expert de Washington, Jeremy Oglethorpe, afin d'effectuer une reconnaissance aérienne des voies d'évacuation de New York. Le préfet de police Bannion et le lieutenant Walsh avaient pris place sur la banquette arrière. Dès que les rotors catapultèrent la bulle de plexiglas à travers le ciel, Stern sentit battre son vieux cœur ; sa ville se saisissait de lui. New York était là, sous ses pieds, Babel miroitante au soleil, superbe, vibrante, agressive avec ses tours vertigineuses jaillissant comme des totems, ses trottoirs sur lesquels il distinguait des grouillements multicolores, ses canyons rectilignes charriant leurs flots de taxis jaunes, son ballet aquatique d'embarcations dansant autour de Manhattan dans leur sillage d'écume. Sa ville, sa famille, ses gens, dont il percevait presque la rumeur. Ce n'est pas possible, non, ce n'est pas possible que tout cela disparaisse d'un coup ! La voix de l'expert de Washington l'arracha à sa vision d'horreur.

— Le métro va poser un sérieux problème, annonçait Oglethorpe, à moins que nous ne trouvions un moyen d'évacuer les gens sans leur donner de raison.

— Sans leur donner de raison ? s'égosilla Stern, êtes-vous tombé sur la tête ? Vous ne pouvez rien faire dans cette ville sans donner des explications aux gens. Vous savez comment ça se passe ici ? Si vous voulez mobiliser le métro, il va d'abord falloir avertir le chef du syndicat des conducteurs que ses types doivent faire des heures supplémentaires. « Une urgence », on va lui dire. « Quelle urgence ? » il va nous demander. Puis il va nous dire : « Attendez, il faut que je prévienne mon collègue du syndicat des employés municipaux. » Et lui, il va vouloir avertir son collègue du syndicat des pompiers. Et ainsi de suite. C'est ça New York, monsieur Oglethorpe !

Se faufilant entre les cimes de Wall Street, l'hélicoptère débouchait au-dessus de la pointe de Manhattan.

— La seule solution est alors une évacuation par route, déclara Oglethorpe en regardant les enfants qui se lançaient des boules de neige dans Battery Park. — Il pointa l'index vers le bas. — Mais ici, dans ce coin de la ville, on risque d'avoir de grosses difficultés. Les tunnels routiers du bas de Manhattan n'ont que deux voies. Avec un débit maximal de sept cent cinquante véhicules par heure et par voie, et cinq passagers par véhicule, ça ne fait jamais que sept mille cinq cents personnes par heure.

Oglethorpe soupira, visiblement dépassé par l'ampleur du problème.

— Or, rien qu'ici, il y a un million de gens à déménager ! Il va falloir que la police prenne des mesures draconiennes pour empêcher la panique. Je veux dire, monsieur le Maire, qu'il va falloir que vos policiers soient prêts à tirer sur les gens qui essaieront de resquiller dans les files d'attente.

— Dans ce cas, coupa sèchement le lieutenant Walsh, vous pouvez compter qu'il faudra flinguer neuf habitants sur dix !

L'hélicoptère avait viré et remontait l'Hudson le long du centre de Manhattan.

— Ici, heureusement, ça sera plus facile, poursuivait Oglethorpe, soudain guilleret. Nous avons les six voies du tunnel Lincoln, les neuf du pont Washington, et les douze des deux autoroutes de dégagement vers le nord. Ça nous donne un débit de plus de cent mille personnes à l'heure.

La voix de l'expert s'était enrouée à vouloir couvrir le bruit des rotors. Et pourtant, il s'acharnait, esclave de ses chiffres, de ses statistiques, de toutes les années passées, là-bas à Washington, à chercher sur cartes et ordinateurs les solutions d'un problème impossible.

Abe Stern avait cessé d'écouter. Ce type divague, pensait-il. Il se tourna vers le préfet de police, espérant déceler sur son visage une lueur d'espérance. Mais il ne vit sur les traits de son vieil ami que le reflet de son propre découragement.

— C'est impossible d'évacuer cette ville, n'est-ce pas, Michael ?

— Impossible, Abe.

Bannion contempla le gigantesque entassement de constructions sur l'étroite bande de terre entourée d'eau.

— Il y a trente ans, ou quarante ans, cela aurait peut-être pu se faire, qui sait ? Les gens auraient alors sans doute montré assez de discipline. Tandis qu'aujourd'hui...

Il secoua tristement la tête au souvenir des jours anciens.

— Aujourd'hui, il n'y a aucun moyen d'y parvenir. Nous avons trop changé.

Intarissable, Oglethorpe continuait à débiter les mesures qu'il allait prendre pour organiser l'accès des tunnels et des ponts.

— Taisez-vous ! finit par hurler Abe Stern. Toute cette affaire est pure folie. Nous perdons notre temps. Il est impossible d'évacuer cette ville. Je vais le dire au Président. Nous sommes pris au piège !

Il se pencha en avant et donna une tape sur l'épaule du pilote.

— Fais demi-tour, on rentre !

L'hélicoptère décrivit une arabesque serrée. Le panorama de l'île de Manhattan bascula alors vers le ciel, vision symbolique, songea Abe Stern, du monde cul par-dessus tête dans lequel nous sommes prisonniers.

HUITIÈME PARTIE

*« Fils et filles d'Israël,
cette terre est votre terre »*

La scène qui se déroulait à neuf mille kilomètres de New York offrait une image idyllique de sérénité familiale. Assise au piano à queue de la résidence du Premier ministre d'Israël, Hassia, la plus jeune fille de Menahem Begin, égrenait pour son père les notes cristallines d'une étude de Chopin. Une menorah était posée sur le rebord de la fenêtre. Begin en avait lui-même allumé l'une des sept bougies une heure plus tôt pour marquer le début de la première nuit d'Hanoukka, la fête des Lumières commémorant la reconquête de Jérusalem par Judas Maccabée.

Il était assis dans un fauteuil de cuir, les jambes croisées, le menton dans la main, apparemment absorbé par la musique. Mais, à vrai dire, ses pensées erraient ailleurs, dans un autre univers. Au cœur de la crise qu'affrontait son pays. Ses forces armées étaient en état d'alerte. Il venait d'appeler le gouverneur militaire des territoires occupés et son ambassade à Washington : la Cisjordanie était calme. S'ils étaient au courant de la terrifiante action engagée pour leur compte, les Palestiniens n'en laissaient rien paraître. Même black-out à Washington. Rien n'avait filtré qui pût révéler au public américain la crise en cours. Pis encore : les informateurs

475

attitrés des Israéliens à l'intérieur même de la Maison-Blanche avaient observé le même mutisme.

La jeune pianiste s'interrompit à l'entrée de sa mère dans la pièce.

— Menahem, le Président te demande de Washington.

Hassia vit s'assombrir le visage de son père. Il lui adressa un tendre sourire et s'éloigna d'un pas pesant. Comme il a l'air fatigué, se dit-elle.

Begin gagna son bureau, au bout de la maison, où il avait eu le matin son premier entretien téléphonique avec le chef d'État américain. Il écouta, impassible, le Président lui relater ses difficiles négociations avec Kadhafi, puis lui proposer une solution pour résoudre la crise : les États-Unis offraient à Israël de garantir de leur parapluie nucléaire ses frontières de juin 1967. Le président du Présidium du Soviet suprême avait déjà accepté d'associer l'Union soviétique à cette initiative. En contrepartie, le gouvernement israélien devait annoncer sa décision immédiate de se retirer — forces armées, administration, colonies de peuplement — des territoires occupés, et de les restituer à la juridiction arabe.

Begin avait pâli à l'énoncé de ce marché, mais il était resté parfaitement calme.

— En d'autres termes, monsieur le Président, ce que vous me demandez, à moi et à mon pays, c'est de céder au chantage d'un tyran ?

— Ce que je vous demande, répliqua le Président, c'est seulement d'accepter l'unique solution raisonnable à la crise internationale la plus tragique à laquelle le monde ait jamais eu à faire face.

— L'unique solution raisonnable est celle que les Russes nous ont empêchés d'appliquer ce matin avec ou sans la complicité de votre pays.

Le leader juif avait, comme à son habitude, parlé

d'une voix pondérée, ne trahissant rien du tumulte intérieur qui le poignait.

— Si votre intervention avait été raisonnable, rétorqua le Président, j'aurais été le premier à la proposer d'emblée. Mais ma préoccupation majeure dans cette crise, monsieur Begin, est de sauver des vies humaines. D'empêcher l'holocauste de six millions de New-Yorkais innocents — autant qu'il y eut de Juifs massacrés par les nazis — et de deux millions de Libyens tout aussi innocents.

— Vous rendez-vous compte que vous nous demandez de piétiner les fondements mêmes de notre souveraineté nationale pour céder à une action criminelle sans précédent dans l'histoire et capable, vous-même me l'avez dit ce matin, de détruire les bases de la paix du monde et de l'ordre international ?

— Ma proposition n'empiète nullement sur votre souveraineté, monsieur le Premier ministre ! — Begin devina l'exaspération du Président. — Israël n'a aucun droit de souveraineté sur la Cisjordanie et n'en a jamais eu ! Ces territoires ont été attribués en 1947 par les Nations unies aux Arabes de Palestine en même temps que le peuple juif recevait un État national.

— Je regrette, monsieur le Président, la Judée et la Samarie n'avaient pas à être distribuées par les Nations unies. La foi du leader israélien perçait dans sa voix. — Ces terres ont été données au peuple juif par le Dieu de nos ancêtres, un jour et pour toujours.

— Vous ne pouvez tout de même pas prétendre, vous, un homme d'État responsable du XXᵉ siècle, de l'âge thermonucléaire, régir le monde d'après une incertaine tradition religieuse vieille de quarante siècles !

477

— Cette « incertaine tradition religieuse », comme vous l'appelez, nous a soutenus et nourris, nous a préservés et rassemblés pendant quatre mille ans ! Le droit pour un Juif de s'installer sur cette terre est aussi inaliénable que le droit qu'a un Américain d'habiter New York ou la Californie.

— Le droit de s'installer sur la terre d'un autre peuple ? s'indigna le président américain. Monsieur Begin, vous ne parlez pas sérieusement !

— Je n'ai jamais été plus sérieux, monsieur le Président. En fait, ce que vous voudriez, c'est qu'Israël se soumette à un diktat qu'il réprouve, un diktat qui met en cause le principe même de son existence. Si vous nous forcez à abandonner la Judée et la Samarie pour obéir à un dictateur totalitaire, vous aurez fait du peuple juif à nouveau un peuple d'esclaves, vous aurez détruit notre foi en nous et en notre patrie.

— Ma proposition offre précisément à votre pays ce qu'il réclame depuis si longtemps : la garantie solennelle de sa survie. Loin d'affaiblir votre volonté nationale, elle la renforce.

La façon lente, presque méticuleuse dont parlait le Président révélait à Menahem Begin l'effort qu'il faisait pour rester maître de lui.

— La garantie de notre survie ! Quelle confiance croyez-vous que mon peuple aura dans votre garantie quand il apprendra que l'Amérique, la seule nation qui se dit notre amie, notre alliée, nous aura contraints à agir contre notre volonté, nos intérêts, notre droit à l'existence ? C'est comme si... — Begin hésita une seconde à exprimer ce qu'il avait envie de dire mais ses convictions étaient si fortes qu'il ne put se retenir — ... c'est comme si Franklin Roosevelt nous avait dit en 1939 : « Allez dans les camps nazis. Je me porte garant de la bonne conduite d'Hitler. »

Le Président sentit sa patience l'abandonner. Begin, Kadhafi, il était pris entre deux volontés inflexibles, deux fanatismes religieux.

— Monsieur le Premier ministre, je ne mets pas en question le droit d'Israël à l'existence. Mais le droit d'Israël à poursuivre une politique tendant à annexer la terre d'un autre peuple !

Il y eut une longue pause. Le Président reprit la parole le premier. Sa voix était chaude, presque vibrante.

— Le pacte de protection que je vous propose garantit pour toujours l'existence d'Israël. En renonçant seulement aux territoires arabes que vous avez conquis par les armes en 67, vous allez donner la paix à votre pays et sauver la vie de six millions de New-Yorkais. Si vous deviez toutefois persister dans votre refus, il faut que vous sachiez que je ne laisserai pas mes compatriotes se faire massacrer sans tenter un dernier geste. Et ce sera sans doute l'ordre le plus douloureux que je donnerai dans ma vie. Je vous informe solennellement, monsieur Begin, que si vous n'évacuez pas immédiatement vos colonies de Cisjordanie, les forces armées des États-Unis se chargeront de le faire !

Begin était atterré. Elle éclatait donc au grand jour cette menace de recourir à la force contre Israël qu'il sentait planer depuis le début de son entretien avec le président américain. Une étrange vision jaillit des profondeurs de sa mémoire. Il n'était qu'un tout petit garçon de quatre ans tremblant derrière la fenêtre de sa maison, à Lodz, en Pologne, quand une horde de Cosaques débouchèrent au galop dans son ghetto, faisant tournoyer de grands gourdins comme des sabres, matraquant les têtes et les dos des Juifs, piétinant leurs corps sous les sabots de leurs chevaux.

479

— Monsieur le Président, dit-il, la voix rauque de tristesse, Israël est une démocratie. Je ne peux prendre sur moi ni d'accepter ni de rejeter votre proposition — ou plus exactement votre ultimatum. Seul mon gouvernement en a le pouvoir. Je vais d'urgence réunir un conseil de cabinet et vous communiquerai ses conclusions.

Après avoir raccroché, Begin demanda un verre d'eau à sa femme. Tremblant légèrement, il prit une des pilules prescrites par ses médecins en cas de stress. Il venait de reposer son verre quand le téléphone sonna à nouveau. C'était, cette fois, le ministre de l'Intérieur.

— Ehud, lui dit-il après l'avoir écouté un instant, empêche-les de passer ! On ne peut pas les laisser faire ça. Surtout pas ce soir !

★

La nuit tombe vite en hiver à New York, et le crépuscule de ce lundi 14 décembre enveloppait déjà la ville. Les quatre hommes embusqués derrière la fenêtre du receleur Benny Moscowitz avaient peine à distinguer dans leurs jumelles les traits des clients qui pénétraient dans le Brooklyn Bar & Grill au coin de la rue.

— Merde, grogna Angelo, si ce fils de pute d'Arabe ne se dépêche pas, on va être obligés de coller Benny dans la bagnole avec le carton à Tampax. — Le « carton à Tampax » était un vieux truc utilisé par la police. Il consistait à protéger l'anonymat d'un informateur en se servant comme cagoule d'un carton de boîtes de Tampax, percé de deux trous.

Benny consulta sa montre. Il était presque 5 heures.

— Il devrait arriver, murmura-t-il. Il est toujours là à 5 heures précises.

— J'en connais un qui risque de se faire sonner les cloches si cet Arabe ne se pointe pas, grommela quelqu'un derrière Angelo.

Le policier comprit l'allusion et il se retourna. C'était le directeur adjoint du bureau de New York du F.B.I. qui avait parlé. Son chef, Harvey Hudson, l'avait expédié ici pour diriger l'opération de capture de l'Arabe dès que le P.C. avait été informé des révélations du receleur. Plusieurs autres Feds allaient et venaient devant le bureau de la secrétaire aux faux cils qui battait des pieds en écoutant sur son transistor les chansons du hit parade de la semaine, indifférente au tumulte autour d'elle.

La coopération du receleur avait été totale. Son client arabe qui venait chaque soir boire son *seven and seven* au Brooklyn Bar & Grill, au coin de la rue, était entré en contact avec lui par l'intermédiaire du barman. Il lui avait un jour loué un calibre 38 équipé d'un silencieux qu'il avait rendu le lendemain, sans avoir tiré. Deux jours plus tard, il avait annoncé au receleur qu'il avait besoin de « plastique » de deux bonnes cartes de crédit, « fraîches » surtout, avec les papiers d'identité correspondants. Benny l'avait pris pour un type bourré. Il avait demandé — et obtenu — deux cent cinquante dollars, prix très au-dessus du tarif habituel. Puis le mercredi de la semaine dernière, l'Arabe lui avait demandé un travail « sur mesure » : une carte à voler le vendredi suivant sur un type d'une trentaine d'années, de taille moyenne, le teint mat pas blond. Benny avait extorqué cinq cents dollars pour ce job.

Ces renseignements avaient obligé les responsables du P.C. à réagir vite. Il était en effet improbable que l'Arabe en question ait lui-même loué la

fourgonnette Hertz. Il avait plutôt l'air d'un intermédiaire. Mais lui seul pouvait sans doute conduire
la police à celui qui l'avait louée. Le F.B.I. avait tout
d'abord décidé de cuisiner le barman, mais le préfet
de police et le chef des inspecteurs s'y étaient opposés. Mettre le grappin sur le barman, c'était courir le
risque de « griller » le bar. L'Arabe pourrait
l'apprendre et disparaître. La belle piste débouche-
rait alors sur le vide. Il valait mieux tendre un piège.

Aucun habitué d'Union Street n'aurait pu soupçonner qu'il se passait quelque chose d'insolite ce
soir-là dans la rue. Et pourtant, le quartier était
truffé d'inspecteurs et de Feds. Certains, déguisés
en ouvriers de la compagnie d'électricité Consolidated Edison étaient en train de défoncer l'asphalte au
marteau piqueur. Vêtus de salopettes bleues, ils
allaient à tour de rôle avaler une bière au comptoir
du bar. Une camionnette peinte à l'enseigne d'un
réparateur de télévision de Queens était garée derrière l'établissement. De l'intérieur, quatre agents
surveillaient l'entrée de service du bar. Plus loin,
trois Noirs qui avaient l'air de junkies en quête de
came étaient aux aguets, prêts à bloquer toute tentative de fuite par la 6e Avenue.

A 17 heures et 5 minutes, il n'y avait toujours
aucun signe de l'Arabe. Derrière ses jumelles,
Angelo commençait à s'énerver. Tout aussi impa-
tient, le directeur adjoint du F.B.I. finit par s'adresser au Fed qui montait la garde près du téléphone.

— Appelle le P.C. et dit à Hudson qu'on ferait
mieux de foncer là-dedans et de piquer le barman.

Le Fed était en train de s'exécuter quand le receleur annonça :

— Le voilà !

Il désigna un jeune homme mince vêtu d'une
veste en peau de mouton qui passa sous l'enseigne

482

clignotante de la bière Budweiser et disparut dans le Brooklyn Bar & Grill. A l'intérieur, un « bip » retentit dans le mini-écouteur d'oreille de tous les policiers dissimulés parmi les consommateurs. Ils purent suivre la progression de l'Arabe jusqu'à son tabouret. Trois sièges plus loin, un Fed en col roulé et vieille veste de l'armée, l'air éméché, faisait tourner sa pinte de bière entre ses mains. C'était Jack Rand. Angelo entra dans le bar et fit sans hâte le tour du comptoir. Il s'arrêta derrière l'Arabe qui buvait déjà tranquillement son *seven and seven*. Sans brutalité, mais fermement, il lui enfonça dans les côtes le canon de son calibre 38 en lui collant devant les yeux sa plaque d'inspecteur.

— Police, lâcha-t-il à voix basse. Sors avec moi. On veut te parler.

Avant qu'il ait eu le temps de broncher, Rand et les trois faux ouvriers avaient bondi pour l'encercler.

— Holà ! balbutia l'Arabe, qu'est-ce qu'il y a ?

— On te le dira au commissariat !

★

Comme à l'habitude, la physionomie du général Henri Bertrand était impénétrable. Il fulminait pourtant intérieurement. Depuis plus d'une heure, Paul Henri de Serre examinait les photographies de physiciens et de terroristes arabes étalées sur le bureau du directeur du S.D.E.C.E. Or, il n'avait encore repéré aucun visage familier. Le général ne mettait pas en doute sa bonne volonté. L'homme était prêt à tout pour atténuer les conséquences de ses tribulations libyennes. Pendant le trajet en voiture, Bertrand avait d'ailleurs acquis la certitude qu'il était innocent de toute complicité dans la mort de son collègue Alain Prévost. Cet assassinat, comme la manière dont les Libyens avaient tendu leur piège à Serre lui-même, devait être l'œuvre des services secrets de Kadhafi. Les bougres ont fait des progrès, se dit-il. Peut-être le K.G.B. leur a-t-il donné quelques leçons ? Il faudra vérifier cela dès la fin de notre affaire.

Il se tourna vers l'ingénieur qui étudiait une seconde fois chaque photographie.

— Toujours pas de tête connue ?

— Pas une !

— Merde alors !

La Gitane au coin des lèvres du général avait frétillé. Il était sûr d'avoir bien là, sur son bureau, la totalité des documents disponibles. Pourquoi la C.I.A. ne lui aurait-elle pas transmis tout ce qu'elle possédait ? Quant au Mossad, il lui avait certainement fourni tous ses clichés : Bertrand entretenait depuis près de trente ans les meilleures relations de confiance et d'amitié avec le service de renseignements israélien. Le directeur du S.D.E.C.E. était perplexe. Devrait-il faire établir un portrait-robot du savant palestinien ? Il n'avait guère confiance en ce procédé.

Il cessa d'arpenter son bureau et décrocha son téléphone. L'expérience lui avait appris que c'est parmi les gens qui vous sont les plus proches qu'il faut chercher ceux qui vous cachent quelque chose dans les affaires les plus délicates. Il dut composer plusieurs numéros avant de joindre Paul Robert de Villeprieux, directeur de la D.S.T., qui dînait en ville ce soir-là.

— Dites-moi, cher ami, demanda-t-il à son collègue, vos archives auraient-elles par hasard quelques informations sur des Arabes, probablement des Palestiniens, impliqués dans des histoires nucléaires et qui ne se trouveraient pas dans mes propres dossiers ?

Le silence embarrassé qui suivit fit sourire Bertrand.

— Je crains qu'il ne faille que je vous rappelle, répondit enfin Villeprieux.

— Ne prenez pas cette peine, cher ami. Appelez simplement le secrétaire général de l'Elysée et demandez-lui l'autorisation du président de la République pour que me soit envoyé immédiatement tout ce que vous détenez.

Une demi-heure plus tard, un motard de la rue des Saussaies apportait une mallette au directeur du S.D.E.C.E. Il en sortit une grosse enveloppe cachetée à la cire avec une inscription au feutre rouge : « Le contenu de cette enveloppe ne doit être divulgué qu'avec l'autorisation expresse du président de la République ou, en son absence du territoire national, celle du Premier ministre. » A l'intérieur se trouvait le long rapport, resté secret, sur la tentative infructueuse des Dajani de voler le plutonium de Cadarache et leur expulsion de France.

Bertrand montra à Serre la photographie de Whalid Dajani.

— Est-ce votre homme ?

L'ingénieur blêmit.

— Oui, c'est bien lui.

Bertrand lui tendit alors la photographie de Kamal.

— Et lui ?

Serre examina attentivement le portrait.

— Il me dit quelque chose... Il me semble l'avoir aperçu dans le laboratoire d'extraction.

— Et elle ?

Bertrand lui avait passé la photographie de Leila.

— Non. Il n'y avait jamais de femmes avec nous.

Le directeur du S.D.C.E. se précipita sur son téléphone.

— Préparez une ligne belino avec Langley[1], odonna-t-il, et prévenez notre ami Whilehead que les photos des personnes qu'il recherche sont en route pour Washington.

★

Aucun sociologue n'aurait pu rassembler un échantillonnage plus représentatif de la société israélienne que la foule disparate qui accourait dans la nuit complice vers le mur des Lamentations de Jérusalem. Il y avait des professeurs de physique du Technikon d'Haïfa, des dockers yéménites du port d'Ashdod, des charpentiers de Nazareth, des tailleurs de diamants de la rue Dizzengoff de Tel-Aviv, des paysans des kibboutzim du Néguev et de Galilée. Il y avait un chanteur folklorique, une autorité mondiale sur le cancer de la lymphe, un pilote et deux hôtesses de la compagnie nationale israélienne El Al. Il y avait même un ancien ministre de Ben Gourion. Ils convergeaient de tous les coins d'Israël, portant des sacs à dos, de modernes valises Samsonite ou de vieilles cantines attachées avec des cordes, des guitares, d'antiques menorahs, des pelles et des pioches. Les uns arrivaient à pied, d'autres en voitures particulières, d'autres encore à bord des autobus rouges de la compagnie Egged, ou dans les camions de leur kibboutz.

Ils appartenaient tous au *Gush Emonim*, le « Bloc de la Foi », ce mouvement dont les militants avaient essaimé leurs colonies « sauvages » à travers les territoires pris par Israël à la Jordanie pendant la guerre

1. Siège du Q.G. de la C.I.A.

486

de 1967. Une passion commune les rassemblait, le même désir ardent que s'accomplisse la promesse de Dieu à Abraham : « Je te donnerai, à toi et à ta postérité après toi, la terre où tu es aujourd'hui un étranger, la terre de Canaan. »

Fondé au lendemain de l'amère victoire de Kippour, en 1973, le Bloc avait groupé sous sa bannière une nouvelle génération et un nouveau style de sionistes, certains venus de l'étranger, nombre d'entre eux jouissant de situations confortables, mais tous décidés à réinsuffler dans l'âme d'Israël un esprit de pionnier, perdu, croyaient-ils. Qu'importe que le monde entier, les Arabes, voire la plupart de leurs compatriotes, aient condamné leur action et jugé illégales leurs colonies : les hommes et les femmes profondément religieux du Gush Emonim se considéraient comme les enfants de la Rédemption, accomplissant par la récupération de chaque parcelle de leur ancien patrimoine le commandement le plus sacré de leur religion.

Leur colonne franchit la porte de Jaffa, passa sous les murs crénelés de la tour de David et entra dans la Vieille Ville. Dans l'ignorance totale de l'ultimatum libyen qui menaçait New York et leur pays, ils s'apprêtaient à lancer l'une de ces opérations éclairs qui les avaient rendus célèbres. Chaque détail en avait été soigneusement calculé afin d'obtenir le maximum d'impact politique, émotionnel, publicitaire. Son nom de code, c'était l'antique injonction du prophète Osée au peuple juif : « *Shuvah Israel.* » — « Retourne chez toi, ô Israël. » Le choix de l'heure, minuit, avait été décidé pour rappeler à ces hommes et à ces femmes l'exemple de leurs ancêtres qui, dans l'histoire de la Palestine, avaient surgi des ténèbres pour aller implanter des colonies sur la terre de leurs pères. En une seule nuit, l'opération

487

« Shuvah Israel » allait ajouter quatorze nouveaux points de peuplement à travers les territoires arabes occupés.

Cette opération avait pour point de départ le mur occidental du temple de Salomon, le mur des Lamentations, symbole mystique vers lequel s'étaient tournés les Juifs, pendant les deux mille ans de la Dispersion, pour rechercher espoir et consolation.

Le responsable de « Shuvah Israel », Yaacov Levine, conduisit sa jeep jusqu'au centre de l'esplanade. Avec sa haute stature, sa chevelure finement bouclée, son front dégagé et son long profil rectiligne, il ressemblait à un guerrier assyrien sur un bas-relief de l'ancienne Babylone. A trente-deux ans, il était déjà une figure de légende. Il avait vu le jour en avril 1948 dans le kibboutz de Kfar Etzion, au sud de Jérusalem, peu avant que celui-ci ne tombât, submergé par la Légion arabe au cours de la guerre d'indépendance d'Israël. Ramassé dans les ruines par un soldat bédouin, il avait été rendu aux Israéliens et élevé dans un autre kibboutz. Pendant la guerre de 1967, Levine, alors âgé de dix-neuf ans, avait conduit une compagnie de parachutistes à la reconquête du kibboutz où avaient péri ses parents. Il était l'un des chefs du Bloc de la Foi.

A ses côtés se trouvait Ruth Navon, la secrétaire adjointe du mouvement, grande fille dont la gracieuse silhouette, les traits fins, la longue chevelure dorée n'étaient pas sans rappeler le physique de Catherine Deneuve. A la différence de Levine, Ruth n'était pas native d'Israël. Elle était née en Algérie française où elle avait été élevée dans l'atmosphère de peur et de violence de la guerre.

Tandis que les colons se rassemblaient autour de lui, Levine brancha les fils d'un haut-parleur portatif aux accus de sa jeep. Soudain, quelqu'un se mit à souffler dans un *shofar*, la corne de bélier avec laquelle les prêtres de Josué avaient fait s'écrouler les murailles de Jéricho. La foule salua d'une clameur l'antique plainte dont l'écho fit le tour de l'esplanade. Une farandole de kibboutznikim en jeans et sandales, battant des pieds à la joyeuse cadence d'une *hora*, approcha alors de la jeep. Au centre du cercle tournoyant avançait, coiffé d'un chapeau rond à large bord, un frêle vieillard emmitouflé dans une redingote noire élimée. Il allait d'un pas hésitant, poussant une pantoufle devant l'autre d'une démarche saccadée, soutenu par deux jeunes militants dont la carrure le faisait paraître encore plus fragile. Sa longue barbe hirsute s'agitait au rythme de ses marmonnements reconnaissants. Il faisait penser au survivant égaré d'un monde à jamais disparu dans les chambres à gaz de Treblinka et d'Auschwitz, à l'aimable patriarche d'un ghetto d'Europe centrale, allant à la fin du jour dispenser sagesse et réconfort à ses petits-enfants.

Le rabbin Zvi Yehuda Kook était tout sauf cela. Ce n'était pas Menahem Begin, ni Ariyeh Sharon, ni Moshe Dayan, ni aucune des figures légendaires de l'Israël moderne qui commandait l'action des colons du Gush Emonim. C'était ce rabbin nonagénaire, invraisemblable héraut du judaïsme militant, successeur des guerriers vengeurs de l'Ancien Testament, où il avait trouvé la source et la justification de sa vision messianique. C'était lui le fondateur, la force spirituelle animant ce mouvement ; lui qui avait envoyé par milliers ses adeptes revendiquer la possession des territoires arabes ; lui qui avait donné forme à la philosophie au nom de laquelle ils avaient mis en danger la paix de leur pays et du monde, défié les voisins arabes d'Israël, trois présidents des

489

États-Unis et la direction collégiale de l'Union soviétique.

Le rabbin Kook avait découvert son message prophétique dans les pages vénérables des Talmuds de Babylone et de Jérusalem et les écrits des prophètes et des sages d'Israël auxquels il avait consacré toute une vie d'étude. Comme la plupart des idées susceptibles d'enflammer les foules, la sienne puisait sa force dans son extrême simplicité. Dieu avait choisi le peuple juif pour qu'il révèle, par la prophétie, Sa nature et Son œuvre à l'humanité. Il avait donné à Abraham et aux enfants d'Israël le pays de Canaan, afin de consacrer la nature du lien privilégié qui les unissait, afin d'épanouir l'âme juive et fournir au peuple de Dieu les nourritures spirituelles et terrestres dont il aurait besoin pour accomplir la tâche qui lui était assignée.

Le vieil homme inspiré considéra les visages extatiques autour de lui. Il se sentait animé par le souffle des prophètes, la flamme de ceux qui avaient assumé, comme lui-même aujourd'hui, la terrible responsabilité de conduire le peuple juif sur les voies obscures et difficiles que Dieu avait tracées pour lui.

— Fils et filles d'Israël, mes frères et mes sœurs, s'écria Kook dans le mégaphone que Levine tenait pour lui, vous allez accomplir cette nuit, au nom du peuple juif tout entier, l'un des devoirs les plus sacrés de notre foi. Après deux mille ans d'absence, vous allez consacrer notre retour sur de nouvelles parcelles de la Terre sainte léguée par Dieu à nos pères.

Il s'arrêta pour reprendre souffle.

— Ne laissez personne vous tromper ou vous égarer. Cette terre est VOTRE terre. Ceux qui s'y étaient installés l'ont fait en usurpant vos droits. — Il leva une main parcheminée en direction de la

Samarie. — Il faut que l'on sache une fois pour toutes qu'il n'existe là-bas ni terre arabe ni territoire arabe. C'est la terre d'Israël, l'éternel héritage de nos pères. Même si d'autres sont venus s'y installer en notre absence, nous n'avons jamais renoncé à nos liens ni à nos droits sur elle, nous n'avons jamais cessé de dénoncer l'emprise cruelle, illégitime que des étrangers ont imposée à notre sol !

Le vieux prophète s'interrompit à nouveau. La vision de ce vieillard usant ses dernières forces à exhorter ses disciples à accomplir son rêve sacré avait bouleversé l'assistance. Pour Levine, le rabbin Kook semblait être cette nuit « l'envoyé du Messie venu enfin annoncer la résurrection d'Israël ».

— Laissez ceux qui veulent imposer une paix chimérique au Proche-Orient nous combattre, reprit le vieux rabbin. Méditez la parole du prophète Ezéchiel : « Je vous débarrasserai de ceux qui se révoltent et se rebellent contre moi ! Je les chasserai de la terre qu'ils ont usurpée et ils ne remettront plus le pied au pays d'Israël ! » Si nos ennemis veulent la paix au Proche-Orient, qu'ils respectent d'abord la loi divine ! Fils et filles d'Israël, s'époumona-t-il, partez faire triompher le droit ! — Il leva les bras. — Partez vous couvrir de gloire ! Partez au nom de tous nos frères dispersés ! Vous êtes cette nuit les instruments de la volonté de Dieu, les véhicules de Sa prophétie !

Comme le vieil homme se laissait doucement choir sur le siège de la jeep une vibrante clameur s'éleva de la foule. Les appels stridents du sifflet de Yaacov Levine expédièrent alors les colons à leurs véhicules.

Tandis que la caravane guidée par Levine et Ruth quittait les antiques murailles de Jérusalem pour s'enfoncer dans la vallée du Cédron deux jeunes

491

officiers de l'armée israélienne alertaient par radio le
P.C. de leur unité. L'un d'eux questionna son
camarade :

— Tu sais où nos forces les attendent ?

— Juste avant Jéricho.

★

Il est en retard ! s'impatientait Leila Dajani en
sentant des dizaines de regards collés à elle comme
des sangsues. Il était 7 heures et demie du soir et la
12ᵉ Rue-Ouest était livrée à une faune de loubards
issus tout droit d'*Orange mécanique* et d'homosexuels ceinturés et bottés de cuir s'offrant pour un
sandwich ou une dose de came.

Leila aperçut enfin son frère Kamal qui sortait
d'une pizzeria, sa casquette à carreaux enfoncée
jusqu'aux oreilles, le col de son blouson de cuir
remonté, un carton plein de pizzas sous le bras.
Kamal se glissa à côté de sa sœur et ils commencèrent à descendre la 12ᵉ Rue-Ouest.

— Tout va bien à Dobbs Ferry ? demanda-t-il.

Leila opina de la tête.

— Sauf que Whalid s'est remis à boire. Il s'est
acheté du whisky ce matin.

— Laisse-le boire ! ricana son frère. Il ne peut
plus nous emmerder maintenant. Il est sans doute
soulagé de ne plus avoir à contempler son jouet...

Kamal regardait les étalages des sex-shops devant
lesquels s'agglutinait la foule silencieuse des petits
employés des gratte-ciel de Manhattan. Son regard
accrocha les yeux charbonneux d'une adolescente
en mini-jupe qui proposait son corps émacié dans
l'ombre d'une porte de bar. Il lui décocha un sourire. Il l'avait eue quelques instants plus tôt pour
vingt-cinq dollars. Un coup à la sauvette machinal

en violation de toutes les règles de prudence apprises à Tripoli. C'est peut-être la dernière fois, s'était-il dit, en se jetant sur elle comme une bête.

Décidément, je hais cette ville, songeait-il en marchant. Ce ne sont pas les Juifs d'Israël que je hais, ce sont les Américains... repus, arrogants, ces gens qui donnent de perpétuelles leçons au monde... qui se prennent pour la conscience de l'univers. — Il cracha. — Pourquoi les vomissons-nous tous ? — Aussi bien les types de la bande à Baader qu'il avait connus en Allemagne, que ses amis des Brigades rouges italiennes, que les Iraniens, que les étranges petits Japonais avec lesquels il s'était entraîné en Syrie. — Qu'y a-t-il en eux qui nous les rende si détestables ?

— Que fais-tu ce soir ? demanda-t-il tout à trac à sa sœur.

— Rien de spécial. J'ai pris une chambre au Hilton. Je n'en bougerai plus jusqu'à demain. Jusqu'au moment de venir te chercher.

— Parfait !

Descendant toujours la 12e Rue-Ouest, ils passèrent devant une quincaillerie située au no 74.

— Quelle heure indique ta montre ?

— 7 h 36.

— Je te retrouverai ici à 11 heures du matin demain. Si tu n'es pas là, je reviendrai à 11 h 10, puis à 11 h 20. Si tu n'es toujours pas là je rejoindrai le refuge par mes propres moyens.

Kamal posa ses mains sur les épaules de sa sœur.

— Mais, pour l'amour du Ciel, s'il arrivait quelque chose et que tu veuilles me prévenir au garage, arrange-toi pour que je sois sûr que c'est bien toi. Parce qu'à partir de ce soir, au moindre bruit suspect, je déclenche le système d'explosion automatique.

Il serra l'épaule de sa sœur.

— *Ma Salameh*, dit-il, tout ira bien. Inch Allah !

Et il disparut dans la foule, pour sa dernière nuit de veille au milieu des rats, à côté de sa bombe plantée au cœur de la ville qu'il voulait tant détruire.

★

— Couche-toi là, baby !

Le proxénète Enrico Diaz s'était affalé sur les draps de soie dorée la tête et les épaules appuyées contre le mur de laque noire, les jambes écartées, les plis satinés de sa djellaba lui tombant aux chevilles. Grâce à la poudre qu'il venait de renifler, il flottait délicieusement en apesanteur nirvanesque.

Deux de ses filles se prélassaient sur un coin du lit partageant l'extase d'un joint dont l'odeur âcre se mêlait à celle de l'encens cinghalais qui se consumait dans les brûle-parfum de bronze fixés au mur. Sa troisième fille, Anita, était agenouillée à ses pieds telle une suppliante devant son grand prêtre. C'était une longue et mince créature d'une vingtaine d'années, originaire du Minnesota, dont la chevelure blonde tombait en désordre sur les épaules. Elle se glissa près de lui. Ses lèvres étaient figées dans une moue boudeuse qui lui donnait un petit air de Marilyn Monroe. Elle portait un pantalon disco ultracollant vert émeraude que Rico lui avait offert — avec l'argent de ses passes — et un de ces soutiens-gorge de dentelle noire sans bretelles qu'elle faisait sauter d'une pichenette devant ses clients impatients.

— Sais-tu ce que ton homme a fait pour toi aujourd'hui ? lui demanda Rico.

Anita secoua la tête.

— Il a racheté tes cinq années dans le trou.

— Darling, tu...

— Ouais. J'ai vu un mec. J'ai fait retirer la plainte.

Anita allait se jeter dans les bras de son homme lorsqu'il se redressa. Il la saisit par les cheveux et la fit basculer en arrière.

— Espèce de conasse, je te l'avais pourtant bien dit de ne jamais braquer les clients !

— Rico ! tu me fais mal, gémit Anita.

Le souteneur tira davantage.

— Je ne veux pas que les flics viennent renifler autour de mes filles ! Tu as compris !

Rico glissa une main sous le matelas et en sortit un couteau à cran d'arrêt. Anita frémit à la vue de la lame étincelante qui jaillit dans la pénombre. Avant qu'elle ait eu le temps de faire un geste, Rico fit siffler la lame au ras de son visage.

— Je devrais te taillader les lèvres !

Une balafre au rasoir sur la bouche était la vengeance traditionnelle d'un proxénète contre une fille qui a enfreint les consignes.

— Mais j'ai une autre idée...

Il laissa tomber le couteau et d'un mouvement lent, il remonta le pan de sa djellaba, centimètre par centimètre, jusqu'à découvrir son membre déjà dressé au bas de son ventre. Il maintenait toujours la fille par les cheveux.

— Et maintenant, petite salope, dit-il en secouant violemment la tête d'Anita, tu vas dire à ton seigneur combien tu regrettes de l'avoir tant dérangé !

A cet instant précis retentit la sonnette de la porte d'entrée.

Rico devint livide à la vue des deux individus en treillis kaki et béret noir qui se tenaient dans l'embrasure. Le plus grand désigna l'escalier de la tête.

— *Vamonos*, aboya-t-il, *hay trabajo !* — Viens, il y a un boulot à faire !

★

A Jérusalem, l'aube du mardi 15 décembre commençait à poindre derrière les clochers du mont des Oliviers. Les yeux mi-clos derrière ses épaisses lunettes, Menahem Begin écoutait d'un air las le torrent d'imprécations qu'échangeaient depuis une heure les membres de son gouvernement. Comme il s'y attendait, la menace du président américain avait déchaîné la pire tempête qu'eût jamais connue la salle du conseil, un orage plus violent que tous les débats qui avaient précédé la guerre des Six Jours, plus hargneux que les récriminations au lendemain de la guerre de Kippour, plus passionné que les discussions qui avaient abouti au raid d'Entebbe. Laissant les propos enflammés s'entrechoquer autour de lui, Begin essayait de dénombrer ses partisans parmi les quatorze personnages qui partageaient avec lui la responsabilité de gouverner Israël. Comme prévu, la réaction la plus brutale à la menace américaine était venue du ministre de la Construction Benny Ranan.

L'ancien parachutiste s'était levé. Brassant l'air de ses poings de boxeur, il réclamait une mobilisation immédiate et totale des forces de défense israéliennes pour s'opposer à toute intervention américaine sur le sol national. Son supporter le plus ardent était le rabbin Orent, représentant du parti religieux. Union étrange mais combien symbolique : le croyant mystique et l'athée indifférent, la synagogue et le kibboutz, l'homme de la Bible, attaché à cette terre parce que Dieu l'avait donnée à ses pères, et l'homme de l'épée, obsédé par la sécurité de son peuple. Alliance, songeait Begin, qui incarne la force d'Israël !

A sa surprise, le partisan le plus acharné d'un

compromis avec les Américains était le ministre de l'Intérieur, Ehud Nero, un faucon que l'opinion publique avait toujours associé aux décisions les plus extrémistes du gouvernement. D'après lui, il fallait saisir cette occasion d'arracher aux Américains et aux Soviétiques des garanties qui mettraient pour toujours Israël à l'abri de toutes menaces. Cela permettrait de réduire l'écrasant fardeau du budget de la défense qui menait le pays à l'abîme, plus sûrement que Kadhafi et sa bombe !

Le vice-Premier ministre, l'archéologue chauve Jacob Shamir, et le ministre de la Défense, l'ancien commandant en chef de l'aviation Ariyeh Salamon, étaient d'avis de rechercher une voie intermédiaire. La décision à prendre était d'une telle gravité, avait exposé Shamir, qu'il fallait inviter les leaders de l'opposition travailliste à participer à leur débat afin que le choix final soit déterminé par un consensus national. Begin n'avait aucune intention de se laisser attirer dans ce piège, conscient qu'il y perdrait à coup sûr la maîtrise de la situation.

Encore sous le coup de la déception d'avoir vu son attaque contre la Libye annulée au dernier moment, le général Yaacov Dorit, commandant en chef des forces de défense, restait quant à lui sur une prudente expectative. Mais Begin était convaincu qu'en bon militaire, il se montrerait, le moment venu, résolu à résister aux Américains. C'était donc sur cinq voix que pouvait compter le Premier ministre pour s'opposer à l'ultimatum de Washington : celles du parachutiste Ranan, du rabbin Orent, des ministres des Finances, des Affaires étrangères et de l'Éducation. Contre, il y avait le ministre de l'Intérieur Nero, celui de la Justice, et celui de l'Énergie et du Commerce, tous trois, nota Begin avec amertume, membres de son propre

497

parti, ainsi que les ministres des Communications et du Travail appartenant au parti réformiste. Shamir et Salamon ne s'étant pas prononcés le gouvernement était désespérément divisé.

Begin s'éclaircit la voix pour attirer l'attention du Conseil. D'une mise aussi stricte que de coutume, veston boutonné, nœud de cravate bien en place, pochette de revers soigneusement pliée, il restait aussi calme, aussi maître de lui qu'à l'aube, lors du premier coup de téléphone du président des États-Unis.

— Je tiens à rappeler à chacun d'entre vous notre responsabilité fondamentale envers le pays et l'Histoire : nous devons rester unis. Chaque fois que les Juifs ont permis à nos ennemis ou à nos amis de nous diviser, les conséquences ont été catastrophiques.

L'apparition d'un de ses gardes du corps interrompit le Premier ministre.

— Excusez-moi, Menachik, annonça-t-il avec cette familiarité israélienne qui horrifiait Begin on demande d'urgence le général Dorit au téléphone.

— Nos forces n'ont pas réussi à arrêter tous les colons partis cette nuit de Jérusalem, déclara Dorit à son retour.

Tout le monde connaissait l'habileté avec laquelle les militants du Gush Emonim échappaient à leurs poursuivants. « L'obscurité, les circonstances... », déplora Dorit. Il n'avait pas besoin d'en dire davantage. Le gouvernement savait que la chasse aux colons n'était pas une tâche propre à galvaniser le zèle des conscrits de l'armée israélienne.

Begin se raidit, contenant mal sa colère.

— Général, l'incapacité de nos forces à neutraliser l'opération de cette nuit est dramatique ! Dans quelques heures, les colons vont se regrouper et clamer leur victoire à tous vents. Kadhafi ou les Américains n'auront nul besoin d'un autre prétexte pour passer à l'action !

— Il faut agir d'urgence ! renchérit vivement le ministre de l'Intérieur. Ces fanatiques mettent la patrie en danger. Je demande au gouvernement d'ordonner aux forces de défense de procéder à l'expulsion immédiate de toutes les colonies implantées dans les territoires occupés. La démonstration publique d'une telle mesure devrait permettre aux Américains d'engager une négociation avec Kadhafi et d'obtenir l'annulation de son ultimatum contre New York. On verra ensuite s'il est possible de trouver les termes d'un accord auquel nous pourrions souscrire.

Begin se tourna vers le commandant des forces de défense.

— Général, peut-on compter sur l'armée pour évacuer ces colonies par la force ? Toutes ces colonies ?

— Donnerez-vous à nos unités les raisons de l'opération ?

Begin haussa les sourcils, l'air perplexe.

— Parce que si vous leur dites la vérité, reprit le général, elles refuseront d'obéir. Notre armée est l'expression de la majorité et, quel que soit le sentiment de la majorité envers ces colonies, personne n'acceptera dans ce pays que nous partions en guerre contre des Juifs. Pas même pour sauver New York !

— Et si nous ne donnons pas le véritable motif ?

Embarrassé, Dorit haussa les épaules.

— Même dans ce cas, nous ne serions pas plus assurés de l'obéissance de nos troupes...

Étrangement, Begin en parut presque soulagé. Il dévisagea le ministre de l'Intérieur.

499

— Vous voyez, mon pauvre Ehud, même si nous le voulions, nous ne pourrions probablement pas capituler devant la menace de Kadhafi. Nous risquerions d'entraîner notre pays dans une guerre civile.

Il avait enlevé ses lunettes et tripotait leur monture tout en parlant.

— Je sais que l'on va m'accuser de me laisser prendre moi aussi au mythe de Massada. Mais je crois sincèrement que nous n'avons pas le choix. Nous ne devons céder ni à Kadhafi ni aux Américains !

— Les Américains bluffent, gronda Ranan. Jamais ils n'oseront venir jusqu'ici. Et s'ils osent, on les passera à la moulinette !

Begin le considéra d'un air glacial.

— J'aimerais penser comme vous, mais hélas je crains que vous ne soyez bien optimiste.

Se tournant vers Dorit, il poursuivit :

— Mais j'exige que nous fassions un geste symbolique et que nos forces expulsent, s'il le faut manu militari, le P.C. des colons en Samarie, la colonie d'Elon Sichem. C'est là que résident tous les chefs du mouvement. L'initiative qu'ils ont prise hier soir constitue une provocation intolérable dans les circonstances actuelles. Demandez à notre ambassade de prévenir les Américains de cette décision. Cela désamorcera peut-être une action de leur part.

★

Pas possible, ils doivent se figurer que je leur amène Khomeiny en personne ! s'étonna Angelo Rocchia en poussant hors de la voiture l'Arabe qu'il venait d'arrêter dans le bar de Brooklyn. Au gratteciel de Federal Plaza, plusieurs Feds, le doigt sur la détente de leur revolver au fond de la poche, s'étaient précipités autour des deux hommes pour les escorter jusqu'à l'ascenseur réservé au F.B.I. Angelo put alors examiner à loisir son prisonnier. C'était un homme d'une trentaine d'années, plutôt chétif, avec une épaisse tignasse d'un noir luisant, une moustache masquant de petites lèvres efféminées et un menton fuyant.

Quentin Dewing, le préfet de police Bannion, Salisbury de la C.I.A., Hudson, Al Feldman, toutes les huiles étaient là, sur le palier, quand les portes s'ouvrirent au 26e étage. Pendant une seconde, Rocchia se prit pour une vedette allant recevoir un oscar.

— Beau travail ! lui lança le préfet. C'est le premier succès !

Dès qu'on eut relevé ses empreintes digitales et qu'on l'eut photographié sous tous les angles, l'Arabe, qui avait déclaré s'appeler Mustapha Kaddourri, fut conduit dans la salle d'interrogatoire du F.B.I. De moelleuses moquettes en recouvraient le sol. La place réservée au suspect était un profond canapé bleu nuit tapissé de coussins. Sur une table basse design, étaient disposés des journaux, des cigarettes, une cafetière et des tasses. Faisant face au canapé se trouvaient deux fauteuils pour les personnes chargées de l'interrogatoire. Cette ambiance raffinée était destinée à détendre et désarmer ceux que l'on voulait cuisiner.

Le moindre bruit, le grattement d'une allumette, un soupir, étaient automatiquement enregistrés par des micros ultrasensibles dissimulés dans les accoudoirs des sièges. Aux murs, des aquarelles cachaient les objectifs d'une batterie de caméras. Sur la cloison opposée au canapé, un gigantesque miroir : c'était en réalité une glace sans tain. Au-delà, se trouvait une cabine de contrôle d'où une vingtaine de personnes pouvaient voir et entendre tout ce qui se passait dans la salle d'interrogatoire. Son arrestation de l'Arabe conférait à Angelo Rocchia le droit d'y prendre place. Fasciné, il scrutait les visages autour de lui.

— Dites, chef, murmura-t-il en désignant discrètement une fille brune en pull-over et pantalon, qui est cette nana ?

— Services secrets israéliens, chuchota Feldman. Mossad.

Libéré de ses menottes, l'Arabe s'était assis tout au bord du canapé. Deux Feds s'agitaient autour de lui, plus soucieux, s'indignait Angelo, de s'assurer de son confort que de lui extorquer en vitesse ce qu'il savait. Quand il crut que l'interrogatoire allait enfin commencer, le New-Yorkais vit l'un des Feds sortir de sa poche une feuille cartonnée qu'il présenta à l'Arabe.

— Ils sont dingues ! gronda-t-il dans l'oreille de Feldman. Nous tenons un type qui peut nous mener au baril et ces enfoirés lui montrent cette putain de carte !

Feldman eut un haussement d'épaules résigné. La « carte » était le document imprimé que portaient sur eux les inspecteurs et les agents du F.B.I. Elle avait pour objet de rappeler à tout individu tombé aux mains de la police les droits civiques dont il pouvait se prévaloir. Ainsi l'Arabe avait la faculté d'exiger la présence d'un avocat avant de répondre à quelque question que ce fût. L'atmosphère de la cabine de contrôle s'était brusquement tendue. Chacun sentait que tous les efforts pour trouver la bombe risquaient d'achopper là. Si l'Arabe réclamait un avocat, des heures s'écouleraient peut-être avant qu'on puisse l'interroger, et des heures encore avant qu'on

502

puisse lui mettre marché en main et obtenir des aveux en échange de sa libération.

L'Arabe repoussa la carte : il n'avait pas besoin d'avocat. Il n'avait rien à dire.

Un jeune Fed fit alors irruption dans la cabine de contrôle.

— Il est déjà fiché chez nous ! annonça-t-il triomphalement.

Ses empreintes digitales avaient été transmises au quartier général du F.B.I. à Washington où la mémoire de l'ordinateur de la Sûreté fédérale les avait comparées aux centaines de milliers d'empreintes de tous les individus arrêtés aux États-Unis pendant les dix dernières années. Puis, elles avaient été envoyées à Langley où l'ordinateur de la C.I.A. gardait en mémoire celles de tous les terroristes palestiniens fichés dans les archives des principaux services de renseignements du monde. Trois minutes après les avoir ingérées, la machine avait fait « tilt » et communiqué la fiche signalétique de l'Arabe.

Il s'agissait d'un certain Nabil Suleiman né à Bethléem en 1951, appréhendé pour la première fois par les Israéliens en 1969 à la suite d'une manifestation organisée par les élèves du collège arabe de Jérusalem. En 1972, il avait à nouveau été arrêté pour port d'arme et condamné à six mois de détention. A sa libération, on perdait sa trace pendant un an, disparition que le Mossad devait par la suite attribuer à un séjour dans l'un des camps d'entraînement du F.P.L.P. de Georges Habache au Liban. En 1975, il avait été identifié comme l'un des deux terroristes qui avaient placé une charge explosive dans un panier à provisions au marché Mahane Yehuda de Jérusalem. Trois vieilles femmes avaient été tuées et dix-sept autres personnes blessées dans cet attentat. Depuis, le dénommé Nabil Suleiman s'était évanoui dans la nature.

— Avez-vous vérifié auprès du Département d'État et du Bureau de l'immigration ? demanda Dewing, en comparant l'homme dans la salle d'interrogatoire à la photographie agrafée à la fiche.

— Oui, monsieur, répondit le jeune Fed. Ils n'ont aucune trace de cet individu. C'est un clandestin.

Dans la salle d'interrogatoire, l'Arabe avait tout de même accepté de dire où il habitait : Century Hotel, 844 Atlantic Avenue, Brooklyn.

— Envoyez vite deux gars là-bas, ordonna Hudson.

L'indication de son adresse était manifestement la seule information que le Palestinien avait l'intention de donner. Les yeux baissés, il se mura dans une expression d'hostilité méprisante.

Angelo l'observait attentivement. C'est un dur, se disait-il. Un type qui s'est farci les camps de fedayins et qui vient foutre des bombes en Israël, c'est sûrement pas une lope. Si les Feds croient qu'ils vont le faire fondre avec leurs beaux coussins et leur café, ils se mettent le doigt dans l'œil ! Rocchia n'avait pas encore digéré l'humiliation que Rand lui avait infligée chez Benny, le receleur. Il se rapprocha de Feldman.

— Chef, débrouillez-vous pour que je puisse rester seul dix minutes avec lui. Après tout, c'est quand même moi qui l'ai cravaté, non ?

Cinq minutes plus tard, Angelo s'installait à la place des deux Feds en face de l'Arabe. Feldman avait dû faire intervenir le préfet pour que les patrons du F.B.I. consentent à lâcher leur proie, fût-ce momentanément, à un vulgaire inspecteur new-yorkais. Dans la cabine de contrôle, la tension était à son comble. Angelo sentait tous les regards braqués sur lui. S'il échouait, les Feds ne lui feraient pas de cadeau, il le savait. Malgré l'urgence, il décida pourtant de prendre son temps. Adressant à l'Arabe un sourire paternel, il sortit son sac de cacahuètes.

— Sers-toi, l'ami.

Fermé comme une huître, le petit, songea-t-il, en voyant la tignasse noire s'agiter d'un coup sec. Angelo se renversa en arrière et goba tranquillement plusieurs cacahuètes.

— Tu sais, Nabil, t'as pas besoin d'un avocat pour manger des cacahuètes.

Il avait assené le prénom comme un coup de matraque. Il vit l'Arabe tressaillir. Angelo s'enfonça encore plus dans son fauteuil et grignota lentement le reste de ses cacahuètes afin de lui donner le temps de méditer sur le fait que sa véritable identité était connue. Puis il se pencha en avant.

— Tu sais, nous autres flics, nous n'avons pas tous les mêmes méthodes.

Il parlait de la même voix un peu sourde, confidentielle, qu'il avait utilisée sans succès avec le receleur.

— Les Feds ont la leur. Moi, j'ai la mienne. Moi, tu vois, je joue toujours franc jeu avec un type. Je le mets tout de suite au parfum.

— Ne vous fatiguez pas, grinça l'Arabe, je ne parlerai pas.

— Parler ? s'esclaffa Angelo. Mais qui t'a demandé de parler ? Écoute ! Je te demande seulement d'écouter.

Il déboutonna son veston et passa nonchalamment les pouces dans les entournures de son gilet.

— Bon, faisons le point : on t'a pincé pour recel de marchandises volées. A cause de ce paquet de cartes de crédit volées que Benny Moscowitz t'a

505

vendues vendredi pour cinq cents tunes... — Angelo s'interrompit et envoya un sourire amical à l'Arabe. — A propos, petit, t'as payé beaucoup trop cher. Ça valait deux cent cinquante, pas plus.

Il se serait adressé à un mannequin de cire qu'il n'aurait pas eu plus de réactions.

— Mets-toi bien dans ta petite tête que tu vas en choper pour un minimum de trois ans ! Ça dépendra du juge. Mais moi, que tu ailles en tôle ou non, je m'en fiche. Ce qui m'intéresse, moi, c'est uniquement de savoir à qui tu as remis ces cartes.

— Je vous répète que je n'ai rien à vous dire, insista l'Arabe, toujours avec la même hargne.

— D'accord, l'ami. T'es pas obligé. T'as lu tout à l'heure quels sont tes droits.

La voix d'Angelo se faisait rassurante, presque amicale. L'air pensif, il montra le grand miroir derrière lui.

— Tu vois ça ?... C'est une fausse glace. De l'autre côté, il y au moins vingt gars qui nous regardent. Des juges, des Feds, des gens de toutes sortes. Il y a même une souris qui s'intéresse drôlement à ta pomme.

Angelo fit une pause pour donner à la curiosité de l'Arabe le temps de se manifester.

— Elle appartient à ce truc israélien... comment l'appelles-tu ?... Ah oui, le Mossad.

Angelo s'interrompit à nouveau sous le prétexte de rajuster sa cravate, mais sans quitter sa proie du coin d'œil. Il vit enfin un signe d'inquiétude se manifester chez le Palestinien.

— Bon, maintenant voyons où nous en sommes. — Sa voix avait brusquement pris un ton froid, détaché. — Tu es un clandestin, nous le savons. Tu n'as pas de visa américain. Et nous, on a ce traité avec les Israéliens. Pour l'extradition des terroristes.

506

Boom ! — Angelo fit claquer ses doigts. — Eh oui ! On a un type au tribunal qui s'occupe déjà de tes papiers d'extradition. Et cette fille du Mossad, elle a un avion pour toi, pour toi tout seul, à l'aéroport Kennedy. Elle a calculé que tu serais à bord avant 8 heures ce soir.

Angelo enregistra le brusque changement d'expression sur le visage de l'Arabe. Encore quelques minutes et il fait dans son froc, se dit-il.

— On n'a pas le choix, petit. Il va falloir qu'on te remette à tes petits cousins d'Israël. Obligé. On n'a pas vraiment de raison de te garder en Amérique pour quelques minables cartes de crédit volées !

Il épousseta les pelures de cacahuètes tombées sur son gilet et reboutonna son veston comme s'il se préparait à partir.

— Tu ne veux rien nous dire ? C'est ton droit. Ton droit le plus absolu. Mais dans ce cas, nous, on n'a aucune raison de te retenir.

Angelo se leva.

— Attendez, je ne comprends pas !

— C'est pourtant simple ! C'est donnant, donnant. Tu nous donnes un coup de main, et nous on te renvoie l'ascenseur. Tu te mets à table, et on te transforme en témoin. On est alors obligés de te garder. Plus question de t'expédier chez les Juifs.

Angelo était debout. Il s'étirait en faisant craquer ses articulations.

— Si tu restes muet, qu'est-ce qu'on peut faire ? On est obligés de te livrer. C'est la loi.

Le policier s'était mis à tourner autour de l'Arabe.

— Tu dois les connaître encore mieux que moi, les copains du Mossad. D'après ce que je sais, ils ne s'embarrassent pas trop des petites cartes comme celle que t'ont montrée les Feds... — Angelo laissa un léger sourire flotter au coin de ses lèvres. —

507

Surtout quand ils ont l'occasion de passer de longues heures tout seuls dans un avion avec un Arabe qui a caché une bombe dans un marché et tué trois pauvres petites vieilles de chez eux. Tu vois ce que je veux dire ? Je veux dire qu'il ne faudrait pas que tu t'attendes à ce qu'ils te servent le champagne dans l'avion.

Les traits du Palestinien s'étaient subitement figés à l'évocation de l'attentat de Jérusalem.

— Bon, lâcha-t-il. Qu'est-ce que vous voulez ?

Angelo se rassit. Il pinça délicatement les plis de son pantalon et croisa les jambes.

— Bavarder avec toi, petit, juste bavarder quelques minutes.

★

Grace Knowland manifesta une vive surprise à la vue de son fils Tommy qui attendait devant la porte de la caserne du 7ᵉ régiment sur Park Avenue. Il était 7 heures passées, ce soir du lundi 14 décembre, et son match de tennis aurait dû commencer depuis dix minutes.

— Maman ! gémit le garçon avec désespoir. Le match a été annulé.

Grace tenta d'apaiser par un baiser la déception du gamin qui piétinait de rage.

— Pour quelle raison, mon chéri ?

— Je ne sais pas. Il y a plein de gens à l'intérieur et personne ne veut nous laisser entrer. Ils ne m'ont même pas permis d'aller chercher ma raquette.

Grace soupira. Décidément, quelle journée ratée ! Son voyage pour rien à Washington, le maire n'étant pas rentré à New York par la navette régulière ; ses efforts infructueux pour essayer d'arracher à l'officier de presse quelques détails sur la recons-

508

truction du South Bronx ; la bousculade pour arriver jusqu'ici, et tout ça pour apprendre que le match de tennis de son fils n'avait pas lieu...

— Chéri, je vais au moins essayer de récupérer ta raquette.

Elle se dirigea vers le soldat de la Military Police qui gardait l'entrée du bâtiment.

— Que se passe-t-il ? Mon fils devait disputer une partie de tennis ici ce soir !

Le soldat cogna ses moufles noires l'une contre l'autre.

— Je n'en ai pas la moindre idée, ma bonne dame. Tout ce que je sais, c'est que j'ai reçu des ordres pour interdire l'entrée du bâtiment. Il y a un exercice en ce moment à l'intérieur.

— Je ne pense pas que mon fils risquerait de déranger qui que ce soit en allant prendre sa raquette dans son casier, insista Grace d'une voix câline.

Le soldat haussa les épaules d'un air gêné.

— Que voulez-vous que je vous dise ? J'ai des ordres. Interdiction d'entrer !

Grace sentit la moutarde lui monter au nez. Les représentants du *New York Times* n'avaient pas l'habitude de se heurter à des portes closes.

— Qui est le responsable ici ?

— Le lieutenant. Vous voulez que je l'appelle ?

Quelques minutes plus tard, le M.P. revint en compagnie d'un jeune officier souriant. Il regarda Grace avec intérêt.

— Lieutenant, dit-elle doucereuse, que se passe-t-il ici de si important pour qu'on empêche un garçon de douze ans d'aller chercher sa raquette de tennis dans son casier ?

— Rien de bien important, madame. Seulement un exercice pour étudier les meilleurs moyens de nettoyer la neige des rues de New York et déterminer comment l'armée peut aider la municipalité en cas de grosses chutes comme celles de la semaine dernière. Voilà tout.

Grace eut une illumination. Sa journée ne serait peut-être pas totalement perdue, après tout.

— Je suis Grace Knowland, du *New York Times*, et je fais justement une enquête sur la question. Je serais heureuse d'interviewer le responsable de cet exercice et de connaître ses conclusions.

Le jeune lieutenant prit un air embarrassé.

— Je suis navré, mais je suis incapable de vous rendre le moindre service à ce sujet, dit-il. Je n'ai rien à voir avec tout ça. Je ne suis là que pour assurer la garde de la caserne.

Tommy fixait avec admiration le pistolet à la ceinture de l'officier.

— Il est chargé, ton colt ?

— Bien sûr, petit.

Se tournant vers Grace, le lieutenant proposa.

— Écoutez, si votre fils m'explique où se trouve sa raquette, je vais essayer d'aller la lui chercher. Et en même temps, je dirai au commandant que vous voulez le voir.

Quand le jeune officier réapparut, il faisait fièrement rebondir le cordage de la raquette contre la paume de sa main.

— Voilà des cordes rudement tendues, tu dois être un bon joueur ! lança-t-il au jeune Tommy.

Puis, souriant à Grace, il expliqua :

— Ils m'ont répondu que toutes questions concernant l'exercice en cours devaient être adressées au commandant McAndrews, officier de presse au Q.G. de la Ire armée. — Il lui tendit une feuille de papier. — Voici son numéro de téléphone.

L'officier contemplait la jeune femme d'un air béat.

— Si vous revenez faire un reportage, ajouta-t-il timidement, peut-être pourrions-nous prendre un café ensemble ?

Grace nota dans son carnet le nom inscrit au-dessus de la poche de son treillis.

— Avec plaisir, lieutenant. A bientôt.

★

Bien calé au fond de son fauteuil, les deux pieds négligemment posés sur la table, Angelo Rocchia poursuivait l'interrogatoire de l'Arabe.

— Donc, tu faisais des petits boulots pour les gens de l'ambassade de Libye à l'O.N.U. Comment te contactaient-ils ?

— Ils laissaient un message au bar de Brooklyn.

— Et comment est-ce que vous fixiez vos rendez-vous ?

— J'ajoutais quatre unités à la date du mois et j'allais me poster au coin de la rue correspondante et de la 1re Avenue. Par exemple, si le rendez-vous était pour le 9, j'allais au coin de la 13e Rue et de la 1re Avenue.

Angelo hocha la tête.

— Toujours à la même heure ?

— Non. Entre 1 heure et 5 heures de l'après-midi. J'ajoutais une heure à chaque rendez-vous, et je recommençais.

— Et tu rencontrais chaque fois la même personne ?

— Pas toujours. J'avais un numéro de *Newsweek* à la main. C'étaient eux qui m'abordaient.

— Et pour notre affaire, comment ça s'est passé ?

— Une fille est venue une première fois.

— Tu te souviens du jour ?

L'Arabe hésita.

— Ce devait être mardi dernier, parce que le rendez-vous était au coin de la 12e rue.

— A quoi elle ressemblait ?

— Pas mal. Des cheveux châtains, courts. Elle portait un manteau de fourrure.

— Quelqu'un de ton pays ?

Le suspect baissa les yeux, il avait honte.

— Probablement. Mais elle parlait anglais.

— Qu'est-ce qu'elle voulait ?

— Des cartes de crédit toutes fraîches. Il fallait que je les lui apporte le lendemain matin à 10 heures.

— C'est alors que tu es allé voir le receleur.

L'Arabe hocha la tête.

— Et ensuite ?

— J'ai remis les cartes à la fille. Elle m'a demandé de l'accompagner faire une course. On a marché jusqu'à un magasin d'appareils de photos. Elle m'a dit d'entrer et d'acheter un appareil.

— Et tu l'as fait ?

— Je suis d'abord allé dans les toilettes d'un bar pour m'exercer à signer, et ça a marché. Le caissier n'a rien remarqué.

L'Arabe poussa un soupir, subitement écrasé par l'ampleur de sa confession.

— Alors elle m'a dit : « Bon, ça va, c'est la preuve que la carte était bonne. » Elle voulait d'autres cartes toutes fraîches et un permis de conduire pour le vendredi suivant à 10 heures du matin. Pour un type entre trente et quarante ans, à la peau brune et aux cheveux sombres. Elle m'a filé mille dollars.

— Et qu'est-ce qui s'est passé le vendredi ?

— C'est un type qui est venu cette fois au rendez-vous. Je ne l'avais jamais vu.

Quentin Dewing fit alors irruption dans la pièce. Angelo se montra furieux qu'on vienne interrompre son interrogatoire qui se déroulait si bien.

512

— Excusez-moi, inspecteur Rocchia, mais nous aimerions que M. Suleiman examine ces photos. Elles viennent d'arriver de Paris.

Il présenta à l'Arabe la photographie de Leila Dajani que le général Bertrand avait fait parvenir par belino à la C.I.A. moins de vingt minutes plus tôt.

— S'agirait-il, par hasard, de la personne qui vous a contacté ?

L'Arabe regarda le cliché et leva les yeux vers le Fed.

— Oui, c'est elle.

Dewing lui passa la photographie de Whalid Dajani.

— Et lui ? Est-ce le type qui est venu chercher les cartes vendredi ?

L'Arabe examina le document et fit non d'un signe de tête.

— Et lui ?

Dewing lui montrait maintenant la photographie de Kamal. L'Arabe l'étudia un instant, puis releva la tête.

— Oui, dit-il. C'est bien lui.

Dans la cabine de contrôle, Al Feldman ne put refréner une explosion de joie. Levant les bras au ciel, il s'écria :

— Cette fois, on les a, nos visages !

★

N'eût été la gravité de la situation, le spectacle de ces gentlemen en smoking autour de la table du Conseil national de sécurité aurait été plutôt comique. Acharnés à feindre que tout était normal, le Président et ses ministres allaient, dans quelques instants, retrouver leurs épouses à une réception dans la Blue Room de la Maison-Blanche. Ils assisteraient ensuite à un banquet servi dans la vaisselle de vermeil de Lincoln, en l'honneur du doyen du corps diplomatique, l'ambassadeur de Bolivie, qui quittait Washington. Durant toute la soirée, ils allaient devoir manger, boire et bavarder comme si de rien n'était.

— En tout cas, rien dans les bulletins d'informations du soir — ni à la radio ni à la télévision — n'indique que la presse soupçonne quoi que ce soit, déclara Eastman avec soulagement.

— Mince satisfaction, soupira le Président tout en dépouillant les messages arrivés d'Israël pendant qu'il était allé revêtir son smoking. Monsieur Middleburger, dit-il en s'adressant au secrétaire d'État adjoint, cette initiative de Jérusalem n'est vraiment pas suffisante !

— Monsieur le Président, répondit le diplomate, s'excusant presque, l'ambassadeur israélien a été catégorique. C'est tout ce que Jérusalem est disposée à faire. Il affirme que l'armée israélienne n'exécuterait jamais un ordre d'expulser la totalité des colonies.

— Dans ce cas, Begin ne nous laisse d'autre alternative que de le faire à sa place, n'est-ce pas ?

Le ton bourru du Président dissimulait mal son émotion. Chacun savait combien une telle action lui répugnait. Mais que faire d'autre ?

Il se tourna vers le directeur de la C.I.A.

— Tap, quelles sont les chances que les Israéliens s'opposent par la force à notre intervention ?

— Je dirais cinquante, cinquante, monsieur le Président.

Le chef de l'État se raidit contre le dossier de son fauteuil, ferma les yeux, le menton appuyé dans le creux de ses paumes, comme absorbé par quelque prière. Et peut-être cet homme si religieux priait-il.

514

Il ouvrit brusquement les yeux.

— Nous sommes pris entre les feux de deux fanatismes, gronda-t-il, le fanatisme juif et le fanatisme islamique, et nous n'allons pas leur sacrifier six millions d'Américains ! Puisqu'ils nous y obligent, nous allons réagir !

Il se tourna vers le ministre de la Défense.

— Herbert, je veux que la force d'intervention rapide soit prête à partir sous préavis maximal d'une heure !

La force d'intervention rapide était une force interarmes qui avait été constituée en 1979 en prévision d'actions immédiates en n'importe quel point du globe.

— Monsieur Middleburger, ordonna-t-il ensuite au secrétaire d'État adjoint, je veux que vous avertissiez, sous le sceau du secret, le roi Hussein et les Syriens. Faites en sorte qu'on puisse utiliser, le cas échéant, leurs aérodromes comme bases de départ.

Il se leva. Sa démarche était ferme, rapide. Il atteignait la porte quand le directeur du F.B.I. le rappela.

— Monsieur le Président ! — Le visage ordinairement impassible de Joseph Holborn brillait d'excitation. — Nos gens de New York viennent d'identifier trois Palestiniens impliqués dans l'affaire. Plus de quarante mille agents seront dès l'aube à leurs trousses !

★

— Quelle guigne ! grogna le directeur du F.B.I. new-yorkais.

Un de ses agents était en train de lui faire un rapport sur la visite de Grace Knowland à la caserne de Park Avenue.

— Dès que l'officier de garde lui a parlé d'un exercice de déblaiement de neige, la jeune femme a paru très excitée. Elle a sorti sa carte de presse et exigé de parler à un responsable. Pour s'en débarrasser, on lui a finalement donné le numéro de la ligne que nous utilisons pour protéger les équipes Nest. C'est une ligne bidon qui est censée aboutir à l'officier de presse de la Ier armée. En fait, elle sonne au standard de la caserne. La journaliste est en ce moment au bout du fil. Elle réclame un topo complet sur l'exercice en cours.

Harvey Hudson était consterné.

— Vous vous rendez compte ? Parce qu'un môme a emmerdé tout le monde pour récupérer sa raquette de tennis, voilà qu'on risque que la presse découvre toute l'affaire !

Il tirait sur les pointes de son nœud papillon qui pendaient tristement sous son col défraîchi.

— Cassidy ! ordonna-t-il à son assistant, déguisez-moi quelqu'un de chez nous en officier et qu'il se pointe à la caserne demain matin pour rencontrer cette fille et qu'il se démerde pour lui faire le discours le plus sensationnel que jamais personne ait entendu sur le déblaiement de la neige à New York ! Je me fous complètement de ce qu'il inventera, pourvu que ça marche ! La dernière chose dont nous ayons besoin en ce moment, c'est bien d'avoir le *New York Times* sur le poil !

★

Il faisait déjà nuit sur New York. Ce lundi 14 décembre allait bientôt s'achever. La vieille Toyota glissait en silence le long de la ligne déserte des docks. Le proxénète Enrico Diaz était assis sur la banquette avant entre ses deux compatriotes qui étaient venus l'arracher à une agréable soirée pour une mission urgente. Sur la droite, à travers le grillage clôturant les entrepôts de Jersey City, il apercevait le ruban luisant de l'Hudson et, plus loin, le ruissellement des lumières de Manhattan.

Le chauffeur s'arrêta à l'entrée d'une allée déserte menant à un baraquement qui semblait abandonné. Les trois hommes descendirent de la voiture sans dire un mot. Les deux Portoricains qui marchaient devant Rico portaient des bottines de l'armée aux épaisses semelles de caoutchouc faites pour les jungles du Viêt-nam. Ils avançaient sans faire de bruit, tels des fauves dans la forêt. Arrivés au baraquement, l'un des deux compagnons de Rico fit un signal de reconnaissance. Une porte s'entrouvrit, d'où jaillit le pinceau lumineux d'une torche électrique.

— *Venga !* commanda celui qui la tenait, après avoir reconnu les trois visiteurs.

Dès qu'il eut passé la porte, Rico comprit la raison de sa venue. Au fond de la pièce, s'alignaient cinq chaises derrière une planche posée sur deux tréteaux. A chaque bout de cette table de fortune, des lampes à pétrole éclairaient d'une lueur vacillante les portraits accrochés au mur de Che Guevara, Hector Galindez et Luis Cabral, les trois fondateurs du Front de libération de Porto-Rico.

Ce mouvement portoricain était la seule organisation terroriste solidement implantée sur le territoire des États-Unis. Il avait réussi à y maintenir sa cohésion grâce à des pratiques impitoyables, du type de celle qui était sur le point de se dérouler ce soir. Il s'agissait du procès d'un traître. A son intense soulagement, Rico constata que l'accusé, solidement ligoté et bâillonné, était déjà en place sur un tabouret faisant face aux cinq chaises.

En sa qualité de membre dirigeant du Front, Rico était l'un des juges de ce tribunal révolutionnaire. Il s'efforça de détourner son regard des yeux de l'accusé qui se débattait, le regard plein de détresse, les veines du cou gonflées, tentant en vain d'articuler les mots d'un plaidoyer à travers son bâillon.

Le procès n'était en fait que la justification rituelle d'un meurtre. Il fut bref. L'accusé était un informateur de la police amené de Philadelphie parce qu'il était plus facile d'exécuter la sentence à Jersey City. Une fois sa culpabilité établie, il fut procédé à un vote. L'un après l'autre, les cinq « juges » prononcèrent le mot *muerte*. Aucune voix ne s'éleva pour demander la clémence du tribunal. A l'exception de quelques personnages comme Enrico Diaz, la direction du Front était composée d'intellectuels de la petite bourgeoisie, d'enseignants ratés et d'étudiants professionnels : la pitié ne les habitait guère.

Sur la table trônait un calibre Walther P 38. Sans un mot, le président du tribunal le passa à Rico. Le souteneur fit de son mieux pour réprimer un frisson d'horreur. Il s'agissait là aussi d'un rituel du Front. Tuer de sang-froid, sur ordre de l'organisation, constituait la preuve définitive de la loyauté d'un militant. Rico prit le pistolet, se leva et fit le tour de la table. Luttant pour ne pas trembler, les yeux rivés sur le fond de la salle pour éviter d'avoir à affronter le regard de sa victime, il leva son arme, chercha le creux de la tempe et appuya sur la détente.

Il y eut un « clic ».

Rico entendit alors un rire étouffé qui secouait sa prétendue victime. Il regarda les quatre « juges » derrière la table. Leurs visages étaient aussi vides qu'un mur de prison.

— Il y a bien un traître dans cette pièce, mais ce n'est pas lui ! déclara le président du tribunal.

Six hommes surgirent aussitôt d'une pièce voisine pour ceinturer Rico. Il fut jeté sur une chaise, ligoté et bâillonné. Plus besoin cette fois d'une parodie de procès. Il avait eu lieu avant l'arrivée du proxénète Enrico Diaz.

Le président retira le chargeur du pistolet, le remplit méthodiquement de balles de 9 mm et le remit en place d'un coup sec. Il le tendit à l'homme qui venait de se planter devant le condamné. C'était Pedro, le petit trafiquant de drogue dont Rico avait communiqué le nom au F.B.I. parce qu'il avait apporté un médicament à une Arabe descendue au Hampshire House.

Sans la moindre hésitation, Pedro pointa le canon glacé sur la tempe de son « donneur ». Savourant sa vengeance, il fixa Rico droit dans les yeux pendant un long moment. Puis il éclata d'un rire sauvage et appuya sur la détente.

★

Il ne peut rien exister de plus beau ! s'extasiait Angelo Rocchia, les yeux rouges de fatigue, hypnotisé par le spectacle dont il ne se lassait jamais. Les gratte-ciel de Manhattan lui paraissaient encore plus somptueux la nuit que le jour, avec leur galaxie de fenêtres d'or trouant les ténèbres. Au cœur de cette géométrie de lumières, les quatorze étages du quartier général de la police et ceux du siège fédéral du F.B.I. ruisselaient de tous leurs feux. Pas un des inspecteurs, ni aucun des Feds qui avaient couru toute la journée après le baril, n'était autorisé à regagner son domicile ou son hôtel. Ils avaient tous reçu l'ordre de camper dans leurs bureaux, prêts à répondre au moindre appel. Rand et Rocchia s'étaient séparés après l'interrogatoire de l'Arabe pour gagner leurs Q.G. respectifs et s'y reposer quelques heures.

— Toi aussi tu pionces ici ?

Angelo reconnut l'accent guttural de son vieux collègue Ludwig qui l'interpellait du bureau voisin.

— Ouais ! Je remets ça à 6 h 30 demain matin.

Avant de s'allonger sur le lit de camp envoyé par le Service de la protection civile, il devait encore remplir les innombrables documents qui accompagnent inévitablement une enquête policière. Même une journée aussi exténuante ne pouvait s'achever sans la rédaction du rapport modèle DD5 et des fiches concernant toutes les personnes interrogées, tous les endroits visités. Une vraie barbe, mais un bon flic, avait-il dit à son jeune coéquipier, c'est un type « qui reste à jour dans ses papiers ».

Angelo leva le nez de sa paperasse et se tourna vers son ami.

— Tu vois, Ludwig, j'en ai ras le bol des boulots qui commencent aux aurores ! L'âge sans doute...

— Moi aussi, dit son collègue en dénouant sa cravate. Tu te souviens de ce chieur de patron qu'on avait sur le poil en 52 quand on est arrivés au 9e commissariat ? Dis, tu te rappelles ?

— Tu parles !

Pendant toute une semaine, chaque matin à 6 heures, par un froid polaire, Angelo et Ludwig avaient dû aller se planter sur le boulevard du West Side pour tenter de retrouver un conducteur qui avait pris la fuite après avoir provoqué un accident mortel. Ils stoppaient toutes les voitures. « Excusez-nous, monsieur, est-ce que vous passez par ici tous les jours ? Vous n'auriez pas vu par hasard une auto renverser un piéton vendredi matin ? » Ils avaient sans doute posé la même question à un bon millier de conducteurs. Un vendeur de cravates leur avait finalement fourni le renseignement qui avait permis de remonter jusqu'au coupable.

Angelo bâilla en s'étirant. Il sourit au souvenir du bon vieux temps.

— Tout ce qu'on s'est farci, rien que pour piquer un chauffard !

— Tu imagines le fric qu'on se ferait aujourd'hui en heures supplémentaires si on nous confiait encore des affaires comme ça ?

— Ne rêve pas, vieux : ils ne mettraient jamais plus un tel paquet pour un vulgaire chauffard qui se fait la malle, dit Angelo en éteignant la lumière. Allez, bonne nuit !

Il allait s'endormir quand le téléphone sonna. Dans l'ombre, il allongea le bras et décrocha.

— Grace ! Darling, je t'ai appelée deux fois ce soir !

— Et moi je t'ai cherché toute la journée ! Mais d'abord, que fais-tu à ton bureau à une heure pareille ?

Sacrés journalistes ! Pire que les flics pour les bonnes questions. Il prit un ton goguenard.

— Tu devrais savoir, chérie, que la journée d'un inspecteur n'est jamais finie.

— Bof ! lâcha-t-elle en riant.

Elle ajouta aussitôt, sérieuse.

— Dis donc, Angelo, qu'est-ce que tu me caches ? Que se passe-t-il ?

Il y avait une pointe d'inquiétude dans sa voix.

— Rien... En tout cas rien de grave. Simplement beaucoup de boulot à chercher comme d'habitude une aiguille dans un tas de foin.

Il y eut un silence. Il l'entendit qui aspirait une longue bouffée de cigarette. Cela faisait des mois qu'il essayait de la convaincre de cesser de fumer.

521

— Angelo ? — Elle hésita quelques secondes. — Finalement je pourrai déjeuner avec toi mercredi.

— Mais je croyais que...

— Non. J'ai changé d'avis. — Il y eut un nouveau silence. — J'ai décidé de garder cet enfant.

— Tu parles sérieusement, Grace ? balbutia-t-il.

— Le plus sérieusement du monde.

— Tu désires tellement avoir un autre enfant ?

— Oui.

Il l'entendit tirer encore sur sa cigarette. Puis sa voix revint, calme, naturelle.

— Mais rassure-toi, mon ange : cela ne changera absolument rien entre nous.

★

Les nuits d'hiver sont froides en Samarie. Grelottant, le capuchon de son blouson rabattu sur le front, les semelles battant le rocher, l'homme de garde à l'entrée de la colonie « sauvage » d'Elon Sichem regardait naître la journée du mardi 15 décembre. Jaillissant des montagnes au-delà du Jourdain, le soleil commençait à baigner la campagne d'une pâle lueur ambrée. Là-bas, entre les croupes rocailleuses des monts Ebal et Garizim, s'éveillait la grosse bourgade arabe de Naplouse — l'antique Sichem de la Bible. A ses portes se trouvait l'un des hauts lieux de l'histoire juive, la plaine où Abraham avait dressé son camp en arrivant au pays de Canaan. C'était là, sous l'ombrage d'un térébinthe, que selon l'Écriture, Dieu lui était apparu pour lui révéler que cette terre où il venait d'entrer était la terre d'Israël et qu'elle appartiendrait à toute sa descendance. Jacob avait ensuite séjourné en ces lieux, avant que Josué, obéissant aux ordres de Moïse, n'y rassemblât les Israélites et ne vînt y mourir.

Près de quatre millénaires plus tard, une poignée de militants du Bloc de la Foi étaient revenus écrire dans ces collines de Samarie une nouvelle page de l'histoire juive. Dans la nuit du 9 du mois de Ab de l'année 1974, date anniversaire de la destruction du temple de Jérusalem par les légions romaines de Titus, un commando avait occupé une colline inhabitée proche du village arabe de Kaddoum pour y implanter une colonie d'une dizaine de caravanes. En souvenir du lieu voisin où Dieu avait donné la terre d'Israël à Abraham, les colons l'appelèrent Elon Sichem.

Cette installation illégale, dans un territoire arabe occupé par les armes en 1967, scellait le dénouement de longs mois de guérilla entre les adeptes du Bloc de la Foi et le gouvernement de l'État d'Israël alors dirigé par le général Itzak Rabin. Invoquant le droit sacré des Juifs à coloniser la totalité de la terre léguée par Dieu à leurs pères, les disciples du vieux rabbin Kook n'hésitèrent pas à défier systématiquement les interdits gouvernementaux. Ils occupèrent un hôtel à Hebron, en Judée, et implantèrent plusieurs autres colonies « sauvages » dans les régions de Bethléem et de Jéricho. Puis ils lancèrent leurs commandos en direction de Sébastiyé, la légendaire capitale de la Samarie. Après les avoir fait déloger neuf fois par l'armée, le général Rabin finit par céder et toléra l'implantation de trente caravanes mobiles sur le mamelon aride d'Elon Sichem. Mais il refusa toute aide aux colons : pas d'eau, pas d'électricité, pas de routes, pas d'écoles pour les squatters d'Elon Sichem ! Néanmoins, des centaines, des milliers de familles se portèrent volontaires pour rejoindre le premier noyau de Juifs à revenir en Samarie. L'autorisation d'ouvrir une yeshiva permit l'introduction clandestine de quelques habitants de plus. Lors du premier anniversaire, en décembre 1975, quinze mille sympathisants venus du pays entier firent l'ascension du mamelon désolé pour témoigner leur solidarité. A l'aide de quelques panneaux préfabriqués et de plaques de tôle ondulée, les colons édifièrent un hangar dont ils firent leur synagogue. Ils placèrent au centre le pupitre rituel recouvert du tapis de soie rouge à franges, orné de l'étoile de David. Ils fixèrent des étagères le long des murs pour y recevoir les livres saints offerts par une riche famille de Tel-Aviv aux premiers Juifs qui parviendraient à s'installer en Samarie. Le tabernacle en bois doré avait été donné, en 1945, par une communauté d'israélites italiens à des soldats de la brigade juive. Trente-cinq ans plus tard, ceux-ci l'apportèrent à la colonie le jour de son premier anniversaire. Quant aux trois torahs richement enluminées, c'était un cadeau des habitants de Jérusalem.

Pour subvenir à leurs besoins sur leur piton inculte, les habitants construisirent un petit atelier de ferronnerie dont ils vendirent la production à Tel-Aviv et à Haïfa. Mais leurs conditions de vie restaient si précaires que nombre de chefs de famille durent travailler à l'extérieur, ne revenant que pour le repos du sabbat. La vie pourtant s'organisa. Le premier bébé naquit en décembre 1975. Des bougainvillées commencèrent à fleurir autour des caravanes, symbole de l'irrévocable volonté de ces Juifs de s'enraciner en cette terre. L'arrivée de Menahem Begin au pouvoir marqua l'avènement d'une ère nouvelle dans leur rude existence. A peine élu, le Premier ministre accourut à Elon Sichem, assurant les habitants du soutien de son gouvernement. Il passa de caravane en atelier, répétant à chacun : « Je vous aime, je vous aime, vous êtes les meilleurs de mes enfants. » La petite colonie finit par ressembler à un véritable village. Il y eut bientôt une centaine de caravanes reliées par tout un réseau de canalisation d'eau, d'électricité, et même par le téléphone. Une école s'ouvrit, puis un dispensaire. La synagogue, devenue trop petite, fut agrandie. Peu à peu, Elon Sichem devint le tremplin et le quartier général des opérations de peuplement lancées par le Bloc de la Foi en Cisjordanie, puis au Golan, au Sinaï, et jusque dans la bande de Gaza.

Comme lors des actions précédentes, le P.C. de l'opération lancée la veille à minuit par le vieux rabbin Kook devant le mur des Lamentations de Jérusalem était installé dans le *Hadar ha Okel*, le réfectoire de la colonie, une longue baraque en eternit, au toit de tôle, qui coiffait la crête du mamelon. Le fond de la pièce était orné d'un gigantesque photomontage de quatre mètres de long sur deux mètres de haut, montrant la magnifique esplanade du Haram ech Cherif de Jérusalem. Mais le cliché était truqué. Les sanctuaires musulmans — le Dôme du Rocher d'où Mahomet était monté au ciel, et la mosquée El Aqsa — qui s'élèvent aujourd'hui sur l'esplanade et qui font de Jérusalem la troisième ville sainte de l'Islam en avaient été effacés et remplacés par une image monumentale du temple juif de Salomon avant sa destruction par Titus en l'an 70. Dans le ciel au-dessus du panorama s'inscrivait en grosses lettres l'injonction du prophète Josué au peuple d'Israël :

Reconstruis ta maison
Telle qu'elle était originellement.

Une intense animation avait régné toute la nuit dans la colonie. Après avoir guidé leurs troupes jusqu'à la sortie de Jérusalem, Yaacov Levine et Ruth Navon avaient regagné Elon Sichem pour diriger l'opération par radio. Pour la première fois cette nuit, en effet, les militants du Bloc de la Foi mettaient en œuvre de puissants moyens de télécommunication. L'artisan de ce dispositif inédit était un rabbin athlétique de trente-cinq ans, aux yeux bleus et à la barbe rousse. Né à Brooklyn, père de quatre enfants, Joel Ben Sira était officier de transmissions dans les parachutistes.

Un appel surgit soudain dans l'un de ses postes.

— Yaacov, Yaacov, ici Ephraïm, nous sommes encerclés !

— Où êtes-vous ?

— Au kilomètre 6 de la route Ramallah-Jéricho. Les soldats tirent en l'air.

— Abandonnez vos véhicules et dispersez-vous ! Vous vous regrouperez plus loin !

La tactique était aussi ancienne et efficace que la colonisation juive en Palestine. Mais cette fois, la dispersion des groupes s'accompagnait d'une manifestation symbolique. Comme les Hébreux avaient jalonné de grands feux les terres qu'ils envahissaient pour signifier qu'elles leurs appartenaient, les colons de « Shuvah Israel » allumaient des brasiers partout où ils passaient à travers la campagne de Judée et de Samarie.

Yaacov Levine et Ruth Navon examinèrent la carte d'état-major au 1/25 000 qui tapissait un panneau du réfectoire. Le garçon sentit contre sa joue le visage de la jeune Israélienne. Il reconnut ce parfum de jasmin qu'il avait senti la première nuit où ils s'étaient aimés dans sa chambre de Katamon à Jérusalem.

— Te souviens-tu d'une des premières choses que tu m'aies dites ? lui demanda-t-il à brûle-pourpoint.

— Non.

— Tu m'as dit : « C'est l'action qui réunit les hommes, non les idées. » Je n'ai jamais oublié.

Elle prit sa main et la serra tendrement. Puis ils épinglèrent ensemble sur la carte les petits drapeaux avec l'étoile de David qui marquaient les sites prévus pour les nouvelles colonies. C'est alors qu'arriva un capitaine de l'armée, chargé de remettre aux responsables de la colonie une enveloppe portant le sceau du cabinet du Premier ministre. Yaacov Levine fit sauter le cachet de cire et reconnut immédiatement la signature de Menahem Begin au bas du message. Il le lut à voix haute :

« J'ai le triste devoir de vous informer que, pour une raison d'État supérieure, tous les habitants de la colonie d'Elon Sichem devront avoir évacué les lieux ce mardi 15 décembre avant 11 heures du matin.

« Les forces de défense israéliennes ont reçu l'ordre de vous fournir les moyens de transport nécessaires vers la zone d'accueil prévue pour vous recevoir.

« En cas de non-exécution de la présente requête dans le délai prescrit, les forces de défense israéliennes procéderont à l'évacuation des lieux par la force. »

Levine releva lentement son visage barbu. Chacun put voir dans ses yeux le reflet de sa propre stupeur. Il se tourna vers Abraham Katsover, le chef de la colonie.

— Abraham, il faut rameuter tout le monde. Ils ne nous attraperont pas comme des chiens !

★

Dans sa jolie résidence de Gracie Mansion, au

bord de l'East River, le maire de New York entamait ses œufs brouillés. Il était 7 h 15 le mardi 15 décembre. Le visage d'Abe Stern était ravagé. Il s'était finalement décidé à quitter le G.G. souterrain à 3 heures du matin pour rentrer ostensiblement chez lui, désireux de ne pas éveiller la curiosité de journalistes toujours à l'affût de quelque indiscrétion. Mais il n'avait pu fermer l'œil du reste de la nuit, ressassant indéfiniment les terribles images du cauchemar qui le hantait. Et maintenant il restait moins de cinq heures avant l'expiration de l'ultimatum de Kadhafi !

La découverte de radiations dans un entrepôt de Queens et dans la fourgonnette qui avait servi à transporter la bombe, la certitude que l'un des Palestiniens qui avait participé au programme nucléaire libyen et le chauffeur venu enlever la cargaison du *Dionysos* étaient une seule et même personne avaient définitivement balayé l'espoir fou que Stern avait inconsciemment nourri toutes ces dernières heures. Oui, cette bombe existait bien !

Le maire de New York fut tiré de ses pensées par l'entrée de son épouse, sa maigre silhouette enveloppée dans le rose fané d'un kimono de satin qu'ils avaient acheté ensemble à Tokyo en 1960.

— Pourquoi t'es-tu levée si tôt ? s'étonna-t-il.

Sans répondre, Esther Stern embrassa son mari.

— Joyeux anniversaire, mon Abe bien-aimé ! Et encore tout plein d'années de santé et de bonheur !

Dans l'horreur de ces heures tragiques, Abe Stern avait complètement oublié que ce 15 décembre était le jour de son soixante-douzième anniversaire.

— Qu'est-ce qui ne va pas, chéri ? Je t'ai entendu t'agiter toute la nuit.

— Mais rien, rien du tout ! bougonna-t-il. Je n'ai pas pu dormir, voilà tout.

Sa femme désigna son assiette d'un doigt réprobateur.

— Pourquoi manges-tu des œufs au petit déjeuner ? Tu sais bien que le Dr Mori te les a interdits. C'est mauvais pour ton cholestérol.

— Et merde pour mon cholestérol !

Avec une rage subite, Stern planta son couteau dans la plaque de beurre et en étala une couche épaisse sur un toast.

— Si je claque d'un infarctus, ce ne sera pas à cause des œufs, crois-moi !... A quelle heure est ton avion ?

Esther Stern partait chaque année, à la même époque, passer les fêtes de Noël à Miami auprès de leurs petits-enfants. Son départ était prévu depuis deux semaines. Le fait qu'elle serait épargnée par le destin était la seule consolation du maire de New York.

— Je ne sais pas si j'ai bien envie de partir.

— Quoi ? rugit-il, en tapant du poing sur la table. Qu'est-ce qui te prend ? Il faut que tu partes !

— Pourquoi tiens-tu tant à ce que je m'en aille ? En aurais-tu assez de moi ?

— Esther !

Il y avait dans sa voix un ton de reproche. Après trente-deux ans d'une parfaite entente conjugale, comment pouvait-elle dire une chose pareille ?

— Il faut que tu prennes ton avion, les enfants seraient trop déçus, insista-t-il simplement.

Esther se versa une tasse de café qu'elle but à petites gorgées, l'air pensif. Ses cheveux blancs flottaient, tels des cheveux d'ange oubliés sur un vieux sapin de Noël.

— Je plaisantais, bien sûr, pardonne-moi. — Elle regardait son mari avec une profonde tendresse. — Mais je sens qu'il y a quelque chose qui ne va pas,

Abe. Il y a quelque chose qui te tracasse. Qu'est-ce que c'est ? Dis-le-moi, je t'en prie.

Stern poussa un soupir. Après une si longue vie commune, il ne pouvait y avoir de secrets entre eux.

— Oui, répondit-il enfin. Il s'agit de quelque chose de grave, de très grave. Mais je ne peux pas te dire quoi. Je t'en conjure, Esther, prends ton avion. Donne-moi au moins cette joie. Va à Miami...

Esther se leva, vint tout près de son mari et lui prit le visage dans ses mains déformées par l'arthrose.

— Abe, tu en as trop dit, ou pas assez... Peu importe... Mais puisqu'il s'agit de quelque chose de grave, ma place est à tes côtés, pas à Miami !

Au-delà des ormes dénudés du parc, le maire de New York vit poindre le jour sur les eaux embrumées de l'East River.

Comme c'est beau, songea-t-il en caressant tendrement les mains de sa femme, comme c'est beau !

★

Au poste de commandement souterrain où Feds et policiers travaillaient sans relâche, la titanesque opération de recherche avait soudain changé de direction et pris une nouvelle dimension. La filature de tous les Arabes entrés aux États-Unis depuis six mois ainsi que l'enquête sur les quais avaient été abandonnées. Toutes les forces disponibles étaient à présent concentrées sur les trois Palestiniens dans la chasse à l'homme la plus gigantesque qu'eût jamais connue une ville américaine.

Al Feldman avait passé la nuit entière à coordonner avec le F.B.I. l'action de leurs effectifs, cette fois au grand complet. Les trois suspects étant identifiés, on avait décidé de jeter dans la bataille la totalité des trente-deux mille gardiens de la paix de New York. Pour préserver le secret et éviter tout risque de panique, les Dajani furent présentés comme les assassins de deux motards de la police de Chicago. Feldman savait que c'est toujours pour retrouver les meurtriers de leurs camarades que les flics déploient le plus de zèle.

On avait fait tirer à plusieurs milliers d'exemplaires les fiches signalétiques des trois Palestiniens avec leurs photos. A l'aube, ces documents furent distribués à tous les agents qui venaient prendre leur service dans tous les commissariats de la ville. Y compris à ceux qui achevaient leur garde de nuit et qui furent mobilisés pour un nouveau tour de service. Partout c'était la même consigne : ce matin, vous laissez tout tomber — cambrioleurs, voleurs à la tire, chauffards, ivrognes, junkies, prostituées. Votre seule et unique mission : retrouver les trois individus tueurs de flics dont vous avez le portrait.

Persuadé qu'au moins l'un des trois Dajani allait faire surface à un moment ou à un autre, Feldman avait dressé un plan général de recherches à l'intention de chaque commissariat. Il s'agissait de montrer la photo des suspects à tous les vendeurs de journaux, employés de drugstores, serveurs de bistrots, à toutes les caissières de self-services, de boîtes à hamburgers, de pizzerias, à tous les marchands de sandwichs et de frites, les tenanciers de bars, les garçons de restaurant, les préposées aux toilettes, les filles de vestiaires, à tous les patrons, employés, vendeurs magasiniers et caissières de tous les magasins d'alimentation, depuis la plus minable épicerie de Brooklyn jusqu'au supermarché le plus géant de Queens ! Même chose pour les marchands ambulants de hot-dogs et de boissons gazeuses, les gardiens des cabinets et bains publics, les gérants de bains turcs.

Les inspecteurs des mœurs furent priés d'aller enquêter auprès des prostituées, dans les salons de massage, les boîtes à sexe, les hôtels de passe ; les hommes des stupéfiants chez les drogués, bien que Feldman doutât que des terroristes de cette envergure fussent susceptibles de succomber à des tentations aussi aliénantes. Des policiers furent placés à toutes les caisses des péages, aux entrées et sorties des ponts et des tunnels, avec consigne d'examiner les passagers de tous les véhicules. Les trois mille agents de la police du métro furent postés devant chaque tourniquet du réseau.

De son côté, Quentin Dewing avait envoyé ses milliers de Feds fouiner dans tous les hôtels, meublés et agences de location de voitures. Certains étaient allés dans les agences immobilières éplucher les contrats de location signés au cours des six derniers mois, dans l'espoir de tomber sur la cachette de la bombe. D'autres, travaillant avec les spécialistes de la prévention criminelle de chaque commissariat, téléphonaient à des centaines de commerçants pour essayer de récolter une information sur tout fait insolite survenu dans leur quartier. D'autres encore accompagnaient les brigades Nest et inspectaient tous les locaux et immeubles abandonnés avec compteurs Geiger et appareils de détection.

La mise en place de ce dispositif avait entraîné une âpre discussion. Fallait-il mettre les médias dans le coup ? Feldman voulait communiquer les photographies des trois Dajani et leur signalement à la presse — journaux, radios et chaînes de télévision. Il espérait gagner un temps précieux en associant la population aux recherches. Mais, par la voix de Jack Easman, Washington avait opposé un veto formel. Depuis l'incident du scanner et des lunettes noires, l'assistant du Président pour la sécurité nationale éprouvait la plus extrême méfiance à l'égard de Kadhafi. Il était fondé à penser que le Libyen n'avait envoyé à New York que des kamikazes prêts à sauter avec sa bombe. Il ne voulait pas risquer que, se découvrant à la une des journaux, ils ne déclenchent une explosion prématurée.

Al Feldman frotta son menton rugueux de barbe et se servit une tasse de café. Il ne lui restait plus qu'à attendre. Buvant lentement le liquide brûlant, il cherchait ce qu'il aurait pu oublier. A plusieurs reprises, il éprouva une envie folle de téléphoner à sa femme dans leur maison de Forest Hills, au nord de New York, pour lui dire de ne pas envoyer les enfants à l'école et de les emmener le plus loin possible. Chaque fois pourtant, il se retint. Je me demande bien si le vieux Bannion a prévenu sa bobonne, se dit-il.

C'est alors qu'entra le préfet de police, les yeux cernés, la mine défaite. Le lendemain de sa nomination, Bannion avait quitté sa résidence de Long Island pour venir s'installer au cœur de Manhattan afin de « témoigner ses sentiments de solidarité à la population de New York ». Devant son air épuisé, plein de détresse, le chef des inspecteurs eut honte de la réflexion qu'il venait de se faire.

— Qu'en pensez-vous, chef ? lui demanda le préfet avec lassitude. Avons-nous une chance de réussir ?

Al Feldman avait toujours été d'un tempérament pessimiste. Il avala la dernière gorgée du café amer au fond de sa tasse et leva un regard éploré.

— Compte tenu du peu de temps qui nous reste, franchement non, monsieur le Préfet, je ne le crois pas.

NEUVIÈME PARTIE

*« Pour l'amour du ciel,
obtenez-nous vingt-quatre heures
de plus ! »*

Rappel au lecteur :

Le lecteur peut se référer aux cartes de la ville de New York et du bassin de la Méditerranée à la fin du volume.

Deux M.P. escortèrent Grace Knowland à l'intérieur de la caserne de Park Avenue. Un jeune officier l'attendait dans le hall. Il se présenta, souriant.

— Commandant McAndrews, service de presse de la Ire armée, annonça-t-il avec toute la chaleur d'un authentique professionnel des relations publiques. Nous vous sommes vraiment reconnaissants, madame, de l'intérêt que vous voulez bien porter à nos travaux.

Il entraîna la journaliste du *New York Times* dans le couloir et la fit entrer dans un bureau brillamment éclairé.

— Voici notre officier d'opérations, le commandant Calhoun, dit-il en présentant l'officier à l'air jovial qui s'était levé à leur entrée.

Les deux hommes offrirent un fauteuil à la jeune femme.

— Comment aimez-vous votre café ? demanda McAndrews avec empressement.

— Noir et sans sucre, merci.

Tandis que McAndrews sortait chercher le café, Calhoun posa nonchalamment ses pieds sur son bureau, alluma une cigarette et montra les cartes de la région new-yorkaise qui tapissaient les murs.

537

— En gros, commença-t-il, le but de notre exercice est d'établir une sorte d'inventaire des secours que la Ire armée pourrait fournir à la ville de New York en cas de catastrophe naturelle, comme cette tempête de neige de la semaine dernière, une panne générale d'électricité ou un cyclone.

Le commandant se leva et pointa une baguette sur les différentes installations de la Ire armée dans le secteur.

— Prenons la base aérienne de McGuire, là, dans le New Jersey. Elle peut certes offrir des facilités d'évacuation par air, mais ce n'est pas ce qui aidera à déblayer la neige des rues, n'est-ce pas ?

L'officier poussa un petit gloussement satisfait et poursuivit son exposé avec le plus grand sérieux. Son numéro dura une bonne demi-heure, le temps, avait estimé le F.B.I., d'épuiser la curiosité de la journaliste la plus accrocheuse sur les problèmes du déblaiement de la neige à New York.

— Avez-vous des questions sur un point particulier ? demanda-t-il en conclusion.

— Oui, dit Grace, j'aimerais interroger quelques-uns des militaires participant à l'exercice.

— Hum !... c'est un peu difficile pour l'instant. Toutes les équipes sont en plein travail, et comme la durée de l'intervention compte pour beaucoup dans nos calculs, il serait inopportun de les déranger. Cela risquerait de fausser nos résultats. Mais voilà ce que je peux faire : si vous voulez bien revenir demain soir à la fin de l'exercice, je ferai en sorte que vous puissiez rencontrer alors autant de personnes que vous voudrez.

— En exclusivité ?

— Il n'y a que vous sur le coup.

Parfait, songea Grace. Elle remercia l'officier et referma son carnet de notes. McAndrews la raccompagna jusqu'à la porte de la caserne. Comme ils passaient le long de l'immense hall où elle venait de temps en temps voir son fils jouer au tennis, quelque chose intrigua la journaliste. A la place des camions vert olive de la garde nationale garés là habituellement, elle fut surprise de voir de nombreuses fourgonnettes aux couleurs des agences Hertz et Avis.

— Que font là ces camions de location ? Ils participent aussi à votre exercice ?

— C'est-à-dire..., hésita le commandant pris au dépourvu, ils nous servent à transporter du matériel. Un soutien logistique, en quelque sorte.

— L'armée ne dispose donc pas de moyen de transport suffisants ? s'étonna Grace.

McAndrews fit semblant d'avoir besoin de se moucher pour se donner le temps de trouver un argument plausible.

— Bien sûr que si, madame. Mais à cause de leur taille, nos camions militaires sont assez difficiles à manœuvrer dans les rues encombrées d'une ville. Ils risqueraient de provoquer de sérieux embouteillages. C'est pourquoi nous préférons utiliser ce type de véhicules plus maniables. Afin d'éviter de gêner la population.

Le Fed déguisé en commandant était enchanté de sa trouvaille.

— Ah, je vois, fit Grace ironiquement. L'armée ne recule devant aucune dépense !

Au moment de prendre congé, elle se souvint de sa promesse faite la veille au jeune M.P. de garde à la caserne.

— Croyez-vous, commandant, qu'on pourrait

539

appeler le lieutenant Daly ? Il a été très aimable envers mon fils hier soir et je voudrais le remercier.

★

Le Président sentait avec plaisir le bienfait régénérateur du massage glacé. Quelle bénédiction que cette douche aux jets surpuissants ! A la Maison-Blanche, on l'appelait « le réveil de Lyndon ». C'était en effet le président Johnson qui l'avait fait installer. L'actuel chef de l'Exécutif avait regagné ses appartements vers 4 heures et demie du matin, pour prendre quelques moments de repos. Pas plus que le maire de New York, il n'avait pu trouver le sommeil, cherchant jusqu'à l'obsession à imaginer une solution miracle. Idi Amin Dada, Khomeiny, aujourd'hui Kadhafi !... Tout le fragile équilibre de la planète était en train de se désintégrer sous les lubies de ces fanatiques ivres de haine ! Mais au fond, n'est-ce pas nous qui sommes responsables de la montée de tels monstres, se disait-il, nous les pays industrialisés, avec notre goinfrerie insatiable de pétrole ?

Un maître d'hôtel venait de disposer dans la chambre la table de son petit déjeuner habituel : un verre de jus d'orange, du café, deux œufs à la coque et du pain complet toasté. Il avala le jus de fruit, but une tasse de café noir, mais ne toucha pas au reste. Il n'avait guère d'appétit ce matin. Comme chaque jour, il appuya sur les télécommandes des trois téléviseurs alignés au pied de son lit pour jeter un coup d'œil aux actualités matinales des grandes chaînes nationales. Son visage s'illumina à la vue de son épouse s'adressant à une assemblée de jeunes handicapés de l'Illinois. Dans son souci de préserver les apparences d'une situation normale, il l'avait priée d'aller participer à cette manifestation prévue de longue date. Ragaillardi par ces touchantes images et par la constatation que rien n'avait filtré de la tragédie en cours, il gagna d'un pas ferme la salle de conférences.

Les membres du Comité de crise y étaient tous dans un piteux état. A tour de rôle, ils avaient bien essayé de grappiller quelques minutes de sommeil dans un fauteuil, mais la plupart ne tenaient encore qu'à coups de tranquillisants. Seul Jack Eastman, rasé de frais, offrait un visage à peu près normal.

Dès que le Président eut pris sa place, son assistant pour la sécurité nationale lui exposa la seule information importante parvenue en son absence : un message du Kremlin. Sur ordre de Moscou, l'ambassadeur soviétique à Tripoli était allé conjurer Kadhafi de repousser l'heure d'expiration de son ultimatum et de reprendre les négociations avec Washington. Le Libyen avait été intraitable. D'après le diplomate russe, il était prêt à mourir et à laisser anéantir son pays si ses exigences n'étaient pas satisfaites ! Comme les quelques fidèles à ses côtés lui avaient paru tout aussi décidés, il n'y avait aucune raison d'espérer qu'un coup d'État pût modifier la situation.

Après quoi, Eastman présenta au chef de l'État trois nouveaux venus dans la salle de conférences : les généraux de l'aviation, de l'armée de terre et des Marines, responsables du projet d'expulsion des colons israéliens implantés en Cisjordanie.

— Monsieur le Président, déclara l'amiral Fuller, président du Comité des chefs d'état-major, nous devons prendre d'urgence plusieurs déci-

541

sions. La première concerne la 82ᵉ division aéroportée et la 2ᵉ brigade blindée. Les premiers appareils sont sur le point d'arriver à mi-parcours.
Faut-il les laisser poursuivre leur route ?

La 82ᵉ division aéroportée stationnée à Fort
Bragg, en Caroline du Nord, et la 2ᵉ brigade blindée de Camp Hood, au Texas, avaient été mises
en alerte au cours de la nuit. Ces deux grandes
unités appartenaient, le chef de l'État le savait, à la
force d'intervention rapide qu'il avait créée en
1979 afin de répondre aux impératifs de la politique extérieure américaine. Cent dix mille soldats
d'élite spécialement entraînés et suréquipés pouvaient être expédiés sans délai vers n'importe quel
point chaud du globe. Deux fois en 1979, ces
hommes avaient été secrètement mis en alerte
pour intervenir dans le golfe Persique. La première fois en Arabie saoudite, après une menace
de complot contre le régime de Riyad ; la
deuxième, pour prendre le contrôle des installations pétrolières iraniennes d'Abadan, lors de la
crise provoquée par la prise des otages de l'ambassade américaine à Téhéran.

Aujourd'hui, ces troupes d'élite avaient été
embarquées avec leur matériel dans une armada
de C-5 Galaxy. Les avions volaient vers l'Allemagne, répartis en douze flottilles, celle de tête
étant déjà loin au-dessus de l'océan Atlantique.

Avant que le Président ait eu le temps de
répondre à la question de l'amiral, Michael York,
le chef de la diplomatie américaine, rentré dans la
nuit d'Amérique latine, intervint :

— Nous avons reçu l'autorisation du chancelier
Schmidt. Nous pouvons utiliser nos bases d'Allemagne comme escales.

— La deuxième décision concerne le débarquement des Marines de la VIe flotte, enchaîna l'amiral Fuller. Général, vous avez la parole.

Le général des Marines alla appuyer sur un bouton qui dévoila l'un des écrans encastrés dans le mur. Une image transmise par le Pentagone apparut alors, montrant la partie orientale de la Méditerranée et la position de la force amphibie des Marines de la VIe flotte : deux porte-hélicoptères et quatre navires d'assaut. Ces bâtiments se trouvaient à vingt milles nautiques de la côte libanaise, juste au nord de Beyrouth.

— Nous avons trois possibilités, monsieur le Président. La première est de débarquer nos troupes ici, dans la région de Tyr, au Sud-Liban, ou plus au nord, dans la baie de Djouniyé, tenue par les phalanges chrétiennes. La seconde est de les débarquer ici, près de Lattaquié, en Syrie, c'est-à-dire carrément au nord. La troisième est de les transporter directement par hélicoptères jusqu'en Jordanie où elles seraient évidemment à portée immédiate de leurs objectifs. Mais il faut pour cela avoir l'accord du roi Hussein.

Le secrétaire d'État intervint.

— Notre ambassadeur à Amman vient de s'entretenir avec le souverain jordanien. Ce dernier accepte de nous laisser regrouper nos unités sur ses aérodromes et nous assure de sa discrétion totale.

— Et les unités de la force d'intervention rapide ? demanda le Président. Quelle destination leur avez-vous assignée ?

— Le seul endroit convenable serait Damas, répondit l'amiral Fuller. Nous trouverions là-bas toutes les facilités aéroportuaires pour décharger le matériel lourd.

— Avons-nous pris contact avec Assad ?

— Non, monsieur le Président, indiqua le secrétaire d'État. Nous avons considéré qu'il valait mieux attendre votre feu vert. Nos relations avec le président syrien ne sont pas aussi confiantes qu'avec le roi Hussein.

Le chef de l'Exécutif prit quelques instants pour récapituler mentalement toutes les données du problème avant d'annoncer ses décisions :

— Parfait, messieurs. Que les unités de la force d'intervention rapide poursuivent leur route jusqu'en Allemagne. Qu'elles s'y tiennent prêtes à décoller pour le Proche-Orient. Prévenez notre ambassadeur à Damas et dites-lui ce que nous attendons d'Assad. Mais recommandez-lui de ne pas le contacter avant qu'il ne reçoive de nouvelles instructions.

Il se tourna vers le général des Marines.

— Prévoyez, quant à vous, de débarquer dans un premier temps à Djouniyé. Vos troupes y recevront probablement un accueil plus amical que dans la région de Tyr où l'artillerie israélienne serait susceptible de ne pas se montrer très hospitalière. Quand nous aurons prévenu Assad, nous les ferons héliporter à travers la Syrie jusqu'en Jordanie. Mais, pour l'instant, tout le monde doit rester à bord des bateaux. Pas de débarquement sans mon ordre formel.

Le Président réfléchit un moment et s'adressa enfin au secrétaire d'État.

— Michael, préparez pour le Kremlin un message expliquant notre intervention et ses motifs. Faites en sorte que ces informations soient portées à la connaissance de Kadhafi. Adressez un message analogue à notre chargé d'affaires à Tripoli. Il ne faut, pour rien au monde, courir le risque que Kadhafi se trompe sur notre objectif et décide de brusquer son action. Et profitez-en pour faire savoir aux Russes que nous leur serions très reconnaissants s'ils pouvaient exercer toute la pression possible sur Kadhafi pour qu'il prolonge de quelques heures le délai de son ultimatum.

— Et les Israéliens ? s'enquit le secrétaire d'État. Ne devrions-nous pas les avertir également ? S'ils se rendent compte que nous ne bluffons pas, peut-être finiront-ils par expulser eux-mêmes leurs colonies.

— Monsieur le Président, s'empressa de rétorquer l'amiral Fuller, si nous devons envisager une épreuve de force avec les Israéliens, je m'élève énergiquement contre l'idée de leur dévoiler nos intentions plusieurs heures à l'avance !

Pendant le silence gêné qui suivit, chacun guettait la réaction du Président.

— Ne vous faites pas d'illusions, amiral. Nous n'avons nul besoin d'annoncer aux Israéliens l'opération que nous projetons, ils la découvriront bien tout seuls !

★

Un vrai boulot d'horloger ! s'extasiait Angelo Rocchia en regardant les spécialistes du laboratoire criminel du F.B.I. désosser la fourgonnette Volkswagen qui avait servi au transport de la bombe, du *Dionysos* à sa cachette finale. Des centaines de pièces du véhicule gisaient là, éparses, sur le ciment d'un des garages de l'agence Hertz, sur la 4e Avenue de Brooklyn. Chacun des trente-sept défauts de la carrosserie — éraflures, coups, chocs —, quelques-uns à peine visibles, avait été cerclé de rouge. Le moindre éclat de peinture était examiné avec un équipement d'analyse spectographique envoyé par avion de Washington.

545

Une équipe de Feds avait minutieusement établi le pedigree du véhicule. Partant des contrats de location, ils en avaient recherché tous les utilisateurs des deux dernières semaines, et reconstitué avec eux tous ses itinéraires. On avait convoqué le jeune ménage qui l'avait loué après les Palestiniens pour voir s'ils n'y avaient rien trouvé — pochette d'allumettes, serviette de restaurant en papier, carte routière... — qui eût pu donner une quelconque indication sur les endroits où s'étaient rendus les terroristes le jour précédent.

La gomme des pneus avait été analysée au microscope afin de déceler toute particule révélatrice de la nature du sol où ils avaient roulé... ou stationné. Le tapis de sol avait lui aussi été passé au crible pour essayer d'y découvrir une poussière ou une parcelle des semelles des Dajani qui put orienter géographiquement l'enquête. Rien n'avait été négligé. Ayant appris que des travaux de peinture avaient été exécutés le vendredi en question sur le pont de Brooklyn, les Feds avaient inspecté à la loupe chaque centimètre carré de la carrosserie : une trace de cette même peinture aurait prouvé que c'était bien à Manhattan que les terroristes avaient transporté leur bombe.

Merveilleux ! Angelo était béat d'admiration devant tant de rigueur, de minutie, de précision. Seulement voilà, cette gigantesque investigation n'avait strictement servi à rien. Il venait de passer plus d'une heure dans le bureau de l'agence Hertz à éplucher les comptes rendus de l'enquête. On savait que Whalid et Kamal Dajani s'étaient présentés à l'agence vers 10 h 30 vendredi matin. L'employé se souvenait qu'ils voulaient une fourgonnette pour « déménager quelques meubles ». Cette précision indiquait qu'ils connaissaient les règles régissant la location des véhicules de transport. En effet, pour se servir de ce véhicule aux fins d'enlever des marchandises sur les docks, le permis de conduire volé de Kamal n'eût pas suffi. On lui aurait demandé une licence commerciale de transporteur. L'employé se souvenait aussi que ses clients s'étaient renseignés sur la charge utile que pouvait transporter le modèle qu'il leur proposait. Ils avaient paru satisfaits d'apprendre qu'elle était de trois tonnes.

D'après l'heure tamponnée sur le contrat de location, ils avaient pris possession du véhicule à 10 h 47. Kamal l'avait restitué, seul, le même soir à 18 h 15, après la fermeture du bureau. Le gardien de nuit avait remis soixante et un litres et demi d'essence dans le réservoir. Pour les quatre cent dix kilomètres inscrits au compteur, cela représentait une consommation moyenne de quinze litres aux cent, ce qui était normal. La seule autre indication précise que possédaient les enquêteurs était l'heure — 11 h 42 — marquée par le gardien des docks sur le bulletin d'enlèvement de la marchandise. C'était à peu près tout ce que l'on savait. Une équipe avait également passé la nuit à vérifier sur l'ordinateur du Bureau des contraventions les infractions au stationnement commises dans la journée de vendredi. Mais cela n'avait rien donné.

Angelo était sorti dans la cour. Il arpentait pensivement le ciment crevassé tout en essayant de faire le point sur les maigres informations dont il disposait.

— Holà ! qu'est-ce vous cherchez tous ici depuis des heures ? Un assassin ?

Angelo avait reconnu le gardien à qui Kamal Dajani avait restitué la fourgonnette. Il lui posa amicalement la main sur l'épaule.

547

— Il s'agit d'un assassin en effet, et vous pouvez nous aider à sauver ses futures victimes. Essayons encore une fois de récapituler ce qui s'est passé vendredi soir, vous voulez bien ?

— Vous rigolez, non ? — L'irritation du gardien était évidente. — J'ai déjà tout raconté à vos collègues là-bas. Vendredi, ce garage, c'était une merde de patinoire ! Allez, vous m'avez fait perdre assez de temps comme ça ! Salut !

Angelo reprit sa lente déambulation. Soudain, il s'arrêta. « Une merde de patinoire », avait dit le gardien. Une merde de patinoire ?... Mais oui, pourquoi pas ?... C'est bien connu : après une chute de neige, le nombre des accidents de la circulation monte en flèche. Or, comment des Arabes sauraient-ils conduire sur la neige ? Une merde de patinoire... Il faut vérifier tout de suite. On ne sait jamais.

★

Grace Knowland souriait au jeune lieutenant intimidé, assis en face d'elle. Comme c'est touchant, songeait-elle. Je pourrais presque être sa mère et il me regarde d'un air énamouré ! Ils étaient attablés dans un drugstore de Madison Avenue, devant un café et des *doughnuts*.

— Vous savez, dit le jeune officier, en réalité je ne fais pas partie de la Military Police. J'appartiens à l'Infanterie. Je ne suis à New York que pour une affectation tout à fait temporaire.

— Vous en avez une sacrée chance ! C'est épatant de se retrouver tout à coup à New York !

— Pas autant que vous pourriez le croire. Figurez-vous qu'on nous a expédiés ici sans crier gare et que rien n'a été prévu pour notre hébergement.

548

On campe par terre dans des sacs de couchage, et comme nourriture, on nous distribue des rations de combat froides.

— Vraiment ? s'étonna Grace. Vous voulez dire que l'armée se paye le luxe de louer tout un tas de camions et qu'elle n'a même pas les moyens de vous servir un repas chaud ?

— Mais ce n'est pas l'armée qui a loué ces camions !

— Pas l'armée ?

— Non, ce sont les civils qui ont organisé l'exercice en cours qui les utilisent.

— Pour déblayer la neige ?

— Aucune idée ! Je crois qu'ils les bourrent d'appareils et qu'ensuite ils sortent dans les rues et se baladent pendant des heures. Sans doute pour mesurer quelque chose ? La pollution, peut-être.

Grace vida sa tasse, l'air perplexe. Elle prit l'addition.

— Oh, zut ! grogna-t-elle en cherchant son porte-monnaie. Je m'aperçois que j'ai laissé mon carnet de notes dans le bureau du commandant. Pourriez-vous me ramenez chez lui ?

Dix minutes plus tard, elle ressortait de la caserne, serrait avec effusion la main du jeune officier et arrêtait le premier taxi en maraude sur Park Avenue.

Elle s'engouffra dans la voiture, sortit son carnet et nota en hâte un numéro. C'était pour obtenir ce renseignement qu'elle avait voulu retourner à la caserne. Il s'agissait du numéro d'immatriculation d'une des fourgonnettes Avis qui y étaient garées.

★

— Avez-vous une idée du nombre de camions

Hertz qui circulent dans New York un jour de semaine ?

Angelo Rocchia avait posé cette question à l'employé boutonneux qui dirigeait l'agence de la 4e Avenue. Celui-ci émit un petit sifflement et se renversa dans son fauteuil pour faire le calcul.

— Nous, ici, on fait une quarantaine de locations par jour, et on a deux autres agences à Brooklyn. Ajoutez celles de Manhattan, du Bronx et de Queens. Ça doit bien faire quatre à cinq cents bahuts au moins. Peut-être plus un jour d'affluence. Pourquoi ?

— Oh ! rien. Je me demandais simplement...

Par la vitre du petit bureau encombré, Angelo suivait le manège des Feds du laboratoire dans le garage voisin. Ils font vraiment tout ce qu'ils peuvent pour tirer quelque chose de cette ferraille, pensait-il, mais il n'y a pas grand-chose à espérer. A moins d'avoir du temps, beaucoup de temps. Mais au fait, personne ne s'est soucié de nous donner un délai pour le retrouver ce foutu baril ! Il y a d'ailleurs des tas de choses qu'on nous cache dans cette affaire. A commencer par ce rapport d'expertise de la fourgonnette que les Feds ont fait disparaître en moins de deux dès que j'ai voulu y mettre le nez. « Secret », il m'a dit, la grande gueule de Fed qui dirige l'équipe. Qu'est-ce qui peut bien être si important pour que même ceux qui ont la tâche de retrouver ce baril n'aient pas le droit de savoir ?

Angelo attrapa une cacahuète dans sa poche et se la jeta dans la bouche. Il songeait à cette histoire de patinoire et à ce qu'il en avait déduit. Tirée par les cheveux, cette déduction ? La neige, plus un Arabe au volant, égale accident. Suis-je en train de chercher midi à quatorze heures ? Ou y a-t-il vraiment là quelque chose à creuser ? Il regarda les Feds qui s'agitaient toujours autour de la fourgonnette. Au lieu de glander comme un imbécile à attendre qu'ils aient fini je peux toujours donner quelques coups de fil ! L'air désabusé il réclama un annuaire et composa un premier numéro.

— Allô, le 1er commissariat ? Passez-moi l'inspecteur chargé de la main courante !

La main courante est le registre dans lequel chacun des trente-deux commissariats de la police de New York consigne le flot des délits quotidiens depuis la plainte d'une femme rossée par son mari jusqu'aux meurtres.

— Dites-moi, inspecteur, demanda-t-il après avoir décliné ses noms et qualités, auriez-vous par hasard enregistré des « 61 » vendredi dernier ?

Dans la terminologie de la police new-yorkaise un « 61 » est un accident de la circulation provoqué par un tiers non identifié.

★

Grace Knowland poussa la porte de l'immeuble du *New York Times* et salua d'un clin d'œil les vigiles armés qui gardaient l'accès des ascenseurs. Il émanait dans le hall d'entrée du journal le plus influent du monde une atmosphère de respectabilité feutrée. Dans une niche, le buste au visage sévère d'Adolph Ochs, le fondateur du *Times*, semblait rappeler à quiconque pénétrait ici que le sens du devoir était le premier des principes sur lesquels il avait fondé son entreprise.

Se faufilant à travers le labyrinthe de la salle de rédaction, Grace rejoignit son petit enclos vitré. Son premier soin fut d'appeler la direction newyorkaise de la société Avis de location de voitures.

551

Elle obtint rapidement le renseignement qu'elle désirait : la fourgonnette dont elle avait noté le numéro à la caserne appartenait à la succursale de New Brunswick, une ville de l'État voisin du New Jersey. Il lui restait à découvrir l'identité du locataire. Sachant que la société Avis ne communiquerait pas cette information à un correspondant inconnu, elle eut recours à un stratagème qu'eût sans nul doute désapprouvé l'austère fondateur de son journal.

— Ici le sergent Lucie Harris, du bureau de la police routière de l'État de New York, annonça-t-elle à l'employée de l'agence Avis de New Brunswick. Un de nos postes de contrôle radar a constaté l'excès de vitesse d'une fourgonnette immatriculée NJ 48749 appartenant à votre agence. Nous vous serions obligés de nous communiquer l'identité et l'adresse de la personne au nom de laquelle a été établi le contrat de location.

— Cela prendra sans doute un petit moment, s'excusa l'employée. Où puis-je vous rappeler ?

— Inutile, mademoiselle, je reste en ligne.

Quelques minutes plus tard, sa correspondante la renseignait.

— D'après le permis de conduire, il s'agit de M. John McClintock, demeurant 104 Clear View Avenue, à Las Vegas. Permis du Nevada numéro 432 701, délivré le 4 mai 1979. Valide jusqu'au 3 mai 1983.

Grace griffonna ces précisions sur son carnet. Pourquoi diable sont-ils allés chercher en plein désert un expert en déblaiement de la neige ? s'étonna-t-elle.

— A-t-il laissé un numéro de téléphone ?

— Oui. Indicatif 202, et 293.30.00.

552

La journaliste remercia et composa aussitôt ce numéro.

— Base aérienne de McGuire, lui répondit quelqu'un.

Tiens, c'est un militaire, comprit Grace. Elle demanda John McClintock.

— Pouvez-vous m'indiquer à quel service il appartient ?

— Non. Il m'a juste laissé ce numéro en me priant de l'appeler.

— Je vous mets en communication avec les renseignements.

La base de McGuire n'ayant aucune trace d'un John McClintock, la journaliste reposa le combiné, bredouille. Son joli rêve de dénoncer un nouveau gaspillage de fonds publics tombait à l'eau. Elle jeta un coup d'œil à sa montre. Il était un peu plus de 10 heures à New York ce mardi 15 décembre — 8 heures à Las Vegas. Encore un appel, se dit-elle un dernier appel et j'abandonne.

Par les renseignements téléphoniques de Las Vegas, elle obtint le numéro d'un John McClintock correspondant à l'adresse portée sur le contrat Avis. Le numéro sonna interminablement. Grace était sur le point de raccrocher quand une voix de femme lui répondit. A nouveau elle exprima le désir de parler à M. John McClintock.

— Je suis navrée, il n'est pas là, puis-je vous renseigner ?

— Savez-vous où je pourrais le joindre ?

— Qui est à l'appareil ? Je suis madame McClintock.

— Pardonnez-moi de vous déranger, madame, ici la First National City Bank de New York. Nous avons reçu un ordre de virement à l'intention de votre mari et j'ai besoin de ses instructions. Voudriez-vous me dire où je peux le contacter ?

— Malheureusement non. Il est en voyage pour plusieurs jours.

— Quand sera-t-il de retour ?

— A vrai dire, je n'en sais rien.

— N'y a-t-il pas un endroit où je pourrais lui laisser un message ?

Après un moment d'hésitation, Mme McClintock expliqua :

— Je regrette, mais je ne puis vous dire où se trouve mon mari. Il est en mission pour le compte du gouvernement. Vous feriez mieux d'appeler son bureau au Federal Building de Las Vegas.

Comme chaque fois que son instinct de reporter lui faisait flairer une grosse affaire, une sensation de chaleur envahit la journaliste. Le commandant McAndrews lui avait dit que les camions de location appartenaient à l'armée ; le lieutenant Daly avait dit le contraire. L'un des deux se trompait — ou mentait. Elle appela le Federal Building de Las Vegas.

— Service de protection. Ici, Tom Reily, déclara quelqu'un au poste de McClintock.

Protection ? Protection contre quoi ? s'étonna Grace.

— Monsieur McClintock, s'il vous plaît.

— C'est bien son bureau, mais il est absent pour quelques jours.

La jeune femme adopta un ton complice dans l'espoir que son interlocuteur la prendrait pour une vieille connaissance de McClintock.

— Ah ! Et qu'est-il allé *protéger* cette fois ?

— Qui est à l'appareil ?

La voix était sèche, distante. La journaliste recommença sa petite comédie du virement bancaire.

— Soyez aimable de m'indiquer où je peux l'appeler ?

554

— Il est impossible de le joindre avant son retour. Sa mission est confidentielle.

Grace était stupéfaite. Quelle raison pouvait bien avoir le gouvernement américain de vouloir tenir secret un exercice de déblaiement de neige dans les rues de New York ? En un éclair, elle comprit : ces camions n'avaient rien à voir avec la neige ! Mais alors, pourquoi étaient-ils là ?

Elle songea à la réplique d'Angelo la veille au soir : « Une journée classique d'enquêteur passée à courir après une aiguille dans un tas de foin. » Mais à propos, que faisait-il à une heure si tardive à son bureau ? Et le maire ? Pourquoi était-il rentré de Washington dans un Jet présidentiel ? Tout ceci était bien étrange !

Elle rappela encore une fois le bureau d'Angelo mais n'obtint toujours pas de réponse. Elle feuilleta l'annuaire secret de la police new-yorkaise et composa fébrilement les numéros directs d'une dizaine d'inspecteurs principaux. Aucun ne répondit.

Deux minutes plus tard, Grace Knowland faisait irruption dans le bureau de son rédacteur en chef.

— Myron, lui glissa-t-elle, il faut que je te parle d'urgence. Je suis peut-être sur un gros, un très gros coup.

★

Une question obsédait de plus en plus le maire de New York depuis son retour à 8 heures, ce mardi 15 décembre, au P.C. souterrain de Foley Square. Et si ce bouffon d'Oglethorpe se trompait en brandissant le spectre de la panique pour éviter une évacuation en catastrophe de New York ?

L'expérience ne montre-t-elle pas, au contraire, que les gens ont parfois tendance à mieux se comporter dans une tragédie majeure que dans un petit incident ? N'avait-il donc pas le devoir moral absolu de crier à ses concitoyens de s'enfuir ? Tout de suite ! A toute vitesse ! Tant qu'il était encore temps ! Par n'importe quel moyen ! Au diable les autres considérations ! Mieux valait en sauver quelques centaines de milliers que de les condamner tous à périr !

Les rapports pessimistes des dernières heures fortifiaient le maire dans cette intention. Après l'euphorie qui avait suivi l'identification des Palestiniens et la mobilisation de toutes les forces de police, à moins de quatre heures de l'expiration de l'ultimatum, un accablement insupportable régnait dans le P.C. souterrain.

Pour lancer son cri d'alarme, Abe Stern disposait d'un instrument unique aux États-Unis, la « ligne numéro 1000 ». Il s'agissait d'une liaison radio et télévisuelle directe entre son bureau de l'Hôtel de Ville ou sa résidence de Gracie Mansion, et le contrôle de la station de radio et de télévision municipale W.N.Y.C. Sur instruction du maire, le technicien de service à la W.N.Y.C. appelait les trois principales stations de la ville : W.N.B.C., W.C.B.S., W.A.B.C. Toutes trois déclenchaient à leur tour un système d'alarme qui retentissait dans toutes les stations new-yorkaises. A ce signal, toutes les stations avaient l'obligation formelle d'interrompre instantanément leurs programmes et de prier leurs auditeurs ou téléspectateurs de rester à l'écoute en prévision d'un message urgent. Moins de deux minutes après avoir actionné la « ligne numéro 1000 », le maire de New York pouvait apparaître sur les écrans et parler sur les ondes de plus de cent stations de radio et de télévision en même temps. Le président des États-Unis lui-même n'était pas en mesure de s'adresser aussi rapidement à ses compatriotes.

Abe Stern hésitait encore à prendre cette décision lorsque la voix du Président grésilla dans l'amplificateur encastré dans la table de conférence du P.C. souterrain. Une liaison téléphonique directe avait été établie la veille entre ce P.C. et la salle du conseil de la Maison-Blanche. Stern frémit au ton anxieux du chef de l'État implorant des nouvelles rassurantes sur les recherches de la bombe. Maintenant, son seul espoir, c'est nous ici, songea le maire avec amertume. Son optimisme de la veille : « Confiance, Abe, nous arriverons bien à dissuader Kadhafi de mettre sa funeste menace à exécution », avait fait place à l'angoisse la plus noire. Le Président annonça qu'il avait essayé trois fois sans succès de rétablir le contact avec Tripoli. Kadhafi restait inébranlable dans son refus de discuter. Il évoqua l'intervention militaire prévue pour expulser les colonies israéliennes de Cirjordanie. Stern blêmit. Il n'était pas un sioniste militant, mais la perspective d'un massacre entre ses compatriotes et les Israéliens à cause du complot de ce fanatique Libyen l'épouvantait. Par ailleurs, sauver sa ville n'avait pas de prix !

A sa stupéfaction, il vit Feldman, le taciturne chef des inspecteurs, s'emparer du micro de la ligne directe avec la Maison-Blanche. Sa voix était nouée par l'émotion.

— Monsieur le Président, il n'y a aucune chance de trouver la bombe dans le délai prévu. Avec vingt-quatre heures de plus, nous y arriverions ! Pour l'amour du ciel, monsieur le Président, obtenez-nous ces vingt-quatre heures !

557

Pour la seule journée du vendredi précédent 11 décembre, les « mains courantes » des trente-deux commissariats de New York avaient enregistré quinze accidents de la circulation avec des tiers non identifiés. Ainsi que l'avait supposé Angelo Rocchia, ce chiffre très supérieur à la statistique habituelle était dû aux chutes de neige qui avaient rendu les chaussées particulièrement glissantes.

Un seul de ces accidents avait fait un blessé grave et était l'objet d'une enquête approfondie. Les autres portaient tous la même mention dans les registres : « Affaire confiée à l'inspecteur Aupanier. » Pour les profanes, cet inspecteur pouvait paraître le plus occupé des policiers new-yorkais. En fait, il n'existait pas. Son nom exprimait le sentiment de la police au sujet des accidents matériels avec des tiers non identifiés : un tas de paperasseries inutiles ! La plupart des plaintes provenaient de conducteurs de voitures de sociétés tenus de signaler la moindre éraflure afin de faire jouer l'assurance, ou de travailleurs indépendants qui avaient besoin d'un constat pour justifier les frais de réparation dans le décompte de leur déclaration fiscale. Autrefois, les policiers jetaient directement au panier ce genre de plaintes qu'ils avaient toutefois pris la peine de dactylographier en bonne et due forme devant la victime. Cela pour éviter que ces incidents mineurs ne viennent fausser la statistique des crimes impunis ! Le F.B.I. avait découvert cette pratique et y avait mis fin. Aujourd'hui, tout accident causé par un tiers non identifié recevait un numéro et était enregistré dans la main courante des commissariats. Ces déclarations pieusement recueillies n'en finissaient pas moins aux oubliettes.

Malgré l'urgence brûlante, Angelo, comme à son habitude, prenait son temps. Après avoir téléphoné à neuf commissariats et inventorié six des quinze accidents signalés, il avait maintenant au bout du fil le 10e commissariat de Manhattan.

— Effectivement, j'ai une plainte pour ce jour-là, lui annonça le policier de service. Un représentant de Colgate qui a retrouvé l'aile de sa voiture éraflée.

— Parfait. Que dit au juste sa déclaration ?

— Le plaignant déclare, lut le policier, que le vendredi 11 décembre, son automobile de marque Pontiac portant une plaque de l'État de New York, n° 349 271, se trouvait garée, entre 13 heures et 14 heures, devant le 537 de la 29e Rue-Ouest. Quand il est venu reprendre son véhicule, il a constaté que l'aile avant gauche avait subi un choc. Un inconnu avait laissé sous l'essuie-glace une note disant : « Un camion jaune vous a heurté et a pris la fuite. » Déclaration recueillie le 11 décembre par l'officier de police Natale. Affaire confiée à l'inspecteur Aupanier dans l'attente d'informations susceptibles de lui donner une suite.

Angelo ne put résister à l'envie d'éclater de rire devant une si parfaite bureaucratie.

— Dites donc, quelle sorte d'information attendez-vous au juste pour « donner suite » ? persifla-t-il.

Puis il se ravisa.

— Vous avez bien dit « un camion jaune » ?

— C'est ce qui est écrit.

— Donnez-moi le nom et l'adresse de ce représentant de Colgate.

★

A l'autre extrémité des États-Unis, les premiers rayons de soleil effleuraient d'un scintillement lumineux les rouleaux verts du Pacifique déferlant sur le sable de Santa Monica. Un jogger matinal remontait vers sa villa sur la falaise quand il entendit au loin la sonnerie de son téléphone. Le chef du bureau du *New York Times* sur la côte ouest se précipita. Il reconnut aussitôt son correspondant à son ton confidentiel, presque mystérieux.

— J'ai quelque chose de très important pour toi, disait Myron Pick, son rédacteur en chef. Contacte tout de suite ton correspondant de Las Vegas. Il y a dans le Federal Building de Highland Street un certain John McClintock qui travaille dans un « service de protection ». Je veux que ton type se renseigne sur les activités précises de ce McClintock et qu'il me rappelle séance tenante à New York.

★

Merde de merde ! jura Angelo Rocchia en raccrochant. Le représentant de Colgate dont la voiture avait été cabossée était en tournée dans le West Side de Manhattan et ne rentrerait à son bureau que dans la soirée. S'il était pressé de le rencontrer, la standardiste lui avait suggéré d'aller chez Pascuale, un café de la 35e Rue où les représentants de commerce du quartier vont tous les jours prendre un café et des doughnuts vers 10 heures.

Quatre cents bahuts Hertz, calcula Angelo. Plus des centaines d'autres, jaunes eux aussi. Des milliers chaque jour dans les rues de cette ville ! Et tout ce que j'ai trouvé c'est un bout de papier où il est écrit qu'un camion jaune a esquinté l'aile d'une bagnole en stationnement. Il faut être maso pour s'exciter sur un truc pareil ! Il leva les yeux vers les Feds du laboratoire criminel qui continuaient à examiner chaque pièce de la fourgonnette. Autre police, autre méthode ! songea-t-il.

Il se leva d'un air las, mit son chapeau et se dirigea vers le garage tout en récapitulant les données de son problème. Si la voiture de ce représentant de Colgate a été heurtée à l'aile avant gauche, c'est sans doute par le côté droit du camion jaune. Il alla regarder les pièces du flanc droit de la carrosserie rassemblées par les Feds et compta quatorze cercles rouges numérotés, un pour chaque point d'impact repéré. Il consulta les rapports d'analyse spectographique correspondant à chaque numéro. Aucun, hélas, n'apportait de conclusion décisive. Ils avaient permis d'identifier des éclats provenant de trois marques de peinture différentes, deux utilisées par General Motors, la troisième par Ford. Or, les modèles habillés par ces trois peintures correspondaient à plus de 55 % des véhicules en circulation ! Voilà qui nous fait une belle jambe ! ricana Angelo.

— Y a-t-il quelque chose pour votre service, inspecteur ? demanda sèchement l'un des Feds du laboratoire.

— Non, remercia Angelo. Je jetais un simple coup d'œil.

— Dans ce cas, il vaudrait mieux que vous alliez attendre dans le bureau là-bas. Cela sera plus confortable. Et nous vous préviendrons dès que nous aurons découvert quelque chose qui puisse vous intéresser.

Décidément, je suis aussi bienvenu qu'un Stup dans une partie de came, se dit Angelo. La méfiance des agents du F.B.I. envers les autres

561

policiers l'avait toujours prodigieusement exaspéré. Il aperçut alors son coéquipier Jack Rand. Lui aussi semblait à présent le tenir à distance comme un pestiféré.

— Dis donc, fiston ! lui glissa le New-Yorkais, pourrais-tu me rendre un petit service ?

Il lui posa la main sur l'épaule et l'entraîna à l'écart. Pas question, bien sûr, de lui révéler ce qu'il avait vraiment en tête. Rand était beaucoup trop respectueux du règlement. Il préviendrait aussitôt le P.C. pour demander qu'on envoie quelqu'un d'autre sur la piste du représentant de Colgate. Cela, Angelo ne le voulait à aucun prix. Il regarda Rand droit dans les yeux. Le jeune Fed devait tout de même bien être capable d'une certaine solidarité !...

— Est-ce que tu peux me couvrir pendant une heure ou deux ? — Il fit un clin d'œil. — J'ai quelqu'un à voir pas loin, un petit boudin que je n'ai pas vu depuis quelque temps. Je voudrais juste faire un saut chez elle et lui dire bonjour.

Rand eut l'air horrifié.

— Angelo, tu es fou ? — Il était sincèrement indigné. — Tu ne peux pas faire ça ! Tu ne réalises donc pas combien il est urgent de retrouver cette...

Il était sur le point de dire « bombe » quand il se reprit.

— Cette quoi ? demanda Rocchia.

— Ce baril... ce baril de gaz.

— Dis-moi, petit, qu'y a-t-il de si secret dans cette histoire pour que toi et tes copains là-bas — il désigna le garage — vous fassiez toutes ces cachotteries ? Est-ce vraiment du gaz qu'il contient votre foutu baril ?

— Bien sûr !

Angelo dévisagea son coéquipier d'un regard d'entomologiste. Toi aussi tu es un menteur, se dit-il, écœuré. Rand insistait :

— Te tirer maintenant, c'est... — il chercha le pire exemple qui pût lui venir à l'esprit — ... c'est comme un soldat qui déserte devant l'ennemi !

Rocchia poussa un grognement et pinça l'oreille du Fed.

— T'en fais pas, fiston ! Je lui demanderai si elle a une copine !

★

Myron Pick, le rédacteur en chef du *New York Times*, arpentait nerveusement son bureau. Par la porte ouverte lui parvenait le brouhaha de l'immense salle de sa rédaction. A peine Grace Knowland l'avait-elle informé de ses soupçons, qu'il avait expédié tous ses reporters disponibles dans les commissariats, avec mission d'y glaner toutes les informations susceptibles de révéler quelque chose d'anormal. Depuis vingt minutes, ils téléphonaient tous la même nouvelle : en dehors de quelques policiers de garde, les trente-deux commissariats de New York étaient pratiquement déserts. L'un des reporters s'était même rendu au Q.G. du F.B.I. de Federal Plaza. On avait refusé de le laisser entrer, mais il avait réussi à apprendre par les garçons d'ascenseur que le building était envahi depuis la veille par des centaines d'agents arrivés de province. Intrigué, il était descendu fouiner dans le parking et avait repéré des rangées d'automobiles immatriculées dans les États voisins de New York. C'était évident : le F.B.I. était sur un gros coup.

Pick essayait d'imaginer la raison de cette mobilisation générale quand un de ses jeunes reporters arriva en trombe. Il jubilait de toute la fierté d'un nouveau rapportant son premier scoop.

— Voilà toute l'histoire, dit-il hors d'haleine tout en jetant les photographies des Dajani sur le bureau du rédacteur en chef. Des Palestiniens ! Des buteurs de flics ! Tous les policiers de la ville sont à leurs trousses !

Pick examina les photographies l'une après l'autre.

— Qui ont-ils tué ?

— Deux motards de Chicago il y a quinze jours.

— De Chicago ?

Pick avait froncé les sourcils. Depuis quand la police de New York témoignait-elle tant de compassion envers sa petite sœur du lac Michigan ?

— Courez me chercher Grace Knowland ! ordonna-t-il tout en décrochant son téléphone.

Dès l'arrivée de Grace, Pick lui montra les trois photographies.

— Voilà ton aiguille dans un tas de foin. Trois Palestiniens qui auraient tué deux flics à Chicago il y a quinze jours. L'ennui, c'est qu'il n'y a pas eu un seul assassinat de policiers à Chicago depuis trois mois ! Je viens de faire vérifier par notre correspondant.

Le visage de Pick avait pris un air sévère.

— Il me faut la vérité !

A nouveau, il décrocha son téléphone et appela Patricia McKnight, l'officier de presse du préfet de police. Elle prit directement la communication. Les hauts fonctionnaires de l'administration new-yorkaise n'avaient pas l'habitude de faire attendre un rédacteur en chef du *Times*.

564

— Patty, je veux savoir ce qui se passe. Je sais qu'un exercice bidon de déblaiement de neige est en cours dans la caserne de Park Avenue. Et je sais que tous les flics de la ville sont à la poursuite de trois Palestiniens pour une raison qui n'est pas celle qu'on leur a donnée. Que se passe-t-il exactement, Patty ? Vous êtes sur une sacrée affaire de terrorisme palestinien, et je veux savoir laquelle !

Il y eut un long silence gêné au bout du fil.

— Je suis désolée, Myron, mais je crains que votre question ne dépasse mes compétences. Êtes-vous à votre bureau ?

— Je n'en bouge pas.

— Je demande au préfet de vous rappeler tout de suite.

★

Angelo Rocchia huma avec délices les effluves de salami, d'ail, de provolone, d'huile d'olive, de poivre frais. Rien qu'à ces odeurs appétissantes, même un aveugle eût identifié les lieux : c'était chez Pascuale, le café de la 35e Rue, fréquenté, à l'heure du déjeuner, par les représentants de commerce du West Side. Angelo parcourut la salle du regard. Devant le comptoir étaient alignés une douzaine de tabourets couverts de moleskine rouge et, dans le fond se trouvaient des tables, à touche-touche, avec des nappes en papier rouge. Le personnel se réduisait à un unique serveur qui, avec la vivacité d'un prestidigitateur, empilait sandwich sur sandwich en prévision de l'afflux des clients de midi. Et derrière la caisse, trônait une robuste matrone italienne, toute de noir vêtue qu'Angelo salua cérémonieusement en ôtant son chapeau.

Puis il fit un signe de tête vers les fiasques de chianti suspendues au plafond et, de son meilleur accent sicilien, commanda un verre de ruffino.

— Bellissima Signora, chuchota-t-il pendant qu'elle versait le vin avec une condescendance approbatrice, est-ce que vous connaissez un M. McKinney qui travaille chez Colgate ?

— Bien sûr ! Il est là-bas.

Elle avait désigné un homme d'une cinquantaine d'années en imperméable noir qui buvait un café seul à une table, tout en lisant le *Wall Street Journal*. Angelo s'en approcha furtivement et lui montra sa plaque d'inspecteur au creux de la main.

— Vous permettez que je m'assoie ?

— Faites donc.

Le nez chaussé de lunettes sans monture, la calvitie naissante, il faisait penser davantage à un clergyman qu'à un représentant de commerce. Trop bon genre pour faire la tournée des épiceries ! se dit Angelo avant de lui exposer ce qui l'amenait à faire un brin de causette avec lui.

— C'est donc ça ! répondit le représentant l'air soulagé. Vous savez, j'ai déjà tout raconté dans ma déclaration d'accident.

— D'accord, monsieur McKinney mais j'ai besoin de quelques précisions supplémentaires.

Angelo sourit et se pencha vers son interlocuteur.

— Écoutez, dit-il en confidence, nous sommes sur une très très grosse affaire et il y a une possibilité, une possibilité infime pour que votre accident nous fournisse une piste capitale. Êtes-vous absolument certain que le morceau de papier laissé sous l'essuie-glace de votre pare-brise mentionnait bien un camion jaune ?

— Absolument. — La réponse de McKinney avait été immédiate. — J'ai même montré le papier au policier du commissariat.

Angelo but une gorgée de vin.

— Parfait ! Monsieur McKinney, croyez bien que tout ceci n'a rien à voir avec vous, mais il est extrêmement important que je sache l'heure et l'endroit exacts où s'est produite la collision.

— Tout cela est également dans le rapport.

— Je sais. Mais il me faut une certitude absolue. Vous êtes bien sûr d'avoir garé votre voiture à 13 heures ?

— Je ne peux me tromper car j'ai écouté les titres du bulletin de 13 heures sur W.C.B.S. juste avant de descendre de voiture.

— Okay. Et vous vous êtes absenté pendant combien de temps ?

— Voyons... — McKinney fronça les sourcils dans un effort de mémoire. Il prit son carnet de commandes dans son porte-documents. — Ce jour-là, j'ai rendu visite à trois clients, dit-il en feuilletant les pages. Le dernier était le super-marché du coin. Mais c'était seulement une visite de courtoisie, ils achètent directement au siège. J'ai seulement dit bonjour au directeur, vérifié la mise en place de mes produits, regardé ce que faisait la concurrence, et je suis parti. En tout, je n'ai guère quitté ma voiture plus d'une demi-heure.

Angelo griffonnait quelques notes sur un coin de journal.

— Et c'est bien devant le 537 de la 29e Rue-Ouest que vous vous étiez garé ?

— J'en suis sûr ! Je l'avais noté aussitôt.

L'homme avait légèrement rougi. Pourquoi ment-il ? se demanda Angelo. Il est évident qu'il n'a rien à voir dans cette affaire. Mais alors qu'a-t-il à cacher ? Il est peut-être allé se taper une souris au lieu de voir un client. On ne doit pas badiner avec ça chez Colgate. Bon, tâchons d'attaquer ce brave homme d'une autre façon.

Il vida son ruffino d'un trait et prit un air jovial.

— Je crois savoir que vous habitez à White Plains.

— Oui, vous connaissez ?

— Une chouette banlieue ! J'ai eu un moment l'idée, quand ma pauvre femme était encore là, d'aller m'installer là-haut. Pour le bon air et tout... Vous êtes marié ?

— Oui et j'ai trois enfants.

Angelo gratifia le représentant de son sourire le plus cordial et de nouveau se pencha vers lui.

— Vous pouvez me croire, monsieur McKinney, quand je vous garantis que vous n'avez rien à voir dans notre affaire. Mais il me faut la certitude absolue que vous vous êtes bien arrêté devant le 537 de la 29ᵉ Rue-Ouest. C'est pour moi un point capital !

Le représentant de Colgate eut un mouvement d'impatience.

— Mais puisque je me tue à vous le dire ! Pourquoi cet acharnement ?

— Parce que c'est faux ! monsieur McKinney. Je suis passé devant le 537, 29ᵉ Rue-Ouest en venant ici... C'est un entrepôt avec trois sorties de camions. Vous n'auriez pas pu laisser votre voiture à cet endroit pendant une minute. Ni vendredi ni aucun autre jour !

McKinney était devenu écarlate. Un léger tremblement agitait ses mains. Angelo avait pitié de lui mais ce type l'avait irrité. Pourquoi jouait-il à cache-cache ? Il doit forcément avoir une souris dans le coin. Et quand il a trouvé son aile cabossée, il a eu la pétoche. Il s'est dit qu'il valait mieux qu'on ne connaisse pas chez Colgate le lieu exact de l'accident. Et qu'on ne lui demande pas ce qu'il fichait par là !

— Écoutez, monsieur McKinney, vous devriez savoir que c'est une chose très grave de faire une fausse déclaration à la police. Cela pourrait vous attirer de sérieux pépins avec votre boîte. Moi, je ne veux vous causer aucun ennui, parce que je suis sûr que vous êtes un honnête citoyen, respectueux des lois. Mais encore une fois, je dois savoir où votre voiture a été heurtée.

McKinney releva les yeux de sa tasse de café.

— Tout ça peut avoir quelles suites ? demanda-t-il, inquiet.

— Aucune. Vous avez ma parole : tout ce que vous me direz restera strictement entre nous. Où étiez-vous réellement ?

— Sur Christopher Street.

— Le camion jaune et le message, c'est vrai ?

Le représentant, effondré, fit signe que oui.

— Et l'heure ?

— Je suis sorti de voiture vers 12 h 05, après le premier bulletin de la Bourse à la radio. J'ai acheté une centaine d'actions Teltron il y a quinze jours...

Angelo écoutait tout en se livrant à de rapides calculs. La fourgonnette Hertz quitte le quai à 11 h 42. Si elle a emprunté le tunnel de Brooklyn Battery et remonté le West Side, ça lui a pris de vingt à vingt-cinq minutes pour atteindre Christopher Street. Pas plus.

— Combien de temps êtes-vous resté là-bas ?

L'homme manifestait de plus en plus d'embarras.

— Pas longtemps. Il y a un bar là-bas. Le temps de prendre un verre et de donner un message au barman pour quelqu'un. Une demi-heure tout au plus.

— Vous souvenez-vous du numéro exact devant lequel vous vous êtes garé ?

— Non, mais je pourrais vous montrer l'endroit.

★

Les deux cents habitants d'Elon Sichem, en Samarie, s'étaient rassemblés en moins d'un quart d'heure dans leur réfectoire. Les yeux gonflés de sommeil, la chevelure ébouriffée, pas rasés, en robes de chambre ou en pull-overs enfilés à la hâte, ils ressemblaient à un groupe de Juifs pris dans une rafle. Il y avait parmi eux un riche importateur de pierres précieuses, cinq familles américaines, deux françaises, une russe et même un ancien capitaine de l'armée nippone qui s'était converti au judaïsme après le massacre de Lod par des Japonais de l'Armée rouge. Ofuro Kazamatsu avait changé son nom pour celui d'Aaron Bin Nun.

Quand tout le monde eut pris place autour des tables de bois du réfectoire, Abraham Katsover, le secrétaire de la colonie, donna lecture du message de Menahem Begin. A l'énoncé de l'ultimatum, les visages se décomposèrent. Depuis les accords de Camp David et les décisions de la Cour suprême israélienne exigeant le démantèlement de certaines colonies implantées sur des terres arabes privées, la colonie d'Elon Sichem avait vécu dans l'incertitude. Mais qui aurait pu prévoir que le chef vénéré qui, en juin 1977, avait fait le pèlerinage de leur colline désolée pour leur dire : « Je vous aime, vous êtes les meilleurs de mes enfants », pût un jour leur donner quatre heures pour abandonner leurs foyers, leur synagogue, les fruits de leur labeur ! Katsover leva le bras pour calmer la tempête qui secouait la salle. Malgré l'urgence, il voulait que les procédures démocratiques habituelles fussent respectées, que chacun pût donner son avis et que la décision de se soumettre ou non à l'ordre du Premier ministre fût sanctionnée par un vote.

— Camarades ! s'écria-t-il en brandissant la lettre de Begin, vous savez ce que je pense : notre présence sur cette colline n'est pas qu'une réalité, elle est un symbole. Elle prouve à tous les Juifs encore dispersés, et aussi à toutes les nations, qu'Israël est vraiment à nous !

Une clameur approuva cette déclaration. Sur les visages, la stupeur avait fait place à une attention passionnée. Un petit homme aux cheveux gris se leva cependant au fond de la salle pour interpeller le secrétaire de la colonie.

— Abraham, prends garde ! Souviens-toi des paroles de Maïmonide : « Quand un véritable danger menace, l'intérêt supérieur exige de battre en retraite. » Je pense que toute résistance contre l'armée serait une pure folie !

Le colon qui avait parlé était le doyen d'Elon Sichem. Âgé de soixante-sept ans, ancien avocat viennois, Isaac Rubin était le seul ici qui eût connu les camps d'extermination nazis. Cette tragique expérience, son rôle aux côtés de Ben Gourion pendant la guerre d'indépendance de 1948 lui conféraient une autorité incontestée. Mais quelqu'un s'était déjà dressé pour lui répondre.

— Mon pauvre Isaac, grondait le rabbin Moshe Hurewitz, sache que l'intégrité morale et temporelle d'Eretz Israel est plus importante que le danger d'un affrontement avec l'armée !

Le rabbin Hurewitz était l'un des défenseurs les plus farouches d'Eretz Israel — le Grand Israël, un territoire englobant le Liban, la Syrie, la Jordanie, naguère conquis par Josué et David. A ce titre, il était l'un des partisans les plus fanatiques de la colonisation juive des terres arabes de Judée et de Samarie. Avant de se fixer à Elon Sichem avec sa femme américaine et leurs huit enfants, il avait lancé de spectaculaires opérations d'implantation juive dans les territoires arabes occupés. C'était lui qui avait, pendant quatre ans et demi, squatté dans un hôtel de la ville arabe d'Hébron, pour obliger le gouvernement israélien à l'autoriser à fonder un quartier juif au milieu de cette ville.

Il monta sur une table pour exhorter ses compagnons.

— Mes amis ! Il est temps que la Torah cesse d'être seulement un livre voué aux étagères de nos synagogues ! tonnait-il. Il est temps qu'elle redevienne un livre vivant, le guide de notre peuple résolu à affirmer sa souveraineté sur la patrie ancestrale, cette patrie à laquelle s'appliquent ses lois et ses préceptes. Même s'il faut pour cela encourir des risques graves !

— Je crois, coupa le Japonais Aaron Bin Nun, qu'il vaut mieux garder la Torah en dehors de cette affaire. — Il parlait de la voix saccadée d'un bonze égrenant une prière bouddhique. — Il me semble que les théories de notre cher rabbin doivent rester indépendantes de la stratégie politique et des considérations tactiques immédiates. L'ultimatum que nous adresse le Premier ministre, pour cruel qu'il soit, doit sans doute comporter d'importantes compensations. Par exemple, les garanties de paix qu'il a jugées plus importantes pour le pays que notre présence ici.

La secrétaire du Bloc de la Foi bondit sur son banc.

— Tu te trompes, Aaron ! s'écria la blonde Ruth Navon. C'est un leurre que de croire qu'on puisse obtenir la paix en bradant la terre d'Israël à des étrangers ! La terre d'Israël, Aaron, c'est notre propre corps ! — Elle avait clamé ces mots, le visage tendu par la foi et la douleur. — Et tout pays étranger qui s'arrogerait une souveraineté sur ce corps créerait des conditions de rejet, c'est-à-dire la guerre. *Yehareg uval yaavar !* Plutôt périr que partir !

Le cri avait jailli. Des voix le reprirent, le scandèrent en chœur. Yaacov Levine tenta d'apaiser le vacarme. Les traits creusés, les joues mangées de barbe, le sabra qui avait l'âge de l'État d'Israël déclara à son tour :

— Camarades ! Nous sommes l'espoir et l'avenir d'Israël ! C'est parce qu'il existe des colonies comme la nôtre que demain des milliers, des centaines de milliers de Juifs pourront venir encore dans ce pays. Non pour aller vivre dans les buildings de Tel-Aviv, mais pour venir ici reconstruire Israël de l'intérieur. Les politiciens qui nous menacent ne peuvent rien contre la volonté qui nous a conduits sur cette colline ! Même s'il faut qu'elle devienne... — il chercha dans les regards la force d'évoquer l'image qui hantait tous les esprits — ... même s'il faut que nous mourions tous ici comme nos pères les Zélotes à Massada !

Une fervente résolution brillait dans les yeux du garçon. Il fit signe à Katsover qu'il était temps de passer au vote. Tous les colons se levèrent. Le secrétaire demanda à ceux qui étaient partisans d'accepter l'ultimatum de Begin de lever la main. Pas un bras ne bougea dans le vaste réfectoire décoré du Temple de Salomon. Levine ordonna alors aux colons d'aller chercher leurs mitraillettes et demanda des volontaires pour transporter les mitrailleuses et les mortiers sur les emplacements de tir qui étaient prêts depuis des mois, en prévision d'éventuelles attaques de fedayins.

Alors que la salle allait se vider, Ruth Navon grimpa sur une table, ses mèches blondes virevoltant dans l'air saturé d'angoisse. « *Kol od balevav panima nefesh yehudi homia* », entonna-t-elle. « Aussi longtemps qu'au plus profond du cœur palpite l'âme juive... » Repris à pleine gorge par toute l'assistance, les premiers mots de la Hatikvah s'élevaient au-dessus des têtes, éternel chant d'espoir des Juifs en péril que le vent de l'hiver allait emporter à travers les collines de Samarie.

★

Michael Bannion, le préfet de police de New York, blêmit à la lecture de la note que venait de lui passer un secrétaire du P.C. souterrain.

— Qu'y a-t-il ? s'inquiéta Harvey Hudson en voyant l'air consterné du préfet. Ne me dites pas que c'est encore une mauvaise nouvelle !

— La pire que nous puissions recevoir, grimaça Bannion. Les gens du *New York Times* sont sur le coup et il va falloir que je les neutralise !

Le préfet se leva, en quête d'un coin tranquille d'où il pourrait appeler le journal sans être dérangé. Traversant la pièce d'où Al Feldman dirigeait ses forces, le préfet l'entendit donner un ordre à son opérateur radio.

— Envoyez immédiatement dix voitures au coin de Christopher et de la 7ᵉ Avenue à la disposition de Romeo 14 !

Que se passe-t-il encore ? se demanda le préfet.

★

Angelo Rocchia et le représentant de Colgate venaient d'arriver au cœur du « triangle brûlant » de Greenwich Village, où grouillait toute une faune d'homosexuels noirs et blancs, harnachés, comme les Anges de Satan, de bottes et de blousons de cuir noir, chaînes de bicyclettes tournoyant au poignet, casques de motard et lunettes d'aviateur, personnages sortis d'un minable roman-feuilleton. Ces malabars draguaient toute une tapée de cols blancs, cadres et employés en sombres complets-veston qui débarquaient chaque jour, à l'heure du déjeuner, des gratte-ciel de Wall Street ou de la 5ᵉ Avenue, pour savourer l'extase sous les coups de chaînes et de fouets, spécialités des « salles de réception » aménagées dans les docks abandonnés du West Side.

Partagé entre le dégoût et la pitié, Angelo se tourna vers McKinney. Quelle force bizarre pouvait bien amener un brave père de famille de White Plains dans ce repaire de sadisme, de violence, de perversion ?

— Vous me promettez de ne jamais révéler ceci à personne ? dit le représentant, chevrotant de trouille.

— Ne vous faites pas de bile, le rassura Angelo. Cette petite virée restera strictement entre nous.

— C'est là.

McKinney désignait l'angle de Christopher Street et de la 7ᵉ Avenue.

— Je suis allé boire un verre là-bas, chez Butch. Et j'ai déposé un message pour... — la voix de McKinney était brisée de honte — mon ami...

Angelo balaya l'air de la main.

— Ça, c'est pas mes oignons.

La fourgonnette serait donc arrivée par Hudson Street, aurait tourné à gauche pour remonter ensuite Christopher Street, calculait le policier. Si mon hypothèse grâce à cet accident est exacte, cela signifie que le baril de gaz doit être quelque part dans ce coin, entre le fleuve et la 5e Avenue. Car si le baril était de l'autre côté de la 5e Avenue, c'est-à-dire sur la partie est de Manhattan, les Palestiniens seraient venus de Brooklyn par l'est, en empruntant le pont de Brooklyn. Il hocha la tête. Ça en fait des blocs à fouiller !

Il observa le manège des dragueurs bottés qui croisaient sur les trottoirs, chaînes de vélo et fouet à la main. Des professionnels pour la plupart. Et si c'était l'un d'eux qui avait placé le message sous l'essuie-glace de McKinney ? Il avait bien fait de réclamer du renfort pour interroger les gens du quartier dans l'espoir de retrouver un témoin de la collision. Il y avait aussi la bagnole de McKinney... Le choc étant situé assez bas sur l'aile avant gauche, il s'agissait sans doute d'un coup de pare-chocs. Pas étonnant ! La rue est truffée de nids-de-poule. Avec de la neige en plus, il faudrait être Fangio pour ne pas déraper et cogner quelqu'un au passage !

— Monsieur McKinney, je vous promets que je veillerai à ce que votre société n'apprenne rien, mais il faut que nous amenions tout de suite votre voiture à Brooklyn. Nous avons un petit travail à effectuer sur votre aile. Dieu soit loué, vous ne l'avez pas encore fait réparer !

★

La voix grave de Michael Bannion vibrait dans le téléphone avec une puissance wagnérienne.

— Monsieur Pick, disait le préfet, excusez-moi de ne pas vous avoir rappelé plus tôt. Mais comme vous savez, nous avons une affaire très sérieuse sur les bras.

— Je sais, s'impatienta le rédacteur en chef du *Times*, de quoi s'agit-il exactement ?

— Ce que je vais vous dire est tout à fait confidentiel, monsieur Pick, car je sais que le *Times* est aussi soucieux que nous le sommes de protéger la sécurité de la population de New York. Nous avons des raisons de croire que les trois Palestiniens que nous recherchons ont caché un baril de gaz chlorhydrique quelque part dans la ville. Ils menacent de le faire sauter si leurs revendications politiques ne sont pas satisfaites.

— Bigre ! Et que réclament-ils ?

— C'est un des problèmes. Pour l'instant, leurs requêtes sont plutôt vagues, mais elles concerneraient les colonies israéliennes de Cisjordanie ainsi que Jérusalem.

Pick prenait des notes tout en bombardant Grace Knowland de clins d'œil.

— Vous imaginez la panique et la pagaille que provoquerait cette information si le public en avait connaissance avant que nous ayons pu déterminer avec précision le secteur où se trouve le baril de gaz.

— Certes monsieur le Préfet, mais j'imagine aussi le danger qui menace la population.

— Bien sûr ! Vous vous souvenez des précautions qu'ont prises les Canadiens quand leur train a déraillé ? Mais dans ce cas-là il s'agissait de tout

577

un wagon de chlore alors que par bonheur, nous n'avons affaire qu'à un seul baril. Nous avons encore toutes les chances de le trouver et nous pensons que ce serait de la folie d'ordonner de façon trop hâtive une évacuation générale.

En parlant avec le préfet, Pick rédigeait déjà toute une série d'instructions pour sa rédaction. Il voulait d'urgence que le service scientifique prépare une étude sur les effets toxiques du gaz chlorhydrique ; que Grace enquête dans les milieux O.L.P. de New York ; que le correspondant du *Times* à Jérusalem câble sur les derniers développements du programme de colonisation des Israéliens dans les territoires arabes occupés.

— Je joue cartes sur table avec vous, monsieur Pick, et je fais appel à votre coopération. Je connais la répugnance avec laquelle vous accueillez au *Times* ce genre de requêtes, mais je vous implore de ne rien publier avant que nous ayons localisé le baril.

— Monsieur le Préfet !...

Avant de répondre à la requête du préfet, Pick voulut tirer autre chose au clair.

— A propos, que font tous ces gens dans la caserne de Park Avenue, avec leurs fourgonnettes louées ? Ont-ils un rapport quelconque avec cette histoire ?

Plus tard, en repensant à cette conversation, Pick se souviendrait de l'hésitation du préfet et il s'en voudrait de ne pas avoir immédiatement flairé la vérité.

— Bien sûr ! C'est une équipe du laboratoire fédéral qui participe aux recherches du baril en essayant de détecter d'éventuelles fuites du gaz. Je vous tiendrai moi-même au courant des progrès de l'enquête. Je vous en donne ma parole. Mais, au nom du Ciel, ne publiez rien avant que nous ayons découvert ce maudit baril. Pensez aux très graves conséquences de l'inévitable panique que vous provoqueriez !

— Je ne suis pas en mesure de prendre un tel engagement, monsieur le Préfet. Ceci est du ressort de ma direction.

— Je suis prêt à en parler personnellement à votre président.

Quand Pick eut raccroché, il se tourna vers Grace.

— C'est terrible cette histoire de gaz toxique, dit-il. Mais tu sais, j'ai cru un instant qu'il s'agissait de quelque chose de beaucoup plus tragique encore. J'ai cru qu'un terroriste y était enfin arrivé : à mettre une bombe atomique dans New York !

Dans son abri souterrain au pied de Manhattan, Michael Bannion avait regagné la salle de commandement qu'il partageait avec les Feds.

— Je crois que j'ai arrangé le coup, dit-il quelque peu soulagé. En tout cas pour un moment. Mais Dieu nous protège s'ils apprennent que nous leur avons menti !

★

Angelo Rocchia fit hurler l'avertisseur de la Pontiac du représentant de Colgate jusqu'à ce que trois Feds sortent du garage Hertz de Brooklyn.

— Alors ! vous l'ouvrez votre caverne d'Ali Baba ! s'écria l'inspecteur en désignant la porte du laboratoire improvisé où les Feds avaient mis en pièces la fourgonnette Volkswagen. J'ai trouvé quelqu'un qui s'est fait abîmer une aile par un camion jaune !

579

Ainsi qu'Angelo s'y attendait, l'accueil fut des plus tièdes. Le responsable de l'équipe qui l'avait viré du garage une heure plus tôt ne ménagea pas ses sarcasmes en apprenant que ce brave inspecteur new-yorkais s'était lancé sur une piste aussi minable.

— C'est tout ce que vous avez trouvé, ricana-t-il, un mec qui s'est fait érafler sa tire par un camion jaune ?

— Sans doute aurez-vous l'obligeance d'effectuer une analyse spectographique de l'aile avant gauche de cette Pontiac, demanda Rocchia avec une déférence forcée. Peut-être trouverez-vous un petit éclat de peinture qui permettrait de prouver que ces deux véhicules se sont déjà rencontrés !

Tout en se demandant si Angelo se payait sa tête, le Fed fit entrer la Pontiac dans le garage-laboratoire.

Deux experts se mirent tout de suite au travail. L'un d'eux passait une sorte de scanner métallique gris le long de l'aile. Un aimant à grande puissance, pensa Angelo. Il doit pouvoir aspirer les minuscules éclats encastrés dans la tôle. Intrigué, il s'approcha.

— Qu'est-ce que c'est que cette machine ? demanda-t-il.

— Un compteur Geiger.

— Un compteur Geiger pour examiner la peinture ?

— Oui, on vérifie à tout hasard s'il n'y aurait pas des traces de radioactivité.

Angelo devint livide. Il sentit ses genoux se dérober et crut qu'il allait s'effondrer sur le ciment. Ah les salauds ! Ils le savaient depuis le début, et ils ne nous ont rien dit !

Il s'appuya contre le mur. Il aperçut alors Rand

en grande conversation avec un des techniciens. Ces ordures du South Dakota, du Colorado, de Washington, avec leurs cravates étriquées et leurs costumes en dacron ! A eux, on pouvait dire la vérité parce que, eux, ce sont des Feds. Mais à moi qui suis un enfant de cette ville, à moi qui ai tous les miens ici, à moi on ne m'a pas fait confiance !

Il s'approcha de Rand et lui frappa l'épaule si fort que le jeune Fed en chancela.

— Arrête tes bavardages, y a du boulot !

Il s'engouffra dans la voiture et claqua la portière avec tant de hargne que Rand en resta interloqué.

— Qu'est-ce qui te prend, Angelo ? demanda le Fed en prenant place à ses côtés.

— Tu le savais depuis le début, n'est-ce pas ?

— Je savais quoi ?

— Tu m'as mené en bateau comme tous les autres. C'est pas du gaz chlorhydrique qu'il y a dans votre saloperie de baril ! C'est une merde de bombe atomique !

Il tourna la clef de contact et fit rugir le moteur.

— Ma ville, ma maison, mes gens, et ils n'avaient pas confiance !

Toute sa rage, son amertume, son humiliation se libéraient dans sa colère.

— Ils font confiance à un blanc-bec de Louisiane sortant de la maternelle, mais pas à moi, avec mes trente-cinq berges sur le tas !

Il écrasa l'accélérateur et lança la Chevrolet dans une furieuse glissade, faisant crisser les roues au grand ébahissement du gardien du garage.

★

Plus que deux heures ! D'un coup d'œil à l'horloge de la salle du Conseil national de sécurité, le Président mesura l'horreur de la situation : il ne restait que deux heures et six minutes avant l'expiration de l'ultimatum de Kadhafi. Il se tourna vers Jack Eastman. Il venait d'avoir une idée. Rien de transcendant peut-être mais, au point où ils en étaient, il fallait tout tenter.

— Jack, dit-il à son conseiller, je veux parler à Abe Stern.

— Abe ! s'écria-t-il dès que la communication fut établie avec le P.C. souterrain de New York, le sablier se vide. Nous allons bientôt être obligés de passer à l'action. Et alors, il n'y aura plus moyen de revenir en arrière.

— Je comprends bien, monsieur le Président, répliqua le maire de New York. Mais qu'allez-vous faire ?

— Les avions transportant les éléments de la force d'intervention rapide viennent de se poser en Allemagne. Ils font le plein et se préparent à gagner le Proche-Orient. Nous avons reçu, il y a une demi-heure, l'assurance du président Assad de Syrie qu'il nous laisserait atterrir à Damas. Au même moment, la force amphibie de la VIᵉ flotte débarquera au Liban et des unités héliportées se poseront en Jordanie. Ces trois éléments prendront la Cisjordanie en tenaille et expulseront les colonies israéliennes.

— Les Israéliens vont réagir, monsieur le Président ! Et rappelez-vous : ils disposent eux aussi d'un armement nucléaire.

— Je sais, Abe, répondit le Président d'une voix monocorde, mais avant notre action, je prendrai la précaution de les informer, tout comme le monde entier d'ailleurs, de l'objectif limité de cette opération.

— Cela sera peut-être insuffisant, monsieur le Président.

— Si cela ne suffit pas, je demanderai au Kremlin de leur faire clairement connaître les conséquences éventuelles d'une utilisation des armes atomiques. Vous pouvez être sûr qu'ils prendront au sérieux une menace venant des Russes.

Stern émit un gémissement.

— Seigneur ! n'y a-t-il rien d'autre à faire ?

— Il y a encore une carte que l'on peut jouer, Abe. Vous !

— Moi ?

— Oui, vous ! Téléphonez vous-même à Begin, Abe. Essayez de le convaincre qu'il commet une folie en refusant d'expulser toutes les colonies de Cisjordanie.

— Puis-je lui dire que nous sommes sur le point de... ?

— Abe, soupira le Président, dites-lui tout ce que vous voudrez. Tâchez seulement d'obtenir qu'il annonce immédiatement à la radio que l'évacuation totale de la Cisjordanie est commencée !

★

Angelo avait arrêté sa Chevrolet devant le 178 Christopher Street, près de l'endroit où le représentant de Colgate avait garé sa Pontiac le vendredi précédent. Un talkie-walkie à la main, la carte détaillée du quartier dépliée sur ses genoux, il surveillait le travail des policiers qui ratissaient le secteur à la recherche de l'individu qui avait placé le message sur le pare-brise du représentant. Ils allaient de bloc en bloc, frappaient à toutes les portes, entraient dans toutes les boutiques, interrogeaient tous les passants.

Le regard du policier s'arrêta un instant sur la pendule du tableau de bord. Dans combien de temps doit-elle sauter, cette merde de bombe ? se demanda-t-il. Il eut soudain l'envie furieuse de tout plaquer et de courir prendre dans ses bras sa petite fille meurtrie, souffrante, l'enfant qu'il aimait et portait comme une croix.

L'image de sa petite Maria chantant son cantique de Noël occupait encore sa pensée quand il entendit frapper à la portière. C'était un des policiers en civil qui ramenait un garçon d'une vingtaine d'années, moulé dans une tunique noire si serrée qu'il ressemblait à un danseur de ballet, sa chevelure blonde crêpée sur le haut de la tête à la manière d'Elvis Presley. Il tenait en laisse un boxer couleur cuivre.

— Voulez-vous répéter à l'inspecteur Rocchia ce que vous venez de me dire, lui demanda le policier.

— Oh oui, avec plaisir, fit le garçon en se trémoussant. J'étais en train de promener Ashoka, vous savez, le pauvre, il a tant besoin d'exercice, n'est-ce pas, dàrling ? — Il donna une caresse à l'animal. — Je me trouvais donc juste là-bas... — il désigna l'autre côté de Christopher Street, un peu plus haut vers la 5e Avenue, et j'ai soudain entendu un bruit de collision. J'ai tourné la tête et j'ai aperçu ce camion jaune qui remontait la rue. J'ai alors traversé en faisant attention de ne pas glisser, car la chaussée était une vraie patinoire, et j'ai vu qu'il avait touché l'aile d'une voiture en stationnement.

— Et vous avez mis un mot sur le pare-brise.

— Oui. C'était bien la moindre des choses.

— Est-ce que c'était un camion Hertz ?

— Ça alors... — Le garçon parut perplexe. —

Je n'en sais fichtre rien. C'est possible. Mais il allait assez vite et je ne l'ai pas bien vu. Et puis vous savez, moi, les camions !

— Est-ce que quelqu'un d'autre que vous aurait pu le voir aussi ?

— Oh, il y avait là deux de ces dégoûtants dragueurs qui traînent dans le coin. — Il indiqua la vitrine d'une sex-shop à côté de la Chevrolet d'Angelo.

— Vous les connaissez ?

Le jeune homme prit l'air offusqué.

— Je ne fréquente pas ce genre d'individus. — Il leva le bras vers le terrain vague en bordure du West Side Drive. — Ils travaillent là-bas, dans les docks abandonnés.

Angelo jaillit de la voiture.

— Viens, il faut qu'on les retrouve !

★

Le président des États-Unis ne s'était pas trompé. Les services de renseignements israéliens avaient eu connaissance des préparatifs américains en vue d'une intervention en Cisjordanie presque au moment où cette opération avait été mise en route. Un agent sur la base aérienne U.S. de Wiesbaden, en Allemagne, avait prévenu l'ambassade israélienne à Bonn de l'atterrissage des C-5 Galaxy de la force d'intervention rapide. Détectée par les radars juifs, l'approche de la force amphibie des Marines de la VIᵉ flotte faisait déjà l'objet d'une surveillance attentive de l'aviation israélienne. Le rapport le plus complet des intentions américaines était cependant venu d'un correspondant du Mossad implanté dans le palais du roi Hussein à Amman, un lieutenant-colonel de l'aviation jordanienne, membre de l'état-major personnel du souverain.

Après avoir exposé la situation devant le gouvernement israélien, Yuri Avidar, le chef du service de renseignements militaires, celui qui la veille avait fait échouer le bombardement atomique de la Libye en prévenant l'ambassade américaine, conclut :

— Aucun doute n'est possible : les États-Unis s'apprêtent à nous tomber dessus.

— Il faut immédiatement alerter la presse mondiale, tonna le ministre de la Construction Benny Ranan. Ça va clouer les Américains sur place ! L'opinion publique les obligera à attaquer Kadhafi !

Le vice-Premier ministre Jacob Shamir considéra son collègue avec stupeur.

— Es-tu devenu fou, Benny ! Si les Américains apprennent que New York risque d'être anéantie par une bombe H à cause de nos colonies, il ne s'en trouvera pas un seul pour s'opposer à une intervention militaire contre nous.

Yuri Avidar s'était levé. Son visage exprimait une ironie désespérée.

— Ne serait-il pas possible que, pour une fois, notre pays reconnaisse ses erreurs ? Pourquoi ne déménagerions-nous pas nous-mêmes TOUTES ces colonies, une fois pour toutes. Je vous garantis que l'armée finira par obéir !

— Notre erreur a été de ne pas poursuivre notre attaque sur la Libye hier, lâcha Ranan d'une voix grave.

Toujours aussi maître de lui, Menahem Begin se tourna vers Avidar.

— Le malheur c'est que nos services de renseignements n'aient pas été capables de découvrir ce que faisait Kadhafi. Si nous avions été mieux informés de son programme nucléaire, nous aurions pu alors prendre les mesures qui s'imposaient avant qu'il l'ait, sa bombe.

Avidar esquissa une protestation, mais Begin le coupa d'un geste de la main.

— J'ai lu tous vos rapports. Vous ne l'avez jamais pris au sérieux. Même après la découverte de la filière pakistanaise ! Vous avez persisté à affirmer qu'il ne possédait pas les ressources technologiques, l'infrastructure... Qu'il n'était qu'un bluffeur, un...

Un secrétaire entra dans la pièce.

— Excusez-moi, dit-il au Premier ministre, le maire de New York désire vous parler d'urgence.

★

Le spectacle était si répugnant qu'Angelo eut la nausée : le vieux quai abandonné, jonché de débris et de saletés, la sinistre baraque avec son inscription délavée « Douanes U.S. », le malheureux à demi nu sur le sol au fond de la pièce, le torse lacéré et couvert d'ecchymoses, l'air d'un animal traqué, les deux dragueurs en blouson de cuir, l'un d'eux avec une chaîne de bicyclette tournoyant encore au bout de la main. L'inspecteur fit un pas pour entrer dans cette cave de plaisir sado-masochiste, mais dégoûté il s'arrêta.

— Toi, là-bas, lança-t-il en désignant le type à la chaîne, sors de là ! J'ai à te causer !

Le garçon s'avança en traînant ses bottes jusqu'au seuil.

— Qu'est-ce que vous voulez ? glapit-il l'air mauvais. Le client est majeur et vacciné ! Nous aussi on a des droits civiques maintenant !

— La ferme, ordure ! s'écria Angelo. Je me fous

de ce que vous branlez là-dedans. Vendredi, l'ami là — il désigna le garçon avec le chien — a vu un camion jaune cabosser une bagnole sur Christopher. Il dit que toi aussi tu l'as vu.

— Ouais, répondit le dragueur en faisant tournoyer sa chaîne avec arrogance. — Son client, la tête dans ses mains, gémissait dans la pénombre.

— Tu te souviens du camion ?

— Un camion Hertz quoi, un de leurs fourgons habituels.

— Tu es bien sûr que c'était un camion Hertz ?

— Ouais, sûr et certain. Pourquoi ?

Angelo sortit de sa poche un catalogue de tous les véhicules utilitaires loués par Hertz dans la région de New York.

— Est-ce que tu pourrais me montrer quel modèle c'était ?

— Celui-là.

Sans hésiter, son index s'était posé sur l'image d'une fourgonnette Volkswagen type Econoline. Angelo fit un clin d'œil à Rand, puis au type.

— Merci, petit, un jour on te donnera une médaille pour bonne conduite !

★

Tandis que Rocchia et Rand regagnaient en hâte leur Chevrolet, à douze blocs de là, un homme montait tranquillement dans une Ford arrêtée devant une quincaillerie de la 12e Rue-Ouest. Kamal Dajani admira la perruque blonde dont Leila s'était affublée. Elle transformait tellement sa physionomie qu'aucun policier, même avec sa photographie en main, n'aurait pu la reconnaître. La voiture démarra doucement, et se mêla au trafic qui remontait la 6e Avenue.

— Tout va bien ? demanda-t-elle, en gardant un œil sur le rétroviseur pour s'assurer qu'aucune voiture suspecte ne les suivait.

— Tout est parfaitement en ordre.

— La radio n'a encore rien annoncé.

— Je sais, j'ai un transistor.

— Crois-tu qu'il soit possible que les Américains refusent ?

Kamal haussa les épaules, le visage vide de toute expression. Il resta silencieux, regardant les gens qui se bousculaient sur les trottoirs, les bras chargés de paquets de Noël. Leila se sentait nerveuse : elle alluma une cigarette.

— Tu ferais mieux de te concentrer sur la route, dit Kamal, tendu. Ce n'est pas le moment d'accrocher quelqu'un.

Il y eut un long silence.

— Qu'est-ce que tu ressens, toi ? finit-elle par dire.

— A quel sujet ?

— Au sujet de cette bombe, pour l'amour du Ciel ! Au sujet de ce qui va se passer si les Américains refusent ? N'éprouves-tu jamais un sentiment, Kamal ? Triomphe, vengeance, remords, n'importe quoi ?

— Non, Leila. Il y a longtemps que j'ai appris à ne plus rien sentir.

Il se mura de nouveau dans le silence, regardant la perspective des gratte-ciel qui scintillaient sous le pâle soleil.

La voiture glissait à présent dans le flot qui sortait de New York. D'un geste vif, Kamal saisit la carte routière sur la banquette.

— Ne prends pas le chemin de la dernière fois, ordonna-t-il.

— Pourquoi ?

— Je ne veux pas passer par les péages. S'ils nous recherchent, c'est là qu'ils vont nous attendre.

★

De toutes les exhortations, menaces et promesses qu'avait entendues Menahem Begin depuis le premier coup de téléphone du Président trente heures auparavant, rien ne l'émut autant que l'appel du maire de New York. Begin avait rencontré Abe Stern à deux reprises : une fois à New York lors d'une collecte de fonds pour Israël ; l'autre à Jérusalem avec un groupe de sionistes new-yorkais.

— Monsieur le Premier ministre, plaidait le maire, la voix vibrante d'émotion, permettez à un vieil homme qui fête aujourd'hui son soixante-douzième anniversaire et qui a consacré toute sa vie au bien-être de ses concitoyens, de vous adresser une supplique. Six millions d'hommes, de femmes et d'enfants innocents des drames, des injustices, des malheurs endurés par le peuple d'Israël au cours de sa lutte pour sa survie, vont peut-être périr parce que vous refusez d'expulser une poignée de colons d'un territoire qui, depuis deux mille ans, qu'on le veuille ou non, a cessé d'appartenir aux Juifs. Mais ce n'est pas seulement au nom des ces millions de petits Blancs, de Noirs, de Chicanos, de Chinois qui composent ma ville que je vous appelle. C'est au nom des trois millions de Juifs, comme vous et comme moi, qui peuplent New York. Vous savez qu'il y a plus de Juifs ici que dans votre pays, et vous savez quel combat quotidien nous menons pour vous aider à défendre votre droit à l'existence.

« Pourquoi croyez-vous que cet Arabe sangui-
naire ait choisi New York pour son terrifiant chantage ? Pourquoi n'a-t-il pas pris en otage Washington, Chicago ou Los Angeles ? A cause de
nous, monsieur le Premier ministre. C'est nous ici,
les Juifs de New York, qui sommes aujourd'hui
sur la ligne de feu, pas vous.

Le maire fit une pause, s'essuya les yeux
embués de larmes, rassembla son souffle. Sa voix
parvenait à Begin légèrement déformée par l'écho.

— Vous êtes un homme de religion, monsieur
le Premier ministre, avait repris Abe Stern. Vous
connaissez l'enseignement de notre Torah, les
préceptes sacrés qu'elle nous commande d'observer à nous autres Juifs. Quand la vie d'un seul
homme est en danger c'est la communauté tout
entière qui doit voler à son secours. La vie de trois
millions de Juifs est aujourd'hui menacée, monsieur Begin. Mais c'est ici à New York qu'ils se
trouvent, pas là-bas en Israël !

★

— Dis donc, petit, on se croirait à Cap Kennedy le soir du lancement d'Amstrong sur la
Lune !

Angelo et Rand n'étaient jamais descendus dans
le P.C. souterrain de Foley Square où l'urgence
faisait régner une véritable hystérie. Tous les téléphones sonnaient en même temps, les portes cla-
quaient, des hommes entraient et sortaient dans
une ruée aveugle, les radios caquetaient, les téléscripteurs cliquetaient, des ordinateurs clignotaient.

Sans cesse harcelé par Washington, conscient
de l'inanité de ses efforts, le capitaine de ce navire

en folie essayait de garder la tête froide. Faute de mieux, Quentin Dewing, le directeur du F.B.I. avait, sur l'insistance d'Al Feldman, réuni son état-major pour entendre Angelo Rocchia et Jack Rand.

— Asseyez-vous, inspecteur, dit sèchement le Fed en désignant une chaise au bout de la table, et faites-nous brièvement le compte rendu de cette enquête si astucieuse dont nous a parlé votre chef.

Angelo desserra sa cravate et commença son récit : son idée de départ, la déclaration d'accident du représentant de Colgate, la note sur le pare-brise, le camion jaune, les heures qui coïncidaient, il n'omit aucun détail. Il montra sur l'immense carte de Manhattan l'itinéraire probable de la fourgonnette depuis le quai de Brooklyn jusqu'à sa collision avec la Pontiac sur Christopher Street.

— Si cette fourgonnette a emprunté ce chemin, c'est qu'elle allait forcément dans les parages, souligna-t-il.

— Si c'est bien celle que nous recherchons, fit observer Dewing. Vous nous avez dit vous-même qu'il y avait plus de quatre cents camions Hertz en circulation !

Le directeur du F.B.I. se renversa dans son fauteuil, l'air sceptique.

— Et vous vous êtes lancé sur cette piste parce que vous vous êtes dit que les Arabes ne savaient pas conduire sur la neige !

La suffisance du Fed exaspérait Angelo au plus haut point.

— Cette idée en vaut bien une autre, répliqua-t-il froidement. Avez-vous une piste plus valable ?

— Harvey ? demanda alors Dewing au chef du F.B.I. new-yorkais, quand va-t-on recevoir le rapport comparatif des peintures ?

— Dans une demi-heure.

Dewing indiqua que c'était une demi-heure de trop et il se tourna vers Feldman.

— Chef, que pensez-vous de tout ça ? Rocchia est un gars de chez vous. Est-ce qu'on peut lui faire confiance et décider de fouiller tout le secteur ? Tout fouiller maison par maison.

Avant que Feldman ait eu le temps de répondre, Dewing ajoutait :

— Ça fait un sacré carré ! Au moins deux cents pâtés de maisons ! Il va falloir y mettre tout le monde. Tous nos œufs dans le même panier ! Il ne restera personne ailleurs !

Feldman consulta sa montre.

— Voyez-vous une meilleure façon d'utiliser le peu de temps qui nous reste ?

Quentin Dewing leva les yeux au ciel.

— Il n'y a effectivement pas une minute à perdre et nous n'avons pas d'autre choix. Que Dieu nous aide si nous nous trompons !

Il était sur le point de lancer l'opération quand Harvey Hudson brandit soudain une page jaune de l'annuaire téléphonique des professions.

— Une seconde ! Quentin. Il existe une agence de location Hertz juste au coin de la rue où s'est produit l'accrochage. Il doit y avoir des fourgonnettes qui entrent et sortent toute la journée. Pourquoi ne serait-ce pas l'une d'entre elles qui aurait embouti la fameuse Pontiac dénichée par Rocchia ?

Il y eut un lourd silence avant que Dewing explose.

— Nom de Dieu ! hurla-t-il à Feldman. Vous alliez nous laisser concentrer toutes nos forces sur un seul secteur alors que ce jean-foutre de vieil inspecteur n'a même pas fait les plus élémentaires vérifications ?

593

Angelo bondit sur ses pieds avant que le pauvre Feldman ait eu le temps de répondre. Il sortit de sa poche un bout de journal tout annoté, en fit une boulette et la jeta à la tête de Dewing.

— Tenez, monsieur le Fed ! tonna-t-il cramoisi, vous trouverez là-dessus la liste des mouvements des fourgonnettes de ce garage pour la journée de vendredi dernier. Une sortie à 8 h 17, deux retours dans l'après-midi.

Angelo s'avança vers Dewing l'air menaçant.

— Je suis peut-être un vieux jean-foutre, monsieur le Fed, mais je vais vous dire ce que vous êtes vous ! Vous êtes une ordure de faux jeton ! Vous nous avez caché la vérité depuis le début ! Vous nous avez envoyés là-dedans comme des aveugles parce que vous n'aviez pas confiance en nous !

Angelo fit claquer ses doigts en direction de Jack Rand qui n'en croyait pas ses oreilles.

— Lui, vous lui faites confiance, c'est un des vôtres. Il est béni par Wash-ing-ton. Tandis que moi, un pauvre flic new-yorkais, un type parmi les millions que votre baril va réduire en poussière, je ne suis pas digne de votre confiance ! Après tout, qu'est-ce que ça peut vous faire ? Vous êtes à l'abri, vous, dans votre cave ! Mais, nous, là-haut...

— Rocchia !

La voix impérieuse du préfet de police ne pouvait rien contre cet ouragan de rancœur. Angelo avait empoigné Dewing par les épaules et le secouait comme il avait secoué, la veille, Benny le receleur.

— Ce n'est pas du gaz chlorhydrique qu'il y a dans votre baril ! C'est une bombe atomique qui va nettoyer la ville, et les gens avec ! Les ghettos de Harlem, du Bronx, de Brooklyn ! Vous n'aurez plus de souci à vous faire à leur sujet ! New York ne sera plus qu'un grand ghetto de morts quand ce truc aura pété !

Angelo s'arrêta, haletant. Il sentait son cœur battre au rythme de la fureur qu'il venait de libérer. Il s'apaisa.

— Bon, je vous ai dit où vous pouvez peut-être la trouver votre bombe. Allez-y ou n'y allez pas, je m'en moque. Parce que pour ma part, votre enquête vous pouvez vous la mettre où je pense, monsieur Dewing ! Je vous tire ma révérence !

Avant qu'un seul des témoins médusés ait eu le temps d'esquisser le moindre geste, l'inspecteur Angelo Rocchia avait claqué la porte.

— Rand ! s'écria Hudson, rattrapez-le ! Pour l'amour du Ciel, il ne faudrait pas qu'il ameute la ville en gueulant partout : « Tirez-vous, il y a une bombe atomique qui va sauter ! »

★

Dans son souci de recueillir tous les avis, le chef de l'État avait invité à se joindre au groupe de ses conseillers exténués le président de la Commission des affaires étrangères du Sénat, les leaders de la majorité et de la minorité sénatoriales, et le président de la Chambre des Représentants. Il les avait secrètement informés du développement de la crise, et maintenant il voulait qu'ils fussent associés à la difficile décision qu'il allait prendre.

Le chef de l'État avait prié chacun d'exprimer son opinion. Assis en face de lui, le secrétaire d'État résumait avec sa brièveté coutumière l'opinion quasi unanime.

— Nous ne pouvons pas, monsieur le Président, permettre que périssent plus de six millions d'Américains parce qu'une autre nation, si chère nous soit-elle, refuse de modifier une politique à laquelle nous nous sommes toujours opposés. Faisons débarquer les Marines avec la force d'intervention rapide ! Associons les Soviétiques à notre action pour prévenir la réaction des Israéliens. Informons Kadhafi de notre initiative et assurons-nous qu'il en suit le déroulement par le truchement de son ambassade de Damas. Cela épargnera New York, et quand nous aurons désamorcé cette menace-là, nous engagerons des négociations avec lui.

Il y eut un concert de toussotements approbateurs. Le Président remercia. Puis, de son regard brouillé de fatigue, il examina les visages graves qui l'entouraient.

— Herbert, dit-il au secrétaire à la Défense, je crois que vous êtes le seul que nous n'ayons pas entendu.

Herbert Green desserra les dents du tuyau de sa pipe, posa les coudes sur la table, appuya son menton sur ses paumes, comme écrasé par ce qu'il s'apprêtait à dire. Plus que tout autre, il avait ressenti cette crise de l'intérieur. C'était un physicien nucléaire, l'un des cerveaux de cette chapelle qui avait donné à l'humanité ce bienfait et ce fléau, la fission de l'atome. Il avait vu avec angoisse le monde civilisé disperser ses connaissances aux quatre vents sans prévoir qu'un jour pourrait surgir un fanatique brandissant la bombe atomique pour imposer sa volonté.

Avant de prendre la parole, il inspira profondément.

— Monsieur le Président, la dernière crise que j'ai vécue dans cette salle était celle des otages d'Iran et j'ai encore gravés dans l'esprit les événements-

de ces journées. Notre pays avait cruellement besoin de ses amis au cours de ces jours sombres, et je me permets de vous rappeler que nous n'en avons trouvé qu'un seul, Israël. Seul Israël s'est tenu à nos côtés.

« Nos alliés traditionnels, les Anglais, les Allemands, les Français, nous ont tourné le dos quand nous avons fait appel à leur solidarité. Ils étaient si préoccupés par leur approvisionnement en pétrole qu'ils préféraient voir notre pays humilié, nos diplomates risquer de se faire massacrer, plutôt que de tenter, à nos côtés, quelque chose qui eût pu déranger le cours paisible de leur existence. Ce sont là des moments que je ne peux oublier, monsieur le Président. Allons-nous aujourd'hui pointer nos armes contre le seul pays qui nous ait été fidèle dans l'adversité ? Et ce, sur l'injonction d'un dictateur qui nous hait, nous et ce que nous représentons ?

« Je partage vos sentiments à tous en ce qui concerne les colonies juives en territoire arabe et l'intransigeance israélienne. Mais ce qui est ici en cause dépasse de loin le seul problème de ces colonies et de Jérusalem. Il y a un point que tout pays, que tout homme ne peut franchir sans perdre sa dignité et le respect de soi-même. J'affirme que ce point, nous l'avons atteint.

Le silence, un silence lourd du drame qui étreignait les cœurs, figea l'assistance quand Green se tut. Le Président se leva. Il jeta un coup d'œil vers l'horloge murale.

— Je vous remercie, messieurs, dit-il. J'aimerais me retirer quelques instants dans le parc pour réfléchir avant de prendre une décision.

★

Angelo Rocchia venait de sortir quand un policier apporta un message à Feldman.

— Seigneur Jésus ! rugit le chef des inspecteurs, Rocchia avait raison !

Il bondit de sa chaise et se précipita vers la carte de New York.

— Un de nos inspecteurs des mœurs vient d'interroger une pute qui tapine juste ici, annonça-t-il en désignant un point sur la carte dans le bas de Manhattan. Elle a reconnu l'un des trois Palestiniens. Celui qu'on appelle Kamal. Elle l'a eu hier soir comme client.

— En est-elle sûre ? s'inquiéta Hudson. Les filles de ce coin-là voient passer un tel trafic !

— Elle est catégorique. Ce serait même un vrai dingue sadique. Il lui a filé une terrible trempe.

Feldman se retourna vers la carte.

— C'est presque à la hauteur de la 5e Avenue. Précisément dans le secteur que Rocchia nous a indiqué. C'est par là qu'il faut commencer la fouille, et tout ratisser jusqu'à l'Hudson.

Ces mots avaient galvanisé le petit groupe à bout de forces. Hudson avait rallumé un de ses Romeo y Julieta. Quant à Bannion, il avait le sourire d'un turfiste voyant un de ses chevaux coiffer le favori à cent contre un !

— Combien de temps faut-il pour fouiller tout ça ? demanda Dewing.

Feldman examina la carte.

— Une dizaine d'heures. Qu'on nous donne une dizaine d'heures et je vous jure qu'on la trouve cette bombe !

★

Mais ce mardi 15 décembre, il ne restait plus

qu'une heure au compte à rebours. Pendant cinq interminables minutes d'agonie, les hommes réunis dans la salle du Conseil national de sécurité avaient attendu en silence le retour du chef de l'État. Seul Jack Eastman l'avait accompagné jusqu'au rez-de-chaussée. Mais il l'avait laissé à la porte du parc, et l'avait regardé s'éloigner dans l'allée, les mains dans les poches, la tête penchée, méditant et priant.

Il était à présent debout devant l'assistance, avec cet air à la fois calme et résolu que l'Amérique avait découvert au cours des heures tragiques de la crise des otages de Téhéran.

— Messieurs, commença-t-il d'une voix presque confidentielle. J'ai pris ma décision. Peut-être avons-nous eu tort de ne pas tenter l'évacuation de New York, quelles qu'eussent pu être les conséquences. Que Dieu protège nos compatriotes new-yorkais. Mais je suis le président de deux cent trente millions d'Américains. Et c'est à un véritable acte de guerre contre notre pays que nous avons à faire face. En nous inclinant, en cédant au chantage, nous renoncerions à notre droit à l'existence. Nous nous condamnerions à être détruits, tôt ou tard, aussi sûrement que le soleil se couchera ce soir.

Il reprit son souffle.

— Il est à présent 11 heures du matin. L'ultimatum de Kadhafi expire à midi. Amiral Fuller, je vous donne l'ordre de pointer les missiles nucléaires des sous-marins de Méditerranée sur la Libye. Tous ! Faites l'impossible pour protéger l'Égypte et la Tunisie des retombées.

« Monsieur le secrétaire d'État, préparez des messages prioritaires pour le premier secrétaire du Comité central soviétique, pour les dirigeants

599

chinois, pour MM. Begin, Giscard, Helmut Schmidt et Mme Thatcher. Faites en sorte que ces messages soient envoyés à l'instant même où se déclenchera notre action.

Il fixa le visage grisâtre du président du Comité des chefs d'état-major.

— Amiral, si à 11 h 30 nous n'avons pas trouvé et désamorcé la bombe, et si Kadhafi refuse de prolonger son ultimatum, je vous donne l'ordre d'anéantir la Libye !

★

— Monsieur Rocchia ! Quelle bonne surprise !

La petite sœur de Saint-Vincent-de-Paul du centre Kennedy pour enfants inadaptés fit entrer l'inspecteur dans un salon.

— Il n'y a rien de grave, j'espère ?

— Non, non, ma sœur.

Le policier tripotait son chapeau d'un air embarrassé.

— Il faut que j'emmène ma fille deux ou trois jours voir des parents dans le Connecticut.

— Ah ?... Je crains que cela ne soit contraire au règlement, objecta la religieuse, je ne sais pas si Mère Supérieure...

— C'est urgent, insista Angelo. La sœur de ma femme est venue de Californie pour deux jours. Elle n'a jamais rencontré Maria.

Il consulta sa montre avec fébrilité.

— Je suis très pressé, ma sœur. Voudriez-vous avoir l'obligeance d'aller chercher ma fille ? Je dois partir le plus vite possible.

— Ne pourriez-vous revenir dans la soirée ?

— Non, ma sœur, s'impatienta le policier, je vous l'ai dit : je suis très pressé.

— Très bien. Venez donc attendre par ici pendant que je prépare la valise de Maria.

La religieuse l'entraîna vers une baie vitrée qui donnait sur la salle de jeux. Comme chaque fois qu'il venait là, Angelo sentit des larmes lui monter aux yeux. C'était une salle de jeux semblable à celles de toutes les écoles, avec un guignol, un toboggan, des cubes, des poupées. Il chercha son enfant dans le groupe des fillettes. Son cœur se serra à la vue de ces petits êtres au faciès déformé, aux gestes maladroits, leurs grands yeux pleins d'une obscure révolte.

Il vit la religieuse prendre délicatement la main de Maria et l'enlever à ses camarades.

Et tous les autres ? songea Angelo, bouleversé. Je vais sauver ma fille, mais les autres...

Quand la religieuse revint avec l'enfant et sa petite valise, l'inspecteur Angelo Rocchia avait disparu.

★

Au nord du Minnesota, dans une région bucolique de forêts et de pâturages proche du village d'Oskomie, à quelques kilomètres de la frontière canadienne, se trouve une discrète réserve forestière appartenant à l'U.S. Government. Des hommes en uniforme du département des Forêts et Pêcheries en gardent l'entrée. Cette réserve s'étend sur quelques hectares de terres vallonnées, parsemées de futaies, de plantations, de prairies, le tout enclos d'un réseau de fils de fer barbelés.

Les gardes armés appartiennent en réalité au département de la Défense et les fils barbelés de la clôture sont, en fait, une gigantesque antenne de transmission permettant de communiquer avec les sous-marins lanceurs d'engins nucléaires de la marine américaine. L'installation fonctionne jour et nuit, utilisant de très basses fréquences, bien au-dessous de la bande des 10 KHz, car seules les ondes très longues sont à même d'atteindre les grandes profondeurs où naviguent les sous-marins. Chaque sous-marin en patrouille au fond de l'océan traîne sa propre antenne, un simple fil aussi long que les trois kilomètres de barbelés de la réserve du Minnesota.

A 11 h 04 précises, quatre minutes après l'ordre d'attaque nucléaire donné par le Président, deux sous-marins, le *Swordfisher* et le *Patrick Henry*, en plongée à plusieurs centaines de mètres au fond de la Méditerranée, l'un à vingt milles au sud-est de Chypre, l'autre au sud de la Sicile, réagirent à une brusque modification de l'émission continue venant de la clôture. L'opérateur radio de chaque submersible apporta le message, automatiquement décodé par l'un des ordinateurs de bord, à l'officier de quart qui, à son tour, le transmit au commandant.

Dans chacun des deux bâtiments, le commandant et son second, utilisant des clefs complémentaires, déverrouillèrent alors le coffre-fort contenant des cartes I.B.M. perforées. Ils les introduisirent dans les seize ordinateurs de commande des seize missiles Trident armant chaque sous-marin. Ces cartes I.B.M. portaient toutes les informations de tir nécessaires pour atteindre les objectifs libyens avec une marge d'erreur inférieure à trente mètres. Après quoi, les officiers et leurs chefs de tir effectuèrent dix opérations de sécurité précises pour libérer les systèmes de mise à feu.

A 11 h 07, chacun des submersibles expédia un

message au Minnesota annonçant que les missiles étaient armés et braqués sur leurs objectifs.

Ce message disait : « VESSEL IN DEFCON » — Vaisseau en condition de défense.

★

Presque en même temps, un autre message, de Moscou celui-là, parvenait au centre des télécommunications de la Maison-Blanche par le « téléphone rouge ».

Comme toujours, la communication était transmise en deux langues, la première en russe, la deuxième dans la traduction anglaise de l'interprète soviétique.

Le Président s'était précipité près du téléscripteur pour prendre connaissance de la dépêche à mesure qu'elle tombait. Un interprète du Département d'État se tenait à ses côtés pour vérifier l'exactitude de la traduction soviétique et souligner toutes les nuances et les subtilités du langage employé.

Cette fois, il n'y en avait aucune. Le message était bref et précis. Sous le coup de l'émotion, le Président se sentit vaciller. Il s'appuya sur l'épaule de l'interprète stupéfait.

— Merci, mon Dieu ! murmura-t-il.

★

Au P.C. souterrain de New York, la frénésie atteignait au paroxysme. Des Feds braillaient dans tous les téléphones. Bannion ordonnait de transformer en P.C. avancé le 6ᵉ commissariat situé dans la zone à fouiller. A ses côtés, Feldman mobilisait hommes et matériel. Quelques bureaux plus loin, Bill Booth, le chef des brigades de recherches nucléaires, d'habitude si imperturbable, rameutait tout son monde en hurlant dans un micro. De son côté, Harvey Hudson mobilisait une escouade de juges fédéraux pour établir les mandats de perquisition qui permettraient de pénétrer dans les appartements, bureaux, immeubles, mandats sans lesquels aucun New-Yorkais, fort de ses droits civiques, ne laisserait un policier mettre les pieds chez lui.

Il régnait un tel brouhaha que personne n'entendit le haut-parleur encastré au centre de la table de conférence. Horrifié, Abe Stern réalisa subitement que c'était le Président qui appelait. Il se fit aussitôt passer la communication dans son bureau.

— Monsieur le Président, s'excusa-t-il, nous sommes tous ici dans un état proche de l'hystérie. Nous croyons avoir un tuyau sur l'endroit où est cachée la bombe.

Encore sous le coup des émotions des dernières minutes, le Président n'écoutait même pas.

— Abe, disait-il, nous venons de recevoir un message des Russes ! Ils ont contraint Kadhafi à repousser l'expiration de son ultimatum de six heures. Nous avons jusqu'à 18 heures ce soir.

Le maire s'effondra sur son siège, suffoqué de bonheur.

— Mais attention, Abe ! Six heures, et pas une de plus ! Le Premier Secrétaire est formel : Kadhafi n'ira pas au-delà !

DIXIÈME PARTIE

« Tu as perdu, traître !
Ta bombe explosera quand même ! »

La zone à fouiller couvrait un énorme quadrilatère du bas de Manhattan où, dans un enchevêtrement de buildings, d'appartements et de maisonnettes, vivaient plus d'un demi-million d'habitants le jour, près d'un million la nuit. On y trouvait les docks abandonnés de l'Hudson où accostaient autrefois les grands transatlantiques, le *Normandie*, l'*Ile-de-France*, le *Queen*. On y trouvait des îlots résidentiels de la petite bourgeoisie new-yorkaise ; des quartiers d'artisans ; les rues les plus chaudes de la ville avec leurs boîtes à sexe et leurs salons de torture sado-masochiste. On y trouvait aussi toute une communauté d'artistes, d'intellectuels, de hippies, dans le Saint-Germain-des-Prés new-yorkais — Greenwich Village.

Près de dix mille policiers en civil, inspecteurs, Feds et membres des brigades de recherches nucléaires déguisés en releveurs de compteurs de la Con Edison Electric, allaient s'abattre sur le secteur. Au P.C. du 6ᵉ commissariat, Quentin Dewing organisait cette fouille méthodique comme une opération militaire, quartier par quartier, bloc par bloc, rue par rue.

L'avant-garde était composée d'équipes mixtes de

Feds et d'agents des brigades Nest munis de leurs appareils de détection. Ils passeraient au crible chaque bâtiment, du toit à la cave, sans toutefois pénétrer à l'intérieur des habitations. Derrière ces voltigeurs, viendrait l'infanterie lourde, quelque trois mille Feds et inspecteurs, les poches bourrées de mandats de perquisition, qui iraient de porte en porte, fouillant les appartements, les bureaux, les magasins, portant une attention particulière aux garages, entrepôts et caves. Un travail colossal ! Considérant le poids du baril, Al Feldman avait suggéré de limiter les recherches aux deux premiers étages des bâtiments sans ascenseur.

— Par quel côté commencer ? demanda Dewing à son état-major rassemblé devant le plan géant de Manhattan. En partant de la 5ᵉ Avenue pour descendre vers l'Hudson ? Ou l'inverse ?

— D'après le témoignage du type à la chaîne de vélo, la fourgonnette Hertz remontait Christopher Street à toute allure quand elle a dérapé contre la Pontiac. Il est donc raisonnable de penser qu'elle se dirigeait vers la 5ᵉ Avenue ou dans les parages. A votre place, monsieur Dewing, c'est par là que je commencerais le ratissage, et j'irais en direction du fleuve.

Toutes les têtes s'étaient tournées avec stupéfaction vers celui qui venait de parler. Le feutre gris légèrement penché, l'air majestueux du Parrain arrivant à un conseil d'administration de ses *capos*, Angelo Rocchia était revenu.

— Ah ! monsieur Rocchia, fit Dewing en s'avançant vers l'inspecteur, je crois que je vous dois de sérieuses excuses.

— Des excuses ?

— Nous venons de recevoir un coup de téléphone de notre labo de Brooklyn. Ils ont effectivement trouvé sur la Pontiac de votre représentant des traces de peinture provenant de la fourgonnette Hertz !

★

Volontairement coupés de tout contact avec Tripoli par mesure de sécurité, les Dajani ignoraient le report inattendu de l'ultimatum de Kadhafi. Comme prévu, ils avaient rejoint leur refuge de Dobbs Ferry, à une cinquantaine de kilomètres de New York, une coquette maison de style colonial que Leila avait louée en raison de sa situation discrète, proche de l'autoroute. Ils y attendraient l'explosion et fileraient aussitôt après vers la frontière canadienne.

Assis sur le canapé, les deux frères et la sœur avaient les yeux fixés sur l'écran du téléviseur.

— Quelle heure avez-vous ? demanda Kamal pour la troisième fois.

— Midi moins trois, répondit Whalid.

Les secondes s'écoulaient sans qu'apparaisse aucun des personnages dont ils espéraient l'intervention à la télévision. Pas plus Carter révélant au monde la conclusion d'un nouvel accord au Proche-Orient, que le maire de New York adjurant ses concitoyens de prendre la fuite, ou que Menahem Begin proclamant le retrait israélien des territoires arabes occupés. Rien, rien que l'insipide feuilleton racontant l'histoire d'un psychiatre amoureux d'une de ses malades.

Les doigts crispés, les lèvres serrées, Leila sentait ses nerfs la lâcher.

— Ça n'a pas marché ! gémit-elle. Les Américains ont refusé. La bombe va sauter !

Whalid posa son verre de whisky et lui sourit.

— Rassure-toi, petite sœur. Ils doivent encore être en train de discuter. Et tant qu'ils discuteront, Kadhafi n'enverra pas le signal de mise à feu.

— Mais pourquoi pas le moindre communiqué ? se lamentait toujours Leila. Qu'attendent-ils pour informer le public que de grandes nouvelles sont imminentes ? Que les Américains, Kadhafi, les Juifs, les Palestiniens sont enfin tous d'accord !

Agacé par ces jérémiades, Kamal se leva et se dirigea vers la fenêtre.

— Whalid ! Crois-tu qu'on pourra entendre l'explosion d'ici ?

Il avait posé la question sur le même ton que s'il avait demandé : « Whalid, entendra-t-on la sonnerie du téléphone ? »

— Non, Kamal, mais on verra sans doute un éclair, puis un nuage, ressemblant à un énorme champignon.

Kamal observait son frère. Malgré la tension de ces derniers jours, il paraissait étrangement calme. Était-ce résignation, acceptation fataliste de son acte, après toutes ses hésitations, tous ses débats de conscience ? Ou était-ce pour une autre raison qu'il était seul à connaître ?

Sur l'écran de télévision, le speaker annonça la suite du feuilleton pour le lendemain. Une image de soleil levant accompagnée de la plainte d'un violon disparut, aussitôt remplacée par un monsieur hilare qui cherchait une boîte de spaghetti sur l'étagère d'un supermarché.

— Il va être midi dans une seconde et voilà ce qu'ils nous montrent ! explosa Leila à bout de nerfs. Je vous dis que ça a échoué, les Américains ont refusé ! La bombe va sauter !

— Calme-toi, Leila ! Un peu de dignité, s'il te plaît ! lâcha Kamal avec mépris.

Il ouvrit la porte de la terrasse et marcha dans la neige jusqu'à la balustrade, les yeux fixés sur l'horizon.

Whalid consulta encore une fois sa montre. Midi et une minute. Le signal radio de Kadhafi avait dû arriver par l'antenne du toit du garage. Mais sa cassette vierge n'avait pu donner les informations nécessaires à l'ordinateur de la mallette pour déclencher la mise à feu. Cette pensée le submergea d'une sensation de paix, une paix profonde comme il n'en avait pas éprouvé depuis des années, depuis les jours heureux de Meyrargues, avec sa femme et ses enfants. L'angoisse, le doute, les tourments de sa conscience se taisaient enfin devant la certitude d'avoir eu, cette fois, le courage de faire ce qu'il croyait devoir faire.

A côté de lui, les genoux recroquevillés sous le menton, Leila restait hypnotisée par l'écran de télévision. Elle se répétait inlassablement que cette bombe ne devait pas vraiment exploser, qu'elle n'était qu'un moyen de pression, comme si la répétition de cette litanie avait le pouvoir de défaire ce qu'ils avaient fait, de l'arracher à son obsession.

Soudain, elle tressaillit.

— Regardez : c'est New York ! s'écria-t-elle en pointant le doigt vers le téléviseur. New York ! New York est toujours là !

Kamal était rentré de la terrasse. Il dévisagea sa sœur, puis son frère, avec une expression de rage froide qui les fit frémir.

— Il est midi et sept minutes ! dit-il. Il faut que je sache pourquoi la bombe n'a pas sauté !

★

A New York, la fouille géante du bas de Manhattan avait commencé par une cascade d'incidents. Au 156 de Bleecker Street, deux inspecteurs arrivèrent au beau milieu d'une partie de drogue. Une dizaine de junkies allongés sur des matelas planaient déjà dans leur nirvana tandis que d'autres, armés de seringues, s'apprêtaient à les rejoindre. Traversant la pièce comme un ouragan, les deux policiers écrasèrent les aiguilles à coups de pied, empochèrent pastilles de L.S.D. et sachets d'héroïne, puis disparurent en claquant la porte sous les regards éberlués des camés. Ailleurs, des Feds tombèrent sur de gigantesques orgies et des séances de flagellation. Effrayés à l'idée du scandale, les protagonistes — presque tous des cadres et des employés de bureau — s'enfuirent à demi nus par les fenêtres et les échelles d'incendie. D'autres équipes interrompirent des rencontres plus romantiques, des scènes de ménage, des bagarres.

Au coin de la 4e Rue et de Greenwich Avenue, des Feds trouvèrent des cambrioleurs en pleine besogne qui furent bien étonnés de s'entendre seulement priés de détaler à toutes jambes. Au bar Quintana, l'arrivée de deux Feds provoqua la chute immédiate sur le sol d'une pluie d'articles divers : revolvers, couteaux à cran d'arrêt, pilules pour *trips*, sachets de poudre blanche, paquets de joints, héroïne, toute la camelote chaude dont les petits trafiquants du lieu voulaient se débarrasser avant la descente en force qu'ils redoutaient. Les Feds empochèrent revolvers et couteaux, jetèrent la drogue dans les W.-C., inspectèrent la cave et repartirent comme ils étaient venus.

On découvrit toutes sortes de barils : vieilles barriques de bière et de vin, bidons d'huile de moteur, de produits chimiques, de détergents. Dans une cave de Washington Square, on trouva même trois fûts d'essence datant de la dernière guerre.

On trouva aussi, dans un grenier de Cornelia Street, le corps d'un pendu en état de décomposition avancée, et dans une chambre de Bedford Street, celui d'une vieille femme apparemment morte de froid.

Beaucoup d'appartements étant vides — leurs occupants étaient à leur travail — il fallut faire appel aux « béliers » de la police municipale, de gros tuyaux d'acier bourrés de béton permettant d'enfoncer les portes les plus coriaces. Abe Stern, craignant que sa ville — cette ville qui ne serait peut-être plus là dans quelques heures — ne soit condamnée à payer des millions de dollars de dédommagements pour vols vrais ou imaginaires, exigea qu'un policier soit posté devant chaque porte ainsi forcée. De nombreux locataires invoquèrent leurs droits civiques pour se refuser à toute perquisition, même lorsque les agents détenaient un mandat. Ils téléphonèrent à leurs avocats, ameutèrent les voisins, provoquèrent des attroupements. Des policiers furent pris à partie par ceux-là mêmes qu'ils cherchaient à sauver.

A toute question des habitants sur les motifs de leur intervention, les policiers avaient la consigne de donner la version officielle de terroristes palestiniens menaçant le quartier avec un baril de gaz mortel. Contrairement à toute attente, cette révélation ne déclencha aucune panique dans cette population que la télévision et le cinéma avaient habituée à des scénarios infiniment plus impressionnants.

Au P.C. du 6e commissariat, se produisirent par contre quelques réactions d'affolement parmi les magistrats mobilisés pour établir les mandats de perquisition. Dès qu'ils réalisèrent l'objet véritable de l'opération en cours, certains d'entre eux coururent à la cabine téléphonique la plus proche pour ordonner à leur famille de quitter New York sur-le-champ.

La fouille venait d'être lancée quand Angelo Rocchia s'accorda une minute pour donner, lui aussi, un coup de téléphone personnel.

— C'est toi, Grace ? dit-il en faisant écran de sa main afin qu'on ne l'entendît pas, je voulais te dire quelque chose à propos... à propos de ce que tu m'as dit hier soir. J'ai réfléchi. Je voudrais qu'on se marie. J'aimerais tant que cet enfant soit à nous deux.

★

D'un coup de poing, Kamal Dajani avait éteint la télévision. Il saisit son frère par les épaules, l'extirpa du canapé et le secoua violemment.

— Vas-tu me dire enfin ce que tu as fait pour que cette bombe n'explose pas ?

Whalid voulut se dégager mais la poigne de fer de son frère l'immobilisait.

— Kamal, pourquoi me regardes-tu avec tant de cruauté ? demanda-t-il en essayant de dissimuler sa peur. C'est un grand jour ! Si la bombe n'a pas sauté, c'est que nous avons gagné ! Les Israéliens ont sûrement commencé à évacuer notre sol ! On va certainement l'apprendre tout à l'heure ! Buvons à la victoire, petit frère !

Il allongea la main vers la bouteille de whisky posée sur le téléviseur, mais d'un coup sec Kamal stoppa son geste. Whalid se raidit. L'horreur que lui inspira tout à coup son frère lui donna le courage de vider son sac.

— Tu croyais vraiment que cette bombe allait sauter ? Tu croyais sincèrement que nous pourrions retourner à Jérusalem en marchant sur des millions de cadavres ? Dis, tu croyais cela ?

614

« Mon frère, il doit y avoir un autre moyen. Je n'ai pas construit cette bombe pour semer l'horreur. Je l'ai construite pour que notre peuple obtienne justice. Pour qu'il soit l'égal des autres. Les Juifs ont leur bombe, les Américains, les Français, les Chinois, les Indiens, les Anglais ont la leur. Maintenant, les Arabes l'ont eux aussi. Grâce à elle, nous allons pouvoir négocier avec nos ennemis et récupérer notre patrie.

Il fit une pause.

— Kamal, conclut-il en martelant ses mots, on ne peut pas construire la justice sur la mort de millions d'innocents !

Les yeux du cadet des Dajani brûlaient de haine. Des yeux pour tuer, songea Leila, épouvantée.

— Traître ! J'ai tout compris : si la bombe n'a pas explosé, c'est parce que tu l'as désamorcée quand tu nous as envoyés, Leila et moi, vérifier l'antenne sur le toit. Ta subite crampe d'estomac, c'était de la comédie ! Quand nous sommes redescendus, elle avait disparu. Et ton ulcère a aussi disparu depuis ! Comme par enchantement ! Salaud, tu vas tout de suite m'expliquer ce que tu as fait pour la désamorcer, cette bombe !

La main de Kamal avait jailli comme une hache. Cette main qui avait écrasé la trachée du physicien français Alain Prévost dans le bois de Boulogne s'abattit sur la joue de Whalid. Celui-ci poussa un cri, vite étouffé par un deuxième coup en pleine poitrine. Il chancela, buta contre une chaise et bascula sur la table au fond de la pièce. Des assiettes, une deuxième bouteille de whisky, des bibelots dégringolèrent dans un fracas de verre brisé. Kamal se jeta sur son frère et le saisit à la gorge.

— Tu sais ce qui se passe en ce moment par ta faute ? A l'heure qu'il est, les Américains doivent se

615

préparer à liquider Kadhafi ! Ils vont l'anéantir parce que c'est lui qui est à leur merci maintenant. A cause de toi ! A cause de ta trahison !

Whalid s'asphyxiait. La bouche ouverte, les yeux révulsés, il cherchait à aspirer un peu d'air.

— Qu'as-tu fait pour désamorcer la bombe ? répéta Kamal en ponctuant cette fois sa question d'un coup de genou dans le bas-ventre.

Whalid se tordit de douleur. Affolée, Leila se précipita.

— Kamal, arrête ! Tu vas le tuer ! C'est ton frère !

— C'est un traître ! A cause de lui, nous ne rentrerons jamais chez nous !

Ivre de fureur, Kamal s'acharnait sur son frère. Il ne vit pas Leila empoigner la bouteille de whisky, mais son instinct lui fit pressentir l'attaque. Il se pencha en avant : la bouteille rata sa tête et frappa son dos. Sous le choc, il perdit l'équilibre et s'écroula sur le canapé.

Whalid réussit à se retourner et à attraper le revolver dans la poche de son veston. Il le tenait d'une main tremblante quand son frère se rua sur lui. La balle rasa l'oreille de Kamal et alla se planter au plafond. Il n'y en eut pas d'autre. Les pouces du Palestinien s'étaient déjà enfoncés dans la trachée de son frère, juste au-dessous de la pomme d'Adam. Il y eut un bruit sec. Un spasme secoua Whalid et sa bouche s'ouvrit sur une giclée de bave.

— Qu'as-tu fait ? hurla Leila horrifiée.

— Je l'ai tué.

Pendant un long moment, Kamal contempla son frère mort sur le tapis. Puis il s'agenouilla près du corps et remonta sa manche pour dégager le tatouage sur son poignet, comme s'il voulait échanger un nouveau serment avec son frère.

616

— Ta bombe explosera quand même, Whalid ! Je te le jure : elle explosera. Tu as perdu, traître !

Il fouilla le veston de Whalid pour chercher la check-list des diverses opérations indispensables pour qu'il puisse procéder à la mise à feu manuelle de la bombe et trouva une cassette. Il reconnut aussitôt la cassette enregistrée à Tripoli.

— La voilà donc l'explication ! C'est tout simple : il a substitué une autre cassette à la cassette de Tripoli pendant que nous étions sur le toit.

★

Sauf dans les feuilletons de télévision qui occupaient ses soirées de veuve solitaire, c'était la première fois de sa vie que Mme Dorothy Burns entendait claquer un coup de feu. Elle se précipita derrière ses rideaux de cretonne pour essayer de comprendre d'où avait bien pu venir la détonation. Elle perçut alors les échos d'une violente discussion provenant de la maison d'en face. Quelques instants plus tard, elle vit un inconnu pousser une jeune femme dans la voiture garée devant la porte. La voiture démarra en trombe et disparut en direction de l'autoroute. Sans hésiter, Mme Burns décrocha le téléphone rose au chevet de son lit.

— Mademoiselle, donnez-moi le commissariat de police, s'il vous plaît.

★

Le téléphone de Myron Pick, le rédacteur en chef du *New York Times*, sonna presque au même moment. Son correspondant de Las Vegas l'appelait au sujet de ce John McClintock qui avait loué l'une des mystérieuses fourgonnettes Avis découvertes par Grace Knowland dans la caserne de Park Avenue.

— Ce monsieur appartient à une organisation gouvernementale installée dans une zone interdite de la base aérienne de McCarran, indiqua le journaliste. L'organisation s'appelle Nest, pour Nuclear Explosive Search Teams. Le rôle de ces brigades est de détecter toute matière radioactive disparue au cours d'un transport, volée dans une installation nucléaire ou tombée du ciel comme en Espagne il y a plusieurs années, qu'il s'agisse d'uranium, de plutonium ou même d'une bombe atomique. Leur matériel...

Le correspondant continuait son compte rendu mais Pick n'écoutait plus. Subitement sans réaction, il lui semblait avoir reçu un coup sur la tête.

C'était donc arrivé !

★

Deux policiers du commissariat de Dobbs Ferry frappaient à la porte de Mme Burns trois minutes après son appel.

Tout excitée, elle leur raconta ce qu'elle avait vu et entendu.

— Elle doit regarder trop de polars à la télévision, confia l'un des policiers à son collègue tandis qu'ils traversaient la rue pour aller inspecter la maison d'en face.

Personne n'ayant répondu à leur coup de sonnette, ils firent le tour de cette maison à la recherche d'éventuelles traces d'effraction. Puis ils revinrent devant l'entrée.

La porte n'était pas fermée. Le premier policier passa la tête à l'intérieur.

— Il y a quelqu'un ? lança-t-il.

N'ayant pas de réponse, il s'aventura jusqu'au salon.

— Bon Dieu ! s'écria-t-il. Appelle la State Police ! La bonne femme n'a pas rêvé !

★

John Robinson, l'austère directeur du *New York Times*, fixait son rédacteur en chef avec surprise. Le visage du flamboyant Myron Pick était aussi lugubre qu'un masque mortuaire. Il était venu le mettre au courant des étranges événements qui agitaient New York et lui révéla ce qu'il avait découvert au sujet du mystérieux John McClintock de Las Vegas.

Sans un mot Robinson décrocha son téléphone et appela le Q.G. de la police.

— Mademoiselle, je me moque pas mal de savoir où il est, et ce qu'il fait, déclara-t-il à la secrétaire du préfet Bannion, je veux lui parler immédiatement. Je reste en ligne jusqu'à ce que vous le trouviez.

Il fallut plusieurs minutes pour joindre Michael Bannion dans le tumulte du 6ᵉ commissariat. Robinson n'était pas d'humeur à perdre son temps en salamalecs.

— Monsieur le Préfet, j'apprends que vous avez informé mon rédacteur en chef que vous êtes à la recherche d'un baril de gaz chlorhydrique qui serait caché dans cette ville.

— C'est exact, monsieur le Directeur, et je ne vous dirai jamais assez combien nous sommes reconnaissants au *Times* de nous aider à garder cette information secrète tant que nous n'aurons pas neutralisé ce baril.

— Il aurait été placé par des terroristes palestiniens, n'est-ce pas ?

— C'est cela même.

En dépit de l'insupportable tension des dernières heures, la voix de Bannion était aussi impérieuse que d'habitude.

— Monsieur le Préfet, j'ai le regret de vous dire que vous nous avez menti. C'est une bombe atomique que vous recherchez. Des milliers, peut-être des centaines de milliers de New-Yorkais sont en danger de mort et vous refusez de les avertir, de les sauver en leur disant de fuir. Et vous voudriez que le *Times* en fasse autant ? Qu'il garde le silence alors que sa raison d'être est justement de servir cette population ?

Bannion était atterré. Il appela un Fed et lui tendit un message griffonné à la hâte :

« Appelez Washington ! Demandez le Président ! Le secret est percé ! »

★

Trois voitures de la New York State Police, gyrophare tournoyant sur le toit, venaient de s'immobiliser devant la maison où Whalid Dajani avait été assassiné. Une ambulance, portes ouvertes, attendait à côté. Des voisins et des enfants qui rentraient de l'école s'étaient agglutinés, l'air effaré. Un meurtre n'était pas chose courante dans les rues tranquilles de Dobbs Ferry.

Dans le salon, des policiers s'affairaient autour du cadavre. L'impact de la balle dans le plafond avait été cerclé de rouge. Une équipe de l'identité judiciaire relevait les empreintes tandis qu'un policier traçait à la craie l'emplacement du corps de Whalid sur le tapis et qu'un photographe enregistrait la scène sous tous les angles.

— Emportez-le à la morgue et demandez une

autopsie, ordonna le capitaine chargé des premières constatations.

Il jeta un coup d'œil aux débris des deux bouteilles de whisky qui jonchaient le sol et considéra le cadavre d'un regard méprisant.

— Je parie qu'on lui trouvera assez d'alcool dans le ventre pour ouvrir un bar !

Un policier avait découvert le passeport de Whalid dans son veston. Il le remit à son chef.

— Tiens, Charlie, c'est un Arabe !

Le capitaine examina la photo, eut quelque difficulté à trouver une ressemblance avec le visage défiguré par les affres de l'asphyxie, et feuilleta les pages jusqu'à ce qu'il tombe sur le tampon de l'officier d'immigration de l'aéroport Kennedy.

— Pauvre type, il n'a guère eu de temps pour faire son shopping de Noël ! dit-il en remarquant la date du 10 décembre. Je vais à la voiture transmettre ça au P.C.

La New York State Police n'avait pas été officiellement informée des recherches en cours à New York et le capitaine ignorait tout du drame qui se jouait à Manhattan. Il prit le temps d'allumer une cigarette, en tira plusieurs bouffées et attrapa sans hâte son micro pour communiquer au P.C. de sa brigade le premier rapport sur le crime de Dobbs Ferry.

★

Après la frénésie du lancement de la gigantesque fouille, une atmosphère de lassitude avait envahi le P.C. avancé du 6ᵉ commissariat. Au fur et à mesure des recherches, le chef des inspecteurs Al Feldman noircissait au feutre noir sur le plan les portions du secteur déjà ratissées. Mais il ne se faisait guère d'illusions : à moins d'un coup de chance inespéré, ils seraient tous désintégrés avant que les premiers flics aient eu le temps d'atteindre les bords de l'Hudson.

Feldman ressassait cette décourageante perspective quand un inspecteur lui passa le téléphone.

— On vous demande du P.C. souterrain de Foley Square.

Le P.C. de Foley Square était également relié par téléscripteur au quartier général de la police de l'État de New York. L'inspecteur de service avait été intrigué par la dernière dépêche tombée sur l'appareil.

— Chef, dit-il à Feldman, on signale un mort à Dobbs Ferry. Sans doute un meurtre. La victime est un Arabe qui ressemble étrangement à l'un des gars que nous recherchons. Je vous lis son signalement : « Sexe : masculin. Taille : 5 pieds 10 pouces. Poids : 185 livres. Identité fournie par passeport libanais n° 234 651, délivré à Beyrouth le 22 novembre 1979, au nom d'Ibrahim Khalid, ingénieur électronicien né à Beyrouth le 12 septembre 1942. Entré aux U.S.A. par l'aéroport international Kennedy le 10 décembre 79. Cheveux bruns clairsemés. Yeux marron. Signes particuliers : fine moustache et tatouage sur le poignet gauche représentant un cœur, un poignard et un serpent. »

— Un tatouage ! Bon Dieu, tu as bien dit tatouage ?

Feldman était tout excité.

— Passez-moi le dossier que les Français nous ont envoyé hier soir, cria-t-il à Dewing.

Il le fouilla fébrilement.

— C'est lui ! hurla-t-il, c'est bien lui ! C'est un des trois Palestiniens qui ont caché la bombe !

★

Richard Snyder, le président du *New York Times*, s'était arrêté devant la fenêtre de son bureau, au 14e étage du vénérable building, et méditait, accablé, les paroles du chef de l'État. Du fond de l'étroit canyon de la 43e Rue montait jusqu'à lui la rumeur de l'intense circulation, la cacophonie vibrante de New York, sa ville, la ville que le journal de sa famille servait depuis trois générations.

La présidence de ce quotidien, qui se considérait comme la conscience de l'Amérique, faisait peser sur les épaules de ce quinquagénaire puritain une écrasante responsabilité morale. Où est notre devoir aujourd'hui, se demandait-il, quelle obligation a le *Times* envers cette ville, envers le pays ?

En regagnant son bureau de noyer massif, il contempla sur les murs les premières pages historiques du *Times* et les portraits de son père et de son grand-père qui l'avaient précédé dans cette pièce. La porte s'ouvrit. Sa secrétaire introduisit John Robinson, l'austère directeur du journal, Myron Pick, son rédacteur en chef, et Grace Knowland.

— Vous rendez-vous compte, patron ? attaqua Pick avec sa véhémence habituelle, une bombe atomique est cachée en plein New York ! Une bombe qui pourrait tuer dix ou vingt mille personnes et le préfet nous demande de ne rien dire !

Le président du *New York Times* s'était assis, les mains croisées sur son bureau, comme s'il priait.

— Ce n'est pas une bombe atomique, Myron, c'est une bombe H. Et ce ne sont pas dix ou vingt mille habitants qui sont menacés. C'est toute la ville.

Il fit le récit de l'appel qu'il venait de recevoir du Président.

— Il m'a conjuré de ne pas divulguer cette information.

Le président du *New York Times* examina les

visages stupéfaits qui lui faisaient face. Malgré leur nombre, il connaissait personnellement chacun de ses collaborateurs. Il savait que Grace vivait avec son fils à Manhattan, que Robinson résidait dans le West Side avec sa femme et leurs cinq enfants, que Myron Pick habitait avec sa famille une vieille maison en brownstone de Brooklyn Heights. Lui-même demeurait avec son épouse et leurs deux enfants au cœur même de Manhattan, à quelques blocs seulement de son bureau. Tous partageraient le sort des habitants de New York.

Intense, presque fiévreux, Richard Snyder ajouta :

— Le Président nous demande autre chose : il souhaite que nous gardions le secret... même vis-à-vis de nos familles.

Grace étouffa un cri : Tommy !

— Seigneur, c'est incroyable ! se révolta Myron Pick. Il espère que nous allons rester là, sans bouger, à attendre d'être... thermonucléarisés ? Sans mettre nos familles à l'abri ?

Le président du *New York Times* expliqua que Kadhafi avait exigé le secret et menacé de faire exploser son engin au premier signe d'évacuation.

— Pourquoi devrions-nous obéir ? se récria Pick. Qu'est-ce qui nous prouve que le chef de l'État nous dit la vérité ? Ce ne serait pas la première fois qu'un président nous raconterait des bobards !

— Myron ! — Snyder considérait son rédacteur en chef avec sévérité. — Le problème n'est ni le Président, ni Kadhafi, ni nos intérêts personnels, mais seulement les devoirs du *New York Times* envers la population de cette ville !

— Ils sont évidents ! répliqua Pick sans hésiter. Il faut sortir immédiatement une édition spéciale. Pour avertir les gens que New York est menacée de destruction et les adjurer de ficher le camp par tous les moyens !

— Myron ! Comment oses-tu parler ainsi alors qu'on vient de t'expliquer que Kadhafi fera tout sauter au premier signe d'évacuation ! Il s'agit de la vie de millions de personnes ! De la vie de...

Grace était hantée par le visage de son fils. Bouleversée, elle s'était levée, prête à bondir.

— Nous tenons l'information, répliqua Pick, impavide. Notre devoir de journalistes est de la publier. Notre expérience nous a appris que nous avons tout à perdre à cacher la vérité. Rappelez-vous la baie des Cochons[1] !

Le président du quotidien se tourna alors vers son directeur qui s'était tu jusque-là. Dans toutes les circonstances graves, les conseils de ce second au sérieux visage professoral l'avaient aidé à y voir clair. A cinquante-quatre ans, John Robinson était, d'une certaine façon, la conscience du *New York Times*.

— Si nous considérons, commença-t-il presque timidement, que notre devoir envers les New-Yorkais est de les avertir du danger pour qu'ils puissent se sauver, ce n'est pas par une édition spéciale qu'il faut le faire. Le *Times* ne saurait profiter d'un tel événement pour chercher à faire un scoop. — Il pointa un doigt vers la batterie des téléphones à la droite de Snyder. — Vous devez, patron, appeler à l'instant même tous nos confrères des chaînes de radio et de télévision pour qu'ils alertent la population immédiatement.

1. Plusieurs jours avant l'invasion de la baie des Cochons, à Cuba, le *New York Times* était au courant de l'opération et du rôle qu'y jouait la C.I.A. Il n'avait rien publié à la demande pressante du président Kennedy. Plus tard, le président du journal et le chef de l'État devaient regretter cette décision, étant alors persuadés que la divulgation de ce qui se préparait aurait pu empêcher cette initiative désastreuse.

Il s'interrompit, conscient de la gravité de l'opinion qu'il allait formuler.

— Cette observation faite, reprit-il de la même voix feutrée, je considère que notre devoir est de nous tenir, sans restriction, aux côtés du chef de l'État. Cette tragédie est sans précédent dans l'histoire des États-Unis. Le *Times* faillirait à sa mission à l'égard du peuple américain s'il trahissait, dans une situation aussi grave, la confiance de l'homme qui nous gouverne.

Il y eut un long silence. Le président du journal se leva et, les mains appuyées sur son bureau, fixa ses trois collaborateurs avec intensité.

— Le chef de l'État m'a indiqué que l'ultimatum a été repoussé jusqu'à ce soir 18 heures. J'ai l'intention pour ma part de demeurer ici, dans ce bureau, jusqu'à cette heure-là. Je laisse chacun de vous libre d'agir selon sa conscience. Si vous voulez partir, partez ! Mais faites-le discrètement. Vous avez ma promesse solennelle que jamais cette question ne sera évoquée entre nous.

« A part cela, je crains qu'il n'y ait rien d'autre à faire qu'à préparer le journal de demain — et à prier pour qu'il y ait un demain.

★

— Vite, capitaine, on vous appelle de New York !

L'officier de la New York State Police qui poursuivait son enquête sur le meurtre de Whalid Dajani dans la villa de Dobbs Ferry courut jusqu'à sa voiture. Il s'empara du radio téléphone, écouta Al Feldman et se tourna vers son adjoint.

— Va vite me chercher cette bonne femme qui les a vus partir !

Quelques instants plus tard, Mme Burns, tout

excitée par son importance soudaine, s'asseyait dans la voiture de la State Police et répondait par radio aux questions de Dewing et de Feldman. Ils savaient déjà l'heure de son appel à la police de Dobbs Ferry et obtinrent rapidement de la brave dame deux renseignements complémentaires essentiels, la description de l'homme et de la femme qu'elle avait vus sortir en courant de la maison, ainsi que la couleur — vert foncé — de la voiture avec laquelle ils s'étaient enfuis.

— Ce sont bien les deux autres ! annonça Feldman. Cela ne fait aucun doute !

Bannion, Dewing, Hudson, Salisbury de la C.I.A. : ils se pressaient tous autour du chef des inspecteurs.

— Dans quelle direction ont-ils pu filer ? demanda Feldman à l'officier de la State Police. Êtes-vous près d'une voie à grande circulation ?

— Oui, il y a un accès à l'autoroute à cinq cents mètres d'ici.

— Est-ce de ce côté-là qu'ils sont partis ?

— Affirmatif.

— Capitaine ! envoyez immédiatement une voiture au péage. Tâchez de vous faire confirmer par les gars qui distribuent les tickets que nos fugitifs sont bien passés par là !

Pendant ce temps, à New York, une dizaine de flics fouillaient le 6e commissariat à la recherche d'une carte de l'État de New York. Quelqu'un finit par en dénicher une dans la boîte à gants de sa voiture. Feldman la déplia sur son bureau.

— Ils doivent filer vers le nord, dit-il. — Il consulta sa montre. — Nous savons qu'ils se sont tirés il y a cinquante-sept minutes. Ils n'ont pas pu parcourir plus d'une centaine de kilomètres. — Il montra un point entre Dobbs Ferry et Albany. — Ils

627

doivent être par ici. Il faut boucler immédiatement toutes les issues de l'autoroute. Il faut que la State Police bloque toutes les rampes d'accès, et lance toutes ses patrouilles à leurs trousses avec ordre d'arrêter toutes les voitures vertes. Cet homme et cette femme sont les seuls à pouvoir nous dire où est la bombe !

Moins d'une minute plus tard, partant de toutes les agglomérations le long de l'Hudson, une armada de voitures et de motards convergeaient vers l'autoroute.

★

— Ça avance ?

Angelo Rocchia reconnut la voix haut perchée du maire de New York.

— Pas vite, dit-il en désignant le plan d'un air déçu. Trop de constructions ! Trop de rues ! Trop de gens ! Pas assez de temps !

Abe Stern eut l'air consterné. De sa grosse main il serra le bras du policier.

— On a tout misé sur vous, inspecteur. Pour l'amour du Ciel, j'espère que vous ne vous êtes pas trompé !

Le vieil homme s'éloigna, la tête basse, le dos voûté. Il avait compris qu'il n'y avait plus rien d'autre à faire qu'à attendre. Le destin de New York était entre les mains d'hommes comme Rocchia, comme les motards de la State Police qui contrôlaient les voitures sur l'autoroute et les flics qui enfonçaient les portes des caves de Greenwich Village. L'estomac tordu de crampes, il venait de s'isoler dans l'une des toilettes quand il entendit s'ouvrir la porte de l'urinoir voisin.

— Dis donc, Frank, dit une voix, tu sais ce que

cherchent les patrons là-haut ? Je te le donne en mille... Une bombe atomique !

— Tu rigoles ?

— Pas du tout. Et je viens d'appeler Jane. — La voix était devenue un murmure confidentiel que Stern entendait avec peine. — Je lui ai dit de prendre les enfants et de filer dare-dare chez sa mère dans le Connecticut.

Un bruit de chasse d'eau noya le reste. Tout s'écroule, pensa le maire, cette fois le secret est percé. Bientôt toute la ville saura. La panique va se déchaîner, une panique cent fois pire que celle que nous avions crainte. Si nous nous en sortons, les gens viendront me lyncher à Gracie Mansion. Et ils auront bigrement raison ! grommela-t-il en se reculottant.

★

— Capitaine, répétez-moi ça encore une fois ! hurlait Al Feldman au téléphone.

— L'un des gars du péage à l'entrée de l'autoroute vient d'identifier vos Arabes sur les photos que vous nous avez communiquées par radio, recommença l'officier de la State Police de Dobbs Ferry. Mais il dit qu'ils allaient vers le sud, et non vers le nord !

Tout l'état-major du 6ᵉ commissariat se bousculait autour de Feldman.

— Vous êtes sûr de ce renseignement ?

— Sûr et certain. Le péage en question est sur la voie descendant vers New York.

La stupéfaction s'exprima sur tous les visages.

— Pourquoi diable reviendraient-ils vers la ville alors qu'ils savent qu'elle est sur le point de sauter ?

— Sans doute ont-ils besoin de retourner à leur

bombe, répliqua Feldman. Ce ne peut être que ça !
Ils reviennent à leur bombe !

— S'ils sont partis de Dobbs Ferry à 12 h 23, ils
doivent déjà être arrivés à l'entrée de la ville ! grogna
Bannion. Heureusement que ça roule mal à cette
heure-ci !

Le préfet de police arracha le téléphone des mains
de Feldman.

— Passez-moi Sprint ! commanda-t-il à l'opérateur.

Sprint était l'abréviation de Special Police Radio
Inquiry Network, le réseau de télécommunications
de la police new-yorkaise. Il occupait deux étages
entiers du Q.G. de la police et traitait les dix-neuf
mille appels quotidiens au 911, le numéro de Police
secours.

— Jim, ordonna-t-il à l'officier commandant
Sprint, il faut immédiatement faire converger sur le
secteur du 6ᵉ commissariat tout ce qui roule : voitures de patrouille, cars de police, motards, dépan-
neuses, camions-grues. Faites bloquer les accès du
périmètre délimité par la 14ᵉ Rue, Houston Street,
la 5ᵉ Avenue et le fleuve. Bouclez tout le quartier.
Stoppez les piétons et les voitures à toutes les
entrées, vérifiez les papiers, fouillez les véhicules.
Deux des Palestiniens que nous recherchons vont
tenter de s'infiltrer dans cette zone.

« Jim, poursuivit Bannion tout essoufflé, dites
aussi aux autres commissariats d'envoyer d'urgence
tous leurs effectifs renforcer les barrages. Que la
voirie expédie toutes les barrières dont elle dispose.
Grouillez-vous, Jim ! Au nom du Ciel, grouillez-
vous !

Bannion s'épongea le front. Il n'avait pas songé
un instant à Dewing ni aux autres Feds. C'était SA
ville. Une réaction fulgurante pouvait seule la sauver.

— Monsieur le Maire !

A peine avait-il interpellé Abe Stern qui passait dans le couloir, que Bannion obtint le chef des pompiers au bout du fil.

— Barry, nos gens ont besoin de toutes vos pompes sur la 14e Rue, Houston Street et la 5e Avenue pour en bloquer tous les accès de toute urgence.

Les pompiers de New York portaient aux policiers une sympathie comparable à celle des protestants de l'Ulster pour les catholiques irlandais. Leur chef exigea des explications.

— Barry, ne discutez pas ! rugit Bannion. Exécutez cet ordre immédiatement ! Je vous passe le maire.

Alors que Stern confirmait les instructions du préfet au chef des pompiers, Bannion appelait son service de presse.

— Patty, dans deux minutes, tu vas être submergée d'appels des journaux, radios, télés et toute la meute habituelle. Balance-leur l'histoire du baril de chlore.

Au Q.G. de la police, les deux étages des télécommunications de Sprint étaient en plein branlebas. Le réseau était subdivisé en cinq P.C. radio qui couvraient chacun l'un des boroughs de New York. Une équipe de dispatchers contrôlaient sur des écrans d'ordinateur les déplacements de toutes les voitures de police appartenant à leur secteur. Ils pouvaient ainsi, à tout instant, suivre le travail de leurs patrouilles, savoir si tel gardien était allé boire un café, si tel autre était en train d'appréhender un malfaiteur. Il leur suffisait de tourner deux clefs pour pouvoir aussi envoyer hommes et voitures sur un nouvel objectif.

Ces clefs venaient à peine d'être tournées dans les cinq salles de Sprint quand la ville entière retentit des hurlements des sirènes de police, puis du carillon saccadé des cloches des voitures de pompiers fonçant vers le bas de Manhattan. En quelques minutes, cet ouragan cacophonique submergea l'île de Manhattan tout entière. Les gyrophares des voitures de police clignotaient de tous côtés. Sur les trottoirs, la foule, pourtant habituée aux pires hystéries sonores et lumineuses, regardait, médusée. Dès qu'ils atteignaient les limites du périmètre à cerner, les véhicules se plaçaient en travers des rues, et les policiers déviaient la circulation. En quelques instants, comme une onde de choc, de gigantesques embouteillages englurèrent le centre de Manhattan dans une paralysie inextricable.

Et à 15 h 37, pour la première fois, la population eut connaissance de l'affaire. La station de télévision W.C.B.S. interrompit son programme pour émettre un flash d'information. Dowy Hall, le présentateur habituel des nouvelles locales, apparut sur les écrans, sans maquillage, pour annoncer, d'une voix haletante, une importante opération de police dans le secteur de Greenwich Village « où l'on soupçonne que des terroristes palestiniens ont caché un baril de gaz chlorhydrique mortel ». Dix minutes plus tard, Patty McKnight, l'officier de presse du préfet de police, apparaissait à son tour devant les caméras des différentes chaînes pour faire appel au calme et au sang-froid de la population.

★

Pour revenir à New York, Kamal Dajani avait imposé à sa sœur un changement d'itinéraire. Ils prirent cette fois Roosevelt Drive, le long de l'East River. Un chemin plus long mais plus sûr. Depuis leur départ, ils n'avaient pas échangé un mot. Les doigts crispés sur le volant, les yeux pleins de larmes, encore sous le choc de la scène atroce qu'elle venait de vivre, Leila conduisait comme un automate. Seule la pensée de son père l'avait empêchée de jeter la voiture contre un mur et de tenter d'échapper à ce frère monstrueux. A bout de nerfs, elle avait décidé de laisser son destin s'accomplir.

Muré dans son silence, Kamal écoutait la radio. Mais la radio n'avait encore rien dit. Il regarda le flot des voitures le long du fleuve. Tout paraissait normal. Même les plaintes lointaines des sirènes qui font si intimement partie du fond sonore new-yorkais. Son regard embrassa l'extraordinaire décor : le gratte-ciel des Nations unies dressé au bord de l'eau avec sa guirlande des drapeaux de tous les pays du monde, la flèche du Chrysler Building, tout cet univers de verre et d'acier qui, sans la trahison de son frère, aurait déjà dû se changer en un paysage lunaire de mort et de dévastation. Ces gens sont en vie, pensait-il, mais pendant ce temps, en Libye et en Palestine, des Arabes, mes frères, sont à nouveau en train de mourir à cause de nos échecs. Pris d'une fureur subite, il martela le tableau de bord à coups de poing. L'échec ! L'échec, l'échec ! L'échec nous dévore comme les vers dévorent un cadavre. Nous serons toujours des ratés, la risée des peuples !

Il tâta son blouson, s'assurant pour la centième fois que la check-list et la cassette de mise à feu de la bombe étaient bien dans sa poche. Afficher d'abord le code pour allumer la mallette, se remémora-t-il. Faire l'échange des cassettes. Pianoter F19A sur le clavier pour faire tourner la cassette — la bonne cette fois — contenant les instructions pour l'ordinateur. Ensuite, il n'aurait plus qu'à frapper les quatre chiffres fatidiques 0636 pour déclencher la mise à feu manuelle. Il lui faudrait cinq minutes, pas plus.

A travers le pare-brise, il aperçut alors le panneau « Sortie pour la 14e Rue ». Il toucha le bras de Leila.

— Attention, c'est là !

★

« On a tout misé sur vous, inspecteur ! » La phrase du maire de New York rebondissait dans la tête d'Angelo Rocchia comme une bille de flipper sur les plots d'un billard électrique. A califourchon sur une chaise, les coudes calés sur le dossier, la tête dans ses paumes, il examinait pour la énième fois le plan du secteur de la 5e Avenue par où il avait suggéré que commence la fouille.

— Si nos Arabes remontaient Christopher Street à toute vitesse, expliqua-t-il à Rand, c'était forcément pour venir par ici.

Angelo montrait les rues proches de la 5e Avenue où les recherches n'avaient pourtant rien donné.

— Car, si leur cachette se trouve plus bas — il désigna les abords du fleuve à l'autre bout du quadrilatère —, ils n'auraient pas pu accrocher la Pontiac du type de Colgate. Ils se seraient arrêtés avant.

— Chez nous, on appelle ça « un raisonnement en béton armé », complimenta le Fed avec un sourire chaleureux.

Angelo se leva brusquement.

— Viens, petit, il faut tout de même aller revérifier sur place. On s'est peut-être gourés quelque part.

★

Abe Stern se rasa, changea de chemise et ajusta soigneusement sa cravate. Il était rentré chez lui, à Gracie Mansion, pour jouer son rôle de maire jusqu'au bout, comme si de rien n'était. Il allait présider, ainsi que chaque 15 décembre, l'arbre de Noël des enfants du personnel de la municipalité dans le grand salon de sa résidence. Il enfilait son veston quand son épouse entra dans leur chambre.

— Sophie vient de me téléphoner, Abe. Elle avait reçu un appel d'une cousine de Tel-Aviv. A en croire une rumeur qui court là-bas, des Palestiniens ont caché une bombe atomique dans New York ! C'est ça ton grave souci, n'est-ce pas ?

Le maire regarda sa femme, abasourdi. Encore une fuite dans la digue, pensa-t-il. Ce sera bientôt un raz de marée !

— Oui, reconnut-il, c'est bien ça.

Sa femme avait un air de reproche.

— Pourquoi n'as-tu pas prévenu la population, Abe ?

Calmement, Stern lui donna en détail les raisons de son silence.

— Il reste encore deux heures pour trouver cette bombe, conclut-il en voulant se montrer optimiste. En attendant, viens, les enfants vont s'impatienter et personne ne doit s'apercevoir de quoi que ce soit.

Esther Stern serra son mari dans ses bras. Elle mesurait une tête de plus que lui, ce qui l'avait toujours à la fois amusé et irrité.

— Je pense que le Président a tort, Abe. Je crois sincèrement que tu devais la vérité aux habitants de ta ville.

★

Les deux Palestiniens roulaient sur la 14e Rue en direction de la 5e Avenue quand Kamal Dajani vit tournoyer une guirlande de gyrophares.

— Ralentis ! ordonna-t-il à Leila.

Une bruine froide commençait à crachiner, mi-neige mi-pluie. Les yeux collés au pare-brise, il aperçut de nombreuses voitures de police et des camions de pompiers qui obstruaient l'avenue au-delà du prochain carrefour. Des agents déviaient la circulation et dispersaient les badauds.

— Reste sur la droite, c'est bouché en face... un incendie ou un accident.

A mesure qu'ils avançaient, le trafic ralentissait, la foule s'épaississait. Il songea un instant à baisser sa glace pour interroger un passant. Mais il se ravisa aussitôt : trop risqué à cause de son accent. Tandis que le flot des voitures s'écoulait peu à peu, il comprit. Deux énormes semi-remorques de pompiers barraient la 5e Avenue sur la gauche.

— Ils savent où est la bombe ! gronda-t-il, avec cette même rage au ventre qui le tenaillait tout à l'heure sur Roosevelt Drive. Nous arrivons trop tard : ils ont bouclé le quartier !

Leila grignota quelques dizaines de mètres jusqu'à la 7e Avenue. D'autres voitures de police la bloquaient aussi sur la gauche.

— C'est fichu, Kamal. Faisons demi-tour et fuyons. Dès qu'ils trouveront Whalid, ils connaîtront notre identité. La police surveillera tous les postes frontières et nous serons coincés.

Son frère regardait droit devant lui, les mains crispées sur le tableau de bord.

Leila prit à droite dans la 7e Avenue. Mieux valait s'extirper de cet embouteillage tant qu'il en était encore temps. A peine avait-elle fait cent mètres que son frère lui saisit le poignet.

— Arrête-toi là ! Je descends.

— Kamal, tu es fou !

— Arrête, je te dis ! Je continue à pied.

Il ouvrit la portière avant même que la voiture fût immobilisée.

— File vers le nord, aussi vite que tu peux, lança-t-il. Que l'un de nous au moins rentre à la maison !
Ma salameh, Leila. J'irai jusqu'au bout, Inch Allah !
Il sauta sur la chaussée et se perdit dans la foule.

★

Sa femme à son bras, Abe Stern fit son entrée dans le grand salon décoré de guirlandes, de cheveux d'ange, de bouquets de gui et de houx. Un immense sapin de Noël clignotant de mille lumières trônait au milieu de la pièce. A son pied, s'élevait une montagne de paquets de toutes les couleurs. Conduits par les délégués syndicaux du personnel de l'Hôtel de Ville, une cinquantaine d'enfants de six à quinze ans choisis parmi les plus méritants de leur école s'écrièrent alors d'une même voix :
— Merry Christmas and Happy Birthday, Your Honor !
Chaviré de fatigue et d'émotion, le vieil homme s'arrêta, prit son souffle et répondit de toutes ses forces :
— Joyeux Noël à vous tous !
Puis, tel un roi mage gratifiant de ses offrandes les fils de sa tribu, il entreprit la distribution des cadeaux. En voyant défiler tous ces jeunes visages pleins de vie et de gaieté, une conviction l'étreignait, plus forte de minute en minute. Il regarda sa montre. L'ultimatum expirait dans une heure. N'y tenant plus, il appela sa femme.
— Esther, remplace-moi quelques instants. Il faut que j'aille donner un coup de téléphone.

★

Sa casquette enfoncée au ras des yeux, son col de

blouson relevé, Kamal Dajani accélérait le pas. Aucun doute : la police est à nos trousses. Un voisin a dû entendre le coup de feu de Whalid et prévenir les flics. Je n'aurais pas dû quitter l'entrepôt ! J'ai voulu sauver ma peau. Moi aussi, je suis un lâche. Il faut absolument que je passe. Mais comment me faufiler à travers ces barrages ? En me déguisant ? En volant à quelqu'un ses papiers ? Qu'importe, pourvu que je passe ! Il tâta dans sa poche son Smith & Wesson et la cassette enregistrée à Tripoli. Je dois à tout prix retourner à la bombe !

Il s'arrêta pour s'orienter. Il était sur la 7e Avenue, au coin de la 16e Rue. L'entrepôt se trouvait donc à moins de quatre cents mètres vers la gauche. Il entendit alors la plainte d'une sirène derrière lui. Instinctivement, il rentra la tête dans les épaules et se remit en marche. Ce n'était qu'une ambulance avec « Saint-Vincent Hospital » marqué en grosses lettres rouges sur ses flancs. Il la suivit des yeux et la vit tourner à gauche à deux blocs de là. L'idée le frappa comme la foudre : voilà ma chance ! Allah Akbar !

Il courut jusqu'à la 18e Rue. L'ambulance était là, rangée à quelques dizaines de mètres devant lui. Le chauffeur et un infirmier descendaient une civière et rentraient dans un immeuble. En une fraction de seconde tout s'organisa dans la tête du Palestinien. Il prit son élan, arriva jusqu'à l'ambulance, en claqua la porte arrière et sauta au volant. Le moteur tournait. La sirène ! Bon Dieu où est le bouton de la sirène ? Il me faut la sirène pour franchir le barrage ! Il tripotait en vain tous les interrupteurs du tableau de bord quand arriva en courant le chauffeur de l'ambulance qu'avait alerté un passant. L'homme essayait déjà d'ouvrir la portière. Kamal enclencha la première vitesse et démarra.

★

— Mais bien sûr ! Voilà où l'on s'est gourés ! rugit Angelo Rocchia, en martelant le volant de sa Chevrolet. Regarde, petit !

Il montrait à Jack Rand le panneau de sens interdit planté de l'autre côté du carrefour. Christopher Street devenait sens interdit à partir de là.

— C'est simple ! Les Arabes ne pouvaient pas continuer tout droit vers la 5ᵉ Avenue. Ils ont été forcés de tourner à gauche, là, sur Greenwich Avenue. C'est donc par ici qu'ils sont dû cacher leur bombe !

Angelo vira à gauche et se mêla à petite vitesse au trafic de Greenwich Avenue. Les deux policiers examinaient les façades et les passants quand le radiotéléphone grésilla.

— Appel à toutes les patrouilles Manhattan-Centre ! Recherchez ambulance de l'hôpital Saint-Vincent nᵒ 435, qui vient d'être volée devant le 362, 18ᵉ Rue-Ouest.

Rand manifesta son écœurement.

— Cette ville où l'on vole même les ambulances !

★

Kamal Dajani avait trouvé le bouton de la sirène. A l'apparition de son ambulance hurlante, la voiture de police qui barrait l'entrée d'Hudson Street, une rue parallèle au fleuve, fit marche arrière pour dégager un passage. Le Palestinien s'engouffra dans la zone interdite. Tu as perdu, Whalid ! jubilait-il, le visage inondé de sueur, je suis passé !

Il savait parfaitement où il était car il se retrouvait maintenant sur l'itinéraire qu'il avait maintes fois repéré pour transporter la bombe depuis les docks

639

de Brooklyn jusqu'au local loué par Leila. Il parcourut trois cents mètres, prit Christopher Street à gauche, revit l'endroit où il avait dérapé et accroché une voiture en stationnement, et remonta la rue jusqu'au carrefour où elle devenait sens interdit.

Exactement le chemin que venaient de suivre Angelo et Rand.

★

Enfermé dans le bureau de sa résidence, le maire de New York griffonnait fébrilement quelques mots sur une feuille de papier. Oh, il n'y avait pas de discours à faire ! Dire seulement aux gens de quitter la ville à la seconde même, sans rien emporter. Faire appel au sang-froid de chacun. Surtout, recommander de fuir vers le nord et vers Jersey pour échapper aux retombées du nuage nucléaire.

On ne me pardonnera jamais ce que je vais faire, se disait-il. Mais ici, chez moi, dans ma ville menacée de destruction, c'est moi qui suis responsable et non le Président. Il n'est plus temps de tergiverser. Je ne vais pas laisser périr les habitants de New York sans leur donner une chance de se sauver.

Le micro de la fameuse « ligne n° 1000 » qui lui permettait d'entrer instantanément en contact avec ses concitoyens était placé devant lui. Il déverrouilla le système de sécurité et ouvrit le contact. Il s'apprêtait à lancer son appel lorsqu'un Fed fit irruption dans la pièce.

— Agent fédéral John Marvel, Your Honor. Auriez-vous l'intention d'alerter la population ?

— De quoi vous mêlez-vous ? glapit Stern, livide de rage. C'est moi le maire, oui ou non !

Sans se départir de son calme, le Fed débrancha le micro.

640

— Croyez bien que je suis navré, Your Honor, mais j'ai reçu l'ordre de vous en empêcher.

★

La radio n'arrêtait pas de débiter un torrent de messages. Le P.C., les voitures de patrouilles, les postes des barrages, les motards, les policiers à pied avec leur talkie-walkie, les pompiers eux-mêmes, tout le monde s'époumonait dans une cacophonie qui semblait sortir d'une superproduction en stéréo-sound. Soudain, Angelo dressa l'oreille. Une voix dominait les autres.

— Allô central ! Ici patrouille 107. J'ai ici le chauffeur de l'ambulance qui vient d'être volée. Il reconnaît formellement le type qui a fait le coup sur la photo de l'Arabe que nous cherchons !

— Tu as entendu, petit ! fit Angelo en se lançant une cacahuète dans la bouche. Drôlement fortiche le gars !

A peine avait-il lâché cette appréciation qu'une sirène se fit entendre derrière lui. Angelo écrasa la pédale du frein et se retourna. Il vit, à cinquante mètres, une ambulance quitter Greenwich Avenue pour tourner à gauche dans une des rues que lui-même venait de dépasser.

— Le voilà ! hurla-t-il en empoignant le levier de vitesse pour lancer sa Chevrolet dans un specta-culaire slalom à reculons.

★

Rand avait déjà saisi le combiné du radiotélé-phone.

— Central ! Central ! Ici Romeo 14, vite...

Il ne put en dire davantage. Angelo avait arraché

641

le fil. Médusé, Rand contempla le bout de fil qui pendait de l'écouteur et se demanda si Angelo n'était pas devenu fou. Revenu de sa stupeur, il s'écria :

— Angelo, il faut alerter le P.C., leur dire qu'on a repéré l'ambulance, qu'ils envoient des renforts, la brigade des explosifs, les tireurs d'élite, qu'ils cernent le quartier ! Angelo, on ne peut pas y aller tout seuls !

Rocchia avait déjà atteint la rue où venait de s'engager l'Arabe. Il vit l'ambulance arrêtée à deux cents mètres environ. Son gyrophare était encore allumé. Il ralentit et posa sa main sur le bras de Rand. Il avait fini par s'habituer à ce jeune Fed aux principes aussi étriqués que ses cravates. Il en fallait bien des comme lui, sinon quel bordel serait la police !

— Jack, si on appelle l'artillerie, ce dingue appuie sur le bouton, et tout saute ! Il faut y aller comme des chats, tu comprends ? Essayer de le cravater par surprise, avant qu'il nous ait sentis.

L'inspecteur new-yorkais se tourna vers son coéquipier, tout en surveillant la rue. Ses yeux brillaient d'excitation.

— Et puis, petit, ce mec, il est à nous. Les quais, le *Dionysos*, le pickpocket, le receleur, la fourgonnette Hertz, le gars de Colgate... tout ça, c'est nous deux. Tu vas leur en raconter des choses à tes mômes à Denver...

Angelo passa au point mort, laissant la Chevrolet glisser sans bruit sur sa lancée. Ils étaient dans une rue presque déserte bordée d'arbres dénudés et de petits immeubles victoriens restaurés. A mesure qu'on descendait vers le fleuve, les habitations faisaient place à une ligne basse de garages et d'entrepôts abandonnés. C'est devant l'un d'eux que l'ambulance était garée.

★

Kamal avait déjà sauté de l'ambulance. D'un coup d'épaule, il poussa la porte vermoulue, s'engagea dans le couloir et courut au fond de l'entrepôt jusqu'à la plate-forme du garage. La bombe et sa mallette de mise à feu étaient bien là. Il déverrouilla la mallette et souleva le couvercle. Le panneau bleu pâle de contrôle, avec son écran cathodique, son clavier et son lecteur de cassettes lui apparurent alors dans la faible lueur de l'unique ampoule.

Cinq minutes ! Il ne lui fallait que cinq petites minutes pour réparer la trahison de Whalid, réamorcer le mécanisme qui déclencherait l'impulsion électrique, et pianoter le code de mise à feu manuelle. Et tout serait joué.

Un bruit le fit sursauter. Il saisit son revolver, prêt à tirer. Mais ce n'était qu'un rat.

★

La bottine d'Angelo effleura la pédale du frein : la Chevrolet s'immobilisa dix mètres derrière l'ambulance. Le policier déboutonna sa veste, plongea la main vers sa ceinture et sentit la crosse froide de son P 38 de service. Ce revolver, il ne l'avait pas souvent sorti en trente-cinq années de navigations policières à travers New York. Aujourd'hui pourtant, avec un client aussi déterminé que cet Arabe, cela risquait de tourner au western !

— J'y vais, chuchota-t-il à Rand. Toi, tu te planques à côté de la lourde et tu me couvres. Tu interviens à mon premier appel, mais fais gaffe à ne pas me tirer dans les fesses !

Bien que chuchotés, ces ordres interdisaient toute discussion. Le jeune Fed regarda son coéquipier se

643

déchausser et sourit en voyant qu'il avait ses initiales même sur ses chaussettes.

— Fais en autant, petit, les chats ne portent pas de sabots.

Docile, Rand s'exécuta. Puis, sans bruit, ils ouvrirent les portières et se laissèrent glisser sur le sol encore couvert de neige.

Angelo lança au Fed un clin d'œil qui en disait long : Brr !...

Un vrai cabri, le père Angelo, s'étonna Rand en voyant l'inspecteur bondir sur le trottoir et s'engouffrer par la porte vermoulue que, dans sa hâte, l'Arabe avait laissée ouverte.

★

Kamal Dajani avait déjà effectué de mémoire la première opération en pressant la touche DÉPART et en composant son code d'identification sur le clavier. L'indication « Stockage données » venait de s'allumer. Il déplia sa check-list et l'éclaira avec sa torche. L'instant décisif était arrivé, celui qui allait redonner vie à cet engin arabe de vengeance et de justice. Il prit la cassette enregistrée à Tripoli contenant les instructions de mise à feu pour l'ordinateur, cette cassette que son frère avait, au dernier moment, remplacée par une autre, vierge. Tandis qu'il la tenait dans sa main tremblante d'excitation, un souvenir fulgurant lui revint à la mémoire.

C'était en Syrie, il y avait des années, au cours d'une marche d'entraînement de fedayins. Son commando avait trouvé un nid plein d'oisillons. Leur chef en avait remis un à chacun de ses hommes et leur avait ordonné de les étouffer dans leur main. Toucher cette cassette de mort lui redonna tout à coup la même ivresse.

Il fit l'échange des cassettes puis il consulta la check-list avant de pianoter sur le clavier. La bande magnétique se déroula aussitôt. Dans une minute elle aurait transmis à la mémoire de l'ordinateur le programme de mise à feu. Kamal n'aurait plus qu'à composer une dernière formule codée pour déclencher l'explosion. Cette formule, il la connaissait par cœur : 0636. Comment aurait-il pu oublier la date de la victoire de Yarmouk qui avait établi la domination arabe sur sa patrie aujourd'hui perdue !

★

Pour la première fois dans sa carrière de policier, Jack Rand avait désobéi. Inquiet de voir son coéquipier affronter seul le terroriste, il avait couru en chaussettes jusqu'au bout de la rue et s'était précipité dans la première boutique pour appeler Police secours.

— On a trouvé la bombe ! cria-t-il devant les clients ébahis. Elle est dans un entrepôt sur Van Nest Street au coin de la 4e Rue. Grouillez-vous ! Mon pote est déjà à l'intérieur !

★

Soudain, Angelo la vit. Elle était là, à trente mètres dans le halo irréel de l'unique ampoule, masse noire décevante, presque dérisoire, avec son aspect de gros baril. Se pouvait-il vraiment que l'apocalypse fût contenue dans ce cylindre de tôle, au milieu de ce décor de mauvais film policier des années 30 ? A l'abri d'un renfoncement, la main moite sur la crosse de son arme, l'inspecteur new-yorkais regardait, hypnotisé.

L'Arabe se tenait juste devant la bombe. Il s'affai-

645

rait fébrilement au-dessus d'un appareil qui, dans le faible éclairage, ressemblait à un attaché-case. Angelo leva le bras sans trembler. Mais pas question d'appuyer sur la détente tant que l'Arabe ne se serait pas écarté de la bombe. Sait-on jamais ? Elle pouvait exploser. A cette pensée, un filet de sueur froide lui coula dans le dos. Il guettait l'instant propice quand Kamal fit un pas de côté. Angelo prit une profonde inspiration.

— Police ! Pas un geste !

L'injonction avait retenti avec tant de force que Rand l'entendit de la rue alors qu'il revenait en courant vers l'entrepôt. Kamal resta une fraction de seconde comme pétrifié, avant de se jeter à plat ventre, évitant la balle d'Angelo qui ricocha sur la plate-forme en ciment. D'un coup de reins, l'Arabe avait déjà roulé derrière la bombe et saisi son Smith & Wesson. Il tira une demi-douzaine de balles dans la direction d'où était venue la voix. Angelo s'était recroquevillé dans le renfoncement. Entendant la fusillade, Rand se précipita sans hésiter dans le couloir.

— Angelo ! Angelo ! appela-t-il plusieurs fois en se déplaçant d'un côté à l'autre pour ne pas révéler sa position. Angelo ! Es-tu okay ?

De vrais cow-boys, ces Feds ! pesta intérieurement Angelo, tout en se sentant ému par la solidarité de son coéquipier.

Il entendit alors des hurlements de sirène et un fracas de portières. Le doigt sur la détente, son feutre gris rejeté en arrière, il guettait l'homme caché derrière la bombe. Le Palestinien était tapi à plus d'un mètre de la mallette où brillait une lueur verte.

Le bref rayon de lumière qui éclaira le couloir quand les deux tireurs d'élite revêtus de gilets pare-

646

balles poussèrent la porte, allait suffire. Kamal aperçut le jeune Fed plaqué contre le mur et vida son chargeur. Foudroyé en pleine tête, Jack Rand bascula en avant et roula dans les flaques d'huile de vidange qui souillaient le sol. Mais avant que Kamal ait eu le temps de revenir s'abriter derrière la bombe, une double volée de balles le clouait sur le béton. Les deux tireurs d'élite venaient d'abattre le terroriste palestinien.

De nombreuses voitures de police arrivèrent alors dans un assourdissant tintamarre de sirènes. A la tête de la ruée, accourait Bill Booth.

— N'approchez pas ! hurlait-il de toutes ses forces. Pour l'amour du Ciel, n'approchez pas !

★

Angelo vint s'agenouiller à côté du corps de Jack Rand. Il le regarda un long moment en silence. Puis il avança la main et lui ferma doucement les yeux.

— Petit, petit, murmurait-il la gorge nouée, je t'avais bien dit qu'il fallait qu'on y aille comme des chats. Pourquoi as-tu été les appeler ? Pourquoi as-tu fait comme ils t'ont appris ?

★

« Stockage données : O.K. » L'inscription verdâtre que Bill Booth découvrit dans ses jumelles sur l'écran cathodique de la mallette de mise à feu lui donna la chair de poule.

— Larry, confia-t-il à son collaborateur, le physicien alpiniste Delaney, cette bombe est prête à sauter !

Avec cette constatation commença l'opération de désamorçage la plus délicate et dangereuse jamais tentée par les brigades Nest. Les premières craintes de Booth se révélèrent immédiatement justifiées : la bombe était « protégée » dans un périmètre de deux à huit mètres par une couronne de détecteurs de proximité. En clair, cela signifiait que l'entrée de toute personne dans ce champ magnétique déclencherait une explosion automatique. Il fallait donc neutraliser la bombe à distance. Le problème était sans précédent.

— Je ne vois qu'un seul moyen, confia Booth au préfet Bannion après avoir consulté ses techniciens : découper au canon laser une fenêtre dans la mallette de mise à feu et essayer de griller les instructions en mémoire dans l'ordinateur.

Delaney se frottait le menton, soucieux.

— Et s'ils ont pressurisé leur appareil ?

Le physicien faisait allusion à un danger supplémentaire d'explosion. En effet, en forant un trou dans la mallette, on risquait de libérer le gaz qui en assurait peut-être la pressurisation et d'entraîner ainsi la mise à feu automatique.

A 17 h 16, soit un peu moins de quarante-cinq minutes avant l'expiration de l'ultimatum de Kadhafi, le canon laser du camion laboratoire des brigades Nest transporté par avion de Las Vegas entra en action. Le premier tir perça un trou du diamètre d'un cheveu. Pendant trente secondes, Booth et ses techniciens, transpirant à grosses gouttes, restèrent les yeux rivés sur les cadrans de leurs détecteurs de gaz. Au premier signe de fuite, ils avaient prévu de colmater instantanément ce trou minuscule en soudant ses bords au laser.

— Aucune trace de gaz ! annonça enfin Delaney avec soulagement.

— Alors on y va !

Se servant de son canon laser comme d'une véritable scie à découper, Booth ouvrit une lucarne de dix centimètres de côté dans la paroi de la mallette et son écran anti-rayons ultraviolets.

— Seigneur Jésus ! comment ces maudits Lybiens ont-ils pu concevoir et réaliser un tel instrument, s'exclama-t-il en découvrant dans ses jumelles la jungle de fils et de microprocesseurs. Il aperçut au fond deux gros fils bleu et rouge. Sans doute les fils d'alimentation électrique, se dit-il. On va les sectionner au laser. Mais il se ravisa aussitôt : et si l'appareil était aussi conçu pour déclencher la mise à feu en cas d'une coupure de courant ? Il valait mieux tenter de griller la mémoire de l'ordinateur.

Il y avait deux moyens d'y parvenir. Soit par une émission de rayons électromagnétiques, soit en envoyant un faisceau de rayons ultraviolets. Booth et ses techniciens se concertèrent rapidement. Toute erreur pouvait encore être fatale.

— Utilisons les rayons ultraviolets, conclut Delaney. Ils ne sont peut-être pas aussi puissants que les rayons électromagnétiques, mais au moins eux ne risquent pas d'exciter ces fichus détecteurs de proximité et de tout faire sauter.

Sept minutes plus tard, les hommes de Booth envoyaient pendant quinze secondes un faisceau de rayons ultraviolets sur les plaques de résine supportant les microprocesseurs constituant la mémoire de l'ordinateur. Un long, un interminable silence chargé d'angoisse succéda à ce bombardement lumineux. Puis soudain, une succession de « bip bip bip » jaillirent en désordre de la mallette. Booth éclata d'un rire hystérique et jeta son chapeau de cow-boy vers la bombe en tombant à genoux.

— Tout est fini ! hurla-t-il. L'ordinateur est devenu fou ! Il n'y a pas une chance sur un milliard qu'il retrouve les bonnes instructions de mise à feu !

649

Ameutée par la fusillade et les sirènes des voitures de police, une foule énorme tentait de forcer les barrages de police. Des dizaines de journalistes étaient déjà sur place, massés autour des cars des différentes chaînes de télévision, caméras et projecteurs braqués sur l'entrée de l'entrepôt, prêts à enregistrer la déclaration que Patricia McKnight, l'officier de presse du préfet de police, était en train de rédiger dans sa voiture.

Une ambulance sortit de l'entrepôt et deux motards lui ouvrirent un passage pour lui permettre de gagner le boulevard du West Side. Elle transportait les corps de Jack Rand et de Kamal Dajani qui s'en allaient côte à côte pour leur voyage jusqu'à la morgue.

Pâle, trempé de sueur, Angelo Rocchia s'était affaissé contre le capot d'une voiture. Il semblait brisé. Une seule pensée l'obsédait : pourquoi avait-il attiré Rand dans ce couloir ? Pourquoi lui avait-il dit de le couvrir ? Pourquoi ? Pourquoi ?

Un jeune policier noir s'approcha de lui, les yeux pétillant d'admiration.

— Beau boulot, inspecteur ! Il paraît que vous l'avez vraiment fait voler en éclats, cette ordure.

Angelo secoua la tête négativement. En trente-cinq ans de carrière, il n'avait jamais tué personne.

Le préfet Bannion fendit le cercle des admirateurs et vint poser une main chaleureuse sur l'épaule de l'inspecteur.

— Je vous félicite, Rocchia, dit-il avec émotion. La police de New York est fière de vous.

L'officier chargé de la brigade des explosifs interrompit ces effusions.

— Excusez-moi, monsieur le Préfet, mais ne

650

devrions-nous pas placer autour du secteur des panneaux d'alerte aux radiations ?

Les trois hommes entendirent alors, à une dizaine de mètres, la déclaration que lisait l'officier de presse du préfet devant les caméras de télévision et les micros des radios.

— ... La charge explosive fixée au baril de chlore a été désamorcée. Le baril va être incessamment transporté à bord d'un véhicule spécial jusqu'au centre d'essais militaire de Rodman Neck aux fins d'examen et de destruction.

Épilogue

Dans la soirée de ce mardi 15 décembre, l'engin thermonucléaire construit par Whalid Dajani pour Muammar Kadhafi fut transporté par avion à Los Alamos pour y subir un examen approfondi.

Quatre jours plus tard, Harold Wood, le directeur du laboratoire atomique, confirmait dans un rapport confidentiel au président des États-Unis que l'engin était rigoureusement conforme au schéma et aux indications techniques joints à la cassette qui avait été déposée à la Maison-Blanche le dimanche 13 décembre. Il s'agissait bien d'une bombe à hydrogène de trois mégatonnes, soit environ cent cinquante fois la puissance de la bombe d'Hiroshima. Quant à la mallette de mise à feu, son autopsie démontra que les techniciens de Tripoli avaient également prévu un système infaillible pour déclencher l'explosion à distance.

★

La première réaction des membres des gouvernements américain et israélien après la neutralisation de la bombe fut une envie forcenée d'anéantir sur-le-champ la Libye et son chef. Mais ce réflexe de colère ne résista pas à une froide analyse de la situation. Le réseau de missiles nucléaires que possédait le chef d'État libyen le long de sa frontière orientale lui permettait d'infliger désormais des représailles catastrophiques à Israël en cas d'attaque de son pays. Pour Israël et la Libye, l'heure du réalisme avait sonné. Comme pour l'Amérique et l'U.R.S.S. depuis trente ans, le fait de posséder désormais les armes de la destruction atomique apportait un équilibre de la terreur entre les deux pays et la perspective d'un suicide collectif en cas de conflit.

★

Le jour de Noël, le président des États-Unis, voulant exploiter le traumatisme provoqué par cette crise à Jérusalem, Tripoli et Washington, invita secrètement Menahem Begin et Muammar Kadhafi à Camp David afin de chercher un règlement définitif du conflit israélo-arabe.

Avant de partir pour Washington, Begin se rendit sur le piton rocheux d'Elon Sichem où les colons du Bloc de la Foi et les soldats chargés de les expulser étaient restés face à face pendant dix jours, sans que nul osât prendre l'initiative d'ouvrir le feu. Le Premier ministre s'était fait accompagner par la seule autorité capable de fléchir la volonté des fanatiques du peuplement juif en Samarie, le vieux rabbin Kook. Après trois heures d'un des débats les plus orageux de l'histoire juive, les colons acceptèrent enfin d'abandonner leur piton et de s'installer provisoirement dans les baraquements d'un camp militaire israélien voisin.

★

654

Leila Dajani ne put exécuter l'ordre que lui avait donné son frère en la quittant. Elle non plus ne rentrerait pas en Palestine. Du moins pas dans un avenir prévisible. Trois heures après avoir laissé Kamal sur la 7e Avenue, sa Ford verte fut interceptée par une patrouille de la New York State Police sur la route n° 9, à cent quarante kilomètres au nord de Manhattan.

Elle fut aussitôt conduite devant le magistrat de la cour fédérale de Kingston, la ville la plus proche de son lieu d'arrestation, et inculpée, en vertu de l'article 18 du code pénal des États-Unis, d'« extorsion nucléaire » et de « détention illégale d'explosifs ».

Deux crimes pour lesquels elle risquait vingt ans d'emprisonnement.

★

A Washington, dans la cour du Q.G. du F.B.I., sur Pennsylvania Avenue, eut lieu une cérémonie simple et digne à la mémoire de Jack Rand, en présence de sa femme et de ses trois enfants. Des ministres, des membres du Congrès, le Chief Justice, le procureur général se pressaient sur l'estrade dressée pour la circonstance. Le Président avait délégué son épouse. Le préfet Bannion et l'inspecteur Angelo Rocchia représentaient les policiers de New York. Des centaines de Feds et leurs familles emplissaient la galerie tout autour de la cour. La cérémonie commença avec la levée des couleurs par une garde d'honneur des Marines, puis une fanfare joua un hymne religieux. Enfin, un aumônier de la marine évoqua l'exemple de l'agent fédéral Jack Rand et adjura l'assistance « de lutter avec des forces nouvelles pour le respect de la justice et du droit dans notre pays et dans le monde ». Après quoi, Joseph Holborn, le directeur du F.B.I., remit à la veuve du disparu l'attribut le plus précieux des Feds, la plaque d'agent fédéral de son mari.

★

Le mot de la fin de ces terribles journées de décembre devait revenir au policier new-yorkais Angelo Rocchia au cours de la petite réception qu'Abe Stern donna à l'Hôtel de Ville pour fêter son mariage avec Grace Knowland et la remise de la plus haute décoration de la police, *the Legion of Honor*.

Quand le maire lui apprit confidentiellement la nouvelle de la conférence de Camp David, Angelo, une coupe de champagne à la main, s'exclama :

— Bonté divine ! Dire qu'il a fallu risquer la vie de dix millions de personnes pour en arriver là !

ANNEXES

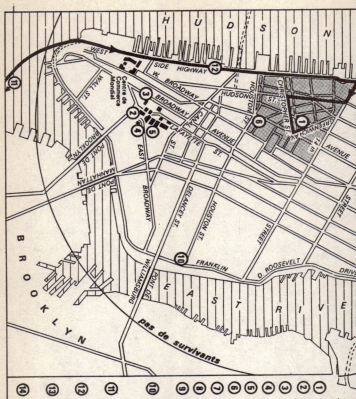

LES 14 ET 15 DÉCEMBRE

① Cachette de la bombe
② P.C. Souterrain de Foley Square
③ Hôtel de ville
④ Q.G. de la Police
⑤ Q.G. du F.B.I.
⑥ 6ᵉ Commissariat
⑦ Hampshire House
⑧ Studio 54
⑨ Bibliothèque municipale où a été trouvé le pigeon radioactif
⑩ H.L.M. de la Cité Baruch où les hélicoptères ont capté des radiations
⑪ Vers le quai de Brooklyn où a accosté le Dionysos
⑫ ▬▬▬ Itinéraire suivi par les Palestiniens, avec la bombe
⑬ Vers le refuge des terroristes à Dobbs Ferry
⑭ Gracie Mansion : résidence du Maire

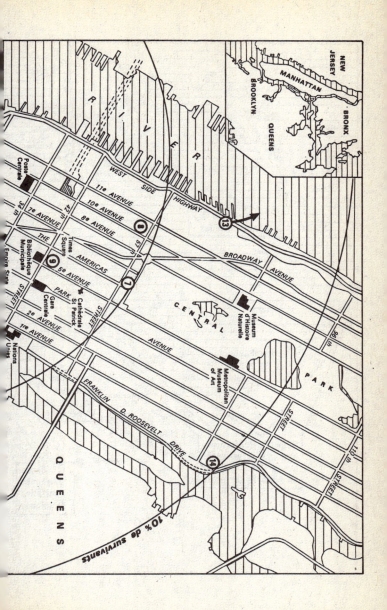

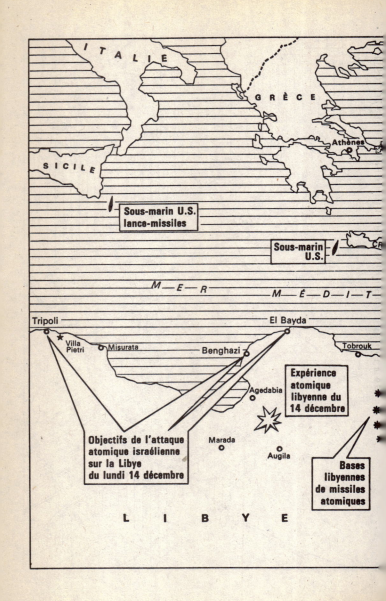

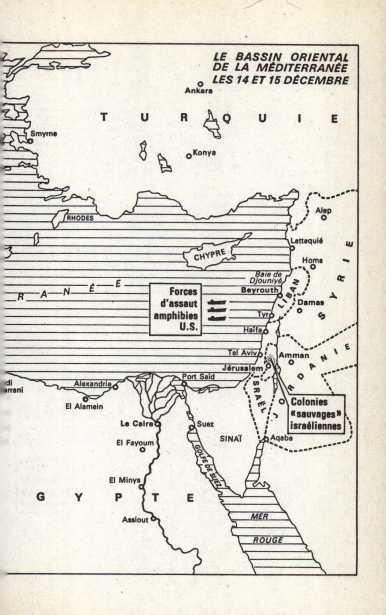

REMERCIEMENTS

La préparation et la rédaction du Cinquième Cavalier *fut largement un travail d'équipe. Nous eûmes la chance et le privilège d'être accompagnés pendant cette longue entreprise par un groupe de collaborateurs exceptionnels.*

Nous tenons à exprimer en tout premier lieu notre immense gratitude à Dominique Conchon qui collabore pour la quatrième fois à nos ouvrages, ainsi qu'à Jackie Moore, Marie-Thérèse Legé-Germain, Yvette Bizieau et Juliette Carassone.

Nous adressons notre très vive reconnaissance à Colette Modiano pour son aide exceptionnelle pendant les longs mois que nécessita la préparation du Cinquième Cavalier *et la mise en forme finale de la version française.*

Nous remercions également Paul et Manuela Andreota, Jean-Pierre Castelnau et Christian Mégret pour leur généreuse collaboration à la révision de notre manuscrit français, ainsi que notre ami Christian Ferry.

Sans la confiance de nos éditeurs qui ont accepté de nous soutenir sans connaître le sujet de notre livre, nous n'aurions jamais pu écrire Le Cinquième Cavalier. *Que Robert Laffont, Jacques Peuchmaurd, Hughette*

Rémont, Claude Jean, Claude Anceau, Patrick Renaudot, Jean-Pierre Liégibel, Jean-Marc Gutton, Daniel Mermet et leurs équipes, ainsi que Monique Touzard, Piere Wildenstein, Betty Duhamel, Dany Hernandez, Jean-Baptiste Trouplin, Jean Denis, Jean Ther, Jean Levallois, Nicole Lombardo, Marthe Marie, Pietro Londino, Pierre Duel et tous les autres collaborateurs des Éditions Laffont à Paris ; Dick et Joni Snyder, Michael Korda et Dan Green à New York ; Alewyn Birch à Londres ; José Moya et Ignacio Fraile à Barcelone ; Olaf Paeschke et Dieter Lang à Munich ; Giancarlo Bonacina et Domenico Porzio à Milan ; Narendra Kumar à New Delhi ; Racheli Edelman à Tel-Aviv ; Hiroshi Hayakawa à Tokyo et Erkki Reenpää à Helsinski ; nos amis MM. Bussière, Colbert, Martin, Delbecque et leurs équipes de l'imprimerie Bussière ainsi que celle de la société S.E.P.C.-Cameron à Saint-Amand-Montrond soient chaleureusement remerciés ainsi que notre vieil ami Irving Paul Lazar.

Nous adressons aussi une pensée reconnaissante à Raymond Fargues, Emilienne Brussat, Simone Savatier, Auguste et Pierrette Dhieux, Catherine Rocchia, Albert et Felsie Massey, Paul Tondut et Josette Wallet, dont les soins attentifs ont soutenu notre moral pendant nos longs mois de travail.

Enfin, nous voudrions exprimer notre très profonde gratitude à tous ceux — ils sont plusieurs centaines — qui ont accepté de nous accorder tant de leur précieux temps pour nous permettre de rassembler l'immense documentation dont ce livre est le résultat. Tous nous ont priés de respecter leur anonymat. Mais qu'ils sachent que, sans leur précieux concours, nous n'aurions pas pu écrire Le Cinquième Cavalier.

Paris — Londres
Noël 1979

Table des matières

I.	« Cela va changer le monde »	9
II.	« Nous allons enfin permettre à la justice de triompher »	91
III.	« Général Dorit, anéantissez la Libye ! »	137
IV.	« Il est aussi rusé qu'un renard du désert »	197
V.	« Les gratte-ciel s'envoleront à travers l'espace »	267
VI.	« Aigle-Un à Aigle-Base ! Fox-Base a coupé le circuit ! »	333
VII.	« Monsieur le Président, vous m'avez menti ! »	395
VIII.	« Fils et filles d'Israël, cette terre est votre terre »	473
IX.	« Pour l'amour du Ciel, obtenez-nous vingt-quatre heures de plus ! »	535
X.	« Tu as perdu, traître ! Ta bombe explosera quand même ! »	605

Épilogue	653
ANNEXES	657
REMERCIEMENTS	663

Table des cartes

1. La ville de New York les 14 et
   15 décembre 658-659
2. Le bassin oriental de la Méditer-
   ranée les 14 et 15 décembre 660-661

Achevé d'imprimer
par Maury-Eurolivres S.A.
45300 Manchecourt

Imprimé en France
Dépôt légal : Avril 1994